suhrkamp taschenbuch 5251

Alice Vega ist Privatdetektivin, manchmal Kopfgeldjägerin und immer Spezialistin im Auffinden verschwundener und entführter Personen. Vega ist knallhart, notfalls gewaltaffin, aber auch sehr klug, deduktiv begabt, eine ultrascharfe Beobachterin – und sie gibt nie auf.
Als zwei mexikanische Mädchen tot aufgefunden werden, heuert sie das San Diego Police Department an, denn bei den beiden Toten ohne Namen fand man zwar keine Dokumente, dafür aber einen direkt an Vega gerichteten Hilferuf. Das DEA, die auf Drogen spezialisierte Strafverfolgungsbehörde, legt ihr nahe, die Finger von diesem Job zu lassen. Und auch die mexikanischen Kartelle schalten sich ein. Aber sie alle haben die Rechnung ohne Vega gemacht ...

»Vom ergreifenden Anfang bis zum atemberaubenden Ende bietet dieses Buch eine packende Lektüre.« *Michael Koryta*

»*Tote ohne Namen* knistert von der ersten bis zur letzten Seite vor Energie und Spannung. Ich kann mich nicht erinnern, wann mich zuletzt ein Krimi um den Schlaf gebracht hat. Diesen hier konnte ich einfach nicht zur Seite legen.« *Donald Ray Pollock*

Von **Louisa Luna**, geboren in San Francisco, sind bislang die Romane *Brave New Girl, Crooked, Serious As A Heart Attack* und *Two Girls Down* erschienen. Sie lebt mit Ehemann und Tochter in Brooklyn.

Andrea O'Brien, geboren 1967 in Wilhelmshaven, übersetzt zeitgenössische britische, irische, australische und amerikanische Literatur. Ihre Übersetzungen wurden bereits mehrfach ausgezeichnet, u. a. mit dem Arbeitsstipendium des Freistaats Bayern (2016) und mit dem Literaturstipendium der Stadt München (2019). O'Brien lebt und arbeitet in München.

Louisa Luna

TOTE OHNE NAMEN

Thriller

Aus dem amerikanischen Englisch
von Andrea O'Brien

Herausgegeben von
Thomas Wörtche

Suhrkamp

Die Originalausgabe erschien 2020 unter dem Titel
The Janes
bei Doubleday, a division of Penguin Random House LLC, New York.

Erste Auflage 2022
suhrkamp taschenbuch 5251

Umschlagfoto: FRABO/plainpicture
Umschlaggestaltung: Lübbeke, Naumann, Thoben, Köln
Druck und Bindung: CPI books GmbH, Leck
Dieses Buch wurde klimaneutral produziert.
ClimatePartner.com/14438-2110-1001
Printed in Germany
ISBN 978-3-518-47251-4

www.suhrkamp.de

TOTE
OHNE
NAMEN

Ich wurde einmal gefragt, was man über Alice Vega wissen müsse. »Sie fürchtet weder Schmerz noch Tod«, sagte ich. In jenem Augenblick erkannte ich, dass ich auch über meine Mutter sprach.

Für meine Mutter Sandra Luna, wieder einmal.

1

Hier ist unser Mädchen: siebzehn, eingetroffen vor einem Jahr aus einem heruntergekommenen, staubigen Kaff in Chiapas, gilt allgemein als hübsch, weil sie blutjung ist, das Gesicht noch glatt, keine Narben oder Falten, der Körper biegsam und prall. In ihrem Kopf tobt allerdings ein Krieg: Erinnerungen an ihre besorgte Mutter, ihren schmerzgeplagten Vater, dazu die leise köchelnden Gedanken über Sex und Gewalt und die Angst vor den Männern, die hier auftauchen, mit ihrem harten, ausgehungerten Blick, mit dem sie sie schon verschlingen, bevor sie sich ihr Stück Fleisch aus der Auslage ausgesucht haben.

Unser Mädchen läuft barfuß, traumverloren. Ihre Träume handeln von Kollisionen, Kollagen, Explosionen aus Farben und Feuer, die immer harmlos beginnen: Sie sitzt mit ihrer Schwester auf der Veranda unter dem löchrigen Sonnenschirm und spielt mit Anziehpuppen oder lockert den gelben, ausgequollenen Reis. Doch dann wendet sich das Blatt, die Puppen in ihren Händen werden zu wimmelnden Kakerlaken, im Reistopf wallt jetzt Blut, und ihre Zähne werden zu Messerklingen, die ihre Zunge zerfetzen.

Das Haus hat zwei Etagen, im Erdgeschoss ist das Schlafzimmer, in dem sie und die anderen Mädchen nebeneinander auf Handtüchern schlafen, und das Wohnzimmer, wo sie fernsehen und warten. Eine Etage tiefer sind die fensterlosen, stickigen Kammern. Die Arbeitsräume.

Und dann ist da noch die Garage neben dem Haus. Darin stehen keine Autos. Es gibt nur einen Tisch, ein paar Maschinen und Werkzeuge. Unser Mädchen war noch nie dort, aber sie hat davon gehört. Nur Mädchen, die heulen oder sich dumm anstellen, landen dort, und unser Mädchen ist schön brav, tut, was man ihr sagt. Sie stellt keine Fragen, macht keinen Ärger. Aber sie beobachtet alles ganz genau.

Von den Bossen hält sie sich fern. Bei Coyote Ben ist das leicht, weil er ständig kommt und geht, aber wenn er gerade mal im Haus ist und es nichts zu tun gibt, packt er sie am Schopf und flüstert ihr ins Ohr. Er spricht Englisch, deshalb versteht sie nicht alles, aber sie weiß auch so, dass er keine Antwort erwartet. Sie darf die Getränke mixen.

Fat Mitch ist immer da, er trägt eine Waffe am Gürtel, sie bohrt sich in seinen Fettwanst, als wollte sie ihn erstechen. Die Waffe hatte er Selena getauft, nach der Sängerin, und er redet ständig davon, damit die Mädchen nicht vergessen, dass diese Waffe existiert. Er spricht Spanisch, sagt Sachen wie: »Selena hat gut geschlafen und will heute ein bisschen spielen.« Und dann ist da noch Rafa.

Rafa bringt die anderen in die Garage. Fat Mitch behauptet, er macht das nur, weil er es muss, aber unser Mädchen lässt sich nicht verarschen. Sie weiß, dass Rafa auf seine Arbeit steht. Es ist nicht wie auf der Farm, wo man die Kleinsten damit beauftragt, die kranken Tiere zu erschießen oder zu ersäufen, um sie abzuhärten. Das Haus ist vielleicht eine Farm, aber Rafa ist nicht der Kleinste, in Wahrheit ist er größer und stärker als Fat Mitch, und unser Mädchen hat gehört, dass er grinst, wenn er in der Garage mit den anderen tut, was er tut. Das passiert eben, wenn man sich dumm anstellt.

Unser Mädchen weiß es besser, und von den Dummen hält sie sich fern: Isabel, Chicago, Glatthaar. Die heulen und sind ständig am Essenklauen. Dumm. Aber diese andere, sie heißt Maricel, die ist neu, kommt aus der Stadt. Obwohl es eigentlich nicht so schlau ist, sich mit den Neuen abzugeben, mag unser Mädchen sie irgendwie, und Glatthaar mag sie auch. In einer anderen Zeit, an einem anderen Ort hätten sie vielleicht miteinander Karten gespielt und sich über die Jungs in ihrer Klasse unterhalten. Stattdessen warten sie darauf, dass jemand sie auswählt. Immer noch besser als die Alternative. Wenn eine länger als einen Monat im Fernsehraum rumsitzt, ohne dass sie jemand will, fliegt sie raus. Sie kommt nicht in die Garage, sondern weg. Aus dem Haus, landet irgendwo in der Wüste, weil sie sich ihr Brot nicht verdient hat.

Unser Mädchen hat aus dem Fernsehen ein paar Brocken Englisch aufgeschnappt. Sie hört aufmerksam zu, wenn die Nachrichten kommen. Polizei, Mord, Fangen, Freilassen. In den Nachrichten geht es um einen Jungen, er sieht so alt aus wie sie, ist aber Amerikaner. Angestrengt formt sie das Wort, das die Nachrichtensprecherin ständig wiederholt, es klingt seltsam. *Geh. Kitt. Nackt. Geh-kitt-nackt.* Der Junge spricht mit der Frau im Fernsehstudio, zeigt auf das Bild eines Aquariums. Da ist noch eine Frau, nicht die Nachrichtensprecherin, in der Ecke steht 2014. Ihr Name steht darunter am Bildschirmrand. Unser Mädchen ist aufmerksam: amerikanischer Vorname, mexikanischer Nachname. Sie sieht nach Polizei aus. Oder lesbisch. Oder Gangsterin. Sie trägt Schwarz. Und eine Sonnenbrille.

Zurück zum Jungen. Er sagt dauernd dasselbe: »Die Frau hat mich geretten, sie hat mich geretten.« Unser Mädchen beobachtet, wie der Junge sich beim Heulen auf die Unterlippe beißt. Nein, nicht »geretten«, sondern »gerettet«. »Sie hat mich gerettet«, wiederholt der Junge wieder und wieder.

Unser Mädchen beobachtet Maricel, die am Bildschirm klebt. Wie gebannt starrt sie darauf. Der Junge sagt: »Sie hat mich gerettet. Alice Vega hat mich gerettet.« Maricel fängt an zu weinen, sie und der Junge heulen gemeinsam. Unser Mädchen merkt, dass ihr die Hände zittern.

Plötzlich kommt ihr ein Gedanke: Wenn ihr uns wie Tiere behandelt, benehmen wir uns auch so. Im Geiste entfaltet sie eine Landkarte. Stück für Stück. Sie hat mich gerettet, hat der Junge gesagt. Sie. Hat. Mich. Gerettet.

2

Alice Vega starrte auf die Hunde, die Hunde starrten auf das Fleisch.

Sechs verschiedene Rassen, manche zitternde Fellknäuel, andere groß mit langen Schnauzen, alle angebunden am selben Radständer vor Reno's Coffee, ihr Blick wie gebannt auf das Frühstückssandwich gerichtet, das das Paar am nächstgelegenen Tisch verspeiste. Die Lefzen hingen schlaff herab, die Zungen flatterten wie feuchte Flaggen. Vega wusste nicht viel über Hunde, welche Gene welche Rassen hervorbrachten, aber eines war klar: Sie alle wollten ran an den Speck, selbst wenn sie gar keinen Hunger hatten.

Vega saß an einem Tisch ohne Sonnenschirm, es war erst neun Uhr morgens, aber schon brütend heiß. Nett hier, langweilig. Die Straßen blitzblank, die Menschen auf unauffällige Weise attraktiv, die Hunde gepflegt. So ähnlich war es auch dort, wo Vega wohnte, doch in ihrer Stadt gab es mehr Obdachlose und weniger Luxuskarossen. Ein bisschen schäbiger, aber nicht viel. Kalifornien war ein eigener Planet, Vega hatte ihr ganzes Leben dort verbracht, daher kamen ihr die meisten Orte vertraut vor. In San Diego war es genauso.

Als ihr Handy neun Uhr fünfzig zeigte, warf sie ihren Becher in den Müll, betrachtete die Hunde noch ein letztes Mal, dann ging sie. Fuhr zum rund einen Kilometer entfernten Gebäude der Rechtsmedizin und parkte davor. Das Gebäude aus hellem Sandstein wirkte wie ein Krankenhaus oder eine Grundschule. Vega klickte auf die Mail mit Namen und Adresse.

Dann stieg sie aus, ließ ihre Halswirbel knacken und verdrehte sich wie eine Lakritzstange. Danach ging es ihr besser. Fünfunddreißig ist nicht soo alt, dachte sie, als müsste sie sich rechtfertigen.

Durch die Automatiktür ins kühle, cleane Interieur, Linoleumboden mit Karomuster. Ein Pförtner saß auf einem Klappstuhl vor dem Schreibtisch, den Blick auf den Überwachungsmonitor gerichtet. Er reagierte nicht überrascht, als Vega vor ihm stand, schließlich hatte er sie vom Parkplatz kommen sehen.

»Kann ich Ihnen helfen?« Er war jung und schwarz, der Schatten eines Barts auf der Oberlippe.

»Ich habe einen Termin bei Emilia Paiva«, sagte Vega.

»Vega? Ist das Ihr Nachname?«

Sie nickte, zeigte ihm ihren Führerschein. Der Pförtner nahm ihn und notierte ihre Daten im Register vor ihm. Dann drückte er zwei Knöpfe auf seinem Telefon und gab ihr den Führerschein zurück. Vega spähte auf den Bildschirm: der frisch gemähte Rasen vor dem Gebäude, geparkte Autos, eine Reihe weißer Transporter. Hinter einem standen zwei Angestellte in Schutzkleidung und zogen eine Bahre mit Leichensack heraus.

Da ertönte eine weibliche Stimme. »Sie sind Alice Vega.«

Vega blickte auf, und da stand sie: Eine Latina mit jugendlichem Gesicht und geradegeschnittenem, dunklem Pony. Die Frau war ein bisschen kleiner als Vega, wog aber locker über hundert Kilo. Ihren blauen Laborkittel trug sie offen, darunter ein T-Shirt mit der Aufschrift Deadpool.

»Ms Paiva?«, fragte Vega.

»Mia«, sagte sie munter. »Alle nennen mich Mia.«

Sie gab Vega die Hand.

»Das da ist Sam«, sagte sie mit Blick auf den Pförtner. »Er lächelt einmal die Woche.«

Sam lächelte.

»Da!«, rief Mia. »Mir nach«, sagte sie zu Vega.

Vega folgte ihr durch graue Schwingtüren in einen Gang mit einem länglichen Fenster an der einen Seite, durch das man auf eine Reihe geparkter Fahrzeuge sah. Am Ende des Gangs befanden sich identische Schwingtüren. Trotz ihres eindrucksvollen Gewichts bewegte sich Mia relativ zügig.

»Wie lang arbeiten Sie schon mit Rowlie?«, fragte sie Vega.

»Roland Otero? Bis jetzt habe ich nur einmal mit ihm gesprochen. Er wollte, dass ich Sie treffe.«

»Ah-ha«, sang Mia, während sie sich durch die Tür schob, »jetzt verstehe ich.«

Vega fragte nicht, was Mia zu verstehen glaubte. Vor ihnen teilte sich der Gang. Auf der einen Seite befanden sich durchsichtige Schiebetüren, dahinter sah man Techniker an langen Bänken und Schreibtischen mit Mikroskopen, kastenförmigen Analysegeräten und Laptops. »Toxikologie« stand auf einem kleinen Schild. Auf der anderen Seite befand sich ein engerer Korridor und am Ende eine Treppe nach unten. Vega folgte Mia, die ohne Punkt und Komma weiterplauderte.

»Heiß hier, hm?«, fragte sie, wartete aber nicht auf eine Antwort. »Heute sollen es zweiunddreißig Grad werden. Wenigstens sind wir hier drin.«

Als Mia sich umwandte, lächelte Vega rasch. Besser, sie reden zu lassen, dachte sie, obwohl das nicht besonders schwierig war, die Frau war eine echte Plaudertasche. Am Fuß der Treppe schob sie sich durch eine weitere Schwingtür und blieb dann vor einer Stahltür stehen. Ein großes Schild warnte vor Biogefährdung. Mia hielt ihren Ausweis an das Kartenlesegerät, und das rote Lämpchen wechselte zu grün. Die Tür öffnete sich automatisch.

Sie betraten einen großen Raum, an den Wänden standen sechs Fächer hohe Metallregale voller weißer Plastiksäcke, jeder hatte einen schwarzen Reißverschluss in der Mitte, jeder enthielt eine Leiche. Vega kannte den Geruch. Saures Formalin, gemischt mit dem blutigen Gestank beim Schlachter.

»Hier, setzen Sie die auf«, sagte Mia und reichte ihr eine Schutzbrille. »Die Chemikalien sind ziemlich heftig für die Schleimhäute.«

Vega streifte sie sich über, Mia tat dasselbe und zog sich dann bläuliche Latexhandschuhe an.

»Passiert mir auch. Mir tränen ständig die Augen. Nicht weil ich emotional bin oder so, ich habe nur empfindliche Schleimhäute.«

Sie blieb an zwei zusammengeschobenen Bahren stehen. Auf jeder lag ein Leichensack. Vega trat ans kurze Ende der Bahren, wo sie die Füße vermutete.

»Zwiebeln schneiden? Können Sie vergessen!«, fügte Mia hinzu. »Okay, hier haben wir die Erste.«

Mia zog den Reißverschluss auf. Im Sack lag die Leiche eines jungen Mädchens, eine Latina mit langem, lockigem Haar, das ihr im Stehen vermutlich bis fast zur Hüfte gereicht hatte. Sie war schlank mit kleinen Brüsten und schmaler Hüfte. Ihr Körper zeigte Spuren des bei der Obduktion durchgeführten Y-Schnittes. Mia schob den Sack ganz zur Seite, damit Vega das Wichtigste besser sehen konnte: die ungeschickten Einschnitte über dem linken Hüftknochen.

»Weiblich, Alter zwischen zwölf und vierzehn, wurde letzten Donnerstag eingeliefert. Todesursache Myokardinfarkt infolge massiven Blutverlusts durch mehrere Stichverletzungen«, erklärte Mia, während sie mit zwei Fingern die Hüfte anhob, um Vega zu zeigen, dass die Schnitte weitergingen. »Ich schätze, sie war schon einen Tag tot, bevor sie bei uns eingeliefert wurde. Keine Anzeichen von kürzlich stattgefundener sexueller Gewalteinwirkung per se, aber diverse Risse an den Schamlippen und im Analbereich, das Hymen fehlt. Auffällig ist hier vor allem das funktionierende Intrauterinpessar.«

Vega umrundete die Tote und stellte sich neben Mia, damit sie dasselbe sah wie sie.

»Organe sind alle relativ normal, außer dem Loch in der Niere.«

»Ist sie daran gestorben?«, fragte Vega.

Mia zuckte die Achseln.

»Nierenverletzungen bluten stark, das hat den Prozess sicher beschleunigt, aber es ist nicht so, dass sie sicher überlebt hätte, wenn der Mörder ihre Niere nicht erwischt hätte. Keine Nahrungsreste im Magen. Hier ist was für Sie«, sagte Mia etwas zu fröhlich. Sie zeigte auf die Wunden. »Sehen Sie die oberflächlichen Schnitte hier?«

Vega beugte sich vor. Zwischen den tiefen Schnittverletzungen an der Hüfte und am Rücken befanden sich mehrere schorfige Stellen, sie lagen dicht nebeneinander, einige waren länger, andere kürzer, es sah aus wie ein Barcode.

»Ich nehme an, unsere Jane Doe hat sich bewegt, der Mörder ritzt mit der Klinge in die Haut, aber Sie sehen selbst, dass einige Spuren kürzer sind als andere?«

Vega nickte.

»Gezackte Klinge, oder?«, fragte Mia.

»Sehe ich auch so«, sagte Vega. »Sonst noch was zum Messer?«

»Nichts Besonderes. Wahrscheinlich eins Komma sechs Millimeter, aber das trifft auf die meisten Messer zu.«

Mia richtete sich auf, betrachtete den gesamten Körper.

»Ein paar Hämatome, Prellungen hier und da. Das hier unten«, sie verdrehte den rechen Oberschenkel, um Vega die kleinen sternförmigen Narben auf der Innenseite zu zeigen, »sieht nach Brandmalen von Zigaretten aus.«

An den Handgelenken und Fingern entdeckte Vega kleine rote Schnitte.

»Abwehrverletzungen«, sagte sie.

»Haargenau.« Mia zog die Nase kraus. »Mörder kommt von hinten, Mädchen verdreht sich, schlägt mit den Händen nach hinten aus.«

Mia vollführte eine skurrile Pantomime, wedelte mit den Händen und wackelte mit den Fingern.

»Und die hier.« Sie war ans Kopfende getreten. »Sehen Sie die?«

An der rechten Schläfe war ein eiförmiger roter Fleck zu erkennen.

»Schlagverletzung, stumpfer Gegenstand«, sagte Mia. »Aber mir fällt spontan nicht viel ein, was so eine Delle machen würde. Kochlöffel?«

Vega neigte den Kopf, um die Stelle genauer in Augenschein zu nehmen. Die Haut war leicht geschwollen. Es sah fast aus wie eine allergische Reaktion, ein Ausschlag wie von Gifteiche oder Giftefeu, aber konzentriert an dieser einen Stelle.

»Wollen Sie die andere auch noch sehen?«, fragte Mia.

»Klar.«

Mia trat an die zweite Bahre und zog den Reißverschluss des Leichensacks auf. Vega stellte sich neben sie. Dieses Mädchen roch anders. Sie zwang sich, den Geruch mit allen Sinnen wahrzunehmen. Streng, dumpf, feucht. Als wäre sie frischer.

Diese Tote war entweder älter oder besser entwickelt, ihre Brüste waren voller, die Kurven runder, das Schamhaar dunkler und üppiger. Die Augen waren geschlossen, doch ihr Gesicht trug einen erkennbaren Ausdruck. Die Stirn war gerunzelt, die Lippen hatte sie verzogen, als wäre sie sauer. Außerdem wies ihr Körper erheblich massivere Verletzungen auf. Sie hatte dunkelbraune, pflaumengroße Flecken an Armen und Beinen und identische Schnittverletzungen an der Hüfte, allerdings waren sie präziser ausgeführt und zum Rücken hin länger. Vega entdeckte vier Schnitte, keine Ausrutscher.

»Der Täter wird geschickter«, sagte Mia.

Vega nickte stumm.

Mia fuchtelte über dem Schambereich des Mädchens herum. »Jane Doe Nummer zwei. Auch zwischen zwölf und vierzehn. Ebenfalls dutzende Risse an den Schamlippen.« Wieder hob sie die Hüfte mit zwei Fingern an. »Diesmal hat er die Niere dreimal erwischt.«

Vega beugte sich vor. Eigentlich wollte sie sich die Verletzungen genauer ansehen, doch ihr Blick wanderte zu den Händen. Unter den kurzen Fingernägeln und in den Ecken der Nagelhaut des Mädchens hatte sich Schmutz angesammelt. Ihre Finger waren lang und schlank und ruhten so schwerelos auf der Bahre, dass es Vega vorkam, als würden sie schweben. Sie spähte zur anderen Hand, die erstaunlicherweise einen ganz anderen Anblick bot. Die Finger der rechten Hand waren verkrampft und fast geschlossen, zur Faust geballt.

Wieder stieg Vega der Geruch in die Nase, dieses Mal nahm sie nur Fleisch wahr, und sie musste sich zwingen, nicht an Essen zu denken, an die Hunde und das Frühstückssandwich, Truthahn an Thanksgiving, Fischstäbchen. Sie krümmte sich, legte die Hände auf die Knie und atmete durch den Mund.

»Ist Ihnen schlecht?«, fragte Mia voller Mitgefühl. »Passiert mir auch manchmal. Erst letzte Woche. Hatte zwar einen heftigen Kater, aber trotzdem.«

Vega schrillten dermaßen die Ohren, dass sie Mia kaum hörte.

»Versuchen Sie's damit.« Mia hielt ihr was vors Gesicht: eine kleine weiße Pille.

»Pfefferminz«, sagte Mia.

Vega schob sie sich in den Mund. Der frische Geschmack erfüllte ihren Rachen und stieg ihr in die Nase. Sie konnte wieder frei atmen.

»Danke«, sagte sie, als sie sich aufgerichtet hatte.

»No probs«, sagte Mia, den Blick wieder auf die Tote gerichtet. »Wo waren wir stehengeblieben?«

»Hat man sie an derselben Stelle gefunden?«, fragte Vega.

»Nein. Rowlie hat alle Einzelheiten, Tatort und Fundort und so. Keiner von unseren Leuten war vor Ort. Aber ich kann Ihre Frage beantworten: Nein, verschiedene Fundorte, zu verschiedenen Zeiten aufgefunden. Jane zwei mussten wir gründlicher reinigen, sie war voller Staub.«

»Todesursache, Art des Opfers sind gleich. Könnte aber trotzdem Zufall sein, oder? Wieso gehen wir davon aus, dass eine Verbindung besteht?«, fragte Vega.

Mia grinste so breit, dass ihre runden Wangen an den Rand der Schutzbrille stießen. Schlaue Hamsterbacke, dachte Vega.

»Die Zweite hatte auch ein Pessar«, verkündete sie zufrieden.

Vega wartete. Sie wollte Mia nicht in die Parade fahren.

»Ich habe sie bereits entfernt«, fuhr Mia fort und zog zwei Asservatenbeutel aus dem Regal unterhalb der Bahre. Sie hielt beide in die Luft. »Kupfer. Derselbe Hersteller.«

»Woher wissen Sie das?«

»Der Name steht auf der Spirale. *Health-Guard.*«

Mia griente, als wollte sie gleich ein Kaninchen aus dem Hut zaubern.

»Darf ich Ihnen noch was zeigen?«, fragte sie und schob ihre Schutzbrille hoch.

Vega nickte.

»Dann kommen Sie mit.«

Sie trat an einen langen Arbeitstisch in der Ecke des Raums, auf dem ein Computermonitor und ein Mikroskop standen. Mia zog die Pessare aus den Beuteln und legte sie unters Mikroskop. Auf dem Monitor war das verschwommene Bild des Pessars vor weißem Hintergrund zu sehen.

»Ich stell das schärfer«, sagte Mia, während sie durch Okular sah.

Nach einer Weile war der Schriftzug erkennbar, die Worte *Health-Guard* waren in die beiden Stifte am oberen Ende eingraviert.

»Schauen Sie mal genau hin«, sagte Mia, immer noch übers Mikroskop gebeugt.

Sie drehte den Objektivträger, sodass der längere Teil des Pessars besser erkennbar war. Auch dort war etwas eingraviert.

»Ziffern«, sagte Vega.

»Genau. Acht Ziffern, aber Sie müssen sich nur die letzten drei merken.«

Sie zog den ersten Objektivträger weg und schob das zweite Pessar unter das Objektiv.

»Haben Sie sich die drei Zahlen gemerkt?«, fragte sie Vega.

»79433530«, sagte Vega.

Mia sah sie beeindruckt an.

»Sehr gut.« Sie justierte die Schärfe so gut es ging.

Die Spirale sah identisch aus, stammte vom selben Hersteller. Sie las die Nummer ab.

»79433525.«

Mia hob den Kopf und sah sie triumphierend an.

»Jawoll. Rowlie sagt immer, ich soll nicht warten, wenn mir was auffällt.«

Vega kehrte zurück zur Bahre. Jane zwei. Nummer 79433525.

»Das ist ein kluger Rat«, sagte sie.

Die finstere Miene, die Brüste, die geballte Faust, die andere Hand, die sich zu ihr hinzustrecken schien. Irgendwo gibt es vier, die sind genau wie ihr, dachte Vega, oder ganz anders.

Während er wartete, schob Max Caplan den Finger unter den Knoten seiner Krawatte, um sie etwas zu lösen. Damals, als Polizist, hatte er täglich Krawatte getragen, aber immer locker gebunden, wie kurz vor der Happy Hour. Nachdem er seine zweite Karriere als Privatermittler eingeschlagen hatte, waren die meisten davon im Müll gelandet, nur ein paar hatte er behalten, für Hochzeiten und Beerdigungen. Doch jetzt, da er für eine Anwältin arbeitete, warf er sich an den Tagen, an denen er seine Berichte einreichte, in Blazer und Krawatte.

Vera Quinns Kanzlei war eine One-Woman-Show, genau wie Caps Detektei. Quinn war unkompliziert, gepflegt und besaß die Attraktivität einer hochrangigen Politikerin. Sie war vermutlich die bekannteste Anwältin in Denville, PA, und ihr Konterfei war auf dutzenden Reklametafeln zu sehen, darunter das selbsterklärende Motto, das vermutlich jedem potenziellen Mandanten aus dem Herzen sprach: »Ich verdiene nur, wenn Sie gewinnen.« Die eleganteste Mandantenjägerin in ganz Allegheny.

Seit er vor anderthalb Jahren zwei entführte Mädchen gefunden hatte, konnte er sich über Auftragsmangel nicht beklagen. Die beiden Brandt-Schwestern waren aus der Gegend verschwunden, und Cap hatte mit detektivischem Gespür herausbekommen, wo der Entführer sie versteckt gehalten hatte. Doch Vera Quinn war seine treuste Kundin, sie zahlte gut und zuverlässig. Wenn Cap ehrlich war, fand er die Arbeit zwar nicht besonders aufregend, aber das kleine Polster auf seinem Konto hatte er sich auf der linken Arschbacke verdient. Keine Straftäter, die sich trotz Kaution absetzen, keine Ehebrecher. Nur staubtrockene Gespräche mit Versicherungsfirmen.

Und nebenbei half er sogar den Bedürftigen! Vera Quinn setzte sich für den kleinen Mann ein. Kunstfehler, Montagsautos, Parasiten im Essen. Der einzige Preis, den er einmal die Woche zahlen musste, war die Krawatte, und ernsthaft? Was war das schon gegen Veilchen, Muskelzerrungen und schlaflose Nächte? Eine klare Win-win-Situation!

»Sie können jetzt reingehen, Cap«, sagte die Empfangsdame. Sie war sechzig, Raucherin und hatte eine Stimme wie eine Kettensäge.

»Danke, Martha.«

Als Cap eintrat, lehnte Vera an ihrem Schreibtisch und sprach in ihr Headset. Das Mikro war gerade mal so groß wie ein Radiergummi. Sie lächelte ihm zu und winkte enthusiastisch, während sie das Gespräch zu beenden versuchte.

»Mein Bericht geht morgen raus ... Danke, dass Sie sich für mich Zeit genommen haben. Auf Wiederhören.«

Sie drückte den Knopf und legte das Headset ab.

»Heißa!«, rief sie.

»Gute Nachrichten?«

Vera warf die Hände in die Luft, als wäre ein Tor gefallen.

»Turino hat sich auf einen Vergleich eingelassen.«

»Jetzt schon?«

»Jetzt schon«, sagte Vera lachend. »Wenn ich nicht gerade auf Paleo-Diät wäre, würde ich uns glatt eine Margarita ausgeben.«

Cap grinste. Vera hatte Humor und keine Allüren, und sie konnte über sich selbst lachen. Und sein gerade erst begonnener Job war bereits erfolgreich abgeschlossen. Kinderspiel.

»Ich glaube, Double Gs Aussage brauchen wir nicht mehr«, sagte er, als er den braunen Umschlag auf Veras Schreibtisch legte.

»Nein, aber wir sollen sie trotzdem in der Hinterhand behalten. Noch ist nichts unterschrieben. Steht was Interessantes drin?«

»Zwei Tagelöhner haben ausgesagt, ihr Vorarbeiter hätte ihnen gesagt, sie sollen schnell arbeiten und sich nicht so genau an die Regeln halten.«

Vera setzte sich auf ihren Bürostuhl.

»Genau wie du vorausgesagt hast.«

Cap zuckte die Achseln.

»Ist doch klar. Diese Jungs haben keine Aktien in der Sache. Sollten wir Mr Myse anrufen und ihm sagen, dass er sich seine Krankenhausrechnung und vielleicht noch einen Kurztrip nach Atlanta leisten kann?«, fragte Cap.

»Wohl eher die Bahamas«, meinte Vera grinsend.

»Genial! Wer von uns sagt es ihm?«

»Gleich. Erst muss ich noch was mit dir besprechen.«

Sie sah ihn an, als wollte sie ihm ein pikantes Geheimnis verraten. Cap wurde ganz nervös, lächerlich, aber er konnte es nicht ändern. Es war immer unangenehm, wenn man der einzige Ahnungslose war.

Er rang sich ein Lächeln ab und sagte: »Schieß los.«

Vera rieb sich die Hände.

»Du bist zufrieden, oder? Mit unserer Zusammenarbeit, meine ich.«

»Ja klar, Vera.«

Sie nickte.

»Du bist ein Profi, Cap, an deiner Arbeit ist nichts auszusetzen. Gründlich, schnell, mit mehr Erfahrung und Gewissenhaftigkeit als alle anderen aus der Branche, mit denen ich es zu tun hatte.«

Cap wurde ganz verlegen, er mochte Komplimente nicht, denn er glaubte sie nur, wenn sie von seiner Tochter kamen, nur dann genoss er sie wie einen sanften Regenschauer.

»Danke«, sagte er schließlich. »Du weißt, dass das auf Gegenseitigkeit beruht.«

Vera ging nicht weiter darauf ein, sondern lächelte nur verkniffen.

»Ich habe über unsere Kooperation nachgedacht und bin zu dem Schluss gekommen, dass wir uns permanent zusammentun sollten.«

Sie ließ ihre Worte einen Moment wirken. Ganz die Anwältin. Überlass der Gegenseite das Denken und Reden, vielleicht kommt sie selbst auf das, was man hören wollte. Aber Cap war Cop, er beherrschte das Spiel mit dem Schweigen genauso gut, vielleicht sogar besser.

Er lächelte sie einfach weiterhin an, musste aber daran arbeiten, seine Verwirrung nicht zu zeigen.

»Ich habe ein Angebot für dich«, sagte Vera schließlich. »Du arbeitest Vollzeit bei mir, als Angestellter. Deine Arbeitszeit bleibt flexibel, genau wie jetzt auch. Mach einfach dieselbe Arbeit wie vorher, aber mit Krankenversicherung, Urlaub, null Verdienstausfall, auch nicht bei Krankheit. Du musst mir nur garantieren, dass du zwei Jahre bleibst, danach sehen wir weiter.«

Vera gab Cap einen grauen Umschlag. Er nahm ihn wie ferngesteuert entgegen.

»Vera ... ich«, stammelte er.

»Bitte. Du musst nicht sofort antworten. Lass es dir ein paar Tage durch den Kopf gehen. Besprich es mit Nell.«

Cap grinste. Anscheinend wussten Gott und die Welt, dass seine Tochter Nell seine treueste Ratgeberin war. Obwohl sie sich drastisch verändert hatte, seit sie zwei Stunden lang mit einer Waffe bedroht worden war. Die Entführung der Brandt-Schwestern hatte Cap viel Kummer bereitet. Früher war Nell ein Ausbund an Lebenslust und Neugier gewesen, jetzt wirkte sie verängstigt und war oft schlecht gelaunt.

Seine Ex, Jules, war immer noch stinksauer auf ihn, weil er Nell in Gefahr gebracht hatte. Als Cap ihr in einer E-Mail seine Sorge darüber gestand, dass Nell neuerdings Heimlichkeiten vor ihm habe, kam prompt die Antwort: *Was hast du denn erwartet? Sie hat ein traumatisches Erlebnis hinter sich, und jetzt kriegst du die Krise, nur weil sie sich wie ein normaler Teenager benimmt? Hör bloß auf, dich im Selbstmitleid zu suhlen!!*

»Ich weiß nicht, was ich sagen soll«, meinte Cap jetzt. Er kam sich vor wie ein Idiot.

»Überleg's dir«, sagte Vera. »Wir sind ein gutes Team.«

»Danke, Vera. Das ist echt ... ein Ding«, sagte er jovial, aber ohne sich weiter festzulegen.

»Hoffentlich ist das positiv gemeint.«

»Aber hallo! Natürlich! Ich hab mich nur so daran gewöhnt, mich ständig um meine Auftragslage zu sorgen, dass ich gar nicht weiß, was ich mit der ganzen Energie tun soll, wenn das nicht mehr nötig ist.«

Vera lächelte. »Fitnessstudio?«

Sie lachten, unterhielten sie sich noch eine Weile über den

Turino-Vergleich, den nächsten Fall und potenzielle Neukunden, dann begleitete Vera ihn zum Ausgang. Cap schob sich den grauen Umschlag in die Tasche und verabschiedete sich.

»Wir sprechen uns bald?«, fragte Vera.

»Ja. Und nochmal danke!« Cap schüttelte ihr die Hand.

»Ihr Zwei-Uhr-Termin wartet«, sagte Martha.

»Bin gleich da!«

Vera winkte Cap noch ein letztes Mal zu, dann verschwand sie im Büro. Cap blieb kurz stehen, er musste sich erst mal wieder berappeln.

»Man sieht sich, Cap«, sagte Martha, während sie gelangweilt durch Facebook scrollte.

»Ja, Martha. Bis bald.«

Cap riss sich zusammen, fummelte am Türknopf herum und stand endlich wieder draußen, wo ihm die schwüle Augusthitze entgegenschlug. Jetzt krieg dich wieder ein, Caplan!, dachte er. Egal, was sich in dem grauen Umschlag verbarg, es war garantiert ein gutes Angebot, Veras Kanzlei war solide und seriös, sie selbst eine großartige Chefin, und bei der geringen Selbstbeteiligung an der Krankenversicherung fing doch jeder normale Amerikaner sofort an zu sabbern wie vor einem saftigen Cheeseburger.

Wo lag also das Problem? Er lockerte seine Krawatte. Wie hieß dieser Film noch mal? Mit Brad Pitt ... oder war es George Clooney gewesen, der sich die Krawatte vom Hals gerissen und sie zu Boden geworfen hatte, weil er das Jobangebot eines Großkonzerns ausgeschlagen hatte? Solche Sperenzchen ließ Cap besser bleiben.

Schließlich hatte er nur zwei von den Dingern.

3

Vega wartete. Sie war die Einzige. Sie kam sich vor wie beim Arzt. Hinter dem Schalter saß eine junge schwarze Polizistin, das Haar zu einem adretten Knoten zurückgebunden, die Uniform gestärkt. Das Telefon summte dezent. Auf dem Tisch lagen Zeitschriften, fein säuberlich ausgebreitet. Blitzblanke Böden, kein Stäubchen.

Während sie auf Roland Otero wartete, las Vega die Nachrichten über den Tunnel. Sie scrollte auf ihrem Handy zu den Fotos: Lampen, Lüftungssysteme, Geräte und Schienen für die Rollwagen. Herein kam man über ein Loch im Boden, das sich auf einer Baustelle in der Nähe des Flughafens verbarg. Gerade mal breit genug für einen großen Hund oder mittelgroßen Menschen. Oder zwei Mädchen, dachte Vega.

Ein Latino trat durch die Tür hinter dem Empfang. Er war ein bisschen größer als Vega, schlank, in schwarzem Button-Down-Hemd und grauer Anzughose, eine weiße Strähne im ansonsten grauen Haar.

»Ms Vega«, sagte er, machte einen Schritt auf sie zu und gab ihr die Hand. »Roland Otero.«

Sie begrüßten einander. Erst jetzt entdeckte Vega die Pockennarben auf Wangen und Stirn und nahm den moschusartigen Duft seines Aftershaves wahr.

»Danke, dass Sie so kurzfristig Zeit haben«, sagte er, als er sie zur Tür führte.

Vega nickte und rang sich ein freundliches Lächeln ab. Als sie am Empfang vorbeikam, fiel ihr die Glock 19 im Holster der Polizistin auf. Dann folgte sie Otero in einen großen Raum, der sie an eine Turnhalle erinnerte. Es gab offenbar keine Büros, nicht mal abgetrennte Nischen, nur Schreibtische, zwei oder mehrere zusammengeschoben, Konferenztische, Automaten für Snacks und Getränke, Kaffeemaschinen – keine Wände, keine Türen, nur ein langes Fenster mit Blick auf den strahlend blauen Himmel. Es war auch nicht laut, die vielen gleichzeitig geführten Unterhaltungen nur ein Brummen im Hintergrund.

»Sie haben Mia getroffen?«, fragte Otero, während sie sich einen Weg zwischen den Tischen hindurch bahnten.

Die meisten Cops hier trugen Zivil, überwiegend Männer, nur ein paar Frauen. Weiß, schwarz, braun.

Sie kamen an einen langen Arbeitstisch in der hintersten Ecke, der fast direkt am Fenster stand, offenbar das Äquivalent des sonst so heiß begehrten Eckbüros. Otero bot Vega einen Stuhl an und setzte sich an den minimalistisch ausgestatteten Schreibtisch: gelber Notizblock, Stift, schlanker Monitor.

»Sie haben sie getroffen, oder? Mia?«

»Ja«, antwortete Vega.

Otero wartete, es dauerte ein bisschen, bis er kapierte, dass sie nicht mehr sagen würde. Irgendwann nickte er.

»Was halten Sie von unseren beiden Janes?«

Vega war nicht sicher, ob das hier ein Vorstellungsgespräch werden sollte und sie den Job überhaupt wollte, aber es wäre unsinnig, sich bei der Antwort zurückzuhalten. Momentan wusste sie nicht, ob sie engagiert oder gefeuert war, also würde sie Rede und Antwort stehen wie jede normale Bewerberin.

»Todesursache und Umstände ähnlich, genau wie Alter, ethnische Zugehörigkeit. Ich nehme an, die erste Tote wurde innen gefunden, die zweite draußen.«

Vega dachte an den Schmutz unter den Fingernägeln des zweiten Mädchens, die gerunzelte Stirn. Sie verdrängte die Bilder und konzentrierte sich wieder. »Beide hatten offenbar vor kurzem Geschlechtsverkehr und trugen ein Pessar. Angesichts ihres Alters gehe ich davon aus, dass sie Opfer von Zwangsprostitution waren, Sexhandel.«

Vega ließ den Blick über Oteros Kopf wandern, für einen Moment wirkte das Fenster, als hätte es keine Scheibe, der Himmel war blau wie Wasser, bald würde er überschwappen und das Zimmer überschwemmen.

»Die Seriennummern. Zwischen den beiden Toten liegen vier Nummern. Daraus können wir schließen, dass es andere Mädchen gibt, die die Pessare mit den Nummern 526 bis 529 tragen. Also mindestens vier.«

Otero sah sie eine Weile an, dann erhob er sich.

»So sehen wir das auch. Wenn Sie hinter den Tisch treten, kann ich Ihnen ein paar Fotos zeigen.«

Vega kam näher. Er gab das Passwort ein und bewegte die Maus. Mehrere Seiten ploppten auf, er klickte auf eine Datei namens »JD1 8-16«.

»Das hier ist Jane Doe Nummer eins.«

Vega erkannte das Mädchen aus der Rechtsmedizin. Lockiges Haar, schlanker Körper. Es war eine Nahaufnahme, sie lag verrenkt auf dem Rücksitz eines Autos, nackt bis auf einen Spitzen-BH und Slip. Aus ihren Stichwunden sickerte Blut. Es sah aus wie Öl.

»Wir haben sie in einem geparkten Auto an einer Straße in El Centro gefunden.«

»Im San Diego County?«, fragte Vega. Sie rief sich die Karte des Bundesstaates ins Gedächtnis.

»Imperial«, sagte Otero. »Der Sheriff hat es an uns weitergegeben, weil wir mehr Ressourcen haben, bessere Labore. Und Rechtsmedizinerinnen wie Mia.«

»Kennen Sie den Besitzer des Wagens?«

»Ja. Hat sein Auto am Freitag um sechs Uhr als gestohlen gemeldet.«

»Und? Glaubwürdig?«

»Scheint so, ja.«

»Abdrücke?«

Otero nickte. »Teilabdruck am Lenkrad, aber kein Treffer.«

Er schloss das Foto.

»Wollen Sie die Zweite auch noch sehen?«

»Sicher.«

Er öffnete ein weiteres Foto. Das zweite Mädchen lag in einem Graben, sie trug Shorts. Seitlich auf ihrem weißen Trägerhemdchen prangte ein Blutfleck, wo der Täter sie mit dem Messer verletzt hatte. Sie war staubbedeckt, barfuß.

»Ein Trucker hat sie in einem Graben in der Nähe von Brawley entdeckt und gleich den Notruf gewählt. Das war gestern früh.«

»Hatte er was damit zu tun?«

»Wir können seine Route verfolgen, er ist in West Texas losgefahren. Hat mehrere Alibis.« Otero seufzte. »Zum zweiten Opfer können wir nicht viel sagen, außer dem, was Mia Ihnen schon erzählt hat. Ähnliche Stichverletzungen.«

Otero schloss die Dateien, was Vega als Aufforderung deutete, wieder auf ihre Seite des Schreibtischs zurückzukehren.

Er lächelte höflich, aber nicht aufrichtig, und Vega hatte das Gefühl, dass er ihr etwas verschwieg. Kein Problem, auch sie behielt einiges für sich.

»Müssen Sie sonst noch was wissen?«, fragte er nach einer Weile.

»Ja. Was hatte das zweite Opfer in der Hand?«

Falls Otero überrascht war, verbarg er es sehr gut. Nur sein Kopf neigte sich leicht zur Seite.

»Keine Ahnung, was Sie meinen«, sagte er.

»In ihrer rechten Hand«, sagte Vega und hielt zu Demonstrationszwecken die Finger in die Luft. »Sah aus, als hätte sich ihre Hand kurz vor der Leichenstarre geschlossen. Entweder machte sie eine Faust, oder sie hielt was fest. Unwahrscheinlich, dass sie sich mit der Faust wehren wollte, das ist eher untypisch für Frauen. Sie benutzen«, Vega spreizte die Finger, »meist die

Fingernägel und kratzen. Deswegen gehe ich davon aus, dass sie etwas in der Hand hatte.«

Otero nickte leicht, dann schob er seinen Stuhl zurück.

»Kommen Sie mit in die Asservatenkammer, Ms Vega?«, fragte er.

»Sicher.«

Nachdem sie den großen Raum durchquert hatten und ein Stockwerk tiefer gegangen waren, kamen sie an eine mit dicker Stahltür gesicherte Kammer, daneben befand sich ein Ausgabefenster. Ein Polizist stand dahinter. Er schob Otero ein Tablet hin, der tippte eine Nummer ein und schob das Gerät zurück. Otero zog zwei Paar Handschuhe aus dem Spender neben der Tür. Ein Paar hielt er Vega hin.

Der Mann hinter dem Ausgabefenster drückte einen Knopf, und die Tür öffnete sich mit einem Summen.

Otero und Vega traten ein.

Die Asservatenkammer war blitzsauber, blaue Archivboxen standen ordentlich aufgereiht auf Regalen, es gab mindestens zehn Gänge. Vorn standen zwei lange Stahltische mit Klappstühlen.

»Ich will ehrlich sein«, sagte Otero. »Ihre Frage hat mich überrascht.«

Er zog eine Box vom ersten Regal. Ganz vorn, gerade erst angelegt, dachte Vega. Nachdem er sie auf den Stahltisch gestellt hatte, sahen er und Vega sich schweigend an.

Schließlich verzog Otero das Gesicht zu einem Grinsen. »Ich dachte, Sie würden mich fragen, warum Sie hier sind.«

Vega lehnte sich an den Tisch, beugte sich zur Box, hielt seinem Blick aber stand.

»Warum bin ich hier, Commander?«

Sein Grinsen verlosch, er wandte sich ab. Plötzlich wirkte er bekümmert, ja sogar nervös. Aber vielleicht war das nur seine professionelle Miene, die zu der Arbeit passte, die er täglich verrichtete.

Er öffnete die Box und zog nacheinander einige durchsichtige Asservatenbeutel hervor. Jeder war mit einer sechsstelligen Nummer und dem Datum beschriftet, 08-21. Eine enthielt Shorts, die andere ein Trägerhemdchen.

»Natürlich haben Sie recht«, sagte Otero. »Das Mädchen hatte tatsächlich was in der Hand.«

Er nahm den letzten Beutel aus der Box. Er enthielt ein Stückchen Papier. Gerade groß genug, dass es das Mädchen in der Hand verstecken konnte, dachte Vega. Otero zog es langsam mit den Fingerspitzen heraus.

Er gab es Vega und sagte: »Wie Sie sehen werden, beantwortet es Ihnen gleich beide Fragen.«

Vega musste die hingekritzelten Buchstaben ein paarmal lesen, schwarze Lettern, von Schweiß, Schmutz und Blut verschmiert. Danach war ihr alles klar.

Wieder saßen Otero und Vega einander gegenüber, diesmal im Konferenzzimmer in der dritten Etage. Es war hell, auch hier gab ein großes Fenster den Blick auf den strahlendblauen Himmel frei. Vega kam sich vor wie in einem Start-up-Unternehmen im Silicon Valley.

Otero sah auf sein Handy. »Einen Moment noch«, sagte er. Knappes, ungeduldiges Kopfschütteln.

Sie saßen noch ein paar Minuten schweigend da. Vega hatte einige Fragen, war allerdings sicher, dass Otero keine Antworten geben durfte. Also warteten sie.

Irgendwann öffnete sich die Tür und zwei Männer traten ein. Einer war groß, breitschultrig und blond. Sein Haar sah nass aus, er hatte es offenbar mit Gel zu einer fast ziselierten Welle gestylt.

Der andere war kleiner, nicht dick, aber breiter im Gesicht, mit kleinen Augen, braunem, etwas zu langem Haar, dem Styling offenbar völlig fremd war. Beide waren um die vierzig.

»Christian Boyce, DEA«, stellte der Blonde sich vor. »Das ist mein Kollege Mike Mackey.«

»Alice Vega.«

Die beiden Männer setzten sich links und rechts neben Otero.

»Commander Otero hat Ihnen bereits mitgeteilt, was wir über die beiden toten Mädchen wissen?«

Vega nickte.

»Letzte Woche lief ein Bericht in der Sendung *48 Hours*, es ging darum, was aus ehemaligen Entführungsopfern geworden ist«, fuhr er fort. »Einer davon war der Junge aus dem Aquarium, wie hieß er noch gleich?«

Vega antwortete nicht sofort. »Ethan Moreno«, sagte Otero rasch.

»Richtig«, sagte Boyce. »Wir gehen davon aus, dass Jane zwei die Sendung gesehen hat, dann wird sie mit dem Messer gequält, versteht, dass sie sterben wird, und schreibt Ihren Namen vorher noch schnell auf einen Zettel, Ms Vega. Den finden wir dann bei ihrer Leiche. Folgende Fragen«, sagte er und begann, sie an den Fingern abzuzählen. »Kommen die Janes aus dem Ausland? Wurde die erste Jane in dem Wagen umgebracht, in dem man sie gefunden hat, oder nur dort abgelegt? Gibt es mehr von ihnen? Wenn man sie verschleppt hat und zur Prostitution zwingt, werden sie auch als Drogenkuriere missbraucht?«

Bei der letzten Frage verschränkte Boyce die Zeigefinger und musterte Vega, als wüsste sie die Antwort.

Vega fing seinen Blick auf und schwieg.

Otero sprang erneut in die Bresche. »In den Organen oder Körperöffnungen wurden keine Drogen oder relevante Rückstände gefunden.«

Obwohl er sich an Vega gewandt hatte, kam es ihr vor, als hätte Otero seinen Kollegen auf indirekte Weise zurechtgewiesen.

»Labiale und vaginale Verletzungen, korrekt?«, mischte sich Mackey ein. Seine Stimme klang ein bisschen belegt.

Vega nickte.

»Und beide hatten Pessare in der Gebärmutter«, fügte er hinzu.

Vega bemerkte, dass sich Otero seinem Handy zugewandt hatte. Was hatten die Leute eigentlich früher ohne Handy gemacht, wenn sie Konfrontationen ausweichen wollten?, fragte sie sich. Damals hatte es bestimmt eine Menge blitzsaubere Fingernägel gegeben.

»Also«, sagte Boyce, als hätte sein Kollege nichts gesagt. »Da kommen Sie ins Spiel.«

Dann grinste er. Schnurgerade Zähne, grellweiß. Vega stellte sich vor, wie man ihm die Veneers auf die obere Reihe geklebt hatte.

»Wir könnten Ihre Hilfe gebrauchen. Wie Sie sicher wissen, haben wir in diesem Teil des Landes ein großes Problem mit Tunneln. Allein dieses Jahr haben wir drei entdeckt. Schwer zu wissen, wie lange sie genutzt wurden, aber schätzungsweise wurden Meth, Kokain und Marihuana im Wert von hunderttausend Dollar pro Woche, pro Tunnel transportiert. Und mit großer Sicherheit gehören sie Eduardo Montalvo oder dem Perez-Kartell. DEA, FBI und die Polizei sind daran beteiligt, diese Sache unter Kontrolle zu kriegen. Verstehen Sie?«

Er nickte ihr zu, seine Augen etwas zu weit aufgerissen und glasig, genau wie er zu väterlich aussah, mit seinem gebügelten Hemd und der ärmellosen Fleeceweste. Ein bisschen bevormundend: Prinzesschen, putz dir schön die Zähne!

»Ich glaube schon«, erwiderte Vega. Sie faltete die Hände und beugte sich vor. »Also, sehe ich das richtig: Wenn das Mädchen Bugs Bunny auf den Zettel gekritzelt hätte, säße er jetzt hier?«

Otero blickte von seinem Handy auf. Boyce lief rosa an. Das

ist der Nachteil, wenn man aussieht wie Ken, dachte Vega. Auf cremeweißer Haut sieht man jede Rötung. Sie glaubte, auf Mackeys Lippen ein kleines Grinsen zu entdecken.

»Sie sind für diesen Auftrag mehr als qualifiziert, Ms Vega«, sagte Mackey leise.

»Klar doch. Sie kennen mich, stimmt's? Ich arbeite nicht für wohltätige Zwecke.«

»Die Bezahlung wird sicher zu Ihrer Zufriedenheit ausfallen«, sagte Boyce. »Sie würden als Assistentin für die DEA arbeiten, aber das muss geheim bleiben, die Medien dürfen es nicht erfahren. Sie berichten an Commander Otero, der an Mackey berichtet, und Mackey berichtet an mich.«

»Alle Informationen werden geteilt«, sagte Mackey.

»Ja, Informationen werden geteilt«, wiederholte Boyce.

Vega unterdrückte ein Grinsen. »Stellen Sie mir persönlich einen Scheck aus?«

»Nein, Sie bekommen Ihr Honorar in bar.«

»Huch! Verraten Sie mir gleich, wie viel, oder müssen wir noch ein paar Zettelchen hin- und herschieben?«

Boyce holte tief Luft.

»Zehntausend für zwei Wochen«, sagte er schließlich. »Dann schauen wir weiter.«

Sie sahen einander eine Weile an, dann klopfte Vega sanft auf den Tisch und sagte: »Nein, danke.«

»Wie bitte?«, fragte Boyce.

»Nein, danke«, wiederholte sie, diesmal lauter. Sie war aufgestanden.

Boyce und Mackey erhoben sich ebenfalls, genau wie Otero. Boyce war zu abgeklärt, um etwas zu stammeln, aber in seinen Augen sah sie ein winziges Zucken. Mackey fuhr sich mit der Zunge über die Lippen.

»Wie viel dann, Miss Vega?«, fragte Boyce rasch. »Was halten Sie für angemessen?«

»Es geht mir nicht ums Geld«, sagte Vega. »Selbstverständlich behandle ich unser Gespräch streng vertraulich. Es war nett, Sie kennenzulernen.«

Sie wandte sich ab und ging zügig, aber nicht zu schnell, nach unten. Die Treppe führte direkt ins Großraumbüro, Vega genoss noch einen letzten Blick durchs Panoramafenster, dann ging sie am Empfang vorbei aus dem Gebäude.

Sofort schlug ihr die Hitze entgegen, obwohl sie nicht mal direkt in der Sonne stand. Wo sie wohnte, im Norden, war es auch heiß, aber hier war das Klima sehr viel aggressiver, die Luft war schwerer, ein Gewicht, das sich auf ihre Brust zu legen schien. Sie setzte die Sonnenbrille auf und ging über den gepflasterten Weg zum Parkplatz.

Sie war schon fast am Wagen, als jemand ihren Namen rief. Zwischen anderthalb und drei Metern entfernt, in Eile, aber immer noch im gemäßigten Tempo unterwegs, denn die Schritte hallten ungefähr im selben Takt wie ihre.

Sie ging weiter zum Wagen, zog ihr Handy aus der Tasche, öffnete den Stadtplan. Die Schritte verstummten. Ein bis anderthalb Meter hinter ihr, nahm sie an. Sie wandte sich nicht um.

»Haben Sie was vergessen, Commander?«

Zuerst reagierte Otero nicht. Sie drehte sich um und sah ihn an. Er kratzte sich am Hinterkopf, blinzelte.

»Ich verstehe«, sagte er, »warum Sie den Job nicht wollen.«

»Echt?«, fragte Vega, an ihren Wagen gelehnt. »Warum ich kein Bargeld annehmen will, das die DEA mir unter dem Tisch zusteckt, um einen Sexring auffliegen zu lassen?«

Otero nickte.

»Und?«, fragte sie.

»Und es gibt Dinge, die ich Ihnen nicht sagen darf. Aber ich kann Ihnen verraten, dass Mackey jemanden darauf ansetzen will. Weil wir keine weinenden Mütter haben und auch niemand eine Vermisstenanzeige aufgegeben hat, die auf die beiden Toten passt, war es bis jetzt nicht schwer, den Ball flach zu halten.«

Otero hielt inne. Seine Miene verfinsterte sich kurz.

»Ich weiß, was Sie geleistet haben. Ethan Moreno, Christy Poloñez, die Brandt-Schwestern.«

Bei dem Namen Brandt lief es Vega eiskalt über den Rücken, so war es schon seit einiger Zeit. Wenn Otero nicht weitergeredet hätte, wäre sie womöglich in einen Strudel geraten und am Ende wieder in den Wäldern gelandet, irgendwo im Nordosten Pennsylvanias, und hätte im Geiste erneut diese langen, kalten Minuten durchstehen müssen.

»Jane zwei«, fuhr er fort. »Ich glaube, sie wusste, dass sie sterben würde. Sie wollte Sie finden, damit Sie den anderen helfen.«

Vega war froh um ihre Sonnenbrille. Otero trat näher, sie blieb stocksteif stehen.

»Ich glaube, Sie können für Gerechtigkeit sorgen.«

Bei diesen Worten blieb Vega der Atem weg. Damit hatte er sie ins Mark getroffen.

»Ich kann Ihnen einen meiner Ermittler an die Seite stellen. Alle meine Kontakte, hier und in Imperial«, sagte Otero, der offenbar merkte, dass er ihre Aufmerksamkeit hatte. »Ich bin mit den Tunneln beschäftigt, aber ich werde Ihnen helfen, so gut ich kann.«

Vega setzte die Brille ab.

»Zahlt Boyce aus eigener Tasche?«

»Das darf ich Ihnen nicht sagen.«

»Gut«, sagte Vega. »Richten Sie ihm aus, dass wir mit zwanzigtausend anfangen, nicht zehn. Ihr Ermittler kann die Recherchen übernehmen? Offene Fragen klären, Kleinkram erledigen?«

»Sicher.«

Vega stieg ein und ließ den Motor an, die Fahrertür stand noch offen.

»Kann ich ihm sagen, dass Sie mitmachen?«

Vega schnallte sich an.

»Das Geld, die Ressourcen, die Kontakte, alle Fotos und Berichte«, sagte sie. »In ein paar Stunden komme ich zurück.«

Otero kam ihr fast devot vor, sein Blick war butterweich. Ungewöhnlich, diese Dankbarkeit, dachte Vega. Als würde sie ihm einen persönlichen Gefallen tun. Vielleicht nahm er seinen Job genauso ernst wie sie.

»Danke«, sagte er dann.

Vega nickte erst ihm zu, dann in Richtung Tür, um ihm zu bedeuten, dass er loslassen solle. Er trat zurück, sie schloss sie und ließ das Fenster herunter.

»Eine Sache noch«, sagte sie. »Ich muss noch jemanden ins Boot holen. Er hält den Mund. Ich bezahle ihn.«

»Das muss ich mit Boyce klären.«

»Ohne ihn ist die Sache vom Tisch. Also klären Sie nur.«

Sie fuhr vom Parkplatz, ohne Otero noch eines Blickes zu würdigen, das Fenster ließ sie allerdings geöffnet, genoss den heißen Wind auf der Haut. Sie hatte einen Mordsdurst, wollte aber nicht anhalten. Irgendwie war sie auf einmal gut gelaunt. Wie wenn man in einem Laden, in dem man schon zigmal gesucht hat, auf einmal das Richtige findet.

4

Das Thermometer in Caps Wagen zeigte achtundzwanzig Grad, aber die hohe Luftfeuchtigkeit und die stickige Atmosphäre machten ihm zu schaffen. Alles klebte, sein Hemd am Rücken, die Hose an den Oberschenkeln, die Haare auf der Stirn.

Doch kaum hatte die Klimaanlage das Wageninnere etwas abgekühlt, hätte er sie am liebsten ausgemacht und alle Fenster aufgerissen. Die Luft war zwar immer noch heiß und feucht, doch er wollte sie spüren, mit allen Sinnen, seine Haut sollte triefen wie eine tropische Pflanze. Also streckte er den Kopf wie ein Hund zum Fenster raus und riss sogar den Mund auf, damit sich die feinen Tröpfchen auf seiner Zunge sammelten.

Dann surrte sein Handy.

»Ralz ruft an«, verkündete die Bluetooth-Dame.

Cap überlegte, aus welchem Grund Detective Brad Ralz bei ihm anrufen sollte. Nach der Aufklärung im Fall der entführten Brandt-Schwestern hatten sie zwar Respekt füreinander entwickelt, den sie damals als Polizeikollegen nie hatten aufbringen können, doch als Freundschaft würde Cap das nicht gerade bezeichnen. Wahrscheinlich verwählt. Er überließ den Anruf der Mailbox.

Wieder streckte er den Kopf aus dem Fenster, dachte über Vera und ihr Angebot nach und versuchte zu verstehen, warum er nicht begeistert war. *Angst vor Erfolg* – die Worte blitzten in seinem Hirn auf wie die Leuchtreklame eines billigen Motels. Er hatte keine Ahnung, wo er das aufgeschnappt hatte, es klang wie eine der vielen passiv-aggressiven Binsenweisheiten, die Jules so von sich gegeben hatte, oder wie der Titel eines Ratgebers, von einem berühmten Küchenpsychologen verfasst.

Angst hatte er nicht. Die letzten sechzehn Monate hatte er

die Arbeit genossen, den Respekt und das Geld. Keine Nervosität, keine Schweißattacken, Alpträume. Was dann?

Wieder surrte sein Handy.

Wieder säuselte die Bluetooth-Dame »Ralz ruft an«.

»Verdammt«, murmelte Cap.

Er nahm den Anruf entgegen, auf Lautsprecher.

»Ralz«, rief er. »Ruf mich nicht ständig an.«

»Cap? Bist du das?«

»Ähm, ja«, antwortete Cap etwas verstört. Ralz hatte wohl doch nicht mit dem Hintern gewählt. »Wie geht's?«

»Geht so. Bist du gleich zu Hause?«

»Ja, in fünf Minuten. Was ist los, Ralz?«

»Sage ich dir dann. Bis gleich.«

»Was? Wo?«, stammelte Cap, aber Ralz hatte bereits aufgelegt.

Cap startete einen Rückruf.

Gleich nach dem ersten Klingeln landete er auf der Mailbox. Cap hatte ein mulmiges Gefühl. Kopfschüttelnd gab er Gas. Als er in seine Straße einbog, sah er Ralz' Wagen schon in der Einfahrt stehen. Es ergab keinen Sinn.

Brad Ralz war bereits ausgestiegen. Er stand mit Caps Tochter Nell vor ihrem Kombi, einer Dauerleihgabe seiner Ex-Schwiegereltern. Sie hatte die typische Teenagerpose eingenommen, Arme verschränkt, gelangweilte Miene. Doch als sie Cap heranfahren sah, stand sie Gewehr bei Fuß.

Seine plötzlich aufsteigende Panik versuchte Cap rasch zu unterdrücken. Sie steht doch direkt vor dir, sagte er sich, in Sicherheit, gesund, unverletzt. Er parkte am Straßenrand gegenüber und stieg aus. Ralz winkte ihm zu.

»Hi«, rief Cap schon beim Überqueren der Straße, »was ist los?«

Er schüttelte Ralz die Hand, den Blick aber auf Nell geheftet, die sich abgewandt hatte.

»Der Kreisverkehr am Highway 30«, sagte Ralz ohne weitere Umschweife. »Da ist jemand ein bisschen zu schnell durchgefahren, also bin ich hinterher. Auf der Lowell musste ich richtig Gas geben, um dranzubleiben, aber kurz danach hab ich den Fluchtwagen angehalten.«

Cap schnaubte, sein Puls war in die Höhe geschnellt.

»Ich hab sie am Anfang gar nicht erkannt. Das kam erst, als ich ihren Namen auf dem Führerschein gesehen habe.«

Nell wich Caps Blick immer noch aus, sie starrte konzentriert auf das Dach ihres Autos. Vor ein paar Monaten hatte sie sich die Haare abgeschnitten und schwarz gefärbt. Jetzt waren sie kurz, hingen ihr gerade noch über die Ohren und standen nach allen Seiten ab. Ihre Kleidung hatte sie auch radikal verändert. Früher war sie eher sportlich rumgelaufen, Khakihose und Kapuzenpulli, jetzt trug sie Jeans mit Löchern an den Knien und enge Trägerhemdchen oder T-Shirts mit aufgerissenen Säumen. Die Augen waren geschminkt wie die von Amy Winehouse. Cap störte es nicht, dass sie sich erwachsener anzog (wie er es nannte), aber was dieser neue Look über ihr Seelenleben aussagte, gefiel ihm gar nicht: zerrissen, haltlos.

Caps Mund war so trocken, dass er kein Wort hervorbrachte. Stattdessen rang er sich ein verkniffenes Lächeln ab und nickte.

»Ich bin nur mitgekommen, um es dir persönlich zu sagen.«

Cap schluckte ein paarmal. Endlich sagte er: »Wie hoch ist das Bußgeld?«

»Geschwindigkeitsüberschreitung? In diesem Fall hundertfünfzig.«

Nell sah immer noch weg.

»Okay, dann mal her damit«, sagte Cap.

Das entlockte Nell eine Reaktion. Sie machte einen Satz, als wäre ihr Auto siedend heiß, und sah Cap entsetzt an.

»Wie bitte?«, fragte Ralz.

»Gib ihr einen Strafzettel«, wiederholte Cap langsam.

Vater und Tochter tauschten Blicke. Dieselben Augen, nussbraun, funkelten orangefarben im Sonnenlicht.

»Dad!«

Cap hob die Hand.

»Jetzt nicht!«, sagte er.

Ralz musterte die beiden.

»Das werde ich nicht tun, Cap«, sagte er schließlich. »Nell und ich haben uns unterhalten. Diesmal bleibt es bei einer Verwarnung.«

»Danke, Detective«, sagte Nell ruhig. Als wäre sie der Vater und müsste sich für Caps Benehmen entschuldigen. »Bitte entschuldigen Sie die Umstände.«

»In Ordnung«, erwiderte Ralz mit derselben Ruhe. »Solange du in Zukunft an die Bremse denkst.«

Sie nickte eifrig, nahm ihren Rucksack und verschwand rasch im Haus.

Cap atmete tief durch und rieb sich den Schweiß von der Oberlippe.

»Ich werde ihr kein Ticket ausstellen, tut mir leid, Cap«, sagte Ralz.

Cap schüttelte den Kopf. »Das weiß ich zu schätzen. Ich wollte sie nur ein bisschen aufrütteln.«

»Sie war sehr höflich«, sagte Ralz zur Beruhigung.

»Ja, das ist sie, wenn sie will.« Cap blickte zum Haus.

Ralz streckte ihm die Hand entgegen.

»Mach's gut, Cap«, sagte er.

»Danke.«

Ralz stieg in seinen Wagen und fuhr davon. Cap ballte die Hände zu Fäusten. »Ganz ruhig!«, redete er sich zu. Als er ins Haus trat, schlug ihm kühle Luft aus der Klimaanlage entgegen.

Nell war in der Küche, kramte im Kühlschrank herum. Kurz darauf richtete sie sich auf, ein Stück kalte Pizza in der Hand.

Sie warf Cap einen flüchtigen Blick zu und machte Anstalten, sich wortlos nach oben zu verdrücken.

Cap riss sich schwer zusammen, um sie nicht anzubrüllen.

»Nell«, sagte er leise.

Sie blieb stehen und wandte sich um. Ihre Miene erinnerte Cap an Jules: *Scheißtag, keinen Bock auf Diskussionen.*

»Würdest du mir bitte erklären, was da los war?«, fragte Cap.

Sie seufzte.

»Es war genau, wie Ralz es erzählt hat, Dad. Ich hab nicht gemerkt, wie schnell ich unterwegs war.«

»Das reicht mir nicht«, sagte Cap. »An der Lowell ist die Jonas-Mittelschule, falls du das vergessen hast.«

»Da waren aber keine Kinder, es sind Ferien«, sagte Nell.

»Darum geht es nicht.« Caps Stimme wurde lauter. »Du kannst nicht rasen. Nie! Es geht nicht nur um dich. Damit kannst du Menschen verletzen.«

»Ich habe aber niemanden verletzt.« Nell war immer noch ruhig, klang aber zunehmend defensiv.

»Genau da liegt das Problem. Du denkst, dir kann nichts passieren, du wirst niemanden verletzen …«

Zu spät bemerkte er, dass Nell ihn anstarrte, wahrscheinlich, weil seine Augen feucht geworden waren. Tränen.

»Ich hab doch gesagt, dass es mir leidtut«, flüsterte sie fast.

Cap hatte sich wieder etwas beruhigt, rang aber immer noch um Fassung.

»Das reicht nicht«, sagte er schließlich.

Nells Miene schaltete auf Rot.

»Was willst du denn noch, Dad? Soll ich jedem Schüler, den ich nicht umgefahren hab, eine handschriftliche Entschuldigung schicken?«

»Dein Ton gefällt mir nicht, Fräulein!«

Sie schnaubte frustriert.

»Weißt du was?«, stieß sie hervor. »Ich hab in meinem ganzen Leben erst ein halbes Bier getrunken und einen Zug von der Zigarette genommen. Nie gekifft.« Sie sah zu Boden. »Nie Sex gehabt«, fügte sie hinzu.

Ihre Offenheit beschämte Cap. Er spürte, wie sein Zorn langsam verrauchte. Es war alles in Ordnung mit ihr. Sie lebte noch. Der Abend würde friedlich verlaufen, vielleicht kuschelten sie sich ja sogar noch zusammen vor den Fernseher. Danach kämen morgen, übermorgen und so weiter. Sie würde nicht vor ihm sterben.

»Es war ein gutes Gefühl, mal richtig Gas zu geben«, sagte sie. »Vielleicht kannst du es mir einfach nachsehen und bei einer Verwarnung belassen wie Detective Ralz.«

Er wusste nicht, was er sagen sollte, also nickte er.

Nell wandte sich ab und lief nach oben. Cap kam sich vor wie ein Arschloch. Wenn einem Brad Ralz, der nicht gerade für seinen kühlen Kopf bekannt war, als Vorbild genannt wurde, sollte man vielleicht mal ein bisschen über sich nachdenken.

Cap holte sich ein Bier aus dem Kühlschrank und schlappte in sein Arbeitszimmer. Er kam sich vor, als hätte er nächtelang nicht mehr geschlafen.

Hier war die Klimaanlage schwächer. Um Geld zu sparen, hatte er das Zimmer von der Zentraleinheit abgehängt und benutzte ein altes Gerät am Fenster. Sein Nacken war bereits wieder schweißnass, als er den Regler auf zehn hochdrehte.

Er setzte sich an den Schreibtisch, riss sich die Krawatte vom Hals und warf sie auf einen Packen Papier. Dann öffnete er das Bier und schlürfte den Schaum ab. Er tippte auf der Tastatur herum, um seinen Computer aufzuwecken. Es war zwanzig nach drei. Der Tag war schon wieder fast gelaufen. Er wusste, dass er ein bisschen warten musste, bevor Nell wieder ansprechbar war. Um vier würde er zu ihr hochgehen. Jetzt erst mal E-Mails lesen.

Sieben neue Nachrichten waren während seiner Abwesenheit bei ihm eingegangen. Er kniff die Augen zusammen, um sie genauer zu entziffern. Keine Ahnung, wo die Lesebrille war, die er auf Nells Drängen hin endlich gekauft hatte. Aber egal, seine Augen waren noch okay. Nachdem er seinen Schreibtischstuhl ein paar Zentimeter zurückgeruckelt hatte, konnte er die Schrift auf dem Bildschirm schon viel besser lesen.

Überwiegend Spam. Eine Mail von Vera mit dem Betreff »Unser Gespräch«. Cap scrollte weiter, behielt sie aber im Hinterkopf. Eine Nachricht von Nell, offenbar geschickt, bevor man sie angehalten hatte. Ein Link zu einem Artikel aus der *Denville Tribune* über den deutlichen Anstieg der Hasskriminalität. Und eine Mail, die um zwei Uhr vierundfünfzig bei ihm eingegangen war. Absender: A. Vega. Betreff: Job.

Alice Vega. Mit ihr hatte er an der Brandt-Entführung gearbeitet. Die rätselhafte, undurchschaubare, hinterlistige wunderbare Alice Vega. Nachdem sie die Stadt verlassen hatte, waren über einen Monat lang regelmäßig E-Mails von ihr gekommen. Einzelheiten über den Fall, Dokumente, die noch auszufüllen waren, ein Fragenkatalog vom FBI, Bericht über Bericht. Doch danach war Funkstille eingetreten.

Hin und wieder schickte Cap ihr eine Mail, um den Kontakt irgendwie aufrechtzuerhalten, egal wie, und wenn er nur ihre Stimme im Kopf hatte, wenn er ihre Antwort las. Der Grund für seine Kontaktaufnahme war immer an den Haaren herbeigezogen, Links zu Artikeln über vermisste oder gerettete Personen, Fälle, die auf unerwartete Weise geendet waren oder Kriminalfälle, die nach vielen Jahren endlich gelöst werden konnten.

MacCaplan74 hat einen Artikel mit Ihnen geteilt. Cap wusste nie, was er ihr schreiben sollte, also fügte er meistens nur einen überflüssigen Satz hinzu: *Vielleicht interessiert dich das. Cap.* Ihre Antwort lautete immer gleich: *Danke.*

Und jetzt hatte er eine Mail von ihr im Eingang. *A. Vega. Job.*

Doppelklick.

Cap merkte erst, dass er die Luft angehalten hatte, als ihm schwarze Punkte vor den Augen tanzten. Er atmete tief durch und las.

Hi, hab hier in San Diego einen Job für dich. Zehntausend, erst mal. Lass mich wissen, ob du mitmachst. Vega

Cap las sie noch ein paarmal, dann stand er auf. Er lachte los, hielt sich dann rasch die Hand vor den Mund.

Erst mal einen Schluck Bier trinken.

Dann druckte er die Mail aus, schnappte sich das Papier und sauste nach oben. Er klopfte an Nells Tür. Nichts. Wahrscheinlich hatte sie sich eingestöpselt. Er schlug mit der Faust dagegen.

Als sie endlich aufmachte, wirkte sie verärgert, ein Kopfhörer hing ihr über der Schulter, in der Hand hielt sie ein Stück Pizzakruste.

»Hi«, sagte Cap. »Ich weiß, dass wir uns eigentlich gestritten haben, aber ich muss mit dir reden.«

Sie hob die Brauen, aber ihre Miene erhellte sich.

»Das hier ist gerade gekommen«, sagte er und hielt ihr den Ausdruck hin.

Nell las Vegas Mail, während sie auf der Kruste kaute. Dann wendete sie das Blatt, um zu sehen, ob noch etwas auf der Rückseite stand.

»Ich weiß nicht, ob ich das machen soll«, sagte Cap.

»Klar machst du das.« Sie schob sich die Kruste in den Mundwinkel und sah damit aus wie ein Kaninchen. »Das kommt von Alice.«

»Vera Quinn hat mir eine Festanstellung angeboten.«

Nell glotzte ihn an. »Wann?«

»Heute.«

»Warum hast du denn nichts gesagt?«

»Bin noch nicht dazu gekommen.«

Nell unterdrückte ein Grinsen. »Was willst du machen?«

Cap dachte kurz nach.

»Vera bietet mir einen guten Job an, mit einer super Krankenversicherung.«

»Nee! Echt jetzt?«

»Jep. Das Komplettpaket. Boni, Urlaub, Lohnfortzahlung im Krankheitsfall, wahrscheinlich auch eine Art Altersvorsorgeplan.«

Nell betrachtete die Wand hinter Cap und dachte nach.

»Ich muss was trinken«, sagte sie und schob sich an Cap vorbei. »Und Alice bietet dir wie viel? Zehntausend? Wie lange?«

Cap folgte ihr nach unten.

»Hast du doch gelesen. Mit Einzelheiten hat sie es nicht so.«

Nell holte sich eine Flasche Wasser aus dem Kühlschrank.

»Du solltest sie anrufen und fragen.« Sie zeigte mit der Flasche auf ihn. »Und dann solltest du wahrscheinlich annehmen.«

»Ich habe keine Ahnung, wie lange ich weg sein werde.«

Nell zuckte die Achseln.

»Wie lange dauern solche Fälle normalerweise? Einen Monat?«, fragte sie.

»Ja, meist. Und was machst du so lange?«

»Ich kann bei Mom bleiben. Sie wird begeistert sein.«

Cap wusste, dass Nell das nicht nur ironisch meinte. Jules würde sich tatsächlich freuen, wenn sie mehr von ihrer Tochter hätte, ein Luxus, der ihr fehlte, wenn Nell bei ihrem Vater war.

»Von mir nicht«, sagte Cap.

»Ja, aber das ist ja nichts Neues.« Nell war wenig beeindruckt von Caps vermeintlichem Einwand. »Ich hab eine Idee: Ich kümmere mich um Mom, und vielleicht könnten wir das zu schnelle Fahren für uns behalten.«

Cap lachte.

»Willst du mich auf den Arm nehmen? Wie stellst du dir das vor? Ich sag nichts, du sagst nichts, und irgendwann läuft ihr Brad Ralz zufällig über den Weg ...«

»Wie sollte das bitte passieren? Das ist doch völlig aus der Luft gegriffen.«

»Egal. Stell dir vor, sie trifft ihn zufällig. Er sagt: ›Wie geht es Nell? Fährt sie immer noch zu schnell?‹«

»Total unrealistisch«, murmelte Nell. »Brad Ralz redet nicht so.«

»Ist dir klar, was mir blüht, wenn sie das irgendwie rauskriegt?« Cap raufte sich die Haare. »Davon würde ich mich nie erholen.«

Nell schwieg und kickte mit dem Zeh gegen die Frühstückstheke.

»Information verschweigen ist nicht so schlimm wie lügen«, sagte sie schließlich.

»Völlig daneben.«

Cap wusste, dass sie recht hatte. Aber er wusste auch, dass er und Jules trotz der Scheidung noch ein ziemlich gutes Verhältnis zueinander hatten. Er hatte so viel Schlimmes gesehen und gehört, entsetzliche Sorgerechtskonflikte, Schikanen, Telefonterror, und war froh, dass sie sich nach der Scheidung einfach aus dem Weg gegangen waren, ohne vorher groß darüber zu diskutieren. Diese Übereinkunft war allerdings nicht in Stein gemeißelt, und die Entführung der Brandt-Schwestern hatte Jules' Wohlwollen bereits auf eine harte Probe gestellt. Seitdem kam ihm jeder kleine Riss vor wie ein gefährlicher Abgrund.

»Ich will mich da nicht rauswinden, echt nicht«, sagte Nell.

Cap schüttelte den Kopf, sie hatte ihm glatt den Wind aus den Segeln genommen.

»Ich kann es ihr nicht verheimlichen«, sagte er schließlich. »Außerdem funktioniert das sowieso nicht. Ich verschweige ihr ständig irgendwelche Sachen, damit sie sich nicht unnötig Sorgen macht.«

Nell musterte ihn skeptisch, sie wusste genau, dass sie auf der Zielgeraden war.

»Leider bist du ziemlich mies darin. Dir kann man solche Sachen am Gesicht ablesen. Aber *ich* bin gut darin.«

Cap gab sich geschlagen. »Verdammt, du hast recht«, murmelte er und rieb sich die Augen. »Okay, nur dieses eine Mal werde ich deiner Mutter nichts sagen.«

Nell grinste wie ein Honigkuchenpferd.

»Aber nur, weil ich dich nicht verpfeife, bist du noch lange nicht aus dem Schneider. Wir müssen uns noch über Konsequenzen unterhalten.«

Nells Grinsen verschwand und sie sah ihn verwirrt an.

»Wie? Willst du mich bestrafen oder so was?«

»Ja, genau«. Cap wusste, dass er alles andere als souverän klang.

»Denkst du etwa an Hausarrest?« Sie lachte schallend.

Cap streckte die Waffen.

»Was ist daran so witzig?«, rief er. »Ich könnte dir durchaus Hausarrest geben. Das ist mein väterliches Recht.«

»Dad! Du hast mir noch nie Hausarrest gegeben. Wahrscheinlich weißt du nicht mal, wie das geht.«

»Aber sicher weiß ich das! Ich sage einfach: ›Du hast Hausarrest.‹ Oder etwa nicht?«

Nell wischte sich die Augen. »Ja, genau. Aber da fehlt noch ›junge Dame‹.«

»Jetzt machst du dich über mich lustig.«

»Ein bisschen.« Sie atmete tief durch die Nase. »Wie wär's, wenn ich dir einfach verspreche, es nie wieder zu tun?«, fragte sie schließlich.

Cap betrachtete sie aufmerksam. Aber ob sich hinter dieser aufrichtigen Miene eine Lüge verbarg, konnte er nicht erkennen, da halfen ihm weder seine Ausbildung als Polizist noch seine Erfahrung als Vater.

»Es geht mir wirklich scheiße deswegen, ehrlich. Ich wünschte, ich könnte den ganzen Tag vergessen, kennst du das?«

Cap nickte. Kannte er. Nur zu gut.

Plötzlich fiel Nell ihm um den Hals und drückte ihm einen Kuss auf den Nacken. Sie duftete nach Oregano von der Pizza.

»Ruf Alice an. Und dann ab mit dir nach Kalifornien.«

Sie ließ ihn los, ging nach oben und schloss sanft ihre Zimmertür.

Plötzlich fröstelte er, der Schweiß auf Stirn und Rücken fühlte sich klamm und kalt an. Er kehrte zurück an seinen Schreibtisch und weckte den Computer.

Die Nachricht von Vega hatte sich nicht in Luft aufgelöst. Ein dünner, pulsierender Strich zog sich durch ihren Namen. Cap wusste, dass es an seinem altersschwachen Monitor lag, doch es sah aus, als wären die Buchstaben lebendig, als würde dahinter ein kleines, zittriges Herz pochen.

5

In El Centro fuhr Vega auf eine Straße namens Apple Street. Wie sie sich erinnerte, hatte sie auf ihrem Handy gesehen, dass es in der Nähe eine Cherry Street und eine Berry Street gab. Sie befand sich in einem Wohnviertel, die Häuser waren klein, im Stil einer Ranch gebaut, in Pastellfarben gestrichen, von der Sonne gebleicht. Es gab einige ziemlich kahle Laubbäume und Palmen mit trockenen, braunen Wedeln. Auf der gegenüberliegenden Straßenseite war eine kleine, heruntergekommene Einkaufszeile – China Buffet und Lucky Upholstery hatten wohl nur vorübergehend geschlossen, die daneben angesiedelte Pfandleihe und der Optiker sahen allerdings aus, als wären sie permanent zu, die Schaufenster waren mit Brettern vernagelt, die Schilder verwittert.

Bevor sie ausstieg, tippte sie schnell eine E-Mail an Bastard.

Hey, brauche Info über Pharma-Zulieferer Health-Guard. Kommen wir an Daten über Wareneingang und -ausgang heran?

Vega schloss den Wagen ab und ging die Apple Street entlang. Vor einem lachsfarbenen Gebäude mit einem leicht demolierten Auto in der Einfahrt blieb sie stehen. Im Fenster brannte Licht. Sie wandte sich um und schlenderte betont langsam zurück. Als sie erneut an dem Haus vorbeiging, stand ein Junge mit seinem Roller auf dem Gehweg. Er hatte schwarzes Haar, war ein bisschen pummelig und trug T-Shirt, Basketballshorts und Flipflops. Neugierig beäugte er sie.

»Hi«, sagte Vega.

Er antwortete nicht, sah sie nur an.

Sie zeigte auf den Straßenrand. »Jemand hat direkt hier ein Auto gestohlen. Hast du was gesehen?«

Der Blick des Jungen folgte ihrem Finger, er schwieg weiter.

Vega probierte es mit Spanisch. Der Junge kratzte sich am Ohr.

»Nein. Aber der Mann hat es gesehen«, antwortete er.

»Welcher Mann?«

»Dosenmann«, sagte er auf Englisch. Er zeigte auf die Recyclingtonne in der Ausfahrt hinter ihm. Dann fuhr er auf Spanisch fort. »Der Mann sammelt Dosen. Manchmal schläft er auch da beim Müll.«

Jetzt zeigte er über die Straße, zum China Buffet.

»Ist er jetzt auch da?«

Der Junge zuckte die Achseln.

»Okay«, sagte Vega und drückte ihm einen Zehndollarschein in die Hand.

Er sah sie enttäuscht an. »Nur zehn?«, fragte er.

»Ja, nur zehn.« Dann fielen ihr die Worte ihres alten Chefs bei der Kautionsagentur ein. »Ich bin nicht das Sozialamt«, hatte Perry immer gesagt, wenn er für einen Tipp mehr bezahlen sollte. »Nimm das Geld oder lass es bleiben.«

Der Junge sah sie entgeistert an, nahm es ihr aber wohl nicht weiter übel, denn er stieg auf seinen Roller, winkte zum Abschied und flitzte davon.

Vega winkte zurück, dann überquerte sie die Straße. China Buffet bot einen desolaten Anblick, die künstliche Stuckfassade war mit braunen Streifen überzogen, Wasserschäden oder Vogelscheiße. CHIN BUFFE stand in roten Großbuchstaben darüber, wahrscheinlich blinkte der Schriftzug, wenn es dunkel war, allerdings nur, wenn alle Lämpchen funktionierten. Sie ging über den Parkplatz auf die Rückseite des Restaurants.

Alles war von Unkraut und Gras überwuchert, dank des regenreichen Frühlings gab es noch ein paar grüne Stellen, doch der überwiegende Teil war braun. Am Ende des Brachlands erhob sich ein etwa zehn Meter hoher Drahtzaun. Direkt vor dem Zaun stand ein orangefarbener Müllcontainer aus Metall mit verrostetem Griff.

Als Vega näher trat, erkannte sie daneben einen flachgelegten Karton, auf dem jemand ein rot gemustertes Tuch ausgebreitet hatte. Sie ging in die Hocke, spähte unter den Container, sah aber nichts. Doch beim Hochsehen bemerkte sie, dass der umgeklappte Deckel einen guten Schutz gegen Regen und Vogelscheiße bot.

Sie richtete sich wieder auf, klappte den Deckel auf und warf einen Blick auf den Haufen schwarzer, von Fliegen umschwirrter Müllbeutel, in denen weggeworfene Nahrungsmittel langsam vor sich hingammelten. Nachdem sie den Deckel wieder geschlossen hatte, wischte sie sich die Hände an der Hose ab.

Ihr Handy klingelte.

Beim Klang der Stimme am anderen Ende grinste sie breit.

Als Cap den Autoschlüssel entgegennahm, kam er sich immer noch vor wie im Traum. Die Frau von der Autovermietung war braungebrannt, trug eine passende Kette zu ihren türkisfarbenen Ohrringen und hatte blendend weiße Zähne.

»Schönen Aufenthalt in San Diego, Mr Caplan«, flötete sie.

Auf dem Weg vom Flughafen in die Stadt musste er die Sonnenblende herunterklappen und die Sonnenbrille aufsetzen, so grell leuchtete das Wasser in der Bucht. Als er eine Weile gen Osten gefahren war, entdeckte er an einer Straßenecke drei Pelikane. Eigentlich wollte er sie mit dem Handy fotografieren und Nell das Bild schicken, doch die Ampel sprang auf Grün um, und der Tesla hinter ihm signalisierte ihm mit einem kurzen, höflichen Hupen, dass er weiterfahren solle.

Dann war er auch schon auf dem Freeway, versuchte, die Schilder zu entziffern und sich gleichzeitig auf die Ansagen des Navis zu konzentrieren, was sich als echte Herausforderung entpuppte. Er war noch nie an der Westküste gewesen und musste sich schwer zusammenreißen, sich nicht immer wieder vom Himmel und den Palmen ablenken zu lassen, die eine filmreife Kulisse abgaben. Es sah haargenau aus wie im Kino. Er begann zu pfeifen. *California Girls*, Beach Boys, nicht Katie Perry. *Wish they all could be.*

Bald kam die richtige Ausfahrt. Das Navi gab ihm die Route vor, kurze Zeit später fand er die vierspurige Straße und nach einem Kilometer die Klinik, vor der er sich mit Vega verabredet hatte. Auf dem kleinen Parkplatz davor nahm er die Sonnenbrille ab und sah sich suchend um. Vega war offenbar noch nicht da. Er entdeckte nur noch ein paar andere Autos, aber alle waren leer.

Cap stieg aus. Trockene Hitze schlug ihm entgegen. Perfekt! *Trockene* Hitze. Wussten die Leute an der Ostküste davon? Keinen Tropfen Schweiß hatte er vergossen. Sein Hemd klebte ihm nur ein bisschen am Rücken, aber das war vom Fahren und von den sechs Stunden Flug. Cap fuhr sich durchs Haar, wandte sich der Sonne zu und schloss die Augen. Er konnte sein Glück kaum fassen.

Vega saß in ihrem Wagen am Straßenrand und beobachtete ihn eine Weile. Als ihr Blick zufällig auf den Seitenspiegel fiel, sah sie dort ihr Gesicht, doch der Ausdruck war ihr fremd. Sie grinste so breit, dass sich ihre Zähne unter den Lippen abzeichneten. Rasch setzte sie eine neutrale Miene auf, rieb sich über den Mund, als wollte sie etwas abwischen. Dann stieg sie aus.

Beim Geräusch der zuschlagenden Autotür öffnete Cap die Augen. Und da war sie auch schon, Vega. Sie kam auf ihn zu. Sah noch genauso aus wie damals, nur gebräunter. Ihr Gesichtsausdruck kam ihm vertraut vor: erfreut, aber nicht zu offensichtlich.

»Alice Vega!«, rief er. Sollte sie seine Freude doch sehen. Er strahlte übers ganze Gesicht, als wollte er fürs Lächeln Werbung machen.

Erst als sie vor ihm stand, entdeckte er die Fältchen um ihre Augen herum. Selbst jemand wie du wird älter, dachte er.

»Hey, Caplan!«, sagte sie und musterte ihn von Kopf bis Fuß. »Du bist dünner geworden.«

Cap klopfte sich sanft auf den Bauch.

»Ich jogge jetzt«, sagte er.

»Welche Distanz?«

»Um die sechseinhalb Kilometer«, sagte er. »Jeden zweiten Tag. Mehr oder weniger.« Er dachte an seine Route um den Calhoun Park.

Vega nickte und sah ihn weiter an, als erwartete sie mehr.

»Ich ... ähm ... find's fürchterlich«, sagte er.

Sie lachte. Kurz, aber intensiv wie ein Niesen.

»Ich finde es wirklich total scheiße. Jede Sekunde.«

Jetzt lachten sie beide, dann gingen sie über den Parkplatz auf den Haupteingang der Klinik zu.

»Hast du schon die Unterlagen durchgelesen, die ich dir geschickt hatte?«, fragte sie.

»Das Wichtigste, ja. Sagst du mir kurz, warum wir hier sind?«, fragte er und zeigte auf das Schild. *Bay Free Health Clinic.*

»Nö. Das wirst du schon verstehen, wenn wir drin sind.«

»Also rede ich zuerst«, sagte Cap bierernst.

Vega zog die Brauen hoch. Gleich würde sie mit den Augen rollen, dachte er. Er kicherte wie ein Kind, so froh war er, dass sie seine Bemerkung als Scherz erkannt und ihm nicht etwa den Ellbogen in die Seite gerammt hatte. Dass sie sich immer noch verstanden, sie immer noch diesen kurzen Pferdeschwanz trug und ihr dieselben widerspenstigen Strähnen im Gesicht hingen, die er ihr immer noch am liebsten hinters Ohr gestrichen hätte.

Elizabeth Palomino schien in Eile zu sein, sie sah sie ernst mit ihren großen dunklen Augen an. Kurz angebunden, wie sie war, gab sie Vega und Cap rasch die Hand und setzte sich dann zurück an ihren kleinen Schreibtisch in ihrem winzigen Büro. Sie trug einen Schwesternkittel, hinter ihr hing ein Poster mit der Aufschrift: *Du hast viele Möglichkeiten – Informiere dich!*

»Sie sind von der Polizei, richtig?«, fragte sie mit Blick auf die ausgedruckte E-Mail vor sich. »Und haben Fragen zu unserem Personal?«

»Nein, wir sind keine Polizisten.« Vega reichte Palomino ihre Karte. »Aber wir arbeiten mit der Polizei zusammen an einem Fall.«

Die Frau betrachtete die Karte flüchtig. »Ah, verstehe. Also, was kann ich für Sie tun?«

»Gab es im letzten Jahr Kündigungen oder Entlassungen?«, fragte Vega.

»Klar, bei uns ist ein reges Kommen und Gehen«, sagte Palomino. Dann nahm sie Cap ins Visier. »Dieser Job ist nicht für jeden geeignet.«

Cap nickte höflich.

»Jemand, der oder die Ihnen besonders aufgefallen ist?«, fragte Vega.

»Wie, aufgefallen?«

»Auf eine Weise, die unser Erscheinen und diese Befragung rechtfertigen würde.« Vega schob ein Lächeln hinterher.

Palomino tat es ihr gleich, allerdings sehr verkniffen.

»Tut mir leid«, sie strich sich über die Bluse, als hätte sie dort Krümel entdeckt, »aber mir fällt dazu nichts ein.«

Vega nickte bedächtig.

»Dürften wir einen Blick in die Personalakten werfen?«

Palomino straffte den Rücken. »Nein, das geht nicht«, sagte sie steif.

Im darauffolgenden Schweigen hörte man nur ihr angestrengtes Atmen. Vega fing Caps Blick auf und deutete mit einem leichten Nicken zur Tür.

»Entschuldigen Sie mich kurz«, sagte er zu Palomino, dann schlüpfte er hinaus und schloss sanft die Tür hinter sich.

Sein Abgang schien die Frau in Wallung zu bringen, als könnte sie ihrem Herzen jetzt endlich Luft machen. Sie beugte sich vor und trommelte vernehmlich mit dem Zeigefinger auf die Tischplatte.

»Ich will Ihnen jetzt mal was sagen.« Sie hatte einen strengen Ton angeschlagen. »Den Leuten, die hier arbeiten, werden die Reifen aufgeschlitzt, bei ihnen wird eingebrochen, sie erhalten Morddrohungen. Das können Sie sich nicht vorstellen. Ich werde einen Teufel tun und Ihnen die Kontaktdaten aushändigen.«

Vega war sicher, dass die Frau ihre Litanei fortsetzen würde, wenn man sie nicht unterbrach, also ließ sie sie reden.

»Sie behaupten, Sie würden *mit* der Polizei zusammenarbeiten, aber Sie sind keine Polizisten – keine Ahnung, was das heißen soll«, sagte sie missbilligend, »aber so viel steht für mich fest: Ohne eine richterliche Anordnung kriegen Sie von mir gar nichts, nicht mal eine verdammte Briefmarke.«

Palomino lehnte sich zurück. Um ihren Mund zuckte es allerdings immer noch, und sie nagte an ihrer Unterlippe.

»Ich mach das schon sehr lange«, fügte sie müde hinzu, als wollte sie sich für ihren Ausbruch entschuldigen.

Jetzt beugte Vega sich vor.

»Ich verstehe«, sagte sie. »Nach der Inventur letztes Jahr fehlten Ihnen zwanzig Pessare, korrekt?«

»Das haben wir nicht gemeldet. Woher kennen Sie die Daten unserer Inventur?« Palomino war wieder wütend.

»Das soll nicht Ihre Sorge sein«, sagte Vega.

»Erzählen Sie mir nicht, was meine Sorge sein soll! Wir haben eine Menge sensible ...«

»Informationen«, beendete Vega den Satz. »Habe ich kapiert. Ist mir egal. Ich habe kein Interesse daran, Ihre ehemaligen Anstellten zu belästigen. Mich interessiert der Typ, der Ihre Pessare entwendet und sie minderjährigen Mädchen eingesetzt hat, um sie besser zur Prostitution zwingen zu können.«

Alles an Palominos Gesicht wurde größer, die Augen, die Nasenflügel, der Mund, den sie mit der Hand bedeckte.

»Mistkerl!«, murmelte sie.

»Genau. Also nochmal: Ist Ihnen jemand besonders aufgefallen?«

Cap folgte Vega zum Ausgang, einen Stapel Kopien aus den Personalakten unter dem Arm. Kaum hatten sich die automatischen Türen hinter ihnen geschlossen, hastete er an ihre Seite.

»Und? Hast du was rausgekriegt?«

»Zwei Typen.« Vega behielt ihr Tempo bei. »Einer ist vor vier Monaten rausgeflogen – Röntgentechniker. Der andere, vor drei Monaten gefeuert, ist Arzt.«

Als sie vor Vegas Wagen standen, wandte sie sich um.

»Setzt du Bastard darauf an?«, fragte Cap.

Sie nickte. Sie musterte ihn eindringlich, mied aber seine Augen. Beim Gedanken daran, dass er sich schon lange nicht mehr die Nasenhaare geschnitten hatte, bekam Cap leichte Panik.

»Wir geht es deinem Ohr?«, fragte sie.

Caps Hand wanderte automatisch zu den stacheligen Rillen über seiner entstellten Ohrmuschel. Dort, wo ihn eine Kugel gestreift hatte, war das Gewebe jetzt taub. Die Entführung der beiden Mädchen, ihr letzter gemeinsamer Fall. Cap tippte sich ans Ohr wie ein Roadie, der das Mikro testet.

»Schön ist was anderes, aber es funktioniert noch.«

Vega nickte, wandte den Blick aber immer noch nicht ab.

»Wie geht es Nell?«, fragte sie dann.

Cap ließ sich mit der Antwort Zeit. »Gut«, sagte er schließlich.

Vega reagierte sichtlich besorgt.

»Was ist los?«, fragte sie.

»Nichts. Nell geht's gut.«

»Du lügst. Was ist mit Nell?«

Cap rieb sich sie Stirn und seufzte genervt.

»Es geht ihr gut, zumindest wirkt es so. Aber man merkt, dass sie ein traumatisches Erlebnis verarbeitet. Die klassischen Anzeichen.«

»Drogen?«

»Nein, das nicht.«

»Jungs?« In Vegas Frage lag eine gewisse Aggression, als wollte sie die Typen sofort ausfindig machen und zur Rede stellen.

»Nein. Sie zieht sich anders an. Schminkt sich die Augen schwarz. Hat sich das Haar schwarz gefärbt. Und ist beim Rasen erwischt worden. Und zu allem Überfluss von Ralz.«

Vega sah ihn ungläubig an.

»Geschminkte Augen und ein Strafzettel«, fasste sie zusammen.

Cap lachte zaghaft.

»Nein, nicht mal den hat sie bekommen.«

Vegas Augen wurden schmal. »Sie kriegt sich schon wieder ein.«

»Ja, wird sie wohl.«

Es tat ihm gut, dass sie es so sah, er würde liebend gern daran glauben.

Vega setzte sich die Sonnenbrille auf, der Smalltalk war beendet.

»Führen wir uns die Akten unserer beiden Kandidaten zu Gemüte?«, fragte Cap und hielt ihr den Packen Kopien hin, die sie von Palomino erhalten hatten.

»Nein, heute ist Mittwoch.«

»Was ist Mittwoch?« Cap hatte das Gefühl, nur die Hälfte mitbekommen zu haben.

Vega öffnete die Fahrertür ihres Wagens.

»Kommt vor Donnerstag«, rief sie, um den Straßenlärm zu übertönen.

»Aha. Und was ist Donnerstag?«, rief er zurück.

»Mülltag. Fahr mir einfach hinterher, okay?«

»Okay«, sagte Cap.

Sie waren ungefähr zwei Stunden in östliche Richtung ins Landesinnere unterwegs. Die Landschaft wurde zunehmend leerer und karger, die Flächen an der Interstate waren braun, hier und dort sprossen Wüstenpflanzen. An der Ostküste konnte man von New York bis nach Pennsylvania fahren und überall dieselben Eschen sehen, über dreihundert Kilometer, die gleiche Landschaft. Hier änderte sie sich im Handumdrehen: Ozean, Stadt, Wüste.

Cap folgte ihr, als sie die Ausfahrt für El Centro nahm, eine Stadt, die mehr mit Denville gemein hatte als mit San Diego: zunehmender Verfall, Vaporizer statt Latte Macchiato. Aber immer noch Palmen, azurblauer Himmel und diese sanfte Hitze, die einem die Haut streichelte.

Vega hielt an einem heruntergekommenen Einkaufszentrum, das so gut wie leer stand. Sie parkte gegenüber der zweispurigen Ausfahrt, im Hintergrund lag ein Wohnviertel. Er stellte sich neben ihr ab, und beide stiegen aus.

»Spätes Mittagessen?«, fragte er mit Blick aufs China Buffet.

»Ich suche nach einem Zeugen.« Vega schloss ihren Wagen ab. »Laut Spurenlage wurde Jane eins umgebracht und dann in einem Wagen abgelegt, der von da drüben gestohlen wurde.«

Vega zeigte auf das Wohnviertel.

»Apple Street?«

»Genau.«

»Laut Polizei gibt es keine Zeugen«, sagte Cap.

Vega ließ ihn wortlos stehen und ging aufs China Buffet zu.

Cap folgte ihr hinter das Restaurant, Brachland mit wucherndem Gras und ein Müllcontainer. Vega marschierte quer durchs Gras zur Rückseite. Dort lag eine Decke und darauf ein schwarzer, prall gefüllter Müllsack.

Vega trat sanft dagegen. Dosen.

»Gehen wir zu meinem Wagen«, sagte sie.

»Okay.«

Vega fuhr einen grauen Honda, und nichts in seinem Inneren verriet Cap Genaueres darüber, wie Vega tickte. Der Rückspiegel war frei von baumelndem Zierrat, keine Schilder oder Slogans an ihrer Stoßstange, keine Beulen, keine Spuren von Haustieren. Der Wagen war relativ sauber, nur hier und da ein paar Schmutzschlieren an Reifen und Radläufen.

Sie verließ den Parkplatz und fuhr zur Apple Street. Dort verlangsamte sie das Tempo und bog auf eine weitere kleine Straße ab. Den Häusern nach zu urteilen, wohnte hier die untere Mittelschicht. Einstöckige Gebäude mit kleinem Garten, spanische Architektur.

»Nach wem suchen wir?«, fragte Cap.

Vega spähte übers Lenkrad auf den Gehweg.

»Den Dosenmann.«

»Aha. Den Dosenmann«, wiederholte Cap.

Sie fuhren im Kreis herum, immer wieder. Auf dem Gehweg war nicht viel los, ein paar Kids auf Fahrrädern, ein paar Leute, die ihre Post durchsahen.

Ungefähr zwanzig Minuten später entdeckte Cap jemanden, den er als Dosenmann identifizierte. Der Typ war klein, dunkelhäutig, ein Asiate, der die Bandana wie ein Pirat auf dem Kopf trug, dazu hochgekrempelte Jeans, als würde er durch einen See waten. Er holte Flaschen und Dosen aus einem blauen Beutel, den die Anwohner neben ihre Einfahrt gelegt hatten, und legte sie in seinen mit einem schwarzen Plastiksack ausgelegten Bollerwagen.

»Ist er das?«, fragte Cap.

»Vermutlich.«

Vega parkte am Straßenrand, sie stiegen aus und beobachteten den Dosenmann bei seiner Arbeit. Irgendwann bemerkte er sie.

»Sie kennen mich«, sagte er. »Die Anwohner. Kein Hausfriedensbruch, kein Diebstahl.«

»Wir kommen nicht von der Stadt.«

Danach ignorierte der Mann sie. Cap und Vega tauschten Blicke. *Ich oder du?*

»Wissen Sie was über einen blauen Ford Focus?«, fragte Vega schließlich.

Der Dosenmann wühlte weiter. »Nee«, sagte er dann.

»Sie haben letzte Woche nichts von einem Autodiebstahl mitbekommen?«, fragte Vega. »In der Apple Street?«

Er beugte sich über seinen Bollerwagen und drückte die Dosen mit beiden Händen platt. Es klang, als würde er mit dem Schlüssel an einem Auto entlangkratzen.

»Hat euch das der fette Junge erzählt?«, fragte er, ohne aufzublicken.

»So fett ist der gar nicht.« Vegas Schutzinstinkt war erwacht. »Aber ja, das hat er.«

Der Dosenmann verknotete den Beutel wieder.

»Hat eine blühende Fantasie«, sagte er.

Dann zog er seine Karre aus der Ausfahrt und an Cap und Vega vorbei zum nächsten Haus.

»Wollen Sie Geld?«, fragte Vega.

Der Dosenmann blieb stehen.

»Klar«, sagte er.

Er klappte den Deckel der Recyclingtonne auf und öffnete den Müllbeutel darin. Vega zog ihre Geldbörse hervor und zählte fünf Zwanziger ab, die sie faltete und ihm hinstreckte.

Er beäugte das Geld. »Haben Sie noch mehr?«, fragte er.

Vega rührte sich nicht, den Arm hatte sie immer noch ausgestreckt.

»Nein«, sagte sie.

Der Dosenmann wischte sich über die Stirn und zupfte sich die Bandana tiefer ins Gesicht.

»Okay«, sagte er und nahm das Geld.

Er stopfte die Scheine in die Gesäßtasche seiner Jeans.

»Fahrertür war nicht abgeschlossen. Großer Mexikaner. Ist einfach eingestiegen und weggefahren.«

Der Dosenmann wandte sich wieder der Tonne zu.

Cap sah Vega von der Seite an. Ihr Blick war in die Ferne gerichtet und sie wedelte vor Cap mit der Hand herum, als wollte sie den Verkehr regeln. *Rede du, ich muss nachdenken!*

»Wissen Sie noch, was er anhatte?«, fragte Cap.

Der Dosenmann schüttelte den Kopf.

»Nee. Ist mir nur aufgefallen, weil ich den Besitzer kenne, und dem Typen gehörte der Wagen nicht.«

»Haben Sie dem Besitzer Bescheid gesagt?«

»Ich dachte, der kennt Duffy, weil Duffy für ihn die Tür aufgelassen hat.«

»Duffy ist der Besitzer?«

»Ja.«

»Ist Ihnen an dem Mexikaner noch was aufgefallen? Wie groß war er ungefähr?«

»Über eins achtzig.« Er streckte die Arme zur Seite. »Und nicht nur lang, auch breit. Mehr Muskeln als Fett.«

»Okay«, sagte Cap. »Sonst noch was? Frisur? Tätowierungen?«

Der Dosenmann zuckte die Achseln.

»Nee. Hab ihn nicht so genau gesehen. Wollte meine Karre da hinten abstellen, war ja schon Abend.«

»Hinter dem China Buffet?«

Der Mann nickte. Cap hatte den Eindruck, er sagte die Wahrheit. Manche Leute hatten es nicht nötig zu lügen. Es gab nicht viele, aber der Dosenmann gehörte offenbar dazu.

»Könnten Sie das bitte wiederholen?«, fragte Vega.

Cap und der Dosenmann sahen sie an.

»Das mit der Frisur?«

»Nein, nein.«

Cap kannte ihren Ausdruck, sie war ungeduldig, gereizt, aber nur über sich selbst, weil sie erst jetzt auf die Lösung gekommen war.

»Vorher. Was Sie zu mir gesagt haben. Genau das, was Sie über den großen Mexikaner und Duffy gesagt haben.«

Der Dosenmann sah Cap verwirrt an. Der zuckte die Achseln. *Keine Ahnung, wo sie damit hinwill, Kumpel.*

»Weil er die Tür aufgemacht hat?«

»Ja!« Vega zeigte auf ihn. »Das ist es.«

Der Dosenmann zupfte wieder an seiner Bandana herum.

»Ich dachte, Duffy hätte die Tür für ihn aufgelassen«, sagte er langsam.

Cap suchte in Vegas Miene nach einem Anhaltspunkt. Alle drei schwiegen, der Dosenmann blieb bei ihnen stehen. Selbst er wollte wissen, was Vega als Nächstes sagen würde.

»Sie haben also gesehen, wie der große Mexikaner auf den Ford Focus zugegangen ist und die Tür aufgemacht hat?«

»Ja.«

»Er geht ans Auto und macht die Tür auf.«

»Ja«, wiederholte er, leicht verärgert.

»Was hat er direkt davor gemacht?« Wieder fuchtelte Vega herum, als wollte sie den Verkehr regeln. *Hilf mal mit hier!*

»Weiß nicht ... er ist, ähm, zum Auto gegangen?«

Plötzlich verstand Cap, worauf Vega hinauswollte. Warum hatte er so lange gebraucht?

»Ja, aber wo ist er hergekommen?«, fragte Cap. »Ist er aus einem anderen Wagen ausgestiegen?«

»Ah!«, sagte der Dosenmann. »Das hab ich nicht gesehen, hab meine Karre geschoben, dann guck ich hoch und seh ihn da rübergehen. Keine Ahnung, wo der herkam.«

»Haben Sie vielleicht eine Autotür zuschlagen gehört?«, fragte Cap.

»Nee. Weiß nicht. Ich guck hoch, und der Typ geht zum Auto.«

»Er geht zu diesem bestimmten Auto«, sagte Vega.

»Nur zu diesem«, sagte Cap.

»Ja, verdammt! Zu diesem einen Auto.« Der Dosenmann verlor langsam die Geduld.

Er widmete sich wieder der Tonne, Cap und Vega tauschten Blicke. Und es klickte. Wie früher. *Wie das Einrasten des Magazins beim Nachladen*, so würde Vega das vermutlich beschreiben. Cap hatte eine friedlichere Assoziation, er dachte an ein Steckpuzzle für Kinder, die Teile aus Holz und mit kleinen Stiften versehen, das Huhn, der Stall oder das Feuerwehrauto, die exakt in die für sie ausgeschnittene Lücke passten.

Vega hatte zwei Zimmer im Hampton Inn gebucht, direkt nebeneinander. Sie lehnte bei Cap im Türrahmen und dachte nach, während er seinen kleinen Rollkoffer auspackte. Ihr Blick folgte ihm, aber in Gedanken war sie woanders.

Cap quatschte die ganze Zeit, Mutmaßungen, mögliche Szenarios. Es war seine Art, die Indizien zusammenzufügen.

»Großer Mexikaner geht direkt aufs Auto zu, rüttelt nicht an anderen Türen, sagt der Dosenmann, und genau dieser Ford Focus ist zufällig nicht abgeschlossen.«

»Ja«, sagte Vega.

»Also hat jemand die Tür für ihn offen gelassen.« Cap hielt ein Röhrchen Vitamintabletten in der Hand. »Und die Polizei hat das nicht gemerkt, weil ...«

»Duffy, der Besitzer, es als gestohlen gemeldet hat«, sagte Vega.

Sie setzte sich an einen kleinen Tisch.

»Und die haben nicht weiter nachgebohrt, weil sie ja nicht wussten, dass der Dieb sich nur auf dieses eine Auto konzentriert hat«, sagte Cap.

»Keine Einbruchsspuren, aber sie gehen davon aus, dass der Besitzer aus Versehen nicht abgeschlossen hat«, sagte Vega. »Und sie wissen nichts vom Dosenmann.«

Sie schob den Ordner voller Handzettel für Restaurants und Attraktionen in der Region beiseite und durchforstete die Unterlagen von Palomino.

»Sie wissen nichts vom Dosenmann«, wiederholte Cap. »Aber trotzdem ...«

Er hielt inne, den Blick auf seine Vitamintabletten geheftet.

»Trotzdem?«, fragte Vega.

Cap wackelte mit dem Kopf. Es sah aus, als würden ihm tatsächlich die Gedanken durchs Hirn wirbeln.

»Nehmen wir mal an, Duffy kennt den großen Mexikaner und hat den Wagen tatsächlich für ihn offen gelassen. Findest du nicht, dass die Polizei das schon längst hätte rausfinden müssen, wenn sie die richtigen Fragen gestellt hätte?«

»Vielleicht«, sagte Vega. »Aber sie haben viel zu tun, arbeiten unter Zeitdruck.«

»Klar haben sie viel zu tun. Aber möglicherweise haben sie auch keine Fragen gestellt, weil ihnen jemand gesagt hat, sie sollen nicht so genau hinsehen.«

Vega und Cap mussten nicht laut aussprechen, was ihnen beiden klar war: Genau dafür waren sie da. Als Cap sich auf die Bettkante setzte und gähnte, kassierte er einen bösen Blick. Er schloss den Mund und hob die Hände, als wäre er ein Bankangestellter bei einem Überfall. Und sie Jesse James. Das brachte sie zum Lachen. Aber nur kurz.

6

Dylan Duffy kam mit klatschnassem Haar an die Tür, um die Hüfte hatte er ein Handtuch gewickelt. Er entschuldigte sich, er sei gerade erst von der Arbeit zurück, bat sie herein und ließ sie auf dem Sofa im Wohnzimmer Platz nehmen und stellte ihnen das ungefähr zehnjährige Mädchen vor, das mit einem Kissen auf dem Gesicht am Boden lag.

»Das hier ist Jaylin. Jay, sag hallo!«

Jaylin winkte, das Kissen blieb, wo es war.

»Bin gleich wieder da«, sagte Duffy. »Möchten Sie was trinken?«

Cap lehnte dankend ab, Vega schüttelte nur den Kopf.

Duffy verschwand. Das Sofa war aus Rattan, auf dem Bezug prangten große, tropische Blumen. Es knarzte bei jeder Bewegung.

Cap betrachtete das Mädchen. Die Kleine hatte die Füße verschränkt und wirkte sehr entspannt. Er sah zu Vega, die weder ihn noch das Mädchen beachtete. Sie blickte sich im Zimmer um, bemerkte den Noppenteppich, die weichen IKEA-Behälter mit Zeitschriften, Schuhen, Stiften, Papier.

»Du stellst die Fragen«, sagte Vega.

»Klaro.«

Ein paar Minuten später kehrte Duffy in Jeans und ärmellosem T-Shirt zurück.

»Sorry«, sagte er, »ich arbeite bei einem Baumdoktor, wenn ich nach Hause komme, bin ich völlig verdreckt und verschwitzt.«

»Danke, dass Sie für uns Zeit haben«, sagte Cap.

»Ist doch selbstverständlich. Ich will helfen, den Typen finden, wegen dem ich jetzt kein Auto habe.«

»Also hat Ihnen die Polizei nicht gesagt, in welchem Zustand sie Ihren Wagen gefunden haben?«

»Nein. Es hieß, er sei Teil einer Ermittlung, wie Beweise, also müssten sie es behalten. Die Versicherung bezahlt mir ein Leihauto, aber ich bin nicht sicher, wie das funktioniert.«

Während er sprach, nickte Duffy mehrmals, und aus seinem nassen Haar fielen ihm Tropfen auf die Schultern. Das Mädchen am Boden löste die verschränkten Füße.

»Mr Duffy«, sagte Cap leise, »könnten wir kurz unter vier Augen mit Ihnen sprechen?«

Duffy wirkte verwirrt. Cap deutete mit dem Kopf auf das Mädchen.

»Oh, ja natürlich«, sagte er, als er verstand. »Jay, kannst du das bitte oben in deinem Zimmer weiterüben?« Dann, zu Cap und Vega gewandt: »Sie übt Reizabschirmung.«

Das Mädchen nahm sich das Kissen vom Gesicht und stand auf.

»Jetzt muss ich wieder von vorn anfangen!«, jammerte sie.

»Diese Leute arbeiten für die Polizei«, erklärte Duffy, als würde sie das entschädigen. »Eine offizielle Polizeiermittlung.«

Das beeindruckte das Mädchen wenig. Sie warf einen raschen Blick auf Cap und Vega, dann verschwand sie nach oben, das Kissen im Schlepptau.

Als sie gegangen war, fragte Duffy: »Sie sagten etwas über den Zustand des Wagens?«

»Die Polizei hat in Ihrem Wagen eine Leiche gefunden«, sagte Vega.

»Du liebe Scheiße!«, entfuhr es Duffy. Er wirkte angemessen entsetzt. »Tschuldigung, aber das ist ja verrückt!«

»Ja«, mischte Cap sich ein, »und wir wissen nicht, ob der Dieb der Mörder ist, aber er ist auf jeden Fall ein Verdächtiger. Er wusste offenbar schon vorher, dass Ihr Wagen nicht abgeschlossen sein würde.«

Duffy nickte und nickte, während er das Gesagte verarbeitete.

»Moment mal«, sagte er auf einmal. »Mein Wagen war abgeschlossen! Ich schließe immer ab.«

»Es gab keinen klaren Hinweis darauf, dass die Tür aufgebrochen wurde, und wir haben einen Augenzeugen, der berichtet hat, der Dieb hätte den Wagen problemlos geöffnet.«

Duffy hatte den Kopf in die Hand gestützt und sah Cap ungläubig an. Es war klar, dass er anfing, seine eigene Erinnerung zu hinterfragen.

»Also gut«, sagte er schließlich. Seine Stimme klang rau. »Wenn ich meinen Wagen nicht abgeschlossen haben sollte, war es das allererste Mal, dass mir so was passiert ist, okay?«

»Der Dieb hat einfach Glück gehabt?« Cap sah ihn skeptisch an.

»Wohl kaum.« Duffy klang gequält. »Ich weiß es nicht. Mir ist schon klar, dass das alles keinen Sinn ergibt.«

Cap lächelte. Der Mann klang aufrichtig, und seine Verwirrung schien echt zu sein.

»Deswegen sind wir da, Mr Duffy. Um herauszufinden, was genau passiert ist. Schauen wir uns mal die anderen Aspekte an. Warum parken Sie Ihren Wagen an der Straße und nicht in Ihrer Garage oder in der Auffahrt?«

»Meine Frau ist Krankenschwester und hat Spätschicht. Ich will sie nicht zuparken, sie soll ihren Wagen in der Garage abstellen und direkt ins Haus kommen. Ich will nicht, dass sie nachts auf der Straße rumläuft.«

Er wandte sich Vega zu.

»Ich weiß, es sieht hier ganz friedlich aus, aber in den letzten Jahren ist hier eine Menge passiert. Carjacking, solche Sachen.«

Vega nickte verständnisvoll.

»Könnten wir mit Ihrem Sohn sprechen?«, fragte sie dann.

Duffy sah von Vega zu Cap, wischte sich an der Jeans die Hände ab.

»Mein Sohn?«, wiederholte er.

»Ja, Ihr Sohn. Er ist ungefähr fünfzehn, richtig?«

»Ähm, ja. Aber er ist nicht hier ... er ist bei einem Freund, wissen Sie.«

»Wann kommt er zurück?«, fragte Vega.

»Ich glaube, er wollte übernachten, also wahrscheinlich erst morgen Vormittag.« Duffy rutschte nervös auf dem Sessel herum. »Er fährt aber kein Auto. Ich wüsste nicht, was er Ihnen sagen sollte.«

»Wahrscheinlich nichts«, sagte Cap freundlich. »Manchmal fallen uns Sachen auf, von denen wir gar nicht wissen, dass wir sie gesehen haben.«

Duffy lächelte dankbar.

»Dann kommen wir morgen Vormittag noch mal zu Ihnen«, sagte Vega und erhob sich.

»Ja, klar, kein Problem«, sagte Duffy und sprang auf. »Ähm, ich bring Sie zur Tür.«

Draußen war es merklich kühler geworden, die Sonne näherte sich rasch dem Horizont, der Himmel leuchtete in allen Rosatönen. Cap schwieg, bis sie vor Vegas Wagen standen.

»Woher wusstest du, dass er einen Sohn hat?«, fragte er schließlich.

»Die Papiertonne vor dem Haus. Hab auf dem Weg zur Tür kurz reingeschaut, da lag die Verpackung eines Drogentests für den Hausgebrauch drin.« Vega ließ den Motor an. »Für das Mädchen war der sicher nicht.«

»Nein. Und für die Eltern auch nicht. Aber wieso fünfzehn?«

»Ich bin von einem Jugendlichen unter sechzehn ausgegangen, weil die Polizei sicher nachgefragt hätte, wenn es in dem Haushalt noch eine Person mit Führerschein gäbe. Also ein Junge.« Sie fuhr los.

»Wieso? Mädchen kiffen auch.«

Vega spähte in die Kreuzung und schüttelte den Kopf.

»Jungs in dem Alter, sogar die klügsten, denken nur mit dem Schwanz. Es sei denn, sie nehmen Drogen. Bei Mädchen sind es Komasaufen und Essstörungen.«

Cap wollte gerade widersprechen, besann sich dann aber eines Besseren.

»Wahrscheinlich hast du recht«, sagte er.

Vega ließ das Fenster herunter, streckte die Hand heraus und bewegte die Finger in der warmen Luft.

»Meinst du, Duffy sagt die Wahrheit?«, fragte sie.

Cap überlegte, dachte an sein eifriges Nicken, den ehrlichen Schrecken.

»Ja.«

»Sehe ich auch so.«

»Also noch ein Besuch, gleich morgen früh?«

»Jep.«

»Und abwarten, was Bastard uns liefert.«

»Schon angekommen«, sagte Vega mit Blick aufs Handy. »Ein paar Adressen. Röntgentechniker Antonio LoSanto wohnt in Santee, ein Vorort von San Diego. Dr. Scott Miller in Escondido, noblere Gegend.«

Sie hielten an einer Ampel, Vega lehnte sich zurück, dehnte den Nacken und nahm die Hände vom Steuer.

»Wir könnten uns heute Abend aufteilen und den beiden einen Besuch abstatten. Wenn du meinst, dass du wach bleiben kannst.«

Cap bemerkte ihren Seitenblick.

»Nett, dass du dir um mich Sorgen machst, aber ich glaube, das kriege ich schon hin«, sagte er schließlich.

Sie verzog keine Miene, blickte stur nach vorn. Es wurde grün, sie fuhr weiter.

Cap verschwieg ihr, dass der Jetlag ihm schwer zu schaffen

machte, er hatte Rücken, wunde Füße, Halskratzen und trockene, müde Augen. Aber mit Vega zusammen zu sein, wenn ihr Hirn den Turbo einschaltete, war genug, um ihn wach zu halten. Besser als Red Bull.

Gegen acht trudelte Vega in Santee ein. Die Sonne war gerade hinter dem Horizont verschwunden, es war angenehm frisch. Der Techniker wohnte in einer Apartmentanlage an einer ruhigen Straße. Vega parkte auf dem Besucherparkplatz neben dem Schild »Sunrise Trails Apartments«, stieg aus und sah sich um.

Auf dem kleinen gepflasterten Weg kam sie an mehreren Wohnungen vorbei, hier und da flackerte das Licht der Fernseher durch die Fenster. Ihr fiel auf, dass alle Erdgeschosswohnungen kleine, mit einer niedrigen Mauer abgetrennte Terrassen hatten, die oberen Stockwerke nur schmale Balkone. Der Techniker wohnte im Erdgeschoss. Nummer einhundertsieben. Auf dem Weg zu seiner Tür meinte sie, einen süßlichen Geruch wahrzunehmen. Puderzucker, Kuchenguss. Erinnerte sie an Jahrmarkt.

Sie drückte auf die Klingel, in der Wohnung war das entsprechende Surren zu hören. Aber es rührte sich nichts. Sie klingelte erneut. Dann klopfte sie, zuerst sanft, und schließlich hämmerte sie mit der Faust an die Tür. Nichts. Sie versuchte, an den Bambusrollos vorbei ins Innere zu spähen.

Ihr Handy vibrierte. Eine Nachricht von Cap: *Angekommen. Keiner da. Werde weiter beobachten.*

Vega trat zurück auf den Weg und überlegte, wie lange sie warten wollte. Seitlich vor LoSantos Wohnung befand sich eine Mauer, die wahrscheinlich seine Terrasse einfasste.

Nachdem sie das kleine Rasenstück zwischen Parkplatz und Gehweg überquert hatte, stand sie vor der mehr als anderthalb Meter hohen Mauer. Mit ausgestrecktem Arm konnte sie gerade den Rand erreichen. Ihr letzter Mauersprung lag schon lange zurück, aber sicher verlernte man das nicht.

Doch als sie loslegen wollte, hörte sie jemanden husten.

»Hallo?«, rief sie.

Keine Antwort.

»Mr LoSanto?« Sie streckte den Arm nach oben und winkte, damit derjenige auf der anderen Seite zumindest ihre Finger sehen konnte.

Vega spürte, dass sich jemand bewegte, dann hörte sie ein scharfes Einatmen und schließlich, deutlicher, wie ein Stuhl über den Terrassenboden schrammte.

»Wer ist da?«

Eine junge, hohe Stimme, weiblich.

»Ich suche nach Antonio LoSanto«, sagte Vega.

»Ist nicht da.«

Vega zog ihren Ausweis aus der Hosentasche.

»Ich bin Privatermittlerin und arbeite im Auftrag der Polizei von San Diego«, sagte sie und hielt ihren Ausweis über die Mauer.

Sie wies sich selten aus. Wenn sie jemandem gegenüberstand, war das meist genug. Die Leute glaubten ihr auch so.

Nach einer Weile sagte das Mädchen: »Kommen Sie nach vorn zur Haustür.«

Jemand öffnete eine Schiebetür, dann klickte das Schloss und die Tür sprang auf.

Das Mädchen war um die zwanzig, Latina, mit Babyspeck und einem rundlichen Gesicht, die Haare straff zurückgebunden. Sie hatte ein Handy in den Fingern, die Kopfhörer noch in den Ohren.

»Sorry, hab Sie nicht gehört«, sagte sie.

Vega nickte mit verkniffenem Lächeln.

»Alice Vega. Ist Antonio LoSanto zu Hause?«

»Nein, er ist nicht da.«

»Wissen Sie, wann er zurückkommt?«

»Bald. Er arbeitet.«

»Könnten Sie mir sagen, wo? Es ist dringend.«

Das Mädchen zog den Pferdeschwanz aus dem Kragen ihres Kapuzenpullis und lachte nervös.

»Ich ... ich soll ihn bei der Arbeit nicht stören.«

»Verstehe. Wenn Sie kurz Zeit hätten? Ich würde Ihnen gern ein paar Fragen stellen.«

»Ich? Ich weiß nichts.«

Sie hat Angst, dachte Vega. *Sei netter, einfühlsamer*.

Sie ging ein wenig in die Knie und neigte den Kopf leicht zur Seite, um entspannter zu wirken. »Ich bin aus El Centro hergefahren«, sagte sie. »Es wäre wirklich nett, wenn ich nicht nochmal herkommen und Sie belästigen müsste. Nur ein paar allgemeine Fragen.«

Das Mädchen zwinkerte nervös.

»Es geht nur um ein paar Zeiten, also wann er wo gearbeitet hat.«

»Wieso wollen Sie das wissen?«

Sie hatte es fast geschafft. Das Mädchen war der mütterliche Typ, umsorgte ihren Partner, nahm ihm gern Dinge ab. Vega wählte eine passende Antwort.

»Es geht um Steuersachen. Einer seiner Arbeitgeber hat zu wenig Steuern bezahlt. Wir befragen alle ehemaligen Angestellten, ob sie Kenntnis davon hatten oder nicht.« Vega zuckte die Achseln. »Reine Routine.«

Das Mädchen nickte, anscheinend erleichterte sie das Wort »Routine«. Sie bat Vega hinein. Die Wohnung war relativ ansprechend, aber spärlich eingerichtet. Samtsofa, Couchtisch mit ungeöffneter Post, Flachbildfernseher, Nintendo Handheld-Konsole. Sauberer, beigefarbener Teppich. Leere Wände bis auf ein großes Aquarellbild vom Ozean, verschwommen blaue Wellen, die an einen hellbraunen Sandstrand schwappen.

Das Mädchen saß auf dem Sofa, Vega blieb stehen und betrachtete das Bild. Auf dem Couchtisch lag ein Vaporizer, daneben ein rosa Fläschchen. Das Mädchen wirkte nervös, vielleicht war es ihr unangenehm, weil sie Vega mit der Polizei assoziierte.

»Ähm ... setzen Sie sich doch«, sagte sie. »Wollen Sie eine Diet Coke?«

Vega schüttelte den Kopf, setzte sich und scrollte auf ihrem Handy herum, als würde sie sich nochmal in die Materie einlesen.

»Also, dann fangen wir mal an. Ihr Name lautet?«

»Sarita Guerra.«

»Ms Guerra, wie lange wohnen Sie und Mr LoSanto schon zusammen?«

»Oh, ich wohne nicht hier«, sagte sie mit Nachdruck. »Er ist mein Freund.«

»Okay, verstehe.«

Vega scrollte weiter. Dann zog sie einen Kugelschreiber aus der Tasche, ließ ihn klicken. Sarita würde es sicher nicht auffallen, dass sie keinen Notizblock mitgebracht hatte. Ihrer Erfahrung nach wollten nervöse Menschen bei einer Befragung nur reden und sich verteidigen, sie sind so damit beschäftigt, dass ihnen solche Kleinigkeiten nicht auffallen.

»Waren Sie und Mr LoSanto schon zusammen, als er in der Bay Free Health Clinic in Mission gearbeitet hat?«

»Ja. Also, wir haben uns vor ... ähm ... sechs Monaten kennengelernt, da war er schon da, aber ich habe mitbekommen, wie er gekündigt hat.«

Sie nickte. Das stimmte mit ihren Informationen überein.

»Okay. Und können Sie sich noch erinnern, wann er da aufgehört hat?«

»Ja, das war so ... kurz vor Ostern, also um den April herum?« Die Frage hing in der Luft.

»April, gut.«

Vega stand auf, legte den Kopf schief und tat, als wäre sie verwirrt.

»Warum hat er dort aufgehört?«, fragte sie.

Sarita sah sie verständnislos an.

»War doch eine gute Stelle, wichtige Arbeit und so.« Vega zuckte mit den Achseln.

»Ich glaube, er hat nicht genug Schichten gekriegt?« Wieder so eine Frage.

Vega nickte, falls das Mädchen damit ihre Zustimmung einholen wollte.

»Er hatte ja gerade erst diese Wohnung hier gekauft und hat Geld gebraucht, um sie abzuzahlen, aber sein Job in der Klinik war nur Teilzeit, soweit ich weiß.«

Vega trommelte mit dem Stift aufs Handy, um dem Mädchen Zeit zum Nachdenken zu geben.

»Mir hat er das eigentlich nicht so richtig erklärt.«

»Und ihm ist in der Klinik nichts Außergewöhnliches aufgefallen?«

Sarita schüttelte den Kopf, ihr Pferdeschwanz tanzte. *Kreppeisen*, dachte Vega.

»Nein, nicht dass ich wüsste. Er hat sich mit den meisten Kollegen gut verstanden. Es war ein ganz normaler ...«

Sie überlegte.

»... Job«, sagte sie schließlich.

Vegas Blick wanderte erneut zu dem Aquarell, das über Saritas Kopf an der Wand hing. Sarita plapperte weiter.

»Er arbeitet hart.«

Das Bild war überdimensional groß und hing mittig an der Wand.

»Jetzt kann er Doppelschichten machen, wenn er will.«

»Und wo arbeitet er jetzt?«, fragte Vega, den Blick immer noch aufs Bild gerichtet.

»Kenner Orthopedic. In La Jolla.«

»Aha«, sagte Vega. »Dürfte ich mal Ihre Toilette benutzen?«

»Ja, klar. Die ist ... da hinten.« Sie zeigte auf einen engen Flur, der vom Wohnzimmer abging.

Auf dem Weg durch die Wohnung nahm Vega die beigefarbenen Wände genauer unter die Lupe. Am Ende des Flurs befanden sich das Bad und das Schlafzimmer, sie lagen direkt nebeneinander, beide Türen waren weit geöffnet. Das Bad war in Pfirsichfarben gehalten und relativ sauber. Vega ließ die Tür einen Spaltbreit geöffnet und spähte zurück ins Wohnzimmer. Sie konnte Sarita nicht mehr sehen, was bedeutete, dass auch sie aus Saritas Blickfeld verschwunden war.

Rasch streckte sie den Kopf zum Schlafzimmer hinein – normales Doppelbett, weiße Bettwäsche, ungemacht. Kleiner Nachttisch mit Wecker. Kommode mit Lampe.

Keine Bilder an den Wänden.

Auf Zehenspitzen schlich sie zurück ins Bad, betätigte die Klospülung und wusch sich die Hände. Sie hatte noch eine letzte Frage.

Das Mädchen saß immer noch auf der Couch und zog an ihrem Vaporizer. Als sie Vega sah, nahm sie ihn schnell aus dem Mund, als wäre sie von ihrer Lehrerin beim Rauchen auf der Toilette erwischt worden.

»Gleich sind Sie mich los«, sagte Vega.

Sarita sprang auf, strich ihre rosafarbene Jogginghose glatt.

»Könnten Sie mir sagen, wie lange Mr LoSanto dieses Bild hat?«

Sarita drehte sich zur Wand, dann wieder zurück zu Vega.

»Ähm ... keine Ahnung.«

»Denken Sie gut nach.« Vegas Ton war schärfer geworden. Es gab keinen Grund mehr, sich wie eine Steuerprüferin aufzuführen.

Sarita betrachtete das Bild, als würde sie dort die Antwort finden.

»Ein paar Monate vielleicht?«

»Vielleicht seit April? Nachdem er den Job in der Klinik aufgegeben hat?«, schlug Vega vor.

»O ja, das kommt hin. Er meinte, er hätte keinen Bock mehr, auf eine leere Wand zu starren.«

Vega trat dicht neben Sarita vors Sofa. Sie musterte das Mädchen so intensiv, dass es einen Schritt zurückwich. In ihren Augen lag Furcht.

In diesem Moment zog Vega ihre Waffe, hielt den Blick aber weiterhin auf das Bild gerichtet.

»Warten Sie!«, keuchte Sarita.

Vega ignorierte sie, ließ aber die Waffe zwischen den Fingern baumeln, mit dem Lauf zum Boden. Sie stellte sich aufs Sofa, holte weit aus und schlug mit dem Griff gegen das Glas. Das Geräusch war nicht laut, aber dumpf, Vega spürte Widerstand. Hinter der Leinwand war kein Hohlraum.

Sarita hatte einen entsetzten Schrei ausgestoßen, sich aber sofort die Hände vor den Mund geschlagen.

Das Glas hatte ein kleines Loch und mehrere davon ausgehende Risse, die sich wie bei einem Spinnennetz von der Mitte her ausdehnten, war aber nicht zersplittert.

»Was ... was machen Sie da?«, fragte Sarita mit zitternder Stimme.

Vega antwortete nicht, sondern schob die Waffe zurück ins Holster. Sie umfasste den Rahmen an beiden Seiten und nahm ihn vorsichtig von der Wand, stieg damit vom Sofa und legte ihn mit der Rückseite nach oben auf den Tisch.

Die Rückseite war mit braunem Packpapier bedeckt, das kreuz und quer mit Paketklebeband befestigt war. Vega strich darüber und drückte sanft auf die Ecken.

»Haben Sie eine Schere?«, fragte sie Sarita.

Das Mädchen stand unter Schock, sie presste sich die verknoteten Finger unters Kinn.

»Sarita! Schere!«, sagte Vega laut. »Holst du sie mir bitte?«

»Ja«, sagte sie, rannte in die Küche und direkt gegen die Frühstückstheke.

Vega hörte Schubladen schaben, dann ein Klappern. Kurz darauf flitzte Sarita mit der Schere in der Hand zurück ins Wohnzimmer.

»Nicht rennen!«, sagte Vega sanft.

Das Mädchen gehorchte brav, verlangsamte ihr Tempo. Sie reichte Vega die Schere, mit dem Griff zuerst. Vega stach mit einer raschen Bewegung in die obere linke Ecke.

Sarita entfuhr ein scharfer Laut, doch sie rührte sich nicht von der Stelle.

Vega schlitzte das Papier an der Oberseite auf, dann ein paar Zentimeter an jeder Seite und zog es vorsichtig herunter.

Dahinter verbargen sich Geldbündel, zwanzig oder fünfundzwanzig, kleine Scheine, zerknittert und mit einem Gummiband zusammengehalten. Als Vega das Papier weiter herunterzog sah sie, dass die Geldbündel ungefähr drei Viertel des Hohlraums füllten. Am Ende lagen nicht nur zerschnittenes Packpapier vor ihr, sondern auch ein paar Tausend Dollar in gebrauchten Scheinen.

Saritas Gesicht schien sich auszudehnen, so weit hatte sie Augen und Mund aufgesperrt.

Vega wollte ihr nicht sagen, dass dies sicher Anlass genug war, um einen Mann auf der Arbeit zu belästigen. Sie gab Sarita ein paar Minuten, um von selbst darauf zu kommen.

Caps letzte Observierungsmission lag schon eine Weile zurück. Mittlerweile war es dunkel geworden und etwas abgekühlt, die Luft duftete süßlicher und strich ihm irgendwie noch angenehmer über die Haut als tagsüber. Cap saß bei offenem Fenster in seinem Wagen gegenüber vom Haus des ehemaligen Klinikarztes, das sich nicht wesentlich von den Nachbarhäusern unterschied, gehobene Mittelschicht, zweistöckig, elfenbeinfarbene Fassaden, braunrote Ziegeldächer. In den Einfahrten rechts und links standen Autos, in den Fenstern brannte Licht, nur beim Arzt war alles dunkel und die Einfahrt leer.

Cap trank einen Schluck Eiskaffee, dehnte den Nacken nach rechts und links, bis er knackte, und dachte an die Hörbücher, mit denen er sich früher beim Observieren von Kautionsflüchtigen und Ehebrechern die Zeit vertrieben hatte. Meistens Sachbücher, amerikanische Geschichte – Bürgerkrieg, Präsidentenbiografien. Alles über kleine Entscheidungen und große Fehler.

Er wischte sich am Hosenbein das Kondenswasser vom Becher und schrieb eine Nachricht an Nell:

Hoffentlich schläfst du schon, aber wenn nicht: Gute Nacht!

Kaum hatte er sie verschickt, blinkten die drei Pünktchen und kurz darauf kam ihre Antwort.

Fast. Wie läuft's mit dem Fall?

Cap grinste. Er war stolz auf seine Tochter, die nie müde wurde, Fragen zu stellen – auch wenn sie ihn damit manchmal zur Verzweiflung trieb.

Noch nichts. Observierung. Langweilig.

Er betrachtete das Haus, die ruhige Straße. Grillen zirpten, ein seltsamer Vogel rief. Sein Handy vibrierte.

Wie geht es Alice?

Gut, schrieb er zurück, *wie immer*.

Drei Pünktchen, dann:

Ein Herzchen.

Ob das ihm persönlich galt oder eine Reaktion auf seine Beschreibung von Vega war, wusste er nicht. Er beschloss, das Thema zu wechseln.

Hey, ist Emoji eigentlich Plural?

Eine kurze Pause, gefolgt von:

Gute Nacht, Dad xoxo

Cap grinste immer noch, als er das Handy in den Becherhalter legte. Nur gelegentlich fuhr jemand vorbei. Bei solchen Gelegenheiten rutschte Cap tiefer in seinen Sitz. In dieser Gegend fiel ein Fremder, der in seinem Auto vor einem Haus parkte, sicher auf.

Gegen zehn sah er im Seitenspiegel einen schwarzen SUV, die Sicht auf die Windschutzscheibe war allerdings von einer reflektierenden Sonnenblende versperrt. Seltsam, nachts mit Sonnenblende zu fahren, dachte Cap. Er wollte tiefer rutschen, doch es war klar, dass der Fahrer ihn trotzdem sehen würde, wenn er aufmerksam war. Also Plan B. Cap rief Google Maps auf, setzte eine angemessen verwirrte Miene auf und mimte den Touristen, der sich verfahren hatte.

Der SUV rauschte vorbei und bog ein paar Meter weiter in die nächste Seitenstraße.

Aus neun wurde zehn, an der Ostküste wäre es jetzt ein Uhr nachts. Cap war so erschöpft, dass ihm alles wehtat. Er trank die letzten Reste seines Eiskaffees und rieb sich das Gesicht.

Sein Handy zeigte 22:10 Uhr. Er rief CNN auf und versuchte zu lesen, doch die Buchstaben verschwammen, ihm brannten die Augen. Seine Lesebrille lag auf dem Bett im Hotel.

Er schloss die Augen und kniff sich in die Nasenwurzel, bis ihm die Tränen kamen, doch schon bald drifteten seine Gedanken davon. Die Luft duftete, er atmete tief ein, wunderte sich, warum die Grillen so laut waren, dass er sie in seinem Bett hören konnte, er war zu Hause in Denville, das Fenster geschlossen, die Klimaanlage surrte. Endlich hatte er die perfekte Einstellung gefunden, nicht zu warm, nicht zu kalt, ein leichter Luftzug strich ihm übers Gesicht. War das Nell, die nebenan aufgeregt am Handy flüsterte?

Cap fuhr hoch.

Der Doktor war zu Hause.

Er lehnte sich zurück, damit man ihn nicht sah. Der Mann

trug einen schwarzen Anzug, die Frau ein blaues Abendkleid und eine komplizierte Hochsteckfrisur. Sie standen neben einem silberfarbenen Audi, die Türen waren noch geöffnet. Die Stimme der Frau, vermutlich die Arztgattin, hatte Cap aus seinem Traum gerissen. Sie flüsterte, klang aber erregt. Instinktiv zog Cap sein Aufzeichnungsgerät aus der Tasche und legte es unter die Windschutzscheibe, wie er es früher immer getan hatte, wenn er Ehebrechern auf der Spur gewesen war – immer alles aufzeichnen. Er verließ sich lieber auf klassische Methoden, nicht nur auf sein Handy.

Der Mann packte die Frau am Arm, doch sie riss sich los und geriet ins Straucheln. Was sie sagte, war nicht genau zu verstehen, aber er zoomte so weit es ging auf ihre Gesichter, vielleicht konnte er die Worte später an den Lippen ablesen. Es klang, als hätte sie am Ende »dir vertrauen« gesagt.

Jetzt fühlte er sich tatsächlich in die alten Zeiten zurückversetzt. Paare, die sich stritten, untreue Partner, betrogene Ehemänner und »Wie kannst du es wagen, mich so vorzuführen?« Cap war immer wieder überrascht von dieser Reaktion. Wenn er die Nachricht überbrachte, dass Schatzi oder Hasi auf Abwegen wandelten, erbosten sich die Betrogenen nicht etwa über den Betrug an sich, sondern darüber, dass der Partner sie blamiert hatte, bloßgestellt, und sie jetzt von den anderen als dumm, naiv und alt wahrgenommen wurden.

Der Doktor hielt seine Frau jetzt am Ellbogen fest. Soweit Cap seinen Gesichtsausdruck erkennen konnte, wirkte der Mann eher ungerührt, als würde ihm so etwas regelmäßig passieren.

Die Frau wackelte auf ihren hochhackigen Schuhen, hatte aber bald das Gleichgewicht wiedergefunden. Sie wehrte sich ein wenig, gab ihren Widerstand aber rasch auf und ließ sich von ihm die Einfahrt hinaufführen. Bewegungsmelder flackerten auf und beleuchteten den Weg zur Tür. Der Doktor schloss auf und die beiden verschwanden im Haus.

Cap stoppte die Aufnahme und sah aufs Handy: 23:09 Uhr. Und da war auch eine Nachricht von Vega, zwanzig Minuten zuvor eingegangen, als er weggedämmert war.

Lass den Doktor sausen, hab hier was gefunden.

Dazu hatte sie ein Bild von einem aufgeschnittenen Karton voller Geldscheine geschickt. Cap kicherte.

Volltreffer, schrieb er zurück. *Brauchst du Hilfe?*

Die Antwort kam prompt.

Nein, geh schlafen.

Cap tippte aufs Display. Nett gemeint, aber Miss Vega braucht keine Hilfe. Er streckte die müden Glieder, schlug sich auf die Wangen, ließ den Motor an und ließ sich von der Dame aus dem Navi über die leeren Straßen zum Hotel führen.

Sarita saß auf dem Sofa, zog trübsinnig an ihrem Vape und wischte sich eine gelegentliche Träne vom Gesicht. Vega lehnte an der Frühstückstheke. Beide hatten das Geld im Blick. Nachdem Sarita LoSanto mehrere aufgelöste Nachrichten geschickt und auf die Mailbox gequatscht hatte, war sie verstummt.

Als jetzt Licht von Autoscheinwerfern durch die Glastür blitzte, straffte sie den Rücken.

»Das ist er«, sagte sie.

Vega nickte, den Blick nun auf die Haustür gerichtet. Draußen schlug die Autotür zu, man hörte hastige Schritte, dann flog die Tür auf.

Antonio LoSanto betrat die Wohnung, klein, gedrungen, kurzgeschorenes Haar, dunkelblaue Krankenhauskleidung. Sein Atem ging schnell, der Blick wanderte hektisch zwischen Vega, dem Geld und Sarita hin und her. Die saß da wie vom Donner gerührt auf dem Sofa.

»Sarita«, keuchte er, »lass uns allein.«

Sie erhob sich. Sie sah Vega nur kurz an, dann senkte sie den Kopf und huschte aus dem Zimmer. *Du musst ihm nicht aufs*

Wort gehorchen, Mädchen!, versuchte Vega ihr zu signalisieren, aber Sarita war bereits verschwunden.

Die Schlafzimmertür schlug zu, dann standen sich Vega und LoSanto allein gegenüber. Der Geruch von Zuckerwatte hing noch in der Luft. LoSantos Atem hatte sich mittlerweile beruhigt. Er rieb sich den Nacken.

»Wenn Sie einen Durchsuchungsbefehl haben, würde ich den gern sehen«, sagte er.

»Brauche ich nicht.«

LoSanto stemmte die Hände in die Hüften und richtete sich zur vollen Größe auf. *Tough Guy*, dachte Vega.

»Dann ruf ich jetzt die Cops. Das ist Hausfriedensbruch, was Sie hier machen.«

»Ihre Freundin hat mich reingelassen und mir sogar eine Diet Coke angeboten.«

LoSanto wirkte unbeeindruckt.

»Wer sind Sie überhaupt?«

»Ich heiße Vega.«

»Was willst du, Vega?«

Sie folgte seinem Blick, der zum Geld wanderte.

»Ich bin Privatermittlerin und arbeite für die Polizei.«

LoSanto schnaubte.

»Wenn ich die Bullen anrufe und ihnen erzähle, dass du dir unter einem Vorwand Zutritt zu meiner Wohnung verschafft hast, wissen sie, wer du bist?«

Vega ließ sich Zeit mit der Antwort.

»Ja, genau«, sagte sie schließlich.

»Ich muss dir gar nichts sagen«, stieß er hervor. Es klang, als müsste er sich erst selbst davon überzeugen.

»Klar, Sie müssen weder mit mir noch mit der Polizei oder Ihrem Anwalt oder dem Richter reden.« Vega nickte zum Geld, mehrere Bündel hinter dem aufgeschnittenen Packpapier. »Die Seriennummern auf diesen schmutzigen Scheinen sprechen ja für sich, da kannst du ruhig schweigen, während du in Lompoc sitzt und die Jungs mit Armdrücken entscheiden, wer von ihnen es zuerst mit einem Mauerblümchen wie dir treiben darf.«

Bei den letzten Worten erstarrte LoSanto und sah zu Boden. Vega spürte, wie sich die Atmosphäre veränderte. Langsam wich alle Spannung aus dem Zimmer. LoSanto strich sich seufzend übers Haar. An seiner Körperhaltung erkannte Vega, dass er reden würde. Manchmal half es, klare Ansagen zu machen.

7

Cap schreckte hoch, verwirrt, weil er in einem fremden Bett lag. Er befreite sich von der dünnen Decke. 5:23 Uhr leuchtete es rot auf dem Wecker. Kalifornien, du bist in Kalifornien, dachte er, aber dein Körper meint, es wäre zwanzig nach acht. Er kratzte sich im Gesicht, am Kopf und schließlich am Körper, während er laut gähnte, als wollte er sich überzeugen, dass er tatsächlich wach war.

Er stand auf, trat ans Fenster und zog die Vorhänge auf. Draußen war es noch dunkel, am Himmel zeugten nur ein paar hellere blaue Streifen in der Ferne vom heranbrechenden Tag. Er knipste die Nachttischlampe an, schlappte unter die Dusche und rasierte sich mit dem Einwegrasierer, den er sich am Flughafen gekauft hatte. So klein, dachte er, warum ist alles so klein? Er konnte das Ding kaum halten. Dann grinste er, weil er wusste, was Nell sagen würde: »Früher war alles besser, nicht wahr, alter Mann?«

Es war fast sechs, als er aus dem Bad kam. Er brauchte dringend einen Kaffee.

Er trat vor sein Zimmer und beugte sich kurz über das Geländer. Am Himmel war es jetzt heller, in der Mitte verdichteten sich Gelb- und Orangetöne, wo die Sonne bald aufgehen würde. Es duftete nach frischen, feuchten Blumen.

Auf dem Weg zur Treppe blieb er kurz vor Vegas Zimmer stehen. Er spähte durchs Fenster, vielleicht brannte schon Licht. Er wusste, dass Vega Frühaufsteherin war, oder besser gesagt, kaum Schlaf brauchte. Sie konnte nach ein, zwei Stunden Nickerchen ihren Arbeitstag antreten, effizient sein, mit klarem Kopf ihre Aufgaben meistern, zur Hochform auflaufen. Plötzlich wurde ihm klar, was er eigentlich gerade tat. Er hatte gar nicht darüber nachgedacht, dass er in ihre Privatsphäre eindrang. Trotzdem konnte er den Blick nicht abwenden. Sein Herz pochte wie wild, als er langsam erkannte, was sie da machte.

Dort, mitten im Zimmer, vollführte Vega einen Handstand.

Es brannte kein Licht, aber Cap erkannte die Konturen ihres Körpers und sah, dass sie bekleidet war. Ihr Blick war von ihm abgewandt, zum Bett gerichtet, ihr Haar hing wie ein Vorhang über dem Boden. Sie bewegte sich nicht.

Mehrere Minuten verharrte er vor ihrem Fenster und sah ihr zu. Wie konnte sie das so lange halten? Hinter ihm kroch die Sonne über den Horizont, aber Vegas Arme waren immer noch in weiches, gräuliches Licht getaucht. Definierte Muskeln und Sehnen, straff bis zu den Händen gespannt.

Sie kam zu Boden.

Elegant, aber schnell, ein Bein gesenkt, dann das andere. Als sie sich langsam aufrollte, sprang Cap erschreckt zur Seite, drückte sich an Vegas Tür und hielt den Atem an. Innerlich flehte er, dass sie ihn nicht bemerkt haben mochte, plötzlich kam er sich vor wie ein perverser Spanner. Die Sonne stieg jetzt rasch höher und brannte ihm heiß ins Gesicht.

Da war ein Geräusch.

Vega beendete rasch ihren Handstand, kam schneller runter als sonst und hatte dieses seltsame Gefühl, das man bekam, wenn einem das Blut zu schnell vom Kopf in den Körper sackte. Sie trat ans Fenster und spähte zwischen den Vorhängen hindurch, dann zog sie sie ganz auf.

Niemand.

Die Sonne stand bereits am Himmel und waberte in der Hitze. Vega genoss kurz die Wärme auf ihrem Gesicht, dann schloss sie die Vorhänge wieder, diesmal so, dass kein Spalt dazwischen frei war.

Sie duschte und zog sich an, die feuchten Haare band sie im Nacken zu einem Knoten zusammen. Socken, Stiefel, Schulterholster. Springfield auf der einen, Magazin auf der anderen Seite. Dann klopfte es.

Durch den Spion sah sie Cap mit einem Papptablett, zwei Bechern und einer weißen Papiertüte vor der Tür stehen.

»Freie Auswahl«, sagte er und schüttelte die Tüte.

Vega grinste und ließ ihn herein. Cap stellte das Tablett auf den Tisch und zog einen braunen Beutel und einen Schokoriegel heraus.

»Muffin mit Ei und Putenschinken, glaube ich«, sagte er, als er den Beutel öffnete. »Oder einen Crunchy-Peanut-Butter-Riegel.«

»Riegel«, sagte Vega und zog den Riemen des Holsters fest, sodass die Springfield perfekt unter ihrer Achselhöhle verschwand.

Cap warf ihr den Riegel zu, sie fing ihn mit einer Hand.

»Wusste ich's doch!« Cap holte das Sandwich aus dem Beutel. »Und Tee? China irgendwas?«

»Danke.«

Sie zog sich die Jacke über.

»Wir schneien einfach so rein bei Duffy?« Cap biss ins Sandwich.

»Jep. Bevor er zur Arbeit abdüst.«

Cap nickte mit vollem Mund. Hinter vorgehaltener Hand kaute und schluckte er rasch. »Wie hat LoSanto das ganze Geld erklärt?«

»Vor sechs Monaten hat er angeblich eine anonyme Mail bekommen, der Absender kannte seinen Namen und wusste, wo er arbeitet. Hat gemeint, er könnte auf die Schnelle ein paar Dollar nebenbei verdienen, bei Interesse sollte er die angegebene Nummer anrufen. Der Typ meinte, er würde ihm privat eine Ladung Pessare abkaufen. LoSanto war nicht gut auf Palomino zu sprechen, da kam ihm die Sache gerade recht – und gegen den kleinen Nebenverdienst hatte er auch nichts einzuwenden.«

»Hat der Typ ihm die ganze Ladung auf einmal abgenommen?«

»Nein, die Lieferung wurde über ein paar Monate verteilt.« Vega schnappte sich Schlüssel und Handy vom Nachttisch.

»Hat er die Dinger auch selbst eingesetzt?«, fragte Cap mit sichtlichem Unbehagen.

»Nein. Er meinte, er hätte nur geliefert.«

Cap reichte Vega ihren Becher mit Tee. »Warum hat er das Geld nicht zur Bank gebracht? So viel war es doch nicht.«

»Stimmt, aber der Kunde hatte es ihm verboten. Er sollte es irgendwo verstecken und nach und nach ausgeben. LoSanto hat keine Fragen gestellt, es war ihm egal.«

Vega trank einen großen Schluck, verbrannte sich prompt die Zunge, sprach aber unbeirrt weiter.

»Er behauptet, den Kunden nie zu Gesicht bekommen zu haben, das Geld lag immer an einer vorher angegebenen Stelle für ihn bereit. Köfferchen, auf einer bestimmten Bank abgelegt, so in der Art.«

»Nimmst du ihm das ab?«, fragte Cap auf dem Weg hinaus.

»Ja. Der hat mich garantiert nicht angelogen.«

»Hat er dir den Namen des Kunden genannt?«

»Klar, aber wer weiß, ob der echt ist. E-Mail-Adresse und Handynummer habe ich auch.«

Die Metalltreppe zum Parkplatz klapperte unter ihren Schritten.

»Nehmen wir deinen Wagen?«, fragte Cap.

»Ja. LoSanto meinte, der letzte Kontakt seit seinem Jobwechsel wäre mindestens sechs Monate her. Wenn das stimmt, haben wir garantiert kein Glück mit E-Mail oder Handy.«

Sie stiegen ein.

»Ich habe alles an Oteros Detective geschickt, ein Typ namens McTiernan. Er kümmert sich weiter um LoSanto.«

»Alles?«, fragte Cap.

Der Duft seines Eiersandwichs erfüllte den Wagen. Vega aß nicht viel und hatte für Essensgeruch nicht viel übrig, wenn er nicht zufällig von ihrer Mahlzeit stammte. Sie startete rasch den Motor und ließ alle Fenster herunter.

»Fast.« Sie versuchte es erneut mit ihrem Tee, der zwar nur wenig kühler war, aber Vega mochte die Wärme in ihrer Kehle.

»Fast? Halten wir etwa Informationen zurück?«, fragte Cap leicht spöttisch.

Vega stellte den Becher in den Halter, gurtete sich an und setzte die Sonnenbrille auf. Dieses Spielchen kannte sie bereits, doch sie wusste auch, dass sie Cap einweihen musste, schließlich hatte sie ihn ins Boot geholt, und er war der Einzige, mit dem sie sich eine enge Zusammenarbeit vorstellen konnte.

»Sie haben mir auch eine Menge verschwiegen. Meine Fragen haben sie zwar beantwortet, aber vieles passt nicht zusammen.«

»Warum du? Warum die Geheimniskrämerei? Warum Bargeld auf die Kralle?«

»Ja, genau.«

»Wenn die nicht mit offenen Karten spielen, tun wir's auch nicht?«

»Ja, so ähnlich.«

Bis zu diesem Zeitpunkt hatte Vega ihre Gedanken nicht in Worte gefasst, doch jetzt dachte sie wieder an Boyce mit seiner Arroganz, Mackey, der irgendwie verschlagen gewirkt hatte. Selbst Otero hatte sie am Ende abgefertigt. *Ich kann es auch nicht ändern.* Sie würde sie auf dem Laufenden halten, aber nur so, wie sie es für nötig befand. Bis dahin würde sie alle Ressourcen nutzen, die man ihr zur Verfügung stellte.

Sie bemerkte, dass Cap sie über seinen Becherrand hinweg ansah. Sie aufmerksam musterte.

»Einverstanden?«, fragte sie.

»Ich? Ich bin hier der Cop, schon vergessen? Von mir erfährt niemand was. Kein Sterbenswörtchen.« Er biss ins Sandwich und hielt es in die Luft, als wollte er mit Vega anstoßen. »Im Schweigen bin ich einsame Spitze.«

Vega fuhr los. Sie wusste, dass er witzig sein wollte, aber sie hatte keine Lust auf dieses Spielchen. Stattdessen dachte sie über die nächsten Schritte nach, über Duffy und seinen Sohn, die Männer, die sich mit der Zunge die Daumen befeuchteten und Scheinchen für LoSanto abzählten, und die Mädchen, die ihnen dabei zusahen.

Schon vor Duffys Tür hörten sie das Gebrüll. Zwei Stimmen, eine männliche, eine weibliche. Flüche. Cap und Vega tauschten Blicke.

»Du machst den Anfang«, sagte sie und drückte auf die Klingel.

»Und du das Ende?«

Vega machte eine abwägende Geste.

»Klar.« Die Tür ging auf.

Es war die Tochter, noch im Schlafanzug, Kopfhörer auf den Ohren. Sie trat wortlos zur Seite und ließ sie eintreten.

Plötzlich verstummte das Geschrei. Cap und Vega traten ins Wohnzimmer, wo Duffy stand, im Blaumann, fertig für die Arbeit, vor ihm Mrs Duffy in Leggings und Windjacke.

»Hi«, sagte Duffy. Er war rot angelaufen, sein Gesicht glänzte vor Schweiß. »Das ist … ähm ... meine Frau Tamsin.«

»Max Caplan.« Cap nickte und hob die Hand zum Gruß.

Manchmal gab es Situationen, in denen er sich nicht zu einem Händeschütteln durchringen konnte, weil ihm die Berührung seines Gegenübers unerträglich war. So ging es ihm jetzt.

»Das ist Alice Vega«, fügte er hinzu.

Vega nickte nur. *Mehr kommt nicht*, dachte Cap.

Tamsin Duffy hatte kurze blonde Haare, ihre Wimpern und Augenbrauen waren so hell, dass man sie auf ihrer blassrosa Haut kaum sah. Ihre Augen wirkten zu groß für ihr Gesicht.

Duffy und seine Frau hatten sich offenbar gerade gestritten. Aber warum? Vielleicht war Mrs Duffy sauer, weil sie ihren kleinen Schatz befragen wollten, oder Sohnemann hatte diesmal richtig Scheiße gebaut. Womöglich war sie auch einfach Cholerikerin.

Er beschloss, gleich zur Sache zu kommen. »Wir glauben, dass Ihr Wagen mit Absicht unabgeschlossen war.«

Tamsin runzelte die Stirn, ihre Augen wurden noch größer.

»So was machen wir nicht«, sagte sie. »Wir schließen unsere Autos immer ab.«

»Verstehe. Mach ich auch nicht, es sei denn, ich bin extrem abgelenkt. Wie wir Ihrem Mann gestern bereits sagten, würden wir gern Ihren Sohn fragen, ob er etwas darüber weiß.«

Tamsin schüttelte den Kopf und schnaubte genervt. »Logan!«, keifte sie dann.

Irgendwo im Haus lief ein Fernseher, zuckersüßes Gedudel, Spielzeugwerbung, ansonsten herrschte Stille. Niemand kam.

Tamsin war aus dem Zimmer gegangen, Cap hörte sie erneut keifen. »Logan! Beweg deinen Arsch sofort hier raus!« Ein Klatschen, flache Hand auf Holz. Dann riss jemand die Tür auf. »Was, du verdammte Irre?«

Dylan Duffy rieb sich über den Mund und sah zu Boden.

Flüstern, dann der Junge nölend: »Aber ich fahr doch nicht mal Auto!«

»Die sind von der Polizei und wollen mit dir reden«, keifte Tamsin wieder.

»Ja, ich hör dich!«, sagte der Junge genervt, als er aus dem Flur kam, seine Mutter hinterdrein.

Schwarzes T-Shirt, blaue Jeans, Akne auf den Wangen. Tamsins Gesicht war puterrot angelaufen, die Augen traten ihr fast aus den Höhlen. Sie sah aus wie eine zu fest gedrückte Stresspuppe.

»Hi, Logan«, sagte Cap freundlich, aber nicht zu eifrig. »Ich bin Max Caplan, das hier ist Alice Vega. Wir haben ein paar Fragen an dich. Es geht um den Wagen deines Vaters.«

Logan schob sich den Pony aus dem Gesicht. »Ich habe keinen Führerschein.«

»Hm«, sagte Cap und sah sich im Zimmer um. »Setzen wir uns doch alle kurz hin.«

Wie ein Hinrichtungskommando, dachte er, als er in die Gesichter der Anwesenden blickte. Erleichtert stellte er fest, dass Vega sich auf dem Sofa niedergelassen hatte. Er setzte sich neben sie. Duffy blieb stehen, lehnte sich aber ans Buchregal, während Logan sich theatralisch in den Korbsessel plumpsen ließ. Tamsin Duffy blieb stocksteif stehen, die Arme verschränkt, wütend auf die Welt. Es war klar, dass sie sich nicht von der Stelle rühren würde.

Cap klatschte in die Hände. »So. Bevor wir anfangen, Vega, könnten Sie bitte die Aufnahme starten?«

Vega zeigte keine Überraschung, sondern nickte leicht, hielt ihr Handy hoch und tippte aufs Display, als wäre das alles reine, langweilige Routine.

»Das macht Ihnen hoffentlich nichts aus?«

Duffy und seine Frau tauschten Blicke, dann zuckte Duffy die Achseln. Logan setzte sich aufrechter hin.

Das war ein alter Polizistentrick. Vor laufender Kamera benehmen sich die Leute auf zweierlei Weise: Entweder bekommen sie Panik und geben alles zu, oder sie bekommen Panik und verlangen einen Anwalt. Cap hatte so eine Ahnung, dass die Duffys noch keinen Anwalt brauchten.

»Okay. Also, Logan, hältst du dich aus irgendwelchen Gründen ohne Wissen deiner Eltern im Auto deines Vaters auf?«

Der Junge biss die Zähne zusammen und schnaubte so heftig, dass sogar Cap überrascht war.

»Hab ich doch schon gesagt. Ich habe keinen Führerschein.«

»Gut, keinen Führerschein.« Cap wandte sich um und blickte mit großer Geste in Vegas Kamera, als wäre dieses Detail von besonderer Wichtigkeit. »Aber nehmen wir mal an, du hättest dein Handy im Wagen vergessen oder so was, würdest du dir dann den Schlüssel nehmen und es rausholen?«

Logan schüttelte den Kopf.

»Entschuldigung«, sagte Cap, »war das ein Nein? Für die Aufnahme«, fügte er mit Blick auf Vega hinzu.

»Nein«, sagte Logan leise, »ich habe keinen Schlüssel.«

»Aha. Mrs Duffy, Mr Duffy, haben Sie Logan je den Schlüssel gegeben, damit er was aus dem Wagen holen kann?«

Duffy räusperte sich. »Klar. Manchmal schon.«

»Ma'am?«, sagte Cap zu Tamsin.

Alle sollten dasselbe aussagen, dachte Cap. Während sie überlegte, gingen Tamsins Augen fast auf normale Größe zurück.

»Ja, kann sein.«

»Ich hab zu Hause so eine Schale auf dem Flurtisch, da steht sogar ›Schlüssel‹ drauf. Meine Tochter hat sie mir gekauft, weil ich meine immer verlege«, sagte Cap und grinste glücklich.

Duffy rang sich ein freundliches Lächeln ab, auch Tamsins Lippen entspannten sich.

»Haben Sie auch so was in der Art?«

»Die Haken da«, sagte Duffy.

Er zeigte auf die silberfarbene Hakenleiste neben der Haustür.

»Wow! Das nenne ich organisiert!«, sagte Cap. »Muss ich meiner Tochter erzählen.«

»Wir hängen sie aber nicht immer da auf«, gab Duffy bescheiden zu.

»Und die Haken sind so dünn, dass man sie sogar an den … Dings … Ringen aufhängen kann«, fuhr Cap fort.

»Ja«, sagte Duffy.

Cap richtete die Aufmerksamkeit wieder auf den Jungen. »Also, Logan«, sagte er. »Kannst du dich daran erinnern, ob du jemals den Schlüssel vom Haken genommen und damit den Wagen deiner Eltern aufgeschlossen hast?«

»Vielleicht«, antwortete er achselzuckend.

»Vor kurzem? In den letzten Wochen?«

»Nein«, kam es wie aus der Pistole geschossen.

»Vielleicht denkst du noch mal nach?« Cap faltete die Hände. »Nur damit du ganz sicher bist.«

Logan setzte ein bockiges Gesicht auf, als wollte er sich streiten.

»Ja, Mann, hab ich doch schon gesagt.«

»Das hast du, stimmt. Entschuldige«, sagte Cap gutmütig.

Logan antwortete nicht, sah ihn nur aufsässig an. Cap wandte sich Vega zu. »Das hat er schon gesagt, nicht?«

»Ja, hat er«, erwiderte sie genervt, als wäre Caplan eine echte Tranfunzel.

Aus unerfindlichen Gründen war Cap von dieser Reaktion entzückt. Am liebsten hätte er breit gegrinst, ließ es aber bleiben.

»Und du bist noch fünfzehn, richtig?«

»Ja«, murmelte Logan.

»Hast du einen Führerschein auf Probe?«

Logan seufzte angepisst.

»Nee.«

»Warum nicht?« Cap sah Duffy und Tamsin fragend an. »Wo ich herkomme, müssen die Kids warten, bis sie sechzehn sind, aber bei euch ist das doch anders, hier dürfen sie schon mit fünfzehneinhalb auf Probe fahren, oder?«

Tamsin funkelte ihren Mann an. »Wir warten, bis Logan sechzehn ist«, sagte er. »Kein Grund zur Eile.«

Logan kochte sichtlich vor Wut, sein Mund war verkniffen wie ein straff verzurrter Turnbeutel.

»Na gut«, sagte Cap munter. »Wo waren wir stehengeblieben?«

Er wandte sich wieder zu Vega um.

»Sie hatten Logan gefragt, ob er sicher ist, dass er in den letzten Wochen nicht im Auto war.«

»Genau. Stimmt.«

Cap schwieg. Er betrachtete eine Stelle über Logans Kopf. Tamsin und Duffy wurden langsam nervös, er konnte sich lebhaft vorstellen, was in ihnen vorging. *Was will der von uns? Ist der bald fertig mit der Fragerei?* Logan rutschte auf seinem Sessel herum. Der Fernseher lief immer noch, lautes Bremsenquietschen, zersplitterndes Glas.

»Okay«, sagte Cap und klatschte sanft in die Hände. »Keine Fahrerlaubnis, die letzten Wochen nicht im Wagen gewesen, richtig?«

Logan sah ihn an.

»Wenn das stimmt, Logan, könntest du dann bitte mit ›richtig‹ antworten?«

Logan zog eine Grimasse. »Richtig.«

Cap erhob sich. »Gut. Wenn uns also das Labor die Ergebnisse der Fingerabdruckanalyse vorlegt, werden wir nicht lesen, dass die aus unerfindlichen Gründen deine Abdrücke auf der Fahrerseite gefunden haben?«

Logan richtete sich hektisch auf, plötzlich hatte Cap seine volle Aufmerksamkeit.

»Dann sind wir wohl hier fertig.«

»Warten Sie!«

Logan war aufgesprungen, seine Augen funkelten panisch.

»Gehen Sie noch nicht!«

Tamsin machte einen Satz auf ihren Sohn zu, packte ihn am Ellbogen. »Was ist hier los?«, zischte sie. Seine Panik hatte nun auch sie ergriffen und Duffy ebenfalls, der zu seiner Frau eilte.

»Lass mich ...«, sagte Logan und wand sich aus dem Griff seiner Mutter. Sein Atem ging stoßweise.

»Wenn du noch was hinzuzufügen hast, Logan«, sagte Cap, »wäre jetzt der richtige Zeitpunkt. Weil von nun an Polizisten und Staatsanwälte und Reporter mitreden werden. Dann wird es schwieriger, zu hören, was du sagst.«

Logan fummelte sich im Gesicht herum, Tamsin verschränkte die Arme und funkelte die Welt an. Duffy legte seiner Frau die Hand auf die Schulter, doch sie wand sich unter der Berührung. Vega war die Einzige, die reglos dasaß. Sie hielt gelassen das Handy in die Luft, den Blick auf den roten Punkt gerichtet und auf die Sekunden, die gezählt wurden, während die Aufnahme lief.

»Der Typ hat gesagt, er braucht den Wagen für einen Tag«, sagte Logan schließlich.

Tamsin schlug nach ihm. »Du elender Mistkerl!«

Duffy umarmte sie von hinten und hielt sie fest.

»Welcher Typ?«, fragte Cap. Er trat mit ausgestrecktem Zeigefinger auf ihn zu. »Raus damit, alles, Logan! Meine Kollegin ist nicht etwa dabei, weil sie sich mit Handys auskennt. Sie wird die Wahrheit aus dir rauskitzeln, und wenn sie dir dafür jeden Zahn einzeln ausreißen muss.«

Logan, Tamsin und Duffy stierten Vega an, als sähen sie sie zum ersten Mal.

Vega tippte aufs Display, um die Aufzeichnung zu beenden, ließ das Handy in ihre Tasche fallen. Sie erwiderte die Blicke mit einem süffisanten Grinsen auf dem Gesicht, als wollte sie sagen: *Stimmt alles, ganz genau.*

Vega ließ das Fenster herunter. Sie saß im Wagen und wartete auf Cap. Zwischen den Fingern hielt sie einen Dime, so fest, dass er eigentlich zerbrechen müsste. Sie dachte über den Sturzbach von Informationen nach, der aus Logan Duffys unverschämtem Mundwerk hervorgebrochen war, und versuchte, einen Zusammenhang zum Rest des Falles herzustellen. Als sie

Cap aus dem Dunkin' Donuts kommen sah, klappte sie den Becherhalter herunter. Cap blinzelte in die Sonne und stieg ein.

»Willst du wirklich nichts?«, fragte er, als er sich anschnallte. »Ich geh gern noch mal rein.«

»Nein, danke«, sagte Vega.

»Hast du mit Otero geredet?«

»E-Mail.«

»Willst du auf seine Antwort warten, bevor wir weitermachen?«

»Wozu?«

Cap grinste. »Keine Ahnung. Weil er dein Boss ist vielleicht?«

»Ich warte doch nicht, bis er vom Mittagstisch oder der Reinigung zurückkommt und mich anruft.«

»Verstehe«, sagte Cap. Dann widmete er sich seinem Kaffee. »Ich meine nur«, sagte er nach einer Weile, »weil jetzt Drogen im Spiel sind und Dealer ... sagen wir mal, ich würde für die staatliche oder nationale Drogenfahndung arbeiten, dann wäre ich schon ganz gern informiert.«

Vega zuckte ungehalten die Achseln.

»Du bist hier der Berater, vergiss das nicht«, sagte sie mit Blick in den Rückspiegel.

»Klar«, erwiderte Cap. »Ich freue mich schon auf die Spesen.«

»Sie haben mich engagiert, damit ich es mache, wie ich meine.«

»Klar.«

»Und so mache ich das.«

»Ja, und ich berate dich.«

Vega nickte, und Cap grinste dümmlich. Sie schnappte sich ihr Handy und begann zu tippen.

»Also«, sagte Cap, »wie fängt man einen Dealer?«

Vega zeigte ihm den Text. *Ich bin ein Freund von Logan Duffy. Brauche Nachschub.*

»Kauf ihm seine Ware ab«, beantwortete Cap seine Frage.

Vega setzte ihre Sonnenbrille auf und fuhr los. »Ich wusste schon, warum ich dich engagiert habe«, sagte sie trocken.

Cap prustete los, schlug sich aber sofort die Hand vor den Mund, um den Kaffee nicht auszuspucken.

»Weißt du was, Vega?«

Sie schüttelte den Kopf.

»Ich habe dich vermisst.«

Vega trat das Gaspedal durch. »Idiot«, murmelte sie.

Der Dealer wohnte in einem schmalen Häuschen mit Gittern an Fenstern und Haustür. In dieser Straße sahen alle Häuser so aus, eng und lang wie Zugwaggons standen sie auf staubigen Grundstücken, so ganz anders als die windschiefen Stadthäuser aus Beton, die Cap aus Denville kannte.

Vega setzte die Sonnenbrille ab und betrachtete ihre Augen im Rückspiegel. »Ich geh allein rein.«

»Ach, komm!«

»Es ist ziemlich glaubwürdig, dass jemand wie ich Drogen kaufen will«, erklärte sie. »Du siehst aus wie ein Elternsprecher.«

Cap löste seinen Gurt. »Heroin, Meth, ja, ganz deiner Meinung, aber der Typ hier vertickt hochwertige Halluzinogene und Downer, und Leute wie ich gehören durchaus zur Zielgruppe. Ich könnte als alter Hippie durchgehen.«

»Nicht für Rohypnol. Niemals flößt jemand wie du sich oder anderen Roofies ein.«

Cap klappte die Sonnenblende herunter, betrachtete sich im Spiegel und fuhr sich durch die grauen Löckchen.

»Okay«, sagte er schließlich. »Ich warte hier, als Berater im Standby. Wollen wir ein Signal vereinbaren, damit ich dir im Ernstfall zu Hilfe eilen kann?«

Vega schlüpfte aus ihrer Jacke, schnallte das Holster ab und legte es aufs Armaturenbrett. Dann löste sie ihre Haare, die ihr etwas steif über die Schultern fielen. Erst nachdem sie zwei weitere Haarspangen entfernt und alles in die Becherhalterung gelegt hatte, war sie zufrieden.

»Du lässt die Springfield hier?«

»Brauche ich nicht«, sagte Vega, als sie ausstieg. »Der Typ dealt in Clubs. Hat vorher wahrscheinlich Weed gedealt, als es noch illegal war. Seine Kunden sind Kiffer und Partyvolk. Keine harten Sachen, wie du schon gesagt hast.«

»Partyvolk, das Autos klaut, in dem dann tote Mädchen liegen«, rief er ihr durchs offene Fenster hinterher.

Vega zuckte unbeeindruckt die Achseln.

»Eine halbe Stunde. Wenn ich dann nicht wieder draußen bin und du keine Nachricht von mir hast, nimmst du das, was im Kofferraum ist und holst mich raus.«

»Was ist im Kofferraum?«, rief er.

»Musst du nicht wissen, wenn du's nicht brauchst.«

Er rutschte tiefer in seinen Sitz.

»Immer diese Heimlichkeiten«, murmelte er.

Sie marschierte aufs Haus zu. Ohne ihre Jacke konnte er ihre Figur besser sehen, als es normalerweise der Fall war, besonders ihren Hintern. Hör auf, ihr auf den Hintern zu glotzen!, mahnte er sich, aber das brachte nicht viel. Er war einfach zu perfekt.

Vega klingelte, dann klopfte sie vorsichtig. Drinnen lief Musik, Hiphop. Ein Typ um die zwanzig mit lässigem braunem Haarknoten, Surfershorts und nacktem Oberkörper kam an die Tür.

»Hi, ich bin Alice«, sagte Vega mit ihrer besten Mädchenstimme.

»Na, hallo, Alice! Ich bin Corey.«

Er ließ sie eintreten. Es roch nach Weed, Räucherstäbchen und Ahornsirup.

Er wies auf eine blaue Samtcouch. »Willst du dich hinsetzen?«

»Klar.«

Sie sah sich um: Vor ihr stand ein tonnenförmiger Tisch mit Messingplatte und einem Aschenbecher obendrauf, dazu ein Hocker mit einem zotteligen Kunstfellbezug. Filmplakat an der Wand, *2001*. Die beigefarbenen Rollos waren bis auf einen Spalt heruntergezogen und tauchten den Raum in weiches Licht.

»Bist du eine Freundin von Duffy?«

Vega spielte mit ihren Fingern. »Ja«, sagte sie.

»Woher genau kennst du ihn noch mal?«

Sie musterte ihn, versuchte einzuschätzen, wie naiv er war. Zwar gab er sich tiefenentspannt, aber sein Misstrauen ließ er trotzdem raushängen. Aufgesetztes, schiefes Grinsen, Augenlider auf Halbmast, aber trotzdem voll konzentriert. Gechillt, aber jede Bewegung im Blick – und sie könnte falsch sein.

Sie schob sich ein paar Strähnen aus dem Gesicht. »Es ist ein bisschen kompliziert.«

Erzähl ihm nur so viel, dass er dir glaubt.

»Ich bin seine ... ähm«, Vega verdrehte die Augen, »... seine Englischlehrerin.«

Corey grinste breit.

»*No shit*«, sagte er entzückt.

Vega zuckte die Achseln und hielt die Luft an, damit sich ihre Wangen röteten.

»Verstehe«, sagte er. »Duffy vernachlässigt seine Hausaufgaben, weil er ständig Party macht, und da hast du ein paar Takte mit ihm geredet?«

»So was in der Art.«

»Ah, da steh ich drauf!«, sagte er mit aufrichtiger Begeisterung. »Miss Alice, richtig?« Es klang, als flirtete er mit ihr. War ihm gerade erst aufgefallen, dass sie eine Frau war?

Wunderbar, dachte Vega. *Jetzt hast du ihn an der Angel.*

Sie zuckte erneut die Achseln und lachte. »Genau die«, sagte sie.

Cap sah aufs Handy. Sie war gerade erst fünf Minuten da drin. Kein Grund zur Sorge. Er dachte an die Sache mit dem Kofferraum. Das letzte Mal hatte Vega den Typen hinten drin, auf den man Cap angesetzt und den er nicht hatte finden können. Vega hingegen hatte ihn blitzschnell aufgestöbert, zum Paket verschnürt und mit einem Apfel im Mund in ihren Kofferraum verfrachtet.

So war es diesmal sicher nicht. Munition, eine weitere Waffe oder zwei wahrscheinlich. Es gab nur einen Weg, es herauszufinden.

Er beugte sich zur Fahrerseite rüber und ließ den Kofferraum aufspringen. Dachte er jedenfalls. Im Rückspiegel war nämlich keine geöffnete Klappe zu sehen. Cap drückte erneut auf den Knopf, diesmal länger, aber nichts rührte sich.

Also stieg er aus und ging nach hinten. Die Klappe war definitiv geschlossen. Er drückte auf die Vorrichtung, aber nichts passierte. *Dein Kofferraum ist im Eimer, Mädel.* Er lehnte sich an den Wagen, schloss die Augen und genoss die Sonne.

Corey hatte sein Produktangebot auf der Messingplatte ausgestellt. Blisterpackungen, kleine Plastiktütchen, ein rotlackiertes, mit grauem Schaumstoff ausgekleidetes Köfferchen mit Tabletten, weiß, gelb, grün, mit Ziffern und Lettern und Smileys bedruckt, keine größer als ein Geldstück.

»Was ist der Unterschied zwischen grünen und weißen Roofies?«, fragte Vega.

»Die weißen sind Auslaufmodelle«, sagte Corey. »Sie wirken natürlich genauso gut, lösen sich aber schneller auf als die grünen.« Er zog ein Tütchen mit hellblauen Tabletten heraus und reichte sie Vega. »Die hier gehen richtig ab. Ein bisschen wie normales E, aber in der letzten Stunde oder so kriegst du noch mal einen richtigen Schub. Ist so was wie …«, er kniff die Augen zusammen, als müsste er sich richtig konzentrieren, »… na, so wie bei Retardkapseln, der Wirkstoff wird nach und nach abgegeben.«

Vega nickte lächelnd, immer noch in ihrer Rolle als bürgerliche Lehrerin außerhalb ihrer Komfortzone. Sie musterte Coreys Oberkörper – er war fit, aber nicht aufgepumpt. Flacher Bauch, aber kein Sixpack, die Arme sehnig, aber nicht sonderlich durchtrainiert. Wahrscheinlich zu viele Tacos nach der Bong.

Vega nahm das Tütchen und fummelte damit herum, bis es ihr herunterfiel.

»Sorry«, sagte sie. »Bin ein bisschen nervös.«

»Cool«, sagte Corey mit Zahnpastalächeln. Gerade, strahlend weiße Zähne.

Zähne verrieten eine Menge. In diesem Fall, dass er aus wohlhabendem Hause stammte, Reinigung zweimal im Jahr, Kieferorthopäde.

»Hast du … hast du vielleicht ein bisschen Weed, das wir rauchen könnten?«, fragte sie unsicher. »Natürlich zahl ich dafür«, fügte sie rasch hinzu.

Corey prustete los. Entweder fand er ihre Art witzig oder sie attraktiv – oder beides.

»Logisch!«, rief er begeistert. »Aber das geht aufs Haus. Klar, lass uns einen durchziehen.«

Er stand auf und schlurfte zur Tür. Auf dem Absatz drehte er sich noch einmal um. »Alice, Alice«, sagte er, »in Wahrheit bist du doch ein echtes Partygirl.«

Vega zuckte die Achseln und setzte ihr bestes scheues Lächeln auf.

Kaum war er gegangen, zog sie ihr Handy aus der Tasche und schrieb Cap eine Nachricht.

Alles ok.

Sie legte es nach unten gedreht auf den Tisch und betrachtete den Aschenbecher. Er war nicht groß, aus bernsteinfarbenem Glas. *Jerry's Nugget Las Vegas* stand auf der Unterseite.

Ihr Handy vibrierte. Cap hatte geantwortet.

Sicher?

Jep!, schrieb sie zurück.

Corey kehrte zurück. »Gute Nachrichten?«, fragte er.

Sie steckte das Handy weg, schüttelte den Kopf.

»Freund?«, fragte er. »Oder nur ein Verehrer?«

Vega rang sich ein Kichern ab.

»Nein, nichts in der Art.«

Corey setzte sich auf den zotteligen Hocker, die Pfeife in der einen, das Tütchen Weed in der anderen Hand.

»Wenn du meinst«, sagte er, während er den Kopf stopfte.

»Ist das Zeug stark?«, fragte Vega.

»Nicht das Stärkste, das ich auf Lager habe, aber auch nicht das Schwächste. Du kommst genau so gut drauf, wie du's brauchst. Kumpel von mir arbeitet bei MedMen, hat das Zeug zum Einkaufspreis gekriegt. Als würde er bei Gap arbeiten.« Corey kicherte albern. »Okay, kleine Lady, hier kommt deine Kostprobe. *I'll light your fire*, haha!«

Er hielt sich die Pfeife vor den Mund, das Feuerzeug über den Kopf. Dann nahm er einen tiefen Zug. Das Gras glühte und knisterte. Er nahm die Pfeife aus dem Mund, hielt die Luft an und bedeutete Vega, dass sie es genauso machen solle.

Sie nickte eifrig.

»So lange anhalten, wie ich kann?«

Er nickte, atmete schließlich aus und hustete kurz. Der Rauch erfüllte die Luft, es roch süßlich und ein bisschen herb.

»Du willst es so tief in die Lunge ziehen, wie es geht«, erklärte er mit rauer Stimme. Er zeigte auf seinen Hals. »Nicht hier oben festhalten, das kann sonst echt in der Kehle brennen. Alles klar?«

»Ich glaube schon«, sagte Vega.

Er reichte ihr die Pfeife, sie schob sie sich zwischen die Lippen. Sie war warm und ein bisschen feucht. Corey beugte sich vor und hielt das Feuerzeug über den Kopf. Sie inhalierte, aber nicht sehr tief, und als sie den Rauch in der Kehle spürte, stieß sie ihn rasch wieder aus, hustete und keuchte.

Corey amüsierte sich prächtig. »Du hast genau das gemacht, wovor ich dich gewarnt habe.«

Vega kicherte. »Ja, ich weiß! Könntest du's mir vielleicht noch mal zeigen?«

»Klaro, gib rüber.«

Sie beobachtete genau, wie er den nächsten Zug nahm. Sein Blick wurde glasiger, seine Bewegungen etwas langsamer. Es ging noch einmal hin und her, Vega hustete und keuchte wie eine Anfängerin, er lachte und zog.

»Logan wird durchfallen«, sagte Vega. Ihre Kehle brannte.

Corey grinste, klopfte die Pfeife gegen den Aschenbecher und leerte den Kopf.

»Ja, er ist nicht gerade der Hellste.«

»Aber ganz blöd ist er auch nicht«, sagte Vega.

»Wie du meinst, Miss Alice.«

Vega beugte sich vor. »Er weiß, wann er reden und wann er die Klappe halten sollte.«

»Echt?«, fragte Corey ohne besonderes Interesse.

Er hörte nur noch halb zu, konzentrierte sich ganz auf das Säubern seiner Pfeife, spähte mit einem Auge durch das Mundstück wie durch ein Teleskop.

Vega stand auf. »Ja«, sagte sie, »echt.«

»Hey, willst du schon gehen?«

»Noch nicht.« Vega ging um den Tisch.

Corey beobachtete sie mit blutunterlaufenen Augen, Lider auf Halbmast.

»Was ist?«, fragte er verwirrt.

»Wem hast du Logans Wagen angeboten?«

Corey brauchte eine Weile, bis er ihre Frage verstand. Man konnte das Getriebe förmlich knirschen hören. Dann schüttelte er heftig den Kopf.

»Was?«

»Logans Auto. Er hat dir Geld geschuldet. Wenn er einem Freund nur einen Tag das Auto leiht, wäre die Sache erledigt, hast du zu ihm gesagt.«

Coreys Miene verfinsterte sich. Er rappelte sich auf.

Vega schob ihn zurück. »Schön sitzen bleiben«, sagte sie.

»Wer bist du eigentlich in echt?« Er stand immer noch, spannte die Armmuskeln. »Ne beschissene Lehrerin jedenfalls nicht.«

»Denk mal scharf nach«, sagte Vega. »In solchen Situationen kann schnell was schiefgehen.«

Corey schien tatsächlich nachzudenken. Er überlegte offenbar, welche Möglichkeiten ihm offenstanden. Sein Blick wanderte über ihren Körper, allerdings ging es nicht um Sex.

Du dummer Idiot, dachte sie, *du willst es wirklich wissen.*

»Deine Reflexe sind im Arsch«, sagte sie. Der Junge brauchte anscheinend eine klare Ansage. »Wenn du mich angreifst, breche ich dir die Nase«, erklärte sie ihm und zeigte ihm die Handkante. Sie hob den Ellbogen. »Damit renke ich dir den Unterkiefer aus. Wenn du es mal ausprobieren möchtest, führe ich es dir gern vor.«

Corey stellte sich breitbeiniger hin, als hätte ihn jemand angestoßen, aber Vega war nicht sicher, ob er die Botschaft verstanden hatte.

»Schau mal kurz aus dem Fenster«, sagte sie.

Er musterte sie verständnislos.

»Mach schon. Und sag mir, was du siehst.«

Corey gehorchte. Vega schnappte sich ihr Handy. *Jetzt winken!,* schrieb sie.

»Siehst du den Typen da drüben? Er kann alles mithören, was wir sagen.«

Corey fuhr herum. Vega fuchtelte mit ihrem Handy, dann legte sie es zurück auf den Tisch.

»Da ist ein Mikro drin. Wenn mir was passiert, kommt er rüber und zeigt dir, was er im Kofferraum hat.«

»Was ist denn im Kofferraum?«, fragte Corey dümmlich.

»Neugierig? Dann greif mich an.« Vega tippte sich an die Brust. »Ich sags jetzt zum letzten Mal, Corey. Setz. Dich. Hin.«

Corey ließ sich mit einem Seufzer aufs Sofa fallen.

»Seid ihr Cops?«, fragte er kleinlaut.

»Nein. Aber wir kennen welche, die dich sicher gern kennenlernen würden.«

»Was wollt ihr?«, sagte er langsam.

»Wer ist der Freund, für den du das Auto besorgt hast?«

Corey rieb sich die Augen. Er rang offenbar mit sich. Schließlich schüttelte er den Kopf.

»Kann ich dir echt nicht sagen, sorry.«

Vega sah ihn streng an.

»Hör zu, egal, was ihr mit mir anstellt, egal, was du da im Kofferraum hast, das alles ist ein Furz gegen das, was die Typen und ihre Leute mit mir machen, wenn ich sie verpfeife.«

»Echt?« Vega setzte sich auf den Tischrand. »Ich kann es kaum erwarten, sie kennenzulernen.«

Corey schüttelte wieder den Kopf. Vega wusste zwar nicht, ob er die Wahrheit sagte oder seine Worte zumindest selbst glaubte, aber das war ihr auch egal.

Alle Zeit der Welt – dieses Konzept war ihr fremd. Jeder Fall, jeder Tag bestand aus ein paar Minuten, zusammengefasst und multipliziert zu Einheiten. Sie betrachtete ihr Handy, während der bekiffte Corey laut atmete. Ein paar Minuten würde es noch hin- und hergehen, doch am Ende bekäme sie schon die Auskunft, die sie brauchte. Alles easy.

Cap sah auf die Uhr. Sie war jetzt seit vierzig Minuten da drin, aber sie hatte ihm eine Nachricht geschrieben und ihn angewiesen, dem etwas zappeligen Typen zuzuwinken. Er wollte ihr gerade eine weitere Nachricht schicken, als sie aus dem Haus kam, die Haare wirrer als vorher, der Blick konzentriert. Mit raschen Schritten überquerte sie die Straße und band sich die Haare im Nacken zusammen.

Dann sprang sie in den Wagen und knallte die Tür zu.

»Alles gut«, sagte sie, bevor er sie fragen konnte. »Hast du noch einen Schluck Kaffee übrig?«

»Nein. Was ist passiert?«

Vega antwortete nicht, sondern schnallte sich an, startete den Motor und sauste los. An der Ecke vollführte sie ein großzügiges Wendemanöver.

»Alles gut«, wiederholte sie.

»Okay. Was wissen wir?«

»Devin Lara«, sagte Vega. »Corey hat Druck gekriegt von einem Typen namens Devin Lara, ein größerer Dealer, Kokain, Heroin, Meth, Tabletten. Er gibt sich als Finanzberater aus, das ist sein Cover. Und er hat Corey das Messer auf die Brust gesetzt, gemeint, er bräuchte sein Auto nur für einen Tag, dann würde er es zurückkriegen. Aber Corey hatte keinen Bock, ihm sein Auto zu geben, also hat er Logan benutzt, der ihm noch Geld geschuldet hat.«

»Also ist Lara ein Mörder und zwingt Kinder zur Prostitution – oder nur ein Dealer.«

Vega hielt an einer Ampel und knibbelte an ihrer Unterlippe. Ihr Blick war in die Ferne gerichtet.

»Corey hatte einen anderen Eindruck. Aber er meinte, Lara kennt ein paar Typen, hat Connections nach Mexiko. Und die Leute da drüben haben wohl eine Menge Ressourcen.«

»Meinst du, wir müssen uns jetzt ernsthaft mit Otero und den Jungs von der DEA zusammensetzen?«, fragte Cap.

»Wir müssen ihm und McTiernan sagen, dass sie sich Corey vorknöpfen sollen. Er hat gesagt, er würde lieber ins Gefängnis wandern als abzuwarten, was Laras Leute mit ihm anstellen. Vielleicht kann er was aushandeln, wer weiß.«

Den letzten Satz murmelte sie nur. Auf Cap wirkte sie irgendwie verändert, aber er konnte sich auch irren. Immer wieder knibbelte und biss sie auf ihrer Lippe herum, und sie saß stocksteif da, als würde gleich was passieren. In Gedanken woanders.

»Alles klar bei dir, Vega?«

»Hm?« Sie sah ihn verwirrt an. »Ja, hab nur Hunger. Haste was dagegen, wenn wir zum Jack in the Box fahren?«

Sie hatte schon den Blinker gesetzt.

»Kein Problem.«

An der Ostküste gab es diese Drive-Through-Restaurants nicht, aber Cap wusste natürlich, dass dort Fastfood verkauft wurde. Burger, Fritten, Shakes. Solche Sachen hatte er Vega noch nie essen sehen, genauer gesagt sah er sie selten essen, und wenn, dann nur Praktisches. Als er sie genauer ins Visier nahm, bemerkte er zum ersten Mal den süßlich-harzigen Geruch, den sie verströmte.

»Vega!«, rief er.

Sie sprang zwar nicht gerade aus dem Sitz, aber fuhr so plötzlich zu ihm herum, als hätte er sie gekniffen.

»Was?«

Er kicherte. »Du bist stoned!«

Vega fixierte den Wagen vor ihr in der Schlange.

»Scheiße, ja.«

Als sie sich die Augen rieb, lachte Cap schallend. Am liebsten hätte er ein Foto von ihr gemacht und es ins Internet gestellt.

»Ich muss nur was essen und trinken, dann geht's wieder.«

»Ja, genau.«

»Willst du auch was?«

»Nur Kaffee.« Er lachte nicht mehr. »Wir sollten Otero anrufen, stimmt's?«

»Ähm ... ja, wahrscheinlich schon.« Vega fuhr an die Bestelltafel heran, »Wir müssen ihm von Corey erzählen. Ich glaube, von Lara sagen wir ihm nichts, mal sehen, ob Bastard ihn aufstöbern kann. Sie haben jetzt eine komplett andere Speisekarte. In der Highschool habe ich hier zweimal die Woche gegessen.«

»Moment mal«, sagte Cap mit Blick auf die leuchtenden Menübildchen. »Du willst, dass wir Lara finden? Ich und du?«

»Ja.«

»Diese Leute sind aus Mexiko! Also mexikanische Kartellmitglieder«, sagte Cap, damit sie es auch wirklich kapierte.

»Jep.« Vega war offenbar genervt. Sie lehnte sich aus dem Fenster. »Große Curly Fries und vier Dasanis.« Sie fuhr herum zu Cap. »Sicher, dass du kein Dasani willst?«

»Sicher.«

»Und einen großen schwarzen Kaffee.«

Vega fuhr auf den Parkplatz und tappte nervös auf dem Lenkrad herum. Irgendwas da draußen erregte ihr Interesse. Cap folgte ihrem Blick, entdeckte aber nur eine Möwe, die im Wind auf- und abwippte.

»Wie ich schon sagte, sollten wir vielleicht die Artillerie einschalten, wenn wir uns mit mexikanischen Gangstern anlegen. Oder überhaupt mit Gangstern«, versuchte er es erneut.

Er wusste nicht, ob sie ihm zuhörte. Sie nahm die Hände vom Steuer und ließ den Wagen zentimeterweise vorrollen, indem sie immer wieder kurz die Bremse löste. Dabei biss sie sich auf die Lippen. So langsam hatte Cap keine Lust mehr auf Stoned Vega.

»Vega? Hörst du mir überhaupt zu?«, fragte er.

Sie reagierte nicht, wirkte aber so, als würde sie über etwas nachdenken. Der Wagen vor ihnen verließ die Schlange und fuhr vom Parkplatz. Vega ließ den Wagen ans Fenster rollen, nahm ihre Tüte entgegen und zahlte.

»Ja, ich hab dich gehört«, sagte sie, immer noch in Gedanken versunken. Sie fuhr auf den Parkplatz und stellte den Motor ab.

Nachdem sie Cap seinen Kaffee in die Hand gedrückt hatte, trank sie eine Flasche Wasser auf einen Zug aus. Danach machte sie sich über die Curly Fries her.

»Die musst du probieren«, sagte sie zu Cap und hielt ihm die Tüte hin.

Er fischte sich eine Fritte heraus.

»Gut«, murmelte er mit vollem Mund.

Vega aß schweigend weiter. Oder vielmehr, sie schlang.

Nach einer Weile sagte sie: »Lara ist nicht unbedingt einer von den Narcos. Ich glaube, er ist ein weiterer Dominostein, so wie Corey. Wir beide können ihn auch gut allein in die Zange nehmen, wenn Bastard ihn aufstöbert.«

Sie stellte den Frittenkarton in den Becherhalter und schnappte sich eine weitere Flasche Wasser, trank aber nur einen Schluck. Die leere Papiertüte knüllte sie zusammen und warf sie zu der leeren Flasche auf den Rücksitz.

»Hast du eine Nummer für ihn? Warum rufen wir nicht einfach an und geben uns als potenzielle Kunden aus?«

Vega schluckte. »Corey meinte, wir könnten diesem Boi nicht einfach eine Nachricht schicken. So läuft das nicht bei dem, er hat nur Kunden, die er sich aussucht und vorher abgecheckt hat.«

»Hast du einen besonderen Grund, warum du Otero nicht auf Lara ansetzt?«

Vega stopfte sich immer noch Fritten in den Mund und blickte stur geradeaus, aber Cap wusste, dass sie ihm zuhörte. So breit war sie nicht. Für jemanden mit Fressflash aß sie eigentlich noch ganz manierlich. Als Cop hatte er schon eine

Menge bekiffte Jugendliche erlebt, früher hatte er gelegentlich mit Jules was geraucht, kleine Geschenke von dankbaren Studenten, und der Heißhunger danach war stets zu einer veritablen Fressorgie ausgeartet – Chicken Wings, Barbecue Chips, Riesentüten mit Süßigkeiten. Aber Vega ging selbst im bekifften Zustand noch höchst methodisch vor und schien beim Essen nachdenklicher zu werden, als würde sich ihr Verstand mit jedem Bissen schärfen.

»Wie gesagt, wir erzählen Otero nicht alles. Dieser Detective, McTiernan, ist mit LoSanto und dem Geld beschäftigt. Genau an der Stelle brauchen wir ihn gerade.«

»Okay. Ist das alles?«

»Nein. Ich möchte genau wissen, wie sich Otero benimmt. Wie viel Info von ihm an Boyce weitergeht. Wo liegt sein Interesse? Wo liegt das von Boyce? Arbeiten sie miteinander oder gegeneinander?«

»Gute Frage.«

Vega stopfte die Serviette in den Frittenkarton, dann zog sie ihr Handy aus der Tasche und tippte eine E-Mail. Mittendrin ging ein Anruf ein.

»Bastard?«, fragte Cap.

Vega schüttelte den Kopf, murmelte Zahlen vor sich hin. Dann ging sie ran. Cap beobachtete ihre Miene, ihr Blick wanderte hin und her und schoss sich schließlich auf die Mitte ein.

8

Cap war schwer beeindruckt vom blitzsauberen Büro der Rechtsmedizinerin. In Pennsylvania und überall sonst an der Ostküste fühlte er sich in den jeweiligen Räumen direkt in die Sechzigerjahre zurückversetzt, massive Betonklötze mit Schlachthofbeleuchtung und grauen Wänden. Hier beherrschte freundliches Gelb und Glas das Ambiente, der Korridor vom Wartezimmer zum Büro war breit und hatte ein Panoramafenster, zwar nur zu einem Gewerbegebiet, aber immerhin. Das übliche Unbehagen, das Cap normalerweise in Gegenwart von Leichen befiel, blieb fast aus.

Ein Sicherheitsmann führte sie durch Gebäude, sie hatten einen Termin bei der Rechtsmedizinerin. Sie hatte Vega angerufen und sie hergebeten.

Der Mann blieb vor einer metallenen Schwingtür stehen und klopfte an.

»Herein!«, flötete eine freundliche Stimme.

Er schob die Tür auf.

»Deine Gäste, Mia«, sagte er.

Cap war nicht sicher, wo er zuerst hinschauen sollte. Auf der Bahre lag eine Leiche, glücklicherweise unter einem Tuch, aber die Silhouette war trotzdem zu erkennen. Am Kopfende befand sich ein kleines, an der gegenüberliegenden Wand ein längeres Spülbecken.

Eine füllige Frau stand vor der langen Spüle, das Wasser lief. Sie warf einen flüchtigen Blick über die Schulter. Breites Grinsen, getönte Schutzbrille.

»Danke, Sam. Hi, Alice! Alles fit?«

Ein seltsamer Beruf für eine Frohnatur wie diese Frau. Aber vielleicht auch nicht. War es nicht verständlich, dass man, nachdem man den ganzen Tag menschliche Knochen zersägt und in ihren schleimigen Organen herumgewühlt hatte, betont gut gelaunt und optimistisch war und sich nach Feierabend einen Cocktail zur Lieblingsserie auf Netflix gönnte?

Ein flüchtiges Lächeln huschte über Vegas Gesicht, ihr typischer Begrüßungsmodus. Bei ihr lag die Wärme in den Augen.

»Das ist Max Caplan«, sagte sie zu Mia.

Mia winkte mit nassen Fingern und stellte das Wasser ab. Cap nickte höflich.

»Also«, sagte sie, während sie zwei Handtücher aus dem Spender rupfte. »Ich würde gern auf meinen Hirnexperten warten, wenn das für euch okay ist.«

»Kein Problem«, sagte Vega.

Cap musterte sie eingehend nach Anzeichen von Übelkeit, aber ihr schien das alles nichts auszumachen. Sein Magen verhielt sich auch noch ruhig, aber er wusste, dass er trotz der vielen Leichen und abgetrennten Körperteile, die er als Cop zu Gesicht bekommen hatte, nicht gegen Übelkeit immun war – es war keine emotionale, sondern eine rein körperliche Reaktion, die sich auch nicht legen würde, wenn man ihn täglich mit Leichen konfrontieren würde. Jeden erwischte es irgendwann, sogar die abgebrühtesten Cops, die schon alles gesehen hatte, kotzten irgendwann in den Seziersaal. Die Einzigen, denen das Ganze nichts anhaben konnte, waren Ärzte, Rechtsmediziner, Rettungssanitäter, Schwestern und Pfleger. Für sie waren Leichen offenbar dasselbe wie Tafeln und Kreide für Lehrer.

Ihm stieg der starke Geruch von Formalin und Reinigungsmittel in die Nase. Blut war noch nicht dabei, aber ihm reichte schon der Anblick der Werkzeuge neben der bedeckten Leiche und vor allem die Autopsiesäge.

»Nun denn«, sagte Mia, die die Papiertücher weggeworfen und sich neben die Leiche gestellt hatte. »Seid ihr beide ein Paar oder was?«

Cap lachte. Er fand Mias Art erfrischend, im Gegensatz zu Vega, die keine Miene verzog.

»Nein. Er ist mein Partner«, sagte Vega, was auch nicht sonderlich zur Aufklärung beitrug.

Mia schob sich die Brille hoch. »Lebenspartner?«

»Kollege«, erklärte Vega.

»Was du nicht sagst«, säuselte Mia.

Cap konnte es kaum glauben, dass Vega sich tatsächlich auf Mias Neckerei einließ, zumal sie die Frau kaum kannte.

Dann flog die Schwingtür auf und ein junger Mann in blauer Krankenhauskleidung und grauer Wolfsmaske betrat die Bühne, wobei er passend zu seiner Aufmachung ein Geheul anstimmte. Cap zuckte zusammen, seine Hand wanderte automatisch zur Sig.

Der Verkleidete blieb abrupt stehen.

»Verdammte Scheiße, Whitton!«, rief Mia. »Ich hab dir doch gesagt, dass ich heute Besuch kriege.«

Der Mann zog die Maske herunter.

»Mist. Sorry«, sagte er.

Er war klein und zierlich, Asiate mit kurzgeschorenem Haar. Sein Kittel war ihm einige Nummern zu groß.

»Du bist so ein Freak, Dude«, sagte Mia und streifte sich frische Latexhandschuhe über. »Das ist Alice Vega, von der ich dir schon erzählt habe. Und ihr Kollege heißt Max.«

»Hi!« Der Wolfsmann schüttelte ihnen die Hand. »Ich muss mich entschuldigen.« Er wedelte mit der Maske. »Kleiner Insiderscherz.« Die Maske stopfte er sich in die Hosentasche, sodass die Schnauze daraus hervorragte.

»Das hier ist Whitton Ng. Er ist am County Hospital, steht mir aber als Neuroexperte zur Verfügung, wenn ich ihn brauche. Lasst euch nicht täuschen, er ist nicht so kindisch, wie er tut.« Mias Ton verriet eine gewisse Zuneigung.

Whitton nickte verlegen, schob sich mit einer gemurmelten

Entschuldigung an Cap und Vega vorbei zur Spüle, wusch und trocknete sich die Hände. Dann streifte auch er sich Handschuhe über.

Mia wandte sich Vega zu. »Erinnerst du dich noch an die Verletzung bei Jane eins?«, fragte sie. »Die komische Wunde an der Schläfe?«

Sie versammelten sich um die Bahre.

»Wir glauben, dass sie nicht von einem Schlag mit einem stumpfen Gegenstand stammt«, sagte Mia, »sondern ein Brandmal ist.«

»Es ist schwer, sich da genau festzulegen«, fügte Whitton hinzu, »weil beide Verletzungen identisch aussehen können.«

»Whitton war eigentlich wegen einer anderen Sache hier und hat die Verletzung nur zufällig gesehen, aber er meinte ... sag ihnen, was du mir erklärt hast.«

»Ich hab gesagt, dass es aussieht wie eine EKT-Verbrennung, aber eine extreme Variante, weil die Wunde bereits vernarbt ist.«

»EKT?«, wiederholte Vega.

»Das steht für Elektroschock, oder?«, fragte Cap.

»Genau.«

»Das wird heutzutage noch gemacht?«, fragte Vega.

»Klar. Immer noch ein bisschen umstritten, aber manche Leute schwören drauf und meinen, es sei erheblich effektiver gegen starke Depressionen als Tabletten. Allerdings wird der Stromstoß mit maximal vierhundertfünfzig Volt ausgeführt. Um eine solche Verbrennung zu bekommen, müsste man allerdings tausend Volt oder mehr durchjagen.«

»Wann stirbt man an so was?«, fragte Vega.

»Das kommt auf die Stromstärke an. Wenn man jemandem tausend Volt durchs Herz jagt, kriegt derjenige wahrscheinlich gefährliche Herzrhythmusstörungen.«

»Also, warum glauben wir, dass Jane eins das Opfer eines

Hobbyelektrikers ist und sich nicht, sagen wir mal, an einem Lockenstab verbrannt hat?«

Whitton und Mia tauschten Blicke. Sie schlug das Tuch zurück, sodass der Kopf von Jane eins zu sehen war. Das Problem bestand darin, dass ihre Schädeldecke fehlte, abgesägt an der Stirnlinie. Das Hirn lag frei, bräunlich, feucht, auf einem weißen Acrylbrett fixiert. Cap spürte förmlich, wie ihm das Blut in die Beine sackte. Er wackelte mit Fingern und Zehen, zwang sich, ruhig zu atmen.

»Du holst ihm besser ein Pfefferminzbonbon«, bemerkte Vega, die selbst nicht unbedingt besser aussah, kreidebleich lehnte sie am Stahlschrank.

Mia nickte eifrig und zog die Dose aus der Kitteltasche.

»Ich glaube, die reichen nicht«, murmelte Cap, dem mittlerweile die Ohren klingelten.

Mia und Whitton kicherten, als hätte er einen Witz gerissen. Cap nahm sich zwei Bonbons, schob sie sich rasch in den Mund und lutschte darauf herum, als hinge sein Leben davon ab. Mia hielt Vega die Dose hin.

»Ich mach's kurz«, sagte Whitton indessen. »Das hier ist der präfrontale Cortex.« Er zeigte auf den vorderen Bereich der Hirnmasse, in der Nähe der Schnittlinie.

Nur nicht auf die Säge schauen, dachte Cap.

»Sieht eigentlich ganz normal aus, bis auf die kleine Verfärbung hier.« Er wies auf einen schmalen weißlichen Organstreifen auf der linken Seite, wo auch die Brandwunde war. »Es gibt tatsächlich keine Möglichkeit, so was eindeutig zu diagnostizieren, aber nach einem einseitigen starken Stromstoß wirkt das Hirn ein wenig …«

Er zögerte, sah Mia an, schien sich nicht sicher zu sein, wie er es formulieren sollte.

»Gekocht?«, schlug Vega vor.

»Ja, könnte man sagen.« Whitton war sichtlich erleichtert.

»Sie wollen uns also sagen«, sagte Cap, während er sich den Schweiß von der Stirn wischte, »dass jemand dieses Mädchen wie einen Weihnachtsbaum ans Stromnetz angeschlossen hat, um es zu foltern?«

»Wir können nichts darüber aussagen, wie er ihr die Stromstöße verabreicht hat«, sagte Mia.

»Genau. Aber die Stärke hat das zulässige Maß bei Weitem überstiegen, selbst das, was man in früheren Zeiten für therapeutisch sinnvoll hielt«, sagte Whitton.

»Weiß Otero schon was darüber?«, fragte Vega.

Mia, die sich über das Hirn gebeugt hatte, blickte zu Vega hoch.

»Noch nicht. Ist doch dein Fall, oder? Wollte dir zuerst Bescheid geben.«

Vega atmete in ihre Ellbogenbeuge, Cap tränten die Augen, entweder vom Formalin oder vor Anstrengung, nicht neben die Leiche zu kotzen. Vielleicht aber auch, weil er mal wieder nicht fassen konnte, zu welchen Grausamkeiten die Menschen fähig waren.

Auf der Fahrt waren sie lange still. Es war Abend, immer noch warm, sie waren auf dem Weg zu einem Vor-Ort-Treffen mit Otero an einem der Tunnel. Der Minzgeschmack lag ihnen noch im Mund, die Lippen waren wund, weil sie sich gegen die aufsteigende Übelkeit immer wieder draufgebissen hatten. Obwohl alle Fenster heruntergekurbelt waren, hatte Cap das Gefühl, zu ersticken. Er streckte den Kopf nach draußen und ließ sich den Fahrtwind durch die Haare wehen.

An den Ampeln streckte auch Vega den Kopf zum Fenster hinaus, allerdings ging es ihr wohl nicht um den Fahrtwind, sondern darum, sich mit den Geräuschen der Stadt zu erden: Hupkonzerte, Musik aus offenen Fenstern, Motorengeheul, Polizeisirenen.

Cap hatte große Sehnsucht nach seiner Tochter, nach ihren leuchtenden Augen. Seine Sorge um sie wuchs, je älter sie wurde – dabei hatte er immer gedacht, es wäre genau andersherum, dass er sich endlich entspannen könnte, wenn sie sich nicht mehr überall anstoßen und sich nicht mehr ständig beim Fußballspielen die Ellbogen und Knie aufschürfen würde. Wäre sie erst groß und kräftig, müsste er sich keine Gedanken mehr um sie machen und könnte endlich wieder ruhig schlafen. Doch genau das Gegenteil war der Fall. Vielleicht lag es daran, dass jemand ihr eine Waffe an die Schläfe gehalten hatte, aber womöglich gehörte das einfach dazu, wenn man Kinder hatte.

»Können wir kurz anhalten?«, fragte er Vega.

Sie sah ihn erstaunt an.

»Ich muss nur ganz schnell mit Nell sprechen.«

Vega nickte, nahm die nächste Ausfahrt und parkte vor einem 7-Eleven.

»Danke. Bin gleich wieder da.«

Rufe gleich an, 1 min, tippte er hastig ins Handy.

Die Minute war noch nicht vergangen, als er Nells Nummer wählte. Sie meldete sich sofort,

»Dad«, sagte sie, als wäre das alles ganz normal. »Was ist los?«

»Nichts, Mäuschen«, sagte er. »Wollte mich nur melden. Was machst du gerade?«

»Bin bei Carrie.«

Im Hintergrund war Gelächter zu hören, und es klang, als würde jemand singen.

»Klappe, Leute! Ich telefoniere«, rief Nell.

Mehr Gelächter, dann fiel eine Tür ins Schloss.

»Ich gehe hoch. Nick macht hier Karaoke«, sagte sie lachend. »Er singt wie Rihanna. Echt jetzt, voll der Hammer!«

Cap grinste. Es machte ihn glücklich, Nell im Kreis ihrer

Freunde zu wissen. Gute Kinder mit vernünftigen Eltern. Kein Komasaufen, kein ungeschützter Sex – und falls doch, dann war Nell hoffentlich klug genug, sich nicht darauf einzulassen.

»Also, was ist los?«

»Nichts, gar nichts.«

»Komm schon, Dad. Je öfter du nichts sagst, desto sicherer bin ich, dass was nicht stimmt.«

Cap seufzte. Er lehnte sich an die nicht mehr funktionstüchtige Telefonzelle und ließ den Blick über den Parkplatz wandern.

»Ich wollte nur deine Stimme hören und fragen, wie's dir geht.«

»Ja, klar«, sagte Nell skeptisch. »Du hast ein totes Kind gesehen, stimmt's?«

Cap seufzte erneut.

»Ja, hab ich. Stimmt.«

»Willst du drüber reden?«

Das wollte er, ja. Also schüttete er ihr das Herz aus, beschränkte sich aber wegen der knappen Zeit auf das Wichtigste.

»Meinst du, sie haben sie mit irgendeinem selbstgebastelten Folterwerkzeug gequält?«, fragte Nell.

»Ja, davon gehen wir aus.«

»Das ist ja schrecklich. Und das habt ihr nur bei dem ersten Mädchen gesehen, Jane eins?«

»Genau.« Er musste lächeln, seine Tochter dachte bereits über mögliche Implikationen nach.

»Also hatten sie vielleicht nicht genug Zeit, sich Jane zwei vorzuknöpfen.«

»Möglich.«

Nell schwieg. Ihr Atem ging schneller. *Sie läuft wieder nach oben*, dachte Cap.

»Im Prinzip machen sie die Mädchen zu Sexspielzeugen. Setzen ihnen Spiralen ein und zappen ihnen den Verstand weg.«

»Ja«, sagte Cap. Je länger er mit Nell sprach, desto mehr begriff er.

»Aber dann bringen sie sie um? Wozu? Warum lassen sie sie nicht einfach ... du weißt schon ... weiterarbeiten. Wäre das nicht lukrativer?«

»Ja, das wäre es.«

Vega stieg aus und verschwand in dem kleinen Laden. An der Tür wandte sie sich um und nickte ihm streng zu.

Nell seufzte.

»Irgendwas passt hier nicht zusammen.«

»Ja, genau. Aber wir sprechen ja auch erst seit fünf Minuten darüber. Uns fehlen noch ein paar Puzzleteile.« Er kickte gegen die Telefonzelle, das Thema wurde ihm langsam zu viel. Lieber würde er über andere Dinge sprechen. Einfach plaudern, wie andere Leute auch. »Wie geht's deiner Mom?«, fragte er.

»Ach, gut. Sie freut sich, dass ich hier bin. Aber sie hat ein echt schräges neues Hobby: Stricken!«

»Stricken?« Cap versuchte, sich Jules, die Dozentin für feministische Literatur, strickend im Schaukelstuhl vorzustellen.

»Ja. Für sie ist das eine Art Entspannung, wie Meditation. Bis jetzt kann sie nur Schals stricken, und die liegen überall rum.«

Nell lachte spontan, überschäumend, und Cap stimmte ein. Nicht weil er sich über Jules lustig machte, sondern weil er die Vorstellung von ihrem gestylten Apartment voller altbackener Schals so absurd fand.

»Sie hat vor kurzem was Nettes über dich gesagt«, erzählte Nell ihm jetzt.

Cap war ganz Ohr. Aber nicht, weil er hoffte, wieder mit seiner Frau zusammenzukommen, sondern weil ihm ihre Anerkennung immer noch wichtig war.

»Ja? Was denn?«

»Sie meinte, du hättest abgenommen.«

»Hab ich das?«

»Ja.«

»Das ist alles? Das ist was Nettes?«

»Ja. Für ihre Verhältnisse ist das was sehr Nettes. Ungefähr so nett wie der Friedensnobelpreis.«

Cap lachte.

»Wahrscheinlich hast du recht und meine Ansprüche sind übertrieben.«

Sie sprachen noch eine Weile, aber dann riefen Nells Freunde nach ihr, und sie beendete den Anruf. In ein paar Tagen würden sie wieder telefonieren, versprach sie.

Cap dehnte die Nackenmuskeln, dann ging er zum Wagen zurück und wartete auf Vega.

Vega schlenderte durch die grell erleuchteten Gänge des kleinen Supermarkts. Es roch nach Kaugummi, Kaffee, Senf und verbranntem Käse.

Schließlich trat sie vor den Verkaufstresen und betrachtete die auf einem Ständer daneben ausgelegten Zeitschriften.

Hinter dem Tresen entdeckte sie eine andere Sorte Zeitschriften, sie waren in undurchsichtige Plastikfolie eingeschweißt, nur der Titel war zu erkennen.

»Eine *Barely Legal*, bitte«, sagte sie zu dem Mann an der Kasse.

Er war Araber, etwas älter. Seine schwarzen Haare waren von vereinzelten grauen Strähnen durchsetzt. Vegas Wunsch entlockte ihm keine besondere Regung, er griff sich das Heft und legte es auf den Tresen.

»Und *Hustler*, *Ruff Stuff*, *Club* ...«

Der Mann klatschte jede Zeitschrift auf den Stapel, immer noch ungerührt, er hatte offenbar schon alles erlebt.

Hinter den anderen entdeckte Vega noch ein weiteres Heft, von dessen Titelbild nur das Gesicht einer Frau neben einem Pferdekopf zu sehen war.

»Und eine *Mount*«, sagte sie.

Das entlockte dem Mann dann doch eine Reaktion: Er hob beeindruckt die Brauen.

Vega zahlte, die angebotene Tüte lehnte sie ab. Mit dem Zeitschriftenstapel unterm Arm überquerte sie den Parkplatz und stieg in den Wagen.

»Nell hat eine interessante Frage gestellt«, sagte Cap, der gerade eine Nachricht ins Handy tippte. Erst als er aufsah, bemerkte er die Zeitschriften. »Hey, was willst du denn mit den ganzen Pornoheften?«

Er war schon ein bisschen zu erfahren, um sich von solchen Heftchen aus der Ruhe bringen zu lassen, und Vegas Gesichtsausdruck tat ein Weiteres. Sie riss die Plastikhülle der ersten Zeitschrift auf und blätterte die Hochglanzseiten durch.

Ihr Blick blieb kurz an jedem Foto hängen, bevor sie weiterblätterte.

»Suchen wir was Bestimmtes?«

»Ja und nein. Ich versuche nur, ihre Denkweise zu verstehen. Zumindest ein bisschen.«

»Wessen? Die der Mörder?«, fragte er, um sich zu vergewissern, dass er sie richtig verstanden hatte. Sie nickte. »Vega, Männer, die auf Pornos stehen, fahren nicht automatisch darauf ab, Mädchen zu foltern.«

»Klar. Aber vielleicht die Freier, die diese Folterknechte für ihre Mädchen bezahlen. Die stehen vielleicht auf Pornos.«

»Das kommt schon eher hin.«

»Bastard soll mal recherchieren und sich dabei auf Männer in der Gegend konzentrieren, die sich verstärkt für dieses Thema interessieren.« Sie wedelte mit dem *Barely Legal*.

Cap lachte.

»Meinst du das ernst? Vega, damit legst du Bastards Server lahm. Außerdem wage ich zu behaupten, dass manche Typen – nicht alle, aber ein paar sicher – nicht mehr brauchen, als sich dieses Zeug anzuschauen. Zu Hause, hinter verschlossenen Türen. Und das tut niemandem weh.«

»Also tragen diese Hefte zum Allgemeinwohl bei?«, fragte Vega wenig beeindruckt.

»Das habe ich nicht behauptet. Dieses hier zum Beispiel«, Cap hielt die *Mount* hoch, »hilft vermutlich niemandem.«

Vega widmete sich wieder ihrer Zeitschrift, während Cap die *Mount* auspackte.

»Dachte ich's mir doch.« Er hielt Vega die aufgeschlagene Seite hin. »Nur nackte Damen *neben* Pferden, beim Striegeln und Aufsatteln und so weiter.«

Er merkte rasch, dass Vega in Gedanken völlig woanders war. Das kannte er schon, deshalb ließ er sie in solchen Momenten meist in Ruhe. Wie vorher, als sie high war. Allerdings war sie das jetzt nicht mehr, daher fragte er sich, ob es nicht besser wäre, wenn sie mit ihm über das sprach, was ihre gerade durch den Kopf ging. Vega neigte dazu, ihre Gedanken erst auszusprechen, wenn sie sie von allen Seiten beleuchtet hatte, im Gegensatz zu ihm, der als Polizist gelernt hatte, seine Eingebungen ungefiltert in die Runde zu werfen. Brainstorming. Auch wenn es sich am Ende als Blödsinn herausstellen sollte, half es ihm beim Denken, die Dinge in Worte zu fassen. Und gelegentlich hatte er mit seinen Ideen sogar richtig gelegen.

»Worüber denkst du nach?«, fragte er sanft.

Dabei kam er sich fast etwas übergriffig vor.

»Ich denke über Motivationen nach. Und darüber, dass es für viele Männer nur drei Dinge gibt: Sex, Drogen und Geld. Das magische Dreieck. Jeder Mann, der ein Verbrechen begeht, tut dies, weil er an einer dieser drei Sachen interessiert ist – oder gleich an allen dreien.«

Cap betrachtete ihre Theorie mit Skepsis.

»Ich weiß nicht, ob man das so sagen kann«, sagte er. »Aber was motiviert dann deiner Meinung nach die Frauen?«

»Liebe«, sagte Vega nach einigem Nachdenken. »Frauen handeln aus Liebe. Alle.«

Cap blickte aus dem Fenster. Er verkniff sich die Frage, ob sie sich dazuzählte. Stattdessen sagte er: »Kann sein.«

Vega drückte Cap die Zeitschriften in die Hand und schnallte sich an.

In der Wüste war es kühler. Cap knöpfte sich die Jacke zu. Er bewunderte die Landschaft, den Himmel, der aussah wie mit mitternachtsblauem Stoff bespannt, die Sterne wie mit einer scharfen Bleistiftspitze hineingestochen. Überall standen Kakteen, kurze, stämmige Palmen und dichtes Gestrüpp, rhythmisches Zirpen und andere Tierlaute erfüllten die Luft.

Cap hätte diese Wüste als einen der friedlichsten Orte empfunden, die er je besucht hatte, wären da nicht die fast dreißig Männer und Frauen starke Einsatztruppe in den verschiedenen Uniformen der Gesetzeshüter gewesen und deren Gerätschaften am Rand der schmalen Straße, riesige Scheinwerfer auf Kränen und Ständern, die ein klar umrissenes Stück Land in grellweißes Licht tauchten.

Er und Vega folgten den rauchenden, orangefarbenen Leuchtfackeln, die die Straße säumten. Otero hatte sie gebeten, ihn vor Ort zu treffen.

»Was für ein Zirkus«, murmelte Cap, als eine Gestalt auf sie zukam.

»Ms Vega«, sagte Otero und schüttelte ihr die Hand.

»Hi, Commander. Das hier ist Max Caplan, er arbeitet mit mir.«

Beide gaben sich die Hand und lächelten einander kurz zu.

»Den hier haben wir gerade entdeckt«, sagte Otero und zeigte auf das Spektakel hinter ihm. Er wandte sich ab und kehrte zurück an seine Position, bedeutete Vega und Cap aber, dass sie ihm folgen sollten. »Vor nicht mal einer Woche haben unsere Leute hier die Gegend patrouilliert und nichts bemerkt, aber jetzt ...«

Er wartete, bis auch Cap und Vega die Straße verlassen hatten. Der Sand war fester, als Cap erwartet hätte. Alle hatten was zu tun: Eine Gruppe DEA-Agenten hatte sich um ein Tablet versammelt, diskutierend und gestikulierend. Cops in Zivil und in Uniform sicherten die Gegend um die ein Meter mal ein Meter große, leicht aufgeschüttete Öffnung im Boden mit kreisförmig gespannten Absperrbändern. Welche Beweise sie im Sand zu sichern hofften, war Cap ein Rätsel, aber er hielt lieber den Mund. Am auffälligsten waren allerdings die Polizisten in voller Kampfmontur, mit Kevlarweste und AR-15 vor der Brust.

»Wir sind ziemlich sicher, dass es sich um das Perez-Kartell oder Eduardo Montalvo handelt«, sagte Otero selbstbewusst.

Cap nickte, als würde ihm das was sagen. Vega wusste sicher besser Bescheid.

»Wie gesagt, der Tunnel ist gerade mal eine Woche in Verwendung, wenn überhaupt, daher sind wir sicher, dass noch nicht allzu viel Ware eingeschmuggelt wurde.«

Cap wartete auf Vegas Reaktion. Sie legte den Kopf schief, um den Tunneleingang hinter Otero besser sehen zu können.

»Was macht Sie so sicher, dass hier Drogen verschoben wurden und nichts anderes?«, fragte sie.

Oteros Auge zuckte, ansonsten zeigte er keine Regung.

»Was denn zum Beispiel?«

»Menschen.«

Otero stemmte ungeduldig die Hände in die Hüfte.

»Erfahrung, Ms Vega.« Er klang etwas pikiert. »Seit dem Mord an zwei mexikanischen Kollegen von der Grenzpatrouille vor einem Monat sind wir ein bisschen besser auf die Situation vorbereitet. Wir haben es hier nicht mit Flüchtlingen zu tun, die Asyl suchen, sondern mit Verbrechern und Mördern, und dieses Mal sind wir bereit, ihnen mit aller Macht des Gesetzes entgegenzutreten.«

Otero hatte sich in Rage geredet, er wirkte geradezu enthusiastisch.

»Wenn wir nur einen von ihnen erwischen, können wir ihn dazu bringen, uns Namen und Orte im ganzen Land zu verraten.«

»Bei Ihnen klingt das ganz einfach. Pillepalle«, sagte Cap.

»Im Gegenteil, Mr Caplan. Wie Ms Vega Ihnen sicher bestätigen kann, sind wir schon fast ein Jahr an dieser Tunnelgeschichte dran, und das hier ist unser erster Ermittlungserfolg, oder zumindest die Aussicht darauf. Also verstehen Sie sicher, dass ich Ihnen nicht meine volle Aufmerksamkeit widmen kann. Sie wollten mich über den Stand Ihrer Ermittlungen informieren?«

»Nein«, sagte Vega. »Wir haben nur eine kurze Frage. Kennen Sie Devin Lara?«

Otero schien der Name tatsächlich was zu sagen, aber mehr verriet seine Miene nicht.

»Ja«, sagte er beiläufig. »Wie sind Sie auf den gestoßen?«

Vega zögerte kurz. Cap nahm an, sie wollte Otero auf diese Weise mehr Informationen entlocken, doch am Ende entschied sie sich anders. Sie brauchten Oteros Wissen.

Otero hörte interessiert zu, nickte gelegentlich.

»Ja, genau«, sagte er schließlich. »Nummer eins: Wir halten ihn für einen Zwischenhändler oder zumindest einen Kontakt für eine oder mehrere mexikanische Organisationen. Und das ist er schon lange.«

»Und warum sitzt er noch nicht in Haft?« Vega bemühte sich offenbar um einen neutralen Ton.

Otero grinste und entblößte dabei einen Goldzahn.

»So lautet unser Verdacht. Für einen Haftbefehl haben die Beweise nie gereicht.«

Vegas Blick wanderte erneut zum Tunneleingang. *Nicht über den Zaun, sondern durch den Untergrund.*

»Wissen Sie, wo ich ihn finde?«, fragte sie.

Oteros Grinsen erlosch. Er trat näher an sie heran.

»Agent Boyce will sicher genau Bescheid wissen, vor allem, was Sie zu Lara geführt hat ... das fällt alles in sein Revier.«

»Kein Problem.«

»Wahrscheinlich will er ein Treffen, damit wir die Köpfe zusammenstecken und uns auf eine gemeinsame Strategie einigen.«

»Klingt super«, sagte Vega. »Aber wenn Sie nichts dagegen haben, würde ich gern mehr darüber wissen, mit wem er arbeitet, finanzielle Transaktionen, letzte Adresse und so, damit ich schon mal anfangen kann.«

Die Atmosphäre änderte sich plötzlich, es wurde lauter, hektischer. Die Leute von der DEA hatten sich auf dem Gelände verteilt, unterhielten sich jetzt mit den Cops oder quatschten in ihre Bluetooth-Mikros. Die gelben Overalls riefen einander Kommandos zu. Der erste kletterte bereits in den Tunnel.

Aber zwischen Vega und Otero herrschte Schweigen.

»Sie wollen, dass Ihre Arbeit Früchte trägt, oder?«, fragte Otero schließlich. Auf eine Antwort wartete er nicht. »Dann unterhalten Sie sich am besten mit Boyce. Ich lass ihn wissen, dass Sie sich auf Lara eingeschossen haben, alles Weitere können wir in einem Meeting besprechen.«

Als Cap Vegas Miene betrachtete, dachte er, dass Fremde sie sicher für einen stillen Typ hielten, bereitwillig und gutmütig. So offen und verständnisvoll sah sie Otero jetzt an.

»Klingt gut«, sagte sie, knapp, aber entschieden zu freundlich. Cap kannte sie besser.

Nachdem sie sich verabschiedet hatten, gingen Cap und Vega zurück zum Auto. Je weiter sie sich vom Tunneleingang entfernten, desto dunkler wurde es. Nicht nur am Himmel, auch um sie herum wurde es stockfinster und kühl. So stellte Cap sich das Weltall vor, Stimmen, die langsam verklingen.

Als sie eingestiegen waren, blies sich Cap in die Hände.

»Du hast nicht vor, dich mit Boyce zu treffen, bevor du dir Lara vornimmst, oder?«

Vega startete den Motor, zog ihr Handy aus der Tasche und legte es in die Ablage.

»Kommt drauf an, wie schnell Bastard arbeitet.«

»Meinst du nicht, wir sollten warten? Boyce bezahlt dich schließlich.« Cap schlug denselben Ton an, den er bei Nell verwendete, wenn er sie dazu bringen wollte, eine bereits getroffene Entscheidung zu überdenken.

Vega nahm die Hände vom Steuer. Der Motor lief.

»Wenn wir eine Spur haben, warten wir nicht, bis Boyce in seinem Kalender ein Eckchen für uns freischaufelt. Oder hältst du ein solches Vorgehen etwa für effizient?«

Cap hob die Hände. »Hey! Ich bin nur der Berater.«

Vega lachte zwar nicht, aber ihre Miene wirkte entspannt.

Dann vibrierte ihr Handy in der Ablage.

9

Manchmal zählte Vega beim Handstand. Von Tausend rückwärts. Ungefähr bei 970 öffnete sich etwas. Ihre Schultern und ihr Verstand. Sie war bis in die frühen Morgenstunden wach geblieben, hatte im Internet Artikel über Menschenhandel gelesen. Und ein bisschen über Devin Lara herausgefunden, ein Profil auf LinkedIn, aber kein Bild dazu. Bastard hatte zwar ebenfalls Recherchen angestellt, aber sie wollte selbst ein bisschen suchen. Immerhin hatte sie zwei Adressen bekommen: Arbeit und Privat.

»Auf geht's«, hatte sie zu Cap gesagt, nachdem sie die Privatadresse auf Google Maps eingegeben hatte.

Cap war ungewöhnlich schweigsam gewesen. Vega wusste, dass er ihr etwas sagen wollte, aber noch nicht wusste, wie.

»Dieser Typ ist es gewohnt, dass man ihn beschattet«, sagte er schließlich. »Wahrscheinlich hat er allerlei Sicherheitsmaßnahmen ergriffen. Wir können ihn nicht so einfach beobachten.«

Vega hatte gewartet, bis die Adresse und Umgebung vollständig geladen waren, zuerst der blaue Punkt, dann die Straßen.

»Was sollen wir deiner Meinung nach tun?«, hatte sie ihn gefragt.

Jetzt lief ihr der Schweiß über die Stirn. Sie dachte an Jane eins, die fehlende Schädeldecke, als hätte sie sie einfach abgesetzt wie einen Helm, und an ihr Hirn, das unter den Stromschlägen zitterte. *Erzähl mir was*, dachte Vega. *Sag mir, wo du herkommst.*

In ihrem Traum hatte Jane eins kein Wort gesagt. Sie war tot.

Vega löste den Handstand auf, dehnte die Arme ein letztes

Mal und holte sich einen Plastikbecher Wasser aus dem Bad. Es klopfte leise. Sie sah auf die Uhr. Fünf nach sechs.

Sie spähte durch den Spion. Auf dem Absatz stand Caplan mit breitem Grinsen, zwei Becher in der Hand. Vega musterte kurz sein verzerrtes Gesicht, dann öffnet sie die Tür.

Jetzt erst merkte sie, dass sie nicht vollständig angezogen war, sie trug ein geripptes Tanktop, aber keinen BH, dazu knappe Laufshorts. Sein Blick wanderte zu ihrem Bauch, das Stückchen, das zwischen Top und Shorts frei lag. Sie hatte keine bestimmte Empfindung dabei, weder verspürte sie den Impuls, das Top herunterzuziehen, noch den Wunsch, mehr zu enthüllen. All das geschah in Sekunden, dann nahm sie ihm den Becher mit dem Teebeutel ab.

»Morgen«, sagte er.

»Hi.«

Nachdem er die Tür hinter sich geschlossen hatte, zog sie die Vorhänge auf, um so viel Licht wie möglich hereinzulassen. Die Sonne war gerade aufgegangen.

»Ich habe nachgedacht«, sagte Cap, an einen kleinen Ecktisch gelehnt.

Vega nickte ermutigend.

»Ich glaube, es wird schwierig, Lara über seine Arbeit zu erwischen, das Unternehmen, wie heißt es noch …«

Vega schnappte sich ihr Handy und scrollte, bis sie Bastards Mail gefunden hatte.

»Lincoln Investments. Investment-Dienstleister für mittelständische Unternehmen«, las sie.

»Genau. Wir könnten uns natürlich als Kunden ausgeben, ich könnte mir einen Anzug kaufen und du dich über Private Equity schlau machen, aber das dauert. Ich glaube, wir sollten über die Leute in seinem Umfeld gehen.«

Vega setzte sich auf die Bettkante. »Klar, aber wenn du dabei an seine Kollegen denkst, musst du dir trotzdem einen Anzug besorgen.«

»Nein, nicht die Geschäftskontakte. Und die im privaten Umfeld auch nicht.«

»Willst du dich als Tankwart verkleiden und ihn auf dem Weg zur Arbeit abpassen?«, fragte Vega.

Cap grinste in seinen Kaffee.

»Du hast noch nicht auf seine Kreditkartenabrechnung geschaut, nehme ich an.«

»Hab ich wohl.« Sie zog ihr Handy hervor und rief die Datei auf. »Essen, Benzin, Klamotten. Alles andere zahlt er bar – oder in Naturalien.«

»Aber hast du gesehen, was für Essen? Und das jeden Tag.«

Vega sah sich die einzelnen Posten genauer an. Die meisten Namen sagten ihr nichts.

»Juicy Lucy«, las sie. »Also steht er auf Fruchtsaft?«

»Ja«, sagte Cap. »Immer derselbe Laden, Filialnummer achtundzwanzig siebzig, richtig?«

»Richtig. Er holt sich fast jeden Tag im selben Laden seinen Saft.«

Cap grinste stolz.

»Immer montags, mittwochs, freitags, samstags. Und heute ist Freitag. Vielleicht weißt du das noch nicht über mich, Vega, aber ich kriege im Alltag einfach nicht genügend Antioxidantien.«

Vega lächelte.

»Wir sehen uns in einer Viertelstunde am Wagen«, sagte sie. Cap grinste, rührte sich aber nicht vom Fleck. »Ich spring noch schnell unter die Dusche«, fügte sie hinzu.

»Ah, dann geh ich wohl besser«, sagte er.

Er war schon an der Tür, als sie noch eine Frage stellte.

»Caplan?«

»Ja?«

»Hast du mir gerade durchs Fenster beim Handstand zugesehen?«

Er schwieg. Das reichte Vega als Antwort.

»Ja«, sagte er schließlich leicht verschämt.

Vega verschränkte die Arme. Langsam wurde ihr kalt.

»Ist so eine Angewohnheit von mir«, erklärte sie nach einer Weile. »Hilft mir beim Nachdenken.«

Cap blickte zu Boden.

»Klar«, sagte er dann.

Vega wartete, wollte, dass er sie ansah, aber er mied ihren Blick.

»Bis gleich«, sagte er stattdessen und ging.

Vega blieb noch eine Weile stehen, wartete auf sein Klopfen. Doch diesmal blieb es still.

Eine Stunde später saßen sie bei Juicy Lucy, an einem Tisch neben der Tür. Vega hatte den Eingang genau im Blick, Cap den Laden. Beide tranken grünen Saft. Vega hatte Laras Führerscheinfoto auf dem Handy. Diese Bilder waren nicht besonders gut, Frontalaufnahmen, starre Mienen. Da gaben die sozialen Medien schon viel mehr her, Schnappschüsse auf Grillfesten, Selfies, unverstellte Gesichter, ungeschönte Körper. Aber von Devin Lara gab es solche Bilder nicht, also begnügte sie sich mit den Merkmalen, die sie seinem Führerscheinfoto entlocken konnte: dunkle Haare, dunkle Augen, buschige Brauen, ovales Gesicht mit Ansatz zum Doppelkinn.

Vega sah Cap lächeln, er hatte wohl gerade eine Nachricht von Nell bekommen. Sein Lächeln wirkte so warmherzig, aber auch so vertraut, wie ein Lieblingspulli.

Dann kam auch auf ihrem Handy eine Nachricht an. JPat schrieb: *Du haust einfach ab, ohne Bescheid zu sagen??*

Vega schrieb nur ein Wort zurück: *Arbeit.*

»Holla, bin ich froh, dass ich nicht derjenige bin, dem du da gerade antwortest«, bemerkte Cap.

Vega hatte keine Gelegenheit, über ihre Miene nachzudenken, dann im selben Augenblick kam Devin Lara zur Tür herein. Er war ungefähr eins achtzig groß, breit gebaut, allerdings eher Speck als Muskeln. Teure Jeans und Turnschuhe, Polohemd. Frisch rasiert, das Haar noch feucht.

»Pünktlich wie die Eisenbahn«, sagte Vega.

»Ach, tatsächlich?«, fragte Cap, wandte sich aber nicht zu ihm um. »Was macht er?«

»Hat schon bestellt, holt nur ab.«

Lara ging direkt an den Tresen, nahm sich einen großen Becher und prüfte den Aufkleber.

»Er geht wieder«, sagte Vega.

Lara bahnte sich den Weg zur Tür, als Cap aufstand, um vor ihm aus dem Laden zu schlüpfen. Vega folgte Lara.

Cap hielt ihm die Tür auf, Lara hielt sie mit zwei Fingern für Vega fest. Plötzlich fuhr Cap herum und schlug dem Mann dabei den Becher aus der Hand. Der Inhalt spritzte auf sein Hemd, dicklicher Saft, und der Becher fiel zu Boden.

»Scheiße!«, rief Lara.

»Tut mir so leid«, stammelte Cap und reichte Lara einen Packen Servietten. »Seit der Transplantation sind meine Reflexe völlig im Eimer.«

»Devin Lara«, sagte Vega.

Lara war zu verwirrt, um in den Kampfmodus umzuschalten. Wenn einem jemand zu nahe trat, wich man normalerweise zurück. Darauf spekulierte Vega. Sie ging direkt auf ihn zu, um sie alle vom Eingang des Ladens wegzubekommen. Wie erwartet wich Lara ein paar Schritte zurück. Er war verwirrt, wütend und nass. Jetzt stand er mit dem Rücken zur Wand.

»Kennen wir uns?«, fragte er mühsam beherrscht.

»Nein. Ich bin Vega, das hier ist Caplan. Wir haben deinen Namen von Corey Lloyd.«

»Kenne ich nicht.« Lara tupfte sich das Hemd ab.

»Er kennt dich aber. Meinte, du hättest ihm die Daumenschrauben angelegt, damit er dir einen Wagen besorgt.«

Lara reagierte nicht, tupfte weiter an seinem Hemd herum.

»Keine Ahnung.«

»Ich werde dir auf die Sprünge helfen. Du brauchtest einen Wagen, der einem kleinen Licht gehört, denn du wolltest die Leiche eines Mädchens darin ablegen.«

Lara funkelte sie an, ballte die Servietten zusammen und warf sie in die Mülltonne zu seiner Rechten.

»Wie heißt du noch mal?«, fragte er. Er hatte sich offenbar gefangen. Jetzt klang er völlig ruhig.

»Alice Vega.«

»Hi, Alice Vega. Ich bin Devin. Das da drüben ist mein Fahrer Richie.« Lara wies auf die Straße hinter ihr.

Cap und Vega wandten sich um. Ein stiernackiger Schläger walzte auf sie zu. Er hatte bereits die schwarze Anzugjacke ausgezogen und krempelte sich die Ärmel seines grauen Hemds hoch.

»Caplan!«, stieß Vega hervor, bevor der Typ sich auf ihn stürzen konnte.

»Hey, wir gehen schon!«, rief Cap, die Arme erhoben.

Das war dem Fahrer herzlich egal, er holte aus und versetzte Cap einen Schlag in die Magenkuhle. Cap hatte keine Möglichkeit, ihn abzuwehren, doch offenbar hatte er seine Muskeln angespannt, denn er fiel nicht um, sondern krümmte sich nur und hustete.

Nachdem Lara und sein Fahrer lässig davongeschlendert und in einen SUV gestiegen waren, tätschelte Vega Cap den Rücken. Er erbrach etwas grünliche Flüssigkeit. Dann richtete er sich auf, sein Gesicht war puterrot.

»Schmeckt nach Aquarium«, murmelte er vor dem nächsten Hustenanfall.

»Ruhig atmen«, sagte Vega, den Blick auf den SUV gerichtet, der vom Parkplatz brauste und im Verkehr verschwand. Dann wandte sie sich Cap zu. »Geht's wieder?«

Er atmete tief, nickte.

»Ich glaube, der Typ hat sich zurückgehalten. Hätte auch schlimmer zuschlagen können«, murmelte Cap.

»Ja, das ist wohl auch sinnvoll«, sagte Vega. »Lara weiß nicht, wer wir sind und für wen wir arbeiten.« Cap hatte wieder etwas Farbe im Gesicht. »Tut mir leid, dass ich nichts gegen ihn tun konnte«, fügte sie hinzu.

Cap winkte ab.

»Solche Typen lässt man besser in Ruhe«, sagte er. »Was nun?«

Vega betrachtete die Straße, auf der der SUV verschwunden war. Sie dachte nach. Sie konnten Lara nicht einfach mit ihren kleinen Waffen und einem Becher Saft angreifen. Am besten wartete sie ab, was Bastard herausfand. Oder wie Perry zu sagen pflegte: Eile mit Weile.

Sean McTiernan, Oteros Detective, war ein breitschultriger Brillenträger. Er begrüßte sie am Empfang seiner Dienststelle und stellte sich vor, denn er hatte nur E-Mail-Kontakt mit Vega gehabt. Er schüttelte ihnen erfreut die Hand. Unter dem Arm trug er ein schlankes Notebook. Mit seiner wohlwollenden, jungenhaften Energie erinnerte er Cap an seinen alten Freund Em.

»Detective McTiernan?«, fragte Cap zur Sicherheit nach.

»Ich weiß. Ein Schwarzer mit irischem Nachnamen? Spricht auch noch fließend Spanisch? Tja, man darf nie berechenbar sein. Kommen Sie mit«, sagte McTiernan.

Cap und Vega folgten ihm, er redete weiter.

»Die gute Nachricht lautet, dass wir fast alle Scheine aus Lo-Santos Wohnung verfolgen konnten«, sagte McTiernan, als er sich durch die schwere Stahltür ins Treppenhaus schob. »Die schlechte Nachricht? Sie sind sauber. Keine aufeinanderfolgenden Seriennummern oder Datumsangaben.«

»Sie sahen sehr abgegriffen aus«, bemerkte Vega.

»Ja, kann man wohl sagen. Die meisten haben vermutlich Bekanntschaft mit ein paar String-Tangas gemacht.«

Cap rang sich ein Lächeln ab, der Witz war wohl für ihn gedacht. Er kassierte einen Seitenblick von Vega.

»Und LoSanto?«, fragte er, um zum Thema zurückzukehren.

McTiernan öffnete die Tür zu den Büros im zweiten Stock. Cap war überrascht, wie sauber es hier war. Es roch nicht mal nach Spind, wie man es sonst von Polizeidienststellen kannte. Animierte das warme Wetter hier die Leute zum Staubwischen?

»Wir wollen ihn wegen der Pessare für Diebstahl in großem Stil drankriegen, aber realistisch betrachtet wird sein Anwalt das Ganze auf ein geringfügiges Vergehen herunterhandeln.«

Sie betraten ein kleines Konferenzzimmer, in dem es nach Kaffee roch. Ein längliches Fenster ging zum Gewerbegebiet und dem Freeway dahinter. Aber hier sah sogar das nett aus, dachte Cap, alles grün und blau.

McTiernan bot ihnen Kaffee an, den Cap dankend annahm.

»Aber was weiß er?«, fragte Vega.

»Nichts«, kam McTiernans prompte Antwort. »Er hat eine Mail bekommen, in der man ihm angeboten hat, auf die Schnelle ein bisschen Geld zu verdienen, und er hat die Gelegenheit genutzt. Den Käufer kennt er nicht. Man hat ihm gesagt, wo er die Ware ablegen soll, ein spezielles Schließfach am Busbahnhof in der Innenstadt, und ein paar Stunden später hat er sich seinen Lohn aus demselben Schließfach abgeholt.«

»Gibt es Videoaufzeichnungen aus dem Busbahnhof?«, fragte Vega.

»Ja. Sind aber ziemlich mau. LoSanto kann man gerade so ausmachen, den Mann, der das Geld ins Schließfach legt, erkennt man gar nicht.«

»Könnten wir es uns trotzdem ansehen?«

McTiernan nickte, klappte das Notebook auf und ließ die

Aufnahme laufen. Eine Reihe von Schließfächern, Leute kamen und gingen.

»Hier kommt LoSanto, halb elf«, sagte McTiernan.

LoSanto, in Windjacke mit Kapuze, öffnete ein Fach in der rechten Ecke des Ausschnitts, legte einen Rucksack hinein und schloss die Tür. Als er sich umwandte, war sein Gesicht kaum zu erkennen. Anhand dieser Aufzeichnung könnte man ihn nicht identifizieren.

»Ich geh mal ein Stück vor«, sagte McTiernan.

Er ließ das Video wieder laufen, als jemand in weitem Sweatshirt und Jeans ins Bild kam, er trug eine weinrote Skimütze mit gelben konzentrischen Kreisen, die von oben aussah wie eine Zielscheibe. Die Person öffnete das Schließfach, zog LoSantos Rucksack heraus und schob eine Sporttasche hinein. Dann ging sie wieder. Das Gesicht hatte sie die ganze Zeit von der Kamera abgewandt.

»Haben Sie es mit Gesichtserkennung probiert?«, fragte Cap.

»Klar, aber schauen Sie sich das hier an.« McTiernan tippte mit seinem dicken Finger auf den Monitor. »Bei dieser Auflösung kriegen wir gar nichts. Wenn das hier ein Flughafen wäre und kein Busbahnhof, hätten wir auch bessere Technik. Aber so?«

»Hat LoSanto noch was anderes gesagt, was für uns von Interesse ist?«, fragte Vega.

»Eigentlich nicht. Ich glaube, er wollte schnell Geld machen, hat gedacht, dass er niemandem schadet, vielleicht sogar, dass er damit war Gutes tut.«

»Der Robin Hood der Familienplanung«, sagte Cap.

»Genau. Hatte keine Ahnung, was die mit den Dingern wollten.«

Vegas Blick war am Bildschirm hängengeblieben, sie betrachtete das Bild von dem Geldboten. Das Gesicht war verschwommen, vielleicht ein Weißer, aber sicher war sie nicht.

»Haben Sie die Bewegungen dieser Person weiterverfolgt? Parkplatz?«

»Ist in der Menschenmenge verschwunden. Ich kann Ihnen die Aufzeichnung geben, aber viel werden Sie nicht darauf finden.«

»Ja, danke.«

McTiernan klopfte sich auf die Brusttasche, dann kramte er in seiner Hosentasche und zog einen USB-Stick hervor, den er ins Notebook steckte und die Dateien kopierte.

»Haben Sie die Freundin befragt?«

McTiernan runzelte die Stirn.

»Von einer Freundin hat LoSanto nichts gesagt. Wir haben seine Wohnung durchsucht, keine Hinweise auf eine Frau gefunden. Keine zweite Zahnbürste, nichts.« Er grinste Vega neugierig an. »Haben Sie einen Grund zu glauben, er hätte eine Freundin?«

Vega verspürte ein heißes Kribbeln, wie manchmal, wenn sie morgens einen Handstand machte. Dieses Gefühl stellte sich nach den ersten Minuten ein und erfüllte sie mit großer Klarheit.

»Nein«, sagte sie schnell. »Ich dachte, er hätte so was gesagt, aber wahrscheinlich habe ich mich verhört.«

McTiernan glaubte ihr offenbar, denn er nickte zustimmend. »Wir fragen nochmal nach. Schadet ja nichts.«

Vega zuckte beiläufig die Achseln. Schadet nichts. Ein Seitenblick auf Cap verriet ihr, dass er an Bord war. Sie hatte ihm alles über Sarita erzählt, die Freundin, aber seine Miene verriet nichts. Vega war dankbar, dass er so gut schauspielern konnte. Ihr juckte es in den Fingern, sie wollte Bastard sofort eine Anweisung schicken. Der Geruch von Zuckerwatte stieg ihr in die Nase.

Es war fast zwei Uhr, als sie das Einkaufzentrum mit dem Nagelstudio gefunden hatten, in dem Sarita Guerra arbeitete, wie ihre Gehaltszettel vom vergangenen Jahr verrieten. Die Sonne knallte durch die Windschutzscheibe, und selbst mit heruntergeklappter Sonnenblende fielen ein paar Strahlen auf Caps Oberschenkel und brannten ihm auf der Haut. Das Einkaufszentrum war im Stil einer Hazienda gebaut, angetäuschte Lehmziegel und Stuck, ein gefliester Bogen über jedem Laden.

Vega parkte vor dem Taco-Imbiss neben dem Nagelstudio, ließ die Fenster herunter und stellte den Motor ab. Aber sie stieg nicht aus.

»Worauf warten wir?«, fragte Cap.

»Ich will sie nicht auf der Arbeit in Bedrängnis bringen«, sagte Vega. »Vielleicht kriegen ihre Kollegen was mit und rufen die Polizei oder so was.« Sie schüttelte den Kopf. »Das ist es nicht wert.«

Cap warf einen Blick auf die Uhr.

»Es ist schon nach Mittag«, sagte er. »Könnte ein Weilchen dauern, bis sie rauskommt.«

Vega löste ihren Gurt und beugte sich vor, sodass sie mit dem Kopf fast das Steuer berührte.

»Nee, die kommt bald. Sie raucht E-Zigarette. Wahrscheinlich muss sie vom Rauchen immer husten, deswegen inhaliert sie dieses Zeug, das nach Zuckerwatte stinkt.«

»Wie praktisch, dass man sich nicht mehr entscheiden muss, ob man raucht oder Süßigkeiten isst«, sagte Cap.

Vega reagierte nicht, sondern konzentrierte sich auf den Eingang zum Nagelstudio. Nach einer Weile ging eine Frau mit Leggings im Leopardenmuster hinein. Zwei Frauen mit riesigen Handtaschen kamen heraus. Eine halbe Stunde später kam Sarita zusammen mit einer Frau aus dem Laden, die sich die Haarspitzen pink gefärbt hatte. Die beiden beugten sich über den Aschenbecher, der wie eine Wunderlampe aussah. Sarita zückte ihren Vaporizer. Die Frau mit den pink gefärbten Haarspitzen zog an einer langen, dünnen Zigarette.

»Du bleibst hinter mir«, sagte Vega.

»Klaro«, sagte Cap.

Sie stiegen aus. Cap lehnte sich an den Wagen, Vega ging auf die beiden Frauen zu.

»Sarita«, sagte sie.

Sarita fuhr herum und erstarrte, die Augen aufgerissen. Pinky, mager mit gebräuntem Gesicht und Raucherfalten, beäugte Vega neugierig.

»Freundin von dir?«, fragte sie Sarita.

Sarita antwortete nicht, sondern wich ein paar Schritte zurück.

»Ich bin ihre Versicherungsmaklerin. Würden Sie uns kurz entschuldigen? Ich möchte unter vier Augen mit ihr sprechen.«

Pinky sah sie entgeistert an.

»Was?«, fragte sie.

»Sarita?« Vega trat näher.

Sarita wich noch weiter zurück. Sie hatte offenbar eine Heidenangst vor Vega. Cap vermutete, dass sie sich an den Knall ihrer Smithfield erinnerte, als Vega damit das Bild zertrümmert hatte. Sie hielt sich den Vaporizer mit beiden Händen vor die Brust.

Vega nahm ihre Sonnenbrille ab. »Ihre Versicherungspolice?«

»Moment mal ... wer sind Sie genau?«, fragte Pinky, langsam ungeduldig.

Cap richtete sich auf. Er war sicher, dass Vega die Situation auch allein in den Griff bekam, doch für den Fall der Fälle wollte er bereit sein.

»Sie ist meine Versicherungsmaklerin«, erklärte Sarita leise. »Lebensversicherung. Wir müssen uns kurz allein unterhalten.«

»Okay, kein Problem«, sagte Pinky, offenbar überzeugt. »Bis später dann«, sagte sie und zog ihr Handy aus der Tasche.

Vega geleitete Sarita zum Wagen. Als sie Cap erblickte, erschrak sie erneut. Cap hatte sich nie für eine imposante Erscheinung gehalten, nicht mal, als er noch die Dienstmarke zücken konnte, aber bei der Frau lagen offenbar die Nerven blank, sie sah aus, als könnte die winzigste Kleinigkeit bei ihr eine Panikattacke auslösen.

»Keine Sorge«, sagte Vega, »das hier ist mein Kollege Max Caplan.«

»Hi«, sagte er und winkte.

Sarita nickte, noch immer völlig verängstigt.

»Nehmen Sie mich fest?«, fragte sie.

»Nein. Wir sind keine Cops«, erklärte Vega. »Erinnerst du dich, dass ich dir erzählt habe, ich arbeite für die Polizei von San Diego? Ich bin Privatermittlerin und habe keine Befugnis, Leute zu verhaften. Ich habe nur ein paar Fragen.«

Sarita nickte, sah nervös zu Pinky rüber, die schwer konzentriert auf ihrem Handy herumtippte.

»Hast du verstanden, was ich dir gerade erklärt habe?«

»Ja«, sagte Sarita. »Verstanden.«

»Weißt du, dass Tony vor der Polizei nichts von einer Freundin oder Partnerin gesagt hat?«

»Ja.« Sarita klang betrübt.

»Weißt du auch, warum?«

»Er wollte nicht, dass ich Ärger kriege.«

»Wieso würdest du Ärger kriegen?«

»Würde ich gar nicht!«, versetzte Sarita etwas zu laut. Pinky ließ sich davon allerdings nicht aus dem Konzept bringen. »Würde ich nicht«, wiederholte sie leiser. »Er wollte mich einfach nicht da mit reinziehen. Hat gemeint, wir bräuchten ein bisschen Abstand …«

Ihr Mund verzog sich wie bei einem Kleinkind kurz vorm Weinen. Sie tat Cap richtig leid.

»Damit die Polizei ihn für eine Weile wegsperrt, mich aber in Ruhe lässt.« Sie wandte sich Cap zu. »Er weiß, dass er ein Verbrechen begangen hat, aber er wollte doch nur ein bisschen Geld machen, für uns.«

Cap nickte mitfühlend. *Rede nur weiter.*

»Es ist so, Sarita. Ich sehe hier zwei mögliche Gründe für Tonys selektive Angaben. Entweder ist es so, wie du behauptest, und er will dich nicht damit belasten ...«

Sarita wischte sich die Tränen aus den Augenwinkeln.

»... oder es gibt irgendeine Verbindung zwischen dir und dem Geld. Vielleicht hast du Informationen, die der Polizei weiterhelfen könnten, und Tony will nicht, dass sie sie bekommen.«

»Ich ... ich weiß gar nichts«, stammelte Sarita.

»Ehrlich gesagt glaube ich dir das sogar. Aber ich glaube auch, dass du jemanden kennst oder unbewusst etwas mitbekommen hast, das uns helfen würde.«

Sarita schüttelte den Kopf, ihre schwarzen Locken wippten.

»Nein, ich schwöre es, ich weiß nichts.«

»Wie gesagt, ich glaube dir. Aber denk noch mal gut nach. Vielleicht hilfst du dir und Tony sogar damit. Willst du es nicht wenigstens versuchen?«

Sarita dachte nach. In ihren Augen standen Tränen. Schließlich nickte sie.

»Ja.«

»Okay. Aber du musst dich konzentrieren.«

Sarita nickte. Cap hatte den Eindruck, dass sie sich richtig zusammenriss.

»Hat irgendjemand in eurem Umfeld – Verwandte, Freunde oder Kollegen - ein auffälliges Interesse an Tonys Job gezeigt?«

Sarita dachte nach. »Hmm, keine Ahnung. Ich kann irgendwie nicht klar denken.«

»Kein Problem«, sagte Vega. »Erzähl mir einfach, wer dir so

in den Kopf kommt. Und wenn dir niemand einfällt, darfst du das auch einfach sagen. Kennst du jemanden, der ein gutes Leben führt, so richtig viel Geld hat?«

»Klar«, sagte Sarita. »Mein Onkel leitet ein Autohaus in LA. Der macht richtig viel Geld. Aber den sehen wir nicht oft.«

»Super, das ist doch schon mal ein Anfang! Sonst noch jemand?«

»Viele der Mädchen aus dem Nagelstudio haben Geld, Trinkgeld und so«, sagte Sarita mit Blick auf Pinky.

Cap und Vega tauschten Blicke. Die Chancen, dass jemand im Studio darin verwickelt sein könnte, waren relativ gering. Dafür waren die Summen zu niedrig.

»Ich hab so einen Cousin«, sagte Vega beiläufig. »Der reitet sich immer in irgendwelche Scheiße. War auch schon im Gefängnis. Wahrscheinlich hat jeder so ein schwarzes Schaf in der Familie, oder wie siehst du das, Cap?«

»Ganz genau«, sagte er. »Aber ich würde sie lieber graue Schafe nennen. Eigentlich sind sie ja gar nicht so schlimm, sie haben einfach immer Pech.«

Saritas Miene erhellte sich.

»O ja! Mein Bruder Joe ist auch so. Aber er ist nicht reich oder so was.«

Und schon verkrampfte sie sich wieder.

»Er hat schon lange nichts mehr angestellt«, fügte sie rasch hinzu, offensichtlich besorgt, schon zu viel gesagt zu haben.

»Entspann dich! Denk dran, wir sind nicht von der Polizei. Wir nehmen niemanden fest. Es geht hier um Tonys Zukunft.«

Sarita schien das zu beruhigen, denn sie fuhr fort.

»Wir sehen ihn nicht oft.«

»Wann war das letzte Mal?«

»Während der Feiertage. Ja, so um Dreikönig.«

»Und hat er sich da mit Tony unterhalten?«

Sie zuckte die Achseln.

»Keine Ahnung. Wahrscheinlich schon.« Sie sah von Vega zu Cap. »Aber das heißt nicht, dass er mit der Sache was zu tun hat.«

»Richtig. Das muss nichts heißen. Was arbeitet Joe jetzt so?«

Sarita verzog den Mund.

»Das letzte Mal, als ich mit ihm geredet hab …«, sie errötete, »… hat er in einem Club gearbeitet. Einem Stripclub.«

Vega verzog keine Miene.

»Und was hat er da gemacht? Türsteher oder so was?«

»Ich glaube, ein bisschen von allem. Er hatte so eine Bezeichnung dafür. Was sagt man noch für Leute, die Tänzerinnen aussuchen und so was?«

»Casting«, sagte Vega.

Cap beobachtete Vega ganz genau. Er ahnte ihre Fragen bereits, bevor sie sie stellte, doch bei ihr klangen sie immer spontan und neugierig. Sie entlockte Sarita Guerra sämtliche Informationen, ohne dass diese sich ausgefragt oder manipuliert fühlte.

Der Club hieß Rare Strip, auf dem Leuchtschild prangte eine Frauenfigur mit einer Gabel in der Hand, aus der immer wieder Blitze zuckten. Vega und Cap gingen bewaffnet hinein, in diesem Schuppen erwarteten sie keinen Metalldetektor. Und richtig. An der Tür wachte nur ein fetter Glatzkopf, nicht Joe Guerra, das wusste Vega sowohl durch Saritas Beschreibung als auch von Fotos auf Facebook und Instagram.

Drinnen war es düster und roch nach Desinfektionsmittel, die Musik war laut, aber nicht ohrenbetäubend.

Die Bühne bestand aus einem langen Laufsteg, drei Mädchen in String-Tangas wanden sich in lasziven Posen um ihre Stangen. Auf beiden Seiten standen kleine Cocktailtische und an den Wänden befanden sich jeweils sechs abgetrennte Nischen. An der Wand neben dem Eingang gab es eine Theke, an der eine Bardame ausschenkte. Vega zählte grob zwanzig Besucher, gut verteilt, und ein paar Rausschmeißer an der Bühne.

An der Bar saßen zwei Typen, einer davon weißhaarig, der trug Fleeceweste mit Krawatte und beobachtete die Mädchen ganz genau. Der andere saß am Ende der Bar, am weitesten vom Eingang entfernt und mit dem Rücken zur Bühne. Er trug Sonnenbrille und ein Sweatshirt, die Kapuze hochgezogen, und tippte Nachrichten auf sein Handy. Vega meinte, Joe Guerra zu erkennen, war sich aus der Ferne aber nicht sicher.

»Such dir einen Tisch und bestell dir was«, sagte Vega zu Cap. Sie nickte zur Bühne.

»Verstanden. Sag Bescheid, wenn du was brauchst.«

Cap setzte sich an die Bühne, Vega schlenderte an die Bar. Sarita hatte ihr von den Tattoos erzählt, die ihr Bruder an beiden Händen trug. Als Vega sich in der Nähe des Typen mit dem schwarzen Sweater niedergelassen hatte, entdeckte sie den Stern auf seiner rechten Hand, mit der er tippte.

»Was kann ich dir bringen?«, fragte die beachblonde Bardame im engen weißen T-Shirt ohne BH.

»Club Soda.«

Die Bardame brachte den Drink, Vega zahlte, drückte die Limette über dem Glas aus und rührte mit dem roten Strohhalm um. Dann drehte sie sich zur Bühne um, warf aber immer wieder einen Blick auf den eifrig tippenden Guerra. Sie schätzte ihn zwischen eins fünfundsiebzig und eins achtzig, aber unter seinem Sweater war eine breite Brust zu erkennen, und sein Stiernacken war auch recht imposant. Größe sollte man nicht nur in Metern messen, das wusste Vega aus eigener Erfahrung, und oft waren die Großen auch die Ungeschicktesten, stolperten leichter über die eigenen Füße.

Vega tauschte Blicke mit Cap, der lächelnd mit der Bedienung plauderte. *Alles klar?*, schien er sie zu fragen. Vega hob leicht das Kinn. *Ja, alles im grünen Bereich.*

»Hast du eine, auf die du besonders stehst?«, fragte sie.

Zuerst antwortete Guerra nicht, dann fiel ihm auf, dass sie mit ihm sprach.

»Nee, ich arbeite hier. Der Vogel scheißt nicht ins eigene Nest.«

Er grinste Vega an.

»Mir gefällt die in der Mitte«, sagte sie.

»Echt?«, fragte Guerra. »Sie heißt Phoenix, wie die Stadt. Soll ich sie dir vorstellen? Ein privater Lapdance dauert zehn Minuten und kostet hundert Dollar.«

»Vielleicht später«, sagte Vega. »Ich interessiere mich für jüngere Mädchen.«

Guerras Grinsen gefror, er widmete sich wieder seinem Handy.

»Da haben Sie Pech«, sagte er nach einer Weile. »Bei uns müssen die Mädchen über achtzehn sein.«

»Hm, schade. Kennen Sie jemanden, der mir da helfen kann?«

Guerra setzte die Sonnenbrille ab und legte sie auf den Tresen.

»Ich hab doch gesagt, dass wir hier nur Mädchen über achtzehn beschäftigen.«

»Ja, den Teil hab ich verstanden.« Vega rückte näher an ihn heran. »Und ich hab gefragt, ob Sie jemanden kennen, der mir helfen kann.«

Guerra seufzte und zeigte auf ein Schild hinter der Bar.

»Haste gelesen? *Die Geschäftsleitung behält sich vor, Gästen Hausverbot zu erteilen, wenn sie es für nötig erachtet.* Bei dir halte ich es gleich für nötig, Mädel. So in einer Minute, um genau zu sein.«

»Na, dann habe ich ja noch ein bisschen Zeit, um Ihnen zu sagen, was ich weiß und was ich glaube, Joe Guerra.« Der Mann wich zurück und erhob sich von seinem Hocker. »Bleiben Sie sitzen!«, zischte Vega. »Sarita hat mir gesagt, wo ich Sie finde. Und ich weiß, wo ich Sarita finde.«

Guerra funkelte sie an.

»Einen Scheiß weißt du«, murmelte er.

»Setzen!«, sagte Vega.

Er gehorchte.

»Schon besser. So, und jetzt erzähle ich Ihnen, was ich glaube. Jemand hat Ihnen Geld geboten, wenn sie ihm auf nicht offiziellen Wegen Verhütungsmittel besorgen, und Sie haben diese Person an den Freund Ihrer Schwester verwiesen. Sie haben für diese Person auch schon andere Kleinigkeiten erledigt. Sie haben den Vorteil, dass der Kunde Ihnen nicht sein Gesicht zeigen muss. Aber wie gesagt, ich kenne jetzt Ihr Gesicht.«

Guerra tippte weiter auf dem Handy herum. »Sind Sie ein Cop oder so was?«, fragte er verächtlich.

»Oder so was«, sagte Vega und trank ihr Wasser. »Ach ja, was anderes weiß ich auch.« Sie tippte sich an die Schläfe. »Ich brauche einen Namen, und ich weiß, dass Sie ihn mir geben können. Und ich weiß auch, dass ich Ihnen ziemlich schnell die Polizei auf den Hals hetzen kann, falls Sie das nicht tun.«

Guerra rutschte vom Hocker und baute sich vor Vega auf.

»Und ich weiß, dass ich und meine Jungs deinem Typen da hinten ziemlich viel Schaden zufügen könnten, bevor irgendein Polizist hier aufkreuzen kann.«

Vega blickte zu Cap, der eine Flasche Bier vor sich hatte und sich halbherzig die Mädchen anschaute. Sie stellte sich vor, wie sie sie an Armen und Beinen festhielten, damit sie zusehen musste, wie Guerra und der Rausschmeißer ihm die Rippen und den Kiefer brachen.

»Wäre nicht seine erste Tracht Prügel heute. Tun Sie, was Sie nicht lassen können«, sagte sie beiläufig.

Dann vibrierte Guerras Handy. Er ignorierte es, starrte Vega weiter an.

»Vielleicht sollten Sie rangehen«, sagte sie. »Könnte Ihre Schwester sein.«

Guerra wandte sich ab und nahm den Anruf entgegen.

Während er mit seiner Schwester sprach, ließ er Vega nicht aus dem Blick, die entspannt mit dem Strohhalm in ihrem Drink rührte. Seine Miene verfinsterte sich zunehmend, irgendwann wandte er sich ab und sah sich hektisch um, offenbar musste er in kürzester Zeit eine Menge Informationen verarbeiten.

»Alice Vega«, sagte er lauter. »Ja, verstanden. Mach dir keine Sorgen, Kleine. Wir sprechen uns später.«

Er beendete das Gespräch und warf das Handy auf den Tresen.

»Und? Wie geht's ihr?«

»Du hast ihr gesagt, sie soll mich anrufen. Bist du Vega?«

»Ja. Sonst noch was?«

»Dass du zu ihr auf die Arbeit gekommen bist und ihr helfen willst.«

»Genau.« Vega betrachtete sich im blau angeleuchteten Spiegel hinter der Bar. »Ich helfe ihr, damit man sie nicht wegen Beihilfe zum Diebstahl im großen Stil hochnimmt.«

Guerra wirkte sichtlich unentspannt.

»Oder als Komplizin bei deinen Machenschaften, was auch immer das sein mag.«

Im Spiegel sah sie, dass er sich wieder setzte. Sie nahm ihr Handy und fuchtelte ein wenig damit herum.

»Ich habe hier eine Mail an den Cop, der den Fall bearbeitet. Darin steht, dass deine Schwester dich ihrem Freund vorgestellt hat und ihr zu dritt illegal Verhütungsmittel verticken wolltet.«

Vega hob die Schulter und kratzte sich am Kinn.

»Unter uns gesagt glaube ich nicht an diese Version. Aber das soll nicht heißen, dass ich die Leute, auf die es ankommt, nicht davon überzeugen könnte.« Sie legte das Handy wieder zurück auf den Tresen. »Ich habe einen Typen da draußen, der die Nachricht für mich losschickt, und zwar in circa ...«, sie sah auf die Uhr »... zehn Minuten, wenn er nichts mehr von mir hört.«

Guerras Kiefermuskeln zuckten.

»Woher willst du wissen, dass es mich interessiert, was mit meiner Schwester passiert?«

»Ich weiß gar nichts. Aber sie scheint mir ein nettes Mädchen zu sein, und sie hatte bestimmt keine Ahnung, dass sie wegen der Scheißnummer, die ihr Freund und ihr Bruder abziehen, für über ein Jahr ins Gefängnis wandern könnte.«

Guerra spielte mit seinem Handy und dachte offenbar über seine Optionen nach.

»Du hast noch acht Minuten, Joe.« Vega stand auf und strich sich das Hosenbein glatt.

Sie trat näher und beugte sich zu ihm vor. Sie war ihm so nah, dass sie seine Haut riechen konnte.

»Wenn du schlau bist, beantwortest du meine Fragen. Oder willst du ein Flachwichser bleiben? Dann mach nur weiter so. Ich bin da drüben bei meinem Kollegen, falls du dich unterhalten willst.«

Als sie ging, spürte sie seinen Blick auf ihrem Rücken. Eine seltsame Erregung erfasste sie, nicht unbedingt sexuell, aber das konnte sie ohnehin schwer erkennen. Was für ein erhebendes, lustvolles Gefühl, zu wissen, dass sie diesen großen bösen Kerl so richtig in der Hand hatte.

»Also willst du ihn auf dem Rücksitz verhören, wie bei der Mafia oder so was?«, fragte Cap auf dem Parkplatz vor dem Strip Club, nachdem Guerra sich bereiterklärt hatte, bei ihnen einzusteigen. »Obwohl wir bei der Polizei ein nettes Zimmer haben, wo wir ihn befragen können?«

Vega funkelte ihn an.

»Im Moment gehört er völlig uns. Sobald er die Türschwelle überschreitet, gehört er ihnen. Ihre Fragen, ihre Strategie, ihre Regeln.«

»Okay. Ich will hier zwar nicht die Spaßbremse spielen, aber es wäre nicht schlecht, wenn wir bei diesem Typen auch nach ihren Spielregeln verfahren könnten. Bei den Kerlen, mit denen er Umgang pflegt, wäre es gut, die zusätzlichen Leute und Ausrüstung zur Verfügung zu haben. Und McTiernan scheint zu wissen, was anliegt.«

Er fuchtelte herum wie ein Anwalt beim Schlussplädoyer.

»Was meinst du?«, fragte er, nachdem sie keine Reaktion gezeigt hatte.

»Ich finde, du bist eine echte Spaßbremse.« Sie setzte die Sonnenbrille auf. »Aber recht hast du außerdem. Okay, wir versuchen es. Schick McTiernan eine Nachricht und sag ihm, dass wir kommen.«

Cap grinste breit. »Für Sie tue ich alles, Miss Vega.«

Vega schüttelte den Kopf und zog eine Grimasse.

McTiernan war klüger, als er aussah.

Nicht dass er dumm wirkte, aber er war ein Cop. Und nicht dass Cops dumm waren, aber sie hatten eine berechenbare Art, ihren Job zu machen. Wie Ärzte mit einem Fragenkatalog. Eher Wissenschaft als Kunst. Wie früher bei Cluedo, das er oft mit Nell gespielt hatte. Jeden Verdächtigen, jeden Tatort, jede Waffe eliminieren. Nur dass die Polizei in Wahrheit mit erheblich mehr Verdächtigen, potenziellen Tatwaffen und -orten konfrontiert war – und dann war da noch das Ding, das sie alle miteinander verband oder auch trennte: das Motiv. Das bekam man selten sauber und ordentlich auf einem Kärtchen serviert.

Als Cap und Vega mit Joe Guerra auf der blitzsauberen

Dienststelle eintrafen, schüttelte McTiernan dem Mann freundlich die Hand, als wäre er ein lang erwarteter Gast. Er führte sie wiederum in das kleine Konferenzzimmer, bot ihnen Getränke an – Kaffee, Wasser, Softdrinks. Guerra nahm ein gekühltes Wasser, dann schloss McTiernan die Tür und trat für ein kurzes Gespräch mit Cap und Vega auf den Flur.

»Was hat er damit zu tun?«, fragte er, die Arme verschränkt.

Vega setzte ihn ins Bild.

McTiernan hörte geduldig zu, hin und wieder fummelte er an seiner Brille herum.

»Also hatte LoSanto doch eine Freundin?«, fragte er schließlich.

»Ich hatte schon vorher Kontakt zu ihr. Sie kannte mich also«, erklärte Vega. »Ich hielt es aber für besser, sie mir allein vorzunehmen.«

»Alles okay«, sagte McTiernan, der offenbar kein Problem mit Vegas Alleingang hatte. »Wir haben ihn ja jetzt hier sitzen. Wie sollen wir vorgehen, was meinen Sie?«

Als Vega zögerte, ergriff Cap das Wort.

»Wir haben ihn vor die Wahl gestellt, entweder er oder seine Schwester, daher glaube ich, dass er mit uns spricht – wir haben ihn übrigens noch nicht befragt, sondern ihn gleich hergebracht, damit seine Aussage offiziell ist und aufgezeichnet wird.«

»Und ich bin froh darüber. Der Commander findet es sicher besser, wenn ich dabeisitze. Will einer von Ihnen mit reinkommen, wenn ich ihn befrage? Der andere kann alles von draußen mithören und die Vernehmung auch gern beobachten, damit habe ich kein Problem.«

»Moment mal«, sagte Cap, »das da ist Ihr Vernehmungszimmer?«

»Eines davon, ja. Für diese Art von Verdächtigen. Wir wollen, dass er sich entspannt, weil er freiwillig hier ist, aber beobachten wollen wir ihn bei der Befragung trotzdem. Damit uns nichts entgeht.«

»Da steht sogar ein Ficus in der Ecke ... sorry, aber das ist das eleganteste Vernehmungszimmer, das ich je gesehen habe«, sagte Cap.

»Aber es gibt keinen Spiegel«, bemerkte Vega.

McTiernan bedeutete ihnen, ihm zu folgen.

Sie betraten einen Raum neben dem Konferenzzimmer. Er war ungefähr genauso groß, aber fensterlos. Stattdessen befand sich an einer Wand eine sechzig mal sechzig Zentimeter große Glasscheibe, durch die man Guerra sah, zusammengesackt auf seinem Stuhl, den Blick aufs Handy gerichtet.

»Das Bild«, sagte Vega.

»Jep. Das Foto vom Boot funktioniert wie ein Einwegspiegel.«

»Krass«, sagte Cap beeindruckt und spähte durch die Scheibe.

McTiernan lächelte. »Also, will jemand mit rein?«

»Ja«, sagte Cap, »sie geht mit.« Er strich über das Glas. »Ich bleib hier und schau zu. Haben Sie eine Kamera oder ein anderes Aufzeichnungsgerät da drin?«

McTiernan zeigte auf die Decke im Konferenzzimmer. »In den Lampenfassungen befinden sich Kameras. Sprachaktiviert. Sobald wir das Gespräch beginnen, startet die Aufzeichnung.«

»Nicht in echt, oder?«, sagte Cap.

»Doch. In echt.« McTiernan kicherte. »Woher kommen Sie noch mal, Cap?«

»Aus den Fünfzigerjahren, wie's aussieht.«

»Können wir?«, fragte Vega, offenbar gelangweilt von dem Geplauder der Herren.

»Ja, klar«, sagte McTiernan ungerührt. »Haben Sie eine bestimmte Strategie im Kopf?«

»Ich frag, was ich wissen will, und Sie können einhaken, wenn Ihnen noch was fehlt.«

»Geht klar. Nach Ihnen«, sagte McTiernan.

Vega ging zur Tür, auf dem Weg tippte sie noch schnell eine Nachricht in ihr Handy. McTiernan folgte ihr, dann war Cap allein. Er beobachtete, wie die beiden das Konferenzzimmer betraten. Guerra blieb sitzen, während McTiernan seinen Spruch über Rechte und Anwalt aufsagte. Guerra sah aus, als wären ihm seine Rechte herzlich egal, vermutlich weil er wusste, dass Vega seiner Schwester die Luft abdrehen konnte, wenn er nicht auspackte. Caps Handy vibrierte, Vegas Nachricht von gerade eben:

Vorsicht, wenn Otero auftaucht!

Sie legten ihre Handys zur Seite.

Guerras Oberkörper war viel breiter als der Stuhl. Er hatte sein Hoodie ausgezogen, seine bloßen Arme waren komplett mit Tattoos bedeckt, Drachen und Tiger. Ein Arm hing lässig über der Rückenlehne. Vega konnte sich lebhaft vorstellen, dass er in der Schule sicher zu den Jungs gehört hatte, die Mädchen mit Papierfliegern bewarfen.

»Könnten Sie uns bitte Ihren vollen Namen nennen?«, bat Vega ihn.

»Jose Ramon Guerra.«

»Woher kennen Sie Antonio LoSanto?«

»Er ist der Freund meiner Schwester.«

»Haben Sie ein Geschäft eingefädelt, bei dem der Freund Ihrer Schwester von einem Ihnen bekannten Abnehmer Geld für Pessare bekommt?«

Guerra fuhr sich mit der Zunge über die obere Zahnreihe, vermutlich kämpfte er noch damit, ein umfassendes Geständnis abzugeben.

»Ja«, gab er schließlich zu.

Vega schwieg, um ihm die Gelegenheit zu geben, mehr zu sagen, aber Guerra schwieg. Stattdessen ließ er die Schultern kreisen.

»Wer war der Abnehmer?«

»Ein Typ namens Coyote Ben«, sagte Guerra.

»Nachname?«

Guerra seufzte. »Davis.«

»Weißer?«

Guerra nickte.

»Würden Sie bitte mit Ja oder Nein antworten?«

»Ja. Woher wussten Sie das?«

»Kojoten nennt man die Typen, die Leute über die Grenze bringen, hab ich recht?«

Achselzucken.

»Wenn Sie meinen.«

»Wie haben Sie diesen Abnehmer kennengelernt?«

Guerra beugte sich vor und sah rasch über die Schulter, als könnte ihn jemand belauschen, was natürlich völlig unlogisch war. *Reine Angewohnheit*, dachte Vega.

»Er hat mir ein Mädchen gebracht. Ich wusste, dass sie zu jung war. Wir stellen keine Minderjährigen ein«, sagte er zu McTiernan. »Er hat behauptet, die Kleine sei seine Cousine aus Tijuana und bräuchte einen Job.«

»Haben Sie ihm das geglaubt?«

»Nee, natürlich nicht. Hat die ganze Zeit erzählt, sie wäre achtzehn, dabei hatte die noch Babyspeck im Gesicht. Im Süden gibt's lauter solche, ihre Familien schicken sie her, die werden einfach verkauft.«

»Macht Coyote Ben das gut? Mädchen verkaufen?«

»Hey!« Joe sprang auf. »Mein Laden ist voll legal! *Completamente*. Bescheinigungen, Steuer, können Sie sich alles ansehen. Mit der Nummer, die Coyote Ben abzieht, habe ich nix zu tun.«

»Okay. Was hat er dann gemacht?«

Joe holte tief Luft.

»Meinte, wenn ich das Mädchen nicht will, Babyface, hätte er noch andere, die mehr Geld reinbringen würden. Ich so, ›Scheiße, Flaco, du hast aber ne Menge Cousinen‹.«

»Aber Sie haben immer noch abgelehnt?«

»Klar, Mann. So was geht auf keinen Fall.« Offenbar hielt er seine Antwort für widersprüchlich, denn er fügte hinzu: »Korrekt. Keine verdammte Chance, hab ich gesagt.«

»Wie kam es dann dazu, dass Sie ihm auf dem Schwarzmarkt Pessare besorgt haben?«

»Typ hat mich einfach gefragt.«

»Er hat Sie direkt nach diesen speziellen Verhütungsmitteln gefragt, Intrauterinpessare?«

Guerra verzog das Gesicht, dachte scharf nach.

»Nee. Wir sitzen im Büro, ich sag ihm, wir machen's nicht mit Minderjährigen, der labert einfach weiter, erzählt mir, wie man schnell Geld machen könnte, meinte, er müsste dafür sorgen, dass seine Mädchen nicht schwanger werden, und will wissen, ob ich mit meinen über so'n Scheiß rede.«

»Und? Tun Sie das?«

»Natürlich nicht!«, rief Guerra empört. »Bin doch nicht ihr Daddy. Von so was hab ich keine Ahnung, hab ich gesagt.«

»Und er?«

»Meinte, ob ich jemanden kenne, der ihm Verhütungsmittel besorgen kann. Keine Pillen, die anderen Dinger.«

Mit der nächsten Frage ließ Vega sich Zeit. Guerra spähte zu McTiernan, der ebenfalls schwieg.

»Da hab ich an Tony gedacht«, füllte Guerra das Schweigen. »Ich wusste, dass er an der Klinik arbeitet und das Geld gebrauchen kann. Soll er meiner Schwester damit was Nettes kaufen, hab ich gedacht.«

Vega sah ihn nachdenklich an. Nach einer Weile fügte er hinzu: »Das war doch kein großes Ding. Nicht als würde man eine Tankstelle ausrauben oder so was.«

Plötzlich erhob sich Vega. Guerra war sichtlich auf Habachtstellung, er krümmte den Rücken und begann, die Fäuste zu ballen.

»Joe. Detective.« Vega wandte sich an McTiernan. »Ich gehe kurz raus. Entschuldigen Sie mich bitte.«

Guerra entspannte sich wieder, lehnte sich zurück. McTiernan nickte. »Haben Sie sich je gefragt, wozu jemand Verhütungsmittel für einen Haufen minderjähriger Mädchen braucht?«, fragte er.

Guerra setzte zu seiner Verteidigung an, als Vega aus dem Zimmer ging.

»Hi!«, sagte Cap, als sie ins Nebenzimmer trat. Er stand an der Wand vor dem Sichtfenster. »Wieso bist du gegangen? Lief doch prima gerade.«

Vega stellte sich dicht an die Scheibe.

»Irgendwas haut hier nicht hin«, sagte sie.

»Mit Guerra? Ich finde ihn glaubwürdig.«

»Ja«, stimmte Vega zu, ihr Ton war allerdings vieldeutig. Sie tippte sanft an die Scheibe, als hätte sie dahinter einen Fisch gesehen, der ihr gefiel. »Das tue ich auch.«

Sie schloss kurz die Augen. *Türen. Autotüren, Hotelzimmertüren, Schiebetüren aus Glas, automatische Garagentore.* Die Bilder, die in ihr aufstiegen, waren nicht ungewöhnlich, genau wie die Gefühle, die sie damit assoziierte – Frust, Wut. Aber da war noch was anderes. Vegas Finger zuckten, und da kam es ihr: Die Türen waren zu, aber nicht abgeschlossen. Genau wie Dylan Duffys Wagen.

»Guerra hat nichts damit zu tun«, sagte sie. »Dahinter steckt jemand anderes – ein Big Player.«

Vegas Handy vibrierte. Als sie es aus der Tasche zog, sah sie, dass McTiernan dasselbe tat. Auch Cap sah es, sein Handy schwieg allerdings.

Otero hatte mehrere Nachrichten geschickt, alle mit derselben Botschaft: VERHÖR SOFORT STOPPEN!

Vega zeigte sie Cap, beide wichen zurück, als könnte das Handy gleich explodieren. Durch die Scheibe tauschte Vega Blicke mit McTiernan.

»Was zur Hölle …?«, murmelte Cap.

Doch da sahen sie McTiernan bereits herumfahren. Ein Polizist in Zivil hatte die Tür zum Verhörraum aufgerissen.

Vega sah sich um, und richtig, Sekunden später bekamen auch sie Besuch.

10

Cap, Vega und McTiernan wurden in einen anderen Raum verfrachtet, ebenfalls ein Konferenzzimmer, allerdings eines, in dem sich Vega wichtige Vorstandssitzungen vorstellen konnte. Der längliche Tisch hatte die Form eines Surfbretts, davor standen ungefähr zwanzig ergonomische Bürostühle auf Rollen. Commander Otero stand am Eingang, er wirkte etwas nervös, dachte Cap. Ein kleiner, untersetzter Kerl tippte auf seinem Handy herum. Das war offenbar Mackey, nicht Boyce, denn den hatte Vega als menschliche Ken-Puppe beschrieben.

Otero begrüßte sie leise, er wirkte sehr angespannt. Der andere stellte sich tatsächlich als Mackey heraus. Otero bat sie alle, sich zu setzen, Vega nahm zwischen McTiernan und Cap Platz. Otero setzte sich ebenfalls auf ihre Tischseite, drehte sich aber mit dem Stuhl so hin, dass er alle im Blick hatte.

»Wir wissen Ihre Arbeit sehr zu schätzen«, sagte er, »und ich meine Sie alle drei. Ms Vega, Sie sind sogar noch schneller und zielstrebiger, als man von Ihnen behauptet. Ich habe Agent Mackey bereits über die neuen Erkenntnisse unterrichtet und freue mich, Ihnen mitteilen zu dürfen, dass wir Ihre Dienste in diesem Fall nun nicht mehr benötigen.«

Als Cap spürte, wie sich seine Lippen vor lauter Verwunderung zu seinem Grinsen verzogen, schlug er sich rasch auf den Mund und rieb sich das Kinn, um den Lapsus zu vertuschen. Vega blieb stumm. McTiernan, sichtlich schockiert, blickte von ihr zu Cap, dann zurück zu Otero.

»Detective McTiernan«, sagte der, »Sie haben diese Woche richtig solide Arbeit geleistet. Betrachten Sie den Fall hiermit als abgeschlossen.«

»Commander«, entgegnete McTiernan, »ich habe einen

wichtigen Verdächtigen in diesem Fall verhört, die Sache hatte doch gerade erst angefangen …«

»Das ist mir vollkommen klar, und nach diesem Meeting können Sie gern einen genaueren Bericht darüber abgeben.«

»Commander …«, setzte McTiernan erneut an.

Otero hob die Hand. »Detective!«, fuhr er ihm streng über den Mund. Dann wandte er sich Vega zu. »Wenn Sie noch irgendwelche Unterlagen an uns weitergeben möchten, bevor Sie und Mr Caplan gehen, können Sie das gern tun. Ansonsten bedanke ich mich für Ihre Hilfe.«

Cap machte keine Anstalten aufzustehen, Vega streckte die Hand aus und spreizte die Finger, als wollte sie gleich in die Tasten hauen.

»Was denn nun?«, fragte sie. »Ist der Fall abgeschlossen, oder brauchen Sie mich nicht mehr?«

Otero lächelte höflich.

»Ich kann Ihnen keine Einzelheiten verraten. Aber die neue Beweislage hat ergeben, dass wir den Fall nun an die Agents Mackey und Boyce übergeben müssen«, sagte er und wies auf Mackey, der auf der anderen Tischseite saß. »Um Ihre Frage zu beantworten: beides. Für uns und für Sie ist der Fall beendet, daher benötigen wir Sie nicht mehr.«

Cap sah das Zittern, als Vega jeden Finger nacheinander gegen den Daumen presste. Ihr Blick wanderte zu Mackey, der immer noch mit seinem Handy beschäftigt war. Cap wusste, dass sie schwieg, um die Männer aus der Reserve zu locken, und er würde sich hüten, die Stille mit seinem Geplapper zu füllen. McTiernan war jedoch zu aufgewühlt, um den Schachzug zu erkennen.

»Ich verstehe das nicht«, sagte er aufrichtig verwirrt. »Wir wissen immer noch nicht, wer die beiden Mädchen umgebracht hat, oder?« Als er keine Antwort bekam, fuhr er fort. »Und wir wissen auch nicht, ob da draußen noch mehr Mädchen sind und wo sie festgehalten werden. Durch Vega haben wir einen Verbindungsmann, Commander ... Guerra hat uns einen Namen gegeben: Ben Davis, Coyote Ben. Den müssen wir nur finden!« Als Otero nicht reagierte, wandte McTiernan sich direkt an Mackey. »Es ergibt doch keinen Sinn, uns abzuziehen, wenn wir Ihnen helfen können!«

»Detective«, sagte Mackey schließlich. »Wie der Commander bereits sagte, wir sind dankbar für Ihre Arbeit. Aber ab jetzt werden wir den Fall übernehmen. Wir verlassen uns darauf, dass Sie alle bisher bekannten Einzelheiten vertraulich behandeln.«

»Ja, natürlich«, sagte McTiernan, offensichtlich pikiert.

»Sie verstehen hoffentlich, dass die Dinge von jetzt auf gleich eskalieren können«, fuhr Mackey fort, scheinbar an alle gerichtet, aber mit Blick auf Vega. »Sobald sich was regt, müssen wir blitzschnell reagieren.« Er knipste sein Lächeln an und wandte sich wieder an McTiernan. »Haben wir Ihre Fragen nun beantwortet, Detective ...?«

Offenbar hatte Mackey es darauf angelegt, McTiernan an seinen Rang zu erinnern, indem er vorgab, seinen Namen vergessen zu haben.

»McTiernan«, sagte Cap, der mittlerweile stinksauer war. Sauer auf Otero, der sich nicht hinter seine Leute stellte, und noch saurer auf Mackey, der sich wie ein Arschloch benahm. »M-C-T-I-E-R-N-A-N«, buchstabierte er. »Beginnt mit M, wie Mackey – kleine Eselsbrücke für Sie.«

Mackey funkelte Cap böse an.

»Danke, Mr Caplan. Das werde ich nicht mehr vergessen.«

Da leuchtete sein Display auf, und er wandte sich wieder seinem Handy zu.

»Na, supi«, sagte Cap. Sein Puls raste. Im Kopf hörte er Nell, die ihn beschwichtigte, an seinen Blutdruck zu denken und sich wieder zu beruhigen. »Ich komme zwar nicht von hier, aber ich habe fünfzehn Jahre als Polizist gearbeitet, und wenn wir einen Fall übernommen haben, blieb die Ermittlung bis zum Schluss in unserer Hand. Wenn man uns verliert, gehen auch alle bisher ermittelten Verbindungen flöten ...«, Cap zählte sie an den Fingern ab, »... alle Zeugen, alle Beweise, Strategien.« Er hielt kurz inne. »Und jetzt sind Sie dran. Interessiert es Sie überhaupt, was wir denken, oder sind Sie zu sehr damit beschäftigt, auf ihr beschissenes Handy zu starren?«

Cap schlug mit der flachen Hand auf den Tisch, und Mackey sprang fast aus dem Stuhl. Endlich hatte Cap seine volle Aufmerksamkeit. Ihm fiel auf, dass Vegas Hände nicht mehr zitterten, und das beruhigte ihn irgendwie. Er lehnte sich zurück und zog sein Jackett glatt.

»Mr Caplan«, sagte Otero gelassen, »wie bereits gesagt, haben wir nach wie vor Interesse an allem, was Sie herausgefunden haben. Sie dürfen es mir gern später durchfaxen.«

»*Durchfaxen*?« Cap sah ernsthaft geschockt aus.

»Offline«, sagte Vega. »Sie wollen es ohne Internet machen.«

»Korrekt«, sagte Otero. »Diese Unterlagen sind vertraulich und dürfen nicht in die falschen Hände geraten.«

Cap war fertig. Ende Gelände. Aus unerfindlichen Gründen hatte ihm die Sache mit dem Fax den Rest gegeben. Er stand auf und zeigte auf den Commander.

»Jetzt wollen Sie auf einmal ein Fax statt Ihrem üblichen Technik-Bullshit? Klar, Commander, Sie kriegen Ihr Fax, wenn ich ein entsprechendes Gerät gefunden habe.«

Er hatte sich keinen Schlachtplan zurechtgelegt und war nicht sicher, ob Vega ihm zur Tür folgen würde, doch er stand bereits und konnte jetzt keinen Rückzieher mehr machen. Außerdem brachte ihn diese bürokratische Halsstarrigkeit auf die Palme.

»Viel Glück«, sagte er im Vorbeigehen zu McTiernan und berührte ihn kurz an der Schulter, bevor er das Zimmer verließ.

Erst im Flur merkte er, dass Vega direkt hinter ihm war, sie beeilte sich sogar, ihm zu folgen.

»Sorry, Vega!«

»Keine Sorge, ist doch bestens gelaufen«, sagte sie, als sie durch die Tür ins Treppenhaus trat.

»Wie meinst du das?«

»Weil du so ausgerastet bist«, sagte sie leise, während sie rasch die Stufen nahm, »glauben sie jetzt tatsächlich, dass wir fertig sind.«

Schweigend verließen sie das Gebäude und überquerten den Parkplatz. Cap blinzelte in die grelle Sonne, die sich in den Windschutzscheiben der Autos spiegelte und die Luft zum Flimmern brachte.

»Sind wir das etwa nicht?«

Vega setzte ihre Sonnenbrille auf und zog den Autoschlüssel aus der Hosentasche.

»Ich glaube nicht. Du etwa?«

Cap blieb stehen.

»Nee. Aber man hat uns gerade gefeuert. Oder entlassen. Zumindest hat es sich so angefühlt.«

Vega sah ihn an.

»Ja, ein bisschen. Ich glaube, sie hatten überhaupt kein Interesse an dem, was wir bis jetzt rausgefunden haben. Das Einzige, was ihre Aufmerksamkeit erregt hat, ist Devin Lara, aber sobald der auf der Bildfläche erschienen ist, haben sie der Sache einen Riegel vorgeschoben.« Sie spähte über die Schulter zum Polizeigebäude. »Ich bin nicht sicher, warum, aber es ist mir auch egal. Es gibt bestimmt nicht viele Ben Davis, die aussehen wie der Mann, der das Geld abgelegt hat. Ich setze Bastard dran. Dann sehen wir weiter.«

Cap spürte die Sonnenstrahlen auf Rücken und Kopf und begann zu schwitzen.

»Du warst gut«, sagte Vega.

»Ich habe nur auf die Scheiße reagiert, die da drinnen abgelaufen ist.«

»Hast uns einen sauberen Abgang verschafft.«

Hinter der Sonnenbrille war ihr Blick nicht zu erkennen.

»Siehst du, Caplan«, fuhr sie fort, »du bist so gut, dass du's gar nicht merkst.«

Am liebsten hätte er sie umarmt. Er lief knallrot an und zuckte die Achseln wie ein Teenager.

Ein paar Stunden später saßen sie auf Vegas Hotelzimmer und sahen sich auf dem Laptop reihenweise Führerscheinfotos an. Cap aß ein Sandwich, Vega eine Banane. Ben Davis war leicht zu finden. Aus den insgesamt sieben Männern mit diesem Namen und einer Postleitzahl, die auf Kalifornien, irgendwo im Süden von LA, verwies (fünf Benjamin, ein Benton, ein Ben), hatten Vega und Cap zwei Kandidaten herausgefiltert: Einer war dreiunddreißig, der andere sechsundzwanzig Jahre alt.

Nach einer ersten Google-Suche und regem E-Mail-Austausch mit Bastard fand Vega mehrere Posts des Dreiunddreißigjähren in den sozialen Medien, mal mit, mal ohne Frau, mal mit Kind, mal im Football-Trikot auf einem Parkplatz. Vega ging davon aus, dass der Mann nicht der von ihnen gesuchte Ben Davis war. Falls doch, hatte er sich hervorragend getarnt, denn er postete und tweetete ständig, was seine Kinder alles Tolles anstellten und mit welch hochmoderner Technik er in seinem Job als IT-Berater zu tun hatte.

Obwohl die Auflösung der Aufnahme aus dem Busbahnhof zu wünschen übrigließ, waren Vega und Cap ziemlich sicher, dass der Mann auf den Bildern nicht der glückliche Familienvater und IT-Techniker war.

Der sechsundzwanzigjähre Ben Davis hatte helle Haut, blaue Augen und kurzes blondes Haar.

»Hier steht, er ist eins fünfundfünfzig groß«, sagte Cap mit Blick auf den Laptop.

Vega ließ die Aufnahme aus dem Busbahnhof noch einmal laufen.

»Könnte er sein«, sagte sie.

Über ihn war nicht viel im Netz zu finden. In den sozialen Medien tauchte er nicht auf, und Bastard hatte auch keine Buchungen bei den großen nationalen Lohn- und Gehaltsabrechnungsdienstleistern finden können. Vega tippte seine Adresse bei Google Maps ein.

»Sieht aus, als wohnt er in einem Apartment in San Marcos«, sagte sie.

Cap las das Ausstellungsdatum des Führerscheins. »Vor drei Jahren jedenfalls. Der kann mittlerweile über alle Berge sein.«

»Oder noch immer da wohnen.« Vega zeigte auf den Bildschirm. Sie warf die Bananenschale in den Mülleimer. »Lust auf eine Spritztour?«

»Benchmark Apartments« bestand aus wenig ansprechenden, um einen schmuddeligen Pool voller brauner Blätter und Rasenbüschel herum gebauten Wohnungseinheiten. Laut Führerschein wohnte Davis in Apartment 3-204. Vega und Cap fanden Haus Nummer drei von insgesamt vieren, gelangten über die Außentreppe zum zweiten Stock und standen schließlich vor der Tür mit der gesuchten Nummer. Sie klopften und klingelten. Niemand kam.

Cap beugte sich über das Geländer und spähte hinunter zum Pool. »Wie lange willst du warten?«

»Nicht lange«, sagte Vega und zog einen kleinen Lederbeutel aus der Jackentasche.

Es dauerte etwas, bis bei Cap der Groschen fiel. »Wie jetzt? Keine Haarspangen mehr?«

Vega zog den Reißverschluss auf.

»Das hier habe ich immer im Gepäck, wenn ich nicht durch die Sicherheitskontrolle im Flughafen muss.«

Sie zog einen bleistiftlangen Metallpick und ein bis auf den Haken identisches Werkzeug heraus. Damit bewaffnet beugte sie sich zum Schloss vor.

»Hey, Vega?«, fragte Cap. »Könnten wir vielleicht einmal ohne Einbruch auskommen?«

Vega drehte den Pick, schob ihn ins Schloss und bewegte ihn vorsichtig hin und her. Cap seufzte.

»Hier sind bestimmt überall Kameras!« Er beäugte alle Winkel des Flurs.

»Möglich.« Vega schob den Haken hinterher. »Aber in dem Fall sind sie wahrscheinlich beschissen.« Sie hatte sich ihm zugewandt, denn die Mechanik des Schlosses musste sie ertasten.

Cap seufzte erneut, um seinen Unmut kundzutun, ergab sich aber schließlich in sein Schicksal und übernahm den Job des Spähers. Wieder beugte er sich übers Geländer und ließ den Blick über Pool und Parkplatz wandern. Hier und da sah er ein paar Leute, aber die schienen sich nicht weiter um sie zu kümmern.

Das Schloss klickte und sprang auf. Vega zog sich den Jackenärmel über die Hand und drehte am Knauf, dann schob sie die Tür auf und betrat die Wohnung. Cap stieß einen weiteren Seufzer aus, folgte ihr jedoch und schloss vorsichtig die Tür hinter sich.

Sie sahen sich um. Ein ganz normales Apartment für einen einfachen Jungen. Spärlich möbliert, Klamottenhaufen, Flaschen, Imbissverpackungen. Keine Bücher. Ein starker süßlicher Geruch, Lebensmittelabfälle und Räucherstäbchen.

»Ich nehme mir die anderen Zimmer vor«, sagte Vega.

»Okay. Wonach suchen wir eigentlich?«, rief er ihr hinterher, als sie im Flur verschwand.

Es kam keine Antwort, aber er wusste ohnehin, wie sie gelautet hätte: Nach allem. Alles, was ihnen weiterhelfen könnte, war wichtig. Zettel mit hingekritzelten Notizen, Blut- oder

Speichelspuren, Klamotten, die nicht dem Wohnungsbesitzer zuzuordnen waren, und andere Dinge, die nicht eindeutig hergehörten. So, wie es hier aussah, wäre es schwierig, das zu erkennen.

Mit einem Stift aus seiner Tasche schob Cap ein paar Kartons über den Couchtisch und scheuchte damit einen Schwarm Fruchtfliegen auf. Dann ging er in die Küche, die eigentlich nur aus Arbeitsplatte, Herd und Kühlschrank bestand. Auf der Platte lagen eine Shorts und etwas Kleingeld, daneben stand eine halbleere Flasche Muscle Milk.

Vega kam mit einem schwarzen Laptop unterm Arm in die Küche.

»Auf geht's«, sagte sie.

»Einbruch und Diebstahl«, sagte Cap.

Vega richtete den Finger auf seine Brust. »Jammerlappen«, sagte sie.

»Wir arbeiten nicht mehr für deinen Kumpel Otero. Vielleicht findet er es nicht so cool, wenn wir ohne Erlaubnis in die Wohnungen von Verdächtigen einsteigen und sie auf den Kopf stellen.«

»Wir sind keine Cops«, sagte Vega.

»Also brauchen wir keine Erlaubnis. Korrekt. Aber in dem Fall sind wir ganz einfache Zivilisten, die ein Verbrechen begehen.«

Vega zog etwas aus der Tasche und warf es Cap zu.

»Genau, das sind wir, einfache Zivilisten.«

Cap faltete den Stoff auseinander. Es handelte sich um eine weinrote Skimütze mit gelben, konzentrischen Kreisen darauf, die von oben aussahen wie eine Zielscheibe. Genau wie die des Geldlieferanten vom Busbahnhof. Da sieh mal einer an!

»Kommst du?« Vega stand schon an der Tür.

Kopfschüttelnd folgte Cap ihr hinaus.

11

Die Wassertemperatur der Hoteldusche ließ sich mithilfe eines Knopfes mit zwei dünnen Rillen auf kalt oder heiß stellen. An diesem Knopf drehte Vega jetzt herum wie an einem altmodischen Radio, bis das Wasser endlich die richtige Temperatur hatte – etwas kälter als lauwarm. Es dauerte nicht lange, bis sie überall Gänsehaut hatte. Am Ende drehte sie den Regler ganz nach links und ließ das eiskalte Wasser über ihren Körper laufen, danach wickelte sie sich ein Handtuch um und genoss das warme Kribbeln auf der Haut. Sie wrang ihre Haare aus.

Im Zimmer war es kühl, die Klimaanlage lief auf Hochtouren. Sie trat an die Kommode und checkte ihr Handy, das gerade aufgeleuchtet hatte. Drei Nachrichten von JPat.

WTF?

Ich kapier's nicht.

Ich ruf dich jetzt an.

Als sie unter den verpassten Anrufen nach seinem Namen suchte, vibrierte das Gerät. Sie ging ran.

»Vega?« Er klang überrascht.

Sie setzte sich auf die Bettkante. »Ja, ich bin's.«

Kurzes Schweigen, dann: »Wo bist du?«

»El Centro. Arbeit.«

»Seit wann?«

»Ein paar Tage.« Sie zog ihre Bluetooth-Kopfhörer aus dem Etui.

»Du hättest mir Bescheid sagen können. Ich hab dir lauter Nachrichten geschickt. Und du warst nicht im Unterricht, auch die Privatstunden hast du verpasst.«

Vega stopfte sich die Kopfhörer in die Ohren und scrollte durch ihre Mails.

»Ja, weil ich beruflich nach El Centro musste.«

Er schnaubte.

»Scheiße, Mann. Meinst du nicht, dass ich das wissen sollte? Ich hör nichts von dir, du kommst nicht zum Unterricht …«

»Du kannst mir die Stunden in Rechnung stellen.«

»Darum geht es doch nicht, Vega.« Er atmete etwas schneller.

»Ich musste überstürzt abreisen.«

»Okay«, sagte er resigniert. »Wenn ich verreisen müsste, würde ich dir Bescheid geben. Wollte ich dir nur sagen.«

Sie spürte, wie aufgewühlt er war, und verstand ihn sogar ein bisschen. Er hatte ihr im Einzelunterricht beigebracht, wie man mit dem Knie gezielt die Bauchorgane des Gegners verschob. Sie wusste noch genau, wie es sich anfühlte, ihre Hände auf seinem Bauch. Nur ungern verletzte sie seine Gefühle, aber es war ihr wichtig, ehrlich zu sein.

»John«, sagte sie, »wenn du so empfindest, sollten wir nicht mehr weitermachen. Und wenn du mich nicht mehr unterrichten willst, ist das auch in Ordnung.«

Er gab einen undefinierbaren Laut von sich, irgendwo zwischen Lachen und Seufzen.

»So einfach, hm? Fünf Monate, und mehr kommt da nicht?«

Vega hatte gar nicht registriert, dass sie schon so lange mit ihm schlief. Seit acht Monaten war sie bei ihm im Training. Das wusste sie aus ihrer Kreditkartenabrechnung. Mittlerweile hatte sie ihre Kampftechnik verfeinert, konnte mit Ellbogen und Knie richtig viel Schaden anrichten.

»John, ich muss Schluss machen. Wenn du willst, kannst du mir in ein paar Wochen schreiben, wenn ich wieder zurück bin.«

»Wenn ich will?« Jetzt herrschte Stille, sein Atem war nicht mehr zu hören. Offenbar war er abrupt stehengeblieben. »Weißt du was, Vega? Leck mich am Arsch!«

Damit war das Gespräch beendet. Vega zog sich die Kopfhörer aus den Ohren und legte sie zurück ins Etui. Seine letzten Worte hallten noch nach. *Leck mich am Arsch!* Sie wünschte, er wäre nicht so verletzt. Es war immer dasselbe.

Da fiel ihr eine Nachricht auf, die offenbar während ihres Gesprächs mit John eingegangen war. Sie kam von McTiernan. Nachdem sie sie gelesen hatte, zog sie sich rasch an, flitzte zu Cap rüber und hämmerte an seine Tür.

Cap stocherte in seinem Fruchtsalat herum, während er Nell eine Nachricht aufs Band quasselte, viel zu lang, was sie ihm schon bei diversen Gelegenheiten unter die Nase gerieben hatte.

Als er aufgelegt hatte, biss er in ein dermaßen saures Stück Ananas, dass ihm davon die Augen tränten. Dann hörte er die Tür zu Vegas Zimmer laut ins Schloss fallen, und bevor er sich aus seinem Sessel schälen konnte, hämmerte sie schon an seine Tür. Cap hechtete durchs Zimmer und riss sie auf. Vega stand vor ihm, die dunklen Haare wie ein nasses Seil über der Schulter, wo sich jetzt ein dunkler Fleck auf ihrem T-Shirt bildete. Sie fuchtelte wie angestochen mit ihrem Handy herum.

»Ich habe gerade McTiernan drangehabt«, sagte sie, als sie ins Zimmer trat.

»Echt? Das ging aber schnell.«

»Ein Typ hat ihn angerufen und behauptet, er wär der Bruder von Jane zwei.«

Cap schloss die Tür und überlegte kurz.

»Wie ist das passiert?«, fragte er schließlich.

»Er hat bei der Polizei angerufen, um seine Schwester als vermisst zu melden. Rate mal, wer nach unserem kleinen Treffen heute postwendend in die Vermisstenstelle versetzt wurde?«

»McTiernan«, sagte Cap.

»Er beschreibt sie und mailt ihm ein Foto.«

Vega tippte auf ihr Handy und zeigte Cap das Bild. Das Mädchen darauf wirkte so frisch und jung, als hätte sie gerade im Fluss gebadet, ihre Haut strahlte, sie grinste so breit, dass ihre unregelmäßigen Zähne zu sehen waren. Die Kleine trug ein pinkfarbenes T-Shirt und lehnte sich aus einem Fenster, auf dessen Sims ein Geschirrtuch lag. Quicklebendig.

Vega scrollte etwas und zeigte ihm dann ein weiteres Bild. Es zeigte den Kopf der toten Jane zwei, die Lippen starr, leicht geöffnet, die schiefen Zähne nicht zu erkennen. Aber das Mädchen auf dem Bild hatte große Ähnlichkeit mit ihr. Sie hatte einst gelacht. Sich aus dem Fenster gelehnt. Lange bevor sie Vegas Namen auf ein abgerissenes Stück Papier gekritzelt und es beim Sterben in ihrer geballten Hand festgehalten hatte.

»Sieht aus wie unsere Tote«, sagte Cap. »Aber warum ruft McTiernan dich an und nicht Otero und die Jungs von der DEA?«

»Keine Ahnung. Er meinte, das würde er uns persönlich erklären, wenn er hier ist.«

»Er kommt hierher?«

»Ja. Jetzt. Mit dem Bruder.«

»Scheiße. Meinst du, er macht das auf eigene Faust?«

»Scheint so.«

Alle Fragen, die sie dem Bruder und McTiernan stellen wollten, schrieb Cap in ein kleines schwarzes Notizheft. Dann warteten sie. Vega schaute immer wieder auf ihr Handy, trat ans Fenster und spähte durch den Spalt zwischen den Vorhängen.

Bald war es komplett dunkel draußen. Vegas Handy vibrierte. Sie schrieb eine Nachricht und trat erneut ans Fenster.

»Waren sie das?«, fragte Cap.

Vega nickte, gleich darauf hörten sie Schritte im Flur vor dem Zimmer, dann ein Klopfen. Es war McTiernan und ein junger Latino, klein und stämmig, mit umgedrehter Basecap und

Padres-Sweatshirt. An Oberlippe und Kinn war der Schatten eines Bartes zu erkennen. Er stand hinter McTiernan und sah sich nervös im Zimmer um.

Zur Begrüßung umschloss McTiernan Vegas Hand, als hätten sie sich schon Jahre nicht mehr gesehen. Auch Cap begrüßte er mit freundschaftlichem Handschlag.

»Das ist Rodrigo Villareal«, sagte er.

Rodrigo trat vor und nickte Cap und Vega flüchtig zu. Er sagte etwas auf Spanisch zu McTiernan, der mit »sí, sí« antwortete.

Auf Spanisch stellte Vega sich und Cap vor, für den Rest reichten Caps Spanischkenntnisse nicht mehr. Rodrigo nickte erneut, und McTiernan wies ihm einen Sessel zu. Aber als Rodrigo stehen blieb und unsicher in die Runde blickte, machte Cap den Anfang, damit sich der Mann entspannte.

Es funktionierte. Rodrigo verzog zwar trotzdem keine Miene, aber er ließ sich in den Sessel fallen. Vega setzte sich auf die Bettkante, McTiernan stellte sich hinter Rodrigo und lehnte sich an die Klimaanlage.

»Sprechen Sie Spanisch?«, fragte McTiernan, an Cap gewandt.

»Nicht gut genug, nur ein paar Brocken.«

McTiernan nickte Vega zu. »Wir dolmetschen.«

»Können Sie uns kurz ins Bild setzen?«, fragte sie.

»Ja, aber ich sag ihm erst Bescheid.« McTiernan sprach kurz mit Rodrigo, der nickte, immer noch auf Habachtstellung. »Also«, setzte er an, jetzt wieder an Vega gerichtet, »er ruft uns an, jemand stellt ihn an einen Anfänger bei der Vermisstenstelle durch, der Typ spricht kein Spanisch, deshalb landet die Sache bei mir. Rodrigo ist nicht so richtig legal hier, will mich vor dem Gebäude treffen, ich geh also mal kurz vor die Tür. Er zeigt mir das Bild, die Kleine sieht aus wie unsere Jane zwei, oder?«

»Ja. Aber wir haben Fragen.« Vega drehte sich zu Cap um. »Ich werde ihm sagen, dass wir nicht von der Polizei sind.« Sie klärte Rodrigo auf, der nickte. Dann fragte sie ihn nach dem Namen seiner Schwester.

»Maricel«, sagte er.

»Maricel«, wiederholte Vega.

Sie erkundigte sich nach ihrem und seinem Alter, Maricel war vierzehn, Rodrigo neunzehn.

»Ich werde ihn jetzt fragen, wie sie hergekommen sind«, erklärte Vega und sprach wieder mit Rodrigo.

Der hob seine Basecap und strich sich über den Kopf, bevor er mit leiser Stimme seine Geschichte erzählte.

McTiernan übersetzte: »Sie kommen aus Mexico City, wo es kaum Arbeit gibt und das Leben sehr teuer ist. Aus den Hähnen kommt braunes Wasser, in der Schule ist es zu gefährlich, deshalb ist seine Schwester nicht mehr hingegangen. Jede Nacht hören sie Schüsse, wenn die Gangs durch die Stadt ziehen. Maricel hat sogar einmal eine Kugel in dem Topf gefunden, in dem sie für ihre Familie Reis kocht.«

Rodrigo schwieg eine Weile, rieb sich die Nase. Cap war nicht sicher, aber es sah aus, als kämpfe der Mann mit den Tränen. Er sprach weiter, und McTiernan dolmetschte.

»Letztes Jahr wurde ihre Mutter bei einem Schusswechsel zwischen Gangmitgliedern im Vorbeifahren von einer Kugel getroffen und starb. Danach hatten sie nichts mehr, waren bettelarm, abgemagert, krank. Ein Nachbar behauptete, er kenne jemanden, der sie in die USA schmuggelt, aber er hat nur zwei … Plätze?« McTiernan war unsicher, Rodrigo hielt zwei Finger in die Luft und nickte. »Er sagt, Maricel könnte in einem Hotel als Zimmermädchen arbeiten. Aber der Vater will, dass Rodrigo zu ihrem Schutz mitgeht. Und er soll auch einen Job finden, Geld nach Hause schicken, damit die Großmutter irgendwann nachkommen kann. Maricel und Rodrigo gehen also.«

Rodrigo setzte die Basecap ab und ließ sie auf den Tisch fallen. Er legte die Hand an die Stirn, als hätte er Fieber. Seine Stimme wurde lauter.

»Sie sind in einem Kofferraum über die Grenze, über ihnen lagen noch zwei Mädchen. Vier Leute. Als sie drüben sind, steigen sie aus, und der Fahrer, ein Weißer, behauptet, er hätte nur Arbeit für Maricel, Rodrigo könnte nicht mitkommen.«

Rodrigo sah aus, als litte er Schmerzen, sprach aber weiter.

»›Ich wusste, dass ich sie nicht allein lassen sollte‹, sagte er. ›Das war ein Fehler, das war mir von Anfang an klar.‹«

Wieder legte der Mann eine Pause ein.

Vega sagte etwas zu ihm, das Cap zwar nicht verstand, aber ihre Stimme klang barsch und ungeduldig. Rodrigo wich zurück, sogar McTiernan wirkte überrascht.

Dann sprang Rodrigo auf und trat gegen seinen Stuhl. Er funkelte Vega an.

»Was zum Teufel hast du ihn gefragt?«, wollte Cap wissen.

»Das Offensichtliche«, sagte Vega, ließ Rodrigo aber nicht aus dem Blick. »Warum er sie zurückgelassen hat, obwohl er doch wusste, dass es ein Fehler war.«

Rodrigo zeigte auf sie und zischte etwas.

Alle standen reglos da.

»Er weiß nichts, sagt er«, erklärte Vega.

Sie und Rodrigo starrten einander weiter an, während McTiernan versuchte, die Wogen zu glätten.

»Ich will mir über den zeitlichen Ablauf klarwerden«, sagte er und stellte Rodrigo eine Frage.

Der setzte sich langsam zurück auf den Stuhl und antwortete, McTiernan dolmetschte: »›Wir sind vor sechs Monaten über die Grenze gekommen, der Weiße hat gesagt, er würde mich einmal im Monat über Maricel auf dem Laufenden halten. Ich habe einen Job als Hilfskellner gefunden, und er ist jeden Monat, so um den fünfzehnten, bei mir aufgetaucht und hat mir ein Bild auf seinem Handy gezeigt und einen Brief von ihr gegeben.‹«

Er zog einen beschriebenen Zettel aus der Hosentasche und gab ihn Vega, die ihn laut vorlas.

»Rigo, mir geht es gut. Ich habe genug zu essen und arbeite und verdiene Geld. Ich besuche dich bald. Alles Liebe, Mari.«

»Frag ihn, ob das ihre Handschrift ist«, sagte Cap aufgeregt.

Vega fragte.

Rodrigo warf ihr einen Seitenblick zu und sagte »Sí«. Dann sprach er weiter, und McTiernan übersetzte: »›Jeden Monat stand ungefähr dasselbe in ihrem Brief. Ich habe den Weißen gefragt, wann sie mich endlich besucht, oder ob ich sie besuchen kann. Er meinte, nein, das geht nicht, das mögen die Bosse nicht.‹« Rodrigo schüttelte wütend den Kopf und schlug mit der Faust auf den Tisch. »›Ich wusste, dass da was nicht stimmt, aber ich hatte zu viel Angst, war zu feige, sie zu suchen. Letzte Woche war der Fünfzehnte, aber der Weiße ist nicht gekommen. Jeden Tag habe ich mir vorgenommen, was zu unternehmen, dann, vor zwei Tagen habe ich die Polizei angerufen, aber gleich wieder aufgelegt. Heute bin ich aufgewacht und habe gedacht, ich bin ein Ungeheuer, wenn ich jetzt nicht endlich was tue. Also habe ich angerufen.‹«

Danach schwieg er. Alle schwiegen. Nach einer Weile zeigte er auf McTiernan, wandte sich aber an Vega.

»Er will wissen, warum er mit Vega reden soll«, übersetzte McTiernan. »Ob sie weiß, wo seine Schwester ist.«

»*Quizás*«, sagte Vega, und Cap verstand. *Vielleicht.*

Er wusste, dass ihre Antwort ehrlich gemeint war.

Sie zog ihr Handy hervor und zeigte ihm ein Foto. Cap erwartete ein großes Drama, wenn der arme Mann seine tote Schwester identifizierte, doch Rodrigos Miene hellte sich auf, und er sprang fast vom Stuhl. Er wiederholte ein paar Worte, die Cap leider nicht verstand.

Schließlich zeigte Vega auch Cap das Bild auf ihrem Handy, es war das Führerscheinfoto von Ben Davis.

»Das ist der Weiße, sagt er«, erklärte Vega.

Mia begrüßte sie auf dem Parkplatz vor der Rechtsmedizin. Sie wirkte ein wenig verschlafen, hatte die Augen halb geschlossen, während sie ihren Eiskaffee mit Sahne durch einen langen grünen Strohhalm schlürfte.

»Ach, du liebe Scheiße! McT!«, rief sie, bevor sie McTiernan in die Arme schloss. Sein Lachen war herzlich, aber er wirkte etwas verhalten. »Hey, Alice«, sagte Mia dann. Und zu Cap: »Hi, Mister Alice.«

Das war so albern, dass Cap losprustete.

Rodrigo begrüßte sie mit einem Winken.

»Mia Paiva«, stellte sie sich vor.

Rodrigo nickte ernst und schwieg.

»Wir müssen uns Jane zwei ansehen«, sagte Vega.

»Kein Problem«, sagte Mia. »Sie sind unten im Kühlfach, die Autopsie ist abgeschlossen.«

Als Mia sie durch die Tür zum Empfang führte, nahm Vega sie kurz beiseite.

»Ich glaube, wir wissen, wer sie ist. Rodrigo ist ihr Bruder«, sagte sie leise.

»Scheiße«, flüsterte Mia. »Okay, ich will ehrlich sein. Vorhin habe ich ein bisschen Weed geraucht.«

»Können Sie trotzdem arbeiten?«, fragte Vega, obwohl sie die Antwort kannte.

»Klar, das mach ich im Schlaf«, sagte Mia. Sie gingen ins Untergeschoss.

Mia drückte gegen die Schwingtüren, die sich mit einem Schmatzgeräusch öffneten. Als sie den Raum betraten, ging automatisch das Licht an. Mia desinfizierte sich die Hände am Spender in der Ecke, zupfte eine paar Latexhandschuhe aus einer Schachtel und zog sie über. Der Raum war groß und kalt, an drei Wänden befanden sich Fächer, jedes mit einem eigenen Keypad ausgestattet.

»Weiß er, was ihn erwartet?«, flüsterte Mia.

»Keine Ahnung«, sagte Vega.

Mia ging auf die gegenüberliegende Wand zu, den Blick auf ihr Handy gerichtet. Vor dem Fach mit der Nummer B63 blieb sie stehen und gab den vierstelligen Code ein. Ein metallisches Entriegelungsgeräusch ertönte und sie konnte das Fach öffnen und die Bahre herausziehen. In einer weißen Plastikhülle lag Jane zwei.

Vega trat hinter Mia zurück, um Platz zu machen. Cap und McTiernan gingen ebenfalls zur Seite, nur Rodrigo trat vor.

»Sind Sie bereit?«, fragte Mia, aber Rodrigo schüttelte nur den Kopf. Er verstand nicht.

»Okay?«, sagte Mia stattdessen

Jetzt nickte er.

Mia öffnete den Sack so, dass nur Kopf und Dekolletee freilagen.

Rodrigo trat näher und beugte sich zum Gesicht der Toten vor. Er gab einen Laut von sich, es klang wie ein Husten und ein Weinen zugleich. Dann schlug er sich die Hand vor den Mund.

Vega hatte eigentlich nie Schuldgefühle, das war keine Absicht, sondern einfach ihr Naturell, doch als Rodrigo seinen Schmerzensschrei hinter seiner Hand zu ersticken versuchte, empfand sie so etwas wie ein schlechtes Gewissen, weil sie nichts unternommen hatte, um den Tod dieses Mädchens zu verhindern. Ihr lief es eiskalt über den Rücken, ein vertrautes Gefühl, das sie immer dann überkam, wenn ihr klar wurde, dass sie nichts mehr tun konnte. Cap und sie tauschten Blicke. Sie wusste, dass er ähnlich empfand.

Mia hatte sich etwas zurückgezogen, die Hände vor dem Bauch gefaltet. Sie betrachtete Rodrigo mit weichem, mitfühlendem Blick, wirkte aber leicht distanziert, was in ihrem Job nötig war, um professionelle Arbeit zu leisten. Vega wusste das zu schätzen.

Irgendwann verstummte Rodrigo und richtete sich auf. Er drückte sich die Handballen in die Augen.

»Okay, genug«, sagte er.

»Mr Villareal, können Sie die Tote identifizieren?«, fragte Mia mit sanfter, ernster Stimme.

Er nickte. »Sí, Maricel Villareal.«

»Okay?«, fragte Mia erneut, die Hand am Reißverschluss.

»Sí.«

Mia schob die Bahre zurück ins Fach, alle blieben reglos stehen, nur Rodrigo ballte die Hände.

Er sah Vega an. »*Estúpido!*«, rief er. »Ich Idiot!«

Sie wusste ganz genau, dass sich die Hinterbliebenen immer die Schuld am Tod ihrer Liebsten gaben, egal, was man ihnen sagte, deshalb sagte sie das Einzige, das hoffentlich zu ihm durchdringen würde.

»Ich werde ihn finden.«

Rodrigo zuckte aggressiv die Achseln, als wollte er seine Gefühle abschütteln. Er funkelte Vega mit unverhohlenem Misstrauen an.

Einige Stunden später, nachdem McTiernan Rodrigo in seiner Wohnung abgesetzt hatte, die er sich mit sechs anderen Hilfskellnern teilte, trafen sie sich wieder im Hotel. McTiernan stand mit Cap vor Vegas Zimmer. Es war dunkel und kühler geworden. Moskitos sirrten um sie herum, und die Zikaden zirpten so laut, dass sie sogar den Verkehrslärm vom Freeway übertönten.

»Mannomann, das war heftig«, sagte McTiernan. »Ich bin schon seit sechs Jahren bei der Vermisstenstelle, aber das hier ist eine ganz andere Nummer.«

»Das glauben wir auch«, sagte Vega.

Sie tauschte Blicke mit Cap, der genau wusste, was sie wollte. Es war Zeit, McTiernan ins Boot zu holen.

»Danke, dass Sie uns Rodrigo gebracht haben«, sagte er. »Jetzt haben wir einen Namen. Das ist mehr als erwartet.«

»Ich bin froh, dass ich helfen konnte.« McTiernan wirkte erschöpft, aber auch stolz.

»Ja, das sind wir auch. Deswegen haben wir eine Frage: Warum sind Sie damit zu uns gekommen und nicht zu ihrem Chef?«

McTiernans Miene verfinsterte sich.

»Sie wissen, dass ich auch mal Polizist war«, sagte Cap rasch. »Ich habe mich mit den Herrschaften angelegt, da haben sie mich gefeuert. So schnell konnte ich gar nicht schauen, wie sie mir die Pension weggenommen hatten.«

McTiernan schüttelte niedergeschlagen den Kopf. Er setzte mehrere Male zum Sprechen an, brach aber wieder ab.

»Otero ist eigentlich immer offen und ehrlich gewesen. Aber dann lassen die von der DEA mal kurz die Puppen tanzen, und jetzt zieht er den Schwanz ein.«

»Die DEA allgemein oder Boyce und Mackey im Besonderen?«, fragte Vega.

McTiernan überlegte.

»Er hat schon mal mit den beiden gearbeitet, aber das Meeting heute war total krass. Ich habe ihn noch nie so katzbuckeln sehen, und das in seinem eigenen Laden.«

»Also war sein Verhalten eher untypisch?«, fragte Cap. »Wir kennen ihn nicht gut, können das also nicht beurteilen.«

»Nein«, sagte McTiernan nachdrücklich. »Otero ist ein Teamplayer, er steht hinter seinen Leuten und spielt mit offenen Karten.«

Cap zuckte die Achseln. »Ich habe ihn etwas anders erlebt.«

»Ich wäre Ihnen heute am liebsten gefolgt. Und als Rodrigo

dann auftauchte … keine Ahnung, ich hab nicht lang überlegt, sondern gleich bei Ihnen angerufen«, sagte McTiernan zu Vega. »Mir war klar, dass Otero die Sache gleich an Boyce und Mackey weiterleiten würde. Irgendwas …«, er schüttelte den Kopf, »… stimmt da nicht.«

»Wie weit wollen Sie gehen?«, fragte Vega. »Noch können Sie aussteigen. Wenn jemand fragen sollte, ist Rodrigo von sich aus auf uns zugekommen.«

»Ich weiß nicht«, sagte McTiernan. Er rieb sich die Stirn.

»Geben Sie uns einfach morgen Bescheid. Und wenn's nicht passt für Sie, bin ich auch nicht böse«, schlug Vega vor.

Cap glaubte ihr. McTiernan hatte ihr geliefert, was sie brauchte, sie konnten gut auf ihn verzichten. Aber er hielt den Mann für sehr fähig und dazu offenbar recht findig.

»Es passt durchaus«, erwiderte McTiernan rasch, als wollte er ihr nicht zu nahetreten. »Ich habe ganz spontan gehandelt …«

»… und alles andere wäre geplant«, fügte Vega hinzu. »Also mit Vorsatz.«

»Genau«, sagte McTiernan.

Sie beschlossen, die Entscheidung auf den nächsten Tag zu verschieben, und er ging. Sie sah ihn über das Geländer in seinen Wagen steigen und davonfahren.

»Und, was ist mit dir, A. Vega?«, fragte Cap, als sie wieder im Zimmer war.

»Wie meinst du das?«

»Na, wir könnten auch aussteigen. Wir sind niemandem was schuldig.«

Cap wollte sie nicht direkt provozieren, sondern sie zwingen, klare Ansagen zu machen, denn er selbst wusste nicht recht, wie sie weitermachen sollten. Für Vega war der Einbruch bei Ben Davis eine spontane Reaktion auf den Ausgang des letzten Meetings gewesen. Aber die Vorzeichen hatten sich geändert.

»Unsere Jane ist eine Maricel«, sagte sie nur.

»Dass wir keinen Namen hatten, war doch vorher auch kein Problem.«

Sie drückte sich am Geländer ab und sah Cap an, als hätte er das Wichtigste nicht verstanden. »Maricel war sie auch schon gestern.«

Vega hatte ihren Laptop aufgeklappt neben den von Ben Davis gestellt. Vorher hatte sie Bastard eine Nachricht geschickt und jetzt wartete sie im Hotelzimmer auf die Antwort. Davis' Laptop war passwortgeschützt. Cap stand hinter ihr, die Arme verschränkt.

»Wie lang wird es dauern, bis wir reinkommen?«, fragte er.

Vega klickte auf dem Laptop herum »Reinkommen ist nicht das Problem, das hat Bastard in ein paar Minuten erledigt. Aber es wird vermutlich eine Weile dauern, bis wir was Brauchbares gefunden haben.«

Auf Vegas Bildschirm ploppte ein Chatfenster auf. Vega schrieb: *Laptop braucht Passwort, hat kein WLAN*. Drei Punkte erschienen, darunter stand *Bastard antwortet. Drücke diese beiden Tasten gleichzeitig, wir machen das zusammen*, schrieb er. Vega folgte seiner Anweisung. Ben Davis' Bildschirm wurde schwarz, nur in der oberen Ecke blinkte der Cursor.

»Weißt du, was du da machst?«, fragte Cap.

»Nope. Aber Bastard weiß es.«

Bastard schickte ihr ein paar Zeilen Code, Vega tippte sie Zeichen für Zeichen in den Laptop.

»Ich glaube, wir überschreiben hier gerade das Passwort.«

Jetzt Eingabetaste drücken, schrieb Bastard. Der Bildschirm füllte sich mit Code, wurde erneut schwarz, dann erschien der klassische Bildschirmschoner.

Cap verrenkte sich fast den Hals. »Wir sind drin?«

»Ja«, sagte Vega.

Auf dem Desktop gab es nicht viel zu sehen, im Dock waren auch nur die normalen Anwendungen. Vega öffnete den Browser, ging den Verlauf durch und stieß auf die Startseite für Yahoo! Mail. Sie klickte. Ben Davis hatte die Option »angemeldet bleiben« gewählt, daher war seine E-Mail-Adresse bereits ausgefüllt. Fehlte nur noch das Passwort.

»Sollen wir dasselbe noch mal versuchen?«, fragte Cap.

»Nein. Er war sicher nicht dumm genug, dasselbe Passwort zu benutzen, nur mit einem Ausrufezeichen oder einer anderen Zahl am Ende.«

Cap kratzte sich am Kopf. Vega sah zu ihm auf.

»Caplan, willst du mir etwa sagen, dass du das so machst?«

Cap grinste verlegen.

»Und doch hoffentlich nicht mit Nells Namen oder einer Variation?«

»Schlimm?«, fragte er.

»Übel, ganz übel«, sagte Vega. »Du kannst praktisch drauf warten, dass jemand wie Bastard dein Bankkonto hackt und es leerräumt. Und bei Amazon ein paar Spielkonsolen bestellt.«

Cap nickte in Richtung der Laptops.

»Wie knacken wir das hier?«

»Abwarten«, sagte Vega

Sie schickte Bastard eine neue Nachricht. *Brauchen Passwort für Mail-Konto bei Yahoo! und Übersicht über alle Aktivitäten in den letzten zwölf Stunden …*, tippte sie.

»Mach besser vierundzwanzig Stunden«, sagte Cap. »Die Lebensmittel in seiner Wohnung waren schon ein paar Tage alt.«

»Gut, Caplan, sehr gut«, sagte Vega und änderte die Zahl.

Bastard schickte neue Anweisungen. Vega befolgte alles und am Ende hatten sie das Passwort.

Davis' Posteingang ploppte auf.

»Hier«, sagte Vega und schob Cap den Laptop hin. »Durchsuche seine Festplatte, Worddokumente, PDFs, alles, was uns weiterbringen könnte. Ich logge mich auf meinem Gerät in sein Mailkonto.«

»Jawoll, Ma'am!«, sagte Cap. »Hast du was dagegen, wenn ich mir aus den Hoteltütchen einen üblen Kaffee braue?«

»Nur zu.«

Bald füllte sich das Zimmer mit Kaffeegeruch. Cap setzte sich auf den Sessel, legte die Füße auf den Tisch und nahm sich den Laptop vor.

»Okay«, sagte er. »Jetzt bitte nicht lachen«, sagte er, als er seine Brille aufsetzte. Vega fand, er sah aus wie ein Lehrer.

In Davis' Posteingang befand sich eine Menge Spam. Eine Becky Davis hatte ihm geschrieben: *Die Party steigt Sonntagmittag. Kannst du Bier und Eis mitbringen? Alles Liebe, Mom.* Jeder Mensch hat eine Mutter, dachte Vega.

Sie suchte weiter, machte sich gelegentlich Notizen. Gegen elf fing Cap an zu gähnen und auch Vega verschränkte die Hände im Nacken.

»Was gefunden?«, fragte er.

»Keine Ahnung. Nicht viel, aber ich bin auch nicht sehr weit vorgedrungen.«

»Geht mir genauso. Es gibt eine Menge Dokumente ...«

»Wie bei den meisten Leuten.«

»Musik, Fotos ...«

»Erkennst du jemanden auf den Bildern?«

»Meinst du Maricel Villareal oder Jane eins mit dem Brandmal? Nein, das nicht. Eine Menge Kumpel – Highschool, vielleicht? Am Strand, beim Football. Vielleicht war er Bildredakteur vom Jahrbuch?«

»Such weiter«, sagte Vega.

»Zu Befehl.«

Sie machten sich wieder an die Arbeit. Ungefähr eine Stunde später stieß Vega auf eine Nachricht von einem SMiller.

»Der Arzt von der Klinik«, sagte sie zu Cap. »Der hieß doch Scott Miller, oder?«

»Ja, glaube schon. Wieso?«

»Davis hat vor ungefähr sechs Monaten eine Mail von einem S. Miller bekommen.«

»Und was schreibt er?«

»Schon über meinen Vorschlag nachgedacht?«

»Mehr nicht?«

Vega schüttelte den Kopf.

»Wenn das der Doktor ist, was meint er wohl damit?«

»Weiß ich noch nicht. Ich behalte es jedenfalls im Hinterkopf.«

Vega vertiefte sich wieder in den Laptop, ignorierte ihre schmerzenden Muskeln. Irgendwann sah sie auf und schaute zu Cap hinüber. Der lag mittlerweile auf dem Bett, hatte sich auf die Seite gedreht.

»Bin hellwach«, murmelte er mit rauer Stimme.

»Klar«, sagte Vega. »Hast du was gefunden?«

»Nichts Eindeutiges«, sagte er.

»Ja, bei mir genauso.«

Gegen zwei Uhr morgens, nachdem ihr schon ein paarmal die Augen zugefallen waren, stieß sie auf einen bekannten Namen. Die dazugehörige Mail lautete: *Danke, dass Sie sich bei Lincoln Investments angemeldet haben! Bitte verwenden Sie diesen Code, um Ihr Passwort zu ändern ...*

»Caplan!«, sagte sie. Ihr Mund war schrecklich trocken.

Keine Antwort. Caplan schlief bereits tief und fest, den Kopf auf seinen Arm gebettet, die Brille schief, den Laptop noch aufgeklappt. Sie klappte ihn vorsichtig zu und stellte ihn auf den Nachtisch zwischen den beiden Betten. Dann nahm sie ihm sanft die Brille ab und betrachtete ihn eine Weile. Kurz kam ihr der Gedanke, sich neben ihn zu legen, doch sie verwarf ihn rasch wieder.

Stattdessen löschte sie das Licht, schlüpfte in Trägerhemd und Shorts und kroch in das andere Bett. Sie war zu aufgekratzt, um einschlafen zu können, aber ihre Muskeln brauchten die Entspannung. Sie drehte sich auf den Rücken und schaute zur Seite. Es beruhigte sie irgendwie, Cap dort neben ihr schlafen zu sehen. Sie versuchte, seinen Atemrhythmus zu imitieren, langsam und gleichmäßig.

Irgendwann musste sie weggedämmert sein, denn Maricel und Jane eins saßen auf ihrer Bettkante und flüsterten auf Spanisch miteinander. Vega konnte gerade so verstehen, was sie sagten.

Jane eins zeigte auf den Schnitt an ihrem Haaransatz. »Mein Kopf tut immer noch weh«, sagte sie.

»Nimm das hier.« Maricel drückte ihr etwas Weißes in die Hand.

Jane sah es genauer an, es war ein zusammengeknüllter Zettel.

»Lies!«, sagte Maricel.

Jane faltete den Zettel auseinander. ALICE VEGA stand darauf.

»Jetzt schluck ihn runter. Hab ich auch gemacht«, sagte Maricel.

Jane sah sie skeptisch an, gehorchte aber.

Als Vega die scharfen Kanten des Papiers im Hals spürte, musste sie husten und wachte auf.

12

Zuerst hörte Cap einen Ventilator, der schubweise Luft ausstieß, als würde jemand am Schalter herumspielen. Noch bevor er die Augen aufschlug, wusste er, wo er war. *Hotel California*, wie der Song. Aber irgendwas stimmte nicht. Er lag nicht unter der Bettdecke und trug noch die Kleidung vom Vortag. Seine Jacke lag neben ihm. Als er den Kopf zur Seite bewegte, sah er Vega. Sie stand mitten im Zimmer, auf ihren Händen.

Es war derselbe Anblick wie damals, als er durchs Fenster gespäht hatte, aber diesmal war er mit ihr im Zimmer. Der unrund laufende Ventilator, den er zu hören geglaubt hatte, war nichts anderes als Vega, die stoßweise atmete. Er bemühte sich, so leise wie möglich zu sein, um ihr morgendliches Ritual nicht zu stören, aber auch, weil er ihr zusehen wollte.

Ganze zehn Minuten hatte er sie nun schon beobachtet, auf die Ellbogen gestützt, als sie endlich wieder zu Boden kam.

Rasch legte er sich wieder hin und stellte sich schlafend.

»Gut, dass du wach bist, Caplan!«, rief Vega. Ihre Stimme klang rau und ziemlich sexy.

Er öffnete ein Auge.

»Morgen, Vega. Tut mir leid, dass ich eingeschlafen bin.«

Sie verschränkte die Arme hinter dem Kopf und dehnte sich. Ihr leicht verschwitztes Gesicht glänzte, und unter ihrem Top hatten sich kleine dunkle Halbkreise gebildet.

»Schon okay. Ich habe eine Mail von einer Firma namens Lincoln Investments gefunden, die vor achtzehn Monaten an Davis gegangen ist.«

»Lincoln Investments … ist das nicht …?«

»Die Firma von Devin Lara, genau.«

»Da sieh mal einer an. Und wie hängt das zusammen?«

»Nicht sicher.« Vega trank aus der Wasserflasche. »Aber wir sollten ihn fragen.«

»Davis?«

»Lara.« Vega war auf dem Weg ins Bad.

Cap sprang vom Bett. »Vega, wenn wir Lara auch nur schief ansehen, kriegen wir es mit Otero, Mackey, Boyce und allen anderen zu tun, die in diesen Fall verwickelt sind. Und mit seinem Fahrer.«

Vega wandte sich um. »Damit hab ich kein Problem.«

»Du hast selbst gesagt, dass Lara für die ein heißes Eisen ist. Ich dachte, wir lassen ihn erst mal in Ruhe, um keine Aufmerksamkeit zu erregen. Man muss sich seine Schlachten aussuchen und so?«

Sie legte den Kopf schief.

»Findest du, dass wir das so machen sollten?«

Cap kratzte sich im Nacken.

»Ja«, sagte er schließlich. »Wozu Wirbel machen? Warum nicht einfach an Ben Davis dranbleiben?«

»Gut und schön, aber von Davis fehlt jede Spur. Wir können nur sein Apartment observieren und hoffen, dass er auftaucht, was ziemlich unwahrscheinlich ist. Aber wir wissen genau, wo wir Lara finden. Und heute ist Samstag. Safttag.«

»Ich bin nicht sicher ...«, stammelte Cap. Er überlegte, wie er es am besten formulieren sollte, damit er nicht als Feigling dastand. »Wenn wir an Davis dranbleiben, müssen wir vielleicht ein, zwei Tage warten, aber am Ende kriegen wir ihn bestimmt. Und wir bleiben unterm Radar, keine Polizei, keine DEA.«

Vegas Miene verhärtete sich. Sie wandte sich ab.

»Klassisches Cap-und-Vega-Modell. Mit Erfolgsprädikat«, sagte er, um sie zum Lachen zu bringen.

Doch sie rieb sich nur die Augen, wirkte erschöpft.

»Kann ich dich was fragen?«

»Klar«, sagte Cap.

Sie verschränkte die Arme, mied immer noch seinen Blick.

»Siehst du die beiden Mädchen manchmal? Die Brandts?«, fragte sie leise.

Cap musste kurz überlegen. Nicht weil er den Fall nicht mehr präsent hatte, er wusste genau, wo er die beiden zuletzt gesehen hatte. Vegas Frage überraschte ihn völlig. Er hatte immer gedacht, sie würde diese Dinge abschütteln wie Staub, sobald ein Fall abgeschlossen war. Aber vielleicht war der Brandt-Fall auch für sie besonders gewesen.

»Tatsächlich nur einmal. Vor ein paar Monaten. Ich war mit Nell im Einkaufszentrum. Sie wollte, dass ich neue Laufschuhe kaufe, weil meine ein Loch in der Sohle hatten … egal … und da hab ich sie gesehen. Die Mädchen, mit ihrer Mom. Beim Einkaufen.«

Vega sah ihn an, er hatte ihre volle Aufmerksamkeit.

»Wie haben sie ausgesehen?«

»Älter. Jamie hat viel abgenommen, zu viel, wenn du mich fragst. Und sie wirkte …«

Cap überlegte, er hatte es damals nicht in Worte fassen können, erst jetzt, als er daran zurückdachte.

»Verwirrt. Ja. Bailey war neben ihr, plapperte wie ein Wasserfall.« Cap grinste. »Ich bin an ihnen vorbeigegangen, aber sie haben mich nicht gesehen, oder vielleicht haben sie mich nicht erkannt, war ja eine völlig andere Situation. Nell hat das gar nicht mitgekriegt.«

»Was war mit Kylie?«, fragte Vega eindringlich.

Cap holte tief Luft.

»Sie war hinter ihnen, tippte was in ihr Handy. Ihre Klamotten … sagen wir mal so, ich wäre ziemlich sauer, wenn meine Tochter so rumlaufen würde. Nicht mal als Siebzehnjährige, aber erst recht nicht als Elfjährige.«

»Nell würde sich nie so anziehen«, sagte Vega.

»Stimmt. Aber ihnen ging es gut, Vega, darauf kommt es an. Sie wirkten ganz normal.«

Vega schüttelte den Kopf so heftig, dass ihre Haare flogen.

»Egal, wie sie auf dich wirken mögen, es wäre besser gewesen, wenn wir sie rechtzeitig gefunden hätten, und das weißt du auch.«

»Theoretisch«, sagte Cap ernst, »haben wir sie so schnell gefunden, wie wir konnten.«

Vegas Miene blieb unverändert. Enttäuschung und Bedauern.

»Du kannst dich nicht dauernd fragen, was gewesen wäre, wenn, Vega. Nicht in unserem Beruf.«

»Du hast recht, Caplan. Ein Tag länger, und es wäre zu spät gewesen. Und damit wären wir beim Thema.«

Cap rieb sich das Kinn. Sie war gar nicht traurig. Nein, sie hatte ihn manipuliert.

»Ich weiß genau, was du da gerade gemacht hast!«, sagte er.

Sie sah ihn fragend an. »Ach ja?«

»Hältst dich wohl für besonders schlau«, fügte er hinzu.

Sie ignorierte seine Bemerkung. »In einer halben Stunde in meinem Auto. Okay?«

Auf eine Antwort wartete sie nicht, sondern wandte sich ab, zog ihr Top aus und ließ es zu Boden fallen, bevor sie im Bad verschwand. Cap konnte gar nicht schnell genug wegsehen oder die Augen schließen – das Bild ihrer nackten Wirbelsäule, Knochen für Knochen, wie Steine im Fluss, hatte sich bereits in sein Hirn gebrannt.

Sie saßen in Vegas Wagen, direkt an der Parkplatzausfahrt. Cap trank Kaffee. Vega hatte die Hände am Lenkrad und spähte durch die Sonnenbrille auf das Gebäude vor ihnen.

»Wir überreden ihn, zu uns ins Auto zu steigen und mit uns zu reden?«, fragte Cap.

»Genau.«

»Also soll ich mich schon mal auf die nächste Tracht Prügel einstellen, ja?«

Vega schüttelte den Kopf.

»Wenn Lara mit seinem Saft rauskommt, redest du mit ihm. Ich kümmere mich um Richie.«

»Und wir ziehen keine Waffen an diesem herrlichen Sommermorgen, okay?«

»Hab ich nicht vor«, sagte Vega.

»Willst du mich vielleicht in deine weiteren Pläne einweihen?«

»Du redest mit Lara, ich hole mein Gepäck aus dem Kofferraum und kümmere mich um Richie«, sagte Vega ruhig.

Cap sah aus, als hätte ihm jemand die prall gefüllte Geldbörse geklaut.

»Vega, ich muss dir was beichten«, sagte er kleinlaut. Ich habe versucht, den Kofferraum zu öffnen, aber er klemmt. Er ist kaputt.«

Vega sah ihn an.

»Ich hab ihn präpariert. Den kriegst du nur mit einem Schlüssel auf«, sagte sie amüsiert. »Ich wollte wissen, ob du nachsiehst.«

»Ha!«, sagte Cap. »Ein kleiner Test. Und? Hab ich bestanden?«

Vega antwortete nicht, ihre Aufmerksamkeit galt der schwarzen Limousine, die gerade auf den Parkplatz gefahren war. Richie saß am Steuer. Sie ließ den Motor an und fuhr langsam los.

»Behalt ihn im Blick«, sagte Vega.

»Er parkt. Warum fahren wir nicht so dicht an den Laden, wie's geht?«

Sie nickte und gab Gas.

»Duck dich!«, sagte sie. »Falls er Augen im Hinterkopf hat.«

Cap stellte keine Fragen, sondern tat, was sie sagte. Sie parkte direkt vor Juicy Lucy, und sie sahen zu, wie Lara ausstieg und auf den Laden zuschlappte, die Augen fest auf sein Handy gerichtet, die Daumen tippten auf dem Display herum.

»Er hat schon vorbestellt, holt nur ab. Beeil dich!«, sagte Vega.

Cap holte tief Luft. »Okay.«

Er war ausgestiegen und hatte die Tür geschlossen, als er sein Jackett auszog und durchs offene Fenster auf seinen Sitz warf.

»Caplan?«

Er beugte sich vor.

»Ja?«

»Ich pass auf dich auf. Das weißt du, oder?«

Cap lachte kurz auf. »Na hoffentlich, Mädchen.«

Dann marschierte er auf die Ladenzeile zu. Vega hatte die Limousine im Blick, sie stand in der Reihe gegenüber. Richie hatte sich vorgebeugt, vermutlich war auch er mit seinem Handy beschäftigt.

Vega stieg aus und öffnete den Kofferraum. Und da lag er, ihr Bolzenschneider mit seinem stahlharten Gebiss. Sie nahm ihn heraus und schloss den Kofferraumdeckel. Ab da lief ihre innere Stoppuhr. Zwanzig Sekunden bis zum Körperkontakt.

Zuerst folgte sie Cap (*eins, zwei, drei, vier*), der mittlerweile fast das Juicy Lucy erreicht hatte (*fünf, sechs, sieben*). Sie blieb stehen und versteckte sich hinter einem SUV, hörte Laras Wagentür zufallen (*acht, neun, zehn*). Lara kam mit Saftbecher und Handy aus dem Laden, Cap rief: »Hey, Devin!« (*elf, zwölf, dreizehn*). Lara sah auf und schüttelte den Kopf, als könnte er nicht fassen, dass Cap so blöd war, sich nochmal mit ihm anzulegen. Richie marschierte zielstrebig über den Parkplatz (*vierzehn, fünfzehn, sechzehn*).

Vega sauste los, den Bolzenschneider über der linken Schulter. Sie spürte die metallene Zange auf ihrem Schulterknochen. (*siebzehn, achtzehn, neunzehn, zwanzig*).

Die Zeit war um.

»Du bist ja ein echter Schlaumeier!«, sagte Richie zu Cap, während er die Ärmel aufkrempelte.

»Stimmt«, sagte Cap, den Blick auf Vega gerichtet.

Richie stapfte mit geschwellter Brust auf Cap zu. Devin Lara zog ein selbstzufriedenes Gesicht, denn der Mann, der es wagte, ihn zu belästigen, würde gleich seine gerechte Strafe erhalten. Dann sah er Vega. Das Grinsen erstarb und er riss den Mund auf. »Was«, schrie er und zeigte auf etwas hinter Richies Kopf.

Der fuhr herum, doch Vega stand bereits vor ihm, den Bolzenschneider erhoben. Sie schlug fest zu, spürte, wie ihre Muskeln arbeiteten. Richie hob einen massigen Arm, um den Schlag abzuwehren, doch der Aufprall war zu heftig. Sie hörte seine Knochen brechen.

Richie schrie und stöhnte, hielt sich die Hand, das Blut spritzte, doch der Mann blieb stehen, also schlug Vega erneut zu, diesmal zielte sie auf die andere Seite und erwischte ihn direkt über dem Knie, dort, wo es am meisten schmerzen würde.

Richie krümmte sich zusammen, seine Schreie kamen stoßweise, vermutlich stand er unter Schock. Devin Lara stand da wie vom Donner gerührt, seine Hände zitterten so stark, dass er es nicht schaffte, eine Nachricht in sein Handy zu tippen.

»Sie sollten mitkommen«, sagte Cap. »Wir möchten Ihnen ein paar Fragen stellen, danach haben Sie noch den Rest des Tages zur freien Gestaltung.«

»Ihr Dreckschweine!«, sagte Lara, der offenbar die Sprache wiedergefunden hatte. Seine Augen funkelten wild. »Ich gehe nirgendwohin.«

Cap zeigte auf Vega, die den Bolzenschneider wie eine Axt auf der Schulter trug, als würde sie sich eine kleine Pause gönnen, bevor sie weiterfuhrwerkte.

»Ich will Ihnen ja nicht drohen«, sagte er, »aber meine Kollegin ist leider etwas unberechenbar.«

Vega sah Lara unverwandt an, während Richie zu ihren Füßen kotzte.

In dem Moment kam ein Pärchen aus dem Laden, offenbar frisch aus der Spinning-Stunde. Als die Frau Richie erblickte, entfuhr ihr ein kleiner Schrei. Der Blick des Mannes wanderte von Vega zu Cap zu Lara, aber offenbar stellte sein Hirn keinen Zusammenhang her.

»Ich rufe einen Krankenwagen!«, sagte er tapfer und suchte nach seinem Handy.

»Genau! Und die Polizei«, sagte Cap und zeigte auf Vegas Wagen. »Wollen Sie auf sie warten oder mit uns kommen, Devin?«

Laras Brustkorb bebte, doch er dachte offenbar nach.

»Letzte Chance«, sagte Vega und trat näher.

»O Gott«, rief Miss Spinning, die offenbar die Kausalkette gebildet hatte, während ihr Freund ins Handy quatschte.

»Auf geht's!«, sagte Vega schließlich, und Lara setzte sich tatsächlich in Bewegung. Cap lief neben ihm, Vega folgte.

Auf dem Parkplatz gab Vega Cap die Autoschlüssel. Ihre Hand war warm, die Fingerspitzen aber eiskalt.

»Du fährst«, sagte sie.

Cap schloss auf und öffnete die Hintertür für Lara. Der drehte sich um und musterte Vega, die den Bolzenschneider fest im Griff hatte.

»Polizei ist gleich da, Devin«, sagte Cap.

Lara wirkte zwar immer noch aufgebracht, doch in seinem Gesicht machte sich Resignation breit.

»Ich hab keine Angst vor den Bullen«, sagte er, als wäre Cap derjenige, der sich Sorgen machen sollte.

»Gut. Ich auch nicht«, sagte Vega und trat so dicht an ihn heran, dass sie seinen Fruchtatem riechen konnte. »Einsteigen, verdammt!«

Lara gehorchte und ließ sich auf den Rücksitz fallen. Vega folgte ihm und schloss die Tür. Der Bolzenschneider lag auf ihrem Schoß. Sie drehte sich zu ihm hin, den Rücken an die Tür gelehnt. Cap startete den Motor, als die Polizeisirenen ertönten.

»Kennen Sie Ben Davis?«, fragte sie.

Lara blinzelte, den Blick auf den Bolzenschneider gerichtet. »Sagt mir nichts.«

»Sicher? Coyote Ben kennt Sie aber.«

Lara schwieg. Vega ahnte, was er tun würde.

»Was ist mit Antonio LoSanto?«

Lara schüttelte den Kopf.

»Joe Guerra?«

»Nein.«

»Corey Lloyd?«

»Haben Sie mich schon mal gefragt.« Mit jeder Verneinung wirkte er selbstbewusster. »Nie von ihm gehört. Sorry, aber ich bin nicht euer Mann.«

Vega betrachtete sein Gesicht. Er atmete immer noch schnell, seine Pupillen waren erweitert. Die Angst war groß genug, um ins Auto zu steigen, aber für ehrliche Antworten reichte es nicht. Na gut.

»Okay, Corey Lloyd hat sich geirrt, hat einfach Ihren Namen aus dem Hut gezaubert, als es darum ging, welchem Typen er den Wagen besorgt hat, in dem später eine Tote gefunden wurde, und Ihr Unternehmen hat dem Hauptverdächtigen in diesem Fall rein zufällig vor achtzehn Monaten eine Mail geschickt. Da besteht gar keine Verbindung, völlig klar.«

Lara zuckte die Achseln. »Die Leute kennen mich eben. Und mein Unternehmen verschickt jeden Monat hunderte Mails an potenzielle Kunden.«

»Also ein Zufall?«

»Ja, vermutlich.«

»Sie wissen, was man über Zufälle sagt, oder?«

»Was? Dass es keine gibt?«

»Sagt man das?« Vega und Cap tauschten im Rückspiegel Blicke. »Ich habe da was anderes in Erinnerung.«

Obwohl Vega sich in San Diego nicht auskannte, ahnte sie, dass sie sich in der Nähe des Colleges befanden, denn die Gegend hatte einen eher dörflichen Charakter, wie alle Collegeviertel, Cafés und Bars, Restaurants und kleine Läden.

»Cap, lass uns da vorn kurz anhalten«, sagte sie.

Er parkte vor einem Bagel-Shop. Hipster im Surferlook, Kiffer und Punks gingen dort ein und aus. Vega beobachtete amüsiert, wie erleichtert Lara wirkte. Offenbar glaubte er, dass ihm vor so vielen Zeugen nichts passieren könnte.

»Da haben wir wohl einen Fehler gemacht«, sagte sie schließlich.

»Tja«, sagte Lara achselzuckend.

»Sie können mich gern anzeigen«, sagte Vega, »das wäre nur verständlich. Schwere Körperverletzung.«

»Und Entführung auch«, fügte Cap hinzu.

»Klar, Entführung auch.«

»Nee, schon gut«, sagte Lara rasch. »Keine Sorge.«

»Könnten Sie aber. Das wäre nur fair. Schließlich sind Sie ein unbescholtener Bürger und so.«

Lara zog am Handgriff, aber die Tür blieb verschlossen.

»Würden Sie bitte aufmachen?«, fragte er nervös, aber auch ein wenig verärgert.

»O, ja klar. Cap, kannst du die Kindersicherung ausschalten?«

Cap drückte einen Knopf, das Schloss entriegelte sich mit einem hörbaren Klickgeräusch.

Devin musterte Vega und Cap ein letztes Mal, bevor er die Tür aufriss und hinaushechtete.

Vegas Lächeln erstarb.

»Vega?«, fragte Cap.

»Zehn Sekunden«, sagte sie.

Er hatte die Straße überquert, tippte auf sein Handy und hielt es sich ans Ohr.

»Zehn«, sagte Vega beim Aussteigen.

Auf dem Gehweg wimmelte es vor Studenten mit Kaffeebechern und Yogamatten. Lara sprach immer noch ins Handy. Vega konnte nicht verstehen, was er sagte.

Sie nahm Anlauf und stieß ihm von hinten gegen die Schulter, sodass ihm das Handy aus den Fingern fiel.

Lara fuhr herum, doch bevor er sie richtig erkennen konnte, hatte Vega ihm schon zwei Schläge ins Gesicht verpasst. Einmal rechts, einmal links. Als er zurücktaumelte, trat sie vor und rammte ihm den rechten Ellbogen unters Kinn.

Lara schrie, stürzte, Blut quoll ihm aus Mund und Nase. Vega ging neben ihm in die Hocke und schnappte sich sein Handy.

»Ich habe mir die Funge abgebiffen«, stammelte er und spuckte Blut in seine Hände. Er suchte darin herum, zog schließlich einen kleinen, schwammigen Fleischfetzen heraus. »Daf if meine Fungenfpipfe«, stieß er hervor, offenbar unter Schock.

»Na so was«, sagte Vega ungerührt. »Eine einzelne Zungenspitze.«

Sie packte ihn am Schlafittchen.

»Wo ist Ben Davis?«, fragte sie.

Laras Gesicht zuckte, er war grün angelaufen.

»Spuck's aus, sonst reiß ich dir auch noch den Rest aus dem Maul«, zischte Vega.

»Im Hauf …«

»In welchem Haus?«

»Falton.«

Salton Sea, dachte sie. Den Ort kannte sie nur von Fotos. Ein künstlicher See, umstanden von Abbruchhäusern und vermüllten Campingwagen.

Lara schüttelte den Kopf, seine Lider flatterten, er verlor langsam das Bewusstsein.

Vega schüttelte ihn. »Adresse?«, rief sie.

»Hey, lassen Sie den Mann in Ruhe!«, sagte einer der Hipster.

Vega wandte sich leicht zur Seite. »Halt's Maul. Er fickt kleine Mädchen.« Dann, zu Lara: »Ich brauch die Adresse!«

Lara wurde ohnmächtig, sein Kopf baumelte schlaff herunter. Vega ließ ihn los, er glitt zu Boden.

Sie war voller Blut. Collegestudenten standen im Kreis um sie herum, einige waren geschockt, andere hatten ihr Handy gezückt und filmten, schrieben Nachrichten oder telefonierten mit verhaltener Stimme. Aber niemand ging gegen Vega vor. Sie wandte sich ab, marschierte ungehindert an ihnen vorbei. Die Studenten sprachen durcheinander, sie hörte nur Fetzen: »Stopp, Polizei«, »Zunge«, »fickt kleine Mädchen«.

Laras Handy war noch funktionsfähig, verlangte kein Passwort. Sie scrollte durch die Liste der kürzlich geführten Gespräche. In den Kontakten fand sie den Namen »Davis« und eine Nummer. Sie tippte auf den Namen und schrieb eine Nachricht, während sie einstieg. Der Motor lief noch.

»Bereit?«, fragte Cap.

»Los.«

Mit quietschenden Reifen fuhr er aus der Parklücke.

Wieder hörten sie Polizeisirenen.

»Wohin?«

»Salton City«, sagte Vega. »Liegt im Osten.«

Zwei Streifenwagen sausten in entgegengesetzter Richtung an ihnen vorbei.

»Das war also im Kofferraum? Ein Bolzenschneider?«, fragte Cap nach einer Weile.

»Ja, warum?«

Cap zuckte die Achseln. »Hätte Hightech erwartet.«

»Die Dinger sind extrem nützlich.« Vega klang fast, als wollte sie sich verteidigen. »In ungefähr einem Kilometer fährst du auf den Freeway.«

Sie tippte weiter.

»Ist das Laras Handy?«

»Ja. Ich schicke Davis eine Nachricht.«

»Als Lara.«

Vega nickte. Ihr Daumen schwebte über der Senden-Taste. Sie klickte auf die Karte. Zweieinhalb Stunden bis Salton. Sie schickte die Nachricht ab: *VIP auf dem Weg. Schick Wegbeschreibung an Nummer unten. Zahlt dreifach für unsere Jüngste.*

Später saßen sie im Wagen in einer offenbar frisch geteerten Straße, der Asphaltgestank mischte sich mit Fäulnisgeruch. Hier und da standen Häuser, aber mit einigem Abstand zueinander, immer nur zwei, drei pro Straße, aber nicht, weil sie sich in einer reichen Gegend befanden, sondern weil alles verlassen war. Cap war seit Kilometern keinem Auto und keinem Menschen mehr begegnet.

»Meinst du, ich gehe als VIP durch?«, fragte er.

»Ich hab dich nicht nur ins Boot geholt, weil du gut bist.«

»Du brauchtest einen Kerl, der als Freier funktioniert.«

Cap betrachtete das Haus am Ende der Straße.

»Mir wär's lieber, wir hätten Zeit, vorher alles auszukundschaften.«

»Wir haben so lange, bis Lara aufwacht und an ein Telefon kommt«, sagte Vega. »Vielleicht länger, wenn er Davis' Nummer nicht auswendig weiß, was durchaus sein kann.«

Cap löste seinen Gurt und betastete die Sig unter seiner Jacke.

»Meinst du, die durchsuchen mich?«

»Dazu haben sie keinen Grund. Wenn du drin bist, gibst du mir Bescheid. Wenn sich eine Gelegenheit bietet, gehen wir aufs Ganze.«

Cap holte tief Luft.

»Was will ich hier?«, fragte er.

»Die Jüngste.«

Er schüttelte den Kopf, als könne er es nicht glauben. Aber er wusste genau, dass es noch mehr Janes gab. Lebende.

»Vega …«, setzte er an, schwieg dann aber.

»Du musst dich beeilen«, sagte sie.

Er rührte sich nicht.

»Caplan?«

»Vega, ich will die Mädchen auch retten. Aber wir sollten die Lage checken, bevor wir da reinstürmen.«

Vega dachte nach.

»Was, wenn sie bewaffnet sind?«

»Kann schon sein, aber das ist sicher überschaubar.«

»Meinst du? Sie sind bekannt dafür, ihren Opfern gern mal in die Niere zu stechen und ihnen Stromstöße zu verpassen.«

Vega schloss die Augen.

»Okay«, sagte sie schließlich. »Geh mit einem Mädchen aufs Zimmer und schick mir eine Nachricht. Mehr nicht. Wie viele Personen, Waffen, was dir auffällt«, sagte sie. »Und wenn du in Gefahr bist, haust du ab. Sofort«, fügte sie hinzu.

Cap nickte.

»Auf geht's«, sagte sie dann.

»Ja. Gleich.«

»Keine Sorge, ich werde dich nicht küssen«, sagte Vega.

Cap lachte.

»Okay«, sagte er schließlich, »auf sie mit Gebrüll.«

Er stieg aus und marschierte zielstrebig auf das längliche blaue Haus mit dem rosafarbenen Türrahmen zu.

Er klopfte. Und klopfte erneut. Jemand eilte zur Tür. Es war Davis.

»Caplan, richtig?«

Cap nickte, musterte den Mann von Kopf bis Fuß. Seine

Haare waren kurz mit blonden Spitzen, die Augen funkelten aufmerksam.

»Davis?«

»Ja, komm rein, Mann.«

Er trat auf die Seite und ließ Cap eintreten.

Es roch nach Raumduft, wie von diesen Pappbäumchen, die an Rückspiegeln hingen, oder nach Rasierwasser. Der Teppich war bräunlich mit diversen Bleicheflecken. Lief Davis im Haus herum, wenn er sich die Haare färbte?

Davis führte ihn in ein Zimmer voller Mädchen. Cap zählte neun, alle in BH und winzigen Slips. Alle barfuß. Manche sahen auf, als er hereinkam, andere starrten weiter auf die Spielshow, die im Fernseher in der Ecke lief. Zwei Mädchen lagen bäuchlings vor dem Apparat. Cap musste kurz an Jaylin Duffy und ihr Projekt denken, und er lächelte.

»Super Pferdchen, oder?«, fragte Davis, der Caps Reaktion auf die Auswahl zurückführte.

Cap spielte mit.

»Ja.«

Die Vorhänge vor dem Panoramafenster in der Mitte der Wand waren vorgezogen, auf den L-förmigen Tresen auf der gegenüberliegenden Seite standen Rum, Tequila und rote Bierpong-Becher. Ein fetter Kerl mit schwarzem Kinnbart saß auf einem Hocker davor, eine 42er Glock auf der Hüfte. Verdammt, Vega, dachte er, natürlich sind sie bewaffnet.

»Lara meinte, du willst die Jüngste.«

Bei dem künstlichen Geruch nach Erdbeer-Vanille-Parfüm und Bodylotion drehte sich Cap der Magen um. Er nickte und sah sich ein letztes Mal im Zimmer um.

»Missy ist zwölf.«

Eines der Mädchen, die auf dem Boden lagen, hob den Kopf und musterte Cap.

»Da vorn ist sie. Missy, *levántate*!«

Missy gehorchte. Sie war ungefähr eins zwanzig groß. Sie ließ Cap nicht aus den Augen, als sie sich langsam um die eigene Achse drehte, damit er ihren Körper von allen Seiten bewundern konnte. Sie trug einen knappen schwarzen Body.

Cap nickte.

»Sechshundert pro Stunde. Vorauskasse«, sagte Davis.

Cap zog seine Geldbörse hervor, nahm ein paar Scheine heraus und drückte sie Davis in die Hand, der sie genau nachzählte.

»Zeig ihr einfach, was du willst. Du kannst sie schlagen, aber nicht ins Gesicht.«

Cap nickte erneut. Am liebsten hätte er dem Mann die Fresse poliert.

Missy stellte sich vor Cap hin. Davis packte sie am Arm und flüsterte ihr etwas ins Ohr. Sie sah zu Boden.

»Die Stunde läuft«, sagte Davis.

Missy lächelte und umschloss Caps Finger mit beiden Händen. Vermutlich wollte sie verführerisch wirken, aber sie sah aus wie ein kleines Mädchen, das Mamis Schminksachen ausprobiert hat. Und auf den zweiten Blick wirkte sie völlig verängstigt.

Sie führte Cap nach unten in einen Flur, von dem zu beiden Seiten Zimmer abgingen. Sie waren verschlossen. Fast am Ende blieb sie vor einer Tür stehen und öffnete sie. Sie machte eine ausschweifende Geste, als wollte sie Cap eine Suite präsentieren. Cap trat ein. Es war nur eine winzige Kammer, darin standen ein Doppelbett und ein Aktenschrank mit einer Schublade, was Cap seltsam fand, aber er fragte sich, ob er alles richtig wahrnahm, denn er war ziemlich geschockt. Auf dem Boden neben dem Bett lag ein zusammengefaltetes Handtuch.

Missy schloss die Tür und sperrte ab. Sie stellte sich vor Cap und knipste ihr Lächeln an. Dann zog sie den Body aus und ließ ihn zu Boden fallen. Cap wandte den Blick rasch von ihrem nackten Körper ab und konzentrierte sich auf ihr Gesicht. Sie nahm seine Hand und versuchte, sie an ihre kleine Brust zu führen, doch Cap zog sie rasch weg. Sie sah ihn ängstlich an, verwirrt.

»Nein«, sagte er ein bisschen zu laut. Er hob den Body auf und gab ihn ihr zurück. »Bitte«, sagte er. »*Por favor.*«

Er bedeutete ihr, dass sie sich wieder anziehen solle. Missy starrte ihn an. Er drückte ihr den Body an den Körper.

»Bitte«, flüsterte er erneut.

Plötzlich wirkte Missy verschüchtert. Rasch zog sie sich wieder an und verschränkte die Arme vor dem Körper, als müsste sie sich schützen. Sie flüsterte etwas auf Spanisch, Cap verstand nicht viel, vielleicht sagte sie »anders«, vermutlich wollte sie wissen, ob er eine andere wollte.

Er schüttelte heftig den Kopf und hob einen Finger in die Luft. *Warte kurz!*

Er zog das Foto von Maricel Villareal am Fenster hervor und zeigte es ihr.

»Kennst du sie?«, flüsterte er auf Englisch. »Kennst du das Mädchen? Maricel?«

In Missys Augen lag nackte Panik, doch sie nahm das Foto.

»Maricel«, sagte sie.

»Ja. *Sí*«, sagte Cap. Dann zeigte er auf sich. »Ich will helfen. *Ayuda*«, sagte er und zeigte auf sie.

Missy war wie gelähmt, immer noch starrte sie auf das Foto.

Weil er es zu kompliziert fand, ihr genau zu erklären, wer er und Vega waren, legte er die Hand auf die Brust und sagte einfach. »*Policía.*«

Missy schüttelte den Kopf, redete auf Spanisch, zu schnell für Cap. Sie drückte ihm das Foto in die Hand und wich zurück, die ganze Zeit sprach sie schnell und aufgeregt und zeigte immer wieder auf die Tür.

»Rafa«, sagte sie. Dann leiser, aber eindringlicher: »*Rafa …*«

Cap sah zur Tür. Was oder wer war Rafa?

»Rafa?«, wiederholte er.

Sie redete auf ihn ein, schüttelte den Kopf, ihre kleinen Hände zitterten. Cap hob erneut den Finger, zog sein Handy heraus und tippte eine Nachricht an Vega. *Ein Fetter mit Glock im Wohnzimmer, acht Mädchen. Im Zimmer mit neuntem Mädchen. Sie kennt Maricel.*

Missy war bis zum Bett zurückgewichen, drückte sich an die Wand, machte sich so klein und flach, dass sie Cap an eine gepresste Blume erinnerte.

»Hey, alles ist gut«, sagte er so sanft wie möglich. »Ich tu dir nicht weh. *Ayuda*«, wiederholte er.

Vegas Antwort kam prompt. *Weitere Männer? Waffen?*

Nein. Nur der Fette und Davis, schrieb er und schickte die Nachricht ab.

Was heißt rafa?, schickte er hinterher.

Missy weinte, sie hielt sich beide Hände vor den Mund und atmete laut durch die Nase.

»Komm, ich hol dich hier raus«, sagte Cap. Er trat einen kleinen Schritt vor, als sein Handy vibrierte.

Bin auf dem Weg. Rafa sagt mir nichts, vielleicht ein Name.

Da flog die Tür auf. Missy schrie aus Leibeskräften, und Cap sah, warum. Es gab noch einen Dritten im Bunde, zwei Köpfe größer als er, ein echtes Tier, schwarzes, schulterlanges Haar, Piercings in Wangen, Ohren, Brauen und Nacken. Tote dunkle Augen.

Rafa.

Er hielt etwas in der rechten Hand, Cap tastete nach seiner Sig, doch es war zu spät. Rafa jagte ihm mit dem Taser zwei Stöße in den Bauch. Als Cap zu Boden fiel, spürte er gar nichts, dachte gar nichts, seine Augen waren aufgerissen, sein Körper gelähmt. Er kam sich vor wie in einem Lift, der stetig in die Tiefe sauste.

Vega bekam nichts zurück.

Antworte mir, schrieb sie.

Nichts.

»Verdammt noch mal, Caplan!«, rief sie.

Genervt stieg sie aus, den Bolzenschneider über der linken Schulter, die Springfield in der rechten Hand.

Mit großen Schritten marschierte sie auf das Haus zu, schwang den Bolzenschneider und trieb ihn nahe der Klinke durch die Tür. Das Holz zersplitterte, hielt aber stand, also schlug Vega noch einmal zu. Die Klinke brach ab. Sie schob die Hand durchs Loch, fand den Riegel, löste ihn und öffnete die Tür.

Ein stickiges Haus voller schreiender Mädchen. Sie folgte dem Geschrei durch einen bogenförmigen Durchgang, sah die Mädchen, nahm aber nicht weiter Notiz von ihnen. Ihr gegenüber stand der Fette, der sich von hinten ein Mädchen schnappte, das er sich als Schutzschild vor den Körper hielt, den Lauf seiner Waffe an ihrer Schläfe.

»Noch ein Schritt näher, und ich knall sie ab«, knurrte er.

Vega versuchte, die Lage abzuschätzen. Im Haus befanden sich noch acht weitere Mädchen, alle waren viel Geld wert. Auch wenn diese Typen schon zwei auf dem Gewissen hatten, würden sie die anderen sicher nicht einfach so umlegen.

Vega war sicher, dass der Fette bluffte. Sie sah das Mädchen an, das nicht besonders alarmiert wirkte. Schock, dachte Vega. Die anderen schrien und wimmerten und drückten sich an die Wand.

Vega hob die Springfield und zielte.

»Bei der Sache gibt es ein Problem«, sagte sie. »Du bist zu fett für dein Schutzschild.«

Sie schoss zweimal, erwischte ihn am Ellbogen seiner Schusshand und am Knie. Er schrie auf, sackte zusammen und ging so hart zu Boden, dass Vega den Aufprall unter den Füßen spürte. Die Waffe fiel ihm aus der Hand. Das Mädchen stand noch, war aber mit Blut bespritzt.

Vega durchquerte das Zimmer und kniete sich neben den Fetten. Er jammerte und wand sich wie ein Walross. Vega beugte sich dicht an sein Gesicht und setzte den Bolzenschneider an. Du musst sie da erwischen, wo's wehtut, würde Perry sagen.

»Wie viele Männer außer dir und Davis?«, fragte sie.

Der Fette stöhnte, Speichel troff ihm aus dem Mund. Vega nahm seine Eier in die Zange.

Er schrie.

»Wie viele?«

»Nur noch einer, Rafa«, stieß er hervor, dann verlor er langsam das Bewusstsein.

Vega löste das Werkzeug, er keuchte, ließ den Kopf auf den Teppich fallen. Vega betrachtete seine Schusswunden. Er blutete stark, aber sie hatte vermutlich keine Organe oder wichtigen Blutgefäße verletzt. Nur die Knochen und Fett, aber genug, um ihn schachmatt zu setzen. Sie schnappte sich seine Glock und schob sie sich hinten in den Hosenbund.

»Bist du verletzt?«, fragte sie das Mädchen, das der Fette als Schutzschild missbraucht hatte.

Das Mädchen schüttelte den Kopf. Ihre rechte Gesichtshälfte war mit Blut bespritzt. Sie schien zu den Älteren zu gehören, trug ein Hemdchen mit Spaghettiträgern, keinen BH, rosa Slip. Barfuß. Alle waren barfuß.

»Hallo, ich heiße Vega. Ich will euch helfen.«

Als das Mädchen nicht reagierte, fuhr Vega fort.

»Zuerst muss ich meinen Partner finden, der Weiße, der gerade reingekommen ist. Weißt du, wo er ist?«

»Rafa hat ihn in Garage gebracht«, sagte sie.

»Wo ist die Garage?«

Das Mädchen zeigte auf die Tür. Draußen. Vega erinnerte sich an den Schuppen.

»Gibt es noch andere außer Coyote Ben und Rafa?«

Das Mädchen schüttelte den Kopf.

»Und noch andere Mädchen außer euch?«

»Zwei. Missy und Chicago«, sagte das Mädchen. Das letzte Wort sprach sie hart aus, ihr spanischer Akzent war deutlich zu hören.

Das Mädchen zeigte auf ihren Kopf. »Unten bei Chicago ist ein Mann mit Glatze, hat keine Waffe.«

Vega sah sich im Zimmer um. Die anderen Mädchen kauerten verängstigt in den Ecken, als wollten sie mit der Wand verschmelzen.

»Hat Coyote Ben eine Waffe?«

Das Mädchen zuckte die Achseln.

»Er hat Messer«, sagte sie und hielt die Hände vor die Brust. »So lang.« *Ungefähr fünfzehn Zentimeter.*

Sie hat es also schon ein paarmal zu Gesicht bekommen, dachte Vega.

»Hat Rafa eine Waffe?«

»Rafa hat alles.«

»Yo me ocuparé de él.« Sie wusste, dass es nicht so richtig rübergekommen war, hatte Spanisch von ihrem Vater und auf der Highschool gelernt, aber ihr fiel das richtige Verb gerade nicht ein. Das Mädchen sah sie verständnislos an, doch Vega blieb keine Zeit, sich klarer auszudrücken.

Der Fette hatte sich mittlerweile komplett verabschiedet, aber er lebte, denn sein Wanst hob und senkte sich wie Wackelpudding.

»Ich suche meinen Partner, du bleibst hier, okay?«

Das Mädchen nickte mit erstaunter Miene. Wo sollte sie schon hin?

Die anderen waren verstummt, sie wirkten verängstigt, aber auch irgendwie weggetreten. Hatte man sie unter Drogen oder Medikamente gesetzt?

Vega nickte und ging nach unten. Sie schlich auf leisen Sohlen, die Springfield in der ausgestreckten rechten Hand, den Bolzenschneider über der linken Schulter. Da hörte sie plötzlich ein Rascheln, leise Schritte. Sie erstarrte, biss die Zähne zusammen. *Los, du Wichser!*, dachte sie, *ich hab was Hübsches für dich.*

Cap wusste, dass man ihn aus dem Haus zog, er spürte den Kies unter seinem Rücken und sah die grelle Sonne über sich, sie schien ihm direkt in die tränenden Augen, er konnte sich nicht schützen.

Rafa zerrte an ihm herum, seine massige Pranke packte Cap von hinten am Kragen, der Knopf bohrte sich so tief in seine Kehle, dass er fast erstickte, aber er konnte sich nicht rühren, nicht mal husten, seine Muskeln gehorchten einfach nicht.

Dann war er auf einmal in einem neuen Raum, es roch irgendwie verbrannt, Cap fühlte sich an seine Spielzeugeisenbahn erinnert. So hatte es gestunken, wenn die Waggons entgleist waren und die Batterie zu schwelen begann.

Das Sonnenlicht fiel in feinen Streifen durch die Ritzen. Holzbretter, dachte Cap. Man ließ ihn fallen wie einen Sack, sein Kopf knallte ungebremst auf den Betonboden, der Schmerz durchzuckte ihn wie ein Stromstoß. Er röchelte, ein erstickter Schrei drang ihm aus der Kehle.

Er hörte Rafa herumlaufen, verdrehte die Augen, um zu sehen, was er trieb. Die Tür fiel zu, dann klickten mehrere Schlösser.

Rafa kehrte zurück, beugte sich vor und untersuchte Cap wie ein Objekt unter dem Mikroskop. Der Kerl kam ihm so nah, dass Cap seinen Schweißgestank direkt in der Nase hatte. Dann griff ihm sein Widersacher unter die Achseln, hob ihn vom Boden, warf ihn sich wie einen Sack über die Schulter und ließ ihn auf einen schmalen Tisch knallen.

Cap verdrehte die Augen zur Wand. Dort hingen verschiedene Werkzeuge, eine Säge, Hammer, Schraubendreher, Schraubstock, verschiedene Zangen – alle waren mit seltsamen rostroten Flecken besudelt.

Cap war zwar kein Handwerker, aber er wusste, dass Rost keine bräunlichen Spritzer hinterließ.

Das tat nur Blut.

Vega ging um die Treppe herum, wo sich ein weiterer schmaler Gang befand. Dort, im Eingang zu einem Zimmer, kauerte ein kleines Mädchen in Spitzendessous. Ihre Angst war lebendig, nicht so stumpf wie die der anderen Mädchen. Sie zitterte am ganzen Leib und ratterte eine Litanei herunter, während ihr Blick hektisch über die Decke wanderte.

»Alles gut«, sagte Vega auf Spanisch. »Ich werde dir helfen.«

Das Mädchen schüttelte verzweifelt den Kopf.

»Rafa«, flüsterte es.

»Er hat den weißen Mann in die Garage gebracht«, sagte Vega.

Das Mädchen hielt inne.

»Wo ist Coyote Ben?«

»Weiß nicht.«

»Bist du Missy?«

Die Kleine nickte.

»Was ist mit Chicago? Das Mädchen Chicago?«

Missy zeigte auf den Gang und hob drei Finger. *Das dritte Zimmer.*

Jetzt erst nahm Vega Notiz vom Grundriss des Hauses. Auf jeder Seite befanden sich vier Türen, die Zimmer waren offenbar nur so groß wie Kabinen, die dünnen Trennwände aus weißen Faserplatten mit Metallrahmen waren eindeutig nachträglich eingezogen worden.

Vega eilte durch den schmalen Gang. Vor der dritten Tür auf

der rechten Seite blieb sie stehen. Sie zeigte mit dem Finger darauf und sah Missy an. Sie nickte. Vega klopfte sanft mit ihrer Waffe dagegen. Als sich nichts rührte, schlug sie mit dem Bolzenschneider dagegen.

Die Tür öffnete sich einen Spaltweit, und ein untersetzter Glatzkopf spähte hinaus.

»Ich hab noch zwölf Minuten«, jammerte er weinerlich.

Vega trat die Tür auf und hielt ihm die Springfield ins Gesicht. Der Mann, nackt bis auf sein weißes T-Shirt, stolperte rückwärts und fiel. Vega verfolgte ihn, während er hektisch auf dem nackten Hintern über den Boden rutschte, bis er gegen die Wand stieß. Die ganze Zeit zielte Vega auf sein Gesicht.

»Wo sind deine Wagenschlüssel?«, fragte sie.

Der Lauf ihrer Waffe bohrte sich in seine schweißnasse Stirn.

»In meiner Hose«, stammelte er.

»Holen!«

Der Mann kroch zu seiner Hose und durchsuchte panisch die Taschen, bis er schließlich ein kleines Schüsselbund fand.

Vegas Blick wanderte kurz zu Chicago, die nackt auf dem Bett lag. Sie sah nicht älter aus als sechzehn und hatte ein ringförmiges rotes Brandmal an der Schläfe. Wie die unbekannte Tote. Das Mädchen machte keine Anstalten, ihren nackten Körper zu bedecken. Stand sie unter Drogen? War ihr Hirn schon zu Brei verkocht? War sie von den vielen Schlägen und Vergewaltigungen traumatisiert? Vega wusste, dass traumatische Erlebnisse im Hirn schlimme Schäden anrichten konnten.

Der Glatzkopf schlüpfte zitternd in seine Hose und versuchte, seine Gürtelschnalle zu schließen.

»Lass deine Klamotten, du Flachwichser!«, brüllte Vega.

Er richtete sich auf, hielt sich die Finger mit dem Schlüsselbund vor die Genitalien, als könnte er so seinen mittlerweile auf Erbsengröße geschrumpelten Schwanz bedecken.

»Verpiss dich, verdammt!«, fuhr Vega ihn an.

Glatzkopf nahm die Beine in die Hand, die Schlüssel klirrten in seinen Fingern.

Vega ließ die Waffe sinken und betrachtete Chicago, die sie beobachtete wie ein waidwundes Reh.

»Weißt du, wo Coyote Ben ist?«, fragte sie.

Das Mädchen starrte Vega nur an, sie war offenbar nicht zu ihr durchgedrungen.

»Geh nach oben zu den anderen«, sagte Vega schließlich.

Als Chicago sich aufrichtete, stellte Vega fest, dass das Mädchen sie tatsächlich überragte. Unter ihren perfekten Brüsten waren ihre Rippen zu erkennen. Ohne sich anzuziehen verließ Chicago die Kabine.

Vega kehrte zurück auf den Flur und trat alle anderen Türen ein. Sie waren identisch, Doppelbett, Aktenschrank. Kein Davis.

Sie wandte sich um und rannte zurück. Die Gänge waren schmal und unübersichtlich, eine Gemengelage, die Vega zutiefst verabscheute. Rasch hechtete sie wieder nach oben, jetzt war es ihr egal, ob man sie hörte, denn sie wusste, dass Davis, falls er noch hier und nicht schon auf dem Weg nach Tijuana war, nur oben sein konnte.

Als sie aufs Wohnzimmer zulief, tauchte er plötzlich aus dem Nichts auf und jagte ihr sein Messer in den Bauch.

Vega hörte Jacke und Bluse reißen, sie ließ die Waffe fallen, taumelte gegen die Wand, weg von Davis. Ihr war klar, dass er sie erwischt hatte, doch sie spürte keinen Schmerz, nur das warme Blut, das ihre Kleidung durchtränkte. Sie stand noch, war nicht gestürzt und auch noch bei Bewusstsein, daher ging sie davon aus, dass er sie nur leicht verletzt hatte.

Doch keine Sekunde später kam Davis ein zweites Mal auf sie zu. An der Art, wie er das Messer hielt, erkannte Vega, dass der erste Angriff sie nur außer Gefecht setzen sollte. Jetzt würde er richtig zustechen. Er zielte erneut auf ihren Bauch.

Aber da war ja noch der Bolzenschneider.

Mit beiden Händen schwang sie das Ding so fest sie konnte, erwischte Davis mit voller Wucht an der Hüfte und streckte ihn zu Boden. Er ließ das Messer fallen und schrie, die Hände an seinem zertrümmerten Hüftknochen. »Scheiße! Scheiße! Scheiße!«, brüllte er.

Vega wusste, dass sie noch Informationen von ihm brauchte, doch zuerst wollte sie ihm richtig Schmerzen zufügen. Sie zielte auf seinen Mund und schlug zu, nicht mit voller Wucht – sie wollte ihm ja nicht den Schädel zertrümmern -, aber heftig genug, um ihm Kiefer und Nasenbein zu brechen und die reinweißen Beißerchen zu demolieren. Er brüllte und heulte, schlug sich die Hände vor den Mund, aus dem jetzt Blut und Speichel strömte, ihm über die Finger quoll. Tränen liefen ihm über die Wangen.

Vega schnappte sich ihre Wumme und drückte mit dem Ellbogen gegen die Schnittwunde in ihrer Seite. Sie trat über Davis hinweg und dachte *Guter Junge, schön am Boden bleiben!*

Cap hörte das Sirren.

Rafa arrangierte das Werkzeug um seinen Kopf herum. Er saß auf einem Drehstuhl auf Rollen. Mit dem Daumen zupfte er an Caps Lidern und spähte ihm erst ins rechte, dann ins linke Auge.

»Alles klar, Boss«, sagte er, als würde er ihm gleich einen Drink servieren. »Das nächste Mal kommst du in einem besseren Kostüm, ja?«

Er schob die Finger in Caps Mund, drückte gegen die obere Zahnreihe und schob einen Plastikschutz hinein, wie sie Boxer verwendeten.

»Wenn du dir die Zunge abbeißt, muss ich die Sauerei aufwischen, Boss«, sagte Rafa.

Caps Atem ging schneller. Er schnaubte.

»Ja, ich weiß. Das erste Mal ist immer das Schlimmste.«

Rafa beugte sich vor und legte einen Schalter um. Das Sirren wurde lauter. Rafa drückte Cap ein Silikonkissen an die linke Schläfe. Er spürte nur ein winziges Zucken in seinem rechten kleinen Finger. Cap versuchte sich auf seine Zehen und Finger zu konzentrieren, zwang sich, sie zu bewegen. Aber dann legte Rafa einen anderen Schalter um, das Sirren klang jetzt, als käme es von einer Riesenmücke. Dann kam der letzte Schalter dran.

Ein heftiger Stromstoß durchzuckte ihn, löschte alle Gedanken, ließ die Muskeln tanzen und knipste sein Hirn aus.

Vega ging auf die Garage zu, eigentlich eher ein windschiefer Schuppen aus billigen Holzplatten. Es gab nur eine Tür. Vega zog am Griff, doch sie war abgeschlossen. Sie rammte die Schulter dagegen, aber die Tür gab nicht nach. Offenbar war sie innen mit einer soliden Platte verstärkt worden.

Also rückte sie ihr mit dem Bolzenschneider zu Leibe. Der schlug zwar eine Beule und die ganze Wand bebte, aber die Tür gab nicht nach.

»So geht sie nicht auf«, sagte jemand auf Spanisch.

Vega fuhr herum, hinter ihr stand das ältere Mädchen, ihre rechte Gesichtshälfte war noch mit dem Blut des Fetten besudelt. Die anderen waren ebenfalls aus dem Haus gekommen, sie standen hinter ihr und blinzelten in die Sonne. Manche hatten sich auf den Boden gesetzt, doch keine von ihnen machte Anstalten zu fliehen.

»Es gibt ...«, sagte sie, offenbar suchte sie nach den richten Worten, »... Metall hinter der Tür.«

Vegas Gedanken rasten. Stahl, Aluminium, Acryl. Keines dieser Materialien würde ohne spezielle Beschichtung einer Kugel standhalten.

»Geh da rüber«, Vega zeigte auf die anderen.

Das Mädchen gehorchte, beäugte sie aber neugierig. Vega zog die Springfield aus dem Holster und entsicherte sie. Dann trat sie einen Schritt zurück, zielte und schoss. Die Kugel prallte mit einem blechernen Geräusch von der Tür ab, die Hülse landete im Dreck. Noch eine Beule. Mehr nicht. Also doch präpariert.

Vega trat noch weiter zurück und überlegte, es an einer anderen Stelle des Schuppens zu versuchen, doch zwei Dinge brachten sie davon ab: Sie konnte nicht sicher sein, wo genau die beiden waren, und wenn sie sich zu lange an der Wand zu schaffen machte, hätte Rafa genug Zeit, Cap zu verletzen. Sie brauchte etwas Schnelleres. Etwas mit Wumms.

Als sie zum Wagen rannte, fiel ihr auf, dass ihre Bluse und Hose auf der rechten Seite bereits blutdurchtränkt waren. Sie wusste aber, dass sie nicht zu viel verloren haben konnte, denn ihr Verstand funktionierte immer noch einwandfrei und ihr war auch nicht schwindelig.

Sie rutschte hinters Steuer, warf den Bolzenschneider auf den Sitz neben sich und schob die Waffe ins Holster, bevor sie den Gurt anlegte, ihn trotz ihrer Schmerzen festzog. Dann öffnete sie die Fahrertür.

Los!

Sie gab Gas, bretterte direkt auf den Schuppen zu. Kurz vor der Seitenwand ging sie auf die Bremse und drehte den Kopf zur Seite. Der Wagen krachte durch die Seitenwand.

Der Airbag explodierte und erwischte sie wie ein Boxhandschuh, es roch nach Rauch und Puder. Sie tastete sich am Gurt entlang zur Schnalle und löste ihn. Ihre rechte Seite war mittlerweile taub geworden, sie spürte keine Schmerzen mehr. Der Aufprall hatte einen heftigen Adrenalinschub ausgelöst.

Sie schob sich aus dem Sitz zur Tür, die zwar nicht weit geöffnet, aber auch nicht ganz geschlossen war, sodass sie sie mit der Schulter aufschieben konnte. Dahinter ging sie in die Hocke und zog ihre Springfield. Mit der Linken holte sie die Glock aus dem Hosenbund, die sie dem Fetten abgenommen hatte.

Im unteren Teil der Seitenwand prangte ein großes Loch. Es roch nach Rauch, aber Vega konnte nicht erkennen, was brannte.

Sie hob den Kopf ein wenig und spähte durchs Seitenfenster. Caplan lag auf einem Tisch, sein Gesicht war nicht zu sehen. Er rührte sich nicht. Rafa hatte die Waffe gezogen und schoss auf die Windschutzscheibe. Er war riesig, fast zwei Meter groß, und sah aus, als würde er regelmäßig Gewichte stemmen.

Sie hielt die Springfield über die Tür, zielte auf seine Beine und erwischte ihn am Oberschenkel. Der Mann ging schreiend zu Boden. Erst da kam sie aus der Deckung, eilte auf ihn zu und feuerte mit der Glock in sein anderes Bein. Der Riese schrie erneut, seine Hände flogen instinktiv zur Wunde.

Die Glock war größer als Vegas Waffe und hatte einen ziemlich heftigen Rückstoß, aber sie behielt sie fest in der Hand. Mit der Springfield schoss sie ihm in den Fuß. Er wand sich vor Schmerzen und schrie weiter.

Vega steckte die Waffen ein und eilte zu Cap. Er blinzelte hektisch. An seinem Kopf befand sich eine Elektrode und sein Mund stand leicht offen. Vega sah den weißen Mundschutz vor seinen Zähnen.

»Caplan«, sagte sie, als sie die Finger in seinen Mund schob.

Sie zog den Schutz heraus und warf ihn zu Boden. Dann entfernte sie die Elektrode. Auf Caps linker Schläfe prangte ein kreisrundes Brandmal.

»Caplan«, wiederholte sie sanfter.

Sie ergriff seinen Kopf. Er sah sie an, seine Augen suchten in ihrem Gesicht, aber er sagte nichts. Er zuckte am ganzen Körper, Lippen, Finger, Füße. Sein Kopf bewegte sich ruckartig zur Schulter.

»Kannst du mich hören?«, fragte sie.

Er nickte abrupt. Sie nahm seine Hand.

»Kannst du meine Finger drücken?«

Sie spürte etwas, nicht stark, aber deutlich.

»Beweg deine Füße«, sagte sie.

Er gehorchte.

»Jetzt das Bein, das hier«, sagte sie und klopfte auf seinen linken Oberschenkel. »Nur ein bisschen.«

Cap blinzelte hektisch, als hätte er die Anweisung nicht verstanden, aber dann bewegte sich sein Bein.

»Wie ist es mit dem anderen?«

Er hob das rechte Bein. Alles paletti!

»Gut. Ich ziehe dich hoch.«

Sie beugte sich zu ihm hinab, ergriff seine Hand, umfasste mit dem freien Arm seinen Oberkörper und zog. Als sie spürte, wie er die Muskeln anspannte, ließ sie seine Hand los. Automatisch drehte er den Körper zur Seite und richtete sich auf. Die Beine ließ er herunterbaumeln, wie nach der Untersuchung beim Arzt.

Vega stellte sich neben ihn und legte ihm den Arm um die Schulter.

»Auf drei!«, sagte sie.

Cap nickte.

Sie hob ihn an, er stellte sich auf die Beine. Vorsichtig machten sie die ersten Schritte. Vegas Flanke schmerzte wieder. Sie stiegen über den zuckenden Rafa hinweg und liefen an Vegas zertrümmerten Wagen vorbei durch das Loch in der Wand ins Licht.

13

Vega war so lange wie möglich bei ihm geblieben. Jetzt lag sie im Nachthemd auf dem Krankenbett, bekam Kochsalz und Blut, während ein Arzt auf einem Stuhl daneben ihre Wunde vernähte. Lidocain sorgte dafür, dass sie so gut wie nichts spürte.

Wenn sie die Augen schloss, hatte sie die Bilder wieder vor sich, die Mädchen, den Krankenwagen, Otero und Cap, der sich schwer auf sie stützte und unzusammenhängendes Zeug vor sich hinmurmelte. *Kopf, fühlt sich komisch an, Mädchen, Otero, Nell. Vega. Vega.*

»Wir unterhalten uns später«, hatte Otero gesagt, als er sie sanft in den Krankenwagen verfrachtet hatte. Das war der Moment gewesen, als es Vega langsam schummrig wurde. Sie versuchte, mit Otero über das weitere Schicksal der Mädchen zu verhandeln, was passierte mit der Kleinen, die mit Blut bespritzt war? Alle stiegen in einen kleinen Bus. Nirgendwo stand der Name einer Strafanstalt, aber die Fenster waren vergittert. Dann schloss sich die Tür des Krankenwagens, und sie setzte sich neben Cap, der auf einer Trage lag und von einem Sanitäter versorgt wurde. Cap sagte etwas, aber seine Worte klangen seltsam abgehackt.

»Man hat ihn unter Strom gesetzt«, sagte Vega. »Tausend Volt. Er braucht ein CT!«

Sie hatte die Hand gegen die Wunde gepresst, doch dann so sehr zu zittern begonnen, dass sie mit den Zähnen geklappert hatte.

Der Arzt an ihrem Bett hatte keine Eile. Er vernähte die Wunde mit großer Geduld. Sein Haar war orangefarben, sein Gesicht weich und rund wie das eines Babys, die Haut blass und voller Sommersprossen. Vega dachte, er sollte lieber Eiscreme schlecken, als sich hier um die Wundversorgung zu kümmern.

Bei ihrer Ankunft in der Notaufnahme wurden sie getrennt, Cap hatte man auf der Trage weggeschoben, Vega in einem Rollstuhl. Einmal hatte sie versucht, aufzustehen, doch ihr war so schwindelig geworden, dass sie sich sofort wieder setzen musste und sich danach ohne Murren und Knurren in die Erstversorgung schieben ließ. Es war ihr schwergefallen, die Augen offen zu halten, und langsam waren ihr die Zehen und Fingerspitzen taub geworden. Als sie von den Schwestern in ein Bett gelegt wurde, hatte sie endlich die Augen geschlossen.

Sie hatte keine Ahnung, ob Cap immer noch in der Notaufnahme, im CT, bereits entlassen war oder narkotisiert im Zimmer neben ihr lag.

»Hey, haben Sie's bald?«, fragte sie den Arzt.

»Ja, gleich. Dringender Termin?«, fragte er belustigt.

»Genau.«

Er zeigte auf den Beutel mit Blut. »Sie müssen warten, bis das durch ist. Wir haben noch keine Laborwerte für Sie, also wissen wir nicht, wie viel Sie verloren haben.«

Dann widmete er sich wieder seiner Arbeit.

Vega blickte zum Beutel. Er war erst halbleer.

»Wie lange dauert das noch mit der Transfusion?«, fragte sie.

»Zwischen einer halben und einer Stunde«, erwiderte der Arzt, ohne aufzusehen.

Mit einem Seufzer nahm sich Vega ihr Handy vom Tablett, aber sie hatte keine neuen Nachrichten. Und seltsamerweise auch keinen Empfang.

»Okay«, sagte er schließlich. »In zwei Wochen kommen Sie zu uns, oder Sie gehen zu Ihrem Hausarzt, damit der die Fäden zieht.«

Er verband die Wunde, gab ihr ein Pflaster mit Instruktionen, dann erhob er sich.

»Danke«, sagte Vega. »Ich ziehe mich schon mal an, während ich warte. Wo sind meine Sachen?«

Der Arzt, schon halb auf dem Flur, wandte sich noch einmal zu ihr um. Er sah verwirrt aus.

»Sind die nicht hier?«, fragte er. »Hm. Vielleicht sind sie noch in der Notaufnahme. Ich schicke jemanden zum Nachsehen.«

Mit einem knappen Lächeln ging er aus dem Zimmer und schloss die Tür. Vega wartete eine ganze Minute, ehe sie aufstand und mit dem Tropfständer im Schlepptau zur Tür schlich. In ihren Socken fand sie kaum Halt auf dem glatten Boden.

Sie öffnete die Tür, und siehe da, im Gang saßen zwei Polizisten, genau wie sie es erwartet hatte. Ein Schwarzer, ein Weißer, beide jung.

»Können wir Ihnen helfen, Ma'am?«, fragte der Weiße.

»Ich suche meine Sachen«, sagte Vega mit gedämpfter Stimme.

»Jemand wird sie schon für Sie finden«, sagte der schwarze Polizist. »Sie sollten sich ausruhen, während Sie warten. So ganz auf den Beinen sind Sie sicher noch nicht.« Er grinste breit.

Fehlten nur noch die Cowboyhüte. *Jetzt bleib schön sitzen, meine Kleine, und hör auf das, was wir dir sagen.*

Sie rang sich ein Lächeln ab und nickte. Dann zog sie sich ins Zimmer zurück und schloss die Tür. Ungeduldig tippte sie mit den Fingern auf der Oberfläche herum, allerdings so leicht, dass die Männer draußen es nicht hören konnten. Und zum ersten Mal hatte sie nicht Perrys Stimme im Kopf, sondern McTiernans: *Irgendwas. Stimmt. Da. Nicht.*

Cap wurde nicht sofort wach, es war eher ein langsames Zurückdämmern in die Wirklichkeit. Eigentlich hatte er geglaubt, die ganze Zeit über bei Bewusstsein gewesen zu sein, auf dem Weg vom Haus zum Schuppen in Salton, im Krankenwagen, in der Notaufnahme und während des ohrenbetäubenden Lärms im CT. Aber er musste sich eingestehen, dass er ein paar gravierende Erinnerungslücken hatte. Hatte Vega neben ihm im Krankenwagen gesessen oder war es Nell gewesen? Oder Jules? Hatte da tatsächlich ein Auto mit qualmendem Motor mitten im Schuppen gestanden? War es Tag oder Nacht gewesen? Hatte er mit den Mädchen auf dem Rasen gesessen und hatte Missy, die Kleine, mit der er nach unten gegangen war, seine Hand gehalten und sich bei ihm angelehnt, während Vega neben ihm telefoniert hatte? Hatte Vega geblutet?

Es lag am Schock, das wusste er. Der Nebel würde sich hoffentlich mit der Zeit lichten.

Seine Muskeln zuckten, Füße, Beine, Arme, langsam kam wieder Leben in seinen Körper. Er sah sich um. Ein ganz normales Krankenzimmer, er hatte Socken an, ein Nachthemd und Boxershorts. Klare Flüssigkeit lief aus einem Tropf in eine Vene in seiner Hand.

Die Tür zu seinem Zimmer stand offen, aber es herrschte Stille. Keine Unterhaltung, keine Durchsagen, kein Zischen, Klingeln oder Piepsen. Offenbar waren die Leute in Kalifornien weniger krank.

Er betrachtete seine Hände, sie waren unverletzt. Irgendwas sollte er in den Fingern haben, das wusste er, aber was, wollte ihm beim besten Willen nicht einfallen. Eine Waffe? Eine andere Hand? Ein Handy? Handy, ganz sicher. Er musste Nell anrufen. Vielleicht sollte er ihr diesmal die ganze Wahrheit sagen, dachte er, nur die Hälfte zu erzählen war wie lügen. Wieso kamen ihm diese Worte bekannt vor?

Das Handy lag auf dem Tablett seines Nachttischs neben der

Plastikkanne mit Wasser. Er schaltete es ein, stellte aber rasch fest, dass er offenbar nichts verpasst hatte, weder Text- noch Sprachnachrichten. Dann sah er, warum.

»Kein Empfang, Mr Caplan?«

Cap blickte auf. In der Tür stand ein dunkelhaariger Mann mit hispanischem Aussehen.

»Nö«, sagte Cap.

»Ich auch nicht«, sagte der Mann und hielt sein Handy hoch, als könnte Cap die Signalstärke von seinem Bett aus erkennen.

Der Mann trat an Caps Bett und streckte ihm die Hand entgegen. »Deputy Chief Armando Posada«, stellte er sich vor.

»Max Caplan«, sagte Cap. Als er dem anderen Mann die Hand schüttelte, bemerkte er den dicken Ring an dessen Mittelfinger.

Posada zog sich einen Besucherstuhl ans Bett. Auf seinem Kinn prangte eine tiefe, dreieckige Narbe.

»Wie geht es Ihnen, Mr Caplan?« Er sprach Englisch mit leichtem Akzent.

Sein Gesicht war ernst und wettergegerbt. Offenbar verbrachte er viel Zeit in der Sonne, vielleicht war er früher mal starker Raucher gewesen, jetzt roch man allerdings nichts mehr davon. Er sah aus wie aus dem Ei gepellt, zu geschniegelt für einen Cop, auch wenn er Deputy Chief war. Graue Anzughose, weißes Hemd, goldene Manschetten, aber keine Krawatte.

»Seltsam«, sagte Cap, »aber nicht schlecht.«

»Haben Sie Hunger? Wir können Ihnen was zu essen besorgen, wenn Sie möchten.«

»Nein danke, noch nicht. Mr Posada, wissen Sie, wo meine Kollegin ist? Oder Commander Otero? Ich würde mich gern mit beiden unterhalten, eine Aussage machen und was auch immer nötig sein sollte, damit wir in dem Fall weiterkommen.«

Obwohl er es nicht mit Vega besprochen hatte, ging Cap davon aus, dass ein offener Austausch und Kooperation an dieser

Stelle die beste Vorgehensweise waren, denn schließlich hatten sie die Mädchen gefunden.

Posada streckte vorsichtig die Hand nach ihm aus. Cap hatte den Eindruck, er würde ihm am liebsten über den Kopf streicheln, was natürlich komplett unprofessionell gewesen wäre.

»Dafür ist noch genug Zeit«, sagte er. »Ms Vega hat viel Blut verloren, sie bekommt gerade eine Transfusion.« Er schwieg kurz. »Auf einer anderen Station«, fügte er dann hinzu.

Cap kramte in seiner fragmentarischen Erinnerung herum. Blut an Vegas Finger, das Handy ganz nass. Es tropfte ihr von der Flanke, direkt über dem Gürtel, auf den Rasen.

»Hat jemand sie verletzt?«, sagte Cap. »Was ist passiert?«

»Sie wurde mit dem Messer angegriffen. Aber man hat uns versichert, dass keine Organe getroffen wurden, das ist schon mal gut.«

Cap starrte Posada an, während er die Information verarbeitete. *Sie wurde verletzt.*

»Ist sie wach? Bei Bewusstsein?«

»Ja, keine Sorge.« Es wirkte fast, als wollte Posada gleich gutmütig loskichern. »Sie wird wieder gesund.«

»Ich muss mit ihr sprechen«, sagte Cap bestimmt.

Er drückte die Klingel, um die Schwester zu rufen. Als nichts passierte, drückte er nochmal, diesmal länger.

»Mr Caplan, ich hatte gehofft, wir könnten uns zuerst unter vier Augen unterhalten.«

»Klar, schießen Sie los«, sagte er und löste den Finger vom Knopf.

Die Nachricht von Vegas Verletzung hatte ihn endgültig geweckt. Er richtete sich ihm Bett auf.

»Ich möchte Ihnen persönlich dafür danken, dass Sie den Fall gelöst haben.«

Posada lächelte gütig, großherzig. Mehr sagte er nicht.

»Okay«, sagte Cap unsicher, »keine Ursache.«

»Ich bin sicher, Sie möchten so schnell wie möglich nach Hause zurückkehren. Wo war das noch mal? Philadelphia?«

»Ja, mehr oder weniger. Sobald wir die Mädchen zu ihren Familien zurückgebracht und herausgefunden haben, wer hinter der Operation steckt. Devin Lara, Ben Davis und andere – irgendwohin muss das Geld ja fließen.«

Posada straffte den Rücken. *Aha, die Plauderstunde ist vorbei,* dachte Cap. *Jetzt geht's ans Eingemachte.*

»Hab ich recht, Deputy Chief?«, hakte Cap nach.

»Vielleicht haben diese Mädchen keine Familie mehr«, sagte Posada nach einer Weile.

Er wirkte traurig, irgendwie niedergeschlagen.

»Möglich.« Cap wurde langsam ungeduldig. »Aber sie wurden verschleppt und zur Prostitution gezwungen, so viel steht fest.«

»Wir haben nicht viel in der Hand.« Posadas Blick wanderte im Zimmer umher. »Also ermitteln wir weiter, bis wir es herausgefunden haben.«

»Aha.«

Cap war nicht blöd. Er wusste genau, wenn jemand versuchte, ihn in die Irre zu führen. Und er war sicher, dass Posada ihm nicht die ganze Wahrheit sagte. Oder vielleicht gar keine.

»Ich habe mit Commander Otero und Agent Mackey gesprochen. Wir sind übereingekommen, nicht gegen Sie und Ms Vega vorzugehen, obwohl Sie unsere Ermittlung gefährdet haben.«

Cap prustete los.

»Na, da bin ich aber erleichtert!«, sagte er.

Posada fuhr ungerührt fort. »Amtsanmaßung, schwere Körperverletzung in mehreren Fällen, Hausfriedensbruch.« Er vollführte eine theatralische Geste, als würde er einen Zaubertrick vorführen. »Puff! Alles weg«, sagte er.

»Ich bin wirklich beeindruckt. Sehr großzügig von Ihnen,

wenn man bedenkt, dass Sie uns mit der Ermittlung beauftragt, wir gleich zehn vermisste Kinder gefunden und vermutlich auch den Mörder der beiden unbekannte Toten gefunden haben.«

Cap bemerkte, dass er laut geworden war, und die Vertrautheit seiner Emotionen erfüllte ihn mit neuer Energie. Doch seine Wut schien an Posada abzuprallen. Am liebsten hätte Cap ihm so richtig Bescheid gestoßen.

»Wir haben unseren Auftrag so ernst genommen, dass meine Kollegin sich dafür hat abstechen lassen«, spöttelte er. »Ich bin Ihnen so dankbar, dass Sie uns nicht anzeigen.«

Cap packte die Klingel und drückte erneut den Knopf. Dann zerrte er am Infusionsschlauch.

»Haben Sie es eilig, Mr Caplan?«

»Nein, aber ich möchte jetzt gehen, so gern ich Krankenhäuser auch habe.«

»Ich glaube, Sie sollten noch auf die Ergebnisse der CT-Untersuchung warten.«

»Die können Sie mir auch zumailen.« Cap schwang die Beine über die Bettkante.

»Stehen Sie nicht zu schnell auf«, sagte Posada und zog den Stuhl aus dem Weg. »Wir wollen nicht, dass Sie stürzen. Haben Sie mich verstanden, Mr Caplan?«

Cap brach der kalte Schweiß aus, er musste sich festhalten, um nicht hinzufallen. Er atmete tief durch und sah sich dann im Zimmer um. »Alles okay?«, fragte Posada.

»Ja, aber wo ist meine Kleidung?«

Posada runzelte leicht die Stirn.

»Seltsam. Vielleicht liegt sie noch in der Notaufnahme. Ich werde eine Schwester bitten, sie Ihnen zu bringen.« Posada erhob sich.

»Okay, danke.« Cap fühlte sich auf einmal nicht mehr ganz so sicher, wollte aber unbedingt hier weg. »Könnten Sie die Schwester bitten, den Tropf zu entfernen?«

»Klar.« Posada streckte erneut die Hand aus. »Es war mir ein Vergnügen, Sie kennenzulernen, Mr Caplan. Bitte denken Sie daran, nicht zu schnell aufzustehen.«

Cap schüttelte ihm die Hand, dann war Posada verschwunden. Die Tür hatte er hinter sich geschlossen. Cap tappte vorsichtig durchs Zimmer, den Tropfständer im Schlepptau, und suchte nach seinen Kleidern.

Irgendwann betastete er seine Schläfe, die Stelle, wo das Brandmal war. Sie fühlte sich fettig an, offenbar hatte man eine Salbe aufgetragen. Plötzlich flackerte Rafa vor ihm auf, und er setzte sich rasch aufs Bett. Der Stromstoß! In seinem Kopf gab es nur einen Gedanken: *Vega, wo bist du?*

Probiere es zuerst mit Logik.

Das war Vegas Motto. Warum von einer feindseligen Situation ausgehen, wenn es auch andere Erklärungen gab. Vielleicht war Otero einfach um ihre Sicherheit bemüht und hatte die Männer deshalb vor der Tür abgestellt. Vielleicht hatte man ihre Kleidung tatsächlich in der Notaufnahme vergessen. Könnte doch sein.

Sie öffnete die Tür.

»Können wir Ihnen helfen, Ma'am?«, fragte der Weiße erneut.

Sie lächelte freundlich »Ja, das hoffe ich zumindest. Ich möchte gehen, aber dafür brauche ich meine Kleidung«, sagte sie mit einem Kichern, als würde sie ständig ihre Klamotten verlieren.

Beide Polizisten erwiderten ihr Lächeln. Zuckersüß. Sie sahen einander an, als müssten sie sich einigen, wer zuerst sprechen durfte.

»Ja, aber die Schwester war noch nicht hier«, sagte der Schwarze schließlich. »Wir warten so lange, bis sie kommt.«

»Das ist nett von Ihnen, aber ich würde mich gern ein bisschen bewegen, wenn es Ihnen nichts ausmacht.«

Der Weiße öffnete den Mund, doch Vega ließ ihn nicht zu Wort kommen.

»Wissen Sie, meine Mom ist im Krankenhaus gestorben, und noch eine Woche vor ihrem Tod ist sie auf dem Gang herumgelaufen. Hat ihr gegen die Muskelschmerzen geholfen. Und ich glaube, das würde auch meiner Verletzung guttun. Bei mir besteht kein Sturzrisiko, also müssen Sie sich wegen der Haftung keine Sorgen machen.«

Mit diesen Worten trat sie in den Gang hinaus, woraufhin sich der schwarze Polizist ihr sofort in den Weg stellte und der Weiße sich zur Sicherheit hinter ihm aufbaute.

»Ma'am, tut mir leid, aber wir haben unsere Anweisungen.« Höflich, aber bestimmt.

Vega beugte sich zu ihm vor. Er war jung, genau wie sein Kollege, keine Falte, kein graues Haar in Sicht.

»Und wie lauten die?« Sie lächelte nicht mehr.

»Sie zu schützen.«

Vega blickte in beide Richtungen über den Gang. Niemand. Keine Schwestern, keine Ärzte, keine Reinigungskräfte, nur verschlossene Türen, alle pinkfarben.

Vega zog an dem Transfusionsschlauch und brachte den Beutel zum Schwingen. »Könnten Sie vielleicht eine Schwester rufen, damit sie den Tropf entfernt?«

»Natürlich. Sofort, Ma'am. Gehen Sie einfach zurück in Ihr Zimmer, es kommt sicher gleich jemand und hilft Ihnen damit.«

»Und meine Kleidung bitte auch, ja?«

»Selbstverständlich.«

Vega trollte sich ins Zimmer, den Tropf zog sie hinter sich her.

»Nett von Ihnen«, sagte sie.

Alle lächelten. Zu freundlich. Vega schloss die Tür, diesmal stemmte sie sich mit aller Kraft dagegen und überlegte fieberhaft, wie sie aus dieser Situation herauskommen könnte, die auf ihrer Feindseligkeitsskala die Alarmstufe Rot erreicht hatte.

Cap starrte auf sein Handy, als könnte er es so zum Leben erwecken. Wieder ging er im Zimmer auf und ab, in jeder Ecke hielt er das Gerät in die Luft, probierte es am Fenster, aber vergeblich. Irgendwann bekam er leichte Atemnot, ihm war plötzlich schlecht, also trank er etwas Wasser aus der Plastikkanne. Als es ihm langsam besser ging, bemerkte er, wir hungrig er war. Er bedauerte es, Posadas Angebot abgelehnt zu haben. Seine Muskeln schmerzten, ihm pochte der Schädel.

Wieder drückte er auf die Klingel, lang, aber auch das brachte nichts. Er beschloss, sich persönlich auf die Suche nach der Schwester zu machen.

Als er auf den Gang trat, entdeckte er dort den uniformierten Polizisten, ein junger Typ mit gebräunten, tätowierten Armen. Cap war erleichtert.

»Brauchen Sie etwas, Sir?«, fragte der Mann.

»Hi, Officer ...«, Cap las das Namensschild, »... Calderon. Die Klingel funktioniert offenbar nicht. Ich würde gern den Tropf loswerden«, sagte er.

»Natürlich, Sir!«, sagte Calderon freundlich. »Bitte warten Sie auf dem Zimmer, ich rufe jemanden für Sie.«

Cap sah sich rasch um. Keine Schwestern. Niemand. Und auf einmal fing sein altes Polizistenhirn an zu rattern. Die Unterhaltung mit Posada war schon schräg genug gewesen, aber jetzt kam noch diese leere Krankenstation dazu. Und ein bewaffneter Wachmann.

»Übrigens«, sagte Cap. »Ich hab hier keinen Empfang. Ich glaube ...«, er hielt kurz inne, als käme ihm gerade ein Gedanke, »... ich mach mal einen kleinen Spaziergang und schaue, ob ich irgendwo ein Signal bekomme, damit ich zu Hause anrufen kann.«

Als Cap auf Calderon zutrat, reagierte der sofort.

»Sir, ich muss Sie bitten, vorerst auf Ihrem Zimmer zu bleiben«, sagte er mit leicht gereizter Stimme. »Zu Ihrer eigenen Sicherheit.«

Cap tat, als müsste er darüber nachdenken, dann grinste er amüsiert.

»Sie schützen mich also, hab ich das recht verstanden?«

»Ja, Sir, das ist eine Anordnung von oben.«

»Und, ähm«, Cap beugte sich vor, »vor wem genau schützen Sie mich hier?«

Der junge Mann sah etwas beunruhigt aus, seine glatte Stirn legte sich in Falten.

Cap zeigte auf den leeren Flur. »Weil, ich sehe hier keine unmittelbare Bedrohung.«

»Ich kann Ihnen keine Einzelheiten nennen, Sir«, sagte Calderon. »Meine Anweisung lautet, dass ich Sie in Ihrem Zimmer bewachen soll.«

»Und diese Anweisung kommt vom Deputy Chief?«

Der Mann wirkte momentan verwirrt.

»Nein, ich darf Ihnen leider nichts darüber sagen. Und ich muss Sie jetzt bitten, wieder in Ihr Zimmer zurückzukehren.«

Den Gefallen tat Cap ihm nicht. Er wollte den Mann nicht provozieren, aber es war ihm wichtig, herauszufinden, was hier Sache war.

»Sir!«, mahnte Calderon, mittlerweile breitbeinig aufgestellt. »Ich muss Sie bitten, ins Zimmer zu gehen.«

Cap wartete noch kurz, bevor er schließlich gehorchte.

»Kein Problem, Officer.«

Cap lächelte, und Calderon lächelte etwas nervös zurück.

Nachdem er die Tür geschlossen hatte, dachte er nach. Calderon war sicher ein netter Typ, ein geradliniger Cop, der wahrscheinlich jeden Sonntag bei Muttern aß.

Nicht dass das einen Unterschied machte. Cap musste

an ihm vorbei, egal wie nett oder wessen Sohn der Mann war. Für ihn war Calderon nur insofern relevant, als er ihm im Weg stand.

Vega drückte sich das zusammengefaltete, nasse Toilettenpapier auf den Handrücken und zog den Zugang heraus. Nachdem sie sich gründlich und mit viel Seife die Hände gewaschen hatte, setzte sie sich wieder aufs Bett, zog die Socken aus und hob das Krankenhaushemd, um die verbundene Wunde zu betasten. Wie sie befürchtet hatte, ließ die Wirkung des Lidocain bereits nach.

Wenn da draußen doch nur einer stünde, nicht zwei, würde ihr die Flucht sicher gelingen. Aber diese beiden da draußen waren bewaffnet und kampferprobt, nicht schlampig und betrunken oder bedröhnt. *Hör auf zu jammern, und spiele deine Karten aus!*

Sie löste den Verband, einige Fasern blieben ihr an der Haut hängen, die sich feucht anfühlte. Die Schnittwunde pochte. Davis, der mit seinem Messer bestens umgehen konnte, hatte sie mit diesem einen Stich so schwer verletzt wie möglich. Vega schnipste mit dem Finger gegen den schwarzen Faden, den der rothaarige Arzt mit so großer Sorgfalt vernäht hatte.

Sie wackelte mit den Zehen und wiederholte ihr bewährtes Mantra, das sie vor Schmerzen schützte. *Das hier ist nicht dein Körper.*

Mit einem tiefen Atemzug nahm sie das Fadenende zwischen Daumen und Zeigefinger und zog so fest sie konnte. Ein Teil hatte sich zwar gelöst, doch sie krümmte sich bereits vor Schmerzen. Sie biss sich auf die Lippen, um ihren Schrei zu unterdrücken. *Pflaster*, dachte sie, *reiß es ab!*

Und wieder zog sie, diesmal löste sich der Faden von der Haut. Blut tropfte auf den weißen Boden. *Atme!* Wie eine Ertrinkende holte sie Luft und blies sie durch die Lippen wieder aus.

Wie bei anderen Verletzungen in ihrer Vergangenheit erreichte der Schmerz einen gewissen Pegel, den sie überleben konnte. Dieses Wissen erleichterte die folgende Aufgabe. Sie wickelte sich den schwarzen Faden um zwei Finger und zerrte ein letztes Mal daran, bis auch der letzte Knoten herausgerissen war.

Schnaufend beugte sie sich auf die Seite und ließ das Blut aus der Wunde auf den Boden tropfen, wo sich bereits eine Lache gebildet hatte.

Sie beschloss, sich in Seitenlage auf dem Boden zu positionieren. Vorher sorgte sie dafür, dass beide Hände und ihr Hemd ausreichend mit Blut besudelt waren. Es fühlte sich nass und kühl an. Sie fröstelte kurz. *Du hast gerade eine Transfusion bekommen, keine Sorge*, dachte sie.

Dann war sie bereit. Sie holte tief Luft und schrie los. Es klang wie ein irres Heulen.

Die beiden Männer kamen ins Zimmer gerannt und blieben entsetzt stehen. Vega wusste, dass Cops eine Menge krasser Dinge sahen, egal ob jung oder alt, selbst die, die in sicheren Vierteln von San Diego arbeiteten, aber der Anblick einer halbnackten, blutüberströmten Frau ließ keinen Polizisten kalt. Und diese Typen bildeten keine Ausnahme.

»Die Fäden haben sich gelöst! Die Wunde!«, schrie sie. »Holen Sie einen Arzt! Sofort!«

Der schwarze Polizist nickte und lief los. Der Weiße kniete sich neben sie, wusste aber nicht so recht, was er tun sollte.

»Es kommt gleich jemand, Ma'am«, sagte er und schob unsicher die Arme unter ihren Körper, um sie aufzurichten.

Als Vega einen erneuten Schrei ausstieß, wich der Mann erschrocken zurück.

»Fassen Sie mich nicht an! Holen Sie einen Arzt! Einen Arzt, bitte!«

»Ma'am«, setzte der Polizist an, »mein Kollege ist schon unterwegs. Der Arzt ist sicher gleich da.«

Vega packt ihn am Hemd.

»Hören Sie gut zu. Ich bin Bluterin, aber das weiß hier niemand. Ich habe es nicht angegeben, weil ich so schnell wie möglich wieder rauswollte. Aber ich verliere hier eine Menge Blut ...«

Sie versuchte, sich aufzurichten, sackte aber gleich wieder in sich zusammen.

»Ich verliere gleich das Bewusstsein.«

»Halten Sie durch. Ich will Sie nur aufs Bett heben ...«

Er streckte die Hand nach ihr aus, aber sie wich zurück.

»Bitte fassen Sie mich nicht an«, murmelte sie leise. »Holen Sie Hilfe, ich brauche keinen Babysitter, sondern einen Arzt.« Vega rutschte komplett auf den Boden, das Gesicht dem Polizisten zugewandt. »Wenn ich verblute und sterbe, haben Sie Ihren Auftrag nicht erfüllt. Sie sollen mich doch schützen.«

Offenbar hatte sie damit einen Nerv getroffen, denn der gute Mann wirkte einigermaßen panisch. Ihm dämmerte offenbar, dass sein Auftraggeber etwas sauer sein könnte, wenn sie unter seiner Aufsicht hopsging.

Er zog sein Funkgerät aus dem Gürtel. »Young, wie sieht es aus bei dir, kommen?«

Keine Antwort. Vega schloss die Augen.

»Ich will mich nur ausruhen«, nuschelte sie verträumt.

»Nein, Sie dürfen nicht schlafen.«

Endlich meldete sich der Kollege. »Hab noch keinen Arzt gefunden«, stieß er atemlos hervor. Es klang, als eilte er eine Treppe hinunter.

Am Knarzen des Gürtels erkannte Vega, dass der Mann sich endlich erhob.

»Ich bin gleich zurück. Ich werde Hilfe holen!«, sagte er.

Vega öffnete ein Auge.

»Bitte beeilen Sie sich«, flüsterte sie.

Der Mann flitzte los.

Vega zählte bis dreißig.

Dann stand sie auf und wusch sich erneut die Hände. Beim Blick in den Spiegel sah sie, dass ihr Gesicht ebenfalls blutverschmiert war. Sie hatte keine Zeit für gründliches Waschen, also spritzte sie sich ein bisschen Wasser auf die Wangen, schnappte sich dann ihr Handy und das Verbandmaterial, das der rothaarige Arzt ihr gegeben hatte, und verließ das Zimmer. Eigentlich hätte sie die Wunde vorher versorgen müssen, aber die Uhr lief.

Sie hastete barfuß über den Gang und hielt nur an, um den Schalter für den Feueralarm umzulegen.

Cap hörte eine Sirene. In der Decke blinkte ein viereckiges Licht. *Feueralarm*, dachte er. *Sicher eine Übung*. Doch dann fiel ihm ein, dass er der Einzige auf diesem Stockwerk zu sein schien, was eine Übung eher unwahrscheinlich machte.

Als er die Tür öffnete, fiel sein Blick auf Calderon, das Handy an einem Ohr, das Funkgerät am anderen.

»Hey!«, rief Cap. »Ist das eine Übung?«

»Keine Ahnung. Das will ich gerade herausfinden.«

Im Flur blinkten ebenfalls Lichter, und die Sirene klang hier draußen erheblich lauter als in Caps Zimmer.

Mit frustriertem Kopfschütteln steckte Calderon sein Funkgerät zurück in den Gürtel.

»Kein Empfang?«, brüllte Cap.

Calderon schüttelte den Kopf.

»Wir können nicht hierbleiben. Also, auf geht's«, sagte Cap.

Um sicherzustellen, dass der Polizist ihn auch verstand, wies er auf den Gang und nickte ermutigend. Calderon stimmte zu und wies ihn an, ihm zu folgen, bevor er zügig losging und schon bald an Tempo zulegte. Cap versuchte mitzuhalten, doch er zog immer noch den Tropf hinter sich her.

Auf dem Weg durchs Gebäude fiel ihm auf, dass außer ihnen

kein Mensch aus den anderen Zimmern kam, deren Türschilder leer und noch in Plastik gehüllt waren.

»Officer!«, rief Cap. »Treppe!«

Er zeigte auf eine Tür mit der Aufschrift »Treppenhaus B«.

Calderon schüttelte den Kopf. »Das nicht! Auf diesem Stockwerk geht's nur über eine Treppe raus.«

Cap konnte kaum Schritt halten, und so kam es, dass er einige Meter hinter Calderon lief, als dieser um die Ecke bog und ihm ein Bürostuhl ins Gesicht gepfeffert wurde. Der Mann wurde zurückgeschleudert und landete direkt vor Caps Füßen, die Hände an der Nase, aus der eine Fontäne Blut schoss.

Vega ließ den Stuhl fallen.

Sie keuchte, Mund und Kehle waren vom vielen Schreien rau und trocken. Ihre Flanke schmerzte und ihr war eiskalt, aber das war egal, so erleichtert war sie, Cap gefunden zu haben, obwohl der offenbar mit der ganzen Situation überfordert war.

Sie nahm seine Hand, in der noch immer die Infusionsnadel steckte.

»Wir müssen los!«, sagte sie.

»Aber wir können den Mann nicht einfach hierlassen«, protestierte Cap. »Was, wenn das keine Übung ist?«

»Ist es aber. Besser gesagt, ein Fehlalarm. Von mir ausgelöst.«

Sie drückte eine Rolle Mullverband auf Caps Hand und zog ruckartig die Nadel heraus. Cap zuckte zusammen, aber statt mitzukommen, warf er einen nachdenklichen Blick auf den verletzten Polizisten. Vega wusste, dass Cap Gewissensbisse hatte, doch dafür fehlte ihr die Zeit.

»Wir müssen sofort hier raus!«, sagte sie eindringlich.

Da setzte er sich endlich in Bewegung und rannte ihr nach den Gang entlang, weg von dem verletzten Mann, an der verwaisten Schwesternstation vorbei, in der sämtliche Stühle, Tische, Computer und Schränke mit Plastikfolie bedeckt waren.

»Nur ein Treppenhaus führt nach draußen«, sagte Cap.

»Ja, C«, sagte Vega und zeigte nach vorn.

Sie rannten durch die Tür zur Treppe. Hier war der Alarm nicht mehr zu hören, nur Caps und Vegas stoßweiser Atem beim Hinunterlaufen. Als Vega sich umwandte, entdeckte sie das Schild. »Stock 16 – Kein Zutritt. Renovierungsarbeiten.«

»Blutest du?«, fragte Cap.

Vega nickte.

»Davis hat mich mit dem Messer erwischt. Sie haben die Wunde genäht, aber ich hab mir die Fäden wieder rausgezogen, um die Cops vor meiner Tür loszuwerden.«

»Halt mal!«, sagte Cap.

Er packte sie an den Schultern und drehte sie zu sich herum.

»Du bist eiskalt und blutest aus einer offenen Stichwunde. Und du hast einen Polizisten angegriffen, was dir in Pennsylvania zehn Jahre einbringen würde.«

»Ja, aber hier gibt's nur drei – wenn sie dich wegen Vorsatz kriegen.« Vegas Lippen wurden taub. »Scheiß Ostküste«, nuschelte sie.

Cap schüttelte sie sanft. »Vega«, sagte er. »Wir können nicht aus dem Krankenhaus fliehen, während du mir hier verblutest und sie uns jagen. Wir haben keine Kleider und keinen Ausweis. Es bleibt uns nichts übrig, als noch mal von vorn zu beginnen und mit Otero zu reden.«

»Caplan, denk doch mal nach! Otero ist mit Sicherheit derjenige, der uns hier festgesetzt hat. Er musste uns aus dem Weg schaffen, damit er die Mädchen schnell an einen anderen Ort verfrachten konnte.«

Cap sah sie entsetzt an, als ihm dämmerte, was sie da angedeutet hatte. Er legte sein Handy auf die Stufen und schnappte sich ihr Verbandsmaterial, was nicht schwierig war, denn ihre Hand war völlig kraftlos.

»Ich muss dich verbinden, schnell«, sagte er.

Sie hob die rechte Seite ihres Hemds, er machte sich an die Arbeit.

»Deine Version klingt tatsächlich plausibel«, sagte er, als er das Pflaster festklebte. »Aber wir werden nicht weit kommen. Nicht unter diesen Umständen.«

Ein paar Stockwerke über ihnen öffnete jemand die Tür, dann erklangen Stimmen. Vega verzog den Mund und funkelte Cap an. »Beweg den Arsch!«

Als Cap sich bei ihr unterhakte, nahm er zum ersten Mal wahr, wie blutdurchtränkt ihr Nachthemd war. Sie hasteten die Treppe hinunter.

Vega konnte nicht genau erkennen, ob die Stimmen näher kamen und die Leute, zu denen sie gehörten, hinauf- oder hinuntergingen. Im Treppenhaus war es heiß und stickig, und Vega bemühte sich, nicht zu tief und nur durch die Nase einzuatmen, damit ihr nicht schwindelig wurde.

Im fünften Stock zeigte Cap auf die Tür und zog Vega sanft zu sich heran, um ihr ins Ohr zu flüstern.

»Wir müssen es irgendwo versuchen«, sagte er, Vega nickte.

Cap wies auf sich. *Ich gehe zuerst.* Vega nickte erneut. Als er durch die Tür verschwunden war, lehnte Vega sich an den Rahmen und wartete. Über ihr erklang ein Murmeln. Ihre Verfolger waren noch nicht hier, hätten sie aber schon bald eingeholt. Wenn von Cap nicht bald Rückmeldung käme, würde sie ebenfalls durch die Tür gehen. Es wäre nicht das erste Mal, dass sie tat, was sie für richtig hielt.

Auf dieser Station sah es genauso aus wie dort, wo man Cap und Vega festgehalten hatte, außer dass sich hier Menschen und Maschinen befanden, die Geräusche produzierten. Er hielt den Kopf gebeugt und versuchte, nicht aufzufallen, indem er stur über den Flur lief, als gehöre er hierher.

Dabei warf er flüchtige Blicke in die Zimmer zu seiner Rechten. Fernseher und Musik waren zu hören, irgendwo floss Wasser, Toilettenspülungen wurden betätigt. Er hielt Ausschau nach der ersten verschlossenen Tür, in der Hoffnung, dahinter vielleicht einen schlafenden Patienten vorzufinden. Als er endlich eine fand, trat er vorsichtig ein und schloss die Tür sanft hinter sich.

Im Krankenbett lag ein schlafender Mann. Cap atmete erleichtert aus. Er betrachtete ihn genauer: um die sechzig, rötlich graues Haar, Halbglatze, gebräuntes Gesicht, entspannter, leicht geöffneter Mund, an ein halbes Dutzend Maschinen angeschlossen. Die Umrisse, die sich unter der dünnen Decke abzeichneten, gaben Cap Anlass zur Hoffnung. Der Patient müsste seine Kleidergröße haben, und vielleicht waren diese Kleider ja noch irgendwo im Zimmer. Cap war ein optimistischer Mensch.

Er suchte zuerst im Schrank, aber dort hing nichts. In einer Schublade stieß er allerdings auf ein frisches Nachthemd. Auch gut. Er schnappte es sich und schlich mit angehaltenem Atem ums Bett zurück zur Tür. Sein eigenes, verschwitztes Hemd klebte ihm am Rücken.

Zuerst öffnete er sie nur einen Spaltbreit und spähte über den Flur. Er wusste, er musste nur losmarschieren, zurück zu Vega, damit sie sich umziehen konnte, und dann, dann ... weiter wusste er nicht. Also folgte er seinem Instinkt. Und der riet ihm, die Beine in die Hand zu nehmen.

Vega hing schlaff im Türrahmen, hielt sich aber mit aller Macht an der Klinke fest, damit sie nicht zu Boden glitt. Über ihr wurde eine Tür zugeschlagen, und nach einigem Geschiebe und hektischen Schritten waren auch die Stimmen verstummt, aber sie wusste, dass das nicht lange so bleiben würde. Wenn nicht diese Leute, so würden doch andere kommen.

Beim Blick auf ihr Handy sah sie zwei Balken. Empfang! Sie sah zwei Nachrichten von McTiernan (*Gibt's was Neues?* und *Bitte rufen Sie mich an. Dringend!*), gefolgt von weiteren Nachrichten, eine von Sarita Guerra und eine von Mia, die sie ignorierte. Sie scrollte weiter. Noch nichts von Cap. Wenigstens hatte sie Empfang. Sie öffnete ihre Navigationsapp und wartete, bis sie geladen war. Langsam erschienen um den blauen Punkt herum Straßen und Orte. *Southland Gate General Hospital*, las sie. Aha!

Sie rief McTiernan an. Voicemail.

»McT«, sagte sie mit schwacher Stimme, die Hand ums Gerät gehalten.

Eigentlich wollte sie Mias Spitznamen für den Kollegen nicht einfach verwenden, aber sie bekam langsam Atemnot und wollte nicht unnötig viele Worte machen.

»Vega hier. Krankenhaus Southland Gate General.« Kurz fielen ihr die Augen zu, aber sie riss sie wieder auf und sprach weiter. »Wenn Sie uns helfen wollen, wäre jetzt ein guter Zeitpunkt. Am besten sofort.«

Ein paar Etagen weiter oben öffnete sich eine Tür und fiel mit lautem Krachen wieder ins Schloss. Vega schreckte hoch und beendete blitzschnell das Gespräch. Diesmal kamen keine Stimmen mehr, nur noch Schritte. Vega versuchte zu erkennen, von wie vielen Personen, aber es strengte sie zu sehr an. Mehr als zwei, sicher, weniger als fünf, vielleicht.

Also schlüpfte sie durch die Tür und prallte fast mit Cap zusammen, der nichts sagte, sondern sie ins nächste WC schob und die Tür hinter sich abschloss.

Das Licht ging automatisch an. Vega ließ sich auf den geschlossenen Toilettensitz fallen.

»Ich hab ein frisches Nachthemd«, sagte Cap. »Lass uns das alte ausziehen.«

Er löste die Träger in ihrem Nacken und Vega streckte die

Arme aus, damit er das Hemd besser abstreifen konnte. Dann trat er ans Waschbecken, zog ein paar Handtücher aus dem Spender, machte sie nass und reichte sie ihr.

»Ich mach dich ein bisschen sauber, okay?«, sagte er.

Obwohl er sich alle Mühe gab, blieb Vega ziemlich blutverschmiert, aber das war jetzt egal. Sie mussten dringend hier raus.

Vega rubbelte sich unsanft über den Nacken. Ein Blick auf ihre Wunde verriet ihr, dass der Verband schon lange durchtränkt war. Cap sah es auch, drückte eine neue Kompresse darauf und klebte sie gut fest.

Vega tippte auf den blauen Punkt auf ihrem Handy.

»Das Krankenhaus heißt Southland Gate, am östlichen Stadtrand von San Diego«, sagte sie zu Cap.

Sie scrollte sich durch die Klinikwebsite, aber der schlechte Empfang machte das Unterfangen recht mühselig und langsam.

»Im Erdgeschoss muss es mindestens zwei Ausgänge geben, Notaufnahme und Besuchereingang.«

»Wenn wir so weit kommen, können wir vielleicht einfach abhauen und dann ein Uber bestellen«, sagte Cap. »Draußen ist der Empfang garantiert besser.«

»Im Treppenhaus sind Leute, sie waren auf dem Weg nach unten, als ich dir gefolgt bin.«

»Dann müssen wir eben warten. Den Lift können wir jedenfalls nicht benutzen«, sagte Cap, während er den Bereich um den Verband säuberte.

Vega streckte erneut die Arme aus, Cap zog ihr das frische Hemd über und verknotete die Bänder im Nacken.

»Bereit?«, fragte er.

Vega nickte und erhob sich. Cap öffnete vorsichtig die Tür. Eine Frau in Krankenhauskleidung verschwand in einem der Zimmer.

»Okay«, sagte Cap. »Jetzt, schnell!«

Die beiden eilten zurück ins Treppenhaus, Vega mit dem Ellbogen auf der pochenden Wunde. Hier war alles still und leer. Wortlos liefen sie nach unten. Im zweiten Stock bestellte Vega über die App ein Uber in eine Seitenstraße in der Nähe des Krankenhauses. An der Tür zum Erdgeschoss sagte Cap: »Okay, Endspurt!«

Vega krümmte sich, legte die Hände auf die Oberschenkel.

»In sieben Minuten kommt der Uber. Zwei Straßen östlich von hier.«

Er spähte durch den Türspalt.

»Im Foyer sind sicher lauter Leute und Sicherheitspersonal«, sagte Cap. »Ich weiß nicht, wie wir das hinkriegen sollen.«

»Wir gehen einfach durch«, murmelte Vega, der langsam die Zunge schwer wurde. »Wenn einer von uns durchkommt, bleibt er nicht stehen und wartet auf den anderen, okay?«

»Einverstanden«, sagte Cap widerwillig. »Aber nur unter einer Bedingung.

Vega sah ihn genervt an. *Komm schon, spuck's aus!*

»Wir gehen nicht, wir rennen«, sagte er mit hintergründigem Grinsen.

Die Tür flog auf und Cap sauste in die Lobby, die wie erwartet voller Menschen war. Hier gab es drei Bereiche, jeder mit eigenem Empfangstresen und Rezeptionistinnen, dazu einen Wartebereich mit Sofas und Sesseln. Vor dem am weitesten entfernten Empfang befand sich ein kleiner Geschenkeladen. Und natürlich war da das Wachpersonal. Ganze sechs Leute sicherten den gesamten Bereich.

Cap stolperte auf den Nächstbesten zu, ein großer Schwarzer mit ergrauendem Haar, der sich bei Caps Anblick ebenfalls in Bewegung gesetzt hatte.

»Im sechzehnten Stock ist der Feueralarm ausgelöst worden«, sagte Cap aufgeregt, allerdings nicht zu sehr, denn er wollte keine unnötige Aufmerksamkeit erregen.

Die meisten nahmen keine Notiz von ihm. Schließlich trug er kein Cocktailkleid, sondern ein Nachthemd, und sie befanden sich immer noch in einem Krankenhaus.

»Keine Sorge, Sir«, sagte der Wachmann ruhig. »Das war ein Fehlalarm.«

Auf dem Schild des Mannes mit der sanften Stimme stand *H. Williams.* »Alles wieder in Ordnung«, fuhr er fort. »Jetzt bringen wir Sie schön zurück auf die Fünfzehn. Wie ist Ihr Nachname?«

»Sind Sie sicher?«, fragte Cap. »Ich hab den Alarm noch im Treppenhaus gehört, als ich runtergelaufen bin.«

»O ja, sie haben ihn schon abgeschaltet. Die Sechzehn und die beiden Stockwerke darüber sind leer, da wird umgebaut. Da passiert so was schon mal.«

Er streckte die Hand aus, als wollte er sie Cap auf den Rücken legen, tat es aber nicht, sondern geleitete ihn allein mit dieser Geste an den Empfang. Sie kam Cap bekannt vor, viele Polizisten setzten sie ein, um ihr Gegenüber nicht berühren zu müssen.

»Sie waren bei der Polizei, stimmt's?«, fragte Cap freundlich.

Der Mann wirkte zunächst überrascht, lächelte aber dann.

»Oho, sieht man das so deutlich?«

»Sie haben doch sicher schon mal gehört, dass sich Hasenfamilien am Geruch erkennen, oder?« *Meine Güte*, dachte Cap, *sollte es tatsächlich so einfach sein, den Mann abzulenken?*

»Dann sind sich hier wohl alte Hasen begegnet, was?«, sagte Williams und wies auf den Empfangstresen. Offenbar war der Mann einem Schwätzchen über die alten Zeiten nicht abgeneigt.

»Mist«, sagte Cap und kratzte sich mit gespielter Verlegenheit den Hinterkopf. »Ich muss Ihnen was gestehen. Als der Alarm losging, bin ich einfach losgerannt.«

Die anderen Sicherheitsleute hatten kein Interesse an ihm, einer unterhielt sich mit der Frau am Empfang, der andere schaute sich im Fernseher des Wartebereichs die Nachrichten an.

»Das ist doch völlig verständlich«, sagte Williams.

Cap hörte, dass sich die Tür zum Treppenhaus öffnete und wieder schloss und sah aus dem Augenwinkel, wie Vega sich in Richtung Drehtür am Ausgang bewegte.

»Wenn es Ihnen nichts ausmacht«, fuhr er fort, »würde ich gern selbst zum Lift gehen. Ich weiß genau, wo ich hinmuss, und würde mich ungern noch weiter blamieren.«

Williams sah ihn verständnisvoll an.

»Tut mir leid«, sagte er jedoch. »Jetzt, wo Sie mich angesprochen haben, bin ich für Sie verantwortlich und muss dafür sorgen, dass Sie unbeschadet in Ihr Zimmer zurückkehren.«

Über Williams Schulter hinweg sah Cap, dass Vega es bis zur Tür geschafft hatte und nach links abbog. Ihr Hemd hatte sie über den Knien und an der Seite verknotet. Wie er wusste sie, dass man schon genau hinsehen musste, um zu erkennen, dass sie keine Straßenkleidung trug und barfuß war, die meisten Menschen aber mit sich selbst beschäftigt waren oder ihnen, falls sie sie doch bemerkt haben sollten, der Mut zur Konfrontation fehlte. Und schon war sie verschwunden.

Cap wandte sich wieder seinem Gegenüber zu und sah vor dem geistigen Auge, was als Nächstes geschehen würde, wenn er nicht geschickt vorging. Es musste doch einen anderen Weg geben.

»Moment mal«, sagte Cap. »Wie spät ist es eigentlich?«

»Ungefähr viertel nach fünf«, sagte Williams mit Blick auf seine Uhr.

»Na, das trifft sich doch prima«, sagte Cap. »Meine Freundin kommt mich heute besuchen. Sie wollte um halb sechs hier sein. Könnten wir nicht ein paar Minuten warten? Dann kann sie mich auch zurückbringen aufs Zimmer.«

Cap beließ es zunächst bei der Frage. Doch als der Wachmann keine Regung zeigte, setzte er nach.

»Bitte! Es sind doch nur ein paar Minuten.«

Der Mann lächelt ihn etwas mitleidig an. »Na gut«, sagte er, »fünf Minuten, okay? Wenn Sie wollen, setzen Sie sich da vorn hin und warten.«

»Danke!« Cap war tatsächlich erleichtert, dass sein Gegenüber ein Einsehen hatte.

Als er sich umwandte, zischte Vega draußen vorbei, dieses Mal rannte sie in die entgegengesetzte Richtung über den Gehweg vor dem Krankenhaus und hielt anscheinend auf das angrenzende Parkhaus zu. Der Blutfleck auf ihrem Nachthemd war deutlich erkennbar. Cap berührte die Glasscheibe mit beiden Händen.

»Was zum Teufel war das denn?«, fragte der Wachmann hinter ihm.

Die Aufmerksamkeit der anderen Männer war jetzt ebenfalls erregt worden, einer zog sein Funkgerät aus dem Gürtel.

»Sir?«, sagte der Wachmann zu Cap. Er klang streng, aber immer noch freundlich.

Dann traten zwei uniformierte Cops aus dem Treppenhaus, ein Schwarzer, ein Weißer, beide völlig außer Atem.

Cap wartete nicht, bis sie ihn entdeckt hatten, sondern drückte den Bügel am Ausgang für Rollstuhlfahrer herunter und rannte los.

Obwohl Vega kaum noch Gefühl in den Füßen hatte, lief sie so schnell sie konnte zum Parkhaus und hoffte, dass Cap ihr folgte. Sie hastete die Auffahrt hinauf und duckte sich ohne Tempo zu verlieren unter der Schranke hindurch.

Nachdem sie scharf nach rechts abgebogen war, hielt sie Ausschau nach der Rampe ins Untergeschoss. Danach nahm sie erst richtig Fahrt auf. Ihre Flanke schmerzte nicht mehr, aber ihr war schwindelig, und ihre Zehen und Finger kribbelten. Trotzdem lief sie weiter, das Echo ihrer Schritte hallte an den Wänden wider.

Vor einem Transporter blieb sie stehen, lehnte sich an den Stoßfänger und spähte, das Gesicht gegen die Hintertür gedrückt, um die Ecke. Schnelle Schritte und Rufe waren zu hören.

Dann sah sie Caplan die Rampe herunterkommen, er beschleunigte sein Tempo, doch seine Bewacher aus dem sechzehnten Stock waren ihm dicht auf den Fersen. Auch sie liefen jetzt schneller und riefen ihm zu, er solle stehenbleiben. Keiner von beiden hatte eine Waffe gezogen, was Vega als gutes Zeichen deutete.

Ihr blieben nicht viele Möglichkeiten, aber egal, was sie tat, sie müsste Cap im Stich lassen. Als sie sich vorbeugte, bemerkte sie erst, dass ihr Schweiß und Blut vom Körper tropften. Sie betrachtete die zunehmend größer werdende Pfütze zu ihren schmutzigen Füßen und kam sich völlig hilflos vor.

Cap musste stehenbleiben. Vega war nirgendwo zu sehen und die Cops hatten ihn fast eingeholt. Er kam sich vor wie einer der vielen Ladendiebe oder Kleinkriminellen, denen er seinerzeit das Handwerk gelegt hatte.

Kurzerhand blieb er stehen und wandte sich zu ihnen um. Sie liefen weiter, also beschloss er, es ihnen noch einfacher zu machen, indem er die Hände im Nacken verschränkte, damit sie sahen, dass er nicht bewaffnet war, obwohl es ihm in seinem Aufzug ohnehin schwergefallen wäre, heimlich eine Pistole zu tragen.

»Wo ist Alice Vega?«, wollte der Weiße wissen.

Cap blickte sich demonstrativ im Parkhaus um.

»Ich seh sie nirgends«, sagte er.

Der Weiße zog sein Funkgerät vom Gürtel, der Schwarze ging mit Handschellen auf Cap zu, der immer noch die Hände gehoben hatte und auf Anweisungen wartete. Besser, wenn man tat, was die Jungs mit den Waffen von einem verlangten.

Doch bevor der Mann ihm die Handschellen anlegen konnte, kam ein blauer, mittelgroßer Wagen die Rampe hinuntergerast und blieb mit quietschenden Bremsen vor ihnen stehen. Die Polizisten wirbelten herum. Zuerst war Cap zu geschockt, um zu reagieren, doch als er sah, wer da hinter dem Steuer saß, grinste er breit.

Auch Vega hatte die quietschenden Bremsen gehört und spähte hinter dem Transporter hervor. Der Anblick des blauen Camry erleichterte sie etwas, aber sie waren noch nicht raus aus der Bredouille.

Als sie McTiernan auf die Cops zumarschieren sah, hob sich ihre Stimmung allerdings gewaltig. Außerdem hörte sie Sirenen in der Ferne – Krankenwagen, nicht Polizei.

»Officers!«, sagte McTiernan mit der nötigen Autorität. »Young und Kernan, richtig?«

Er zeigte ihnen seinen Ausweis.

»Detective McTiernan«, stellte er sich vor. »Danke für Ihre Unterstützung. Ich habe Order von Commander Roland Otero, diesen Verdächtigen zum Verhör zu bringen.«

Vega drückte ihr Gesicht fester gegen den Transporter. Young und Kernan sahen ihren Kollegen ratlos an.

»Wir haben ziemlich genaue Anweisungen von unserem Vorgesetzten«, sagte der Weiße, der noch immer außer Atem war. »Und es liegt uns keine anderweitige Mitteilung vor.«

»Verstehe«, sagte McTiernan. »Aber wenn Ihr Vorgesetzter nicht zufällig der Stellvertretende Polizeichef von San Diego ist, geht mein Auftrag vor, würde ich mal sagen.« McTiernan ließ die Info kurz sacken, dann legte er nach. »Außerdem habe ich den höheren Dienstgrad. Ich glaube, das sollte für den Moment genügen.«

McTiernan zog eine Nylon-Handfessel hervor, und Caplan streckte brav die Hände nach hinten.

»Am besten nehmen Sie Kontakt zu Ihrem Vorgesetzten auf. Die Anweisungen haben sich wahrscheinlich geändert.«

Die Sirenen wurden lauter. Beide Cops blieben stehen, während McTiernan Cap die Handfessel anlegte.

»Auf geht's, Gentlemen!«, zischte McTiernan. »Worauf warten Sie noch? Einen verdammten Brief vom Chef?«

»Jawoll, Sir!«, sagten die beiden im Chor und machten einen Abgang. Während die Männer die Rampe hinaufjoggten, zerrte McTiernan Cap am Arm zu seinem Wagen. Vega kroch aus ihrem Versteck und lief auf sie zu.

»Hab Ihre Nachricht bekommen«, sagte McTiernan. »Aber wir müssen sofort hier weg. Sie sollten mal hören, was für einen Mist die über Sie erzählen.«

»Vega braucht einen Arzt«, sagte Cap, als er McTiernan die Hände hinstreckte, damit er die Fessel mit seinem Taschenmesser aufschneiden konnte.

Vega lief das Blut an der Körperseite hinunter, sie war sicher aschfahl.

»Okay. Zuerst müssen wir uns aus der unmittelbaren Umgebung entfernen.« McTiernan zeigte auf den Kofferraum. »Ihr beiden steigt da ein.«

Bei der Aussicht darauf, sich endlich hinlegen zu dürfen, huschte Vega ein schwaches Lächeln über die Lippen.

McTiernan ließ die Klappe aufschnappen, Cap kletterte zuerst hinein, danach half McTiernan Vega beim Einsteigen und rückte sie so zurecht, dass sie möglichst bequem lag und wenig Blut verlor.

»Wir fahren nicht weit, ich beeile mich.«

»Danke«, sagte Cap, die Hand ausgestreckt.

McTiernan schlug ein.

Dann knallte er den Deckel zu und alles war dunkel. Vega

spürte Caps Atem, sein Arm lag sanft auf ihrem Oberbauch, so weit wie möglich von der Wunde entfernt. Sie schaffte es nicht länger, die Augen offen zu halten.

Cap wollte Vega nicht schlafen lassen. Als er spürte, wie sich ihr Körper entspannte und ihr Kopf schlaff wurde, verstärkte er den Druck auf ihren Bauch.

»Vega!«, rief er. »Wach bleiben!«

»Schaff ich nicht«, murmelte sie trunken.

Der Wagen ruckelte nach oben, vermutlich ging es die Rampe hoch und aus dem Parkhaus hinaus. Vega rollte gegen ihn, und er hielt sie fest, damit sie nicht so unsanft zurückrollte, wenn der Wagen oben war. Sie reagierte ein wenig auf den Druck, schien aber bereits wegzudämmern.

Jetzt fuhren sie mit gleichmäßiger Geschwindigkeit weiter, und Cap versuchte, nicht zu tief zu atmen, damit genügend Sauerstoff für Vega übrigblieb. Die Sirenen wurden lauter, verhallten aber bald.

Irgendwann löste er seinen Arm, zog ihn aber nicht zurück, um sie im Notfall bei plötzlichen Manövern schützen zu können. Sie schnarchte nicht, atmete nur laut und gleichmäßig. Er drückte ihr einen sanften Kuss aufs Haar, das kam ihm einfach so, er dachte gar nicht lange darüber nach. Und dann ging es auf einmal ganz schnell. Cap wurde ganz schlecht bei dem Gedanken, dass die Situation komplett entgleist war und er komplett die Kontrolle darüber verloren hatte.

14

Als Vega die Augen aufschlug, dachte sie, sie wäre in einem hellen Zimmer. McTiernan und Cap standen über ihr, Cap trug noch sein Krankenhausnachthemd.

»Kannst du selbst gehen?«, fragte er.

Vega nickte. Erst da dämmerte ihr, dass sie sich noch in McTiernans Kofferraum befand. Beim Versuch, sich aufzusetzen, durchfuhr sie ein scharfer Schmerz. Ihr schwirrte der Kopf.

Cap stützte sie mit der Hand am Rücken. »Geh erst mal auf die Knie.«

Vega gehorchte, den Kopf eingezogen, damit sie sich nicht an der Klappe stieß. Bei genauerem Hinsehen erkannte sie, dass sie sich in einer Garage befanden, Plastikbehälter standen säuberlich aufgereiht auf Regalen, zwei nackte Glühlampen hingen von der Decke.

Die Männer halfen ihr beim Aussteigen und hielten sie fest, als sie auf wackeligen Beinen zum Stehen kam.

»Dein Haus?«, fragte sie McTiernan.

»Gehört meiner Freundin. Sie ist unterwegs, Flugbegleiterin. Kommt hier lang.«

Er führte sie zu einer Tür in der Ecke und ging ins Haus. Cap folgte ihm, hielt die Tür für Vega auf und hakte sich bei ihr unter. Gemeinsam betraten sie die Küche, braune Bodenfliesen, Holzschränke mit Messinggriffen. Am Frühstückstresen standen drei Lederhocker, auf die McTiernan jetzt zeigte.

»Setzt euch. Ich schau mal im Bad nach.«

Er eilte aus dem Zimmer. Cap hielt Vega den Arm hin, um ihr beim Hinsetzen zu helfen, doch sie schüttelte den Kopf und kletterte mühsam auf den Hocker. Cap durchsuchte die Schränke nach einem Glas, das er mit Wasser füllte und Vega vor die Nase stellte. Sie trank gierig, stellte aber rasch fest, dass sie nicht zu schnell trinken durfte, wenn sie die Flüssigkeit nicht wieder erbrechen wollte.

»Langsam«, sagte Cap, der sich auch ein Glas eingeschenkt und es bereits in einem Zug geleert hatte, nur um nochmal nachzufüllen.

McTiernan kam herbeigelaufen, ein rotblaues Strandhandtuch und einen Waschlappen in der Hand.

Er gab Vega den Waschlappen. »Hier. Willst du dich …«

Als sie das Nachthemd hob und das Blut abwischte, wandte er rasch den Blick ab. Die keusche Geste unterstrich nur, wie wenig Berührungsängste Cap hatte, der Vega schon im Krankenhaus beim Säubern der Wunde geholfen hatte und ihr auch jetzt mit sorgenvoller Miene dabei zusah. Während Vega sich abwischte, ergriff McTiernan das Wort.

»Ich hab da jemanden an der Hand, der dich wieder zusammenflicken kann.«

»Kommt der schnell? Die Blutung hört nicht auf«, sagte Cap.

»Mir geht's gut«, behauptete Vega, als sie den Waschlappen auf den Tresen legte.

Sie streckte die Hand nach dem Strandtuch aus.

»Schnell«, sagte McTiernan.

Vega drückte das Handtuch auf den Verband und hielt es mit dem Ellbogen fest. McTiernan rieb sich den Kopf und seufzte.

»Da läuft eine ziemliche Scheißnummer, Leute«, sagte er schließlich und zog sein Handy aus der Tasche. »Hört euch das mal an.«

Er hielt den beiden das Handy vor die Nase.

»Vor ein paar Stunden hat Otero mir das hier geschickt.« Er stellte auf Lautsprecher. *Detective, hier ist Commander Otero. Sollten Alice Vega oder Max Caplan mit Ihnen Kontakt aufnehmen, gehen Sie bitte nicht darauf ein, und rufen Sie mich umgehend an. Danke.*

»Hm«, sagte Cap.

»Dann, vor zwei Stunden, krieg ich das hier.« McTiernan scrollte. »Wenn was Wichtiges abgeht, kriegen wir E-Mails, je nach Rang und Aktionsgruppe. Diese Mail ist tatsächlich an alle im Gebiet San Diego rausgegangen, von Otero an jeden Detective und darüber.«

Er rief die Nachricht auf und las sie laut vor. »›Zwei Verdächtige gesucht im Zusammenhang mit dem Mord an den zwei unbekannten Toten. Name: Alice Vega und Maxwell Caplan.‹«

»Man fasst es nicht!«, rief Cap ungläubig. »Diese Mädchen waren schon tot, als ich mein Flugticket hierher gebucht habe.«

»Ja, wir wissen das«, sagte McTiernan, »aber alle anderen nicht.«

»Alle außer Otero und Boyce und Mackey«, fügte Vega hinzu.

»Stimmt nicht. Da sind die netten Leute vom Hotel, die Dame von der Autovermietung«, sagte Cap. »Wir haben über ein Dutzend Zeugen, die bestätigen können, dass wir gerade erst hier eingetroffen sind, dazu zig Leute zu Hause, die wissen, wo wir davor waren.«

»Aber es würde eine Weile dauern, bis das rauskäme«, sagte Vega ruhig. »Und sie werden schon dafür sorgen, dass es das nicht tut. Sie machen Nägel mit Köpfen, um uns kaltzustellen.«

»Man hat euch engagiert, um die restlichen Mädchen zu finden. So hat es mir Otero persönlich erklärt.«

»Und das haben wir brav für sie erledigt«, sagte Vega.

»Was?«, fragte McTiernan, ehrlich geschockt.

Cap zeigte erst auf Vega, dann auf sich. »Deswegen hat man uns doch so zugerichtet. Wir haben sie in einem Haus in Salton aufgestöbert. Ben Davis hat Vega aufgeschlitzt, und irgendein irrer Doktor Frankenstein hat mir Elektroschocks verpasst.« Er tippte sich an die Schläfe, die immer noch schmerzte.

»Wo sind sie jetzt? Die Mädchen?«, fragte McTiernan.

Vegas Finger krallten sich in das Strandhandtuch.

»Also weiß keine Sau, dass wir sie gefunden haben?«, fragte sie.

»Doch, Otero war da, in Salton. Ich erinnere mich an seine verdammte Visage«, sagte Cap.

»Ich auch.«

»Wer war sonst noch vor Ort? Boyce und Mackey? Andere Cops?« McTiernan war voll auf Empfang.

Vega schüttelte den Kopf.

»Wir waren nicht in der besten Verfassung. Aber an Otero kann ich mich erinnern. Und an die Sanitäter. Und sie haben ...« Vega bemühte sich, das letzte Bild zusammenzusetzen, das ihr in Erinnerung geblieben war. »Sie haben die Mädchen in einen Bus gesetzt, wie bei einem Gefängnistransport.«

»Moment mal. Die Sanitäter haben sie in einen Bus gesetzt?«

»Ich weiß es nicht mehr«, sagte Vega.

»Und dann?«, bohrte McTiernan weiter.

Cap schlug sich vor die Stirn.

»Dann war ich eine Weile weggetreten«, sagte er.

»Sie haben uns in die Notaufnahme gebracht und getrennt«, ergänzte Vega.

»Wir sind in Einzelzimmern aufgewacht, auf einer leeren Station im Krankenhaus.« Cap rieb sich das Gesicht. »Und dein Deputy Chief ist auf ein Schwätzchen vorbeigekommen.«

Die beiden anderen sahen Cap interessiert an.

»Posada?«, fragte McTiernan.

»Genau der. Damals fand ich die Unterhaltung total seltsam, aber jetzt ...« Er hielt kurz inne. »Jetzt glaube ich, er war nur da, um mich zu warnen.«

»Armando Posada?«, versicherte sich McTiernan. »Hat dich bedroht?«

»Hat sich jedenfalls so angefühlt. Ich meine, er war höflich und so, aber im Grund hat er mir gesagt, ich soll die Stadt verlassen.«

Das erregte McTiernans volle Aufmerksamkeit. Er lehnte nachdenklich am Tresen.

»Ich nehme an, das passt nicht zu seinem Charakter?«, fragte Cap.

»Ja, so kann man das wohl sagen. Der Mann ist ein echter Paragrafenreiter.«

Cap dachte an seinen ehemaligen Vorgesetzten, Chief Traynor, und dessen fast zwanghafte Detailversessenheit, mit der er Cap gequält, aber letztlich zu dem erfolgreichen Polizisten gemacht hatte, der er heute war.

Er kratzte sich den Kopf.

»Dann hat der gute Mann wohl neue Saiten aufgezogen.«

»Wie weit nach oben reicht das alles eigentlich?«, fragte McTiernan.

Die emotionale Aufgewühltheit des Mannes kam Vega bekannt vor. Sie hatte sie schon oft gesehen, vor allem bei Eltern von vermissten Kindern. Nackte Verzweiflung, Trauer und Sorge, während einem das Wasser bis zum Hals stand. Sie stellte sich vor, dass McTiernan gefühlsmäßig wohl mitten in einem Tsunami gelandet war.

»Falsche Frage«, sagte sie in Anlehnung an Perry, ihren ehemaligen Chef.

Langsam tat ihr der Arm weh, also löste sie ihn von der Wunde und lehnte sich stattdessen fest an den Tresen, um den Druck aufrechtzuerhalten. Cap und Tiernan sahen sie erwartungsvoll an.

»Warum?, sollten wir uns fragen«, sagte sie schließlich. »Und wir wissen, warum.«

»Klar«, sagte Cap. »Warum sollten sie dich ins Spiel bringen, wenn sie dir das Verbrechen später anhängen wollen.«

Es klingelte. McTiernan und Cap zuckten zusammen.

»Das ist der Arzt«, sagte McTiernan und wandte sich an Cap: »Geh du ins Schlafzimmer, im Flur rechts. In der Kommode, unterste Schublade, liegen ein paar Sachen von mir, die sollten dir passen.«

Cap nickte und sauste los.

»Bist du sicher, dass wir ihm vertrauen können?«, fragte Vega.

McTiernan nickte und ging dann an die Tür, um den Mann reinzulassen.

Als Vega sah, um wen es sich handelte, rang sie sich ein müdes Lächeln ab.

Cap fand McTiernans Klamotten und zog sie an: kurzärmliges, kariertes Button-down-Hemd, khakifarbene Hose, Socken. Mit den Schuhen war es schwieriger. Er betrachtete sich im Spiegel. McTiernan war ein bisschen größer als Cap und hatte mehr auf den Rippen, aber die Hose saß nicht allzu locker und war auch nicht zu lang.

Er nickte sich zu und kehrte in den Flur zurück, wo Vega langsam an ihm vorbeiwankte, schwer auf McTiernan und Mia, die Rechtsmedizinerin, gestützt. Mia hatte einen schwarzen Koffer unterm Arm.

»Hi«, sagte sie und grinste Cap an.

»Hi. Wohin soll's gehen?«

»Bad«, sagte McTiernan.

»Könnte blutig werden«, fügte Mia hinzu.

Cap blieb im Türrahmen stehen, während die anderen drei hineingingen. Mia stand neben der Badewanne, McTiernan breitete ein weißes Handtuch auf dem Boden aus.

»Reicht der Platz?«, fragte er.

»Müsste reichen.« Mia wusch sich die Hände. »In der Wanne komme ich nicht richtig an sie ran.«

Vega lehnte an der Wand und hielt sich am Handtuchhalter fest.

»Soll ich dir runterhelfen?«, fragte Cap.

Sie nickte, ihr Atem ging flach und schnell.

McTiernan verließ schnell das Zimmer, um Platz für Cap zu machen.

Cap hielt Vega an Hand und Arm fest, während sie auf die Knie ging und sich schließlich aufs Handtuch legte. Dann kehrte er wieder auf seinen Beobachtungsposten zurück, die Hände in den Taschen, um sich nicht vor lauter Nervosität im Gesicht zu kratzen.

»Hast du ein paar Waschlappen und antibakterielle Seife für mich?«, fragte Mia. McTiernan nickte und sauste in die Küche.

Mia zog ihre knallgrüne Jacke aus und hängte sie über die Wanne. Aufgrund ihres Körperumfangs ging sie etwas mühsam auf die Knie, schien sich in ihrer beengten Umgebung aber ansonsten ganz wohl zu fühlen. McTiernan kam mit Waschlappen und Seife zurück, und Mia hob Vegas Nachthemd, zog Caps notdürftig aufgeklebten Verband ab und tupfte die Gegend unmittelbar um die Wunde ab.

Vega holte scharf Luft.

»Beiß die Zähne zusammen«, sagte Mia. »Du hast Glück, dass ich Lidocain mitgebracht habe.«

Als der Schnitt sauber war, warf sie die besudelten Waschlappen in die Wanne, holte eine Spritze aus dem Koffer und zog sie auf.

»Alles klar?«, fragte sie.

Vega nickte.

Mia verabreichte ihr fünf kleine Dosen rund um die Wunde herum, während Vega starr auf den geriffelten Lampenschirm an der Decke blickte.

»So«, sagte Mia schließlich und steckte die Spritze zurück in den Koffer. »Das hier«, sie wies auf die Spule mit grauem Faden, die sie daraus hervorzog, »ist aus meinem Büro. Dieser

Faden ist dicker als der, den man normalerweise für Patienten benutzt, denn ich flicke eigentlich nur Tote zusammen.«

Sie fädelte das Garn in eine lange Nadel.

»Es könnte sein, dass du Narben zurückbehältst und der Faden schlecht zu ziehen ist, und so weiter. Normalerweise bleibt der nämlich drin.«

»Kein Problem«, sagte Vega.

»Fein.«

Mia machte sich an die Arbeit. Cap konnte nicht lange hinsehen. Es waren nicht so sehr die Einstiche in die Haut, die ihm Unbehagen bereiteten, sondern das aus den Löchern quellende Blut. Eigentlich war er nicht so zart besaitet, aber in diesem Fall setzte es ihm ziemlich zu.

»Könnten wir uns ein paar Klamotten von deiner Freundin leihen?«, fragte Cap, an McTiernan gewandt.

»Klar, unten im Keller hat sie ihre Sportklamotten, die passen Vega sicher.«

Cap lief die Treppe hinab und fand neben dem Crosstrainer und einem Regal mit Hanteln eine kleine Kommode, aus der er graue Leggings und ein lockeres blaues Top wählte. Dazu fand er eine passende graue Kapuzenjacke, Socken und neongrüne Laufschuhe.

Im Bad war Mia gerade fertig und verknotete den Faden. Sie schnitt das Ende ab und tupfte die Naht ein letztes Mal mit einem frischen Waschlappen ab.

»So, für den Rest des Tages ruhst du dich aus, verstanden? Keine Kraftanstrengungen«, sagte Mia in strengem Ton.

Vega hob den Kopf und starrte sie an. Cap und McTiernan sahen gebannt zu.

Irgendwann hob Mia die Hände. »Okay«, sagte sie, »aber du musst mindestens eine halbe Stunde so liegen bleiben, damit das Blut um die Wunde etwas gerinnt.«

Vega nickte und ließ den Kopf zurück auf die Fliesen fallen.

»Nun gut«, sagte Mia. »Will mir jetzt jemand verraten, was hier für eine gequirlte Scheiße abgeht?«

Eine Dreiviertelstunde später kam Vega in den Sportklamotten von McTiernans Freundin aus dem Bad. Sie hatte die von Mia verordnete Tablette genommen, aber die Wirkung des Lidocain ließ langsam nach. Mia hatte die Wunde allerdings so fest verbunden, dass Vega nur noch ein dumpfes Pochen spürte.

Sie betrat die Küche, wo Cap und McTiernan Kaffee tranken und Mia auf dem Handy herumsuchte.

»Passt alles?«, fragte McTiernan, als er Vega erblickte.

Sie musterte den Saum ihrer Leggings.

»Musste sie ein bisschen aufrollen«, sagte sie und wackelte in den zu großen Sneakers mit den Zehen.

»Wie geht es dir?«, fragte Cap.

»Besser. Danke, Mia!«

»Gern geschehen«, sagte Mia, sah aber erst auf, nachdem sie den letzten Buchstaben in ihr Handy getippt hatte.

»So«, sagte McTiernan. »Mittlerweile hat Otero sicher auch schon erfahren, dass ich Cap mitgenommen habe. Sie werden zuerst bei mir zu Hause suchen.«

»Wissen sie von deiner Freundin?«, fragte Cap.

McTiernan zuckte die Achseln.

»Ein paar wissen es schon. Aber das wird sie nur etwas aufhalten. Ich gebe ihnen«, er sah auf seine Uhr, »ungefähr eine Stunde.«

»Es gibt zwei Möglichkeiten«, sagte Vega, die sich vorsichtig auf einen Hocker gesetzt hatte. »Entweder wir hauen ab oder wir greifen an.«

»Haben wir das nicht gerade versucht?«, fragte Cap. »Ist nicht so gut gelaufen.«

»Einen haben wir angegriffen. Otero ist derjenige, der nicht reinpasst. Bis jetzt war er seriös.« Vega wandte sich an Mia.

»Rowlie, korrekt? Commander bei der Polizei, die bis zum Hals in der Scheiße stecken, verdienen normalerweise keinen Spitznamen.«

»Ehrlich jetzt«, sagte Mia, »er ist einer von den Guten. Und er hat dieses heiße Opa-Ding am Laufen. Aber das nur nebenbei.«

»Und was ist mit Posada?«, fragte McTiernan. »Das ergibt auch keinen Sinn.«

»Okay«, mischte sich Cap ein. »Sie haben uns erzählt, ihnen würden die Ressourcen fehlen, um die Morde zu klären und die anderen Vermissten zu suchen, daher würden sie uns dafür bezahlen, aber inoffiziell.«

»Scheiße. Von den anderen Mädchen würden sie nichts wissen, wenn ich sie nicht darauf gebracht hätte«, sagte Mia, die wieder am Handy hing.

»Genau«, sagte Vega, der offenbar gerade ein Gedanke gekommen war. »Noch mal von vorn, Mia. Du hast gesagt, Otero hat gemeint, du solltest ihn sofort benachrichtigen, wenn dir irgendwas auffällt.«

»Jep. Deswegen hab ich ihm gleich eine Mail geschickt, als ich die Sache mit den Pessaren gemerkt habe, weißt schon, die Seriennummern. Darauf hat er sich erst mal nicht gemeldet, was an sich schon schräg ist. Normalerweise höre ich spätestens nach einer Stunde von ihm.«

»Was hat er geschrieben, als er endlich reagiert hat?«

»Nichts. Ich mein', er hat nicht geschrieben.«

»Sondern angerufen?«, fragte Cap.

Mia nickte.

»Weißt du noch, ob du direkt mit ihm gesprochen hast«, fragte Vega.

Mia verengte die Augen und dachte scharf nach. »Nein, ich glaube, er hat eine Nachricht auf dem Anrufbeantworter hinterlassen.«

»Hast du die noch?«

»Glaube schon.« Mia scrollte und tippte auf ihrem Handy herum. Als sie die Nachricht gefunden hatte, stellte sie sie auf Lautsprecher.

»Hi, Miss Mia«, Otero klang gut gelaunt und leicht außer Atem, als würde er eine Treppe hinaufgehen, *»hier ist Commander Otero. Danke für die Mail, das ist ein guter Fund. Ich möchte noch eine Beraterin hinzuziehen, also halten Sie die Sache mit den unbekannten Toten bitte noch unter Verschluss, und wenn möglich, machen Sie bitte auch erst mal keinen Eintrag in die Akten.«*

»Das hatte ich ganz vergessen«, sagte Mia am Ende der Nachricht. »Er wollte nicht, dass ich einen Aktenvermerk darüber mache.«

»Haben Sie es dann irgendwann doch getan?«

Mia legte den Kopf schief und dachte nach.

»Na, alle Toten, die bei uns reinkommen, werden erfasst, aber über die Pessare habe ich nichts notiert. Und die Leichen, die uns verlassen, werden sozusagen ausgecheckt, aber Jane eins und Maricel Villareal liegen unten bei uns in der Kühlung.«

»Also, was ist in der Zeit zwischen der Mail an Otero und seinem Anruf passiert?«, fragte McTiernan, der mit seinem Stift herumspielte.

»Hast du jemanden cc gesetzt in deiner Mail?«, fragte Vega.

»Scheiße, ja, hab ich!« Mia suchte in ihrem Handy herum. »Jedes Mal, wenn wir eine Leiche reinkriegen, die vielleicht was mit dem Tunnel zu tun haben könnte, müssen wir auch die DEA benachrichtigen.«

»Wie lange gilt diese Anweisung schon?«, fragte Cap.

»Seit ein paar Monaten. Da haben sie den großen Tunnel entdeckt. Siehst du hier, das ist mein Kontakt.« Sie hielt das Handy hoch, damit es alle sehen konnten. »Michael Mackey.«

»Boyces Partner und Bitch«, bemerkte Cap. »Also statten

Mackey und Boyce nach der Mail erst mal Otero einen Besuch ab, der daraufhin bei Mia anruft.«

»Aber was soll Otero denn genau unternehmen? Mia sagen, dass sie nichts in die Akten schreiben soll?«, fragte McTiernan.

»Bringt nicht viel. Die Leichen sind nämlich schon registriert«, bemerkte Mia.

»Also bleibt ihm nur, darauf zu bestehen, dass die Sache mit den Pessaren unter den Teppich gekehrt wird«, sagte Vega.

»Aber wieso?«, fragte Mia entnervt. »Was haben Boyce und Mackey denn davon?«

»Falsches Wieso«, sagte Vega.

Cap verschränkte die Arme und starrte sie an.

»Wieso macht Otero dabei mit«, korrigierte er sich, mehr Statement als Frage.

»Unsere Zielpersonen heißen also Boyce und Mackey«, beschloss Vega.

»Zuerst müssen wir uns mit Otero befassen«, sagte McTiernan resigniert. Er steckte seinen Stift in die Hemdtasche. »Dieser erste Anruf, wie sind die noch mal auf dich gekommen?«, fragte er Vega.

»Der Zettel in Maricels Hand. Da stand mein Name drauf.«

»Haben sie zugegeben, dass sie dich nur deshalb engagieren wollten?«

Vega nickte. »Sie brauchten eine Privatermittlerin, warum also nicht die nehmen, die ihnen das Opfer sozusagen vorgeschlagen hat?«

Cap war offenbar in Gedanken versunken.

»Nicht nur eine Privatermittlerin, eine ehemalige Kopfgeldjägerin, so eine Art Söldnerin also«, sagte er schließlich.

»Der Zettel war aber authentisch. Nicht wahr, Mia?«

»Ich habe ihn Maricel eigenhändig aus den leichenstarren Fingern gezogen. Er war so klein zusammengeknüllt, dass der Täter selbst ihn vielleicht nicht mal gesehen hat.«

»Gut, aber sie brauchten jemanden, und dann hat ihnen der Zettel auf die Sprünge geholfen. Die perfekte Person – auf einem Silbertablett serviert. Eine unkonventionellere Ermittlerin als Alice Vega wirst du nicht finden.«

Vega hob die Brauen, offenbar war sie mit Caps Beschreibung einverstanden.

»Aber warum macht Otero da mit?« McTiernan schien die Sache tatsächlich gegen den Strich zu gehen.

»Wieso krempeln Boyce und Mackey ihn innerhalb einer halben Stunde komplett um?«, fragte Cap.

»Weil sie was gegen ihn in der Hand haben?«, schlug Vega vor.

»Ja, aber was?« McTiernan klang nicht überzeugt. »Rang kann es nicht sein. Die DEA hat keine Macht über die Polizei.«

»Nicht vom Rang her, aber Federal hat das Sagen, auch gegenüber der Polizei«, sagte Cap. »Gilt landesweit.«

»Trotzdem glaube ich, es geht um das andere«, sagte Vega.

McTiernan wollte etwas entgegnen, doch sein Handy unterbrach ihn. Radartöne als Klingelton. Er zog es aus der Hosentasche, sah aufs Display und hielt das Gerät in die Runde, damit es alle sehen konnten. *COMM. OTERO* stand da.

»Ihr seid aufgeflogen«, bemerkte Mia trocken.

»Wir müssen hier weg«, sagte McTiernan.

»Ich muss sowieso zurück zur Arbeit.« Mia wühlte in ihrer Handtasche herum. »Aber ich lade euch zu mir ein.«

Sie zog einen Schlüssel hervor und warf ihn McTiernan hin.

»Da werden sie nicht nach euch suchen. Vorerst jedenfalls nicht.«

»Wo wohnst du noch mal? Am Strand?«, fragte McTiernan.

Mia nickte.

»Wie lange dauert es dorthin?«, fragte Vega.

»Wenn kein Verkehr ist, eine halbe Stunde.«

Sie dachten kurz nach. Vega sah ihr Konterfei schon auf einem Plakat. *Gesucht!* Wie im Wilden Westen.

»Hast du eine Garage?«, fragte sie Mia.

»Nein, Carport.«

McTiernan tippte aggressiv auf seinem Gerät herum, um die Nachricht abzuhören, aber es dauerte eine Weile.

»Du hast kein Krankenhausnachthemd mehr an«, sagte McTiernan, »also erregst du kaum Aufmerksamkeit, und bis jetzt gibt es vorerst keine offizielle Suchmeldung, nur eine Mail.«

Vega tippte eine Mail an Bastard in ihr Handy.

McTiernan stellte auf Lautsprecher, die Sprachnachricht ließ sich endlich abhören.

»Detective McTiernan, hier ist Commander Otero. Wenn Sie diese Nachricht erhalten, melden Sie sich bitte umgehend bei mir. Ich verstehe, dass Sie aufgrund veralteter Erkenntnisse agieren, aber wir haben eine Menge neuer Informationen, die ich gern mit Ihnen besprechen würde. Bitte rufen Sie mich an.«

Das war's. McTiernan seufzte laut.

»Findet sonst noch jemand den letzten Satz merkwürdig?«, fragte Cap.

»Klingt völlig professionell, wie immer.«

»Ja, aber auch ein bisschen verzweifelt.«

McTiernan schüttelte heftig den Kopf.

»Wieso nur? Was haben Boyce und Mackey gegen ihn in der Hand?«, fragte er.

»Vielleicht weiß Oteros Frau etwas?«, schlug Vega vor. »Ich bin dafür, sie einfach zu fragen«, sagte sie, scheinbar völlig arglos.

McTiernan und Cap sahen sie entgeistert an. Mia lachte laut auf.

»Das Weib ist verrückt!«, rief sie.

Vega grinste sie an, dann sah sie hinüber zu Cap, der an der Spüle lehnte und sich das Gesicht rieb.

Er sah besorgt aus. Und skeptisch.

Vega nickte ihm aufmunternd zu, ganz leicht. *Auf geht's!*, versuchte sie ihm zu kommunizieren.

15

Am Strand war es merklich kühler. Als Cap sich aus dem Beifahrerfenster auf McTiernans Rücksitz lehnte, konnte er sogar den Ozean sehen. Die Sonne stand recht tief, aber es war noch hell. *Unglaublich*, dachte Cap. *Das muss der längste Tag meines Lebens sein.*

McTiernan bog links ab, Meer und Strand verschwanden aus Caps Blickfeld, jetzt war ein Apartmentkomplex zu sehen, drei- und vierstöckige Einheiten mit Balkonen voller tropischer Pflanzen und Gartenmöbeln.

Vega und McTiernan hatten sich unterhalten, aber Cap hatte den letzten Teil nicht mitbekommen.

»Sicher, dass sie so spät noch auftauchen wird?«, fragte McTiernan und blickte in den Rückspiegel. »Das ist echt spät.«

»Ja, sie kommt. Hat's gerade bestätigt. Meinte, sie hätte abends eine Menge Kunden, die tagsüber keine Zeit haben.«

McTiernan parkte gegenüber von Mias Haus und stellte den Motor ab.

»Frau des Polizeichefs«, sagte Cap. »Hat vermutlich eine Menge einsamer Nächte erlebt.«

»Ihr solltet hier draußen bleiben«, sagte Vega beim Aussteigen.

»Ach, komm«, meinte Cap, »wir verstecken uns im Schlafzimmer.«

»Das ist schräg. Und ich finde, je normaler, desto besser.«

Cap zuckte die Achseln. »Meinetwegen.«

McTiernan reichte ihr die Schlüssel durchs Fenster. »Schick uns eine Nachricht. Einheit 3G.«

Vega sah sich kurz um und nickte. Sie zog den Reißverschluss ihrer Kapuzenjacke hoch und bedeckte ihren Kopf.

»Pass auf dich auf!«, murmelte Cap, als er ausstieg, um von der Rückbank auf den Beifahrersitz zu wechseln.

Er war nicht sicher, ob sie ihn gehört hatte, wollte die Worte aber nicht wiederholen, um sie und sich nicht in Verlegenheit zu bringen.

Vega joggte über die Straße. Cap stieg ein, rückte den Sitz zurecht und schloss die Tür. Die beiden Männer sahen, wie sie die Tür des Wohnhauses aufschloss und darin verschwand. Cap lehnte sich erleichtert zurück.

McTiernan startete den Motor. »Dann fahren wir mal ein bisschen um den Block«, sagte er.

»Nein!«, widersprach Cap. »Wir müssen hierbleiben, falls sie Hilfe braucht.«

McTiernan wollte etwas erwidern, schloss den Mund aber wieder.

Nach einer Weile sagte er ruhig: »Bei Oteros Frau braucht sie keine Hilfe.«

»Wahrscheinlich nicht. Aber das machen wir immer so. Sie geht rein, ich warte draußen. Ich geh rein, sie wartet draußen.«

McTiernan seufzte.

»Sieh dir die Fenster an«, sagte er.

Cap gehorchte, wusste aber nicht, was McTiernan damit bezweckte.

»Ich weiß, dass du nicht von hier kommst. Keine Ahnung, wie es bei euch an der Ostküste ist, aber dieses Viertel hier ist vorwiegend weiß. Was glaubst du, wie lange es dauert, bis einer der Anwohner aus dem Fenster guckt und einen Schwarzen in seinem Wagen vor dem Haus parken sieht. Ein Schwarzer, der nicht im Müll rumwühlt, Handzettel unter Scheibenwischer klemmt oder Räucherstäbchen verkauft. Sondern einfach nur dasitzt. Ich gebe uns fünfzehn, höchstens zwanzig Minuten, bis ein Cop an mein Fenster klopft und wissen will, ob er mich aus dem Viertel begleiten soll.«

Cap kam sich vor wie ein echtes Arschloch.

»Ja, an der Ostküste ist es nicht anders. Gut, fahren wir um den Block.«

McTiernan nickte.

Cap blickte in den Seitenspiegel, Mias Haus wurde immer kleiner. Er sah sein Gesicht, das frische Brandmal an der Schläfe, die bläulichen Ringe unter den Augen, die Erschöpfung. Aber vorerst würde er keinen Schlaf bekommen. Die ersehnte Erholung schien ihm meilenweit weit weg zu sein.

Vega betrat Mias Wohnung und knipste das Licht an. Links befand sich eine Kochnische mit einem schmalen, silbernen Kühlschrank, in der Spüle stand noch schmutziges Geschirr. Vor ihr lag das großzügige Wohnzimmer mit Glasschiebetür zum Balkon mit Blick auf die Straße. Grauer Teppichboden, darüber ein flauschiger weißer Läufer. Kahle Wände, bis auf einen Traumfänger und zwei kleine Fotos von Vögeln. Und ein weiches, weißes Sofa, davor ein eckiger Tisch, auf dem eine lilafarbene Bong von der Größe einer Lampe stand.

Vega sah sich rasch um, hob dabei ein paar Socken und Bücher auf, schnappte sich die Bong und ging damit ins Schlafzimmer. Dort stand ein breites Bett mit weißer Bettwäsche, eine Decke mit Leopardenmuster lag zusammengerollt in der Ecke, auf der niedrigen, wandbreiten Kommode stand allerlei Kifferzubehör: eine weitere Bong, ein paar Pfeifchen, Tütchen, manche voll, andere leer. Vega stellte die lilafarbene XXL-Bong schnell neben die andere und verließ das Zimmer.

Sie trat an den Kühlschrank, an dessen Tür ein paar Kinderzeichnungen und Schulfotos hingen. Ein Junge und ein Mädchen, dieselben runden Wangen wie Mia. Vega ließ alles, wie es war. Auf den Regalen entdeckte sie zehn oder mehr gefüllte Plastikdosen, einen Pizzakarton von *Dominos*, drei Schachteln von *Entenman Donuts*, einen Zwölferpack Cherry Coke, dazu mehrere Flaschen Kokoswasser und Gatorade in der Tür. Oben auf dem Kühlschrank lagen diverse Chipstüten.

Jeder Mensch hat ein Hobby, dachte Vega, und Mias war offenbar Essen. Vielleicht auch noch Gras rauchen. Vegas Entdeckung schmälerte ihre Zuneigung zu Mia keineswegs. Man kann sich seine Freunde nicht stricken, hätte Perry gesagt. Nimm sie so, wie sie dir begegnen.

Vega holte zwei Flaschen Kokoswasser heraus und schloss die Tür. Sie ließ sich aufs Sofa fallen und stellte die Flaschen vor sich auf den Tisch. Auf ihrem Handy entdeckte sie eine Nachricht von Cap. *Fahren um den Block. Gib Bescheid, wenn du Hilfe brauchst.* Sie checkte ihre Mails, aber Bastard hatte noch nicht geantwortet. Mit dem Handy im Schoß sah sie hinaus, wo langsam die Sonne unterging. Der Himmel leuchtete in allen Farben.

Cap saß im Wagen, während McTiernan im Taco-Imbiss auf seine Bestellung wartete. Kaum waren sie losgefahren, hatte Cap bemerkt, dass er seit dem Frühstück nichts mehr gegessen hatte und schon seit Stunden auf dem Zahnfleisch ging. McTiernan hatte den Wagen an der nächstbesten Fressbude geparkt.

Caps Handy vibrierte. *Okay*, hatte Vega geantwortet.

Er schloss die Augen und konzentrierte sich auf seinen Atem, doch das funktionierte nicht. Also tippte er kurzerhand eine Nachricht an Nell. *Hey, alles gut bei dir? Hier alles cool.*

Die Antwort kam postwendend. *Mir geht's gut. Wie läuft die Ermittlung???*

Cap sah auf und erhaschte im Seitenspiegel einen Blick auf seine gerötete Schläfe. *Geht nur langsam voran, aber vielleicht haben wir bald einen Durchbruch.* Er schickte die Nachricht los. Wie gut, dass sie nicht miteinander telefonierten, denn sonst hätte Nell sofort an seiner Stimme gehört, dass etwas faul war. Sehr faul.

Sie schickte ihm einen gereckten Daumen.

McTiernan überquerte den Parkplatz, zwei volle Papptabletts in den Händen und eine Papiertüte unterm Arm. Cap streckte sich zur Fahrertür und machte ihm auf.

»Danke!«, sagte McTiernan beim Einsteigen.

Er drückte Cap ein Tablett in die Hand und schloss die Tür.

»Zweimal *Shrimp a la diablas*«, verkündete er.

»Danke, Kumpel!« Cap nahm sich einen Taco.

Das Teil war außen knusprig, innen weich. Die gegrillten Shrimps glänzten appetitlich, obendrauf verlief im Zickzack die Spur einer roten Soße. Cap hielt den Taco mit beiden Händen fest und biss hinein. Die scharfe Soße weckte ihm die Sinne, und plötzlich konnte er nicht genug davon bekommen. Er zwang sich, den zweiten Taco nicht sofort zu verschlingen, aß ihn aber trotzdem viel zu schnell.

»Mein Gott!«, seufzte McTiernan, der erst die Hälfte seines ersten Tacos gegessen hatte.

Cap tupfte sich die Soße von den Lippen. Erst mit ein paar Sekunden Verspätung setzte die Wirkung ein. Sein ganzer Mund brannte lichterloh. Rasch zog er eine Flasche Wasser aus der Tüte.

»Ja, das ist Habanero-Soße, die sollte man nur in kleinen Dosen zu sich nehmen«, sagte McTiernan freundlich.

Cap trank die Flasche in einem Zug leer.

»Ich wusste gar nicht, dass ich einen solchen Hunger hatte«, keuchte er.

McTiernan hatte den Blick nach vorn gerichtet. »Ein absoluter Höllentag war das heute. Hast du schon von Vega gehört?«

Cap sah auf sein Handy und schüttelte den Kopf.

McTiernan schluckte den letzten Bissen herunter. »Wenn wir nichts Neues rauskriegen …«

Er ließ den Satz in der Luft hängen.

»Hör zu, wenn Oteros Frau was weiß, dann findet Vega es heraus.«

»Wir können nicht einfach ins Blaue ermitteln.«

»Gib ihr eine Stunde.« Cap schlug sich auf die Brust, als könnte er so die Verdauung anregen. »Sie wird die Frau ausquetschen, bis nichts mehr herauskommt.«

Als McTiernans Radartöne erklangen, zuckte Cap zusammen.

»Na, hoffentlich«, sagte McTiernan, als er Cap das Handy hinhielt.

COMM. OTERO blinkte auf dem Display.

Der zweite Anruf.

Vega stand hinter der verschlossenen Wohnungstür. Sie hatte den Öffner betätigt und wartete jetzt auf den Lift. Als sie sich zurücklehnte, fiel ihr Blick auf ihr Gesicht im Badezimmerspiegel. Sie knipste ein munteres Grinsen an.

Dann klopfte es dreimal, leicht, zögerlich. Vega bemühte sich, das Grinsen beizubehalten, als sie die Tür öffnete und ihre Besucherin musterte. Blond, blauäugig, blendend weiße Zähne. Designerjeans mit neckischem Riss über einem Knie. Ballerinas, ein kleiner, weißer Rollkoffer, Lederhandtasche über der Schulter.

»Hi! Alice?«

»Ja. Palmer, richtig?«

Palmer Otero wirkte extrem erleichtert, die richtige Adresse erwischt zu haben. Sie schüttelte Vega enthusiastisch die Hand.

»Wie nett, Sie kennenzulernen.«

Vega nickte und bat sie herein.

»Danke, dass Sie so kurzfristig und spät noch Zeit für mich haben«, sagte sie mit gespielter Nervosität. »Es ist eine Art Notfall.«

»Kein Problem«, sagte Palmer, während sie ihr Köfferchen ins Wohnzimmer zog. »Passiert eigentlich ständig. Die meisten Kunden berate ich abends, unter der Woche. Darf ich?« Sie zeigte auf den Tisch.

»Natürlich, bitte!«

Palmer schob den Griff des Rollkoffers zusammen, zog den Reißverschluss auf und holte zwei weiche Kosmetiktaschen daraus hervor, eine braune und eine schwarze. Sie stellte sie auf den Tisch. Beide Frauen nahmen nebeneinander auf dem Sofa Platz.

»In Ihrer Mail schrieben Sie, dass Sie nach einer tönenden Tagespflege mit viel Feuchtigkeit suchen?«

»Ja, genau.«

Palmer öffnete die braune Tasche und holte vier Cremetuben heraus.

»So. Hier haben wir vier getönte Tagescremes in verschiedenen Farben. Die tragen wir am besten auf, dann können wir erkennen, welche am besten zu Ihnen passt. Sie schrieben, dass Sie im Winter eher blass sind, Ihre Haut im Sommer aber gut bräunt, richtig?«

Vega nickte.

»Und Sie haben vorher noch keine Produkte von BeautyMark benutzt?«

»Nein«, sagte Vega achselzuckend.

»Wie schön! Dann darf ich Ihnen eine kleine Einführung geben!« Sie tätschelte Vegas Arm.

Sie zog ein Fläschchen Lotion aus der schwarzen Tasche.

»Bei BeautyMark legen wir Wert auf natürliche Inhaltsstoffe. Keine Farbstoffe, keine reizenden chemischen Zusätze und absolut keine Tierversuche.«

Vega nickte feierlich, als würde sie Palmers ergriffener Vortrag beeindrucken. *Keine Tierversuche? Ich kaufe alles!*

»Naturkosmetik für die natürliche Ausstrahlung.« Palmer lächelte eifrig. »Das ist BeautyMark. Deswegen empfehle ich Ihnen, Ihre Haut unbedingt mit unserem Zwölf-Stunden-Moisturizer zu pflegen, bevor Sie eine Foundation auftragen.«

Sie drückte Vega das Fläschchen in die Hand.

»Probieren Sie es ruhig einmal aus.«

Vega gehorchte, Palmer hielt ihr den Spiegel vor.

»Haben Sie morgen einen wichtigen Termin?«, fragte Palmer.

»Nein«, erwiderte Vega etwas bedrückt, »nur ein Meeting.«

»Puh! Das klingt aber nicht gerade spaßig.« Palmers Stirn legte sich mitleidig in Falten.

»Ach, ist schon okay.« Vega gab sich noch etwas Lotion auf den Finger und verrieb sie auf ihrer Stirn.

»Na, dann ist es ja gut. Was arbeiten Sie denn?«

»Ach, das ist ein bisschen kompliziert. Verstehen Sie mich nicht falsch, es ist nicht schwer zu verstehen, ich möchte Sie nur nicht damit langweilen.«

»Wir haben Zeit«, Palmer grinste, »unsere Experten empfehlen, die Lotion vor dem Auftragen der Foundation mindestens zehn Minuten einwirken zu lassen.«

Vega gab ihr die Flasche zurück, betrachtete sich im Spiegel und strich sich über die Wange.

»Wahnsinn. So weich!«

»Glauben Sie mir«, sagte Palmer, »wenn Sie diese Lotion täglich verwenden, wird Ihre Haut noch weicher. Sie besteht aus natürlichen Ölen und Pflanzenextrakten. Sie können es bei mir sehen, ich benutze diese Produkte seit zwei Jahren. Momentan brauche ich so gut wie keine Foundation, weil mein Teint so klar ist.«

Sie hielt die Hand an ihr Gesicht, berührte es aber nicht.

»Unglaublich!«, sagte Vega.

»Nicht wahr?« Dann schien ihr ein spontaner Gedanke zu kommen. »Während die Lotion einwirkt, könnten wir uns noch die Lippenpflegeserie ansehen.«

Sie zog drei Lippenstifte aus der schwarzen Tasche.

»Das hier sind Stifte, aber wir haben auch Gloss und Lipliner. Nur keine extremen Farben, weil das ...«

»... nicht natürlich wirkt?«, schlug Vega vor.

Palmer lächelte. »Genau! Ich glaube, bei Ihnen würde ein dunkler Nudeton gut passen.«

»Müssen Sie morgen etwas präsentieren, oder so was?«, fragte Palmer mit aufrichtigem Interesse, während Vega den Lippenstift testete.

»Nein«, sagte sie. »Aber ich stecke mitten in einer Ermittlung und kann jede Hilfe gebrauchen.«

Palmer lachte nervös.

»Natürlich. Hören Sie, ich verstehe total, wenn Sie mir nicht mehr verraten können. Mein Mann arbeitet bei der Polizei ... ich weiß, wie heikel das ist.«

»Das glaube ich gern. Ich kann Ihnen nicht alles sagen, aber nur so viel: Man hat mich engagiert, um eine Gruppe Mädchen zu finden, die irgendwo festgehalten und zur Prostitution gezwungen werden.«

»Ach, du liebe Güte!« Palmer wirkte aufrichtig schockiert.

»Ja. Aber heute Morgen habe ich sie gefunden.«

Palmer klappte die Kinnlade herunter.

»Ehrlich? Das ist ja wunderbar!«

»Das ist es. Aber dann habe ich sie wieder verloren«, sagte Vega.

Verwirrung stand in Palmers faltenlosem Gesicht. Sie schwieg.

»Besser gesagt, Ihr Mann hat sie in einen Bus gesetzt und sie irgendwohin geschickt.«

Vega tupfte sich die Lippen mit einem Kosmetiktuch ab.

Palmer sah sie panisch an.

»Wer sind Sie?«, stammelte sie.

»Alice Vega, wie gesagt.«

Palmers Brustkorb hob und senkte sich, als ihr Blick zu ihrer Tasche wanderte. *Schau nie auf das, was du dir schnappen willst!*, dachte Vega.

»Lieber nicht«, sagte sie. »Tun Sie's nicht.«

Palmer umklammerte den Spiegel in ihrem Schoß.

»Werden Sie mir wehtun?«, fragte sie, kurz vor der Schnappatmung.

»Ich glaube nicht«, antwortete Vega aufrichtig.

»Was wollen Sie dann von mir?«

»Kennen Sie einen gewissen Christian Boyce oder Mike Mackey? Von der DEA?«

Palmer schüttelte den Kopf. Die Reaktion kam so schnell, dass Vega ihr glaubte.

»Ihr Mann und diese beiden Jungs haben mich unter der Hand bezahlt, damit ich die Mädchen finde. Wie gesagt, das habe ich getan. Aber jetzt sind sie verschwunden. Über Ihren Mann habe ich allerdings nur Gutes gehört, er sei ehrlich und sauber, trägt immer die korrekte Krawatte. Diesen Eindruck hatte ich auch. Würden Sie das so bestätigen?«

Palmer nickte eifrig, den Spiegel immer noch umklammert.

»Warum macht er dann bei so einer Sache mit?«

Palmer zwinkerte nervös.

»Das tut er garantiert nicht«, sagte sie. Dann, etwas selbstbewusster: »Sie lügen.«

»Leider nicht. Ich kann es Ihnen sogar beweisen. Soll ich?«

Palmer starrte sie schweigend an.

Vega zog ihr Handy aus der Tasche und drückte auf Wiedergabe.

»Hi, Ms Vega. Ich wollte Ihnen noch einmal für Ihre Arbeit danken … und für die Diskretion«, sagte Otero. Er legte eine kurze Pause ein, offenbar suchte er nach den passenden Worten. *»Sie haben wichtige Arbeit geleistet, als Sie diesen Mädchen geholfen haben. Und ich bin froh, dass Sie so … flexibel reagiert haben unter diesen unkonventionellen Umständen. Das wollte ich Ihnen noch sagen. Danke.«*

Palmer biss sich auf die Lippe, ihr Blick tanzte nervös durchs Zimmer.

»Das kann alles Mögliche bedeuten«, stieß sie schließlich hervor.

»Vielleicht. Aber eher nicht.«

Palmer schüttelte rhythmisch den Kopf.

»Er hat mir nichts erzählt.«

»Spricht er normalerweise mit Ihnen über seine Arbeit?«

»Wenn es wichtig ist.«

Palmers Hände flogen an ihren Mund.

»Ich verstehe das nicht«, murmelte sie. »Warum haben Sie mich da hineingezogen?«

»Ich glaube, Boyce und Mackey haben etwas gegen Ihren Mann in der Hand. Irgendwas Persönliches.«

Vega ließ die Worte eine Weile wirken, bevor sie fortfuhr.

»Haben Sie eine Ahnung, was das sein könnte?«, fragte sie schließlich.

Palmer schüttelte den Kopf.

»Nein. Wirklich nicht.«

»Ich glaube Ihnen. Aber vielleicht wissen Sie etwas, ohne es zu ahnen.«

Palmer zog die Nase kraus und spähte über Vegas Schulter zur Tür.

»Ich werde Sie nicht gegen Ihren Willen festhalten. Sie können jederzeit gehen, Ihren Mann anrufen und ihm von mir erzählen, und vielleicht bekommen Sie von ihm eine klare Antwort. Oder nicht.«

Palmers Gesichtsausdruck änderte sich schlagartig. Stahlharte Miene.

»Wie soll ich wissen, ob ich Ihnen vertrauen kann?«

»Gar nicht. Und das müssen Sie auch gar nicht. Aber ich glaube, Ihr Mann steckt in Schwierigkeiten, und Sie können ihm helfen.«

Palmer dachte nach. Vega hielt sie nicht für dumm, aber die Frau würde nicht gleich alle Karten auf den Tisch legen.

»Ich glaube auch, dass er Schwierigkeiten hat«, sagte sie schließlich.

»Wie kommen Sie darauf?«

»Mein Mann hat starke Nerven«, sagte Palmer mit einem kleinen Lächeln. »Und eine ruhige Hand. Ich bin diejenige, die schnell nervös wird. Als unsere Kinder noch klein waren, war ich eine echte Helikoptermutter. Er hat mir damals vorgeschlagen, dass ich diesen Job hier machen sollte.« Sie zeigte auf die Kosmetiktaschen. »Als BeautyMark-Beraterin, damit ich beschäftigt war, mich nicht ständig in das Leben meiner Kinder einmischen und wie eine Besessene das Haus putzen würde.«

Vega lächelte mild. Sie empfand den vertrauten Schmerz, als sie an ihre Mutter dachte, deren Angststörung ihr das Leben weitgehend zur Hölle gemacht hatte.

»Aber seit einiger Zeit ist mir aufgefallen, dass er nicht mehr am Ball ist. Er wirkt abgelenkt.«

Vega schwieg, sie wollte Palmer die Gelegenheit geben, ihre eigenen Schlüsse zu ziehen.

»Wissen Sie, wir sind seit zwanzig Jahren verheiratet, und Polizist ist er sogar schon länger, daher bin ich exzessive Arbeitsstunden gewohnt, aber meist lässt er die Arbeit im Büro. In den letzten Tagen hab ich ihn kaum gesehen, und wenn, dann war er ... ein echtes Nervenbündel.«

»Wie meinen Sie das?«

»Dauernd fällt ihm irgendwas runter, er hängt permanent am Handy, weil ihn jemand aus der Arbeit anruft, viel öfter als sonst. Ich glaube, er hat seit einer Woche nicht im Bett geschlafen, und vorletzte Nacht habe ich ihn auf dem Sofa erwischt. Er hat behauptet, das läge an dem Fall, der fordere seinen vollen Einsatz.«

»Aber solche Fälle gab's doch sicher auch schon vorher.«

»Klar, dauernd. Normalerweise hält er die auf Abstand, das kann er sehr gut. Dieses Mal aber nicht.«

»Und das geht schon seit einer Woche so?«

»Ich glaube schon.«

»Warum haben Sie ihn nicht danach gefragt?« Vega bemühte sich um einen sanften Ton.

Palmer zuckte die Achseln und seufzte laut.

»Kann ich Ihnen nicht sagen. Ich wollte es nicht noch schlimmer machen. Außerdem fängt für unseren Sohn nächste Woche das letzte Schuljahr an, da wollte ich nicht noch mehr Spannung in unser Familienleben bringen.«

Vega fand die Aussage höchst aufschlussreich. Palmer war also harmoniesüchtig.

»Ist Ihr Sohn ... ängstlich?«, fragte Vega.

Palmer lachte nervös.

»So sollte das nicht klingen. Er ist ein toller Junge, schreibt gute Noten, spielt Football. Aber er ist manchmal ein bisschen schüchtern.«

»Hat er Ängste?«

Palmer sah zu Boden. Vega wusste, dass sie etwas zu sagen hatte, sich aber nicht entschieden hatte, ob sie es ihr anvertrauen sollte.

»Seit seinem vierzehnten Lebensjahr ist er in Therapie und bekommt Medikamente gegen seine Angststörung«, sagte sie schließlich. »Das ist nichts, weswegen man sich schämen muss«, fügte sie hastig hinzu. »Seine Schwester, meine Tochter, geht in die achte Klasse und ist das genaue Gegenteil – extrovertiert, mit allen befreundet. Aber RJ tut sich damit schwer.«

Palmer wandte kurz den Blick ab, doch dann öffnete sich offenbar ein Schleusentor.

»Er hat sich wahnsinnig gemausert. Mittlerweile hat er gute Freunde, aber jetzt geht es ans College, und da will ich keine Unruhe reinbringen, die Roland nur noch mehr verunsichert.«

»An welche Colleges hatten Sie gedacht?«

»Ach, die Liste ist lang.« Palmer lächelte und ratterte ein paar Namen herunter.

Vega hörte nicht mehr zu, sie musste nachdenken.

»Hat Ihr Sohn in der Schule jemals Ärger gehabt?«, unterbrach sie Palmer schließlich.

»Nein. Nie.«

Vega dachte an Nell, die im selben Alter war.

»Verkehrsvergehen? Zu schnell gefahren? So was in der Art?«

»Nein, gar nicht. Da ist er wie sein Dad, hält sich genau an die Regeln.«

»Und Ihre Tochter?«

»Elsie? Die ist super. Und sehr hübsch, aber auf unschuldige Art. Steht noch auf Einhörner und Glitzer.«

»Hatte sie schon mal Ärger in der Schule?«

»Nein«, sagte Palmer, doch es klang nicht ganz überzeugend.

»Aber?«

»Das war nichts Schlimmes, nur ein kleines Teenagerdrama. Wir haben Roland nicht mal was davon erzählt. Anfang des Sommers war einer von RJs Fußballkumpels bei uns, die gehen bei uns ein und aus, wissen Sie«, sie verdrehte die Augen, »aber dieser eine, Graham, hat ein bisschen mit Elsie geflirtet, und sie hat zurückgeflirtet, obwohl ich nicht sicher bin, ob sie überhaupt wusste, was sie da tat ... sie ist einfach ein bisschen ...«

»... extrovertiert?«

»Genau. Und da ist die Sache eben ein wenig übergekocht.«

Palmer strich sich über die Jeans und schwieg. Erst nach einer Weile verstand Vega, dass die Geschichte für sie zu Ende war.

»Was meinen Sie mit ›übergekocht‹?«

Palmer seufzte, offenbar war ihr die Erinnerung unangenehm.

»Er hat sie geküsst. Hat sie in der Küche gepackt und geküsst. Ich war nicht dabei, aber sie hat mir später erzählt, dass sie einen Schrecken bekommen hat. Also habe ich ihr geraten, sich nie wieder allein in einem Zimmer mit ihm aufzuhalten. Und damit war die Sache erledigt.«

Vega legte den Kopf schief, als hätte sie was verpasst.

»Was haben Grahams Eltern dazu gesagt?«

»Mit denen hab ich nicht geredet.« Palmer wirkte leicht geschockt, dass ihr der Gedanke nicht selbst gekommen war. »Ich wollte ...«

»... es nicht noch schlimmer machen?«

»Genau!« Palmer kicherte, als wäre Vega ihre geheime Verbündete.

»Und Ihrem Mann haben Sie auch nichts erzählt?«

»Nein!«, sagte sie mit plötzlicher Heftigkeit. »Das brauchte er nicht zu wissen!«

»Geht Graham noch bei Ihnen ein und aus?«

»Natürlich! Er gehört zu RJs besten Freunden.«

»Also«, sagte Vega, die langsam richtig sauer wurde, »lassen Sie einen Jugendlichen, der Ihre Tochter sexuell belästigt hat, immer noch regelmäßig ins Haus.«

Palmer schaute verbissen drein.

»Das war doch keine sexuelle Belästigung! Ein Kuss, ein harmloser Kuss. Und ich hab mich drum gekümmert.«

»Weil er einer der besten Freunde Ihres Sohnes ist?«

»Genau.«

Palmer hatte offenbar die Geduld verloren. Sie stand auf.

»Das muss ich mir nicht anhören«, sagte sie in einem Anfall von Selbstgerechtigkeit. »Ich weiß nicht mal, was ich hier eigentlich mache.«

»Sie helfen Ihrem Mann«, sagte Vega.

Das wirkte, allerdings nur kurz. »Es war ein großer Fehler, Ihnen das alles zu erzählen. Ich kenne Sie nicht einmal. Wer sagt mir, dass Sie nicht alles erlogen haben?«

»Das wäre aber eine ziemlich komplizierte Lüge.« Vega war jetzt ebenfalls aufgestanden.

Ihre Wunde hatte wieder angefangen zu pochen. Sie drückte mit dem Ellbogen darauf. Palmer dachte offenbar über ihre Worte nach, schüttelte dann aber vehement den Kopf.

»Ich gehe jetzt«, sagte sie tapfer, doch ihre Stimme zitterte.

Sie sammelte ihre Proben und Spiegel ein und steckte sie in den Koffer.

»Ich werde meinen Mann anrufen«, setzte sie nach.

»Tun Sie, was Sie nicht lassen können. Rufen Sie ihn gleich an und sagen Sie ihm, dass Sie mit mir gesprochen haben. Und dann beobachten Sie bitte ganz genau, wie er reagiert. Richten Sie ihm von mir aus, dass ich seine beste Chance bin, weil ihm sonst sicher niemand helfen wird. Ich weiß, dass er in der Klemme steckt und ihm das Wasser schon bis zum Hals steht. Aber ich bin sein Rettungsring. Sagen Sie ihm, er soll mich anrufen!«

Palmers gepflegtes Gesicht verzog sich, und sie brach in Tränen aus. Sie rieb sich die Augen und verschmierte dabei ihren hypoallergenen Mascara. Vega trat zur Seite und ließ sie vorbei. Palmer konnte gar nicht schnell genug zur Tür rennen.

Vega wartete eine Weile, bevor sie Bastard eine Mail und Cap eine Nachricht schickte. Sie stand mitten im Wohnzimmer, wo es langsam dunkel wurde. Nur das Brummen von Mias Kühlschrank und das Geschrei der Möwen waren zu hören.

16

Als Vega an der Hausecke auftauchte, wurde Cap wieder munter. McTiernan hatte sie ebenfalls entdeckt und hielt den Wagen, damit sie hinten einsteigen konnte. Als sie die Tür schloss, änderte sich sofort die Dynamik. Caps Adrenalinspiegel stieg umgehend und riss ihn aus seiner postprandialen Müdigkeit.

McTiernan gab Gas und brauste vom Strand weg, während Cap Vega ein weißes Papptablett mit Tacos in die Hand drückte.

»Da sind Shrimps drin. Vorsicht, scharf!«, sagte er.

»Danke!«

Sie verschlang das Teil fast genauso gierig, wie er es getan hatte, schmierte sich dabei aber nicht die Visage mit Soße voll. *Sie hat Übung,* dachte Cap, *in Kalifornien gibt es die Dinger auch überall.* Er reichte ihr eine Flasche Wasser.

»Freeway?«, fragte McTiernan.

»Ja, nach Escondido«, sagte sie.

»Wenigstens bist du heil da rausgekommen«, sagte er.

»Bin ich. Sie wollte reden. Otero benimmt sich offenbar seit ein paar Tagen recht seltsam.«

»Wie, seltsam?«, fragte Cap.

»Nervös. Unter Druck. Schläft nicht. So untypisch, dass es ihr aufgefallen ist. Sie weiß nicht, warum, aber ich glaube, es hat mit ihren Kindern zu tun.«

McTiernan sah sie im Rückspiegel an. »Beides Teenager, richtig?«

Vega nickte. »Die Tochter ist zwölf oder dreizehn, der Sohn ist fast mit der Highschool fertig. Ich glaube, es geht hauptsächlich um ihn, aber das Mädchen ist auch involviert.«

»Ist der Junge nicht so eine Art Footballstar?«, fragte McTiernan.

»Na, Star würde ich nicht sagen, aber er stand ein paarmal in der Regionalzeitung, zusammen mit seiner Mannschaft«, sagte Vega, nachdem sie Bastards Antwort überflogen hatte. »Der Filius, RJ ist sein Name, hat laut seiner Mutter ein paar psychische Probleme. Nimmt seit Jahren Medikamente.«

Vega schwieg, während sie den Rest der Mail las.

»Wie ist der Sohn darin verwickelt?«, fragte Cap.

»Weiß ich noch nicht. Aber er ist die Schwachstelle. Er ist Oteros Achillesferse.«

»Wie bist du mit der Frau verblieben?«

»Ich habe ihr gesagt, sie soll Otero anrufen und ihm ausrichten, dass wir ihm helfen können.«

»Er hat sich nochmal bei mir gemeldet, aber keine Nachricht hinterlassen«, sagte McTiernan.

»Was nun?«, wollte Cap wissen.

»Egal, was Boyce und Mackey gegen ihn in der Hand haben, es ist offenbar schlimm genug, dass Otero dafür Ruf und Karriere ruiniert. Er braucht Hilfe«, sagte Vega.

»Wir, Vega«, sagte Cap, den Daumen auf seine Brust gerichtet. »Wir brauchen Hilfe. Schließlich sind wir gerade aus dem Horrorkrankenhaus entkommen.«

»Ich brauche auch Hilfe«, mischte sich McTiernan ein.

»Ihr müsst den Blick aufs Ganze richten«, sagte Vega, »nicht auf die Einzelheiten. Otero macht das alles nicht freiwillig. Wenn wir die Bedrohung von ihm abwenden, haben wir ihn auf unserer Seite und können Boyce und Mackey gemeinsam unschädlich machen.«

Cap legte nachdenklich die Hände vor den Mund.

»Okay«, sagte er schließlich. »Wo wollen wir anfangen?«

»Was ist in Escondido?«, fragte McTiernan.

»Da wohnt Otero, oder?«

»Willst du mit dem Sohn reden? Das ist ziemlich riskant, findest du nicht?«

Vega war tatsächlich derselben Meinung wie Cap. Sie sollte auf ihren Instinkt hören, manchmal war er alles, was sie hatte, aber in diesem Fall konnte sie nicht garantieren, dass Palmer nicht komplett am Rad drehte und ihnen sämtliche Cops auf die Fersen hetzte. Wenn sie bei Otero auftauchten, um sich seinen Sohn zur Brust zu nehmen, konnte es gut sein, dass sie einem ganzen Einsatzkommando in die Arme liefen. Unbewaffnet. Nicht mal eine weiße Flagge konnten sie hissen.

»Ja, finde ich auch«, sagte sie schließlich.

Sie las sich die Mail von Bastard noch einmal durch, sah sich die mitgelieferten Profile RJ Oteros in den sozialen Medien an und die Artikel über sein Team aus den Sportzeitungen. Schwarz-Weiß-Aufnahmen von Torschüssen, unter einer die Bildunterschrift: »Quarterback Graham Miller macht das Tor zum Sieg.«

Eine neue E-Mail ging bei ihr ein, Spam mit dem Betreff »Hot Young Girls«. Vega löschte sie unbesehen und widmete sich wieder dem Foto von Graham Miller. Sie ging auf sein Facebook-Profil. Er wirkte durchschnittlich attraktiv, gepflegt, gerade Zähne. Auf den Bildern war er stets mit Football zu sehen oder bei Spielen.

Plötzlich klickte Vega die gelöschte Spam-Mail an und betrachtete die Fotos der Mädchen. Sie sahen nicht besonders jung aus, auch wenn ihre Kleidung etwas anderes suggerierte. Faltenröcke, Kniestrümpfe, rosa Kaugummi.

Vega sah genauer hin.

»Das mit RJ kann noch warten. Zuerst kümmern wir uns um Graham Miller«, sagte sie schließlich.

»Auch in Escondido?«, fragte McTiernan.

»Ja, ich glaube schon.« Sie schickte eine neue Mail an Bastard.

»Wer ist Graham Miller?«, fragte Cap.

»Ein enger Freund von RJ Otero. So eng, dass Mama Otero

nichts dagegen hatte, dass er RJs kleiner Schwester die Zunge in den Hals gesteckt hat.«

»Was? Ist die noch ganz echt?«, fragte Cap.

»Weiß nicht. Ich glaube, sie will unbedingt, dass ihr Sohn ein normales Leben führt, da ist ein kleines Opfer schon mal angebracht.«

»Sogar, wenn es ihrer Tochter schadet?«, fragte McTiernan.

Cap verzog angewidert den Mund und schüttelte den Kopf.

»Ich glaube, sie sieht das ganz anders«, meinte Vega.

»Und was hat dieser Freund deiner Meinung nach für uns?«, fragte McTiernan.

»Bin nicht ganz sicher, aber sein Faible für kleine Mädchen ... das ist schon eine auffällige Verbindung, findet ihr nicht?«, sagte Vega.

Caps Anflug von väterlicher Wut war vorüber, er dachte scharf nach.

»Vega, der Arzt, den ich am Anfang observiert habe, der Typ, der möglicherweise die Mail an Ben Davis geschrieben hat – Dr. Scott Miller.«

»Ja, der Mann aus der Klink, oder?«

»In Escondido«, fügte Cap hinzu.

»Wetten, dass da ein Zusammenhang besteht?«, fragte Vega.

Cap wandte sich nach hinten und grinste.

Bastard hatte umgehend Graham Millers Adresse geschickt, und danach war klar, dass diese mit der von Dr. Scott Miller übereinstimmte. Vega teilte McTiernan mit, wohin die Reise ging. Der Schmerz in ihrer Flanke hatte sich gelegt, nur hin und wieder pochte die Wunde. Vega spürte ein vertrautes Kribbeln in den Fingerspitzen. Sie war bereit für die nächste Aufgabe.

Cap konnte nicht behaupten, die Straße oder das Haus wiederzuerkennen, denn in diesem Viertel sah alles identisch aus. Bräunliche oder weiße Stadthäuser für wohlhabende Besitzer mit zwei oder drei Fahrzeugen davor, die Straßen von Palmen gesäumt. Die Sonne war schon hinter dem Horizont verschwunden, doch am Himmel war noch ein heller Schimmer zu sehen.

McTiernan parkte in einer Seitenstraße in der Nähe von Millers Haus.

»Ihr beiden macht den Anfang? Haustür?«, schlug Vega vor.

Cap nickte. »Und du?«

»Ich schau mich mal hinten um.«

»Hältst du das für eine gute Idee?« McTiernan strich sich übers Haar. »Wenn man dich sieht, ruft vielleicht jemand die Polizei.«

»Schau mich doch mal an. Ich bin die perfekte Joggerin. Und die verlaufen sich ständig.«

Cap schüttelte den Kopf und betrachtete sich im Rückspiegel.

»Meine Güte, ich seh echt beschissen aus«, sagte er.

»Ja, stimmt«, sagte Vega.

McTiernan brach in schallendes Gelächter aus.

Vega zuckte lässig die Achseln.

»Ich hab die Marke«, sagte McTiernan, als er sich wieder beruhigt hatte. »Du bist Berater. Wir tun so, als würden wir wegen einer Reihe von Einbrüchen in der Gegend ermitteln, okay?«

»Klar. Wir müssen sie nur zum Reden bringen. Mama, Papa Kids, wer gerade zu Hause ist. Ich bin sicher, dass es eine Verbindung gibt.«

»Klaro, dafür muss man sich nur ansehen, wie das zusammengeht«, sagte McTiernan. »LoSanto haben wir erwischt. Von den Leuten, die du im Haus in Salton gesehen hast, haben wir Ben Davis, den Fetten und den Großen, der dich unter Strom gesetzt hat. Wie hieß der noch gleich?«

»Rafa«, sagte Cap.

»Rafa«, wiederholte McTiernan. »Von denen scheint mir

keiner in der Lage oder ausgebildet, den Mädchen ein Pessar einzusetzen. LoSanto vielleicht, aber der ist Röntgentechniker. Und bei Rafa habe ich nicht gerade den Eindruck, dass er eine medizinische Ausbildung absolviert hat, um Elektroschocks zu verabreichen.«

»So viel steht fest«, stimmte Cap zu.

»Also brauchen sie jemanden, der das kann«, fuhr Vega fort.

»Meine Rede. Und hier haben wir einen Arzt, der in einer Klinik gearbeitet hat, in der sich überwiegend Frauen behandeln lassen«, sagte McTiernan.

Cap nickte. »Wir servieren ihnen jetzt die Geschichte von den Einbrüchen, mal sehen, was dabei rauskommt.«

»Genau. Vega, willst du mitkommen oder warten?«

»Ich warte. Lasse euch ein bisschen Vorsprung.«

»Schau bitte auf dein Handy und antworte auf meine Nachrichten«, sagte Cap mit väterlicher Stimme.

Vega zeigte ihm ihr Gerät.

»Akku zu achtzig Prozent geladen.«

»Alles klar?«, fragte McTiernan.

»Ja. Auf geht's.«

Sie stiegen aus. Vega sah ihnen nach.

»Du bist der Boss, oder?«, fragte Cap.

McTiernan nickte. Sie überquerten die Straße, betraten das Grundstück der Millers und klingelten an der Haustür. Das Läuten hallte im Haus wider.

Ein paar Sekunden später öffnete Mrs Miller. Cap erkannte sie sofort wieder, obwohl sie nicht im Abendkleid vor ihm stand. Sie wirkte nüchtern, das vorher hochgesteckte, brünette Haar fiel ihr jetzt in sanften Wellen über die Schultern. Mager sah sie aus in ihrer weißen schulterfreien Rüschenbluse, die die hervortretenden Schultern und das Schüsselbein entblößte. Ihre Lippen glänzten, sie war recht attraktiv, die Klunker an ihren Fingern verrieten einen teuren Geschmack.

»Mrs Miller?«, fragte McTiernan mit autoritärer Stimme.

»Ja?«

Er klappte seine Dienstmarke auf. »Detective Sean McTiernan, Polizei von San Diego. Das hier ist Max Caplan, unser Sicherheitsberater.«

Sie betrachtete die Marke eingehend, dann schaute sie ihre beiden Besucher verwirrt an.

»Wie kann ich Ihnen helfen?« Ihre Stimme klang rau.

»Wir würden Ihnen gern ein paar Fragen zu den Einbrüchen stellen, die sich in letzter Zeit in der Gegend ereignet haben.«

»Einbrüche?«

»Ja. Einer drüben in der Cypress Avenue und einer in der Pine. Zwei in einer Woche.«

»Darüber weiß ich nichts«, sagte sie.

»Natürlich nicht. Das ist ja auch noch nicht offiziell.«

McTiernan beugte sich vor, als wollte er ihr ein Geheimnis anvertrauen. Cap tat es ihm gleich.

»Ohne zu sehr ins Detail zu gehen, kann ich Ihnen verraten, dass Ihr Haus vermutlich zu den nächsten Objekten gehört, die sich der Täter ausgesucht hat.«

Jetzt reagierte sie. Entsetzt.

»Was?«, rief sie. »Woher wollen Sie das wissen?«

»Dürfen wir reinkommen, Mrs Miller?«, fragte McTiernan sanft. »Dann können wir es Ihnen erklären.«

Sie musterte die beiden kurz, dann nickte sie rasch und ließ sie eintreten. Sie führte sie links neben der Treppe vorbei ins große Wohnzimmer mit Panoramafenster und Kamin.

»Bitte«, sagte sie und wies auf Ledersofa und Sessel.

McTiernan wählte das Sofa, Cap den Sessel. Mrs Miller nahm neben McTiernan Platz. Sie bot ihnen nichts an. Cap bemerkte außerdem, dass kein Essensgeruch aus der Küche kam, die er vom Sessel aus sehen konnte. Der geschwungene Frühstückstresen und die Arbeitsplatte bestanden aus nacktem, kaltem Marmor. Die sterile Küche kam ihm seltsam vor, denn es war bereits nach acht und die meisten Familien wären gerade beim Abendessen oder kurz davor.

»Also«, sagte sie. »Sie haben Grund zur Annahme, dass uns ein Einbruch bevorsteht?«

»Ja.« McTiernan hüstelte bescheiden. »Wie gesagt haben sich beide Einbrüche innerhalb einer Woche in der Gegend abgespielt, deswegen halten wir jetzt verstärkt ein Auge darauf. Unsere Täter spezialisieren sich auf Leute, die Kunstgegenstände sammeln, überwiegend Skulpturen.« McTiernan zeigte auf ein großes Werk, das dekorativ neben dem Kamin stand, drei glatte Holzklötze auf einem Sockel.

McTiernan klang so überzeugend, dass Cap ihm fast selbst glaubte.

»Wir haben nur dieses eine Stück. Und noch eins im Schlafzimmer«, sagte Mrs Miller. »Aber das kann man von der Straße aus nicht erkennen, also woher sollten die davon wissen?«

»Mein Kollege Mr Caplan ist Sicherheitsberater. Er kann Ihnen gern erläutern, wie diese Täter vorgehen, und Ratschläge geben, wie Sie sich und Ihr Heim besser schützen können.«

»Wir haben eine Alarmanlage, die schalten wir immer an, wenn wir das Haus verlassen.«

»Das ist schon mal gut«, sagte Cap. »Aber diese Leute sind unglaublich erfinderisch. Sie haben schon ein paar dieser Anlagen außer Kraft gesetzt. Und sie haben Geduld, was bedeutet, dass sie Ihr Haus wahrscheinlich schon länger observieren. Darf ich Sie fragen, wie Ihr Alltag so aussieht und der Ihrer Familie?«

Mrs Millers rötliche Augenbrauen zogen sich zusammen, während sie darüber nachdachte.

»Mein Mann arbeitet in der medizinischen Forschung, also meist acht bis neun Stunden am Tag und ein bisschen am Wochenende. Er verlässt das Haus gegen sieben und kommt abends so um sechs zurück. Heute Abend hat er noch eine Veranstaltung. Spendengalas und so was, bei solchen Events ist er öfter. Ich arbeite drei Tage die Woche im Marketing eines Non-Profit-Unternehmens, und unser Sohn, der ist siebzehn und oft außer Haus, Schule, Footballtraining und Freunde, Sie wissen schon.« Hier legte sie eine kurze Pause ein und sah Cap fragend an. »Haben die tagsüber oder eher abends eingebrochen?«

»Abends«, sagte Cap bestimmt. »Beide Einbrüche fanden vor Mitternacht statt. Gehen Sie abends oft mit zu den Veranstaltungen Ihres Mannes?«

»Ja, manchmal.« Sie verschränkte langsam die Arme vor dem Bauch.

Cap bemerkte die jetzt veränderte Körpersprache, denn es ging um ihren Mann. Die Schutzhaltung, die starre Miene.

McTiernan war es offenbar auch aufgefallen, denn er fragte: »Dürfte ich Sie fragen, wann Sie und Ihr Mann das letzte Mal gemeinsam an einer Veranstaltung teilgenommen haben?«

Sie überlegte kurz, den Blick an die Decke gerichtet.

»Das muss Mittwoch gewesen sein.« Sie zog ihr Silberarmband zurecht.

Danach kniff sie die Lippen zusammen. Cap erinnerte sich an ihren Anblick. Torkelnd, wütend, betrunken. Die genauen Worte ihres Mannes hatte er zwar vergessen, aber ihr Gesicht im fahlen Licht der Straßenlaterne nicht. So viel Wut.

»Was für eine Veranstaltung war das bitte?« McTiernans Interesse wirkte sehr sachlich und professionell, aber Cap wusste, dass er sich auf einem schmalen Grat befand.

»Ein Spendenabend für einen Freund – Green Streets, Green City oder so was. Umweltschutz.« Sie hatte offenbar kein Interesse an den Details.

»Klingt spannend«, bemerkte Cap leicht ironisch und grinste sie an.

Mrs Miller sah aus, als wollte sie zurücklächeln, doch es gelang ihr nicht.

»War ganz okay«, sagte sie schließlich. »Aber ich interessiere mich nicht so dafür.«

»Wann sind Sie ungefähr nach Hause zurückgekehrt?«, fragte McTiernan, immer noch ganz der Profi.

»Weiß ich nicht genau. Wahrscheinlich gegen elf.«

»Ist Ihnen bei Ihrer Rückkehr etwas aufgefallen. Irgendwas auf der Straße? Fremde Autos oder Personen?«

Cap hatte auf einmal die unangenehme Befürchtung, Mrs Miller könnte sich erinnern, dass ein Mann in einem vor ihrem Haus geparkten Mietwagen zufällig eine sehr große Ähnlichkeit mit ihm gehabt hatte.

»Nein«, sagte sie sofort. »Wir haben unser Auto in der Auffahrt geparkt und sind gleich ins Haus gegangen. Mir ist nichts Ungewöhnliches aufgefallen. Glauben Sie, die kundschaften Häuser aus?« Sie wandte sich Cap zu.

»Könnte sein«, sagte er. »Sie meinten vorhin, Ihr Mann sei heute auf einer Veranstaltung. Könnten wir dann vielleicht mit Ihrem Sohn sprechen? Ist der da?«

»Ist er, aber an dem Abend war er mit Freunden unterwegs.«

»Dürften wir ihn trotzdem kurz befragen?« McTiernan sah Mrs Miller streng an. »Vielleicht ist ihm trotzdem etwas aufgefallen.«

Sie überlegte, und Cap hatte den Eindruck, sie trat den inneren Rückzug an, auch wenn sich ihre Miene kaum veränderte. Das konnte nur bedeuten, dass sie es gewohnt war, ihre Regungen zu verbergen, oder es zwangsläufig hatte erlernen müssen.

»Er hätte mir sicher erzählt, wenn ihm was komisch vorgekommen wäre«, sagte sie bestimmt.

»Aber sicher«, sagte McTiernan. »Aber Sie müssen verstehen, dass uns solche Dinge oft unauffällig erscheinen, sich aber im Nachhinein als wertvolle Beobachtungen herausstellen.«

Cap bewunderte McTiernans Überzeugungskraft, aber Mrs Miller schien ungerührt, sie straffte sogar noch etwas den Rücken.

»Ich glaube, ich hätte gern meinen Mann dabei oder einen Anwalt, wenn Sie meinen Sohn befragen. Schließlich ist er noch minderjährig«, sagte sie schließlich.

Cap war beeindruckt, auch wenn sie ihnen mit ihrer Reaktion sämtliche Pläne durchkreuzte. Er konnte es ihr nicht mal verübeln, schließlich würde er auch keinen Reporter oder Polizisten in Nells Nähe lassen, es sei denn, es läge eine richterliche Vorladung vor, aber die meisten Leute hatten von ihren Rechten keine Ahnung.

Caps Handy vibrierte. Während er die Nachricht las, redete McTiernan mit Engelszungen auf Mrs Miller ein.

Wie sieht's aus?, hatte Vega geschrieben.

Kinder zu Haus, aber Mom macht dicht. Sie ist nicht dumm. Dr. ist nicht da, schrieb Cap zurück.

»Ich verstehe Ihre Vorbehalte«, sagte McTiernan.

Er gab wirklich alles, aber bei Mrs Miller biss er auf Granit.

Vega joggte langsam einmal ums Eck. Sie glaubte zwar nicht, dass sie beobachtet wurde, wollte aber eine Ausrede parat haben, falls jemand sie ansprach. Sie kam an Millers Haus vorbei, sah die erleuchteten Fenster, verlangsamte ihr Tempo aber nicht.

Die Wunde schmerzte leicht, daher bemühte sich Vega, sie nicht zu sehr zu belasten.

An der Straßenecke joggte sie auf der Stelle und hob die Arme über den Kopf. Danach trabte sie auf einen schwach erleuchteten Pfad zu, der sie hinter ein zum Verkauf stehendes Haus führte. Im Garten befand sich eine Holzterrasse, von der aus sie ins Innere blicken konnte. Es war leer, auf dem kahlen Tisch stand nur eine Schale mit künstlichem Obst. Vega interessierte sich nicht für das Haus, sie brauchte nur einen freien Blick in den Garten der Millers.

Ihr Handy vibrierte. Bastard hatte ihr eine Nachricht geschickt.

Unser Spaßvogel hat seine Partyfotos auf privat gesetzt, schrieb er. Darunter war ein Link zu einem Facebook-Profil.

Vega klickte darauf und sah ein gutes Dutzend Fotos von Graham Miller und seinen Kumpels beim Bierpong, mit Zigaretten im Mund und Mädchen im Arm. Die Typen blinzelten mit blutunterlaufenen Augen und dümmlichem Grinsen in die Kamera. Ein paar Fotos zeigten auch RJ Otero mit hintertriebenem Lächeln. Ein Bild erregte Vegas Aufmerksamkeit: Es zeigte ein blondes Mädchen, das offensichtlich auf dem Sofa schlief. Graham Miller saß auf der Armlehne und zeigte lachend auf sie, RJ Otero stand mit verkniffenem Gesicht dahinter. *Haha, große Jungs werden erwachsen!*, lautete die Bildunterschrift.

Vega versuchte, den Garten der Millers auszumachen und entdeckte ihn ungefähr fünf Grundstücke weiter. Die einzelnen Gärten waren durch niedrige Holzzäune voneinander getrennt, die nicht zur Sicherheit, sondern nur zur Abgrenzung gedacht waren. Die Rasenflächen waren gleich groß, wie auf einem Schachbrett angeordnet, manche hatten Terrassen wie die, auf der Vega jetzt stand, dazu Spielgeräte aus Plastik, Schwimmbassins und Trampoline, aber die Bewohner waren nirgends zu sehen.

Vega verließ die Terrasse und trat ein paar Schritte zurück. Sie rieb sich die Hände, zog sich die Ärmel über die Finger.

Dann lief sie los, zuerst langsam, dann schneller, den Blick nicht auf ihr linkes Bein gerichtet, das sich an der Wand hochstemmte, sondern auf das obere Ende des Zauns, wo sie die Hände aufsetzte und sich drüberschwang. So machte sie es, bis sie schließlich im Garten der Millers stand. Die Terrasse war gut beleuchtet, irgendwo im ersten Stock brannte schwaches Licht, eher im vorderen Teil des Hauses, aber ganz oben war alles dunkel.

Vega ging in die Hocke und spähte unter die Terrasse, wo

sich drei kleine, schwach erleuchtete Fenster befanden. Ein Keller oder Hobbyraum. Sie robbte sich bis zum linken Fenster vor, den feucht-moosigen Grasgeruch in der Nase.

Es war tatsächlich der Keller, und da saß auch Graham Miller, tief in sein Videospiel versunken. Egoshooter. Er saß auf dem Sofa, Vega sah nur seinen Hinterkopf, erkannte ihn aber an seinem rotbraunen Haar und den schlaksigen, auf einem Sitzsack ausgestreckten Beinen. Sie schätzte ihn auf eins achtzig, aber wie kräftig er war, konnte sie nicht erkennen, nur, dass er eine schlechte Haltung hatte.

Die Geräusche vom Videospiel waren gedämpft zu hören, Schüsse und Explosionen. Graham bearbeitete den Controller, bewegte den Kopf hin und her.

Sie setzte sich seitlich neben dem Fenster an die Wand und schrieb an Cap.

Kannst du sie umstimmen?

Die Antwort kam sofort. *Vielleicht, aber eher nicht.*

Cap legte das Handy mit dem Display nach unten auf sein Bein, während McTiernan sich weiterhin an Mrs Miller die Zähne ausbiss.

Irgendwann hatte sie offenbar genug.

»Ich finde das alles recht seltsam. Wir sind mit den Oteros befreundet, Sie kennen Roland Otero doch sicher?«

McTiernan blieb ganz cool.

»Klar, er ist mein Chef«, sagte er, als wäre er erfreut, dass sie einen gemeinsamen Freund hatten.

»Ich spreche fast jeden Tag mit Palmer, seiner Frau, aber sie hat diese Einbrüche mit keiner Silbe erwähnt.«

McTiernan parierte wie ein Profi. »Diese Angelegenheit ist ein bisschen heikel, Mrs Miller. Es kann gut sein, dass Commander Otero seiner Frau nichts davon erzählt hat.«

Cap war nicht sicher, ob sie ihm glaubte, aber sie wirkte immer noch entspannt. Dann klingelte McTiernans Handy. Er zog es aus der Tasche, sah aufs Display, sprach aber weiter.

»Wir wollen die Leute nicht verunsichern, sondern erst mal Informationen sammeln«, sagte er.

Dann stellte er sein Handy stumm und zeigte Cap, was auf dem Display stand. DEA MACKEY. Cap schickte sofort eine Nachricht an Vega.

Wie sicher bist du, dass der Junge was weiß?

McTiernans Handy verstummte endlich.

Mrs Miller zuckte die Achseln.

»Ich wünschte, ich könnte Ihnen behilflich sein, aber mit meinem Sohn sprechen lasse ich Sie nicht. Tut mir leid.« Ihre Stimme klang sanft, den Blick hatte sie abgewandt.

Vega hatte zurückgeschrieben. *Nicht sicher.*

»Sie haben sicher viel zu tun, meine Herren«, sagte Mrs Miller mit einer Kopfbewegung zu Caps Handy. »Ich bringe Sie gern zur Tür.«

Cap und McTiernan sahen einander ratlos an. Sie waren mit ihrem Latein am Ende.

Da kam eine weitere Nachricht von Vega: *Bauchgefühl sagt unbedingt. Gibt nur eine Möglichkeit. Kriegt ihr sie rum?*

»Noch einen Augenblick, Mrs Miller«, sagte Cap. »Dann lassen wie Sie in Ruhe.«

McTiernan nahm den Faden auf und quatschte drauflos. Cap schrieb zurück.

Keine Chance. Mach dein Ding.

Vega schaltete das Handy aus und klopfte ans kleine Fenster. Graham reagierte nicht, offenbar war das Spiel so laut, dass er nichts hörte. Erst als sie die Faust einsetzte, fuhr er überrascht, aber auch genervt herum. Sie winkte ihn herbei.

Graham schälte sich vom Sofa und trat misstrauisch ans Fenster.

»Hi!«, rief Vega. »Könntest du ähm … aufmachen?«

Das Fenster befand sich ungefähr auf Schulterhöhe. Er war schlank, sportlich und hatte einen rötlichen Flaum auf den Wangen, braune, auffällig eng zusammenstehende Augen. Vega ging davon aus, dass die Mädchen sich bei ihm an die britische Königsfamilie erinnert fühlten, aber eher unter dem Aspekt des jahrhundertelangen Inzests und dessen Folgen.

Er öffnete das Fenster, das leider zu klein war, um sich durchzuquetschen.

»Hi!«, sagte sie erneut. »Tut mir echt leid, dass ich dich belästigen muss«, plapperte sie im Kleinmädchenton. »Ich bin Alice und hab gerade das Haus an der Ecke gekauft, Nummer 3100? Und ich war joggen und hab glatt meinen Schlüssel vergessen. Und mein Akku ist auch noch leer.« Sie wedelte mit dem Handy. »Ich kann nicht glauben, dass mir so was passiert«, fügte sie kopfschüttelnd hinzu.

Graham starrte sie genervt an. Er glaubte ihr offenbar, empfand sie aber als große Irritation.

»Ja, okay. Kommen Sie nach vorn, meine Mom kann Sie reinlassen.«

»Ach, das ist nicht nötig. Ich will deine Mom nicht belästigen. Wenn du mir dein Handy gibst, kann ich meinen Mann anrufen. Dann lass ich dich in Ruhe.«

Immer schön plausibel bleiben, dachte Vega.

Glücklicherweise war Graham nicht schlau genug, um ihre Lüge zu durchschauen. Er ging zum Sofa und brachte ihr sein Handy. Seine Finger fühlten sich warm und klamm an.

»Oh, das ist aber anders als meins«, sagte Vega. »Ist das ein Zehner?«

»Ja, ist schon alt«, sagte er desinteressiert.

Sie suchte sofort in seinen Nachrichten und merkte sich so viele Namen wie möglich. RJ, Thalia, Rea, Nix, Mom, Dr Arschgesicht (sicher sein Vater).

»Hey, du musst nur wählen«, sagte Graham, die Arme auf dem Fensterbrett, Hände im Gras.

Sie scrollte weiter. Suchte weiter.

»Ja, das fühlt sich völlig anders an als meins«, sagte sie dümmlich.

Sie wechselte in die Anrufliste. RJ war der Spitzenreiter, danach Mom, aber zwei Wochen davor waren eine Menge Anrufe ohne Namen eingegangen, nur die Nummern waren zu sehen und woher sie kamen: San Diego, Escondido und dann drei nacheinander aus Salton City.

»Hey, kann ich mein Handy wiederhaben? Du kannst mit Mom reden. Sie ist oben, hab ich ja schon gesagt.«

Vega sah ihn eindringlich an, die schlaffe Mundpartie, die spröden Lippen, die Pickel auf der Stirn, der blöde Blick, die Lider auf Halbmast. Er hatte das Gesicht eines verzogenen Rotzlöffels, und Vega hätte ihm am liebsten die Fresse poliert. Stattdessen kniete sie sich ins Gras und beugte sich zu ihm vor.

»Willst du wirklich, dass ich mit deiner Mom rede, Graham? Soll ich ihr von Elsie Otero erzählen oder nur von den Mädchen in Salton?«

Das erzielte die gewünschte Wirkung. Seine Augen funkelten, als hätte jemand sein Licht angeknipst.

»Scheiße, wer bist du?«, rief er. Er war offensichtlich schockiert, sein verstrahltes Hirn arbeitete auf Hochtouren.

Vega ließ die Antwort offen. Sie konnte ihm förmlich dabei zusehen, wie er langsam verstand, dass sie keine ausgesperrte Joggerin war und er etwas gegen sie unternehmen musste. Genau darauf hatte sie gehofft.

Wie Frankensteins Monster streckte Graham den Arm aus dem Kellerfenster, doch seine Position erlaubte ihm nur steife Bewegungen. Vega nahm an, dass er auf Zehenspitzen stand. Die Architektur des Hauses war so angelegt, dass er sich im Souterrain befand, sie also über ihm kniete.

Immer wieder grapschte er nach ihr, erwischte sie auch irgendwann an der Kapuzenjacke, konnte sie aber nicht zu sich heranziehen. Vega warf beide Handys über ihre Schulter in den Garten, beugte sich zu ihm vor, packte ihn mit einer Hand am Kragen seines T-Shirts, mit der anderen am fettigen Schopf und zog ihn mit aller Kraft nach vorn.

Graham knallte mit solcher Wucht aufs Fensterbrett, dass ihm die Stirn aufplatzte. Er schlug sich die Hände vors Gesicht. Vega ließ ihn nicht los.

»Das Haus in Salton, wie oft bist du dort gewesen?«, fragte sie.

»Einmal.« Graham war die Farbe aus dem Gesicht gewichen.

Dann fand er das Gleichgewicht wieder und versuchte, Vega zu sich hinzuziehen, bekam sie aber nicht richtig zu fassen, die Kapuze rutschte ihm durch die Finger.

Vega ließ seinen Schopf los, packte ihn mit beiden Händen am T-Shirt und zog ihn fast durchs Fenster Als sie ihn so sah, den Kopf tief gebeugt, geschockt vom Schmerz, während ihm dämmerte, dass er ihr hilflos ausgeliefert war, verstand sie etwas. Sie hörte McTiernans Stimme, als stünde er direkt neben ihr: »Was haben Boyce und Mackey gegen Otero in der Hand?« *Sie haben ihn am Schlafittchen*, dachte sie, *wie ich diesen Jungen. Aber womit?*

»Wie hast du davon erfahren? Hat Daddy es dir erzählt?«, fragte sie.

»Nein«, japste er. »Ich habe Nachrichten auf seinem Handy gesehen. Er hat erst danach rausgekriegt, dass ich dort war.«

»Du hast RJ Otero mitgenommen?« Vega hielt ihn noch fester. »Stimmt's?«

Graham antwortete nicht, sondern reagierte auf die unmittelbare Bedrohung, zu ersticken, indem er versuchte, Vegas Finger irgendwie zu lösen.

Aber bevor Vega ihren Griff festigen konnte, kam eine Frau

die Treppe auf der gegenüberliegenden Seite des Zimmers herunter. Cap und McTiernan waren direkt hinter ihr.

Vega ließ abrupt los, und Graham fiel ins Leere. Die Frau hechtete sofort zu ihm, rief seinen Namen, als könnte sie mit schierer Lautstärke seinen Aufprall verhindern. Er landete hart auf dem Boden, aber Vega wartete nicht. Sie kroch zurück, schnappte sich beide Handys und lief davon.

Cap erhaschte nur einen flüchtigen Blick auf ihr weißes Gesicht, bevor Vega in der Nacht verschwand. Er sah den Jungen, vermutlich Graham Miller, wie ein Häufchen Elend auf dem Boden liegen. Mrs Miller eilte ihm sofort an die Seite.

»Graham? Dein Kopf! O Gott, was ist passiert? Graham?«, rief sie entsetzt, aber nicht aufgelöst. Keine Tränen, keine Hysterie.

Graham richtete sich verwirrt auf. Eine tiefe Platzwunde zierte seine Stirn.

»Diese Frau hat mein Handy geklaut!«, sagte er, offenbar selbst nicht so ganz überzeugt. Vielleicht dachte er, er hätte sich alles nur eingebildet.

»Welche Frau?«, fragte Mrs Miller, die neben ihm auf die Knie gegangen war und mit beiden Händen seinen Kopf hielt. »Was ist passiert?«

»Die Frau ist ans Fenster gekommen«, sagte Graham. Mehr nicht. Es kostete ihn offenbar alle Konzentration, nicht komplett die Fassung zu verlieren.

»Ich rufe die Polizei«, sagte Mrs Miller mit plötzlich misstrauischem Blick auf Cap und McTiernan. »Die richtige Polizei.«

»Wir können jemanden rufen«, bot McTiernan an. Er spielte immer noch seine Rolle.

Graham packte seine Mutter am Arm.

»Sie wusste das von Dad! Alles wusste sie«, brach es aus ihm hervor. Er stand so unter Schock, dass ihm anscheinend egal war, wer zuhörte.

Mrs Miller erhob sich abrupt und betrachtete die beiden Männer mit schuldbewusstem Blick, doch ihre Wut hatte sich nicht gelegt.

»Was ist ›alles‹, Mrs Miller?«, fragte Cap, obwohl er die Antwort bereits ahnte.

»Sie müssen sich an meinen Mann wenden«, sagte sie kalt. »Nicht an meinen Sohn.«

»Da habe ich aber einen anderen Eindruck«, sagte er.

Sie heftete ihren Blick auf Cap. Diesen Ausdruck kannte er, sie sah ihn genauso an wie an jenem Abend ihren Mann in der Auffahrt. Angewidert, kurz davor, die Fassung zu verlieren.

»Ihr Eindruck ist mir völlig egal«, sagte sie. »Dr. Miller hat diese Eingriffe vorgenommen. Mein Sohn und ich hatten nichts damit zu tun.«

»Das wissen Sie sicher, Ma'am?«, fragte McTiernan, der es nicht wagte, Cap auch nur anzusehen, weil er das Geständnis nicht unterbrechen wollte.

Mrs Miller funkelte ihn an, als wäre er dumm oder verrückt.

»Ja, Detective. Das war allein seine Idee.«

»Warum riskiert er damit das Leben seiner Familie?«

»Das müssen Sie ihn fragen, aber ich vermute, es ging um Geld«, sagte sie ungerührt. »Nicht dieses Geld hier«, sie machte eine ausschweifende Geste, »das große Geld, Schwarzgeld.«

»Ihnen ist hoffentlich klar, dass wir das, was Sie sagen …«, setzte Cap an.

»… vor Gericht verwenden können, ja. Ich kenne meine Fernsehserien.«

»Und Ihr Junge ist natürlich nur das Opfer, richtig?«, sagte Cap ironisch.

Mrs Miller antwortete nicht, sondern legte ihrem Sohn schützend die Hände über den Kopf.

»Du sagst kein Wort mehr, Graham!«, mahnte sie. Dann blickte sie zu Cap und McTiernan und sagte: »Ich möchte, dass Sie jetzt gehen.«

»Danke, dass Sie sich Zeit genommen haben, Ma'am«, sagte McTiernan, als handelte es sich hier um einen ganz normalen Besuch.

Mrs Miller zog schweigend ihr Handy aus der Tasche und begann zu wählen, ihre beiden Besucher immer noch fest im Blick. Cap spürte sein eigenes Handy vibrieren, als McTiernan bereits den Rückzug angetreten hatte. Sie flitzten die Treppe hinauf zur Tür, als Cap Vegas Nachricht las.

Treffen am Auto. Hab Beweise.

Vega hechtete über den letzten Zaun und rannte über die Auffahrt zur Straße. Sie hatte korrekt geschätzt, wo McTiernan parken würde und sauste jetzt zu seinem Wagen, um dahinter in Deckung zu gehen.

Kurze Zeit später hörte sie schnelle Schritte näher kommen, und als sie um die Ecke spähte, sah sie ihre beiden Kollegen im Schweinsgalopp über die Straße wetzen, McTiernan hatte die Fernbedienung schon gezückt und öffnete den Wagen.

Vega sprang auf den Rücksitz, die Männer stiegen vorn ein. McTiernan keuchte ziemlich. Er war offenbar nicht gut in Form, aber noch jung, was ihm einen gewissen Vorsprung verschaffte.

Er ließ den Motor an und wendete in der Straße, um auf dem Weg zum Freeway nicht an Mrs Millers Haus vorbeifahren zu müssen.

Vega legte beide Handys in den Schoß und sagte: »Ich weiß jetzt, womit Boyce und Mackey Otero gefügig machen.« Sie tippte auf Grahams Handy herum. »Es ist der Sohn. Graham hat die Nachrichten aus Salton auf dem Handy seines Vaters gesehen und RJ Otero als Geburtstagsgeschenk dahin mitgenommen.«

»Das ist also ›alles‹«, sagte McTiernan.

»Was soll ›alles‹ sein?«, fragte Vega.

»Graham meinte zu uns, du hättest das über Dr. Miller gewusst, über ›alles‹«, erklärte Cap. »Und seine holde Gattin weiß ebenfalls Bescheid. Sie hat ihren Mann kurzerhand den Wölfen zum Fraß ausgeliefert.«

»Ach, echt?«

»Echt. Wie sich herausstellt, interessiert sie sich nur für ihren Sohn, hält ihn immer noch für ihren Goldjungen, obwohl der sich schon jetzt an Minderjährigen vergriffen hat.«

»Die liebe Gattin hat auch angedeutet, dass der gute Doktor es des Geldes wegen getan hat, aber damit meinte sie wohl nicht nur ein paar Scheinchen, die hinter einen Bilderrahmen passen«, sagte McTiernan.

»Das große Geld, Schwarzgeld«, wiederholte Cap und wischte sich über dic schweißnasse Stirn.

»Gut zu wissen«, sagte Vega. »Also haben Boyce und Mackey das mit RJ Otero irgendwie rausgefunden, haben Beweise, und so ein, zwei Wochen danach wenden sie sich an Otero und verlangen, bestimmte Ermittlungen unterm Radar zu halten. Wenn er nicht mitmacht, hätten sie da ein paar Dinge in der Hand …«

»… die seinen Sohn so richtig reinreiten könnten«, ergänzte McTiernan.

Sie schwiegen eine Weile. Als sie auf den Freeway fuhren, rauschten die Lichter der Auffahrt an ihnen vorbei.

»Da gibt es ein großes Loch in der Erzählung«, sagte Cap. »Wenn Boyce und Mackey wussten, dass RJ Otero in Salton war, müssen sie auch über Salton Bescheid wissen. Warum haben sie dich dann engagiert?«, sagte Cap zu Vega.

Kaum waren sie auf dem Freeway, standen sie im Stau.

»Hier«, sagte McTiernan und hielt Cap sein Handy hin. »Hat Mackey es uns vielleicht in einer Nachricht erklärt?«

Cap klickte auf die Sprachnachricht und aktivierte den Lautsprecher.

Mackeys Stimme erklang, voll falscher Kollegialität: *»Hallo, Detective McTiernan! Hier ist Agent Mackey, DEA. Ich wollte Sie nur über Folgendes informieren, von Kollege zu Kollege: Wir werden einen offiziellen Fahndungsaufruf nach Alice Vega und Max Caplan herausgeben, da beide laut kalifornischem Erlass bald als flüchtige Verbrecher gelten. Wenn Sie den beiden also helfen oder ihnen Unterschlupf gewähren, machen Sie sich mitschuldig und werden als Polizist mit der vollen Härte des Gesetzes bestraft. Ich werde persönlich dafür sorgen, dass man Sie sofort ins Stockton State Penitentiary bringt, dort gibt es eine nette Meute Neonazis, die sich sicher über etwas Farbe in ihrem Leben freuen. Ich könnte sogar mit einem Freund reden, damit Sie gleich im richtigen Trakt untergebracht werden. Angesichts dieser Aussichten freuen wir oder Commander Otero uns sehr auf Ihre Nachricht.«*

Das war's. Cap rieb sich Stirn und Schläfen. Vega kannte ihn gut genug, um zu wissen, dass er Kopfweh hatte. Sie betrachtete McTiernans Gesicht im Rückspiegel. Er hatte den Blick nach vorn gerichtet.

»McT?«, setzte Cap an.

Der hob die Hand, um seinem Beifahrer zu signalisieren, dass er schweigen solle. Er schüttelte den Kopf und murmelte etwas vor sich hin.

»Gegen uns liegt nichts vor«, sagte Vega. »Deswegen hat er gesagt, wir würden ›bald‹ als Verbrecher gelten. Momentan suchen sie uns nur ›im Zusammenhang‹ mit den Ereignissen .... Und Ihnen können sie erst recht nichts anlasten.«

Cap funkelte sie an. *Lass es gut sein. Spar dir den Trost.*

Aber Vega war noch nicht fertig.

»Sie haben nichts!«, wiederholte sie mit Nachdruck.

»Aber wir glauben auch, dass du dich zuerst um dich selbst kümmern musst, McT«, fügte Cap hinzu.

»*Wir* glauben das nicht«, unterbrach Vega. »*Wir* brauchen deine Hilfe.«

»Ich hasse es, wenn ihr euch streitet«, sagte McTiernan schließlich. Er wirkte richtig bedrückt. »Da kriege ich gleich Schuldgefühle.«

Cap lachte, Vega lehnte sich zurück. Der Stau löste sich langsam auf.

»Vega hat recht. Bis sie euch nicht offiziell anklagen, können sie mir gar nichts.« Trotz seiner optimistischen Worte war McTiernan etwas in sich zusammengesackt.

»Aber sie können dich feuern«, gab Cap zu bedenken.

McTiernans Blick wanderte zum Pannenstreifen, als sie langsam an einem Unfall vorbeifuhren, zwei Wagen mit demolierten Kotflügeln, ein Krankenwagen und eine Streife der Autobahnpolizei.

»Findet ihr es auch komisch, dass Mackey mir diese Nachricht aufs Band gesprochen hat und nicht Boyce?«, fragte er.

»Ja«, sagte Vega. »Eigentlich gibt Boyce den Ton an.«

»Bei unserer ersten Begegnung habe ich Mackey für einen Aktenhengst gehalten«, sagte Cap. »Schreibtischtäter.«

»So hat er aber gerade nicht geklungen«, meinte Vega nachdenklich.

»Wieso bedroht der mich überhaupt?«, fragte sich McTiernan laut. »Ich bin doch ein Niemand.«

»Vielleicht steht er genauso unter Druck wie Otero«, sagte Vega. Die Besitzerin des einen Unfallwagens stand kopfschüttelnd vor ihrem zerstörten Kotflügel und tippte in ihr Handy. Sie wirkte genervt, als sei dies das Letzte, was sie gebrauchen konnte.

»Weil wir ihn fast entlarvt haben, und das weiß er.« McTiernan und Vega tauschten Blicke im Rückspiegel.

Cap sah McT verwirrt an.

»Wenn Boyce und Mackey Otero in der Hand haben, wer hat dann die beiden in der Hand?«, fragte er.

»Keine Ahnung. Aber wir sollten ein Bier trinken«, sagte McT seufzend. »Und den Wagen loswerden.«

Vega überließ Cap die Antwort und betrachtete den Unfall durch die Heckscheibe, die roten Lichter der Einsatzfahrzeuge. Die Frau hatte ihre Nachricht abgeschickt und saß nun auf ihrer lädierten Kühlerhaube, das Gesicht in den Händen vergraben.

17

Cap war nicht sicher, ob die Bar, in die McT sie geschleppt hatte, absichtlich oder echt retro war mit ihrem dunklen Kirschbaumdekor und den Sitznischen in rotem Leder. Die anderen Gäste boten auch keinen rechten Aufschluss darüber, junge, gut betuchte Frauen saßen in Grüppchen beieinander, dazu der eine oder andere Mann, aber keiner von ihnen schien zum Aufreißen oder Anbaggern hier zu sein.

Sie saßen über Eck an der Bar mit Blick auf den Fernseher und tranken Bier aus der Flasche. Es war nach zehn, die Lokalnachrichten liefen ohne Ton.

»Habt ihr 'ne Idee, wo wir einen neuen Wagen herkriegen?«, fragte Cap.

McT nickte. »Meine Freundin hat ihren am Flughafen abgestellt. Ich hab den Schlüssel.«

»Praktisch, deine Freundin.«

»O ja, das ist sie. Sie hat mir auch diese Bar gezeigt. Hier treffen sich die Flugbegleiterinnen und Begleiter. Bei den Lieblingsabsteigen der Polizei sind wir nicht so gut aufgehoben.«

Cap sah sich erneut um. Jetzt ergab alles einen Sinn.

Vega hatte die Kapuze hochgezogen und nippte an ihrer Flasche. Das Licht vom Fernseher spiegelte sich in ihren Augen.

»Wir holen den Wagen ab, und dann?«, fragte Cap. »Otero kontaktieren?«

»Womit?«, fragte McT. »Wir müssen weiterermitteln, bis wir zumindest eine Theorie darüber haben, wer was gegen Boyce und/oder Mackey in der Hand hat.«

McT hielt sich die Faust vor den Mund, um ein Gähnen zu unterdrücken. Er entschuldigte sich und ging zur Toilette, während Cap näher an Vega heranrückte.

»Ich wollte dich nicht abwürgen vorhin, aber ich finde, McT sollte wissen, dass er eine Wahl hat.« Sein Blick wanderte zum Bildschirm.

»Er ist ein erwachsener Mann, Cap. Du musst ihm nicht den Hintern abwischen. Und wir brauchen ihn.«

»Hab ich verstanden, aber es schadet nichts, sich kurz klarzumachen, dass er für uns seine Karriere aufs Spiel setzt.«

Vega wandte den Blick nicht vom Bildschirm ab, schüttelte aber ungeduldig den Kopf.

»Du machst dir zu viele Sorgen um andere Leute«, sagte sie. »Wir heißen nicht alle Nell.«

»Okay, jetzt mal schön langsam.« Er knallte die Flasche auf den Tresen. »Ich geile mich nicht daran auf, hier den Vater des Jahres zu spielen, sondern gebe lediglich zu bedenken, dass der Mann, der uns hier den Arsch rettet, eine Menge zu verlieren hat.«

Cap, der merkte, dass er laut geworden war, blickte über die Schulter und sah McT, der sich mit zwei Frauen in blauen Kostümen unterhielt. Er beugte sich zu Vega vor und sagte leise: »Und wenn sie uns wegen irgendwas drankriegen, dann ist er am Arsch, genau wie Mackey es ihm ausgemalt hat.«

Vega betrachtete Cap eine Weile, dann wandte sie sich wieder dem Bildschirm zu. Sie zog die Nase kraus und kniff frustriert die Lippen zusammen.

Als ihr Handy vibrierte, riss sie es sich aus der Tasche und sah aufs Display.

»Verdammte Scheiße!«, murmelte sie und knallte es umgedreht auf den Tresen.

»Wer war das?«, fragte Cap.

Vega trank einen langen Schluck. »Der Typ, mit dem ich ein paarmal geschlafen hab. Jetzt meint er, wir sind verheiratet.«

Cap unterdrückte seine Eifersucht. Ihm kam der Gedanke, dass er nicht weiter nachbohren sollte, aber seine Neugier gewann die Oberhand. Konnte ja nicht schaden, ein bisschen mehr über Vega zu wissen, schließlich kam es selten genug vor, dass sie ihm persönliche Dinge erzählte. Außerdem bekam er so eine Ahnung, auf welche Typen sie stand.

»Wie oft hast du mit ihm geschlafen?«, fragte er betont beiläufig, als würden sie solche Dinge ständig besprechen.

Vega zuckte die Achseln, offenbar fand sie die Frage nicht ungewöhnlich.

»Keine Ahnung, vielleicht dreißig, vierzig Mal?«

Cap bemühte sich, nicht wie ein Mondkalb zu starren.

»Das ist oft«, sagte er schließlich.

»Echt? Das lief ein paar Monate gut. Er war mein Muay-Thai-Lehrer.«

Cap malte sich aufgepumpte Muskelmänner aus, die sich beim Training die Proteinshakes reinzogen. Es war nicht etwa so, dass er sich Vega grundsätzlich nicht mit einem Freund vorstellen konnte, aber an der Frage, welcher Typ Mann in diese Rolle passen könnte, war er immer gescheitert.

»Hast du dich von ihm getrennt?«, fragte Cap mit Blick auf den Fernseher.

»Da gab's nichts zu trennen«, entgegnete Vega aufgebracht. »Es war nur Sex. War ihm die dreißig, vierzig Mal vorher ja auch egal, dass wir hinterher nicht ...« Sie hielt inne, suchte nach Worten. Dann fiel ihr Blick auf den Fernseher. »... zusammen ferngesehen haben.«

Cap lachte.

»Vega, ist das deine Vorstellung davon, was Paare so machen, wenn sie eine Beziehung haben? Gemeinsam vor dem Fernseher hocken?«

Als sie erneut die Achseln zuckte, dämmerte Cap, dass sie tatsächlich keinen Schimmer hatte. Das fand er amüsant.

»Was gibt's zu lachen, verdammt?« Sie klang ernst, aber ihr Blick sagte etwas anderes.

»Nichts. Gar nichts. Nur, wenn ein Typ dieselbe Nummer abziehen würde wie du«, er zeigte mit der Bierflasche auf Vega, »würde man ihn sofort als Arschloch bezeichnen.«

Vega verdrehte genervt die Augen.

»Kannst ja einen Blog dazu schreiben, Caplan«, sagte sie, was ihn noch mehr zum Lachen brachte.

Da musste sie auch lächeln. Cap leerte sein Bier und fragte Vega, ob sie noch eins wollte. Sie schüttelte den Kopf, wies auf ihre noch halbvolle Flasche. Also bestellte Cap nur für sich Nachschub.

Als er sein zweites Bier vor sich hatte, verfolgten sie flüchtig die Nachrichten, und Cap merkte, wie ihm der Alkohol langsam zu Kopf stieg. Normalerweise vertrug er mehr, aber er war so fertig, dass diese geringe Dosis schon reichte, um ihm auf angenehme Weise die Sinne zu verwirren.

In den Nachrichten waren jetzt Polizisten zu sehen, in Anzügen, hochdekoriert, bei einer Pressekonferenz. Er kniff die Augen zusammen, um besser lesen zu können, was darunter stand. *Deputy Chief Armando Posada.* Der Mann auf dem Bildschirm war übergewichtig und hatte helle Haut. Eher Ire als Latino, dachte Cap.

»Das da sind Trinas Freundinnen«, sagte McT, als er wieder seinen Platz an der Bar eingenommen hatte. »Die werden uns sicher nicht verraten.«

»McT, wer ist das da?« Cap zeigte auf den Bildschirm.

»Das ist dein Freund Posada.«

»Er quatscht über die Tunnel«, sagte Vega.

Der Nachrichtensprecher hatte sich bereits einem neuen Thema zugewandt, einem Waldbrand im Norden des Landes. Cap wusste nicht, ob es die Erschöpfung war, seine Augen oder das Bier, die ihm hier einen Streich spielten. Er schnappte sich sein Handy und suchte im Internet nach Bildern von Posada.

»Dieser Typ«, er hielt McT sein Display hin, »ist Posada?«

McT nickte. »Ja, der Typ, der bei dir im Krankenhaus war, nicht? Ich habe überhaupt keine Ahnung, wie der in die Sache reinpasst.«

»Das ist nicht der Mann, den ich im Krankenhaus getroffen habe. Der war nämlich ein Latino.«

»Posada ist halb Mexikaner, glaube ich«, erwiderte McT, der nicht ganz verstand. »Sieht aber aus wie ein Weißer.«

»Nein, du verstehst nicht. Der Typ im Krankenhaus war ein anderer. Nicht Posada.«

»Wie sah er denn aus?«, fragte Vega. »Der, der sich für Posada ausgegeben hat.«

Cap kramte in seinem erschöpften, überreizten Hirn nach einer Erinnerung.

»Auf jeden Fall hatte er viel dunklere Haut als der hier«, er zeigte auf das Display. »War gut angezogen. Nicht nur gut, richtig fein und elegant. Goldene Manschettenknöpfe und so.« Cap versuchte, sich an das Gesicht zu erinnern. »Hatte eine Narbe, direkt hier«, er zeigte auf sein Kinn.

»Und er hat dich bedroht?«, fragte McT. »Dieser Kerl mit der Narbe?«

»Kam mir jedenfalls so vor.«

»Fällt dir da jemand ein, McT? Narbe am Kinn, Latino, elegante Kleidung?«

McT dachte nach, schüttelte schließlich den Kopf.

»Wir können uns damit jetzt nicht aufhalten«, sagte Vega. »Fest steht, dass es nicht Posada war, aber das muss erst mal reichen. Wir haben andere Probleme.«

Sie leerte ihr Bier und erhob sich. McT folgte ihr, und schließlich kam auch Cap, unwillig, die alltägliche Freude eines Feierabendbierchens hinter sich zu lassen, obwohl auch ihm klar war, dass Vega recht hatte. Immer schön weiterbohren.

Es ging zum Flughafen. McT hielt an der Schranke zum Parkhaus, zog ein Ticket und fuhr auf den Langzeitparkplatz. Als sie auf dem Oberdeck ankamen, sah Vega die Kamera, die sich zu ihnen hindrehte.

»Sie parkt meist in Abteilung K, in der Nähe des Ausgangs«, erklärte McT.

Auf der Insel zwischen A-K und L-Z stand ein bewaffneter Wachmann. Als sie an ihm vorbeifuhren, senkte Vega den Kopf. Auch McT beobachtete den Mann im Seitenspiegel.

»Ist es normal, dass die Wachleute im Parkhaus mit einer AR-15 bewaffnet sind?«, fragte sie.

»Kommt drauf an«, sagte McT.

Er parkte am Ende von Abteilung J. Sie stiegen aus und bahnten sich einen Weg durch die parkenden Autos, immer den Schildern folgend. Als sie K erreicht hatten, hielt McT den Funkschlüssel hoch und drückte zweimal. Ein Wagen in der Nähe gab das entsprechende Hupgeräusch von sich. McT drückte noch ein paarmal, bis er anhand der aufblitzenden Rücklichter den Wagen seiner Freundin identifiziert hatte.

Bei jedem Hupen zuckte Vega zusammen. Trotz der geräuschvoll in der Nähe startenden und landenden Flugzeuge erschien es ihr auffallend laut und erregte unerwünschte Aufmerksamkeit. Sie und Cap folgten McT zu einem kugeligen Kleinwagen, der Vega an einen kandierten Apfel erinnerte.

McT drückte auf »Öffnen« und zog an der Fahrertür, aber die blieb geschlossen.

Cap beugte sich vor und sah durchs Fenster. »Ich habe kein Klicken gehört. Versuch's nochmal.«

McT beugte sich ebenfalls vor und drückte erneut. Vega trat einen Schritt zurück, die Arme verschränkt, und sah sich um. McT versuchte es ein weiteres Mal, doch die Tür blieb verschlossen.

»Ich hab nichts gehört«, sagte er.

Cap rüttelte an den anderen Wagentüren.

»Scheiße!«, murmelte McT.

»Wann hast du ihren Schlüssel das letzte Mal benutzt?«, fragte Cap.

McT dachte nach.

»Vor einem Jahr oder so.«

»Vielleicht ist die Batterie leer.«

»Zurück zu unserem Wagen«, zischte Vega. »Sofort!«

»Ich will es nochmal probieren«, sagte McT und drückte erneut.

»Ja, manchmal ist noch ein bisschen Saft drauf«, stimmte Cap zu.

Keiner von beiden schien sich große Sorgen zu machen. Sie zerrten weiterhin an den Türen.

Vega drehte sich um die eigene Achse, konzentrierte sich auf die kleinste Bewegung. Ein paar Wagen fuhren herum, parkten oder suchten.

»Du drückst, ich ziehe«, sagte Cap.

McT gehorchte. Nichts geschah.

»Es reicht!«, sagte Vega, der nach dem Getöse eines startenden Jets noch immer die Ohren schrillten.

McT nickte und wollte gerade etwas sagen, als Vega trotz ihres eingeschränkten Hörvermögens ein Geräusch wahrnahm, das ihr sehr vertraut war – das Klicken beim Entsichern einer Waffe. Ein Blick in die Gesichter von Cap und McT genügte, um ihre Befürchtung zu bestätigen. Die beiden Männer hoben langsam die Hände.

18

Hier an der Westküste geht's aber zivilisiert zu, staunte Cap, als sie auf den Parkplatz vor dem Hauptgebäude der Polizei von San Diego einbogen. Keine Handfesseln, viel Bitte und Danke, die Handys wurden ihnen nicht abgenommen, und um McTiernans Waffe kümmerte sich auch niemand. Das Einzige, was er an ihrer Nicht-so-ganz-Verhaftung auszusetzen hätte, war der Umstand, dass man sie zu dritt auf den Rücksitz des Zivilfahrzeugs gepfercht hatte, was ihnen nicht gerade viel Bewegungsspielraum übrigließ.

Sogar der Kerl mit der AR-15 war höflich gewesen und hatte ihnen erlaubt, die Hände so weit zu senken, dass er sie noch sehen konnte. Sie müssten bitte kurz warten, bis Commander Otero für sie Zeit habe, um ihnen alles Weitere zu erklären, hieß es.

Supi!, dachte Cap, *ich kann's gar nicht erwarten, alles erklärt zu bekommen.*

Vega saß in der Mitte, McTiernan auf der anderen Seite. Er hatte die Undercover-Detectives, die er kannte, die ganze Fahrt über mit Fragen gelöchert, aber entweder wussten sie tatsächlich nichts oder sie taten so. Antworten waren jedenfalls ausgeblieben.

Man bugsierte sie durch einen Seiteneingang die Treppe hinauf in einen Flur. Die Detectives gingen voraus, McTiernan blieb ihnen jedoch dicht auf den Fersen und versuchte weiterhin, seine Kollegen auszuquetschen.

»Eure Order kam aber direkt von Otero, oder?«, fragte McT einen der Männer, einen stämmigen Schwarzen.

»Nee, die kam von Rebeuto.«

Cap erkannte, dass sie auf dem Weg zu dem Verhörzimmer

mit dem Ficus waren, in dem sie Joe Guerra in die Zange genommen hatten.

»Ja, aber hat Rebeuto die Anweisung von Otero gekriegt?« McT blieb vor der Tür stehen.

»Bei uns läuft das auf dem kleinen Dienstweg«, sagte der andere, ein drahtiger Weißer mit Glatze. »Nicht über drei Etagen. Rebeuto sagt uns: Holt die drei ab, setzt sie ins Verhörzimmer. Immer schön nett bleiben. Und genau das machen wir.«

Cap glaubte ihm. Er war zwar müde, aber trotzdem sicher, dass er erkennen würde, wenn ein Polizist log.

Auch McT schien den Männern ihre Version der Dinge abzunehmen. Sie schüttelten ihm die Hand, verabschiedeten sich höflich von Cap und Vega und machten sich davon. Erst da fiel Cap auf, wie erschöpft McT aussah, die Augen blutunterlaufen, die Schultern schicksalsergeben gebeugt.

Im Verhörzimmer saß ein Mann am runden Tisch, der zwar wie ein Polizist aussah, aber älter war, als man es gemeinhin erwarten würde. Er war weiß, jedoch tief gebräunt, das silbergraue Haar kurzgeschnitten und mit Gel zu einer modischen Frisur gestylt. Als sie eintraten, erhob er sich, und McTiernan stieß einen hörbaren Seufzer aus.

»Scheiße, Wayne!«, rief er.

Wayne streckte die Hände aus, als wäre er der Showmaster auf einer Bühne. Er ließ sein Kaugummi zwischen den Backenzähnen platzen.

»Hi, Detective. Willst du mich nicht deinen Freunden vorstellen?«

McT rieb sich die Augen und lachte traurig.

»Alice Vega, Max Caplan, das hier ist Mickey Wayne von der Internen Ermittlung.«

»War mir ein Vergnügen!«, rief Wayne, schnappte sich sein Jackett von der Stuhllehne. »Leider können wir nicht bleiben.«

Als Wayne zur Tür ging, traten Cap und Vega zur Seite. McTiernan rührte sich nicht vom Fleck. Cap wäre nicht überrascht gewesen, wenn der Mann sich auf den Boden gesetzt hätte, müde von der ständigen Flucht, in Erwartung seines Schicksals.

»Detective, kommen Sie mit?«, fragte Wayne.

»Jep«, sagte dann aber McT schließlich doch.

Er folgte Wayne, wandte sich auf dem Absatz jedoch noch mal zu Cap und Vega um.

»Ich schick dir eine Nachricht«, sagte Vega, die erheblich zuversichtlicher klang, als Cap sich fühlte oder McT dreinblickte.

Wayne ließ erneut eine Kaugummiblase platzen.

»Auf geht's!«, sagte er, allerdings nicht besonders aggressiv.

McT verließ das Zimmer, und Wayne streckte kurz vorm Schließen der Tür noch schnell den Kopf herein. »Zu euch kommt auch gleich jemand«, sagte er.

Dann fiel die Tür ins Schloss.

Caps Blick wurde starr, während er vergeblich versuchte, mit den Fingern seine völlig verspannten Muskeln in Nacken und Schultern zu lockern.

»Verdammt«, murmelte er wütend und müde.

Vega hatte sich an den runden Tisch gesetzt und scrollte durch irgendwelche Bilder auf ihrem Handy. Ihr schien die ganze Misere wenig auszumachen.

»Wir haben McT voll in die Scheiße geritten«, sagte er, um sie aufzuschrecken.

»Kann sein«, meinte Vega.

Sie wirkte desinteressiert, und ihre Miene war völlig entspannt, während sie ihr Handy bearbeitete.

Cap hingegen konnte die Füße nicht still halten, er marschierte aufgebracht im Zimmer auf und ab. »Wenn jemand die Interne Ermittlung einschaltet, ist die Kacke am Dampfen. Bei solchen Untersuchungen kommt immer dasselbe raus: großer Mist.«

Er blieb stehen, hielt sich an der Stuhllehne fest und beugte sich vor.

»Sie haben nicht genug gegen uns, um uns festzunehmen, aber bei McT haben sie freie Bahn«, fügte er hinzu.

Vega legte ihr Handy auf den Tisch, öffnete den Reißverschluss ihrer Jacke und zog sie aus.

»Das haben wir bereits besprochen«, sagte sie.

»Tut mir leid, wenn ich dich langweile«, bemerkte Cap ironisch. »Ich überleg nur, wie wir die Sache mit McT in den Griff kriegen.«

Vega reagierte nicht, sondern hob ihr T-Shirt und begann, ihr Pflaster zu lösen.

»Was machst du da?«

»Ein Foto von meiner Verletzung. Könntest du bitte?«, sagte sie und streckte ihm ihr Handy hin.

Als sie die Kompresse abschälte, war ihr der Schmerz kaum anzusehen. Nur ihre Lippen wurden etwas schmaler. Der Schnitt glänzte, war aber trocken, beide Hautlappen wurden durch den dicken Faden zusammengehalten. Cap fand, er sah aus wie Stacheldraht.

Er beugte sich vor und machte eine Nahaufnahme von der Verletzung.

»Mach dir keine Sorgen«, sagte sie. »Aber was wolltest du vorhin sagen ... wie willst du die Sache in den Griff kriegen?«

Cap schoss noch ein paar weitere Bilder, bevor er Vega antwortete. »Ich glaube, wir sollten ihnen einen Deal anbieten, damit sie McT rauslassen. Also wir tun, was sie von uns wollen, natürlich nicht alles, aber was geht. Eine Verhandlung oder Info ...« Er legte das Handy zurück auf den Tisch, und Vega klebte das Pflaster vorsichtig wieder auf die Wunde, strich alles glatt.

»Wir bieten ihnen an, statt McT uns hochzunehmen.« Cap ließ sich auf einen Stuhl fallen.

»Wahrscheinlich hören sie alles mit, was du sagst«, bemerkte Vega mit einer Kopfbewegung zum Wandbild.

»Ist mir scheißegal, Mädchen«, brach es aus Cap hervor. »Ich liefere keinen Polizisten ans Messer. Nicht mit mir!«

Vega zupfte ihr T-Shirt zurecht, setzte sich wieder und tippte eine Nachricht in ihr Handy.

»Also willst du dieselbe Nummer abziehen, die dich schon bei der Polizei von Denville den Job gekostet hat? Dich als Bauernopfer anbieten?«

Seltsamerweise erkannte Cap das Muster erst jetzt, als Vega es ihm ausbuchstabierte.

»Ja, genau«, sagte er. Irgendwie fühlte er sich erleichtert, jetzt, wo es offen ausgesprochen war. »Und immer wieder, wenn's sein muss.«

Vega sah ihn an.

»So einer bist du eben«, sagte sie.

»Ja.«

»Weißt du, was für eine ich bin?« Sie beugte sich zu ihm vor, die Hände gefaltet, ein schwaches Grinsen im Gesicht.

Cap ging auf das Spielchen ein. »Nein, was bist du für eine?«

Sie hielt sich die Hände rechts und links vor den Mund und flüsterte etwas. Cap verstand nicht richtig, wollte ihr gerade sagen, dass sie lauter reden sollte, als die Tür aufging und Otero hereinkam.

Vega lehnte sich auf dem Stuhl zurück, Cap sprang auf und streckte die Hand aus. Otero ergriff sie, sah ihn aber kaum an. Seine Aufmerksamkeit galt vor allem Vega.

»Mr Caplan«, sagte er. »Ms Vega.«

Vega blieb sitzen und schwieg. Cap versuchte, ihre Miene zu entschlüsseln, aber vergeblich. Auf ihn wirkte sie tatsächlich amüsiert, als wäre das alles hier ein großer Witz. Er wusste, dass sie sich ihre Besorgnis nie anmerken lassen würde, aber normalerweise wurde ihr Blick in solchen Situationen hart, eiskalt. Diesmal aber nicht. Sie sah aus, als würde sie gleich losprusten.

Otero setzte sich vor sie hin. Cap, der in der Mitte saß, blickte wie beim Tennis von ihm zu ihr, während die beiden sich taxierten wie zwei Hunde vor dem Kampf. Minutenlang passierte nichts. Niemand sah auf sein Handy. Irgendwann unterbrach Otero das Schweigen.

»Ich habe mit meiner Frau gesprochen«, sagte er tonlos.

Vega ließ sich Zeit mit ihrer Antwort. »Ja«, sagte sie schließlich, »hab ich auch.«

Otero ließ den Arm über die Lehne baumeln und schlug die Beine übereinander, als wollte er es sich bequem machen.

»Normalerweise lassen wir Familienmitglieder bei Ermittlungen aus dem Spiel«, sagte er ruhig.

Cap musste sofort an Nell denken. Als sie klein war, kam er oft direkt von der Nachtschicht, von brutalen Schlägereien und Szenen häuslicher Gewalt nach Hause und traf sie in der Küche beim Frühstück. Damals hatte er sie oft spontan in den Arm genommen, ihr übers schlafwirre Haar gestrichen und den Duft von Zahnpasta und Froot Loops eingeatmet.

Vega beugte sich vor, die Hände gefaltet.

»Die unbekannten Toten haben auch Familien.«

Otero lächelte knapp.

»Ich habe gute Nachrichten für Sie, Sie sind nicht verhaftet, und wir sehen keinen Grund, die Sache zur Angeklageerhebung an den Staatsanwalt weiterzuleiten.«

»Gut«, sagte Cap, der sich an ein ähnliches Gespräch mit dem falschen Posada im Krankenhaus erinnerte. »Was ist mit Detective McTiernan?«

»Das ist etwas komplizierter. Wir haben unsere Vorschriften. Er hat direkte Befehle von seinem Vorgesetzten missachtet.«

Cap biss sich auf die Zunge.

Vega seufzte. »Aha. Haben Sie unsere Kleidung?«

Otero kicherte.

»Klar. Ich schicke jemanden, der sie Ihnen bringt.«

»Das haben wir heute schon öfter gehört.«

»Haben Sie sie schön in Asservatenbeutel verpackt und ordentlich beschriftet?«, fragte Vega. »Und in der hübschen, sauberen Asservatenkammer abgelegt, die Sie mir gezeigt haben?«

»Im Beutel schon, aber noch nicht beschriftet und abgelegt.«

Vega wandte sich direkt dem Wandbild zu.

»Und was ist mit dem Haus in Salton? Konnten Sie da schon Beweismaterial sicherstellen? Schon einen Treffer in der Datenbank gefunden? Blutgruppe? Fingerabdrücke?«

Jetzt erkannte Cap, was Vega plante. Otero rutschte nervös auf seinem Stuhl herum, er gab sich zwar noch entspannt, war aber sichtlich besorgt. Er wusste genau, dass sie ihn langsam bloßstellte.

Vegas Handy vibrierte auf dem Tisch. Sie nahm es und las die eingegangene Nachricht. Das Geräusch hatte Otero offenbar wachgerüttelt.

»Sie wissen genau, dass ich Ihnen nichts über die Beweisführung in einem laufenden Fall erzählen darf«, sagte er.

»Weil wir doch nicht mehr an den Ermittlungen beteiligt sind, Alice!«, höhnte Cap, plötzlich selbstbewusst.

Es war okay, sich wie ein Arschloch aufzuführen, wenn Vega sich sicher fühlte, und er mochte wetten, dass sie mit ihrem Kalkül richtig lag. Sie legte ihr Handy weg und wandte sich wieder dem Wandbild zu.

»Schaut uns jemand zu, Commander?«, fragte sie.

»Nein.«

»Was ist mit Boyce und Mackey?«

Otero zögerte kurz. »Sie sind nicht hier. Und unser Gespräch wird auch nicht aufgezeichnet«, sagte er schließlich.

Vega zuckte die Achseln.

»Hoffentlich sagen Sie die Wahrheit, aber eigentlich ist es mir auch egal. Ich werde es Ihnen trotzdem mitteilen.«

Sie lehnte sich zurück und straffte den Rücken.

»Das Messer, das mich verletzt hat, also das von Ben Davis, ist nicht dasselbe, mit dem die unbekannten Toten verwundet wurden. Das war nämlich eins Komma sechs Millimeter dick, die häufigste Stärke. Ben Davis' Messer hingegen hatte vermutlich eine Dicke von drei Komma zwei Millimetern. Ich habe keine Stichverletzung davongetragen, sondern eine Schnittverletzung, aber die geht tiefer, als es mit einem Eins-Komma-sechser-Messer der Fall gewesen wäre. Außerdem hatte das Tatmesser bei den unbekannten Toten eine gewellte Klinge. Die Haut rund um die Einstichstellen weist mehrere geriffelte, oberflächliche Schnitte auf. Ben Davis hätte mich mit großer Präzision und ohne meine Gegenwehr aufschlitzen müssen, um mit einer gewellten Klinge einen dermaßen geraden Schnitt hinzubekommen. Das entspricht aber nicht dem Tathergang.«

Vega ließ ihre Worte auf Otero wirken. Cap versuchte nicht, das alles zu verstehen, sondern beobachtete den Commander, der zwar immer noch ruhig wirkte, aber eindeutig versuchte, die Kontrolle zu behalten. Seine Atmung ging schneller, die Augen waren schmal.

»Das ist ja alles sehr interessant, aber ich verstehe nicht recht, wie uns das weiterhelfen soll.«

»Ich auch noch nicht ganz«, gab Vega zu, »aber ich hab da so ein paar Ideen.«

Sie wartete.

»Wollen Sie mal hören?«

Otero schwieg. Cap grinste wie ein Idiot und blickte zwischen den beiden hin und her.

»Das interessiert mich brennend«, sagte Cap aufgekratzt.

Vega trommelte auf dem Tisch herum und beugte sich schließlich zu Otero vor.

»Ich glaube, Boyce und Mackey haben Ihnen mitgeteilt, sie hätten handfeste Beweise dafür, dass Ihr Junge sich einem illegal hier lebenden, minderjährigen Mädchen in sexueller Absicht genähert und mit ihr gegen Bezahlung Geschlechtsverkehr gehabt hat«, sagte sie.

Als sein Sohn erwähnt wurde, zuckte es um Oteros Mund, aber ansonsten behielt er sein Pokerface.

»Und danach haben Sie gemacht, was die beiden von Ihnen verlangten: uns im Krankenhaus festgesetzt, einen halbherzigen Fahndungsaufruf gestartet und untätig zugesehen, als Ihre Leute die Mädchen aus dem Haus in Salton in einen Bus verfrachtet und sie irgendwohin gekarrt haben. Dazu haben Sie Ihren eigenen Mann der Internen Ermittlung zum Fraß vorgeworfen.«

Oteros Blick wanderte durch Zimmer. Während der Mann sich auf die Lippe biss, stellte Cap sich vor, wie in seinem Hirn alle kleinen Bomben hochgingen, die Vega gerade gezündet hatte.

»Ich habe keine Ahnung, was die beiden im Schilde führen, aber sie haben Sie direkt hier«, Vega drückte den Daumen auf den Tisch, »und vielleicht interessiert es Sie ja, dass Davis unsere unbekannten Toten nicht auf dem Gewissen hat. Dieses Detail dürfte Ihnen noch nicht bekannt gewesen sein.«

Cap ballte die Finger fest zusammen. Anfangs hatte er noch jubiliert, weil er Vega klar im Vorteil gesehen hatte, aber beim Anblick ihrer starren Miene wurde er ernst. Sie kämpfte jetzt nicht mehr gegen Otero, sondern machte ihm einen Vorschlag.

»Es hört wirklich niemand mit«, sagte Otero mit Blick zum Wandbild.

»Gut so«, erwiderte Vega knapp.

Sie lehnte sich zurück und verschränkte die Arme.

»Es liegt ganz bei Ihnen, wie die Sache ausgeht«, fügte sie hinzu.

Cap hielt den Atem an. Otero seufzte laut, fiel etwas in sich zusammen und fuhr sich durchs Haar.

»Er hat ein Tape von meinem Sohn«, sagte er.

»Wer?«

»Mackey.«

»Was ist mit Boyce?«

»Der hat nichts damit zu tun. Alles geht von Mackey aus.«

Cap entspannte sich ein wenig, er war mittlerweile überzeugt, dass Otero die Wahrheit gesagt hatte und sie tatsächlich nicht beobachtet, abgehört oder gefilmt wurden.

»Wurde das Tape in dem Haus in Salton aufgenommen?«, fragte Vega.

Otero nickte langsam.

»Die haben da Kameras drin?«, fragte Cap.

»Mindestens eine im Flur, und man kann deutlich meinen Sohn hören, er nennt seinen Namen und auch den Grund seines Besuchs.« Plötzlich schien sich Otero zu schämen. Er sprach schneller und wandte sich auch an Cap, als müsste er sich verteidigen. »Als ich die Aufzeichnung zum ersten Mal gesehen habe, wusste ich nicht, dass das in Salton war. Wusste nicht, wo die Aufnahme entstanden ist, nur, dass es sich um meinen Sohn gehandelt hat.«

»Was hat Ihnen Mackey genau angedroht? Was wollte er mit der Aufnahme anfangen?«, fragte Vega.

Otero zuckte die Achseln.

»Was er wollte. Den Medien zuspielen, mich und meinen Sohn mit einem Schlag ins Aus befördern. Sie waren doch auch Polizist, richtig?« Cap nickte. »Dann wissen Sie sicher, dass Leute an den Schaltstellen viele Freunde, aber auch eine Menge Feinde haben, die ihnen nur zu gern eins auswischen würden. Man kann nicht aufsteigen, ohne mindestens eine Person zu verprellen. Bei mir weiß Mackey genau, wer diese Leute sind, und die können es gar nicht erwarten, ihm dabei zu helfen, mich fertigzumachen.«

Cap nickte erneut. Er verstand Otero nur zu gut.

Vega ließ sich Zeit mit ihrer Antwort, sie wollte dem Commander offenbar ausreichend Gelegenheit geben, ihnen alles zu erzählen, aber Otero war fertig. Hier lag also des Pudels Kern.

»Ich kann Ihnen nicht raten, wie Sie Ihrem Sohn helfen können, dafür werde ich auch nicht bezahlt, aber wollen Sie sich wirklich mit Haut und Haaren, Kind und Frau ein Leben lang von Mackey erpressbar machen?« Sie wartete nicht auf eine Antwort. »Wie gesagt, es liegt bei Ihnen. Sie können Mackey weiterhin die Kontrolle über Ihr Leben überlassen, oder Sie kommen auf unsere Seite, wir reden Klartext mit Boyce und versuchen rauszukriegen, wer hinter Mackey steht und die Fäden zieht.«

»Wie soll das gehen?«, fragte Otero.

»Das weiß ich noch nicht genau«, gab Vega zu, »aber wenn ich meine eigenen Ermittlungen durchführen wollte, hätte ich schon eine gute Person, die ich damit beauftragen würde.«

Cap bemühte sich, Otero einzuschätzen, doch das war schwierig, einerseits kannte er den Mann nicht gut genug, andererseits ging er davon aus, dass Otero tatsächlich nicht sicher war, was er tun sollte. Er wirkte intelligent, aber in dieser Situation fiel es ihm offenbar schwer, eine rationale Entscheidung zu treffen.

Aus eigener Erfahrung wusste er, dass sein Gegenüber Ruhe brauchte, um zu überlegen. Deshalb schwieg er, obwohl er ihm nur zu gern gesagt hätte, was er damals vor rund sechzehn Monaten am eigenen Leib erfahren hatte: Solche Dinge gehen fast nie glatt, aber wenn er Vega vertraute, hatte er zumindest eine gute Chance.

19

Otero sagte ihnen, dass sie das Gebäude nicht zu hastig verlassen sollten, um keine unnötige Aufmerksamkeit zu erregen. Sie taten, als würden sie dort regelmäßig ein und aus gehen, was bei Otero ja tatsächlich zutraf, der sie auf dem Weg zum Ausgang plaudernd an den Kollegen vorbeibugsierte, damit sie so wenig wie möglich auffielen.

Sie kamen in die Asservatenkammer am Ende der Treppe, Otero plauderte immer noch, als er vom diensthabenden Kollegen das Tablet entgegennahm, seinen Code eingab und drei Paar Handschuhe aus der Schachtel unter der Durchreiche zog. Der Polizist drückte den Öffner, und Otero hielt die gepanzerte Tür auf, um Cap und Vega reinzulassen.

Sobald sie hinter ihm ins Schloss gefallen war, ließ er die Handschuhe auf den nächstbesten Metalltisch fallen.

Er bedeutete ihnen, ihm zu dem äußersten Regal auf der linken Seite zu folgen. Auf dem Boden standen vier Kisten ohne Deckel. *Eingetütet, aber nicht beschriftet,* dachte Vega. Otero ging in die Hocke und durchsuchte den Inhalt.

»Haben Sie keine Angst, dass Sie jemand beobachtet?«, fragte Cap mit Blick auf die Überwachungskamera in der Ecke.

»Niemand schaut auf die Aufzeichnungen, es sei denn, es ist kein Kollege da, was nur nachts der Fall ist. Und auch nur, wenn es einen triftigen Grund gibt. Sind das hier Ihre Sachen?«, fragte er und hielt eine durchsichtige Plastiktüte mit Kleidungsstücken und Schuhen hoch.

Cap nickte, und Otero warf ihm die Tüte zu.

»Ihre ist die Sig oder die Springfield?«

»Sig«, antwortete Cap.

Otero gab ihm den speziellen Asservatenbeutel für sichergestellte Waffen, Vega reichte er den mit der Springfield. Nach einer Weile hatte er eine weitere, größere Tüte mit schwarzer Kleidung und Stiefeln gefunden.

»Ihre?«, fragte er Vega.

Sie nickte, und er drückte ihr die Tüte in die Hand. Sie besah sich den Inhalt genauer, die Flecken und Schlieren vom Boden vor dem Haus in Salton, und obwohl sie es nicht genau erkennen konnte, wusste sie, dass sich auf dem gefalteten T-Shirt ein dunkler, steifer Blutfleck befand, wo Ben Davis sie verletzt hatte.

»Das ist es«, sagte Otero, während er einen weiteren Asservatenbeutel mit Davis' Messer in die Luft hielt. »Sieht aus wie ein handgefertigtes Jagdmesser mit einer drei Komma zwei Millimeter dicken Klinge.« Er sah zu Vega auf. »Glatt, nicht gewellt.«

Er hielt ihr den Beutel hin, falls sie sich selbst davon überzeugen wollte, aber sie schüttelte den Kopf. Otero legte ihn zurück in die Kiste und richtete sich wieder auf.

»Im Eingangsbereich gibt es Toiletten, da können Sie sich umziehen. Wir treffen uns in zehn Minuten auf dem Parkplatz.«

»Wir müssen uns nicht umziehen. Ich brauche nur meine Stiefel und mein Holster«, sagte Vega.

»Commander«, mischte Cap sich ein. »Was ist mit McT?«

Otero kniff die Lippen zusammen.

»Wir können die Interne jetzt nicht abziehen. Er ist im System, die Untersuchung ist offiziell. Lassen Sie uns ein bisschen warten, dann holen wir ihn da raus. Sie beide«, sagte Otero, »fliegen jetzt erst mal unterm Radar.«

»Und wir können einfach so hier rausmarschieren?«, fragte Vega.

»Offiziell könnte ich Sie ja immer noch vernehmen.« Otero schien sich das alles genau überlegt zu haben. »Wenn jemand fragt, geb ich Ihnen Deckung. Die Version, die Mackey von jedem hören wird, den er fragt, lautet, dass Sie vorübergehend in Gewahrsam genommen wurden.«

»Vorübergehend in Gewahrsam genommen? Das passt ja zu dem angetäuschten Fahndungsaufruf«, spöttelte Cap.

»Mackey will, dass wir verschwinden«, sagte Vega, den Blick auf die Asservatenkisten aus Salton gerichtet. »Also machen wir uns unsichtbar. Haben Sie Boyce schon erreicht?«

»Noch nicht. Ich versuche es weiterhin, aber ich muss ein bisschen vorsichtig sein, falls Mackey in der Nähe ist.«

Otero rieb sich das Kinn.

»Haben Sie alles, was Sie brauchen?«, fragte er.

Vega hatte ihren Bolzenschneider entdeckt, der aus einer Kiste ragte. Sie lächelte erfreut, als hätte sie einen langen verschollenen Freund wiedergefunden.

Rodrigo Villareal arbeitete in einem Diner namens Athena's am Ende eines Einkaufszentrums zwischen San Diego und El Centro. Otero fuhr, Vega saß neben ihm, Cap auf dem Rücksitz. Es war kurz vor Mitternacht, Rodrigos Schicht war fast vorbei.

Während sie auf dem Parkplatz warteten, versuchte Cap, eine Nachricht an McT zu schreiben, aber er löschte sie immer wieder, weil ihm irgendwie nicht die richtigen Worte einfielen. Er musste vorsichtig formulieren, um ihn nicht noch mehr reinzureiten, aber er wollte ihm auch signalisieren, dass sie ihn nicht im Stich gelassen hatten.

Melde dich, wenn es geht, war am Ende alles, was er schrieb. Das müsste erst mal reichen.

Nachdem er die Nachricht verschickt hatte, klinkte er sich in Vegas und Oteros Unterhaltung ein – sie fragte ihn nach Einzelheiten über den Einsatz in Salton.

»Warum wird Devin Lara geschützt?«

»Mackey behauptet, gegen ihn wird wegen einer größeren Sache ermittelt, große Namen sind involviert, irgendein Fall im

Süden. Er will die Beteiligten nicht unnötig aufrütteln«, sagte Otero, während er den Parkplatz im Auge behielt.

»Also hat Lara nach meiner Attacke gleich mal bei Mackey Bescheid gegeben?«, fragte Vega.

»So wird's gewesen sein.«

»Nach dem Showdown in Salton habe ich einige Erinnerungslücken. Aber bevor Sie die Türen vom Krankenwagen zugemacht haben, hab ich die Mädchen gesehen, sie sind alle in einen Bus gestiegen, der sah aus wie diese Gefängnistransporter.«

»Mackey hat einen von seinen Leuten geschickt, und der hat versprochen, sie an einen sicheren Ort zu bringen.«

»Was für einen Ort?«

Otero schüttelte den Kopf.

»Ich weiß es nicht«, gab er zu. Er klang nachdenklich, reumütig.

Lass gut sein!, dachte Cap, der wünschte, Vega könnte seine Gedanken lesen. *Wir haben den Mann gerade erst auf unsere Seite gebracht, gib ihm eine Chance zur Wiedergutmachung, bevor du ihn fertigmachst.* Doch Vega musterte Otero mit einem vernichtenden Blick, bevor sie wieder geradeaus schaute.

»Und was war das mit dem Krankenhaus?«, fragte Cap bemüht amüsiert. »Was für eine absurde Nummer!«

Otero holte tief Luft.

»Mackey hat verlangt, Sie getrennt in Gewahrsam zu nehmen, bis er Sie in Ruhe befragt hätte, und dafür brauchte er ein paar Leute, die solange vor der Tür Wache halten. Vor einigen Monaten hatten wir einen weiteren wichtigen Verdächtigen mit Verletzungen im Krankenhaus unter Bewachung, daher wussten wir, dass man die Station offiziell noch nicht wiedereröffnet hatte, obwohl sie nach der Renovierung schon wieder völlig funktionstüchtig war.«

»Mackey hätte uns dort versauern lassen«, bemerkte Vega. »Er ist nicht gekommen, um uns zu befragen.«

»Ich glaube, Sie haben einem Polizisten die Nase gebrochen und sind abgehauen, bevor er die Gelegenheit dazu hatte«, sagte Otero.

»Aber jemand, der sich für Ihren Deputy Chief ausgegeben hat, ist tatsächlich bei Caplan aufgetaucht und hat sich mit ihm unterhalten.«

Auf Oteros normalerweise verschlossenem Gesicht regte sich etwas. Er wandte sich zu Cap um.

»Posada?«, fragte er.

»Das hat er behauptet, aber mittlerweile habe ich den echten Posada im Fernsehen gesehen. Und das war nicht der Mann, der bei mir auf der Bettkante gesessen und mir zu verstehen gegeben hat, dass ich die Stadt verlassen soll.«

Otero schnalzte mit der Zunge und dachte nach.

»Ich glaube, dass war jemand, der für Mackeys Chef arbeitet. Vielleicht wollte man uns noch eine Chance geben, bevor sie die harte Gangart einschlagen.«

Otero wollte etwas erwidern, als eine Gruppe Latinos aus dem Diner kam.

Cap erkannte Rodrigo, der etwas abseits am Ende stand.

»Da ist er!«, sagte er.

Vega stieg aus und eilte auf ihn zu. Während sich die beiden unterhielten, schaute Rodrigo immer wieder zum Wagen. Schließlich sah es aus, als hätte sie ihn überzeugt, sie überquerten gemeinsam den Parkplatz und kamen auf den Wagen zu. Rodrigo stieg hinten ein und setzte sich neben Cap, Vega saß wieder vorn.

Rodrigo blickte von Cap zu Otero, dann zu Vega. *»Dónde está McTiernan?«*

Vega antwortete ihm, aber Rodrigo schüttelte aufgebracht den Kopf und tastete nach dem Türgriff.

»Bitte ... warten Sie, Rodrigo!«, bat Cap.

Er hatte den Eindruck, der Junge war abgemagert, die Augen waren schmaler und das Gesicht verkniffen. Auf seinem Hemd prangten Fett- und Ketchupflecken.

Dann mischte sich Otero ein. Er redete kurz mit ruhiger, sachlicher Stimme auf ihn ein. Cap nahm an, dass er versuchte, den armen Kerl zu trösten und von etwas zu überzeugen. Schließlich atmete Rodrigo tief ein und nickte. Cap sah Otero fragend an.

»Ich habe ihm erklärt, dass er anderen Mädchen wie seiner Schwester helfen kann, wenn er uns sagt, was er weiß. Ich werde ihn nicht festnehmen oder bei der Einwanderungsbehörde melden.«

Rodrigo wirkte zumindest teilweise überzeugt. Er ließ den Türgriff los.

»Wenn Sie ihn was fragen wollten, dann schnell, bevor er seine Meinung ändert«, schlug Otero Vega vor.

Vega feuerte eine Salve Spanisch auf ihn ab, versuchte, so viele Informationen wie möglich weiterzugeben, bevor Rodrigos Geduld am Ende wäre. Viel verstand Cap nicht, nur die Worte *»hermana«* und *»madre«*.

»Ich habe ihn nach seiner Mutter gefragt«, erklärte Vega. »Die man auf offener Straße erschossen hat. Falls er weiß, dass es sich nicht um einen Unfall gehandelt hat, ist jetzt der richtige Zeitpunkt, um es uns zu sagen.«

Rodrigo sah Cap an, der sich inständig wünschte, er könnte Spanisch sprechen, um dem armen Jungen zu sagen, dass er das Richtige tat und es sicher nicht bereuen werde. Doch in Ermangelung der passenden Worte, ein in letzter Zeit fast vertrautes Gefühl für Cap, nickte er und murmelte: »Alles okay.«

Während der Junge auspackte, wippelte er nervös mit dem linken Bein und rieb sich immer wieder über die schmuddelige Jeans. Er redete so schnell und benutzte viele Umgangswörter, die Vega nicht verstand, daher hatte sie Mühe, ihm zu folgen, doch sie wusste, dass Otero, der fließend Spanisch sprach, ihr später die Einzelheiten mitteilen würde.

»Wir sind nicht immer arm gewesen«, sagte der Junge. »Bis vor ein paar Jahren hatten wir ein kleines Haus, genug zu essen und sogar eine Waschmaschine und Mikrowelle.«

Er schüttelte den Kopf und machte eine finale Handbewegung.

»Reich waren wir nicht, wir lebten am Stadtrand, wo alle arm sind, aber lange Zeit hatten wir mehr als genug. Erst mit dreizehn habe ich erfahren, womit mein Vater sein Geld verdiente. Vorher dachte ich immer, er wäre Chauffeur für einen Anwalt aus der Stadt. Eines Tages habe ich in seinem Zimmer herumgeschnüffelt, weil ich wissen wollte, ob er mir zum Geburtstag ein Skateboard schenkt.

In seinem Zimmer stand ein Kühlschrank, den ich vorher noch nie gesehen hatte. Ich dachte, da sind vielleicht ein paar Bier drin, die ich heimlich mit meinen Freunden trinken könnte, also habe ich reingeschaut.«

Er biss sich auf die Lippe und rutschte auf seinem Sitz herum.

»Und dann?«, fragte Vega.

»Es waren lauter Hände drin.« Er fuhr sich mit dem Finger über sein Handgelenk. »Männerhände, abgeschnitten. Fast alle waren blau«, fügte er hinzu. »Ich habe es niemandem erzählt. Als mein Vater heimkam, habe ich ihm alles gestanden. Er war nicht mal wütend.« Rodrigos Miene wurde weicher. »Stattdessen hat er mir erklärt, dass sein Chef kein Anwalt, sondern ein wichtiger Mann wäre, der uns langfristig helfen könnte. Wir müssten das alles nur vor den Frauen geheim halten, ich wäre jetzt ein Mann und müsste mithelfen, sie zu schützen. Meine Aufgabe wäre es, den Mund zu halten. Und das habe ich getan.«

Er sah aus dem Fenster auf den mit Flutlicht erleuchteten Parkplatz.

»Vor zwei Jahren fing mein Vater dann an, wie ein Besessener zu arbeiten, immer mehr, aber wir hatten immer weniger Geld. Dann haben sie meine Mutter umgebracht. Mein Vater meinte, ich und Maricel wären nicht mehr sicher, wir sollten über die Grenze fliehen und uns in Amerika Arbeit suchen. Er und meine Großmutter sind in Mexiko geblieben.«

Rodrigo schwieg kurz.

»Der Rest ist genau, wie ich erzählt habe. Ehrlich!«

Es schien ihm wichtig, dass sie ihm glaubten. Er sah müde aus, als hätte er nichts mehr zu verlieren.

»Darf ich Sie was fragen? Kennen Sie den Namen des Mannes, für den Ihr Vater gearbeitet hat?«, fragte Otero.

»Nur den Spitznamen. Lalo.«

Otero sackte auf seinem Sitz zusammen, als hätte ihm jemand in die Magenkuhle getreten.

»Wer ist das?«, fragte Vega auf Englisch.

»Eduardo Montalvo«, sagte Otero. »Er ist der *jefe* eines der größten Drogenkartelle in Mexico City.«

»Und Rodrigos Vater hat für ihn gearbeitet?« Cap hatte aus den einzelnen Worten und Oteros Reaktionen erraten, was los war.

»Jep«, bestätigte Vega und erzählte ihm schnell den Rest der Geschichte. Auf Spanisch sagte sie: »Kennen Sie die anderen Leute im Wagen, die mit Ihnen im Kofferraum über die Grenze geschmuggelt wurden? Die anderen Mädchen oder den Fahrer?«

»Den Fahrer kannte ich nicht. Nicht mal seinen Namen. Aber die Mädchen schon.«

»Die Namen auch?«

»Dulce Díaz und Catalina Checado.«

»Checado«, wiederholte Vega. »Im Haus war ein Mädchen, das sich Chicago nannte. Sie hatte ein Brandmal am Kopf, von Rafa. Ich hab sie in einem der Kellerzimmer gesehen, sie war mit einem Freier zusammen«, sagte sie zu Cap und Otero.

»Bei einem wie Davis kann ich mir gut vorstellen, dass er bei Checado Chicago versteht«, sagte Cap.

»Wie alt war Catalina Checado?«, fragte sie Rodrigo.

Er zuckte die Achseln, meinte, sechzehn oder siebzehn.

»Und Dulce Díaz?«

»Zwölf oder dreizehn.«

Vega holte ihr Handy hervor und suchte nach einem Bild. Otero übernahm indessen das Ruder. »Haben die Väter dieser Mädchen auch für Lalo gearbeitet?«

»Ja, deswegen kannten wir sie ja. Unsere Familien waren befreundet.«

»Also haben die anderen Familien ihre Mädchen aus demselben Grund über die Grenze geschmuggelt? Weil kein Geld mehr kam?«

»Ich glaube schon. Niemand hat Geld bekommen.«

Otero und Vega tauschten Blicke. Offenbar wollte er ihr etwas zu verstehen geben. Sie nickte.

»Ist das hier Dulce Díaz?« Vega hielt Rodrigo das Foto auf dem Display hin.

Es war ein Porträtfoto von Jane Nummer eins, nach der Hirnentnahme. Es war deutlich zu erkennen, dass die Kopfhaut abgezogen worden war, sie lag seltsam locker auf dem Gesicht.

Rodrigo zuckte zusammen, dann gab er Vega rasch das Handy zurück.

»Ja«, sagte er und wandte den Blick ab. »Das ist sie. Ich kenne sie seit ihrer Kommunion.«

»Also sind Maricel, Catalina Checado und Dulce Díaz mit Coyote Ben mitgegangen, nachdem Sie es über die Grenze geschafft hatten?«

Rodrigo nickte und schlug sich dann zweimal gegen die Stirn.

»Es ist völlig egal. Ob ich hierbleibe, ob ich zurückkehre. Ist mir egal, ob ich Teller wasche oder Toiletten schrubbe. Ich habe den einen großen Fehler gemacht, habe sie gehen lassen. Alle.«

Er bohrte sich den Finger in die Brust und seufzte laut. Dann sah er Vega an. »Könnten Sie mich in mein beschissenes Haus zurückbringen, bitte? Ich habe nichts mehr zu sagen.«

Sie setzten Rodrigo vor seiner Unterkunft ab. Otero wartete nicht mal, bis er in der Tür verschwunden war, sondern fuhr gleich weiter. Kaum war Rodrigo aus dem Wagen, platzte alles aus ihm heraus.

»Wenn seine Familie vor zwei Jahren kein Geld mehr bekommen hat, passt das genau mit dem zusammen, was wir über Lalo Montalvos Kartell wissen. Vor ungefähr zwei Jahren ist nämlich Perez auf der Bildfläche erschienen und hat angefangen, ihnen das Wasser abzugraben. Damals haben wir ständig neue Tunnel entdeckt. Da konnte Montalvo nicht mehr mithalten. Er ist zwar immer noch im Geschäft, aber gerade mal so.«

»Also haben alle Väter, oder zumindest diese drei, für Montalvo gearbeitet. Gehen wir davon aus, dass Mackey was mit der Prostitution dieser Mädchen zu tun hat?«, fragte Cap.

»Wer hat was davon, wenn er das tut?«, fragte Otero in die Runde.

Niemand antwortete sofort.

Schließlich meldete sich Cap zu Wort: »Vielleicht Montalvo?«

Otero überlegte.

»Er schickt Mackey die Töchter seiner Männer, um sie zu schützen, woraufhin der sie zur Prostitution zwingt?«, fragte er nach einer Weile. »Da passt aber einiges nicht zusammen.«

»Vielleicht weiß Lara mehr. Ich glaube, er ist die Verbindung zwischen Mackey und dem Haus in Salton. Wissen Sie, wo wir ihn finden?«

»Ich habe gehört, dass er sich heute Früh selbst aus dem Krankenhaus entlassen hat«, sagte Otero. »Sie konnten ihn nicht gegen seinen Willen festhalten, gegen ihn liegt nichts vor.«

»Also erholt er sich zu Hause?«, fragte Cap hoffnungsvoll.

»Oder ist direkt zum Flughafen gefahren. Wir sollten keine Zeit damit verschwenden, ihn aufzustöbern«, sagte Otero, während er auf seinem Handy herumtippte. »Ich schicke jemanden an seine Adresse, sie sollen sein Haus überwachen.«

»Und wir?«

»Wir kümmern uns um die Typen aus Salton«, sagte Vega, die ihrerseits eine Nachricht an Bastard tippte.

»Davis«, sagte Cap.

»Wissen Sie, wo er ist?«, fragte Vega Otero.

»Er war im Southland Gate Hospital, aber dann haben sie ihn ins County General verlegt, in der Nähe der Dienstelle, damit sie ihn gleich nach der Entlassung festnehmen und dem Richter vorführen können.«

»Vielleicht hat er eine Ahnung, wer der wahre Drahtzieher ist«, sagte Vega.

»Kann aber auch sein, dass er nur weiß, dass sein Chef Mackey oder Lara heißt«, gab Otero zu bedenken.

»Trotzdem sollten wir ihn fragen.«

»Dann wäre ich aber gern dabei«, sagte Otero bestimmt.

»Kein Problem. Und Sie sind sicher, dass wir immer noch frei agieren können?«

»Ja, solange Sie mit mir dort aufkreuzen. Ich erwarte nicht, dass Mackey sich dort aufhält.«

»Hat er Sie kontaktiert, seit Sie uns einkassiert haben?«

»Nein. Ich habe ihn wissen lassen, dass die Situation unter Kontrolle ist. Offiziell befinden Sie sich in meinem Gewahrsam.

Vega suchte Caps Blick im Seitenspiegel, doch der war mit seinem Handy beschäftigt. Das Licht vom Display fiel ihm aufs Gesicht. Das Brandmal war deutlich zu erkennen.

»Der Fette mit der Glock, den ich am Ellbogen und Knie erwischte hab – liegt der auch in dem Krankenhaus?«, fragte Vega.

»Ja, er ist bei Bewusstsein. Ich glaube, die Wunden waren kompliziert, aber ziemlich oberflächlich. Der andere ist auch dort, der Riese. Aber der liegt sicher noch im Dornröschenschlaf. Sie haben ihn an beiden Beinen erwischt.«

Endlich hob Cap den Blick, und es stand ihm deutlich ins Gesicht geschrieben: Nervosität, Angst, Schock, das komplette Trauma.

»Gut«, meinte Vega nur.

Otero sah sie erstaunt an.

»Cap kann sich um den Fetten kümmern, wenn Sie einverstanden sind«, sagte sie zu Otero. War er.

Es war schon nach Mitternacht, menschenleere Straßen, finsterer, weiter Himmel. Vega ballte die Finger zur Faust, so fest, dass sich ihre Haut fast bis zum Zerreißen spannte und sie im regelmäßig aufflackernden Flutlicht des Freeway jeden Knochen und jede Ader sehen konnte.

Zweiter Krankenhausbesuch an einem Tag.

Cap spürte förmlich, wie sich seine Nackenmuskeln schon vor dem Eingang verspannten. Otero musste seine Dienstmarke nicht vorzeigen, jeder hier schien ihn zu kennen: die Frau am Empfang, die Wachleute, und, als sie im vierten Stock eintrafen, auch die Uniformierten auf dem Gang und an der Schwesterstation.

Otero ließ sie kurz stehen, um mit dem Mann zu sprechen, der vor einem der Krankenzimmer postiert war. Cap lauschte den Geräuschen des Krankenhauses: Telefone klingelten, Maschinen zischten und schnauften, Schwestern plauderten gedämpft. Das grelle Licht schmerzte in seinen Augen.

»Geht es?«, fragte Vega.

Cap nickte eifrig.

»Kannst du den Knilch übernehmen? Fat Mitch?«

»So heißt er?«

Vega zog eine Grimasse. Wenn jemand mit dem Gesicht statt mit den Achseln zucken konnte, dann sie, dachte Cap.

»Was ist mit dir und Davis?«, fragte er.

Vegas Gesicht entspannte sich wieder, ihre Miene war ungerührt und kalt, fast so wie damals, bei ihrem ersten Treffen, als sie den ihm entwischten Verbrecher gefasst und in ihren Kofferraum gestopft hatte, um ihm zu beweisen, was sie draufhatte. Damals, an jenem Tag vor seinem Haus in Denville, hatte er kurz ihr wahres Gesicht gesehen und verstanden, dass man sich besser nicht mit ihr anlegte.

»Hoffentlich haben sie ihm keinen Mundschutz gegeben oder so was«, sie tippte sich gegen die Zähne. »Damit er sprechen kann.«

»Ihr habt euch sicher viel zu erzählen. Seit eurer letzten Begegnung ist eine Menge passiert«, spöttelte Cap.

Vega griente. Cap war allerdings nicht klar, ob über seinen Flachwitz oder einfach aus Höflichkeit. War ihm aber auch egal, denn in diesem Moment war ihm jedes noch so kleine Grinsen von Vega lieber als jedes Strahlelächeln der Welt.

Als Vega und Otero eintraten, hatte Ben Davis die Augen geschlossen. Er trug ein Krankenhaushemd, das von Vega mit ihrem Bolzenschneider malträtierte Bein war bis zur Hüfte eingegipst und hing in einer Schlinge. Der Kopf war mit einer an Kinn und Stirn befestigten und mit dünnen Metallstreben verbundenen Vorrichtung fixiert, vier dünne Drähte ragten aus seinen Mundwinkeln. Man hatte seine Lippen fest verschlossen, dazwischen war eine bräunliche Linie, getrocknetes Blut, zu erkennen. Eine Gesichtshälfte war von lilablauen Flecken überzogen.

Otero trat an eine Seite des Bettes und musterte Davis von Kopf bis Fuß. Vega kannte ihn nicht gut genug, um zu erkennen, ob er tatsächlich so beeindruckt war, wie er wirkte.

»Mr Davis«, sagte er leise.

Davis öffnete sofort die Augen, er hatte gar nicht geschlafen. Als er versuchte, den Kopf in Oteros Richtung zu drehen, zuckte er unter den Schmerzen zusammen. Langsam brachte er ihn wieder in die Fixierungsposition. Erst da sah er Vega, die an der offenen Tür stehen geblieben war. Hastig versuchte er wegzurobben, wollte fliehen, schob sich wild mit den Armen über die Matratze. Als ihm das nicht gelang, schrie er durch seinen verdrahteten Mund.

Vega winkte. »Hi, Bro!«, sagte sie.

Davis gab ein weiteres Geräusch von sich, hob den Kopf vom Kissen, als wollte er damit auf sie zeigen. Tränen strömten ihm über die Wangen.

»Entspannen Sie sich, Mr Davis. Ms Vega kann auch an der Tür bleiben, wenn Sie sich damit wohler fühlen. Möchten Sie das?«

Davis' Blick wanderte zwischen ihnen hin und her, dann nickte er.

»Okay. Wir sind uns schon heute Morgen begegnet, aber daran erinnern Sie sich vielleicht nicht mehr«, sagte Otero und verschränkte die Arme. »Ich bin Commander Otero von der Polizei San Diego, und wir würden Ihnen gern vorab ein paar Fragen stellen, bevor man Sie offiziell unter Anklage stellt.«

Davis zuckte die Achseln und wies auf seinen Mund, funkelte Otero an, als wäre dieser ein Vollidiot.

»Ich verstehe, dass Sie unter erschwerten Bedingungen aussagen, aber ich habe schon eine Menge Befragungen durchgeführt«, er ließ den Blick durchs Zimmer wandern. »Mit der Zeit lernt man ein paar Tricks.«

Otero nahm sich das kleine Whiteboard mit Stift vom Nachttisch. TOILETTE, WASSER, ESSEN stand darauf.

»Los geht's«, sagte Otero und zog ein paar Tücher aus dem Spender, der ebenfalls auf dem Nachttisch stand.

Er wischte die Tafel sauber und reichte sie Davis.

»Gut, dass Ihre Hände noch in Ordnung sind, hm?«, scherzte er.

Vega fand Otero plötzlich sehr sympathisch.

Davis kritzelte rasch was auf die Tafel und drehte sie zu ihnen um.

SIE. RAUS.

Otero schüttelte den Kopf. »Tut mir leid, Mr Davis. Ms Vega und ich arbeiten zusammen, deshalb brauche ich sie hier.«

Er gab Davis keine Gelegenheit, eine Antwort aufzuschreiben, sondern feuerte gleich eine Frage auf ihn ab.

»Schreiben Sie bitte die Namen derjenigen auf, die Sie dafür bezahlt haben, das Haus in Salton zu führen.«

Davis nickte, schrieb und drehte die Tafel wieder zu ihnen.

1. FICKT, 2. EUCH.

Otero lächelte höflich und wandte sich zu Vega um.

Die trat gegen die Tür, die sich langsam schloss, und schlenderte näher ans Bett.

»Mr Davis, ich kenne Ms Vega noch nicht so lange, aber mir ist zu Ohren gekommen, dass Schwachköpfe bei ihr nichts zu lachen haben.«

Vega zog einen Rollstuhl heran und setzte sich neben Davis' Gipsbein, weit genug entfernt, dass er sie nicht erwischen konnte.

Als sie die Finger nach ihm ausstreckte, riss er die Augen auf. Wieder robbte er sich weg von ihr, aber weit kam er nicht. Otero beobachtete sie gebannt, hatte offensichtlich nicht vor, sie aufzuhalten.

Sie krümmte den Zeigefinger und klopfte gegen den Gips, als wollte sie dessen Härte prüfen. Dann zog sie ihn wieder zurück. Mehr war auch nicht nötig, denn jetzt war auch Davis klar, dass zwischen ihr und ihm nur eine dünne Gipsschicht lag. Vega genoss diese Wirkung sichtlich.

Cap betrat das Zimmer und erkannte den Fetten sofort wieder. Der Mann aus dem Wartezimmer in Salton. Er trug kein Hemd, nur Boxershorts und einen dicken Verband am rechten Ellbogen. Das ebenfalls dick verbundene Knie war mit mehreren Kissen hochgelegt. Mit dem linken Fußgelenk war er am Bett gefesselt.

»Was willst du Scheißer hier?«, schleuderte er Cap entgegen. Seine Stimme war eher ein Knurren, rau und verschleimt.

»Ich bin Max Caplan und arbeite für die Polizei. Du bist Mitch, oder?«

»Ja, so nennen mich die Weißen. Hast du was Süßes für mich?«

»Nein.«

»Ohne Schokolade sag ich nix. Erdnussbutter geht auch. Oder Chips. Ich hab Hunger, das Essen hier ist Scheiße.«

Cap trat ans Bett, blieb aber stehen.

»Ich schau mal, was ich für dich tun kann. Zuerst will ich Beweise, dass du überhaupt was weißt.«

Mitch seufzte und schob sich nach rechts. Seine schweißnasse Haut glänzte, die Männerbrüste hingen ihm wie Reissäcke auf dem Bauch.

»Und Mitch, Fat Mitch, richtig?«, sagte Cap, wartete aber nicht auf eine Antwort, »es tut mir echt leid, dir das zu sagen, aber du hast keine Wahl.«

Mitch grinste höhnisch, schnappte sich den Waschlappen vom Nachttisch und wischte sich damit über die Stirn.

»Kennst du einen gewissen Devin Lara?«

»Logisch.«

»War er dein Boss?«

Mitch zuckte die Achseln und nahm sich einen leeren Puddingbecher.

»Der hat uns die Kohle gegeben und dafür gesorgt, dass wir alles hatten, was wir brauchten.«

»Damit wir uns richtig verstehen: Devin Lara hat Ben Davis dafür bezahlt, das Haus in Salton am Laufen zu halten, und Davis hat dich ins Boot geholt?«

Mitch lachte, schleckte mit dem Finger die letzten Reste aus dem Puddingbecher.

»Ja, Mann. Wenn ich dir was unterschreiben soll, her damit.«

»Was gibt's da zu lachen? Findest du es witzig, dass du wegen Mord lebenslänglich in den Knast wanderst?«

Mitch zuckte wieder die Achseln und warf den leeren Becher auf den Boden.

»Ich hab niemanden umgebracht.« Er hob eine Brust und wischte sich mit dem Lappen den Schweiß darunter ab, ließ sie fallen und tat dasselbe mit der anderen. »Die Mädchen waren im Badezimmer. Rafa, das ist mein Junge, der ist ein bisschen verrückt. Verliert die Kontrolle. Ist nicht das erste Mal. *Du* weißt, was ich meine, *vato.*« Er tippte sich an die Schläfe, dort, wo Rafa Cap das Brandmal verpasst hatte.

Cap unterdrückte den Impuls, die Stelle zu berühren.

»Kanntest du Maricel Villareal und Dulce Díaz?«

Mitch bewegte lässig die Schultern.

»Namen kann ich mir nicht merken«, murmelte er.

»Das sind die Namen der Mädchen, die Rafa ermordet hat.«

»Ach ja!«, rief Mitch, als würde er sich an einen alten Freund erinnern. »Für die Erste hat er einen guten Ort gefunden, bei der Zweiten hatte er nicht so viel Zeit, um darüber nachzudenken, deshalb hat er sie mitten in der Nacht irgendwo hingelegt. Keine Ahnung, Mann … das war seine Sauerei, die muss er schon selbst saubermachen, hab ich ihm gesagt.«

Cap biss die Zähne zusammen. Er hatte das Gefühl, Mitch nahm die Sache überhaupt nicht ernst, doch als sein Blick auf den leeren Puddingbecher fiel, wurde ihm klar, dass er das leicht ändern konnte.

Vega hob ihr T-Shirt und zeigte Davis den Verband.

»Hast mich gut erwischt«, sagte sie.

Davis starrte sie an, seine Augen geweitet und feucht, und atmete hektisch durch die Nase. Nachdem Vega ihre Wunde wieder bedeckt hatte, rollte sie mit dem Stuhl näher an seinen Kopf heran. Sie zog ihr Handy hervor und wischte übers Display.

»Ich sage jetzt ein paar Sachen, und du kannst nicken oder den Kopf schütteln. Am besten nickst du mal kurz, damit ich sehe, dass du mich verstanden hast.«

Davis nickte nicht, sondern kritzelte was aufs Whiteboard und hielt es ihr hin. Er hatte seine letzte Botschaft umkringelt. 1. FICKT, 2. EUCH.

Vega warf einen flüchtigen Blick darauf und zeigte ihm dann ihr Handy.

»Soll ich deiner Mom ausrichten, dass du es nicht zum Grillfest schaffst?«

Davis' Augen traten fast aus den Höhlen, er schnaufte so heftig durch die Nase, dass ihm der Rotz herauslief.

»Sie hat ein paar drollige Bilder auf Facebook gepostet«, Vega tippte aufs Display. »Kätzchen, die mit Trauben spielen und so was.«

Jetzt wurden Davis' Augen schmal. In ihm brodelte es sichtlich. Er nahm die Tafel und kritzelte hektisch.

»FINGER WEG!«, las Vega laut vor.

Vega sah hinüber zu Otero, der einen Schritt zurücktrat und sich an die Wand lehnte. Obwohl er ein Pokerface aufgesetzt hatte, deutete Vega seine ungerührte Miene als Zustimmung.

Davis wischte die Tafel sauber und schrieb mit krakeligen Buchstaben eine neue Nachricht.

»BLEIB WEG VON IHR, FOTZE!«

»Huch!« Vega tat erstaunt und schenkte ihm ein beeindrucktes Grinsen. »Ich biete dir einen Deal an«, sagte sie. »Obwohl, halt! Ich bin ja die Fotze, richtig? Nein, darauf musst du nicht antworten. Aber auf die anderen Fragen schon. Nicken oder Kopfschütteln, wie gesagt. Und wenn du brav bist, lass ich auch die Finger von Mommy und schlag ihr nicht mit dem Bolzenschneider sämtliche Zähne aus. Okay?«

Davis umklammerte die Tafel und funkelte Vega an.

»Die Tür ist zu.« Sie zeigte über die Schulter, dann auf Otero. »Er ist der Commander und hat kein Problem mit meinen Methoden. Kapiert?«

Davis reagierte mit einem langsamen Nicken.

»Du machst schon länger den Kojoten und schmuggelst Leute über die Grenze?«

Nicken.

»Wann ging das los in Salton? Vor mehr als einem Jahr?«

Nicken. Davis hob Daumen und Zeigefinger und bewegte sie auseinander.

»Länger als ein Jahr?«

Nicken.

»Hat dir jemand Geld gegeben, um die Sache auf die Beine zu stellen?«

Nicken.

Vega beschloss, aufs Ganze zu gehen.

»Devin Lara?«

Nicken.

»Du hast in dem Haus Minderjährige festgehalten, die nicht offiziell gemeldet sind?«

Nicken.

»Hat Devin Lara dir auch Maricel Villareal, Catalina Checado, Dulce Díaz und andere geschickt?«

Davis schüttelte eifrig den Kopf.

Vega und Otero tauschten Blicke.

»Kamen die über einen Mann, den Lara dir vorgestellt hat?«

Nicken.

»War es Michael Mackey?«

Nicken.

»Michael Mackey hat dir vier Mädchen gebracht?«

Davis schüttelte den Kopf und hielt sechs Finger hoch.

»Sechs Mädchen«, sagte Vega.

Davis nickte.

»Antonio LoSanto hat dir die Pessare besorgt und Scott Miller engagiert, um sie den Mädchen einzusetzen.«

Nicken.

»Du hast LoSanto ein paar Tausend gegeben, aber Miller hat mehr gekriegt?«

Diesmal streckte Davis die Hand aus und drehte sie leicht. *Nicht ganz.*

»Du hast Miller nicht mehr geboten, er hat mehr verlangt.«

Das entlockte Davis ein Nicken.

Vega reimte sich die Sache spontan zusammen.

»Miller hat herausgefunden, dass die Sache eine Menge Profit abwirft, und euch sogar gedroht, die Behörden einzuschalten, wenn ihr ihn nicht angemessen beteiligt.«

Nicken.

Vega überlegte kurz. Dann kehrte sie zurück zur ursprünglichen Frage. »Mackey hat dir also sechs Mädchen geschickt. Zwei davon sind gestorben. Wie ist das passiert?«

Davis wischte die Tafel mit dem Bettdeckenzipfel ab und kritzelte ein paar Buchstaben hin. Hastig hielt er sie Vega hin. RAFA stand da geschrieben.

Die Antwort hatte nicht lange auf sich warten lassen.

»Weißt du, für wen Mackey arbeitet?«

Davis hielt den Kopf still, aber sein Blick wanderte zwischen Vega und Otero hin und her. Bei dieser Antwort musste er wohl doch ein bisschen mit sich ringen.

»Hören Sie mir gut zu«, mischte Otero sich jetzt ein, »und überlegen Sie gut, bevor Sie antworten. Es wird Ihnen nicht helfen, wenn Sie uns jetzt anlügen. Auf Sie wartet eine lange Haftstrafe, egal, wie Sie sich entscheiden. Aber wenn Sie uns die Wahrheit sagen, wird das den Staatsanwalt sicher milde stimmen.«

Davis zwinkerte ein paarmal und schnaubte. Er bewegte den Kopf ein wenig.

»Ist Lalo Montalvo Mackeys Boss?«, fragte Otero.

Vega konnte Davis' Miene nur schwer entschlüsseln, dazu war sein Gesicht zu verschwollen, der Mund zu sehr fixiert, doch er zwinkerte weiterhin nervös, drückte sich dann auf den Fäusten hoch und bewegte sich mit dem ganzen Körper hin und her, um ihnen laut und deutlich ein Nein zu kommunizieren.

Cap schob ein paar Münzen in den Automaten im Wartebereich, eine nach der anderen, danach drückte er ein paar Knöpfe und wartete, bis die Packungen herauskamen: verschiedene Tüten Chips, M&Ms, Snickers, KitKat.

Die Süßigkeiten stopfte Cap sich in die Taschen, die Chips behielt er in der Hand. So bepackt ging er zurück zu Mitchs Zimmer, tauschte ein Grinsen mit dem Polizisten vor der Tür, der ihm aufmachte und ihn eintreten ließ.

»Ah, jetzt! Bring die Schätzchen zu Papa, *yo*!«, sagte Mitch.

Cap türmte alles in seinem Schoß auf, die Schokoriegel fielen ihm aus den Taschen zu Boden, wo er sie einfach liegenließ.

»Ähm, nein«, sagte Cap, riss einen Beutel M&Ms auf und schüttete sich den Inhalt in den Mund. »Ich esse jedes verdammte Teil, bis du mir sagst, was ich wissen will.«

Mitch bewarf ihn mit der Schnabeltasse, aber die landete mit traurigem Klappern einige Meter vor Caps Füßen.

»Gib mir die beschissene Schokolade, *puto*, oder ich ...«

»Was, Mitch?«, murmelte Cap mit vollem Mund. »Zeigst du mir einen Zaubertrick und lässt die Fußfessel verschwinden?«

Cap ließ den leeren Beutel zu Boden segeln und öffnete den nächsten.

»Die hier haben einen weichen Karamellkern«, sagte er.

Mitch raufte sich die Haare und kreischte frustriert. Von Menschen mit Zuckersucht hatte Cap schon mal gehört, aber in Aktion hatte er sie noch nie erlebt. Mitch bekam einen irren Blick, er wälzte sich im Bett hin und her, bis seine Speckrollen waberten. Mit den Händen fuchtelte er vor seinem Gesicht herum, als wollte er böse Träume vertreiben.

»Wer hat Maricel, Catalina und Dulce nach Salton geschickt?«, fragte Cap und schob sich die nächste Süßigkeit in den Mund.

»Fick dich, Mann! Das erfährst du noch früh genug.«

Achselzuckend öffnete Cap einen XXL-Kitkat-Riegel.

»Hmm, so einen hab ich noch nie probiert«, sagte er und wies damit auf Mitch.

Er biss herzhaft hinein, wünschte sich kurz, er hätte sich auch Wasser aus dem Getränkeautomaten geholt, zwang sich aber, weiter zu essen.

»Ist echt lecker«, murmelte er. »Schmeckt genau wie das normale KitKat, ist nur größer.«

»Komm schon!« Mitchs Zorn war verraucht, jetzt bettelte er. »Ist doch egal, welchen Scheiß ich dir erzähl oder nicht.«

Cap schluckte den letzten Bissen herunter und riss den Snickers auf.

»Das ist der letzte Riegel«, er wedelte damit in der Luft herum. »Hat Lalo Montalvo die Mädchen geschickt?«

Mitch behielt den Riegel im Blick, die Frage kam erst mit Verzögerung bei ihm an. Er schüttelte den Kopf.

»Montalvo? Spinnst du?«

»Wieso sollte ich spinnen? Wie kommst du darauf?«

»Weil du erzählt hast, du bist bei den Cops. Dann weißt du doch, dass Montalvo so gut wie erledigt ist.« Mitch hampelte immer noch auf dem Bett herum, als könnte er sich so näher an Cap ranwanzen.

»Okay. Also nicht Montalvo. Wer dann?«

»Der Letzte, der noch steht, Mann.«

Cap zog einen Namen aus dem Wrack seiner Erinnerung.

»Perez«, sagte er.

»Scheiße, ja, Perez«, wiederholte Mitch genervt, als hätte er die ganze Zeit nichts anderes behauptet.

»Der Letzte, der noch steht.«

»Ja. Ich sag dir mal was: Ich bin froh, dass ich hier gefesselt bin und der Cop da draußen vor dem Zimmer hockt, vielleicht kriege ich einen Anwalt und muss in ein nettes kalifornisches Gefängnis, weil wenn nicht, bringt Perro Perez mich um, aber vorher und hinterher stellt er noch alles Mögliche mit mir an.«

Als Cap klarwurde, dass er von Anfang an einem kompletten Irrtum aufgesessen war, hörte er nur noch mit halbem Ohr zu.

»Gut, dass die fiese Fotze mich angeschossen hat. Und jetzt her mit der Schokolade.«

Als Cap aufstand, fielen alle Chipstüten zu Boden. Er musste Vega finden.

»Her damit, Mann!«, kreischte Mitch.

Cap zog das Papier vom Snickers, als würde er eine Banane schälen.

»Das ist für die ›fiese Fotze‹«, sagte er, als er sich den ganzen Riegel in den Mund stopfte.

Mitch schrie wie angestochen. Ungewöhnlich hohe Stimme, dachte Cap, als er aus dem Zimmer hastete. Er überlegte kurz, die Schokolade auszuspucken, entschied sich dann aber dagegen. Aufessen machte weniger Sauerei.

Da kam Vega auch schon um die Ecke gesaust, den telefonierenden Otero auf den Fersen. Mitch kreischte immer noch in seinem Zimmer herum, aber der Polizist davor wirkte davon nicht weiter beeindruckt, er wischte ungerührt auf seinem Handy herum.

Cap kaute wie blöd, um den Mund leerzubekommen.

»Perez«, murmelte er, aber das konnte keiner verstehen.

»Was isst du denn da?«, fragte Vega neugierig.

Cap deutete auf seinen Mund, um ihr zu bedeuten, dass er gleich fertig war.

»Sie arbeiten nicht für Montalvo«, sagte Vega.

Cap schluckte. »Weiß ich«, sagte er endlich. »Es ist Perez. Mitch meint, er ist froh, dass er in einem amerikanischen Gefängnis landet, wo Perez keine Chance hat, ihn umzubringen.« Cap machte eine Kopfbewegung in Richtung Otero. »Mit wem redet er da?«

»Boyce. Otero meint, wir sollten uns mit ihm treffen.«

Vega und Cap gingen auf die Fahrstühle zu, Otero folgte ihnen, immer noch am Handy, die Stimme gesenkt.

An einer offenen Tür blieb Cap stehen und spähte ins Zimmer. Eine Polizistin saß davor Wache, sie trank Eiskaffee aus einem Strohhalm. Zuerst hob sie den Arm, um Cap am Eintreten zu hindern, doch dann sah sie Otero, der auf Cap zeigte und den Daumen in die Höhe reckte. Die Frau ließ ihn durch.

Rafa lag auf dem Bett und schlief, eine Sauerstoffmaske auf Mund und Nase. Auch er trug ein Krankenhaushemd. Beide Beine waren verbunden und in Schlingen fixiert. Er war so groß und breit, dass sein Körper über den Bettrand zu quellen drohte. Sein Kopf lag weit über dem Kissen, nach hinten überstreckt.

Bei Rafas Anblick kniff Cap unwillkürlich die Augen zu, als könnte er so die plötzlich in seinem Kopf aufblitzenden Bilder von der Folterkammer abwehren. Doch es half nichts, er war wieder im Schuppen, Rafa beugte sich über ihn. Cap meinte sogar, das Klebeband der Elektrode auf seiner Schläfe zu spüren.

»Caplan«, sagte Vega.

Cap blinzelte.

»Alles gut. Er ist nicht bei Bewusstsein. Lass uns gehen.«

Doch Cap rührte sich nicht vom Fleck. Vega legte ihm die Hand auf die Schulter und bugsierte ihn sanft zur Tür. Eine Weile ließ er sich von ihr herumschieben, doch auf der Schwelle schien er aus seiner Trance zu erwachen.

Otero trat auf sie zu. Er hatte sein Gespräch beendet.

»Boyce ist mit einem Treffen einverstanden«, sagte er.

»Was, wenn er da mit drinsteckt?«, fragte Cap und drückte den Liftknopf.

»Tut er nicht«, meinte Otero. »Er ist skeptisch, schließlich sind er und Mackey ein Team.«

Die Lifttüren glitten auf, und sie stiegen ein.

»Glaubt er etwa, wir hätten alles erfunden?« Cap schnaubte.

»Nein, das nicht. Aber für ihn ist es ein bisschen viel auf einmal.«

»Ihnen hat das offenbar keine Probleme bereitet.« Cap drückte auf den Knopf fürs Parkdeck. »Und wir haben zwei Komplizen, die unsere Erkenntnisse bestätigen.«

»Wir legen ihm alle Beweise vor, die wir haben«, sagte Otero.

»Denkt Mackey immer noch, dass Sie uns unter Kontrolle haben?«, fragte Vega. Sie suchte auf ihrem Handy nach neuen Nachrichten.

»Ja, tut er.«

»Er glaubt wohl auch, dass er Sie unter Kontrolle hat«, bemerkte Cap, als sich die Lifttüren öffneten.

Otero nickte betroffen. »Ja«, sagte er.

»Aber er irrt sich«, sagte Cap.

»Gewaltig«, stimmte Otero ihm zu. Er ging zum Wagen.

Vega blieb abrupt stehen. »Was, wenn wir Boyce einen weiteren Zeugen präsentieren?«

Cap und Otero fuhren herum.

»Falls Sie an Lara denken sollten, vergessen Sie's.« Otero

hielt sein Handy hoch. »Mein Mann hat gesagt, im Haus ist alles dunkel, kein Wagen in der Auffahrt.«

»Na gut. Was halten Sie davon, uns am Hotel abzusetzen und Boyce allein zu treffen? Cap und ich stoßen so in einer Stunde dazu.«

Otero sah sie verwirrt an.

»Mir ist nicht ganz wohl bei dem Gedanken«, sagte er. »Wieso halten Sie es für eine gute Taktik, getrennt zu agieren?«

»Devin Lara ist um zwölf Minuten nach fünf vorm Krankenhaus in ein Uber gestiegen und zu einer Adresse in La Jolla gefahren.« Vega wedelte mit ihrem Handy. »Ich schlage vor, Cap und ich fahren hinterher und überzeugen ihn, sich zu stellen. Ist vielleicht besser, wenn Sie nicht mitkommen.«

Vega schenkte Otero ein unschuldiges Achselzucken, das Cap zum Lachen brachte.

Er versuchte, es hinter einem Husten zu verbergen. »Vega kann ziemlich überzeugend sein«, sagte er.

20

Die Adresse in La Jolla gehörte zu einem schmalen, zweistöckigen Stadthaus mit Holzschindelfassade, die wohl so was wie Baumhausatmosphäre schaffen sollte. Cap wollte den Mietwagen gerade gegenüber abstellen, als Vega die Hand hob.

»Park einfach direkt vor dem Haus«, sagte sie, während sie ihren Gurt löste.

Die Fahrt war kurz gewesen, daher gab es keinen Plan, sie hatten sich nicht mal abgesprochen. Überrascht war Cap trotzdem, dass Vega so gar kein Problem damit hatte, gesehen zu werden.

»Soll ich mitkommen?«, fragte er, während er wendete.

»Nein, bleib hier.«

Vega hatte die Tür schon geöffnet, als Cap noch einparkte.

»Warte, ich mach schnell den Motor aus«, sagte er.

»Schon gut«, erwiderte sie, schon halb draußen, »lass den ruhig laufen.«

»Okay«, sagte er. Ihm war nicht ganz klar, wie er ihr behilflich sein konnte. »Wenn ich nach einer Viertelstunde nichts von dir höre, komme ich nach«, schlug er vor.

»Das hier dauert nur fünf Minuten«, entgegnete Vega.

»Dann komme ich eben nach fünf Minuten nach.«

»Nein, bleib draußen«, rief Vega ihm über die Schulter zu.

Cap sah sie zur Haustür laufen und Sturm klingeln. Dann schlug sie mit der Faust dagegen. Die Tür flog auf und eine große, gebräunte Frau mit langem, gewelltem Haar erschien. In ihrem Satinkimono sah sie aus, als käme sie direkt vom Strand. Ihr Gesicht war verzerrt, sie wirkte aufgebracht. Vega drängelte sich an ihr vorbei und verschwand im Haus.

Cap hatte ein schlechtes Gefühl. Hinterher würde er es

nicht mehr erklären können, warum er in jenem Augenblick geahnt hatte, dass er den Kofferraum öffnen sollte.

Es war erst eine Minute vergangen, doch Cap lockerte seinen Nacken und spähte nervös zum Haus, versuchte, einen Schatten zu erkennen oder irgendeine Bewegung, aber die braunen Fensterläden waren alle geschlossen. Er betrachtete sich flüchtig im Seitenspiegel, schob sich die Locken aus der Stirn und dachte über seine ersten grauen Haare nach. Wie würde es aussehen, wenn er ganz grau war? Würde er zu den Männern gehören, die sich die Haare färbten? Eigentlich hatte er das nie vorgehabt, aber dieser Anblick schockierte ihn doch einigermaßen.

Mittlerweile waren vier Minuten vergangen. Noch eine, dann würde er ins Haus gehen.

Lara war gar nicht so kräftig, wie er aussah, dachte Vega, als sie ihn am gegelten Schopf packte. Es war gut, dass er noch laufen konnte, wenn auch etwas zur Seite gekrümmt, wo sie ihm mit dem Knie einen kräftigen Tritt in die Nierengegend verpasst hatte. Er keuchte und hustete, spuckte Blut, soweit es ihm seine verletzte Zunge erlaubte.

Cap stand neben dem Wagen, die Fahrertür geöffnet.

»Alles klar?«, fragte er.

»Mach den Kofferraum auf!«

»Schon passiert.«

Vega zerrte Lara mit einer Hand hinters Auto, mit der anderen hob sie den Deckel. Lara gab einen seltsam verzerrten Laut von sich, während er versuchte, sich Vegas Griff zu entziehen. Sie packte ihn am Kinn.

»Willst du Quetschungen an beiden Nieren?«, fragte sie.

Lara zwinkerte nervös.

»Nein? Dann steig in den beschissenen Kofferraum, Zungenkuss.«

Als Vega ihn an den Schultern in den engen Hohlraum bugsierte, sackte er in sich zusammen und schrie erneut.

Sie packte ihn an den Beinen und hievte sie wie zwei Mehlsäcke über den Rand. Dann knallte sie den Deckel zu.

Danach schlenderte sie auf ihre Seite, setzte sich in den Wagen. Das leichte Ziehen in der Flanke ignorierte sie.

»Wo ist die Frau?«, fragte Cap.

»Im Haus. Die hat andere Sorgen.«

Lara tobte geräuschvoll im Kofferraum herum. »Er ist an der Niere verletzt, Vega. Geht der uns da hinten ein?«

»Wahrscheinlich nicht. So heftig hab ich auch nicht zugetreten.« Vega gurtete sich an. »Hey!«, rief sie, als wäre ihr gerade was eingefallen. »Danke, dass du den Kofferraum aufgemacht hast!«

Cap nickte und gab Gas. Vega betrachtete ihn von der Seite. In ihren Ohren klang das unregelmäßige Rumpeln aus dem Kofferraum wie das dumpfe Pochen ihres Herzens.

Vega betrat das Sushi-Restaurant. Die Leuchtreklame an der Tür verkündete, dass der Laden rund um die Uhr geöffnet hatte. Von draußen sah er aus wie ein normales Diner, drinnen stand ein langer Buffettisch voller Eis, auf dem diverse Platten mit Fisch in schillernden Farben thronten. Wie sich herausstellte, aßen nur wenige Menschen in San Diego um zwei Uhr morgens Sushi. Vega entdeckte Boyce und Otero sofort. Sie saßen ganz hinten in einer Nische.

Boyce stand auf und begrüßte sie mit Handschlag. Auf dem Tisch stand ein Teller mit Essensresten, ein halbes Reisbällchen und verschmierte Wasabi-Paste.

Auf Vega wirkte er ausgelaugter als vorher, die aalglatte Fassade war etwas angekratzt, Bartstoppel im Gesicht, das Haar zerzaust, aber nicht auf die modische Art.

»Ms Vega«, sagte Boyce. »Setzen Sie sich doch bitte.«

»Ich stehe lieber«, entgegnete sie.

»Wie Sie wollen.«

Otero sah sie fragend an, aber Vega hatte ihr Pokerface aufgesetzt.

»Nun«, sagte Boyce mit falscher Fröhlichkeit, »Commander Otero hat mir eine ziemlich heftige Geschichte über meinen Kollegen aufgetischt.«

Er mochte erschöpft wirken, aber für Arroganz reichte es noch, dachte Vega.

»Ich entnehme dieser Bemerkung, dass Sie ihm nicht glauben?«

»Das habe ich nicht gesagt. Ich habe Agent Mackey seit über vierundzwanzig Stunden nicht erreicht. Heute habe ich eine Mail von der ISC bekommen, aus der hervorgeht, dass sechs Mädchen in eine Abschiebeeinrichtung gebracht wurden.«

»ISC?«, fragte Vega. »Die Einwanderungsbehörde?«

»Genau. Ich kann Ihnen nicht erklären, was Mackey im Schilde führt, aber eines steht fest: Es gefällt mir ganz und gar nicht, wie er die Sache hinter meinem Rücken hingedreht hat. Allerdings muss ich auch sagen, dass ...« Er wedelte mit einem Stäbchen herum, als wäre es ein Zauberstab, »... bitte verstehen Sie, dass diese Geschichte harter Tobak ist ...«

»Obwohl die Aussagen von Ben Davis und dem Fetten die Version des Commanders belegen?«

»Sie müssen das unter dem Aspekt der Beweisbarkeit betrachten, und die Aussagen zweier abgebrühter Zuhälter gegen einen Agenten zählen da nicht besonders viel.«

»Weil Mackey so ein aufrechter, zuverlässiger Polizist ist?«

Boyce hüstelte in seine Faust.

»Also zuverlässig ist er schon, auch wenn er sich nie besonders hervorgetan hat. Er wurde befördert, weil er die Stunden abreißt, und nicht wegen seiner glänzenden Leistungen.«

»Im Gegensatz zu Ihnen.«

»Das ist richtig. Im Gegensatz zu mir. Ich arbeite seit acht Jahren mit dem Mann, und letztes Jahr wurde ich befördert, er nicht, und das, obwohl wir ungefähr gleich alt und genauso lange dabei sind.«

Otero verschränkte geduldig die Arme und schwieg. Jetzt versuchte Vega, seine Miene zu entschlüsseln, aber sein Blick ruhte auf Boyce.

»Interessant«, sagte Vega. »Ich hätte allerdings eine Frage an Sie.«

»Gern«, sagte Boyce höflich.

»Wer hatte die Idee, mich schwarz zu bezahlen? Eine Außenseiterin für eine Ermittlung hinzuzuziehen, die eindeutig in den Bereich der Polizei fällt?«

Boyces Antwort kam prompt.

»Vor ungefähr anderthalb Jahren wurden wir von oben angewiesen, Aufgaben zu delegieren und bei unseren Ermittlungen klare Prioritäten zu setzen, was so viel heißt wie: Sieh zu, dass du auf allen Hochzeiten tanzt, aber trotzdem so viele Fälle wie möglich loswirst.«

Er spielte mit dem Stäbchen.

»Sie haben uns in eine untragbare Situation manövriert, denn einerseits sollen wir uns um jedes Unternehmen kümmern, das irgendwie mit Drogen zu tun hat, aber bezahlen wollen sie nicht dafür. Und am Ende …«

»… engagieren Sie dann externe Leute«, beendete Vega den Satz.

»Ja. Das ist also nichts Ungewöhnliches.«

»Und die Bezahlung?«

Boyce sah sie überrascht an.

»Sie haben gerade erklärt, dass die da oben nicht für solche Ermittlungen bezahlen wollen, also wer hat dann die Kohle rangeschafft?«

»Ich, Ms Vega«, sagte Boyce. »Als Commander Otero mit uns

Kontakt aufgenommen hat, wusste ich, dass zwei tote mexikanische Mädchen auf der Prioritätenliste ganz unten landen würden. Mein Vorgesetzter wollte nicht, dass wir unsere Zeit damit verschwenden, also habe ich mir Hilfe gesucht. Ist nicht das erste Mal, dass ich solche Fälle mit meinem Geld finanziere.«

Er spielte immer noch mit dem Stäbchen herum.

»Das mache ich nicht, weil ich so ein guter Mensch bin«, gab er zu, »sondern weil gelöste Fälle gut aussehen.«

Sie schwiegen eine Weile, bis Vega Boyce das Stäbchen aus den Fingern schlug.

»Tut mir leid, aber dieses Ammenmärchen finde ich wiederum schwer zu verdauen«, sagte sie.

Boyce lehnte sich zurück und zuckte die Achseln.

»Eine andere Version gibt es nicht.«

»Hm«, machte Vega. »Was, wenn wir Ihnen den Verbindungsmann für Mackey und Davis liefern?«

Otero erhob sich und blickte aus dem Fenster.

»Über wen sprechen wir hier?« Boyce schnappte sich seine Jacke.

»Sie haben ihn überzeugt?«, fragte Otero ungläubig.

»Habe ich. Er wartet schon im Wagen.«

Cap lehnte am Wagen, als er Vega, Otero und den Mann, der vermutlich Boyce war, aus dem Restaurant kommen sah. Die Männer hatten es offenbar noch eiliger als Vega, die sich Zeit ließ.

»Guten Abend!«, grüßte Cap munter. »Agent Boyce, richtig? Ich bin Max Caplan.«

Boyce schüttelte Cap unkonzentriert die Hand, sein Interesse galt offensichtlich dem Wagen. Otero spähte bereits durchs Fenster auf die Rückbank.

»Wo ist er?«, fragte Boyce.

Cap tauschte Blicke mit Vega. Sie nickte. Er drückte auf den

Schlüssel, und der Kofferraumdeckel sprang ein Spaltbreit auf. Aus dem Inneren ertönte ein heiserer, erstickter Schrei.

Boyce trat näher. »Was zum Teufel?«

»Das nennen Sie ›überzeugen‹?«, flüsterte Otero Vega zu.

Lara ruderte mit den Armen und versuchte, sich aufzusetzen. Otero packte ihn an den Schultern und zog ihn heraus. Lara, immer noch seitlich verkrümmt, zeigte aufgebracht auf Vega.

»Brauchen Sie ärztliche Hilfe, Mr Lara?«, fragte Otero.

Lara nickte eifrig.

»Ms Vega«, Boyce hatte sich eine herablassende Haltung übergestreift wie andere ein Paar Socken, »ich weiß, dass Sie und Mr Caplan nicht von der Polizei sind und vermutlich auch keine strafrechtliche Ausbildung absolviert haben, aber ein Geständnis, zu dem Sie Mr Lara auf diese Weise genötigt haben, wird weder von den Behörden noch vor Gericht anerkannt werden.«

»Mist, daran hab ich gar nicht gedacht«, höhnte Vega, während sie ihr Handy hervorholte. Als sie das richtige Foto gefunden hatte, hielt sie es Boyce und Otero hin.

Beiden Männern war ihre Reaktion deutlich anzusehen.

»Diese Kokainmengen habe ich auf dem Küchentisch von Laras Freundin entdeckt. Sie hat sich mir gegenüber sehr zuvorkommend gezeigt und sofort zugegeben, dass all ihre Drogen von Lara stammen.«

Lara stöhnte und schnappte nach dem Handy, doch Vega hatte es bereits weggezogen.

»Sie hat mir auch ein paar Mails und Nachrichten weitergeleitet, die als Beweise ausreichend sein sollten«, erklärte Vega. »Ich habe ihr versprochen, sie aus der Sache rauszuhalten, wenn sie sich benimmt.«

»Sie verfügen über keinerlei Entscheidungsgewalt«, bemerkte Boyce. »Solche Dinge liegen bei uns.«

»Es war ja auch nichts Offizielles.« Sie tippte etwas ins Handy. »Aber ich kann mir vorstellen, dass Sie ihr mildernde Umstände zusichern, damit sie diesen Scheißkerl hier ans Messer liefert, damit der Ihnen seinerseits Mackey auf dem Tablett serviert. So läuft das doch, oder?«

Oteros Gesicht entspannte sich. Alle Augen waren auf Boyce gerichtet. Sogar Lara, zusammengekrümmt und schlotternd, schien zu ahnen, dass das Spiel vorbei war.

Nachdem Boyce mit dem auf dem Rücksitz gefesselten Lara verschwunden war, besprachen Otero, Cap und Vega ihr weiteres Vorgehen.

»Wenn Boyce Deputy Radkin Bericht erstattet hat, versuchen wir herauszufinden, wo Mackey die sechs Mädchen abgeliefert hat«, sagte Otero mit Blick auf sein Handy.

»Sind Sie sicher, dass Sie bereit sind für die Konsequenzen, Commander? Für Sie und Ihren Sohn?«, fragte Vega.

Otero zögerte nur kurz, dann nickte er.

»Es gibt da so einen Spruch, der ist zwar alt, aber immer noch zutreffend: Lieber ein Ende mit Schrecken als ein Schrecken ohne Ende.«

Cap und Vega nickten. Otero klopfte zweimal aufs Autodach.

»Zeit, nach Hause zu gehen«, sagte er.

»Commander, wir können weitermachen, wenn Sie wollen. Anrufe machen oder Berichte schreiben, darin bin ich richtig gut«, schlug Cap vor.

»Mein lieber Mr Caplan, Sie beide haben in den letzten Stunden einiges erlebt. Ich schlage vor, Sie legen sich hin und schlafen gut aus, denn ansonsten sind Sie morgen sicher zu nichts zu gebrauchen.«

Cap wollte gerade abwehren, doch dann fiel sein Blick auf Vega, die nach ihrem Blutverlust immer noch blass aussah, ihre

Lippen waren verkniffen und ihre Augen klein und geschwollen.

»Ja, ist wahrscheinlich ganz gut, wenn wir uns ein bisschen aufs Ohr hauen«, stimmte Cap zu.

Sie verabschiedeten sich, und Otero fuhr davon.

»Gib mir die Autoschlüssel, okay?«, sagte Vega.

»Jetzt komm«, widersprach Cap, »du erholst dich noch von einer lebensgefährlichen Stichverletzung.«

»Hirnverletzung schlägt Stichverletzung«, sagte Vega.

Cap fehlte die Kraft, sich dagegen aufzulehnen. Er gab ihr den Schlüssel und kroch auf den Beifahrersitz. Als sie den Motor startete, waren ihm die Augen bereits zugefallen.

Vega versuchte, einen Handstand zu machen, aber nach ein paar Minuten schmerzte die Wunde dermaßen, dass sie unelegant auf den Boden kam und prompt auf dem Hintern landete.

Sie atmete konzentriert, bis der Schmerz langsam nachließ. Dann ging sie unter die Dusche, achtete aber darauf, mit der rechten Körperseite nicht direkt unter dem Strahl zu stehen. Danach trocknete sie sich ab und wechselte vorsichtig den Verband, wie Mia es ihr gezeigt hatte. Sie schlüpfte in saubere, schwarze Klamotten, bürstete sich die Haare und band sie zu einem Pferdeschwanz zusammen. Holster, Waffe, Jacke und fertig.

Das Handy war geladen.

Als sie aus dem Zimmer trat, stand die Sonne bereits am Himmel, auf dem Freeway herrschte reger Verkehr. Es war schon nach sieben, sie hatte zwei Stunden länger geschlafen als sonst. Zuerst überlegte sie, das Frühstück zu besorgen, beschloss aber dann doch, vor Caps Tür zu warten, damit sie gleich zur Stelle wäre, wenn er aufwachte.

Nachdem Cap aus dem Tiefschlaf erwacht war, duschte er, rasierte sich und zog sich an. Er schrieb Nell eine Nachricht, dass alles weiterhin in Ordnung war und er bald nach Hause zurückkommen würde. Die genauen Einzelheiten konnten bis dahin warten. Ihre Reaktion kam prompt. *OK! Ruf an, wenn du Zeit hast.*

Ihn schmerzte der Kopf, sowohl innen als auch außen, wo die Brandwunde war, doch er wusste, dass ein Kaffee und eine Schmerztablette ihn sofort kurieren würden, daher schnallte er sich sein Holster mit Waffe um, schnappte sich das Handy und die Geldbörse und verließ das Zimmer. Vega stand schon dort, ans Geländer gelehnt, und beobachtete den Parkplatz.

»Hi!«, sagte Cap.

Sie fuhr herum. Erleichtert stellte er fest, dass sie wieder ihre normale Kleidung trug. Nur die Sonnenbrille störte ihn, denn er wollte ihre Augen sehen.

»Sorry, dass ich so spät dran bin«, sagte er. »Ich hab geschlafen wie ein Toter.«

»Kein Problem. Ich bin auch noch nicht so lange wach.«

»Hast du schon was von Otero gehört?«

Vega nickte.

Sie sah auf ihr Handy. »Boyce trifft sich gleich mit Radkin. In zehn Minuten.«

»Ist Mackey auch dabei?«

»Nee. Der glaubt immer noch, alles wäre paletti.«

»Paletti?«

»Ja, weißt schon, alles in Butter, im grünen Bereich, so was.«

»Ich weiß, was das bedeutet, hab mich nur gewundert, dass du dich so altmodisch ausdrückst.«

»Ach so. Perry hat das immer gesagt.«

Cap blinzelte in die Sonne. Es war noch recht angenehm, aber die morgendliche Frische war bereits verschwunden.

»Wir müssen abwarten. Später können wir herausfinden, wo die Mädchen festgehalten werden.« Vega trat gelangweilt gegen das Geländer. »Willst du dir solange einen Kaffee und ein fettiges Eiersandwich besorgen?«

Cap überkam eine Welle der Erleichterung, dass sie endlich übers Frühstück sprach.

»Ja, bitte, bitte!«

Vega grinste, und sie gingen zur Treppe.

»Also sind sechs Mädchen in der Einrichtung. Wo sind die anderen vier?«, fragte Cap.

»Davis war der Mann für das Haus in Salton, aber der ist raus. Bei sich zu Hause hat Mackey sie sicher nicht untergebracht«, sagte Vega.

»Also können sie praktisch überall sein.« Cap öffnete den Mietwagen. »Und wie sollen wir sie finden? Mackey wird es uns sicher nicht verraten.«

Sie stiegen ein, Cap startete sofort den Motor und regelte die Klimaanlage hoch.

»Meine Fresse, ist das heiß!«, sagte er.

Vega gurtete sich ungerührt an, mit den Gedanken woanders.

»Ich glaube, wir sollten uns Lara noch mal vornehmen«, sagte sie schließlich.

»Echt? Wieso?«

»Er kennt Perez. Er kennt Mackey. Vielleicht wurde er von beiden bezahlt.«

»Meinst du, Lara hat noch irgendwo ein Haus?«, fragte Cap.

»Kein Haus, aber vielleicht eine Wohnung.«

»Ja, aber die muss ziemlich gut versteckt sein. Vielleicht nicht gerade so wie das in Salton, aber die meisten würden sicher bei der Polizei anrufen, wenn ihr Nachbar eine Gruppe Mädchen in Reizwäsche in seine Wohnung treibt.«

»Du überschätzt das Interesse der Bürger an ihren Mitmenschen. Die meisten kümmern sich erst um so was, wenn es sie direkt betrifft.«

»Ach, Vega! Glaubst du etwa nicht an das Gute im Menschen?«, spottete Cap.

Vega seufzte genervt. »Ich sag ja nicht, dass es nicht existiert, aber darauf verlassen würde ich mich nicht.«

»Das sehe ich ähnlich. Es gibt Wichtigeres als Warten: Frühstück!«, sagte Cap. »Aber sollten wir uns nicht was Netteres suchen als einen 7-Eleven?«

»Es gibt einen Dunkin' Donuts in der Nähe«, schlug Vega vor.

»Da kriegst du aber keinen Proteinriegel.«

»Ich werde schon was finden.«

Cap riss die Augen auf. »Was ... einen Donut? Gibt es nicht irgendwo ein Reno's? Die haben Eiersandwiches und Nussriegel, außerdem schmeckt der Kaffee nicht wie verbrannte Schuhsohle.«

»Ich schau mal nach«, sagte Vega, das Handy schon gezückt. »Ja, nicht weit von hier ist einer«, sagte sie kurz darauf.

Als sie die Sonnenbrille absetzte und auf das Straßenschild spähte, bemerkte sie im Augenwinkel einen Schatten im Seitenspiegel. Direkt hinter ihnen stand ein schwarzer SUV mit 999 im Kennzeichen.

Sie zeigte auf den Spiegel. »Der Junge hängt dir ja fast im Kofferraum.«

»Ja, hab ich auch schon gemerkt.«

Als die Ampel auf Grün sprang, gab Cap Vollgas.

»Wie heißt die Straße, die wir suchen?«

Vega wollte ihm gerade antworten, da bemerkte sie, dass der SUV noch immer an der grünen Ampel stand und jetzt die Kreuzung blockierte, was ein wildes Hupkonzert auslöste. Dann tauchte ein weiterer SUV auf, groß und schwarz, brauste über die Kreuzung und hielt direkt auf sie zu.

Sie kam nicht mehr dazu, Cap den Rückwärtsgang vorzuschlagen, denn der Wagen bretterte direkt in sie hinein.

Cap trat voll auf die Bremse, der Wagen geriet ins Schleudern, drehte sich ein paarmal um die eigene Achse, bevor er schließlich in einen Telefonmast krachte

Der Aufprall war nicht schlimm, nicht mal die Airbags hatten sich entfaltet.

Cap atmete schwer, auch Vega keuchte. Erst da bemerkte er ihre Hand auf seinem Knie.

Er drückte sie. »Okay?«, fragte er.

Sie war unverletzt, aber ihre rechte Hand umklammerte immer noch den Griff über dem Seitenfenster.

»Nichts gebrochen?«

Stumm schüttelte sie den Kopf. Beide sahen entsetzt zu, wie langsam Rauch unter der Motorhaube hervorkroch.

Dann riss auf einmal jemand die Fahrertür auf und hielt Cap eine Semiautomatik vor die Nase.

»Aussteigen«, sagte der Mann, Latino mit mexikanischem Akzent. Auf seinem schwarzen T-Shirt prangten ein weißes Kreuz und ein paar japanische Buchstaben.

Cap gehorchte, es blieb ihm keine Wahl. Mit schlotternden Knien schälte er sich aus seinem Sitz. Der Mann mit der Waffe stand hinter ihm und schob ihm den Lauf direkt unters Kinn. Cap hielt die Hände ganz still.

»Du auch!«, sagte der Mann zu Vega.

Sie rutschte auf die Fahrerseite und stieg aus.

»Du vorn«, sagte der Mann.

Der SUV mit 999 im Kennzeichen, der ihnen dicht gefolgt war, stand immer noch auf der Kreuzung. Leute waren ausgestiegen, brüllten, hupten.

Eine Frau in Yogakleidung kam auf sie zu gejoggt.

»Sind Sie verletzt? Dasselbe ist meinem Mann letztes Jahr passiert!«

Der Mann fuchtelte mit der Waffe herum. »Zurück zu Ihrem Wagen!«

Die Frau kreischte und trat zurück. »Waffe! Er hat eine Waffe!«, rief sie.

Er schoss ihr in den Fuß. Sie schrie und sackte dann in sich zusammen. Einige eilten ihr zur Hilfe, andere legten sich zur Sicherheit flach auf den Gehweg. Der Mann drückte Cap den Lauf seiner Waffe in den Nacken.

»Ab!«

Der Fahrer, in Anzughose und weißem Hemd, stieg aus dem SUV. Er kam auf Cap zu und tastete ihn rasch ab, entfernte die Sig aus seinem Holster und tat dasselbe mit Vega und ihrer Springfield. Dann öffnete er die rückwärtige Tür des SUVs.

»Einsteigen!«, sagte der Mann mit der Waffe.

Cap und Vega gehorchten.

Im Innenraum sah es aus wie in einer Limousine. Die Sitze waren einander gegenüber angeordnet. Cap und Vega saßen am weitesten vom Fahrer entfernt. Gegenüber von ihnen saß der Mann, der sich Cap als Posada vorgestellt hatte. Ihr Entführer glitt neben seinen Chef und klopfte an das Autodach, die Waffe blieb weiterhin auf Vega und Cap gerichtet.

Sie fuhren los. Hinter ihnen herrschte immer noch Chaos auf der Kreuzung, um die Frau mit der Schussverletzung hatte sich eine Menschenmenge gebildet, es gab viel Geschrei, Autos standen kreuz und quer auf der Straße.

»Mr Caplan«, begrüßte ihn der falsche Posada höflich. »Ich sage das nicht gern, aber im Krankenhaus sahen Sie besser aus.«

Er war genauso elegant gekleidet wie bei ihrer ersten Begegnung, in grauem Anzug mit weißem, leicht aufgeknöpftem Hemd, aber ohne Krawatte. Cap schätzte ihn auf fünfzig, obwohl seine Haare noch pechschwarz und voll waren.

»Sie sind Miss Vega«, sagte er. »In echt sind Sie hübscher als im Fernsehen.«

Vegas Blick wanderte von dem Mann mit der Waffe zum Hinterkopf des Fahrers.

»Sie sehen auch völlig anders aus als im Fernsehen, Mr Posada. Man könnte glatt meinen, Sie seien zwei unterschiedliche Personen.«

Der falsche Posada kicherte.

»Ich muss mich für den Unfall entschuldigen. Sie verstehen sicher, dass ich mit Ihnen reden möchte, und aus Erfahrung weiß ich, dass die Leute eher dazu bereit sind, wenn man sie überrascht.«

Er lehnte sich zurück und lächelte sie an, aber sein Blick blieb hart.

»Haben Sie herausgefunden, wer die beiden Mädchen umgebracht hat?«, fragte er Vega.

»Ich glaube schon. Aber das hier ist keine Wohltätigkeitsveranstaltung. Ich verrate Ihnen den Namen, wenn Sie mir den Ihren sagen.«

Der Mann lachte, dann hob er die Hände, als wäre das alles nur ein Spiel.

»Okay, Miss Vega, wie Sie wollen. Ich heiße Javier.«

»Kein Nachname?«

»Noch nicht. Eins nach dem anderen. Jetzt sagen Sie mir, wer die beiden Mädchen umgebracht hat.«

Vega wartete.

»Ich bin ziemlich sicher, dass er Rafa heißt. Er befindet sich in Polizeigewahrsam.«

»Kein Nachname?«

»Nein, aber den kann ich sicher herauskriegen.«

»Gut. Alle ohne Nachnamen. Und Sie sind ziemlich sicher?«

»Ja.«

Javier nickte und wischte sich ein unsichtbares Staubkörnchen vom Hosenbein.

»Mein Chef würde das sehr gern erfahren. Ich weiß, dass es

zehn Mädchen waren, aber wir sind nur an vieren interessiert. Die beiden Toten gehörten meinem Geschäftspartner, also verstehen Sie sicher, dass wir wissen wollen, wer sein Eigentum beschädigt hat.«

Cap starrte auf die Waffe. Es war nicht das erste Mal, dass jemand ihn bedrohte, aber er konnte den Blick trotzdem nicht abwenden. Er zwang sich, ruhig zu atmen, spürte, wie ihm das Hemd am schweißnassen Rücken klebte. Vega hingegen saß ruhig da, die Hände auf den Oberschenkeln, die Finger entspannt. Falls sie Angst hatte, konnte sie sie gut verbergen.

»Ich weiß nicht, wo sich Mr Mackey gerade aufhält. Ich glaube, er hat beschlossen, ein kleines Spiel mit mir zu treiben.« Javier gestikulierte aufgeregt. »Er hatte nur dafür zu sorgen, dass sechs Mädchen im Haus und am Leben bleiben. Keine Ahnung, ob er glaubt, dass er damit durchkommt, dass zwei tot sind und er mein Geld behalten hat. Ich habe Freunde bei der Einwanderungsbehörde, Grenzpolizei und in der Politik, aber die können mir bei diesem Problem nicht helfen.«

Er beugte sich vor, die Hände verschränkt, die Ellbogen auf die Knie gestützt.

»Also wäre ich sehr daran interessiert, dass Sie ihn und die vier Mädchen finden, die meinem Partner gehören. Wenn Sie mir außerdem genau verraten könnten, wer die anderen beiden auf dem Gewissen hat, wäre das natürlich auch nett«, sagte er, als würde er im Restaurant bestellen. »Jetzt, da Sie beide nicht mehr im Krankenhaus sind, dürfte das wohl kein Problem darstellen.«

Cap wischte sich die Hände an der Hose ab. »Gestern schien es Ihnen noch extrem wichtig zu sein, dass wir die Stadt verlassen, und jetzt sollen wir unbedingt hierbleiben?«

Javier dachte kurz nach. Er blickte aus dem Seitenfenster, seine Miene wirkte fast ein wenig wehmütig.

»Ich habe Mr Mackey gebeten, Ihnen einen Besuch abstatten zu dürfen. Miss Vega wurde noch ärztlich versorgt, aber ich wollte sowieso lieber mit Ihnen sprechen, weil ich Sie für zugänglicher halte als Miss Vega.«

»Wie kommen Sie denn darauf? Sie kennen uns doch gar nicht«, sagte Vega.

Das entlockte Javier ein offenes Lachen.

»Weil Mr Caplan derjenige mit der Tochter ist, in der Nähe von Philadelphia. Eltern sind gemeinhin leichter zu überzeugen als Kinderlose. Und Sie, Miss Vega, würde ich dann zu einem späteren Zeitpunkt umstimmen, so war der Plan.«

Caps Verstand sagte ihm, dass Javier vermutlich bluffte, aber allein die Andeutung machte ihn wütend, auch wenn der Mann Nells Namen nicht mal in den Mund genommen hatte.

Er beugte sich vor. »Das nächste Mal wäre es gut, wenn Sie mir Ihren echten Namen nennen und sich nicht als Polizist ausgeben. Dann weiß ich wenigstens, wer meine Familie bedroht.«

Der Mann mit der Waffe folgte Caps Bewegungen, den Lauf unverändert auf ihn gerichtet.

»Es ging mir um die Botschaft, Mr Caplan, nicht um den Boten«, sagte Javier. »Aber ich werde es mir merken, fürs nächste Mal.«

»Jetzt ist die Botschaft angekommen, also können wir gehen«, sagte Vega. »Wie nehmen wir zu Ihnen Kontakt auf?«

Javier lächelte immer noch. »Sie rufen mich an. Ich bin in aller Welt erreichbar. Selbst wenn ich im Ausland weile, können Sie mich anrufen.« Er wandte sich an den Mann mit der Waffe. »Memo, gib ihnen meine Karte!«

Ohne die Waffe zu bewegen zog Memo eine weiße Karte aus einer Lasche in der Seitentür. Darauf stand nur der Name Javier, darunter eine internationale Rufnummer.

»Also erledigen Sie diese Dinge für mich und meinen Partner? Und zwar schnell. Mr Mackey hat uns sehr enttäuscht«, sagte Javier abschließend.

»Mal angenommen, wir können das nicht. Ich behaupte nicht, dass wir es nicht machen, aber wenn wir es nicht leisten können, was dann?«, fragte Cap.

Javier kniff die Lippen zu einem Strich zusammen.

»Ich erwarte nicht, dass es so weit kommt. Sie haben mein vollstes Vertrauen.«

»Das ist schön und gut«, sagte Cap. »Aber was, wenn wir nicht liefern?«

Javier gab Memo ein Zeichen, und sein Mann klopfte erneut ans Dach.

»Dann muss ich mich wohl nach neuen Leuten umsehen, denen ich vertrauen kann.« Javier klang tatsächlich betrübt. Das brachte Cap so richtig auf die Palme. Der Schock nach dem Unfall hatte sich etwas gelegt, aber sein Adrenalinspiegel war immer noch hoch, da war der Weg zum blinden Zorn nicht weit. Am liebsten hätte er die Karte zerrissen und Javier damit das Maul gestopft.

»Was Besseres haben Sie nicht zu bieten?«, fragte er stattdessen. »Wollen Sie nicht lieber ein paar Menschen bedrohen, die uns nahestehen, oder uns genau beschreiben, wie Sie uns in Einzelteile zerlegen, wenn wir nicht genau das tun, was Sie von uns verlangen?«

Javier lachte überrascht auf.

»Sie schauen zu viel Netflix, Mr Caplan. Oder Amazon Prime«, fügte er kichernd hinzu. »Echte Narcos warnen niemanden, sie bringen dich einfach um. Und deiner Frau verbrennen sie sämtliche Körperteile, am lebendigen Leib. Klingt das besser für Sie?«

Cap schwieg, aber insgeheim konnte er damit tatsächlich mehr anfangen.

Der Fahrer hielt, und Memo stieg aus.

»Es war sehr nett mit Ihnen«, sagte Javier, als meinte er es tatsächlich so. »Wir hören voneinander.«

Memo ließ seine Fahrgäste aussteigen. Sie standen neben einem Drahtzaun, dahinter erstreckte sich eine vertrocknete Weide. Auf der anderen Straßenseite befand sich ein Supermarkt mit einem großen, fast leeren Parkplatz. Kein Mensch weit und breit.

Memo stieg wieder ein, und der SUV sauste davon. Ein paar Meter weiter blieb er stehen, die Tür öffnete sich, und Memo legte die Sig und die Springfield vorsichtig auf den Gehweg.

Cap und Vega liefen sofort los und schnappten sich ihre Waffen. Beide schwiegen.

Am liebsten hätte Cap sie in die Arme geschlossen, zu seinem oder ihrem Trost, das wusste er nicht genau. Er hatte nur das dringende Bedürfnis, ihre Haut, ihr Haar und ihren Herzschlag zu spüren. Doch Vega wirkte abwesend, tief in Gedanken versunken.

Cap kannte sie gut genug, um zu wissen, dass man sie beim Nachdenken auf keinen Fall stören durfte. Vor allem nicht mit großen Gefühlsausbrüchen, doch eine rührselige Bemerkung konnte er sich trotzdem nicht verkneifen. »Ich habe heute schon zweimal gedacht, dass wir nicht überleben.«

»Ja«, sagte Vega. »Dabei ist es erst halb elf.«

21

Als das Taxi an der Polizeidienststelle hielt, stürzte Otero direkt auf sie zu. Auf der Fahrt hierher hatten Vega und Cap nicht viel gesagt, denn Vega war damit beschäftigt gewesen, Otero ins Bild zu setzen, und beide hatten außerdem genug damit zu tun, sich von ihrem Schock zu erholen.

»Ihnen ist nichts passiert«, sagte Otero. Es war eher eine Feststellung als eine Frage.

»Ja, sieht so aus«, erwiderte Cap.

»Als ich Ihre Nachrichten gelesen habe, ist mir alles klargeworden«, sagte er zu Vega. Er hielt ihnen sein Handy hin. »Das ist der Typ, oder?«

Cap und Vega betrachteten das Foto. Es stammte aus den Nachrichten und zeigte Javier. Er stand in einer Gruppe hinter einem anderen Mann mit Sonnenbrille. Alle trugen Anzüge.

»Das ist er. Der falsche Posada«, sagte Cap.

»Das ist Javier Castán«, sagte Otero und schob die Tür zum Großraumbüro mit dem Panoramafenster auf. »Er trägt den Namen *El Desratizador*, wird aber meist El D genannt. Der Rattenvernichter.«

»Wie passt er ins Bild?«, fragte Vega. Ihr kam das Zimmer leerer vor als beim letzten Mal.

»Er ist Perro Perez' Nummer zwei.« Otero führte sie an seinen Schreibtisch. »Letztes Jahr hat er Schlagzeilen gemacht, weil er einen von Montalvos Informanten umgebracht hat. Hat ihm die Augen rausgeschnitten und sie ihm in den Mund gestopft.« Otero klang, als erzählte er eine alte Geschichte. »Ich bin überrascht, dass Sie lebend da rausgekommen sind.«

»Wir auch«, sagte Cap. »Sein Mann hat eine Frau auf offener Straße angeschossen, mitten auf der Kreuzung.«

»Ich weiß«, sagte Otero, der sich mittlerweile gesetzt hatte. Er machte eine ausschweifende Geste. »Da sind fast alle meine Leute hingefahren.«

»Ist sie schwer verletzt?«, fragte Cap. »Sie hatte nichts damit zu tun.«

»Ich bin nicht auf dem neuesten Stand, aber sie wird gerade im County Hospital behandelt. Javier Castán hat nicht viel für Leute übrig, die ihm zufällig im Weg stehen. Und er hat Ihnen einfach so erzählt, dass er nicht weiß, wo Mackey ist?«

»Ja, genau.« Vega setzte sich vor ihn. »Ich glaube, es ist so abgelaufen: Montalvo hat seinen Leuten gesagt, sie sollen ihre Kinder über die Grenze schaffen, weil Perez es auf sie abgesehen hat. Deshalb haben sie sie hergeschickt. Perez hat das irgendwie rausgekriegt und setzt sich mit Mackey in Verbindung, der Davis engagiert, um das Haus in Salton klarzumachen. Davis macht die Zimmer mit weiteren sechs Mädchen voll. Keine Ahnung, wo er die hernimmt, aber er hat offenbar noch ein paar Nebengeschäfte laufen, bietet Joe Guerra ein paar von ihnen an, damit sie in seinem Club arbeiten und so weiter.«

Vega tippte auf Oteros Schreibtisch herum.

»Rafa tötet zwei der Montalvo-Mädchen, Maricel Villareal und Dulce Díaz. Die tote Dulce wird in Dylan Duffys Wagen abgelegt, wahrscheinlich von Rafa selbst, wenn die Beschreibung des Dosenmannes stimmt. Duffys Sohn arrangiert die Sache mit dem Wagen. Maricels Leiche wirft er einfach in einen Graben.«

Otero nickte, und Vega fuhr fort.

»Mackey zwingt Sie, bei seinen Machenschaften mitzumischen, dann holt er uns ins Boot, damit Boyce zufrieden ist. Er glaubt vermutlich, dass wir ein paar Wochen brauchen, bis wir irgendwas rauskriegen, und hofft, in der Zeit herauszufinden, wie er Javier die toten Mädchen erklären soll. Allerdings stoßen wir viel zu schnell auf das Haus in Salton, und da kriegt er Panik.«

»Er fürchtet, dass Javier nicht gerade erfreut reagieren wird, jetzt, wo nicht nur zwei Mädchen tot sind, sondern wegen Ihnen auch das Haus in Salton aufgeflogen ist«, fügte Otero hinzu.

»Wie gut, dass er glaubt, Sie hätten uns unter Kontrolle«, sagte Vega.

»Ja, richtig gut.«

»Aber wie lange will Mackey damit durchkommen?«, fragte Cap amüsiert.

»Der kocht auf einem anderen Planeten. Hat so eine bestimmte Einstellung, ich kann es nicht genau beschreiben«, sagte Otero.

Er musste kurz nachdenken.

»Es ist fast, als wäre er überzeugt, dass ihm alles zusteht, schließlich hat er hart dafür gearbeitet. Wie kann ich es wagen, mich überhaupt darüber aufzuregen, dass er mich erpresst. So in der Art.«

»Er hat sich beim mexikanischen Kartell lieb Kind gemacht?«, fragte Cap. »Der Mann sollte mal überlegen, für wen er arbeitet.«

Vega mischte sich ein. »Uns bleibt nicht mehr viel Zeit, und wir wissen nicht, wo Montalvos Mädchen festgehalten werden. Haben Sie schon herausgefunden, wer damals den Bus gefahren hat?«

»Boyce ist dran und wird mir Bescheid geben, wenn er was rauskriegt. Auch, wo die anderen sechs festgehalten werden.«

»Gut«, sagte Vega. Dann fiel ihr noch was ein. »Ach, und wir brauchen McT.«

»Ich habe Ihnen doch gesagt, dass er erst mal in den Mühlen der Internen Ermittlung feststeckt.« Otero hob die Hände. »Das wurde durch mich in Gang gesetzt, tut mir leid, aber ich kann das jetzt nicht mehr aufhalten, ohne dass es verdächtig aussieht.«

»Sie müssen ihn da rausholen, wir brauchen ihn«, beharrte Vega.

»Wofür brauchen Sie ihn denn? Kann ich Ihnen dabei nicht helfen? Oder ein anderer meiner Leute?«

»Rodrigo vertraut ihm. Und wir brauchen einen letzten Gefallen von ihm.«

»Wollen Sie mich nicht einweihen?«, fragte Otero leise.

»Noch nicht.«

Er nickte langsam.

»Wenn wir die Sache nicht in den Griff kriegen, sind Cap und ich tot. Also würde ich Sie bitten zu warten, bis wir mit Rodrigo gesprochen haben. Danach sage ich Ihnen, wie wir am besten weitermachen. Okay?«

»Wenn Sie damit andeuten wollen, dass für mich nichts auf dem Spiel steht, würde ich Sie gern darauf hinweisen, dass mein Sohn vermutlich hinter Gittern landen wird, statt seine Schulabschlussfeier zu besuchen.« Otero klang ruhig.

»Ja, aber uns wird man die Augen rausschneiden.«

»Und uns damit die Mäuler stopfen, vergiss das nicht«, sagte Cap.

»Genau. Ich weiß, dass ich viel von Ihnen verlange, aber Sie müssen mir einfach vertrauen, Commander. Wir vertrauen Ihnen ja auch. Geben Sie uns ein bisschen Spielraum und lassen Sie McT eine Stunde mitkommen. Sie suchen weiter nach dem Busfahrer, danach sprechen wir uns wieder.«

Otero blickte zu Cap, als könnte der ihm mehr erklären, aber Cap nickte nur und verschränkte die Arme.

In Wahrheit hatte er keine Ahnung, was Vega im Schilde führte. Aber die Erfahrung hatte ihm gezeigt, dass die Botschaft, die Vega Otero gerade übermittelt hatte, auch für ihn galt: Man musste ihr einfach vertrauen.

Cap und Vega standen neben einer silberfarbenen, mobilen Imbissbude in der Nähe des Polizeigebäudes und ließen es sich gutgehen.

Einige Minuten lang sprachen sie kein Wort, sondern widmeten sich nur dem Essen und Trinken, selbst Vega hatte Eier bestellt, weil sie nach dem Adrenalinschub völlig erschöpft war und keine Lust auf Proteinriegel hatte. Dazu schlürfte Cap einen großen Eiskaffee, Vega heißen Tee und Wasser.

Cap holte sich noch einen Kaffee und einen weiteren Burrito, und während Vega auf ihn wartete, spürte sie, wie es ihr dank Kalorien und Koffein endlich besser ging. Cap kam auf sie zu und hielt ihr seinen Burrito hin. Sie schüttelte den Kopf.

Die Erleichterung versetzte Vega in eine absurde Hochstimmung. Ihr war klar, dass es sich um die Nachwehen des Schocks handelte, das Gefühl, dem Tod gerade noch von der Schippe gesprungen zu sein. Es war ihr so vertraut, weil sie nicht zum ersten Mal in einer solchen Situation gelandet war, aber dieser Moment, als Cap ihr seinen Burrito hinhielt, brachte ihr emotionales Fass endgültig zum Überlaufen.

Ihr schossen die Tränen in die Augen. Sie wollte Cap erklären, was los war, doch der widmete sich mit voller Konzentration seinem Essen, als würde er dafür bezahlt.

Dann rief jemand ihre Namen.

Es war McT, er joggte auf sie zu.

»McT!«, prustete Cap mit vollem Mund.

Die Männer fielen einander in die Arme wie in einem kitschigen Film. Als sie fertig waren, schüttelte McT Vega kräftig die Hand.

»Hey, Vega«, sagte er.

»Wie geht's?«

»Gut. Hab der Internen alles erzählt. Kein Ding. Wir haben ja nichts zu verbergen, richtig?« McT war offenbar in bester Stimmung.

»Genau! Hat Otero dich ins Bild gesetzt?«, fragte Cap.

»Ein bisschen. Er meinte nur, dass wir alle an einem Strang ziehen und dass ihr mich braucht.«

»Mehr nicht? Du weißt also nicht, was seit unserem letzten Treffen passiert ist?«

»Nein, aber es sind doch nur … zwölf Stunden vergangen.« McT lachte. »Habt ihr nicht geschlafen?«

»Wo ist dein Wagen? Wir erzählen es dir auf dem Weg.«

Auf dem Weg über den Parkplatz zum Wagen klärte Cap den Detective über die Ereignisse der vergangenen Stunden auf. Vega hatte McTs aufmerksames Gesicht im Blick. Er saß schon am Steuer, hatte den Wagen aber noch nicht gestartet.

Als Cap fertig war, stellte McT nur eine Frage.

»Also haben wir es jetzt mit Mackey und dem Perez-Kartell zu tun?«

»Ja, ich glaube, das ist momentan alles.«

Vega nickte.

»Nice«, sagte er leicht verstört. »Wollte nur sichergehen, dass ich nichts übersehen habe. Und wohin jetzt?«

»Zurück zu Rodrigos Diner«, sagte Cap.

»Ach, was brauchen wir noch von ihm?«

»Das sagen wir dir, wenn wir vor Ort sind, stimmt's, Vega?«

»Genau.«

Vega schloss die Augen, McT fuhr los. Das Gespräch der beiden trat in den Hintergrund. McT erzählte von seinen Erlebnissen bei der Internen. Sie schlief nicht ein, versuchte nur, tiefenentspannt über den Fall nachzudenken und die einzelnen Fäden zu entwirren.

Rodrigo war alles andere als erfreut, Vega wiederzusehen, doch als McTiernan ihm zuwinkte, lächelte er und setzte sich bereitwillig neben ihn in den Wagen. Vega glitt neben Cap auf den Rücksitz.

»*Hola*«, McT klopfte ihm herzlich auf die Schulter.

Rodrigo grüßte zwar zurück, fühlte sich aber offensichtlich unwohl mit Cap und Vega im Nacken.

»Tut mir leid, dass wir dich nochmal belästigen müssen. Wir wissen, dass du viel durchgemacht hast, aber wir bräuchten noch einen Gefallen von dir.« McT hielt einen Finger hoch, als müsste er seine Worte unterstreichen.

Rodrigo starrte den Finger an, nickte dann, allerdings wohl eher, weil er wissen wollte, was als Nächstes kam. McT zeigte auf Vega, die sich zu ihnen vorbeugte.

Rodrigo war bereit, ihr zuzuhören, doch es war klar, dass er ihr nicht traute.

Vega hatte sich überlegt, nicht lange um den heißen Brei zu reden. »Wir möchten, dass du deinen Vater anrufst.«

»Nein!«, rief Rodrigo sofort. »Das geht nicht. Ich musste ihm versprechen, ihn niemals anzurufen.«

»Warum?«, fragte McTiernan.

»Weil es gefährlich ist. Er hat gesagt, dass man nie weiß, wer mithört.«

»Meinst du, jemand hört die Leitung ab, oder jemand hört deinen Vater am Telefon, weil er im Nebenzimmer sitzt oder so was?«, fragte Vega.

»Beides. Aber wohl eher die Leute, die in seiner Nähe sind. Als ich gegangen bin, wusste er nicht, dass Perez' Spione für Lalo gearbeitet haben.«

»Wir müssen es trotzdem riskieren«, sagte Vega vorsichtig.

»Nein!« Rodrigo zeigte auf sie. »Scheiß auf dich! Für deinen Job riskiere ich nicht das Leben meines Vaters!«

»Hey«, mischte McT sich ein. »Auf diese Weise könnten wir herausfinden, wer für das alles verantwortlich ist. Nicht nur, wer deine Schwester ermordet hat, sondern auch, wo die anderen Mädchen sind. Sie sind wie Maricel und Dulce.«

Als McT den Namen von Rodrigos Schwester aussprach, zog der junge Mann kurz die Nase kraus, als wollte er niesen.

»Und mehr noch. Wir könnten sie alle aus dem Verkehr ziehen. Coyote Ben haben wir bereits, aber wir wollen den Rest auch noch hochnehmen. Mackey, Javier Castán und Perez selbst«, sagte Vega, jetzt auch an Cap und McT gewandt. »Aber ich muss mit deinem Vater reden.«

»Warum?«, jammerte Rodrigo. »Mein Vater ist nur eine Schachfigur wie alle anderen. Wie Maricel.«

»Ist er nicht. Und seine Freunde auch nicht«, erwiderte Vega bestimmt.

Rodrigos Miene veränderte sich. Er sah Vega fragend an, doch es schien, als würde er etwas verstehen, auch wenn er, wie Cap und McT, noch nicht alle Puzzleteile hatte, war ihm offenbar klar, dass ihm nichts anderes übrigblieb.

Cap brachte Getränke von Reno's auf einem Papptablett zum Wagen. McT plapperte angeregt mit Vega. Nach Rodrigos Telefonat mit seinem Vater, der erste Kontakt seit acht Monaten, hatten sie sich erneut von ihm verabschiedet. Jetzt legten die drei eine kurze Pause ein, während sie auf Oteros Anruf warteten.

Als Cap ins Auto stieg und die Getränke verteilte, war McTiernan mitten im Satz.

»Wie willst du das logistisch stemmen?«, fragte er ungläubig.

Vega blies auf ihren Tee. »Ich muss mit Otero und Boyce sprechen.«

McT lachte.

»Ich bin nicht sicher, ob die da mitmachen.«

»Du meinst, du weißt nicht, ob dein hochseriöser Chef Otero bei so was mitmacht?«, fragte Cap. »Dein erpressbarer, erst vor kurzem aus der Bredouille befreiter Chef Otero ist wahrscheinlich zu allem bereit.«

McT trank sein Wasser.

»Möglich«, sagte er schließlich. »Aber Boyce ...«

»Boyce kommt mir vor wie jemand, der viel aufs Spiel setzt,

um Gutes zu tun«, sagte Vega, die klang, als würde sie sich mit so einem Menschenschlag besonders gut auskennen.

»Wie groß, was bitte?«, fragte Otero als hätte er sie nicht verstanden.

Sie saßen wieder im großen Konferenzzimmer der Polizeidienststelle, Cap hinter Vega an der Wand, McT lief herum und tippte in sein Handy. Boyce war per Telefon zugeschaltet, auf Lautsprecher gestellt. Cap fand Vegas Plan komplett irre, aber irgendwie kamen ihm die vergangenen vierundzwanzig Stunden und die Tatsache, dass sie noch am Leben waren, dermaßen unwirklich vor, dass ihr Plan wunderbar dazu passte.

»Die Tunnel«, wiederholte Vega. »Gibt es welche, die groß genug sind, dass ein Auto reinpasst?«

Boyce meldete sich zu Wort: »Kein normales Auto, aber ein Golfcaddy oder ein Smart vielleicht schon.«

»Der, den wir zuletzt entdeckt haben, war so groß wie eine Mine. Den haben Sie auch gesehen«, fügte Otero hinzu.

»Wissen Sie, wer ihn gegraben hat?«, fragte Cap.

»Wahrscheinlich Perez«, sagte Boyce. »Wir kennen sonst niemanden, der über solche Ressourcen verfügt.«

»Gibt es einen, der ein bisschen kleiner ist?«, fragte Vega. »Also kleiner als dieses Megading von Perez, aber größer als so ein Kriechtunnel.«

Otero nickte.

»Klar, so einen haben wir vor drei Monaten entdeckt. Recht eng, aber trotzdem hoch genug, dass ein normaler Mensch aufrecht stehen und durchlaufen kann.«

»Und der stammt auch von Perez?«, fragte Cap.

»Nein, das glauben wir nicht. Ein- und Ausstieg deuten eher auf klassische Schleuser hin.«

»Und wie sieht es mit Fahrrad oder Motorrad aus? Würden die da reinpassen?«, fragte Vega.

McTiernan hörte auf zu tippen, wartete gespannt auf Oteros Antwort.

»Möglich«, sagte Otero, dann dachte er kurz nach. »Ja, klar.« Er hielt sich an der Stuhllehne fest. »Nehmen wir mal an, das ginge. Wollen Sie mir erklären, was Sie vorhaben?«

Jetzt richteten sich alle Augen auf Vega. Nur das Klingeln einiger Telefone war im Hintergrund zu hören.

»Javier hat behauptet, Leute bei der Einwanderungsbehörde und beim Grenzschutz zu haben, und bei der DEA sowieso. Er hat Politiker in der Tasche und vielleicht noch andere bei der Polizei von San Diego. Aber Sie hat er nicht«, sagte sie zu Otero. »Und uns auch nicht. Er weiß über seine Tunnel Bescheid, aber alle hat er sicher nicht auf dem Schirm.«

Otero versuchte anscheinend zu enträtseln, worauf Vega hinauswollte, Boyce schwieg.

»Was wollen Sie denn an Perez vorbei durch die Tunnel schmuggeln?«, fragte Otero schließlich.

»Nicht was, sondern wen.« Vega tauschte Blicke mit Cap. »Ich und Cap haben hier nichts mehr zu verlieren. Javier weiß, wer wir sind und wo er uns finden kann. Und unsere Familien. Ich will die einzigen Menschen durch den Tunnel schmuggeln, die Javier dazu bewegen könnten, noch mal scharf nachzudenken.«

»Montalvo«, sagte Boyce erstaunt.

»Nicht unbedingt ihn persönlich, aber sechs seiner Freunde. Typen, die vielleicht mit Perez' engstem Vertrauten ein Hühnchen zu rupfen haben.«

Otero ließ die Stuhllehne los und raufte sich die Haare.

»Sie wollen einen Überfall auf Javier Castán anzetteln, bevor er Ihnen auf den Leib rücken kann?«

»Nicht unbedingt. Ich könnte Javier ein Treffen vorschlagen, aber Cap und ich sind schwer beschäftigt, daher könnten wir uns ein wenig verspäten und andere Leute vielleicht vor uns dort sein.«

Otero schwieg. Er betrachtete das Telefon auf dem Tisch, als könnte er Boyce herbeizaubern.

»Unterm Strich würden wir eine Menge gewinnen«, fügte Vega hinzu und zuckte die Achseln. »Wir sollten zumindest drüber nachdenken.«

Win-win, dachte Cap.

»Agent Boyce«, sagte Vega, »haben Sie herausgefunden, wo die sechs Mädchen aus dem Bus festgehalten werden?«

»Noch nicht ganz. Ich habe einen Typen angerufen, den ich kenne und der mir bereitwillig Auskunft gegeben hat. Er meinte, einer ihrer Agenten, der Busfahrer, wäre von Mackey angewiesen worden, ein paar Illegale abzuholen. Aber wohin sie gebracht wurden, wusste er auch nicht.«

»Das nennen Sie bereitwillig? Dass er Ihnen nicht sagen konnte, wo sie sind?«, fragte Cap.

Otero und McT tauschten Blicke, offenbar wussten sie etwas, das Cap und Vega verborgen geblieben war.

»Seit einiger Zeit hat sich das Vorgehen der ISC verändert. Wenn ein Fall in den Bereich der Polizei oder DEA fällt, überlassen sie ihn uns, aber ansonsten kochen die ihr eigenes Süppchen.«

»Die Akten sind auch nicht immer vollständig«, fügte McT hinzu. »Vor ein paar Monaten hatte ich einen Fall: alter Mann, Latino, in den Siebzigern legal eingewandert. Eines Tages verschwindet er, seine erwachsenen Kinder machen sich Sorgen, weil er immer wieder Schübe von Altersdemenz hatte. Um es kurz zu machen: Ich habe ihn in einer Einrichtung der ISC gefunden, in der Nähe von Riverside, irgendwo weit draußen. Sie haben ihn aufgegriffen und …«, McT gestikulierte hilflos, »… einfach weggesperrt, irgendeiner von denen, die meinen, sie können das einfach mal entscheiden, wie ein …«

»… Hundefänger?«, schlug Cap vor.

»Genau. Als ich dort aufschlug, haben sie ihn mir natürlich

sofort übergeben, ohne groß Fragen zu stellen. Mann, war ich sauer! Aber ich wollte ihn unbedingt zu seiner Familie zurückbringen und hab seinen Kindern gesagt, er soll die Einwanderungsbehörde verklagen. Die haben natürlich nichts gemacht. Sie waren froh, dass er wieder bei ihnen war. Und sie hatten Angst.«

»Was für uns heißt«, sagte Boyce, »dass wir natürlich einen Befehl erwirken können, dass die sechs Mädchen freigelassen werden, aber bevor wir das machen, schlage ich vor, dass wir uns mit dem Busfahrer unterhalten. Vielleicht finden wir so heraus, wo Mackey und die Mädchen sind. Commander Otero?«

»Ja, bin noch da.«

»Wenn Ms Vega und Mr Caplan gegangen sind, sollten wir uns noch mal unter vier Augen unterhalten.«

»Machen wir.«

»Ich setze mich mit Rodrigo in Verbindung«, sagte McTiernan. »Er kann seinem Vater und seinen Leuten sagen, wo der Einstieg ist.«

»Und wir nehmen uns den Busfahrer vor«, schlug Cap Vega vor.

Beim Gedanken daran, dass er lediglich ein einfaches Zeugeninterview durchführen musste, noch dazu mit Vega an seiner Seite, entspannte er sich sofort. Es war zwar nicht eindeutig erkennbar, aber er vermutete, dass auch Vega zufrieden war, denn ihr Blick war weich und der Mund entspannt. Für einen kurzen, irrationalen Moment glaubte er sogar, sie würde ihm gleich zuzwinkern.

Stattdessen stand sie auf. »Können wir uns einen Wagen ausleihen? Unsere sind beide in der Werkstatt«, sagte sie zu Otero.

22

Cap hatte schon lange nicht mehr am Steuer einer Zivilstreife gesessen. Angesichts der luxuriösen Polizeistation hatte er einen hochmodernen Schlitten mit allerlei Schnickschnack erwartet, doch wie sich herausstellte, waren diese Vehikel überall gleich mies, von außen noch ganz okay, aber ohne Federung, nix Bluetooth, nix GPS. Vega holte die Wegbeschreibung zur ISC aus ihrem Handy.

Die Einwanderungsbehörde befand sich ebenfalls in der Innenstadt, in einem Bürokomplex in der Nähe der Polizeidienststelle. Cap parkte den Wagen ein paar Meter vom Eingang entfernt und wollte gerade durch den Haupteingang zum Empfang gehen, als Vega ihn zurückhielt und auf einen schmalen Nebeneingang mit der Aufschrift »U.S. Immigration Services Control« deutete. Cap schob die Milchglastür auf.

Sie kamen direkt in einen kleinen Warteraum. Cap nannte der Frau an der Anmeldung ihre Namen und fragte nach Jeff Collins, dem Busfahrer. Danach standen sie herum und warteten. Die Frau an der Anmeldung tippte eine Nachricht in ihr Handy, die langen Fingernägel klackerten auf dem Display. Nach zehn Minuten trat Cap erneut an den Tresen.

»Hi. Haben Sie Jeff Collins Bescheid gesagt, dass wir warten? Wir müssen ihn dringend sprechen. Es eilt!«

»Er hat noch zu tun«, erwiderte die Frau verkniffen.

Sie hatte rotblondes Haar und trug so viel Mascara, dass Cap kurz überlegte, ob ihre Wimpern echt waren. Sie war eigentlich zu jung, um schon so abgeklärt zu reagieren, als würde sie bereits seit zwanzig Jahren hier am Empfang sitzen und ständig von Leuten bekniet werden, die ein besonders dringendes Anliegen hatten.

Cap beugte sich lächelnd zu ihr vor.

»Ich hatte vorhin einen Autounfall«, sagte er. »Und bin haarscharf davongekommen.«

Die Empfangsdame sah ihn verdutzt an.

»Das Auto hat sich ein paarmal um die eigene Achse gedreht.« Er demonstrierte die Bewegung mit einem Stift. »Daher kann ich Ihnen versichern, dass ich meine Zeit hier als ziemlich kostbar empfinde. Verstehen Sie?«

»Sir …«, setzte sie an. Cap wusste, dass sie ihn mit Sicherheit nicht verstand und ihm dies auch gleich klarmachen würde.

Doch da kam ein untersetzter Mann aus der Tür hinter dem Empfang.

»Hat die DEA Sie geschickt?«, fragte er statt einer Begrüßung.

»Genau«, sagte Cap. »Sind Sie Jeff Collins?«

»Ja«, sagte der Mann und streckte Cap die Hand über den Empfangstresen entgegen.

Sie fühlte sich feucht und warm an.

»Max Caplan«, sagte Cap und wies auf Vega. »Das hier ist Alice Vega. Wir haben ein paar Fragen an Sie, Mr Collins.«

»Agent Collins«, sagte der Mann, offenbar ein wenig verlegen, auf seinem Titel zu bestehen.

»Aber natürlich. Agent Collins.«

»Kommen Sie bitte mit.«

Cap und Vega folgten ihm in einen Gang, von dem mehrere mit Glastüren versehene, durch halbhohe Trennwände abgeteilte Büroeinheiten abgingen. Collins betrat eine dieser Einheiten, setzte sich hinter seinen Schreibtisch und wies auf einen einzelnen Stuhl davor. Cap nickte Vega zu. Er wusste, dass sie sich nicht darüber aufregen, sondern im Interesse einer zügigen Abwicklung mitspielen würde. Sie setzte sich schweigend.

Cap lehnte sich an die Trennwand, die er mit Kopf und Schultern locker überragte. Die ganze Einheit schien für Zwerge gebaut worden zu sein, was Collins nur noch massiger wirken ließ, er quoll förmlich aus seinem Sessel, und der winzige Schreibtisch war vor lauter Aktenordner kaum noch zu erkennen.

»Also hat Agent Mackey vergessen, alle Beteiligten zu informieren?«, fragte Collins mit leicht amüsiertem Unterton.

»Ja, sieht so aus«, sagte Cap.

Collins lachte und trank etwas Kaffee aus seinem Becher, der aussah wie der Kopf des Präsidenten.

»Typisch, oder?«

»Das können wir nicht beurteilen«, erwiderte Cap.

»Was? Seid ihr keine Cops?«

»Nein, wir sind Privatermittler.«

Collins fand das noch witziger. Er grinste breit.

»Wie Söldner.«

Cap spielte mit. »So ähnlich«, sagte er. »Agent Collins, wir wissen, dass Agent Mackey Ihnen gestern Morgen eine Mail geschickt hat, weil er Hilfe beim Transport einiger Mädchen brauchte, die sich in einem Haus in Salton City aufgehalten hatten. Können Sie uns mehr darüber erzählen?«

»Na, es war genau wie Sie sagen«, meinte Collins. »Ich kenne Mackey schon eine Weile. Die Aufgaben der DEA und der ISC greifen oft ineinander, können Sie sich bestimmt vorstellen. Er weiß, dass ich oft Illegale transportiere, und meinte, er bräuchte mich, um zehn Mädchen zu fahren, könnte selbst aber nicht vor Ort sein, ich sollte mich also mit Otero treffen und die Mädchen wegbringen.«

»Und wohin?«, fragte Cap.

»Ein paar habe ich bei einer unserer Einrichtungen abgesetzt, den Rest an ihn ausgeliefert.«

Collins gab ihnen diese Information, als wäre sie völlig nebensächlich. Cap und Vega tauschten Blicke, während Collins sich noch einen Schluck Kaffee genehmigte und ein Stück Gebäck unter dem Aktenstapel auf seinem Tisch hervorzog.

»Hab noch nicht gefrühstückt«, murmelte er zur Entschuldigung und biss herzhaft hinein.

»Sechs Mädchen haben Sie zur Einrichtung gebracht, richtig?«, fragte Cap.

Collins kaute genüsslich. »Hmm«, machte er. »Ich glaube ja«, fügte er hinzu.

Cap zog sein Handy hervor. »Wie hießen sie und wie alt waren sie?«

»Keine Ahnung«, sagte Collins ohne Verlegenheit. »Mackey hat mir die Namen der Mädchen geschrieben, die ich ihm bringen sollte, die anderen habe ich nach Oren North gekarrt.«

Cap holte tief Luft. Am liebsten hätte er Collins den Kaffeebecher aus den Wurstfingern geschlagen.

»Könnten wir die Nachricht bitte sehen? Die Namen?«

Collins zuckte die Achseln. »Klar.« Ihm ging das alles offenbar am Arsch vorbei.

Er nahm das Handy vom Tisch, wischte sich die Hände an der Hose ab und entriegelte das Display.

»Wo sind sie jetzt? Wo haben Sie sie an Mackey übergeben?«

»Also ist er tatsächlich abgetaucht, hm?«, fragte Collins amüsiert. Er schluckte den Rest des Gebäcks. »Auf einem Parkplatz in der Nähe von Holtville, östlich von El Centro. Er hat sie in einen Transporter verfrachtet.«

»Hat er Ihnen gesagt, wo er hinwollte?«

Collins kicherte in sich hinein. »Nein, tut mir leid. Er meinte, er müsste sie verhören. Ich hab nicht weiter gefragt. Geht mich nichts an, wissen Sie.«

»Können Sie sich daran erinnern, was genau er bei der Übergabe der Mädchen gesagt hat?«, fragte Cap.

»Nicht den genauen Wortlaut. Er hat mir gedankt und meinte, er würde sich melden. Das war's.«

Cap schwieg, schockiert über Collins' Wurstigkeit.

»Sonst noch Fragen?«

»Ja, ich hätte noch eine«, mischte sich Vega ein.

»Sie kann ja sprechen!«, sagte Collins zu Cap.

Er lachte mit offenem Mund, gab den Blick auf den Speisebrei zwischen seinen Zähnen frei.

»Ja, kann ich.«

Sie beugte sich vor.

»War eines der Mädchen in Ihrem Bus blutverschmiert?«

»Ähm«, sagte Collins, »glaub schon.«

»Und das kam Ihnen nicht komisch vor? Ist Ihnen nicht in den Sinn gekommen, dass Sie vielleicht genauer nachfragen sollten?«

Collins runzelte die Stirn.

»Hey, ich hab meinen Job gemacht, wie ich es jeden Tag tue, Schätzchen.« Er klang eindeutig defensiv. »Wenn es dir nicht passt, kannst du dich ja beschweren.«

Vega lehnte sich wieder zurück und setzte ein kleines, unterwürfiges Lächeln auf.

»Tut mir leid. Würde es Ihnen was ausmachen, uns die Adresse der Einrichtung zu geben? Oren North hatten Sie gesagt ...«

Collins war offenbar immer noch eingeschnappt. Er sah Cap an, den er wohl für seinen Verbündeten hielt.

»Das würde uns wirklich helfen«, sagte Cap gutmütig.

»Ich schicke Ihnen die Wegbeschreibung«, sagte Collins zu Cap. »Auf Google Maps werden Sie das nicht finden. Ich gebe denen Bescheid, dass Sie kommen.« Auf einmal kam sich Collins wahrscheinlich großherzig vor. »Vor Ort hilft Ihnen ein gewisser Steve McConnell weiter. Ich bin der Einzige, der diese Info hat.«

»Ja? Wieso?«, fragte Cap.

»Das ist geschützte Information. Geheim, sozusagen. Nur ich muss sie wissen, also bin ich der Einzige, der sie hat. Und deshalb hat sich Mackey an mich gewandt.«

Er tippte mit dem Zeigefinger aufs Display, dann legte er das Handy zurück auf den Schreibtisch. Er trank einen weiteren Schluck Kaffee, den Blick auf das Handy gerichtet.

»Nachricht angekommen«, sagte er schließlich. »Jetzt haben Sie alles, was Sie brauchen.«

Vega wandte sich an Cap, übermittelte ihm schweigend eine Botschaft.

Cap sah sich im Büro um. Die meisten Einheiten waren leer, hier und da telefonierten ein paar Leute oder arbeiteten am Computer. Ein anderer Mitarbeiter hatte sich in seinem Kabuff eingeschlossen.

Cap nickte Vega zu.

»Sind wir fertig?«, fragte Collins.

»Glaub schon«, sagte Cap.

Vega erhob sich, Collins wollte ebenfalls aufstehen, doch Vega warf seinen Becher um. Heißer Kaffee spritzte ihm auf die Hose.

»Scheiße!«, kreischte er.

»Tut mir leid. Ich bin so ungeschickt.«

»Spinnen Sie?« Collins rieb sich wie wild über die Oberschenkel.

»Na, sehen Sie, Sie wissen ja doch, wie man Fragen stellt«, sagte Vega.

Cap verließ das Kämmerchen mit einem zufriedenen Grinsen.

»Verpiss dich!«, brüllte Collins.

Dann eilte er mit steifen Beinen Richtung Toilette.

Vega betrachtete den Kaffeebecher, hob den Fuß und trat auf das Ding ein, bis es in Scherben am Boden lag.

Auf der Interstate herrschte kaum Verkehr. Cap und Vega waren bereits an Salton und El Centro vorbei und befanden sich anderthalb Kilometer nördlich der mexikanischen Grenze.

Hier war nichts. Cap wusste nicht mal, ob er sie Wüste nennen würde, diese endlose Landschaft voller Staub und gelegentlichem Gestrüpp.

Es wurde wärmer, je weiter sie sich von der Küste entfernten. Obwohl der Himmel veilchenblau war, überkam ihn ein ungutes Gefühl, das er einfach nicht abschütteln konnte.

»Vega?«, fragte er unsicher.

»Ja.« Sie blickte auf die Karte auf ihrem Handy.

»Wir fragen die Mädchen in der Einrichtung, ob sie was über Mackey und die anderen vier wissen, oder?«

»Ja. Und McConnell. Vielleicht hat er was für uns.«

»Okay. Mal angenommen, wir finden die vier, die Perez sucht. Die übergeben wir ihm doch nicht einfach, oder? So was tun wir nicht.« Er klang nicht ganz so überzeugt wie gewünscht.

Vega zog sich die Jacke aus und legte sie sich auf den Schoß. Auf ihrem Gesicht lag ein dünner Schweißfilm.

»Ich habe nicht die geringste Absicht, Javier irgendein Mädchen auszuhändigen. Nur über meine Leiche. Kann mir die Augen rausschneiden, die Zunge, was auch immer er so macht. Aber die Mädchen kriegt er nicht, kein einziges.«

»Kein einziges!«, wiederholte Cap.

Er dachte an Nell, hoffte, er würde sie wiedersehen und nicht in Kalifornien sterben, hier in der Wüste, die genauso gut auf dem Mars sein könnte. Aber er stimmte Vega zu, etwas anderes kam auch für ihn nicht infrage. Das wusste er so sicher wie den Namen seiner Tochter.

Sie fuhren noch eine Weile schweigend weiter.

»Nach Arizona wollen wir nicht, also müssten wir bald da sein.«

»Ja. Wir sollten nach der unmarkierten Piste Ausschau halten, von der Collins sprach.«

Am Straßenrand stand eine große Werbetafel mit der Aufschrift *Thanks for visiting California! Come back soon!* Cap fuhr langsamer und spähte konzentriert aus dem Fenster. Die Staubpiste sah er zwar immer noch nicht, aber eine rechteckige Struktur in der Ferne. Wie weit sie von der Interstate weg war, konnte er schlecht einschätzen, die flache Landschaft vermittelte den Eindruck, sie wäre recht nah, aber so klein, wie sie von hier aus wirkte, konnte das nicht hinkommen.

Vega zeigte auf einen schmalen Streifen in der Landschaft, gerade breit genug für einen Bus. »Da ist die Piste!« Im Staub waren Reifenspuren zu erkennen.

»So kann man das auch nennen«, sagte Cap.

Er bog ab und fuhr eine Weile stur geradeaus. Als sie sich dem Gebäude näherten, sah er den hohen Stacheldrahtzaun und den Wachturm. Plötzlich hatte Cap das Bedürfnis, schneller zu fahren.

»Was ist das hier?«, fragte er.

Vega setzte die Sonnenbrille ab. »Keine Ahnung. Sieht aus wie ein Gefängnis.«

Der Komplex entpuppte sich als zwei Reihen hellbrauner, dicht zusammenstehender Zelte und vier weiße Wohnwagen zu beiden Seiten. Es gab keinen Parkplatz, keinen offiziellen Eingang mit Pförtner. Cap hielt an einem Abschnitt des Zauns, an dem ein handgeschriebenes Schild hing. *Abfertigung Ostka.*

Cap stieg aus und ging darauf zu.

»Hat das jemand in der Bastelgruppe gemalt?«

Vega antwortete nicht. Sie war an den Zaun getreten. Dahinter war eine Gruppe Menschen zu erkennen, Kinder, offenbar Jungen. Vor und hinter ihnen standen bewaffnete Wachleute.

»Ich warte erst mal im Wagen«, sagte sie. »Nur ein bisschen, okay?«

»Klar.« Cap hatte den Zaun umklammert.

Vega stieg wieder ins Auto.

Die Jungs marschierten auf ein Zelt zu. Die meisten trugen bunte T-Shirts, einige aber auch graue Hemden mit der Aufschrift *ISC* auf dem Rücken.

»Hat Jeff Collins Sie geschickt?«, fragte jemand hinter ihm.

Cap fuhr herum und erblickte einen Wachmann. Er trug eine blaue Uniform mit dem Schriftzug *ISC* auf der Brusttasche und eine AR-15 über der Schulter.

»Genau«, sagte Cap knapp. »Wo ist Steve McConnell?«

Der Mann war wenig beeindruckt von Caps Ton.

»Hier lang«, sagte er.

Er öffnete ein Vorhängeschloss, schob das Tor auf und führte Cap zu einem der Wohnwagen.

Der Wachmann klopfte dreimal kurz, dann zog er die Tür auf. Drinnen befand sich eine Art Büro, ein kleiner Konferenztisch, drei Schreibtische, Stühle mit Rollen. Keine Fenster, aber es war etwas kühler als draußen, dank eines laut ratternden Ventilators.

Ein Mann stand im Wohnwagen und telefonierte. Mitte fünfzig, blondes Haar mit grauen Strähnen. Er war etwas größer als Cap und schlank, aber nicht fit. Sein Hemd war zerknittert, die Schweißringe unter den Achseln waren deutlich zu sehen. Als er Cap erblickte, hob er einen Finger.

Cap blieb in der Tür stehen.

McConnell telefonierte noch eine Weile weiter, aber schließlich verabschiedete er sich von seinem Gesprächspartner und legte das Handy auf den nächstgelegenen Schreibtisch.

»Tut mir leid, dass Sie warten mussten. Agent Steve McConnell«, sagte er und gab Cap über den Tisch hinweg die Hand.

Cap biss die Zähne zusammen, um nicht auszurasten. »Max Caplan«, stieß er hervor.

»Nett, Sie kennenzulernen«, sagte McConnell höflich. Ganz der Geschäftsmann.

Er blieb hinter dem Tisch stehen, als wollte er einen Vortrag halten. Auch Cap bot er keinen Stuhl an.

»Was kann ich für Sie tun?«

»Ich muss mit den sechs Mädchen sprechen, die Jeff Collins gestern hier abgeliefert hat«, sagte Cap betont langsam.

McConnell musterte ihn eingehend.

»Wozu?«

»Ich arbeite mit der Polizei von San Diego und muss die Mädchen im Zusammenhang mit einem Mordfall befragen.«

»Okay. Haben Sie ihre Namen?«

»Die Namen kennen wir nicht, aber es handelt sich um die sechs Mädchen, die Collins hier gestern abgeliefert hat.«

McConnell lehnte sich an den Schreibtisch, neigte den Kopf, als wollte er seinen Nacken dehnen.

»Bei uns werden eine Menge Kinder abgeliefert. Da ist es schwer, den Überblick zu behalten.«

»Waren Sie gestern hier?«

»Ich bin jeden Tag hier. Sogar am Wochenende.«

Cap senkte die Stimme und sprach noch langsamer. »Dann können Sie sich sicher an sechs Mädchen erinnern. Nur mit Unterwäsche bekleidet. Klingelt's jetzt?«

McConnell richtete sich zur vollen Größe auf und stemmte die Hände in die Hüften.

»Ja, glaub schon.« Mehr sagte er nicht.

»Gut. Dann ist Ihnen bestimmt auch aufgefallen, dass diese Mädchen wochen-, wenn nicht sogar monatelang sexuell missbraucht wurden. Wie sieht es hier mit der medizinischen Versorgung aus?«

McConnell schnaubte.

»Einmal die Woche kommt der Doktor.«

»Einmal die Woche?«, wiederholte Cap entsetzt.

»Genau. Die Mädchen, die hier gestern angekommen sind, brauchten augenscheinlich keine unmittelbare medizinische Versorgung, daher bestand kein Anlass, den Arzt zu rufen.«

In Cap brodelte es. Er ballte die Hände zu Fäusten.

»Wo sind sie jetzt? Die sechs Mädchen?«, fragte er.

McConnell verschränkte die Arme.

»Darf ich fragen, worum es in diesem Fall genau geht?«

»Nein. Das ist geheim. Ich habe mir sagen lassen, dass die ISC sich bei Ermittlungen nicht querstellt, sondern den Leuten von der Polizei oder der DEA ihre Arbeit überlassen. Ich arbeite für beide. Sie können gern Commander Roland Otero anrufen oder Agent Christian Boyce. Meine Kollegen und ich müssen mit den Mädchen sprechen, um weitere Opfer zu schützen.«

Bei diesen Worten tippte Cap auf den Tisch. McConnell antwortete nicht sofort. Der Ventilator ratterte.

»Ich gebe Ihnen eine Stunde«, sagte der Mann schließlich herablassend. Cap war sprachlos vor Wut. »Es ist nicht gut für die Kinder, wenn man ihre tägliche Routine zu lange unterbricht.«

»Ach ja?«, höhnte Cap. »Diese Routine erinnert mich schwer an die von Gefängnissen.«

»Wir wollen doch sachlich bleiben. Unsere Einrichtung steht unter der Kontrolle der DHS. Nennen Sie es, wie Sie wollen. Diese Kinder bekommen von uns ein Dach über dem Kopf und drei Mahlzeiten am Tag. Wahrscheinlich ist das mehr, als manche von ihnen dort kriegen, wo sie herkommen.«

Cap lachte. Er schwitzte am ganzen Körper. Als sein Blick über die Schreibtische wanderte, fiel es ihm auf: Nirgendwo lagen Akten, es gab keine Schränke, kein Papier, keine Computer.

»Haben Sie einen offiziellen Aufnahmeprozess?«

McConnell leckte sich über die Lippen. Cap bemerkte, dass auch sein Gegenüber stark schwitzte, die Ränder unter seinen Achseln waren mittlerweile tellergroß.

»Sie wissen auch nicht, wie die Mädchen heißen, nicht wahr?«, fragte Cap, dem langsam speiübel wurde.

»Das geht Sie nichts an«, erwiderte McConnell, sichtlich aufgescheucht. Er mied Caps Blick.

»Haben Sie die Akten dazu? Wo?« Caps Stimme war lauter geworden.

»Natürlich. Die Kinder werden erfasst, wenn sie zu uns kommen und wenn sie entlassen werden.«

Cap zeigte auf die leeren Schreibtische. »Ach, tatsächlich? Wo sind sie dann, McConnell? Dieser Wohnwagen ist nicht so groß. Ich sehe keine Ordner, keine Computer. Was ist das hier eigentlich? Wer sind diese Kinder? Wo sind ihre Eltern?« Cap verlor langsam die Fassung.

McConnell schien sich wieder gefangen zu haben. Er stützte sich auf der Tischplatte ab.

»Sie haben hier keinerlei Befehlsgewalt, Mr Caplan, und ich bin nicht verpflichtet, Ihnen zu helfen. Sie können die sechs Insassen für eine kurze Zeit sprechen ...«

»Insassen? Wissen Sie was? Ich habe einen Vorschlag für Sie, der Ihnen hilft, sich einen besseren Überblick über Ihre *Insassen* zu verschaffen.«

McConnell verschränkte die Arme und schwieg.

»Da es Ihnen offenbar solche Schwierigkeiten bereitet, sich ihre Namen zu merken, könnten Sie jedes Kind mit einer Nummer versehen. Und Sie wissen ja, wie die Kleinen sind, die vergessen so was schnell, daher schlage ich vor, ihnen ihre jeweilige Nummer aufs Hemd zu schreiben. Obwohl, wenn ich recht darüber nachdenke ... die Nummern könnten bei der Wäsche verblassen«, Cap kratzte sich theatralisch am Kopf. »Ich weiß! Sie tätowieren Sie ihnen einfach auf den Arm«, er zeigte auf seinen Unterarm, »ungefähr hier.«

McConnell betrachtete ihn ungerührt.

Jetzt stützte sich Cap auf der Tischplatte ab und beugte sich vor.

»Suchen Sie nach Missy, so heißt eines der Mädchen, die gestern hier angekommen sind. Sie kennt die anderen fünf.« Caps Stimme bebte vor Zorn.

Er wusste zwar nicht, ob Missy, das verängstigte Kind, das Davis ihm im Haus in Salton zugeteilt hatte, zu der Gruppe der hier untergebrachten Mädchen gehörte, aber das Risiko musste er eingehen.

McConnells Miene war finster, er drängte sich dichter als nötig an Cap vorbei, öffnete die Tür und brüllte: »Sam!«

Cap konzentrierte sich auf seine Tochter, dachte an Nell als Baby, als Kleinkind, mit zehn, mit zwölf. Nur so konnte er seine Rage im Zaum halten.

Vega hatte den Wachmann mit der AR-15 schon eine ganze Weile beobachtet und festgestellt, dass er die Waffe wenig professionell wie eine Tasche über der Schulter trug. Auch den Wachturm hatte sie im Blick behalten. Er war die ganze Zeit über unbesetzt geblieben. Der Turm war nicht mal besonders hoch, aus Holz gebaut, mit einer Leiter an der Seite. Er erinnerte Vega an die Beobachtungstürme für die Feuerwehr in Waldgebieten.

Da flog plötzlich die Tür des Wohnwagens auf, und ein großer blonder Mann streckte den Kopf heraus, vermutlich McConnell. Er brüllte den Wachmann mit der AR-15 an, der zunächst am Zaun entlangrannte und schließlich aufs Gelände eilte.

Mit einem letzten Blick auf das Vorhängeschloss am Tor stieg sie aus dem Auto und schlenderte auf den Wohnwagen zu.

Missy kam zuerst herein. Als sie Cap entdeckte, lächelte sie zaghaft, kam aber gleich näher. Sie umarmte ihn nicht, stellte sich jedoch dicht vor ihn hin.

»*Policía*«, sagte sie leise.

»Missy«, sagte Cap.

Jetzt lächelte sie breiter.

»Alles okay?«, fragte Cap auf Englisch.

Missys Blick wanderte von McConnell zu Sam, der noch in der Tür stand. Dann nickte sie.

Die anderen fünf erkannte Cap nicht wieder. Das lag sicher daran, dass er ihnen flüchtiger begegnet war als Missy. Drei von ihnen schienen in Missys Alter zu sein, zwei etwas älter, wahrscheinlich so alt wie Nell. Sie trugen die formlosen grauen ISC-Hemden und zu große Jeans, die die jüngeren Mädchen aufgerollt hatten.

McConnell und Sam standen da und ließen die Mädchen nicht aus dem Blick. Sie wirkten übermäßig misstrauisch.

»Sie können jetzt gehen«, sagte Vega, die wie aus dem Nichts aufgetaucht war.

McConnell zuckte die Achseln wie ein bockiger Teenager, kam aber hinter seinem Schreibtisch hervor.

»Sie haben sechzig Minuten«, sagte er.

»Sie sind der Chef«, erwiderte Vega.

McConnell und Sam räumten das Feld, aber nicht ohne die Tür so heftig zuzuschlagen, dass der Wagen bebte.

Cap zog einen Stuhl für Missy unter dem Konferenztisch hervor und bedeutete ihr, sich zu setzen. Die anderen fünf hatten sich bereits irgendwo niedergelassen und beäugten ihre Umgebung.

»Geht es euch gut?«, fragte Vega auf Spanisch.

Missy nickte als Erste, die anderen taten es ihr gleich. Nur das Mädchen am Ende, älter und wie Cap mit einer Brandwunde an der Schläfe, gab keine Antwort. Vega erkannte das Mädchen neben ihr als diejenige, die neben Mitch gestanden und mit seinem Blut bespritzt wurde, als Vega ihn angeschossen hatte. Sie hatte damals ungewöhnlich aufmerksame, akkurate Antworten bezüglich der Anzahl der Waffen und Männer im Haus gegeben. Als sie das Mädchen mit dem Brandmal angestoßen und ihr etwas zugeflüstert hatte, nickte auch sie.

»Ist eine von euch verletzt?«

Allgemeines Kopfschütteln.

»Bekommt ihr hier Essen und Wasser?«

Nicken.

Vega und Cap tauschten Blicke. *Wie anfangen?*

»Namen«, sagte Cap. »Wir sollten sie uns notieren.«

Vega zog ihr Handy aus der Tasche.

»Bitte sagt uns, wie ihr heißt. In echt«, sagte Vega.

Eine nach der anderen nannte ihren Namen.

Missy machte den Anfang: »Melisenda Cañtiero.«

»Yolanda Torres.«

»Rosa María Silva.«

»Francisca Santana.«

»Dalena Cortez«, sagte das Mädchen mit den Blutspritzern.

Wieder stieß sie das Mädchen am Ende an.

»Sie heißt Isabel Benitez«, sagte Dalena schließlich.

Vega tippte alle Namen in ihr Handy.

»Wisst ihr, wie die anderen vier heißen?«

»Ara, Nati«, sagte Missy.

»María Elena«, sagte Francisca. Ihr Haar war kürzer als das der andern, sie hatte magere Arme, keine Muskeln, kein Fett, knabenhafte Figur.

»Catalina«, sagte Dalena. »Chicago«, fügte sie hinzu.

»Dann fangen wir am besten mit der wichtigsten Frage an«, schlug Cap vor.

Vega nickte.

»Kennt eine von euch Michael Mackey?«, fragte sie.

Bei dem Namen zeigten die Mädchen keine Reaktion. Sie sahen einander fragend an, aber keine antwortete.

»Haben wir ein Bild von ihm?«, fragte Cap.

»Ja.« Vega scrollte auf dem Handy herum, bis sie ein von Otero geschicktes Foto gefunden hatte, das sie Missy zeigte. Sie nickte.

»Er hat gestern auf die anderen Mädchen gewartet, bevor wir hergekommen sind.«

»Hast du ihn vorher schon mal gesehen?«

»Manchmal war er im Haus«, sagte Rosa María. Ihre Stimme klang so kindlich, dass Vega sich fragte, ob sie noch jünger war, als sie aussah. »Er hat mit Coyote Ben geredet.«

»Können die Mädchen bestätigen, was Collins uns gesagt hat?«, fragte Cap, und Vega dolmetschte.

»Hat eine von euch gesehen, wo diesem Mann, Michael Mackey, die anderen vier übergeben wurden?« Vega hielt das Handy immer noch in die Höhe, damit jede das Foto von Mackey sehen konnte.

»Wir haben gesehen, wie sie aus dem Bus gestiegen sind, sagte Francesca. »Der Fahrer hat gesagt, dass einige von uns mit dem Mann mitfahren sollen.«

»Der Mann hatte einen Transporter, und die vier sind zu ihm gestiegen«, fügte Missy hinzu. »Dann hat der Bus uns hergefahren.«

»Weiß eine von euch, welche Farbe der Transporter hatte?«, fragte Vega.

Mit der Farbe wäre sie bereits zufrieden. Sie wusste, wie schwer es für traumatisierte Menschen war, sich an Details zu erinnern, daher fragte sie gar nicht erst nach dem Modell.

»Blau«, sagte Missy unsicher.

»Ich glaube, er war schwarz«, mischte sich Francesca ein.

»Nein, dunkelblau«, sagte Yolanda.

»Das ist gut«, sagte Vega. »Schwarz oder blau.«

Sie wiederholte es, damit Cap Bescheid wusste.

Dalena hob die Hand, als wären sie in der Schule.

»Ja. Dalena, richtig?«

Das Mädchen nickte.

»Möchten Sie das Kennzeichen wissen?«, fragte sie höflich. Das Wort für Kennzeichen sagte sie auf Englisch.

Cap fiel fast vom Stuhl. Er und Vega tauschten Blicke.

»Aber sicher«, sagte Vega. »Kannst du dich daran erinnern?«

Dalena nickte erneut.

»6GLV478«, sagte sie.

Vega tippte es ins Handy und zeigte es Dalena zur Bestätigung.

»Richtig?«, fragte sie.

Wieder nickte Dalena. Vega gab Cap das Handy, der sofort eine Nachricht an McT schickte.

»Danke«, sagte Vega. »An euch alle.«

»Entschuldigen Sie bitte«, sagte Rosa María höflich. »Wie lange müssen wir noch hierbleiben?«

»Wissen Sie, wo meine Mutter ist?«, fragte Missy.

Dann redeten alle durcheinander, plötzlich platzten alle Fragen und Gefühle aus ihnen heraus. Alle, außer Isabel, die stumm auf den Boden starrte.

»Es tut mir leid, wir müssen jetzt erst nach den anderen vier suchen, um sicherzustellen, dass ihnen nichts passiert ist«, sagte Vega. »Aber wir kommen zurück, und dann haben wir hoffentlich Antworten auf eure Fragen.«

»Bitte gehen Sie nicht!«, flehte Missy Cap an.

Sie weinte nicht, aber die Angst stand ihr ins Gesicht geschrieben. Cap musste sofort an ihre erste Begegnung im Keller in Salton denken. Am liebsten hätte er sie in die Arme geschlossen oder wenigstens ihre Hand ergriffen, um sie zu trösten, aber er wagte es nicht. Es wäre übergriffig, sie einfach zu berühren.

»Ihr seid hier in Sicherheit«, sagte er stattdessen.

Vega dolmetschte, und Missy nickte tapfer.

Dann drang ein Laut aus aus Dalenas Mund. Es klang wie ein Bellen.

»Entschuldigung«, sagte sie. »Ich musste husten.«

Cap versuchte, tröstend auf Missy und die anderen Mädchen einzureden. Obwohl er Englisch sprach, hörten sie ihm aufmerksam zu.

Vega lächelte Dalena zu, die schwach zurücklächelte. Dann

wandte sie rasch den Blick ab. Vega war nicht sicher, weil es nicht lange genug gedauert hatte, doch sie hätte schwören können, dass Dalena nicht gehustet, sondern gelacht hatte.

23

Cap bretterte mit Vollgas über die Interstate, bis sie endlich wieder am Hotel waren. Er umklammerte das Lenkrad, fuhr mit zusammengebissenen Zähnen und vor Zorn gerötetem Gesicht.

Vega hatte McT auf Lautsprecher.

»Montalvos Leute sind im Tunnel. Sie sind auf Motorrädern unterwegs«, sagte er mit gesenkter Stimme. »Otero meinte, sie würden höchstens ein paar Stunden brauchen. Zu Fuß dauert das normalerweise sechzehn Stunden.«

»Gut«, sagte Vega. »Gib uns Bescheid, wenn du einen Treffer hast mit dem Kennzeichen.«

»Mache ich. Wie lief's in der ISC-Einrichtung?«

Vega sah zu Cap, der stur nach vorn blickte, immer noch sprachlos vor Wut.

»Wir müssen das erst mal hintenanstellen. Wenn wir Mackey gefunden haben, kümmern wir uns darum. Die Mädchen sind da draußen jedenfalls keiner unmittelbaren Gefahr ausgesetzt.«

Sie und McT verabschiedeten sich und beendeten das Gespräch. Cap schwieg, und es sah nicht aus, als würde er in nächster Zeit etwas sagen.

»Caplan!«, rief Vega. »Sie sind da draußen nicht in Gefahr. Korrekt?«

Cap blickte stur Richtung Horizont, blinzelte jedoch ein paarmal, weil seine Augen vor Trockenheit brannten.

»Ja«, murmelte er schließlich.

Danach fuhren sie schweigend weiter. Bald wurde der Verkehr lebhafter, es gab mehr Auf- und Ausfahrten, Tankstellen, Einkaufszentren. Kurz danach erreichten sie das Hotel. Cap fuhr auf den Parkplatz und stellte den Motor ab.

»Ich warte hier«, sagte er.

Seine Wut schien sich etwas gelegt zu haben, er wirkte jetzt müde und abgeschlagen.

»Bin gleich wieder zurück«, sagte Vega.

Sie stieg aus und flitzte nach oben. Cap sah ihr nach, bis sie im Zimmer verschwunden war, dann legte er den Kopf aufs Steuer und schloss die Augen. Vielleicht könnte er so ein bisschen schlafen. Er dachte an Nell, an Missys erschrecktes Gesicht.

Da vibrierte Vegas Handy auf dem Beifahrersitz. Cap fuhr hoch, griff nach dem Gerät und las die erste Zeile einer längeren Nachricht von McT. »Surf Motel, 68 Beachfront.«

Vega kam mit dem Bolzenschneider über der Schulter und einer Reisetasche in der Hand die Treppe hinunter. Als sie einstieg, gab Cap ihr gleich das Handy.

»Wir haben einen Treffer für das Kennzeichen«, sagte er.

Sie las die Nachricht. »Es handelt sich um einen Minivan von Hertz, gestern Morgen vom Parkplatz am Flughafen abgeholt von einem gewissen Michael Mackey. Und jetzt wurde das Kennzeichen am Surf Motel registriert. In der Nähe des Strands.«

Vega schickte McT und Otero eine Nachricht, dann ging bei ihr ein Anruf ein. Vega stellte auf Lautsprecher.

»Boyce und ich treffen uns gleich«, sagte Otero. »Wir finden Ihren Vorschlag mit dem Tunnel gut. Wollen wir uns treffen und dem Motel einen gemeinsamen Besuch abstatten?«

Vega sah zu Cap hinüber, der stur nach vorn schaute. Er rieb sich die Augen.

»Ich finde nicht, dass wir so lange warten sollten, Commander«, sagte Vega. »Wir wissen jetzt, wo Mackey ist, Cap und ich können ihn uns auch allein schnappen.«

»Einen Moment!«, sagte Otero streng. »Wir sollten gut nachdenken. Mackey ist ein ausgebildeter Agent, und wir wollen auf keinen Fall eine Geiselnahme riskieren oder so was.«

Sie schüttelte den Kopf, als könnte Otero es sehen. »Das ist es doch bereits«, erwiderte Vega. »Er hat sich mit den Mädchen im Motel verschanzt und denkt nicht mehr rational.«

Otero schwieg.

»Jetzt, wo wir wissen, wo er ist, sollten wir zugreifen, denn bei Mackey sehe ich erhebliche Fluchtgefahr.«

»Ms Vega«, sagte er schließlich gepresst, »mir ist klar, dass Sie sich an keine meiner Anweisungen halten müssen, denn Sie sind keine Polizistin. Aber wir arbeiten zusammen an dieser Sache, und nur gemeinsam werden wir etwas erreichen. Deshalb empfehle ich Ihnen dringend, auf uns zu warten, damit wir besserer Chancen auf einen positiven Ausgang haben.«

Vega schloss die Augen und zuckte kurz zusammen, als hätte sie sich die Finger verbrannt.

»Also gut«, mischte sich Cap ein. Er klang ziemlich schicksalsergeben. »In zwei, drei Stunden treffen wir uns mit Ihnen auf der Polizeistation, um eine Strategie auszuarbeiten – es sei denn, Sie brauchen uns vorher?«

»Nein, das reicht«, Oteros Erleichterung war deutlich zu hören. »In zwei, drei Stunden hier bei uns. Ms Vega, Sie können sich gern mit Mr Castán in Verbindung setzen.«

Nachdem sie noch ein paar Nebensächlichkeiten ausgetauscht hatten, war das Gespräch beendet. Cap startete den Motor, aber Vega beugte sich vor und drehte den Zündschlüssel wieder zurück.

Die Wut über Caps Einmischung stand ihr deutlich ins Gesicht geschrieben. »Was zum Teufel war das denn gerade?«, fragte sie aufgebracht.

»Vega«, sagte Cap müde.

Er schob sanft ihre Hand vom Zündschloss und ließ erneut den Motor an.

»Glaubst du im Ernst, ich lasse diese Mädchen noch eine Sekunde länger warten?«

Die Fahrt zum Surf Motel dauerte nicht lange, sie waren gerade noch vor dem Feierabendverkehr durchgekommen. Die Zimmer gingen alle zum Strand hinaus, davor, zur Straße gelegen, befanden sich die jeweiligen Parkplätze. Cap fuhr langsam daran vorbei und suchte nach Mackeys Minivan, nicht weiter schwierig, denn der Parkplatz war fast leer. Er stand allein am Ende des langgezogenen Gebäudes. Cap wendete und parkte dicht an der Einfahrt neben einem Bungalow mit dem Schild »Check-in« über der Tür.

Vega wählte die Nummer auf Castáns Visitenkarte.

»Miss Vega«, schnurrte er. »Sie haben gute Nachrichten für mich.«

Feststellung, keine Frage.

»Ich habe einen Treffpunkt für Sie. Können Sie und Ihre Leute in zwei Stunden dort sein?«

»Aber sicher«, antwortete er amüsiert.

Vega nannte ihm die Adresse.

»Sie bringen mir die vier Mädchen und Mr Mackey?«

»Genau.«

»Und was ist mit diesem Rafa? Haben Sie den auch?«

»Wie bereits gesagt befindet er sich unter polizeilicher Aufsicht im Krankenhaus«, sagte sie. »Sie müssen leider eine andere Person engagieren, die Ihnen dabei hilft«, fügte sie spöttisch hinzu.

Sie hielt den Atem an.

»Hm«, machte Castán. »Nun gut. Wir sehen uns in zwei Stunden. Bitte kommen Sie pünktlich. Und noch etwas, Miss Vega …«

Er wartete.

»Ja?«, fragte Vega.

»Über diese Dinge sollten Sie nicht spotten. Das hier ist kein Witz.«

»Ich werde in zwei Stunden dort sein«, sagte Vega.

»Genau das werden Sie. Auf Wiedersehen!«

Nachdem sie das Gespräch beendet hatte, seufzte sie laut.

»Bereit?«

Vega nickte.

Sie stiegen aus. Vega holte Tasche und Bolzenschneider aus dem Wagen und öffnete den Reißverschluss der Tasche. Als Cap hineinspähte, erkannte er nur einen Haufen Ketten. Vega zog ein längliches Metallwerkzeug mit rundem Kopfteil hervor. Cap, der sich eigentlich als handwerklich versiert betrachtete, hatte so etwas noch nie gesehen.

»Drehmomentschlüssel«, erklärte Vega ungefragt. »Ich hätte auch eine Abschleppkette mit Haken und einen Stahlbohrhammer im Angebot.«

Cap deutete auf den Drehmomentschlüssel. Vega drückte ihn ihm in die Hand. Er war schwerer als erwartet, vor allem im Bereich des verdickten Kopfteils.

Vega warf die Tasche zurück ins Auto »Willst du an die Tür klopfen? Mal sehen, wie weit du kommst«, schlug sie vor.

Cap nickte.

»Ich gehe auf die Strandseite. Auf der Website sieht es aus, als hätte jedes Zimmer eine Glastür und eine eigene Terrasse. Schau mal, in welcher Verfassung er ist. Vielleicht kannst du mit ihm reden, könnte ja sein, dass er bereit ist, sich zu stellen.«

»Und wenn nicht?«

»Dann bin ich gleich zur Stelle«, sagte Vega und schulterte den Bolzenschneider aus dem Wagen. »Wenn er nicht komplett durchgeknallt ist, wird er sicher nicht sofort schießen. Aber deine Sig solltest du trotzdem vorher entsichern. Man weiß ja nie.«

»Du steckst voller guter Ideen«, sagte Cap.

Nachdem er seine Sig entsichert hatte, schob er sich den Drehmomentschlüssel unter den Gürtel.

»Ähm, Entschuldigung ...«, ertönte eine raue Stimme.

Sie gehörte zu einer tief gebräunten Frau mit Lederhaut in

Blumenkleid und Flipflops. Sie stand in der offenen Tür des Check-in-Bungalows. Cap war nicht sicher, ob sie die Waffe gesehen hatte, aber Vega, die mit ihrem Bolzenschneider hantiert hatte, war ihr sicher nicht entgangen. Ebenso wenig wie der Drehmomentschlüssel in Caps Gürtel.

»Kann ich Ihnen helfen?«, fragte sie vorsichtig.

»Nein, danke, alles gut«, erwiderte Cap.

Daraufhin trat die Frau den Rückzug an.

»Sie ruft sicher die Polizei«, sagte er.

Vega zuckte die Achseln.

»Je mehr, desto besser.«

Zwei Türen vor Mackeys Wagen blieben sie stehen.

Cap las die Nummern auf den Türen laut vor. »Vierzehn, fünfzehn, sechzehn. Eine davon muss es sein.«

»Ich brauche noch ein paar Minuten, bis ich auf der Terrasse bin. Bis dahin, pass auf dich auf«, sagte Vega.

Dann marschierte sie los in Richtung Strand.

Cap ließ die Schultern kreisen und holte tief durch die Nase Luft. Es roch nach Meer. Dann klopfte er an der Tür mit der Nummer vierzehn.

Vega lief die Betonrampe hinunter zum Sandstrand. Am Ende standen zwei Schilder, »Ocean Beach« zeigte nach links, das Schild fürs »Surf Motel« und andere Unterkünfte sowie den Hundestrand nach rechts. Dort mussten Hunde nicht angeleint werden, wurde der geneigte Gast informiert.

Auf der anderen Seite eines roten, quer zum Ozean verlaufenden Weidenzauns sah Vega ein paar Hunde, die im Sand gruben oder im Wasser plantschten, während die Besitzer Bälle oder Stöcke warfen, darunter zwei graue, kräftige Tiere mit eindrucksvollen Schnauzen und massigen Schädeln.

Vega stapfte durch den Sand zum Motel. Die Terrassen standen auf Pfählen und waren höher, als sie erwartet hatte. Aber die Pfähle waren aus Holz, und es gab genügend Schrauben und Scharniere, die ihr Halt zum Klettern gaben. Die Frage war nur, ob sie einhändig hochkäme, denn in der anderen Hand hielt sie den Bolzenschneider.

Als sie den Boden getestet hatte, sprang sie hoch, den Bolzenschneider in der linken Hand, die rechte gestreckt. Sie musste es ein paarmal wiederholen, bis sie am nassen, sandverschmierten Querbalken Halt fand. Nach dem dritten Mal hatte sie es endlich geschafft, sie spannte die Fingermuskeln an und krallte die Nägel ins weiche Holz. Dann zog sie sich hoch und umklammerte mit den Beinen den Pfahl.

Nachdem sie wieder zu Atem gekommen war, legte sie den Bolzenschneider über den Querbalken und benutzte ihn als Hebel, um sich hochzuziehen. Sie saß auf dem Balken, das schwere Werkzeug auf dem Schoß, lehnte sich vorsichtig zurück, umklammerte eine Planke der darüber liegenden Plattform und spähte auf die Terrasse von Nummer sechzehn, dem Zimmer an der Ecke. Sie konnte nicht genau erkennen, was drinnen vor sich ging, sah nur die Möbel auf der Terrasse. Nachdem sie den Bolzenschneider durch eine Lücke geschoben hatte, schwang sie sich ganz nach oben.

Cap klopfte drei Mal in rascher Abfolge an die Tür zu Nummer vierzehn, um dem Bewohner vorzugaukeln, er käme, um frische Handtücher zu bringen. Nach einer Weile wiederholte er dasselbe bei Nummer fünfzehn. Die Vorhänge waren fest zugezogen.

Er trottete weiter zu Nummer sechzehn, der letzten Tür in der Reihe.

Vega ging neben der Terrassentür in die Hocke. Sie wollte noch nicht hineinspähen, damit man sie nicht vorzeitig entdeckte. Ihr war klar, dass sie im Ernstfall rasch handeln müsste. Kommen, sehen, zuschlagen.

Die Luft war feucht und salzig. Sie wischte sich das Kinn an der Schulter ab. Dann erhob sie sich langsam und nahm den Bolzenschneider wie einen Baseballschläger in beide Hände.

Cap klopfte an die Tür zu Nummer sechzehn. Wie zuvor wartete er kurz, dann klopfte er erneut. Er war sicher, dass Mackey sich in einem der drei Zimmer aufhielt. Entweder war er kurz weg, schlief oder wollte einfach nicht öffnen. Also würde Cap es mit der Alternative versuchen. Er inspizierte den Türknauf, der nicht besonders stabil aussah. Er würde dem Aufprall mit dem Drehmomentschlüssel sicher nicht lange standhalten. Über dem Knauf befand sich ein Zylinder, also müsste er ihn abschlagen und die Tür dann mit dem Werkzeug aufstemmen. Sehr subtil.

Er zückte sein Handy. *Keine Antwort bei 14, 15, 16*, schrieb er an Vega.

Dann hörte er auf einmal ein deutliches Klicken. Jemand schloss die Tür auf. Caps Hand wanderte zu seiner Sig, aber er war nicht schnell genug. Mackey hatte die Tür zu Nummer fünfzehn einen winzigen Spaltbreit geöffnet und zielte mit einer Kleinkaliberpistole auf Caps Kopf. Cap erkannte sie sofort. Es handelte sich um eine Marlin, die sein früherer Kollege immer als Schwanzersatz bezeichnet hatte. Doch egal, wie sehr er früher auch darüber gespottet hatte, diese Waffe war jetzt auf ihn gerichtet, und Cap wusste, dass sie seinen Schädel wie ein Ei zertrümmern könnte. Langsam hob er die Hände.

Vega spürte das Vibrieren ihres Handys, aber sie kümmerte sich nicht darum. Als sie einen Schritt von der Wand wegtrat, konnte sie durch die Glastür in Zimmer Nummer sechzehn spähen. Sie holte tief Luft, bevor sie vor die Tür trat, den Bolzenschneider über der rechten Schulter, bereit, zuzuschlagen.

Als sie feststellte, dass das Zimmer leer war, blieb sie so abrupt stehen, dass sie etwas zurücktaumelte. Es musste also ein anderes sein, dachte sie. Blieben nur noch vierzehn oder fünfzehn.

Mackey sah müde aus, das war das Erste, was Cap an ihm auffiel. Als Nächstes sah er, dass die Mädchen nicht im Zimmer waren, nur ein Doppelbett, das fast den gesamten Raum einnahm und aussah, als hätte schon lange niemand mehr darin geschlafen.

»Sie leben noch«, sagte Mackey, als er Caps Blick bemerkte.

»Gut.«

Es war stickig im Zimmer, die Klimaanlage hatte schwer zu tun.

»Wo ist Ihre Kollegin?«

»Nicht hier.«

Mackey musterte ihn.

»Sie haben eine Semi unter der Jacke, sind aber sicher klug genug, die Finger davon zu lassen«, sagte Mackey.

Cap hielt die Hände weiterhin in der Luft.

»Wo sind die Mädchen?«

Mackey nickte zur Verbindungstür zum Nebenzimmer.

»Sie können gerade nicht reden.«

»Wie wollen Sie aus dieser Nummer wieder rauskommen?«, fragte Cap.

Mackey legte den Kopf schief und verzog den Mund, als wäre ihm die Frage besonders unter die Haut gegangen. Weinte er etwa? Cap konnte es nicht genau erkennen, das Licht im Zimmer war zu trüb.

»Was glauben Sie denn? Sie kennen mich nicht, Mr Caplan.« Auf einmal klang Mackey wie ein aufsässiges Kind.

Dann leckte er sich manisch die Lippen.

»Vielleicht nicht, aber wenn Sie den Mädchen etwas antun, wird es kein gutes Ende nehmen.«

Mackey seufzte und fuhrwerkte sich mit der Zunge im Mund herum.

»Ich bin Optimist, Mr Caplan. Mein ganzes Leben habe ich bei der Polizei gearbeitet, weil ich an die Gerechtigkeit glaube.«

Cap musste sich sehr zusammenreißen. Er atmete tief durch die Nase.

»Im College habe ich mir den Arsch aufgerissen, hab meinen Master in Strafrecht gemacht, war immer der Beste meines Jahrgangs, hab die begehrtesten Praktikumsplätze ergattert. Die DEA hat mir die Bude eingerannt, wissen Sie?« Er redete auf Cap ein, als wäre er selbst nicht recht von seinen Worten überzeugt. »Sie haben mich direkt von der Uni weg engagiert. Ich musste mich nicht mal bewerben.« Wieder leckte er sich über die Lippen. »Mein Leben habe ich denen geopfert, und das für kaum fünfundzwanzigtausend Dollar im Jahr.«

»Für viele Menschen ist das eine Menge Geld«, bemerkte Cap.

»Für mich aber nicht. Ich riskiere Kopf und Kragen für diese Leute, Mr Caplan. Jeden Tag.«

Cap spürte, wie ihm die Hitze ins Gesicht schoss. Er kochte innerlich.

»Das tun Menschen im Staatsdienst, Mr Mackey, Menschen, die geschworen haben, andere zu schützen.«

»Ihnen war das aber auch nicht genug, oder?«, spöttelte Mackey. »Sie waren ein Cop. Aber sie sind abgehauen und machen jetzt sicher ein hübsches Sümmchen in der Privatwirtschaft. Mehr will ich gar nicht.« Er klang aufrichtig, als würde er sich gerade mit einem guten Kumpel unterhalten.

»Nur dass es zwischen uns einen kleinen Unterschied gibt, Mackey.« Cap musste sich anstrengen, den Mann nicht anzubrüllen. »Meine Arbeit ist legal. Sie arbeiten für den größten mexikanischen Kartellboss und zwingen kleine Mädchen zur Prostitution.«

»Den Mädchen geht es gut«, sagte Mackey ungerührt. »Wissen Sie, wie viel Perez mir gezahlt hat, damit ich auf sie aufpasse?«

Cap schwieg, wollte nicht mitspielen.

»Zweihundert Riesen pro Stück.« Bei diesen Worten wurde sein Blick glasig.

»Dann hätten Sie wohl dafür sorgen sollen, dass dieser Irre sich nicht an zwei von ihnen vergreift.«

Mackey wurde blass. Er schluckte, bleckte die Zähne.

»Das war nicht meine Schuld.«

Cap hatte den Eindruck, dass seine Entschlossenheit langsam nachließ. Vielleicht gab es doch noch einen friedlichen Ausweg. Er beschloss, seine Taktik zu ändern.

»Das könnte Ihre Chance sein«, sagte er sanft. »Momentan schulden Sie Perez vierhundert Riesen für Maricel Villareal und Dulce Díaz, richtig?«

»Plus Strafzuschlag«, sagte Mackey. Er wirkte niedergeschlagen.

»Okay. Hauen Sie ab. Einfach so. Behalten Sie das Geld, ich behalte die Mädchen.«

Mackey trat näher auf ihn zu.

Cap betrachtete sein Gesicht. Die Pupillen waren erweitert, auf seiner Haut lag ein Schweißfilm, die Zunge zuckte immer noch hektisch herum. Er sah es schon vor sich, wie er auf dem Boden des Hotelzimmers lag, ein Loch im Schädel, eine Blutlache auf dem hellblauen Teppich. *Vega*, dachte er, *jetzt wäre ein guter Zeitpunkt.*

Vega hob ein Bein übers Geländer, dann das andere. Sie drückte sich an die Mauer und riskierte einen raschen Blick ins Zimmer Nummer fünfzehn. Die Jalousien waren geschlossen, aber nicht ganz. Durch den Luftzug der Klimaanlage bewegten sie sich leicht.

Zuerst konnte sie nur Schemen ausmachen. Im Zimmer war es dunkel, die Sonne stand bereits tief. Sie trat einen kleinen Schritt näher und drückte die Stirn gegen die Scheibe.

In der Nähe der Tür stand Cap mit erhobenen Händen, Mackey hatte eine Waffe auf ihn gerichtet. Vega musterte Cap genauer. Falls er nervös war, ließ er sich nichts anmerken, Er redete auf sein Gegenüber ein, versuchte offenbar, Zeit zu gewinnen. Vega wusste, dass Mackey eine Menge Drogen oder Psychopillen einwerfen müsste, um seine jahrelange Ausbildung außer Kraft zu setzen. Wenn er auch nur den leisesten Mucks hörte, würde er sicher nicht einfach losballern, sondern sich zu dem vermutlichen Verursacher umdrehen. *Dann wäre Cap aus der Schusslinie. Oder?*

Ja. So wäre es.

Rede weiter mit ihm, dachte Cap. Mach ihn wütend oder traurig, aber sorge dafür, dass er abgelenkt ist. Er traute sich gar nicht, zur Glastür zu schauen, wollte Mackey nicht unnötig misstrauisch machen.

»Sind Sie verheiratet, Mackey?«

»Geschieden«, erwiderte er.

»Ja, ich auch. Ist hart«, sagte Cap.

Mackey zuckte leicht die Achseln.

»Sie war eine echte Fotze«, sagte er.

Cap zuckte zusammen.

Mackey grinste.

»Was? Magst du das Wort nicht? Ich finde es genau passend.«

»Kinder?«, fragte Cap.

»Nein.«

»Ich habe eine Tochter. Sie ist siebzehn. Die meiste Zeit über mache ich mir Sorgen um sie.«

Cap war klar, dass Mackey nicht mehr zuhörte. Er überlegte

offenbar, welche Möglichkeiten ihm noch blieben. Würden seine Probleme größer werden, wenn er Cap umlegte?

Seine Entscheidung war rasch gefallen, viel zu rasch. Er stand jetzt ganz dicht vor Cap und drückte ihm den Lauf an die Stirn. Cap spannte instinktiv alle Muskeln an. Er streckte die Hände weiter nach oben, zog die Schultern hoch, war sich aber genau bewusst, dass Mackey ihm nicht nur ein Loch in den Schädel verpassen, sondern ihm das ganze Gesicht wegpusten konnte. Vielleicht bliebe von ihm nicht mal ein Zahn übrig.

»Sie heißt Nell«, stammelte er. »Ich nenne sie Bug, aber das ist nur ein Spitzname.«

Cap schloss kurz die Augen, und als er sie wieder öffnete, erlaubte er sich, zur Terrassentür zu schauen. Er sah Vegas Gesicht am äußersten Rand, ihr Blick war fest auf ihn gerichtet.

»Aber sie mag ihn. Obwohl sie so schnell erwachsen wird, gefällt es ihr immer noch, wenn ich sie so nenne. Doch lass dich nicht täuschen, Mackey, eigentlich ...«

Cap richtete den Blick erneut auf die Terrassentür, diesmal ganz unverhohlen. Vegas Gesicht war verschwunden.

Mackey wandte sich verwirrt um.

»... mögen Frauen es gar nicht, wenn man ihnen Kosenamen verpasst.«

Sie zielte auf eine Scheibe, drehte sich wie eine Kugelstoßerin um die eigene Achse und schloss die Augen in letzter Sekunde, bevor der Bolzenschneider mit voller Wucht aufs Glas traf.

Die Scheibe zersprang in tausend Teile, Scherben flogen durchs Zimmer, landeten auf Vegas Gesicht und Brust.

Als die ersten Schüsse krachten, ließ sie den Bolzenschneider fallen und hechtete zu Boden, machte sich ganz flach.

Cap erinnerte sich noch genau daran, dass er sich als junger Polizist gelegentlich gefragt hatte, ob er aus einer bestimmten

Situation unverletzt und lebend herauskommen würde. Damals schien die Zeit in solchen Momenten langsamer zu werden, kroch fast schon quälend dahin, aber als er älter wurde, verkehrte sich das ins Gegenteil. Jetzt ging alles blitzschnell, als wäre er in ein schwarzes Loch geraten, und die Zeit würde an ihm vorbeirasen.

Als die Scheibe zerbarst, brauchte er nur einen Sekundenbruchteil, um zu handeln. Mackey hatte sich umgedreht, und Cap konnte Vega nicht deutlich erkennen, die Jalousien bewegten sich in der Ozeanbrise, Scherben flogen durch die Luft, landeten auf dem Bett, in seinem Haar, in seinem Gesicht. Er zog seine Sig, während Mackey sich entsetzt den Arm vors Gesicht hielt und mit der Schusshand zweimal auf die Jalousien feuerte.

Cap konnte nicht mehr richtig sehen, eine kleine Scherbe hatte sein linkes Lid getroffen, doch er schoss trotzdem auf Mackey, der versuchte, auf die Terrasse zu fliehen. Er setzte ihm nach, schob die Jalousien beiseite, unter seinen Schuhen knirschte zerbrochenes Glas, und sah Mackey übers Geländer hechten, das die Terrassen von Nummer fünfzehn und sechzehn trennte. Am Rand blieb Mackey stehen.

Cap hatte die Sig schon auf ihn gerichtet und wollte schießen, als jemand seinen Namen rief.

»Caplan!«

Es war Vega. Sie stand am Strand unter ihnen, verschwitzt, voller Sand, ihre Arme bluteten, wo die Scherben sie verletzt hatten.

»Die Mädchen sind in Zimmer vierzehn!«, rief Cap ihr zu. Er schnappte sich den Bolzenschneider, den Vega auf der Terrasse liegenlassen hatte.

»Bleib da, ich hab ihn«, rief Vega, als Mackey sprang.

Mackey floh über den Strand, und sie nahm die Verfolgung auf, die Springfield in der Hand.

Als die Schüsse verklungen waren, hatte sie sich über den mit Scherben bedeckten Terrassenboden gerollt und war über den Rand gesprungen. Hier gab es keinen Querbalken zum Festhalten. Aber sie hatte noch in der Luft die Knie hochgezogen, sodass sie relativ sanft auf Füßen und Händen gelandet war, ihre Handgelenke waren nach dem Aufprall zwar etwas mitgenommen, aber die Waffe konnte sie immer noch halten.

Sie sah Mackey fliehen, doch er humpelte. Also sprintete sie los, auf Zehenspitzen, um nicht zu tief in den Sand einzusinken. Als Mackey den Zaun vor dem Hundestrand erreichte, wurde er langsamer. Jetzt sah Vega die bräunliche Spur im Sand. Mackey blutete, Cap hatte ihn offenbar getroffen.

Er sprang ungelenk über den Zaun und stürzte. Eine der Hündinnen, die Vega zuvor am Strand beobachtet hatte, kam wild bellend herbeigelaufen. Ihr Herrchen brüllte: »Rosie!«, aber es war zu spät. Mackey hob die Waffe und schoss. Vega sah, wie die Kugel ihren Hinterlauf zerfetzte.

Der Besitzer schrie entsetzt auf und ging dann neben seinem verletzten Liebling auf die Knie. Vega lief zielstrebig auf Mackey zu, die Waffe ausgestreckt. Sie wusste, dass sie auf den Mann schießen musste, denn der hatte jetzt seine innere Grenze überschritten und würde nicht mehr aufhören. Er hatte die Fassung verloren, sein über Wochen und Monate aufgebautes Kartenhaus war eingestürzt, er war verletzt und völlig durchgedreht.

Außerdem war Vega wütend wegen des Hundes. Sie hatte als Kind selbst einen gehabt und empfand noch immer eine starke Zuneigung zu diesen Tieren.

Sie zielte auf seine rechte Schulter und schoss. Ohne einen Laut ließ Mackey seine Waffe fallen und ging zu Boden. Vega kam näher, zielte auf seinen rechten Unterarm, um ihn endgültig schachmatt zu setzen.

Der Hundebesitzer weinte, das verletzte Tier auf dem Schoß,

dessen Brustkorb sich rasch hob und senkte. Wieder stimmte der Mann ein lautes Geschrei an, aber Vegas Ohren waren wohl ein bisschen mitgenommen, denn sie glaubte zu hören, dass er »Daisy! Nein! Daisy!« brüllte.

Aber tatsächlich! Er meinte die andere, die Schwester der verletzten Hündin, denn die machte einen Satz auf Mackey zu und vergrub die Zähne in seinem Oberschenkel. Der kreischte und versuchte, die Hündin abzuschütteln, schlug gegen ihren Schädel, doch sie verbiss sich nur noch heftiger in seinem Bein. Sie riss den Kopf hin und her, als wäre Mackeys Bein ein Kauspielzeug, zerriss sein Hosenbein und ließ das Blut nur so spritzen.

Wussten Hunde instinktiv, wo die Schlagader saß, fragte sich Vega.

Sie senkte die Waffe, spürte die Wärme der untergehenden Sonne im Nacken und sah zu, wie Mackey langsam verblutete.

24

Cap lief zurück ins Zimmer, schob sich zwischen den Jalousien hindurch, umrundete das Bett und stieg über das zerbrochene Glas hinweg zur Verbindungstür, drehte den Knauf und betrat das Nebenzimmer. Hier war es dunkler, es dauerte eine Weile, bis Caps Augen sich daran gewöhnt hatten. Dann sah er ein Mädchen bäuchlings auf dem Bett. Als er näher trat, entdeckte er das runde Brandmal auf ihrer Schläfe. Sie trug noch die Reizwäsche, die man ihr wahrscheinlich im Haus in Salton angezogen hatte. Im Fernsehen lief eine spanische Krankenhausserie.

Sie schenkte ihm kaum Beachtung, vergrub die Hand in der Chipstüte, während die andere schlaff über der Bettkante baumelte, als wäre sie mit Gewichten beschwert.

»Hallo!«, sagte Cap zu ihr.

Statt zu antworten riss sie den Arm hoch, und da erkannte Cap, dass sie tatsächlich beschwert, oder besser, mit Handschellen an ein anderes Mädchen gefesselt war, das jetzt unter dem Bett hervorkroch und ihn verängstigt ansah.

»*Policía*«, flüsterte Cap und zeigte auf seine Brust.

»Nati!«, rief das Mädchen über die Schulter hinweg und setzte sich dann neben die andere aufs Bett, die immer noch auf die Serie fixiert war.

Die Badezimmertür ging auf, und zwei weitere Mädchen kamen heraus, beide ungefähr zwölf oder dreizehn. Eine von ihnen sah sogar jünger aus als Missy.

»Wer du?«, fragte sie. Ihre Brauen waren dunkel und fast über der Nase zusammengewachsen.

»Sprichst du Englisch?«, fragte Cap.

Sie nickte.

»Ich lerne Schule.«

»Mein Name ist Max«, sagte er und wandte sich dann zu den anderen um. »Max«, wiederholte er, den Finger auf der Brust. »Wie heißt du?«, fragte er das Mädchen.

»Nati«, sagte sie. »Wo der Mann?«

»Weg«, erwiderte Cap mit großer Sicherheit, von der er selbst nicht wusste, woher sie kam.

»Wo Dalena?«

Das Mädchen mit dem Brandmal kreischte und gackerte drauflos, den Blick immer noch auf den Fernseher gerichtet. Dann feuerte sie eine Salve Spanisch auf Nati ab. Cap verstand nur »Dalena« und »Barmann«, außerdem meinte er »Coyote Ben« zu hören.

»Dalena Cortez?«, fragte er.

Nati nickte.

»Sie ist in Sicherheit«, sagte Cap, obwohl ihm die Worte beim Gedanken an die Einrichtung der ISC fast in der Kehle steckenblieben. »Alle anderen sind in Sicherheit.«

»Sie sagt, sie rettet uns. Holt uns.«

Er beugte sich vor. »Gib mir deine Hand«, sagte er sanft.

Nati wirkte misstrauisch, aber als ihr Blick auf den Bolzenschneider fiel, verstand sie. Auf Spanisch erklärte sie dem Mädchen neben ihr, was Cap vorhatte, und beide streckten ihm zögerlich die Arme entgegen.

»Nicht bewegen!«, sagte er.

Nati nickte und gab die Botschaft an die andere weiter. Vorsichtig durchtrennte Cap die Kette, die die Fesseln miteinander verband.

Die Mädchen blickten überrascht auf ihre befreiten Hände, an denen immer noch die Handschellen baumelten.

Cap fuhr zum Tunnel in der Wüste, Vega saß auf dem Beifahrersitz, die Mädchen dicht gedrängt und in Decken vom Motel gehüllt auf der Rückbank. Nati saß auf dem Schoß des älteren

Mädchens, das María Elena hieß. Sie blickten konzentriert aus dem Seitenfenster, keine von ihnen sprach ein Wort.

Am Straßenrand stand ein weißer Transporter, daneben wartete eine Person. Cap erkannte sie erst, als er näher kam. Er stieß einen erleichterten Seufzer aus.

»Da ist McT!«, sagte er, obwohl Vega ihn sicher schon entdeckt hatte.

Cap parkte hinter dem Transporter. McTiernan winkte. Auch er war offensichtlich erleichtert, sie zu sehen.

Vega wandte sich zu den Mädchen um. Sie wirkten nervös, ihre Blicke huschten von McT zum Transporter. Vermutlich haben sie Angst, dass man sie wieder irgendwohin bringt, dachte Vega. Nur Chicago, die in der Mitte saß, spähte desinteressiert durchs Fenster.

»Wir müssen mit einem Freund sprechen«, erklärte Vega ihnen auf Spanisch. »Bitte wartet hier.«

Die drei, die zugehört hatten, nickten. Vega und Cap stiegen aus.

»Alles okay bei euch?«, fragte McT.

Cap blickte an sich herab, bemerkte erst jetzt wie verschwitzt er war, wie zerknittert seine Kleidung.

»Ehrlich gesagt, weiß ich das nicht so genau. Kann ich später darauf antworten?«

»Wo sind Otero und Boyce?«, fragte Vega.

»Am Motel. Sie räumen auf.«

»Haben sie vor, dort zu bleiben?«

McTiernan nickte.

»Wie sieht's hier mit dem Timing aus?«

McT sah auf die Uhr.

Er machte eine Kopfbewegung in Richtung Tunnel. »So in einer Stunde, würde ich sagen. Was ist mit Castán?«

»Eineinviertel Stunde.« Vega wandte sich an Cap. »Zuerst musst du verschwinden.«

»Wie bitte?«

»Du musst ... abhauen«, sagte sie leiser. »Ich will nicht, dass die Mädchen die anderen sehen«, sagte sie mit einem Nicken in Richtung Transporter.

Cap folgte ihrem Blick. Bis zu diesem Moment hatte er nicht genauer über diese Details nachgedacht.

»Okay, aber ich lass dich hier nicht allein. McT kann die Mädchen übernehmen und Rodrigo abholen.«

»Ich lasse euch aber auch nicht hier allein«, sagte McT.

»Als Polizist kannst du nicht hierbleiben. Du darfst nicht sehen, was gleich passiert«, sagte Vega.

»Ich bin ein guter Lügner.«

»Du, Otero, Boyce, niemand von euch darf etwas mitbekommen.«

McT kratzte sich hinterm Ohr. Er sah aus wie ein kleines Kind. Vega wusste, dass er verstand. Sie wandte sich Cap zu, der mit den Achseln zuckte und die Hände ausstreckte.

»Ich bin kein Cop«, sagte er.

»Du darfst auch nicht hierbleiben«, beharrte Vega sanft.

»Vega, diese Typen ...«

»Diese Typen wissen, wo Nell ist.«

Sie trat auf Cap zu. McT zog sich diskret zum Transporter zurück, um ihnen etwas Privatsphäre zu geben. Vega kam näher, sah Cap aber nicht an, sondern brachte ihr Gesicht ganz dicht an seines.

»Du weißt genau, dass ich recht habe«, flüsterte sie ihm ins Ohr. Ihr Atem war heiß.

Er strich ihr über die Arme. »Vega«, flüsterte er, schob sie von sich weg und hielt sie so, dass sie ihm direkt ins Gesicht sehen musste. »Eine oder mehrere Personen werden hier heute sterben.«

»Ah. Und du willst bleiben, damit die Zahl höher ausfällt?«

Es machte Cap fast zornig, wie beruhigend ihre Stimme klang. Wahrscheinlich hypnotisierte sie ihn gerade.

»Bitte, hör mir zu«, sagte sie noch sanfter. »Ich möchte dir nicht die Beine brechen müssen.«

Er war zu müde, um zu lachen.

»Hol Rodrigo und warte auf meine Nachricht.«

Cap seufzte nur, doch er rührte sich nicht vom Fleck.

»Zwei Stunden«, sagte er.

»Zwei Stunden«, wiederholte sie.

Da wandte er sich endlich um und stieg wieder in den Wagen. Er sagte etwas zu den Mädchen, startete den Motor und schaltete die Scheinwerfer ein. Er wendete und brauste davon. Durch die Rückscheibe warf Nati einen letzten Blick auf Vega, die dem Wagen nachsah, bis er in der Ferne verschwand.

Als sie hörte, wie McT die Transportertüren aufschloss, wandte sie sich ab. Er befestigte sie an beiden Seiten, wischte sich den Schweiß von der Stirn und stemmte die Hände in die Hüfte.

»Ich geh rein, okay?«, sagte er.

Ohne eine Antwort abzuwarten kletterte er hinein. Vega trat vor, blieb aber an den Türen stehen. Drinnen lagen zwei weiße Säcke mit Reißverschlüssen.

»Welche ist welche?«, fragte sie.

McT überlegte kurz.

»Das da links ist Maricel Villareal, rechts Dulce Díaz.«

»Maricel zuerst«, sagte Vega.

»Auf drei.« McT ging in die Knie und schob die Hände unter den Leichensack. »Eins, zwei …«

Vega packte zu. Sie fühlte Maricels Beine durch den Sack, zerbrechlich wie Vogelknochen.

»… drei.«

Sie hoben den Sack. Vega lief rückwärts, McT kletterte auf die Straße.

»Wohin?«, fragte er.

»Da drüben.« Sie legten ihn etwas von der Straße entfernt auf den Boden, wo keine Kakteen wuchsen.

Dann holten sie den zweiten Leichensack und legten ihn daneben. McT blieb eine Weile schweigend davor stehen.

»Ich will dich auch nicht hier zurücklassen«, wiederholte er.

Vega blinzelte in die Sonne. »Komm drüber weg«, sagte sie.

»Du meinst, ich soll dir einfach vertrauen?«

Sie zuckte die Achseln. »Musst du nicht.«

»Aber du weißt, was du tust?«, fragte McT nervös.

»Glaube schon.«

»*Glaubst* du?«

»Ja. Ich habe dem Tod heute dreimal ein Schnippchen geschlagen. Also, ja, ich glaube schon.«

McT rieb sich die Nase. Er schwitzte stark.

Vega wandte sich zum Tunneleingang, dann ließ sie den Blick zur Straße wandern und verengte die Augen.

»Sie sind bald da«, sagte sie. »Du solltest jetzt gehen.«

McT nickte. Er sah aus, als würde er gleich kotzen. Nachdem er Vega noch kurz die Hand auf die Schulter gelegt hatte, schloss er die Türen und setzte sich hinters Steuer. Er startete den Motor, wendete und brauste wie Cap davon.

Diesmal wartete Vega nicht mehr, bis der Transporter in der Ferne verschwunden war. Sie drehte das Gesicht zur Sonne, die zwar schon tief am Horizont stand, aber noch immer heiß war. Den Blick auf den Tunneleingang geheftet, nur ein kleiner schwarzer Fleck im Sand, stand sie neben den Leichen der toten Mädchen und wartete.

Schon bald erklang das Knattern eines Motors, und sie eilte zum Eingang. Kaum sah sie den ersten Mann hochkommen, die untere Gesichtshälfte mit einem Taschentuch verdeckt, ein Gewehr über der Schulter, hob sie die Hände so hoch sie konnte.

Die Sonne war noch immer nicht ganz untergegangen, als Castáns SUV auftauchte. Doch der Himmel war schon tiefblau, und es war dunkel genug, dass er die Scheinwerfer eingeschaltet hatte. Er parkte den Wagen am Straßenrand.

Zuerst stieg der Fahrer aus, dann der Mann namens Memo, der mit der Waffe. Sie warfen Vega nur einen flüchtigen Blick zu, ihre Aufmerksamkeit galt den weißen Leichensäcken, die unweit von ihr am Boden lagen. Memo stand neben der Motorhaube, die Waffe lässig auf Vega gerichtet. Der Fahrer öffnete die Seitentür und ließ Javier Castán aussteigen.

Er winkte und trat auf Vega zu, Memo und den Fahrer zu seiner Rechten und Linken.

»Miss Vega«, sagte er munter.

Dann beschrieb er einen kleinen Kreis mit dem Zeigefinger, was dem Fahrer offenbar bedeutete, dass er vorgehen solle.

Vega hob vorsichtshalber die Hände, der Fahrer tastete sie ab und nahm ihr die Springfield weg.

Castán zeigte auf die Leichensäcke. »Das sieht ja vielversprechend aus.«

Dann breitete er die Arme aus.

»Ich frage mich allerdings, wo die anderen vier sind«, sagte er ruhig.

»Sie werden bald hier sein«, versprach Vega.

Castán sah auf seine goldene, klobige Uhr.

»Das hoffe ich«, sagte er und schnitt eine Grimasse. »Haben Sie noch Schmerzen von dem Unfall heute?«

Vega schüttelte den Kopf.

»Ich habe schon ein paar Unfälle hinter mir. Die ersten zwei, drei haben mir nichts ausgemacht, aber mit zunehmendem Alter spüre ich es am nächsten Tag im Rücken oder im Nacken«, sagte sie und zeigte auf die betreffenden Körperregionen.

»Ja, Altwerden ist nichts für Feiglinge«, bemerkte Castán. »Aber besser als der Tod, finden Sie nicht auch, Miss Vega?«

Vega hielt seinem Blick stand und schwieg.

Castán machte eine Kopfbewegung in Richtung Leichensäcke, und der Fahrer ging auf sie zu. Er hielt Vegas Springfield in der Hand, als kleine Sicherheit.

Vega behielt Memo im Blick, der seine Waffe immer noch auf sie gerichtet hatte. Sie hörte, wie der Fahrer den Reißverschluss des ersten Sacks aufzog, und bewegte den Kopf ohne nachzudenken ein wenig in seine Richtung.

Dann sah sie, wie sich Castáns amüsierte Miene komplett veränderte. Sämtliche falsche Freundlichkeit wich ihm aus dem Gesicht, es war, als würde er eine dunkle Energie anzapfen, und seine Augen wurden schwarz und hart.

»Sie sollten Ihren Blick besser unter Kontrolle halten, Miss Vega«, sagte er mit kalter Stimme.

Plötzlich sprang einer der Männer aus dem Tunnel aus dem Leichensack und feuerte drei schnelle Schüsse aus seiner Semiautomatik in den Oberkörper des Fahrers.

Memo schoss ziellos in Richtung Sack, verfehlte den Mann aber komplett. Er versuchte zu fliehen, als der zweite Mann aus Dulce Díaz' Leichensack barst und ihm direkt ins Gesicht schoss.

Ehe Vega sich versah, hatte Castán sie am Handgelenk gepackt und sie vor sich gezerrt, wo sie nun stand, sein menschlicher Schutzschild. Castán war stark und hatte offenbar schon viele Frauen am Handgelenk herumgezerrt. Vega merkte sofort, dass er genau wusste, was er tat, er hielt sie so, dass er ihr praktisch im Handumdrehen den Arm brechen konnte. Instinktiv bewegte sie auch die andere Hand hinter den Rücken und vergrub die Finger in Castáns Arm.

Würde sie sich aus seinem Griff befreien können? Wahrscheinlich nicht. Aber sie konnte es versuchen. Bald.

»Ihre Augen, Miss Vega. Sie sollten sie besser kontrollieren«, flüsterte er.

Bei diesen Worten drückte er ihr eine dünne Klinge an den inneren Augenwinkel, so nah an der Tränendrüse, dass sie spürte, wie es ihr feucht die Wange herablief. *Tränen? Blut?*

»Oder Sie haben bald keine mehr.«

Sie bereitete sich so gut sie konnte auf den Schmerz vor, den ihr das Messer verursachen würde, wenn es ihren Augapfel aus der Höhle schälte wie eine Auster aus der Schale. Dann fiel ein Schuss, er krachte so laut, dass es schien, als käme er direkt von oben, aus heiterem Himmel.

Castáns Griff löste sich und das Messer verschwand aus ihrem Sichtfeld, als er dumpf zu Boden sackte. Als Vega zu ihm hinabblickte, sah sie das Loch über seinem rechten Ohr, darüber das blutverklebte dunkle Haar. Er lebte noch, seine Glieder zuckten unkontrolliert, doch als er versuchte zu sprechen, quoll ihm Blut über die Lippen.

Sein Messer glitzerte im Sand. Vega hob es auf. Es war sauber. Sie betastete die Haut unter ihrem Auge. Kein Blut.

Die beiden Männer mit den Taschentüchern über Mund und Nase befreiten sich von den Leichensäcken, rannten auf Castán zu und zielten mit den Waffen auf seinen Kopf.

»Wartet!«, rief jemand auf Spanisch.

Es war der Mann, der Castán den Kopfschuss verpasst hatte. Im Schutze des Tunneleingangs hatte er gestanden und auf seinen Einsatz gewartet. Sein Name war César Villareal.

Er war nicht groß, aber er hatte eine breite Brust und war mit einem Scharfschützengewehr bewaffnet, wie es sonst nur beim Militär eingesetzt wurde. Er hielt es in der Hand wie andere ihre Autoschlüssel. Acht Männer folgten ihm aus dem Tunnel.

»*¡Atrás!*«, befahl er den Maskierten, die prompt zurücktraten.

Vega, die wusste, dass ihr der Rückzugsbefehl nicht gegolten hatte, gehorchte trotzdem.

Villareal musterte den am Boden liegenden Castán und drückte ihm den Gewehrlauf in die Wange. Der keuchte immer noch wie ein Ertrinkender, um seinen Mund zuckte es. Allerdings war Vega sicher, dass er noch genau mitbekam, was um ihn herum geschah. Genauso sicher war sie, dass Villareal es exakt darauf abgesehen hatte.

Der Mexikaner zielte weiter auf Castáns Gesicht, bedeutete einem seiner Männer aber, näher zu kommen, was dieser sofort tat. Dieser Mann war groß, sein Haar war zu einem Pferdeschwanz zusammengebunden. Außerdem hielt er ein langes Bowiemesser in der Hand.

Vega zog sich weiter zurück, genau wie die Maskierten. Alle hielten Abstand, während Villareal und Marco Díaz, die Väter von Maricel und Dulce, sich Castán widmeten. Es dauerte nicht lange. Warmer Dampf stieg in die Dämmerung auf, als sie ihn langsam aufschlitzten.

Als Cap Castáns SUV am Straßenrand entdeckte, gab er Gas. Seine Kehle war wie zugeschnürt, als er den panischen Blick über die Landschaft streifen ließ, auf der Suche nach ihr. Er sah die Schützen und noch weitere zehn Männer in schwarzen Hemden, Jeans und Cowboystiefeln, manche waren mit Taschentüchern maskiert, andere dabei, mehrere vollgestopfte Müllsäcke zuzubinden. Alle trugen Waffen, Gewehre über der Schulter oder Pistolen in Holstern.

Schließlich entdeckte er Vega unter ihnen, sie hatte die Arme verschränkt und beobachtete die Szene. Cap hielt an.

»Papi!«, rief das Mädchen am Seitenfenster und presste die Finger gegen die Scheibe. Sie hieß Areceli.

Nati und María Elena kletterten übereinander, um hinauszusehen, und dann riefen alle auf einmal. Rodrigo, vorn auf dem Beifahrersitz, ließ das Fenster herunter.

»Papá!«, rief er.

Der Mann neben Vega lief los.

Rodrigo und die Mädchen konnten gar nicht schnell genug aussteigen. Sie rannten auf ihre Väter zu. Nur Catalina Checado, die sie Chicago nannten, ließ sich Zeit. Einer der Männer wirbelte Nati in die Luft, auch Areceli und María Elenas Väter drückten ihre Töchter an sich und küssten ihre Gesichter.

Chicago stolperte durch den Sand, die Decke rutschte ihr von den Schultern. Sie bückte sich nicht danach. Ein großer Mann mit Schnurrbart eilte auf sie zu.

»Lina!«, sagte er und schloss sie in die Arme.

Sie blieb stehen, erwiderte die Umarmung aber nicht. Ihr Vater sprach schnell auf sie ein, Fragen, Liebesbezeugungen, wie Cap vermutete, doch das Mädchen reagierte nicht, selbst dann nicht, als ihr Vater ihr Gesicht mit den Händen umschloss und sie ansah.

Rodrigo und sein Vater fielen sich in die Arme und umklammerten einander wie Ertrinkende. Bei diesem Anblick schnürte sich Caps Kehle nur noch enger zu.

Als Vega auf ihn zutrat, wäre er fast in Tränen ausgebrochen.

»Geht es dir gut?«, fragte sie. »Du siehst aus, als würdest du mir gleich aus den Latschen kippen.«

Er nickte und hüstelte diskret in die Faust.

»Und du? Wir geht es dir?«, fragte er nach einer Weile.

Sie nickte abgelenkt, ihr Blick ruhte auf Villareal, der seinen Sohn noch ein wenig an sich drückte, bevor er sich Vega und Cap zuwandte.

»Danke«, sagte er auf Englisch und schüttelte ihnen die Hand. »Ich nehme meinen Sohn mit nach Hause.« Sein Blick wanderte zu den Maskierten, die die beiden wieder gefüllten Leichensäcke und drei Müllsäcke zum Tunneleingang schleppten. »Und meine Tochter«, fügte er hinzu.

Dann wandte er sich Vega zu.

»Mein Chef lässt Ihnen ausrichten, dass er sehr dankbar ist.«

Dann lachte er plötzlich, obwohl seine Augen ausdruckslos blieben.

»Es ist gut, in seiner Schuld zu stehen. Perro Perez wird wissen, dass wir dahinterstecken. Aber wir sind darauf vorbereitet.«

Er sah zu den Männern, die im Tunnel verschwanden.

»Aber wenn Perez von Ihnen erfährt, wird er Sie umbringen und alle, die Sie auch nur im Entferntesten geliebt haben«, fügte er ruhig hinzu. Eine sachliche Information.

»Dann sollte ihm wohl niemand von mir erzählen«, sagte Vega.

Villareal grinste breit.

»Da haben Sie wohl recht.«

Dann wandte er sich ab und sprach leise mit Rodrigo. Er legte seinem Sohn den Arm um die Schultern, und beide gingen zum Tunnel.

»*Adios*, Vega!«, sagte Villareal zum Abschied.

Die Maskierten hatten auch den letzten Sack in den Tunnel geschleppt, danach waren die Väter mit ihren Töchtern an der Reihe. Nati hatte den Nacken ihres Vaters immer noch umschlungen, während Chicagos Vater sein Mädchen an der Hand führte wie eine Blinde. Villareal und Rodrigo gingen zum Schluss hinein.

Vega und Cap sahen sie nach und nach im Tunnel verschwinden, nur Rodrigo blieb vorher noch kurz stehen und wandte sich zu ihnen um. Seine Miene war aus der Ferne nicht genau zu erkennen, aber sie sahen, dass er einen Finger an die Schläfe hob, entweder als Salut, Abschiedsgeste oder um auszudrücken, dass er das Geschehene nie vergessen würde. *Hier oben*, schien er ihnen zu bedeuten, *alles ist hier oben gespeichert*.

Dann wurde auch er vom Tunnel verschluckt. Vega und Cap verharrten noch eine Weile dort, während die Wüste um sie herum dunkler und kühler wurde. Irgendwann stiegen auch sie in den Wagen und fuhren davon. Danach war wieder alles, als wäre nichts geschehen.

25

Am nächsten Morgen traf McT sie am Hotel. Er stand auf dem Parkplatz an den Minivan gelehnt und wedelte mit einem weißen Umschlag, als er Vega und Cap auf der Treppe sah.

»Frisch vom Richter«, rief er. »Anordnung, die sechs Mädchen aus Oren North an die Polizei auszuliefern.«

Cap fühlte sich ehrlich gesagt ziemlich neben der Spur. Er war so müde gewesen, der ganze Körper hatte ihm wehgetan und die vielen Adrenalinschübe vom vergangenen Tag hatten ihn dermaßen ausgelaugt, dass er nach der Rückkehr sofort in den Tiefschlaf gesunken war. Er konnte sich kaum erinnern, was nach der Sache mit dem Tunnel passiert war. Er hatte Vega gesagt, sie solle fahren, denn er hatte seinen Reflexen nicht mehr getraut. Auf der Rückfahrt zum Hotel war er gleich eingeschlafen und hatte Vega nur die wichtigsten Punkte seiner Begegnung mit den Mädchen im Surf Motel erzählt. Wie er die Treppe zu seinem Zimmer hochgekommen war, wusste er nicht mehr, und danach war er offenbar ins Bett gefallen, ohne sich vorher auszuziehen, denn als er am Morgen von der durch die Vorhänge spitzenden Sonne um kurz nach sechs erwacht war, hatte er noch die Klamotten vom Vortag an.

Aber gute Nachrichten erkannte er auch mit halber Hirnleistung.

Sie stiegen in den Minivan, McTiernan saß am Steuer, Cap auf dem Beifahrersitz und Vega hinten. McT stellte den Sportsender an und plauderte mit Cap über Ergebnisse und Torverhältnisse.

Cap empfand eine neue Leichtigkeit, obwohl die Arbeit noch nicht getan war. Etwas Optimismus schien ihm durchaus angebracht. Er und McT waren gut gelaunt und lachten viel, und irgendwann fiel Caps Blick auf den Seitenspiegel. Vega hatte den Kopf ans Fenster gelehnt und die Augen geschlossen.

Er kannte sie gut genug, um zu wissen, dass sie nicht schlief. Sicher dachte sie über das nach, was ihnen als Nächstes bevorstand, die letzte verschlossene Tür. Nur, diesmal kamen sie mit einem Schlüssel.

Steve McConnell studierte die richterliche Anordnung ausgiebig, las sie sogar zweimal durch, als könnte es sich um eine Fälschung handeln.

»Mr McConnell, wir haben noch andere Dinge zu tun, wenn Sie sich also bitte etwas beeilen könnten?«, sagte McT höflich, aber bestimmt.

»Diese Einrichtung untersteht dem Ministerium für Innere Sicherheit, die müssen das erst genehmigen«, sagte McConnell, klang aber selbst nicht überzeugt von seiner Behauptung.

»Deshalb stammt die Anordnung ja auch von einem Bundesgericht«, erwiderte McT. »Diese sechs Mädchen sind Zeuginnen in einer polizeilichen Ermittlung wegen Mordes und Zwangsprostitution. Wenn Sie sie uns jetzt nicht übergeben, kann ich Sie wegen Entführung verhaften lassen.«

Cap konnte sich ein Grinsen nicht verkneifen. Er kam sich vor wie McTs kleiner Bruder auf dem Schulhof. Wer zuletzt lacht, lacht am besten!

McConnell musterte McT noch eine Weile, als wollte er dafür sorgen, dass man sein Zögern deutlich zur Kenntnis nahm. Dann wandte er sich an Sam, den Wachmann.

Er gab ihm den Beschluss. »Diese sechs. Und nur die.« Als würde McT tatsächlich versuchen, noch ein paar andere Kinder rauszuschmuggeln.

Als Sam gegangen war, stieß McConnell einen tiefen Seufzer aus. »Kann ich Ihnen sonst noch helfen?«

»Ja, ich muss eines der Mädchen nochmal vernehmen«, sagte Vega, die im Türrahmen stand. »Dalena Cortez. Würden Sie Ihre Wachleute bitte anweisen, Sie herzubringen?«

Cap war ein wenig überrascht, ließ es sich aber nicht anmerken. Das war nicht abgesprochen. McConnell zog eine angewiderte Grimasse, seine grauen Augen wurden glasig.

»Wie Sie wollen«, sagte er, machte aber keine Anstalten zu gehen.

»Ich muss mit Detective McTiernan unter vier Augen sprechen. Würden Sie uns bitte einen Augenblick allein lassen?«, fragte Vega.

Jetzt richteten sich alle Augen auf McConnell, der soeben seines eigenen Büros verwiesen worden war.

»Beeilen Sie sich«, brummte er, schnappte sich seine Sonnenbrille vom Schreibtisch und dampfte ab.

Kaum war die Tür geschlossen, bemerkte Cap: »Das war vielleicht ein bisschen zu vergnüglich.«

McTiernan zückte sein Handy und machte Fotos vom Wohnwageninneren.

»Ministerium für Innere Sicherheit? Nie im Leben«, sagte er. »Nie im Leben würden die Oberen so was hier abnicken. Das wird ein paar Leute beim ISC den Job kosten, darauf könnt ihr wetten«, sagte er.

Er trat an das kleine Rückfenster des Wohnwagens und fotografierte das Lager.

Cap wandte sich an Vega. »Warum willst du mit Dalena sprechen?«

»Ich glaube, sie hat eine Transaktion zwischen Mackey und Davis mitbekommen, der sie damals keine besondere Bedeutung beigemessen hat.«

Cap nickte, hatte aber das ungute Gefühl, dass Vega ihm etwas verschwieg.

»Möchtest du mir verraten, was genau du von ihr wissen willst?«, sagte er leise.

Vega beugte sich zu ihm vor, sodass sich ihre Gesichter fast berührten.

»Eigentlich nicht, Caplan«, antwortete sie.

Er trat lächelnd einen Schritt zurück.

»Alles klar, Ms Vega«, sagte er, die Hände erhoben.

Dann verließ er mit McT den Wohnwagen. Als Cap die Tür schließen wollte, sah er, dass Vega sich an den Konferenztisch gesetzt hatte und zweimal auf die Tischplatte klopfte, den Kopf leicht geneigt, als erwarte sie eine Antwort.

Dalena trat ein, immer noch in Schlabberpulli mit ISC-Aufdruck, Jeans und Tennisschuhen ohne Schnürsenkel. Sie wirkte erwartungsvoll, nicht verängstigt, ihr Blick war hellwach. Ohne abzuwarten setzte sie sich Vega gegenüber auf einen Stuhl.

»Hi, Dalena! Wie geht es dir?«, fragte Vega.

Dalena zuckte die Achseln.

»Wohin bringen Sie uns?«, fragte sie, auf einmal misstrauisch.

»Zuerst bringen wir euch auf eine Polizeistation, und ihr trefft ein paar Leute von einer Organisation, die sich um Mädchen aus dem Ausland kümmert. Vielleicht können die eure Familien kontaktieren.«

Dalena dachte kurz nach.

»Schicken die uns zurück?«

»Das weiß ich nicht. Momentan laufen die Dinge in diesem Land etwas seltsam. Ich kann nicht sicher sagen, was passieren wird.«

Dalena wirkte nicht besonders beunruhigt. Ihr Blick wanderte durch den Wohnwagen.

»Woher kommst du genau?«, fragte Vega betont unverfänglich.

»Chiapas«, sagte Dalena. Dann lächelte sie. »Eine Stadt im Nirgendwo. So nennen sie solche Orte. Höfe ohne Adresse, die irgendwo zwischen den Städten liegen. Daher komme ich.«

»Wie bist du hergekommen?«

Dalenas Blick kehrte zurück zu Vega. Ihre tiefliegenden Augen waren dunkelbraun.

»Meine Eltern haben mich zusammen mit meiner Schwester und noch ein paar anderen kleinen Kindern hergeschickt. Einer der älteren, er war der Cousin von irgendwem aus der Gruppe, hat sich zum Anführer erklärt. Wir sind lange gelaufen. Dann haben wir einen Bus genommen.«

Danach schwieg sie. Etwas schien sie zurückzuhalten.

Erst nach einer Weile fuhr sie fort. »Meine Schwester ist krank geworden. Ich weiß nicht, was sie hatte, aber ihr Hals ist angeschwollen und sie konnte nicht mehr sprechen. Sie ist im Bus gestorben. Bei unserer Ankunft stand Coyote Ben da und hat uns abgeholt. Wir sind mit ihm weiter. Am Río Tijuana entlang.«

Ihre Schilderungen klangen seltsam kalt, als hätte sie sie schon zig Mal erzählt.

»Das mit deiner Schwester tut mir leid«, sagte Vega.

Dalena zuckte erneut die Achseln, verzog den Mund, weinte aber nicht.

Vega beugte sich vor und verschränkte die Hände.

»Dalena, weißt du, was ein Fingerabdruck ist?«, fragte sie.

Dalena sah sie verwirrt an.

Vega hielt den Zeigefinger in die Luft.

»Das ist wie ein Stempel. Jeder Mensch ist einzigartig. Und wenn du etwas berührst, hinterlässt du deinen Stempel.«

Vega legte die flache Hand auf den Tisch.

»Ich habe gerade meine Fingerabdrücke auf diesem Tisch hinterlassen, also kann die Polizei später feststellen, dass ich hier war.«

Dalenas Atem ging regelmäßig, sie sah Vega ruhig an.

»Die Polizei hat alles aus dem Haus in Salton in Kisten verpackt. Alles aus den Schlafzimmern, den Badezimmern und aus der Küche. Wegen der Fingerabdrücke können sie genau sagen, wer was angefasst hat. Verstehst du?«

Dalena nickte nicht, schüttelte nicht den Kopf, sie wirkte wie erstarrt.

»Wenn die Männer, die zum Haus gekommen sind, zum Beispiel ein Küchenmesser zum Limetten schneiden verwendet haben, kann die Polizei feststellen, wer es angefasst hat.«

Immer noch keine Reaktion von Dalena. Vega war nicht sicher, ob das Mädchen nicht verstanden hatte oder absichtlich nicht reagierte.

Nach einer Weile sagte sie doch etwas. »Coyote Ben hat mir erlaubt, es zu benutzen, um Drinks zu machen.«

»Wie lange warst du im Haus?«

»Vielleicht ein Jahr. Die Mädchen aus der Stadt sind angekommen und haben nix kapiert. Chicago hat man das Hirn verbrannt, weil sie dauernd geheult hat.«

Wieder hielt Dalena inne.

»War Maricel Villareal auch so? Hat sie auch dauernd geheult?«

»O ja. Missy auch, aber sie wusste, dass sie leise sein musste. Die Mädchen aus der Stadt wussten das nicht. Maricel und Dulce, die mit den schönen Haaren, haben immer nur geheult.«

»Und was ist mit denen passiert? Die, die immer geheult haben?«

»Rafa hat sich zuerst Dulce vorgenommen.« Dalenas Blick war abwesend, es war, als würde sie einen Film beschreiben. »Sie hat alle angeschrien, aber dann hat sie mich angesehen und gerufen: ›Hilf mir!‹ Nur zu mir hat sie das gesagt. Sie hat gedacht, ich könnte ihr helfen.«

»Weil Coyote Ben dich mochte?«

Dalena riss sich aus ihrer Trance und betrachtete Vega, als wäre sie verrückt geworden.

»Coyote Ben hat mich nicht gemocht, er hat mich eingeritten«, schleuderte sie Vega entgegen.

Vega nickte nur. Offenbar hatte sie eine Grenze überschritten.

»Was ist passiert, als Dulce aus dem Schuppen zurückgekommen ist?«, fragte sie sehr leise, in der Hoffnung, das Vertrauen des Mädchens zurückzugewinnen.

Dalena schüttelte genervt den Kopf.

»Sie war nicht mehr da. Wir mussten sie an der Hand herumzerren, weil sie nicht mehr allein gehen konnte. Und sie hat auch nicht mehr verstanden, was man zu ihr gesagt hat.

Ich habe neben ihr geschlafen. Eines Nachts bin ich wach geworden, alles war nass, weil sie sich eingepisst hat. An dem Tag habe ich mir das Messer geholt.«

»Und Fat Mitch hat es nicht gemerkt?«

»Er hat Süßigkeiten gefressen und Tequila gesoffen. Rafa hat Crack geraucht und auf die Wände eingeschlagen. Sie konnten uns nicht die ganze Zeit im Auge behalten.«

Dalena betrachtete ihre Hände. *Sie denkt an Fingerabdrücke*, vermutete Vega.

»Was hast du gemacht, Dalena?«, fragte sie mit leiser Stimme, gerade noch laut genug, um den Ventilator in der Ecke zu übertönen. »Mit dem Messer?«

»Ich habe ein Handtuch über Dulces Rücken gelegt und das Messer reingestochen, hier rein«, sagte sie, die Hände an den Nieren. »Ich wusste, dass ich sie töten musste, denn sonst würden die Männer es tun. Oder Schlimmeres.«

»Was war mit Maricel Villareal?«, flüsterte Vega.

»Ich wusste, dass Rafa sie als Nächstes mitnehmen würde. Sie hat geheult, wenn sie mit den Männern unten im Keller war. Die Männer haben sich beschwert. Sie hat Sie in den Nachrichten gesehen. Im Fernsehen. Ich habe sie beobachtet. Habe Sie auch gesehen«, sagte Dalena. »Sie haben einen kleinen Jungen gerettet. Aber ich hab gewusst, dass Sie uns nicht retten können. Maricel und die Mädchen aus der Stadt haben gesagt, sie könnten nicht zurück, weil ihre Väter in Schwierigkeiten steckten. Ihre Väter waren alle große Fische.«

Dalena grinste. Vega musste ebenfalls lächeln. *Große Fische.*

»Mein Vater ist kein großer Fisch. Missys Vater auch nicht. Aber im Haus war es egal, wer dein Vater ist. Keine von uns sieht ihren Vater wieder. Ich hab gewusst, dass Maricel bald mit Rafa gehen musste, also hab ich dasselbe mit ihr gemacht.« Sie hielt kurz inne. »Nur dass ich beim zweiten Mal besser war«, fügte sie hinzu.

Dalena klang ungerührt. Vega hatte nicht den Eindruck, dass sie mit ihren Taten prahlen wollte, sie erzählte einfach die Wahrheit. Sie war in ihrem Leben schon einigen Soziopathen begegnet und kannte deren eiskalte Gewissenlosigkeit. Dalena passte nicht in diese Kategorie.

»Dalena«, sagte Vega so behutsam wie möglich, »du weißt, dass es falsch ist, einen Menschen zu töten, oder?«

Dalena legte die Hände auf den Tisch und beugte sich vor.

»Ich habe den Mädchen was Gutes getan. Sonst wäre ihnen was Schlimmeres passiert.«

Jetzt zeigte sie Gefühle, Wut.

»Was wissen Sie schon? Nichts! Sie haben Geld und Waffen.« Sie lehnte sich auf dem Stuhl zurück. »Aber sie hatten kein Zuhause mehr.«

»Hatten sie doch«, sagte Vega sanft. »Catalina, Nati. Areceli, María Elena. Ihre Väter stecken nicht mehr in Schwierigkeiten, und sie haben ihre Töchter abgeholt. Maricels und Dulces Väter waren dabei. Sie haben auf ihre Kinder gewartet.«

Dalena wandte den Blick nicht ab, doch ihr Atem ging jetzt schneller. Sie steckte in der Klemme.

»Sie lügen!«, sagte sie.

»Nein.«

Wieder betrachtete das Mädchen die Hände, ballte sie langsam zu Fäusten und schlug sich damit gegen die Stirn.

»Es ist so heiß in meinem Kopf«, sagte sie heiser.

Vega betrachtete das Mädchen ganz genau, die schmutzigen Fingernägel, die vertikalen Schnitte um ihre aufgesprungenen Lippen, den natürlichen Schimmer ihrer jugendlichen Haut, das lange Haar, ungekämmt, aber nicht verfilzt, das wie ein dunkler Umhang über ihren Schultern lag. Den Schrecken in ihren Augen. Vega wusste, dass Dalena jeden Augenblick ihrer Tat neu durchlebte und dabei spürte, wie sie den Halt verlor. Nichts konnte ihre Entscheidungen ungeschehen machen. Damit musste sie leben.

Kurz überlegte Vega, ihre Hand zu ergreifen, ließ es dann aber doch.

»Ich weiß«, sagte sie stattdessen.

Die Mädchen waren glücklich.

McT hatte einen spanischen Sender eingeschaltet, und die Mädchen sangen und lachten dazu. Doch Cap bemerkte, dass eigentlich nur vier von ihnen dabei mitmachten. Isabel Benitez starrte unbeteiligt aus dem Fenster, und Dalena Cortez stellte sich schlafend, was er daran erkannte, dass sie immer wieder die Augen öffnete, um sich zu vergewissern, dass sie niemand beobachtete.

Vega hatte ihre volle Aufmerksamkeit auf ihr Handy gerichtet und reagierte auch nicht, als Cap versuchte, im Seitenspiegel mit ihr Kontakt aufzunehmen. Sie hatte nur kurz mit Dalena gesprochen und sich danach geweigert, ihm Einzelheiten zu verraten. »Später«, hatte sie nur gesagt.

Doch Cap brachte es beim besten Willen nicht fertig, in diesem Moment sauer zu sein. Sie hatten alle Mädchen gefunden, jedes einzelne, und der Typ, der Maricel und Dulce auf dem Gewissen hatte, war mit Handschellen an ein Krankenhausbett gefesselt, während der Drahtzieher der ganzen Tragödie tot war. Zu allem Überfluss waren seine und Vegas Augen unverletzt geblieben, ein nicht zu unterschätzender Vorteil. Cap konnte es gar nicht erwarten, Nell die Geschichte zu erzählen.

Die Mädchen brachen in lautes Gelächter aus, während McT krampfhaft versuchte, keine Miene zu verziehen.

»Was?«, fragte Cap.

»Sie vergleichen uns mit Tieren. Vega ist eine Füchsin, ich bin ein Bär und du ...«

»Ja? Was bin ich?« Cap widerstand dem Impuls, sich nach hinten umzudrehen.

Wieder prusteten die vier los.

»Du bist ein Ziegenbock, Kumpel.«

Cap fasste es nicht. »Wie bitte? Wieso das denn?«

»Weil, ähm ... wegen deiner Kringellöckchen. Und eine meinte, du hättest kleine Augen.«

»Kleine Augen?«

Die Mädchen hielten sich die Bäuche.

»Ich bin eben müde. Das sind Tränensäcke«, sagte Cap pikiert. »Wie sagt man das auf Spanisch?«

»*Las bolsas*«, anwortete McT.

»*Bol-sas*«, wiederholte Cap, den Mädchen zugewandt.

Sie kicherten, bis ihnen Tränen über die Wangen liefen. Cap freute sich wie ein Schneekönig, dass Missy sich amüsierte, es war so wunderbar, das verängstigte Mädchen aus dem Keller wieder fröhlich zu sehen. Sogar Isabel Benitez lächelte, aber es wirkte aufgesetzt, als würde sie nur imitieren, was die anderen taten.

Vega, die immer noch am Handy klebte, gestattete sich auch ein Grinsen.

Nur Dalena Cortez machte nicht mit. Sie stellte sich immer noch schlafend, hatte die Augen fest zugekniffen.

Irgendwann hatten sich die Mädchen wieder beruhigt. Als

die ersten Schilder für El Centro auftauchten, beugte Vega sich nach vorn.

»McT, könntest du am Hotel anhalten?«, fragte sie. »Ich muss noch mal mit Dalena sprechen.«

»Klaro«, sagte McT. »Was liegt an?«

Cap musterte Vegas Gesicht ganz genau, obwohl er nicht wusste, wonach er eigentlich suchte, nur, dass sie ihnen sicher nicht die ganze Wahrheit erzählen würde.

»Vielleicht hat sie was über Lara mitgekriegt, was uns helfen kann.«

»Na, kein Problem. Lass dir Zeit. Wir haben es nicht eilig, sie der Polizei zu übergeben. Und die Hilfsorganisation ist in der Innenstadt. Sie haben sicher für die ersten Tage Betten für die Mädchen frei. Also kannst du Dalena auch einfach danach dort abliefern«, sagte McT.

»Danke dir«, sagte Vega.

Cap wusste, dass sie log. Ebenso wusste er, dass sie versuchte, Dalena zu schützen. Wovor, wusste er nicht, aber die ganze Situation bereitete ihm Unbehagen.

Er bemühte sich erneut um Blickkontakt, doch Vega hatte die Sonnenbrille aufgesetzt und sah hinaus. Da wurde ihm klar, dass es ihr zumindest auch nicht leichtgefallen war, ihn anzulügen.

26

Einige Zeit danach stand Cap vor seinem Hotelzimmer und telefonierte. Er war barfuß, in Jeans und Eagles-T-Shirt, und genehmigte sich ein Bier vom Laden an der Ecke. Hinter ihm ging die Sonne unter, die Luft war klar und warm. Während er mit Nell plauderte, beobachtete er die Flugzeuge am Abendhimmel. Sie hatte viele Fragen, und er wollte ihr jede beantworten. Er war zwar hundemüde, aber sein Verstand war hellwach.

»Wenn du wieder zu Hause bist, musste du sofort zu einem Arzt«, sagte Nell. »Am besten lässt du ein CT machen.«

»Mach ich, Bug, versprochen.«

Sie seufzte laut.

»Du hast keine Ahnung, welche bleibenden Schäden dir dieser Kerl zugefügt hat. Ich hab das mal in einem Film gesehen, da hat sich ein junger Typ den Kopf angeschlagen und gedacht, es wäre alles okay, auch wenn er manchmal aus heiterem Himmel Musik gehört hat in seinem Kopf. Das klingt vielleicht harmlos, aber das ist es sicher nicht, wenn du nachts nicht schlafen kannst, weil in deinem Hirn eine Combo spielt.«

»Das wird mir sicher nicht passieren«, sagte Cap und ließ seine Fußknöchel knacken.

Nell schniefte leise.

»Ist alles okay, Bug?«

»Ja«, sagte sie leise. »Ich mach mir nur Sorgen um dich.«

»Morgen oder übermorgen bin ich wieder zu Hause, okay? Mach dir keine Sorgen. Ich weiß, das ist alles ein bisschen heftig, aber Vega und mir ist nichts passiert.«

»Natürlich mache ich mir Sorgen!«, entgegnete Nell aufgebracht. »Ich sorge mich um dich und du dich um mich. So läuft das in Familien, alle sorgen sich wie blöd umeinander.«

Cap grinste.

»Dad? Ich hab mir was überlegt …«

Cap erstarrte. »Schieß los!«, sagte er, um Lässigkeit bemüht.

»Ich finde, du solltest den Job bei Vera Quinn annehmen. Damit meine ich, dass du tun sollst, was du willst. Nächstes Jahr bin ich irgendwo auf dem College, und es ist nicht so, dass du mir ständig sagen musst, wie's dir geht, aber die Arbeit mit Vega ist echt gefährlich. Das wäre meine Empfehlung.«

»Angekommen«, sagte Cap. »Wir sprechen darüber, wenn ich wieder zurück bin. Jetzt würde ich am liebsten erst mal eine Woche schlafen.«

»Das lässt sich einrichten«, sagte Nell. Sie klang jetzt weniger verunsichert. »Und ich hab gute Nachrichten«, flüsterte sie.

»Was denn?«

»Mom hat dir einen Schal gestrickt! Er ist dunkelblau.«

Cap lachte herzlich.

»Boah! Was das wohl bedeutet?«, fragte er.

»Dass ihr wieder zusammenkommt?« Auch Nell lachte jetzt.

Da musste Cap wieder an die Mädchen denken, die in der Obhut der GATO, der Hilfsorganisation, offenbar bestens aufgehoben waren. Ihm lag der Abschied von Missy allerdings immer noch etwas schwer im Magen. Als er gehen musste, hatte sie ihn so besorgt angesehen.

»Dir wird jetzt nichts mehr passieren«, hatte er ihr versichert, obwohl er wusste, dass sie seine Worte nicht verstand.

Trotzdem hatte sie eifrig genickt, doch Cap hatte den Eindruck nicht abschütteln können, dass sie es nur tat, um ihn zu beruhigen.

»Schlaf dich gut aus, Dad«, sagte Nell jetzt. »Mach das nicht wieder so wie sonst, dass du nach zu viel Bier wegdämmerst, mitten in der Nacht aufwachst und danach nicht mehr einschlafen kannst.«

»Jawoll!«, sagte Cap.

Sie verabschiedeten sich voneinander. Cap leerte sein Bier und öffnete das nächste. *Das ist das letzte*, dachte er, Nells Warnung noch im Ohr.

Die Sonne schien sich mit dem Untergehen lange Zeit zu lassen. Cap genoss die letzten Strahlen, den fast tropisch blauen Himmel kurz vor Anbruch der Nacht und den unter ihm vorbeisausenden Verkehr.

Irgendwann fuhr Vega in ihrem Mietwagen auf den Parkplatz und stieg aus. Cap dachte, seine Augen würden ihm vor lauter Müdigkeit einen Streich spielen, als er Vegas Kleidung sah: Schlabberhemd, seltsam verwaschene Jeans, Turnschuhe.

Sie trug die Klamotten von Dalena Cortez.

Mit der ins Holster gewickelten Springfield unterm Arm kam sie auf ihn zu. Er blieb, wo er war, ans Geländer gelehnt, den Blick weiterhin auf Bäume und Autos gerichtet. Sie stellte sich neben ihn, allerdings mit dem Gesicht zu den Türen.

»Willst du ein Bier?«, fragte Cap.

»Klar.«

Sie zog eine Dose aus der Plastiktüte auf seinem Fußabtreter, öffnete sie und trank.

Eine Weile schwiegen sie.

»In deiner Nachricht hast du geschrieben, dass du gleich losfährst, aber das ist schon eine Weile her«, sagte Cap schließlich, bemüht, nicht vorwurfsvoll zu klingen. »Ich habe mir schon Sorgen gemacht.«

»Tut mir leid, Caplan, ich hatte noch was zu erledigen.«

Cap nickte.

»Wo ist Dalena, Vega? Warum trägst du ihre Sachen?«

Vega holte tief Luft und trank noch einen Schluck Bier, bevor sie sich die kühle Dose an die Stirn hielt.

»Ich erzähle dir den ersten Teil, danach ergänzt du den Rest, okay?«

»Okay.«

»Rafa hat die beiden Mädchen nicht getötet. Genauso wenig wie Davis, Mitch oder Mackey. Es war Dalena.«

Cap schob sich ruckartig vom Geländer weg und sah sie entsetzt an.

»Was?«

»Sie musste sich um die Getränke für die Gäste kümmern, mit einem Küchenmesser die Limetten schneiden. Mit diesem Messer hat sie Dulce erstochen, weil Rafa sie mit seinen Elektroschocks zu einer lebenden Leiche gemacht hat. Danach hat sie dasselbe mit Maricel getan, weil sie als Nächstes auf Rafas Tisch gelandet wäre.«

Cap verspürte ein Kribbeln am ganzen Körper. Er beugte sich vor, die Hände auf den Oberschenkeln, und zwang sich, ruhig zu atmen.

»Scheiße«, sagt er schließlich. »Das hat sie dir alles gestanden?«

Vega nickte.

»Sie hat wohl keinen Grund gesehen, es vor mir zu verheimlichen. Und? Meinst du, du kannst mir den Rest erzählen?«, fragte Vega.

Cap richtete sich auf und lehnte sich wieder ans Geländer, diesmal ebenfalls mit dem Blick zu den Zimmertüren. Er musterte Vegas Aufmachung und dachte nach.

Dann legte er los. Es klang, als lese er aus einem Buch vor: »Du hast ihr deine Kleidung und Stiefel gegeben. Und etwas Geld. Dann hast du sie in einen Bus, Zug oder Flieger gesetzt, vielleicht zurück nach Mexiko oder woandershin.

Das hast du getan, weil sie deiner Meinung nach genug durchgemacht hat und nicht noch mehr Strafe verdient.

Außerdem hast du das Gefühl, dass hier momentan nicht viel Gerechtigkeit herrscht, daher sorgst du selbst dafür.«

Vega antwortete nicht, stattdessen nahm sie kleine Schlucke aus der Bierdose. Cap sah sie von der Seite an, als unter ihnen die Straßenbeleuchtung aufflackerte.

»Was sollen wir McT, Boyce und Otero erzählen?«, fragte er.

Vega zuckte die Achseln.

»Die Wahrheit. Niemand wird merken, dass auf der richterlichen Anordnung der Name eines nicht dokumentierten Mädchens fehlt.«

»Wahrscheinlich hast du recht. Für wann soll ich mir das Ticket für den Rückflug kaufen?«

Auch diese Frage beantwortete sie mit einem Achselzucken.

»Wir können morgen den Papierkram erledigen, danach kannst du den Spätflieger nehmen. Ich werde nachts nach Hause fahren.«

Cap unterdrückte ein Gähnen. »Meinst du, wir schaffen es bis dahin?«

»Das ist der Vorteil, wenn man nicht offiziell an einer Ermittlung beteiligt ist.« Vega grinste müde.

Auch Cap musste lächeln. Er hatte ihr noch eine Menge zu sagen, wusste aber nicht recht, wo anfangen.

Dann ertönte plötzlich Musik. Jemand spielte Trompete, es kam aus der Nähe. Sie tauschten Blicke und prusteten dann drauflos.

Cap beugte sich übers Geländer. »Ich glaube, es kommt aus den Zimmern da unten.«

Der Trompetenspieler war nicht untalentiert. Sein Part klang, als wäre er Teil eines Orchesterstücks, denn er setzte immer wieder aus und fiel dann erneut in die Melodie ein. Cap erkannte den Rhythmus, so war es auch bei Nell, wenn sie für ihre Marschkapelle auf der kleinen Trommel probte – voller Einsatz, Pause. Sie lauschten noch eine Weile und tranken Bier.

»Ich werde jetzt duschen und mich hinlegen«, sagte Vega nach einer Weile.

»Ja, das mache ich auch.«

»Danke fürs Bier!« Sie hob die Dose, als wollte sie ihm zuprosten. »Gute Nacht.«

»Gute Nacht, Vega.«

Er sah ihr nach, bis sie in ihrem Zimmer verschwunden war.

Vega stopfte Dalenas Klamotten in den kleinen Mülleimer im Bad und ging unter die Dusche. Nach dem Abtrocknen wechselte sie ihren Verband.

Sie schlüpfte in ihr Hemd und zog es sich vorsichtig über den Bauch. Erst als sie endlich im Bett lag, spürte sie, dass ihr jeder Muskel schmerzte.

Immer wieder hörte sie die Trompete, aber nur gedämpft, sodass es sie nicht wachhalten würde. Schon bald schlossen sich ihre Lider. Sie war schon fast eingeschlafen, als sie ein leiser Gedanke vom Abgrund wegzog.

Cap putzte sich die Zähne. Jetzt, wo der Druck vorbei war, hatte er wieder den Wunsch, sich an die tägliche Routine zu halten, daher machte er es wie zu Hause und putzte sich vor dem Zubettgehen gründlich die Zähne. Er blickte in den Spiegel und schob seine Wangen hoch, bis er aussah wie eine Bulldogge. Ja, mit dreiundvierzig war er tatsächlich nicht mehr der Jüngste.

Nachdem er das Licht gelöscht hatte, legte er sich aufs Bett. Obwohl er todmüde war, konnte er auf einmal nicht einschlafen. Seine Gedanken rotteten sich zusammen und zerrten an seiner Aufmerksamkeit, alle auf einmal. Er versuchte, sie zu sortieren, wie Wäsche in Schubladen zu ordnen, schaffte es aber nicht. Genervt kniff er die Augen zu und knuffte sein Kissen zurecht.

Dann klingelte das Telefon. Seltsam. Nicht sein Handy, sondern das Telefon auf dem Nachttisch. Cap fuhr verwirrt hoch und nahm vorsichtig den Hörer ab.

»Äh, hallo?«, sagte er.

»Hi, ich bin's«, sagte Vega.

»Ach! Hi! Alles klar?«

»Ja, glaub schon. Ich wollte dir noch was sagen. Ich habe Mackey am Strand krepieren lassen. Ich hatte ihn angeschossen, dann hat ihn ein Hund angefallen, aber ich habe nichts dagegen unternommen.«

Danach sagte sie nichts mehr. Cap stellte sich vor, wie sie auf der anderen Seite der Wand auf ihrem Bett lag, genau wie er. Irgendwas musste er dazu sagen.

»Okay«, war alles, was ihm einfiel.

»So was habe ich noch nie getan«, sagte sie, als müsste sie sich verteidigen. »Es kam noch nie vor, dass ich die Möglichkeit hatte, jemandem das Leben zu retten, und es dann nicht getan oder es zumindest versucht habe.«

»Vega«, sagte Cap. »Es gibt keine klaren Regeln in diesem Spiel. Es ist auch keine Matheaufgabe. Du hast alle Mädchen aus diesem Haus geholt, und übermorgen, wenn wir den Papierkram hinter uns haben, machen wir so weiter. Und so weiter. Verstehst du?«

»Ja«, sagte sie.

Er hörte sie atmen.

»Gönn dir ein bisschen Ruhe, okay?«

»Ich wollte nur, dass du es weißt. Damit es zwischen uns keine Geheimnisse gibt.«

Irgendwo tief in seiner Brust durchfuhr ihn ein Schmerz. Es war fast wie Hunger, aber er konnte sich nicht vorstellen, jetzt etwas zu essen.

Dann legte sie auf. Abrupt. Er hielt den Hörer noch in der Hand, dachte, sie hätte vielleicht aus Versehen das Gespräch beendet, doch bevor er sie zurückrufen konnte, klopfte es.

Er legte auf und hechtete zur Tür.

Vor ihm stand Vega, in Trägerhemd und Yogashorts. Ihr Haar fiel ihr offen über die Schulter.

»Hi!«, sagte Cap.

Sie trat auf ihn zu, und noch ehe er nachdenken konnte …

»Autsch!«, rief Cap.

»Scheiße. Sorry!«, sagte Vega.

Sie wandte sich um und schloss die Tür. Dann kam sie zu ihm zurück, küsste die rote Stelle auf seiner Stirn, wo sie zusammengestoßen waren. Er streichelte ihr Gesicht, ihren Nacken, schob die Hände in ihr Haar. Dann küsste sie das Brandmal auf seiner Schläfe, die Narben auf seinem Ohr, und als sich endlich ihre Lippen berührten, hatte Cap das Gefühl, es würde nie genug sein.

Er hob ihr Hemd und küsste ihren Bauch, die Haut um den Verband. Sie streichelte ihm den Kopf, vergrub die Finger in seinem Haar.

Und nachdem sie alle Verwundungen ihrer Körper liebkost hatten, widmeten sie sich dem unversehrten Rest.

27

Unser Mädchen kommt in eine Stadt, die sie nicht kennt. Es ist kalt, keine Frage, die Luft ist feucht, aber als sie aus dem Bus steigt, scheint die Sonne.

Sofort bettelt sie ein Mann auf Spanisch um ein bisschen Geld an. Er hat rote Flecken im Gesicht, trägt aber saubere Kleidung und neue Turnschuhe, daher schüttelt unser Mädchen den Kopf und setzt die Sonnenbrille auf.

Sie geht am Busbahnhof vorbei auf die Taxis zu, und während sie in der Warteschlange steht, wackelt sie mit den Zehen in ihren zu großen Stiefeln. Nach ein paar Minuten sitzt sie im Taxi. Dem Fahrer gibt sie einen Zettel mit einer Adresse.

»Outer Sunset, ja?«, fragt der Fahrer.

Unser Mädchen nickt, obwohl sie die Worte nicht versteht. Sie schaut aus dem Fenster, wo mehrstöckige Gebäude langsam einfachen Häuschen weichen, die ohne Platz dazwischen nebeneinanderstehen. An den Hügeln stehen mehr davon, wie übereinandergestapelt sehen sie aus, braun und weiß, hier und da haben sie rote oder grüne Flecken. Darüber hängen Kabel, sie gehen von Straße zu Straße. Dort ist ein grüner See, von Bäumen umstanden. Unser Mädchen kann kaum glauben, dass all das zu derselben Stadt gehören soll.

Die Fahrt dauert eine halbe Stunde. Der Fahrer setzt sie vor einem hellblauen Haus mit Muschelmusterfassade ab. In der Auffahrt steht ein Wagen, rechts und links des Hauses verläuft ein Schotterweg.

Sie geht die Steinstufen hinauf, sie sind mit einem Mosaik aus erdfarbenen Kieseln verziert, und drückt auf den kleinen weißen Knopf neben der Haustür. Überall in dieser Straße stehen Häuser wie dieses. Es erleichtert sie, dass keine Menschenseele zu sehen ist. Sie weiß, es ist noch früh am Morgen, denn der Bus ist durch die Nacht gefahren.

Eine Frau öffnet ihr. Sie ist jung, ihre Haut ist etwas dunkler als die unseres Mädchens. Ihre Haare sind schwarz, glatt und perfekt geschnitten, die Spitzen berühren gerade ihre Schultern. Sie trägt eine Brille und Kleidung, die ihr zu groß ist – ein sackartiger Pulli, eine Hose, die so weit und lang ist, dass es aussieht, als hätte sie keine Füße.

»Hi!«, sagt die Frau auf Englisch. »Du bist Vegas Freundin?«

Unser Mädchen versteht nur »Vega« und nickt. Sie kann nicht erkennen, ob die Frau Latina ist, aber ihre Augen sind fast schwarz.

»*Sí*«, sagt unser Mädchen. »*¿Hablas español?*«

»*Poquito*«, antwortet die Frau und unterstreicht ihre Aussage mit den Fingern. »Tagalog kann ich besser.« Als sie sieht, dass unser Mädchen nichts versteht, schüttelte sie den Kopf und winkt ab. »Komm rein«, sagte sie.

Sie bedeutet unserem Mädchen, dass es ins Haus kommen soll, und das Mädchen tritt in einen Raum voller elektronischer Geräte. Ein langer weißer Tisch, überall stehen Laptops und andere Maschinen, Kabel hängen wirr übereinander, alles ist an eine blinkende Konsole angeschlossen.

Die Frau nimmt eine Kamera und sagt: »Stell dich da rüber, okay? *Aquí.*« Sie zeigt auf die Wand.

Unser Mädchen gehorcht und bleibt stocksteif stehen. Die Frau drückt auf den Auslöser, die Kamera klickt und summt.

»Gut«, sagt die Frau nach einer Weile. »Du kannst dich setzen.« Sie zeigt auf einen Stuhl. »*Dos minutos.*«

Unser Mädchen nickt und setzt sich. Die Frau verbindet die Kamera mit einem der Geräte auf dem Tisch.

»Willst du *café*?«, fragt sie und macht eine Trinkgeste.

Unser Mädchen schüttelt den Kopf. Sie weiß nicht, was sie will. Sie wartet. Die Frau läuft von einer Maschine zur anderen, tippt hier und dort auf den verschiedenen Laptops herum.

Dann holt sie Papiere und eine Karte und gibt sie unserem Mädchen.

»Hier ist deine Sozialversicherungskarte, Geburtsurkunde, Ausweis. Vega hat gesagt, ich soll sie dir geben, du kannst einen Pass und einen Führerschein kriegen, wenn du willst.«

Unser Mädchen betrachtet die Karte, liest ihren neuen Namen.

Die Frau gibt ihr eine weitere Karte, sie ist goldfarben mit silbernen Nummern drauf.

»Hier ist deine Bankkarte. Du hast zwanzigtausend Dollar. *Veinte mil.*«

Unser Mädchen starrt ungläubig auf die Bankkarte. Sie hat verstanden, was das bedeutet.

»Ich kann dich zu einem Hotel fahren«, sagt die Frau.

Beim Wort »Hotel« nickt unser Mädchen. Vega hatte ihr erklärt, dass die Frau sie dort hinfahren würde.

»*Thank you*«, sagt unser Mädchen.

Die Frau zuckt die Achseln, als wäre das alles völlig alltäglich.

»Kein Problem«, sagt sie.

»*What … is … your name?*«, fragt das Mädchen stockend.

»Wie ich heiße?«, fragt die Frau leicht überrascht. »Joy. Mein Name ist Joy.«

»Dalena«, sagt unser Mädchen, die Hand auf der Brust.

»Nee, jetzt nicht mehr«, sagt Joy lachend. »Du bist jetzt die hier.« Sie zeigt auf die Papiere.

Unser Mädchen lächelt verwirrt. Dann blickt sie auf ihr Foto auf dem Ausweis.

»Wird schon werden«, sagt Joy. »Ich habe auch *dos nombres*. Die meisten nennen mich Bastard. *El Bastardo*«, sagt sie mit rollendem »R«.

Unser Mädchen mag die Frau mit den zwei Namen. Sie ist sicher, dass sie auch diese seltsame Stadt mögen wird, wo die Häuser so dicht beieinanderstehen.

Joy schnappt sich ihre Jacke, Schlüssel und setzt sich die Sonnenbrille auf.

»Bereit, Mädchen?«, fragt sie.

Unser Mädchen setzt sich ebenfalls die Sonnenbrille auf und nickt. Sie ist bereit.

Danksagung

Ohne die freundliche Unterstützung der folgenden Personen hätte ich dieses Buch nicht schreiben können:

Mark Falkin, mein Superagent, Teilzeitpsychologe und *el perro duro*. Ich kann mich glücklich schätzen, dich an meiner Seite zu haben. Wage es nicht, an den Ruhestand zu denken, sonst muss ich bestimmte Schritte einleiten.

Mr Rob Bloom – ich weiß nicht, wer meine Figuren besser versteht, ich oder Sie. Ihre Geduld und Ihr Humor haben diesen Prozess zu einem erfrischenden Vergnügen gemacht. Auch Sie sollten besser nicht an den Ruhestand denken und meine Drohung besonders ernst nehmen, denn wir beide wohnen in derselben Stadt.

Die rund um die Uhr ackernden Menschen bei Doubleday: Tedd Doughty, Sarah Englemann, John Fontana, Nora Grubb, Mandy Licata, Rachel Molland, Charlotte O'Donnell, Victoria Pearson, Bill Thomas, Andrew Weber. Bei Ihnen sieht das alles so leicht aus!

Mein Dank geht außerdem an Dr. Judy Melinek, die meine Fragen zur Rechtsmedizin beantwortet hat. In meinem nächsten Leben kann ich hoffentlich als Ihre Assistentin arbeiten.

Ich danke Anna Quindlen und Samantha Irby dafür, dass ihr Vega eurer Leserschaft vorgestellt habt. Euch steht eine strahlende Zukunft bevor.

Dank geht auch an meinen Bruder Zach für seinen unerschütterlichen Optimismus und die Ermutigung. Du bist ein ganz lieber Mensch!

JP und Florie – ihr haltet mich am Laufen. Danke für eure Geduld mit mir, wenn ich mal wieder die Autobatterie schrotte oder die Spaghetti in der Mikrowelle vergesse. Das sind nur Beispiele für mögliche Pannen, die mir unterlaufen könnten. Danke, dass ihr stolz auf mich seid und mir mit Liebe, Rat und Tat zur Seite steht.